氮肥企业
安全生产管理与技术

杨春升　主编

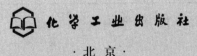
化学工业出版社
·北京·

本书共 11 章 72 节，涵盖了氮肥企业安全生产管理基础、建设项目安全管理、危险化学品管理、防火防爆及职业危害、重大危险源与事故救援等；针对氮肥生产的特点，专篇论述氮肥常用单元操作的安全技术，逐个工序阐述各生产岗位的工艺安全操作要点；设专门章节讲述压力容器与压力管道安全、储运安全、电仪和公用工程安全以及厂区作业、系统检修安全技术。内容力求全面系统、切合氮肥企业实际，便于不同层面人员对相关内容的了解和掌握。

本书不仅可以作为氮肥企业安全生产管理工作的指南及员工安全培训的教材，也可供从事甲醇及煤化工等相关行业的工程技术和项目管理人员使用参考。

图书在版编目（CIP）数据

氮肥企业安全生产管理与技术/杨春升主编. —北京：化学工业出版社，2012.4
ISBN 978-7-122-13406-6

Ⅰ. 氮…　Ⅱ. 杨…　Ⅲ. 氮肥-安全生产-生产管理
Ⅳ. TQ441

中国版本图书馆 CIP 数据核字（2012）第 019350 号

责任编辑：窦　臻　　　　　　　文字编辑：昝景岩
责任校对：顾淑云　　　　　　　装帧设计：关　飞

出版发行：化学工业出版社（北京市东城区青年湖南街 13 号　邮政编码 100011）
印　　刷：北京云浩印刷有限责任公司
装　　订：三河市宇新装订厂
710mm×1000mm　1/16　印张 23½　字数 451 千字　2012 年 5 月北京第 1 版第 1 次印刷

购书咨询：010-64518888（传真：010-64519686）　　售后服务：010-64518899
网　　址：http://www.cip.com.cn
凡购买本书，如有缺损质量问题，本社销售中心负责调换。

定　　价：49.80 元

编写人员名单

主　　　　编：杨春升

副　主　编：李有臣　李孟璐　余信诚

编写人员分工：李有臣（第一章、第六章、第十章第一节）

王　莉（第二章）

张兴德（第三章、第七章第一至六节、第十章第二至四节）

吴广强（第四章）

李决村（第五章）

程继增（第七章第七节、第十一章）

褚夫睛（第八章、第九章）

序（一）

岁末北京，山东省化肥工业协会杨春升会长告诉我，他们组织编写的《氮肥企业安全生产管理与技术》一书已经杀青，准备付印出版，让我写个序言。听完他们介绍此书的编写起因和过程，看着十几页长的目录稿，不由得想多说几句。

我国合成氨及氮肥行业经过多年的快速发展，企业规模普遍扩大，产品链不断延伸，新工艺、新设备、新材料广泛应用，新员工大量增加，许多企业已经发展成为以洁净煤气化为龙头的综合性化工企业集团。在新的形势下，全员安全意识、安全素质、安全技能的培训与企业的快速发展明显不相适应，安全生产面临许多新情况、新问题，存在许多不安全因素、不安全行为，较大及重大安全生产事故时有发生，生产安全已成为氮肥行业科学发展的一项重要而紧迫的现实任务。

本着深入贯彻落实科学发展观，增强社会责任意识，促进企业安全生产和发展的目的，山东省石油化学工业协会在刘言会长的亲自带领下，与山东省化肥工业协会一起深入企业，对氮肥行业的安全生产状况进行了认真分析。他们认为搞好企业的全员培训，特别是搞好具体生产操作人员的培训，是企业避免事故发生，实现安全生产的基础。

在山东省安全生产监督管理局的支持下，山东省石油化学工业协会与山东省化肥工业协会联合组织业内专家和企业技术人员，从氮肥行业特点出发，编写了《氮肥企业安全生产管理与技术》培训教材。历时两年分期、分批地对省内氮肥企业各个层面的员工进行现场培训，受到企业和员工的欢迎，对全面提高氮肥企业的全员安全素质发挥了重要作用。

山东对氮肥企业全员安全培训的做法，值得全行业借鉴。国务院办公厅印发的我国《安全生产"十二五"规划》，明确了安全生产的六项主要任务，"完善宣传教育培训体系"即是其中之一。要求"强化高危行业和中小企业一线操作人员安全培训，提高从业人员安全素质和社会公众自救能力，提升全民安全防范意识，构建安全发展社会环境"。本书的出版发行，无疑为氮肥及相关行业一线操作人员的安全培训，创造了方便的前提条件。

山东是我国的化肥生产大省，尿素产量占全国六分之一。多年来山东化肥在缺乏原料优势的条件下，依靠技术进步和强化管理，一直走在行业前列。除了企业自身的努力外，与山东省石油化学工业协会及其分管的山东省化肥工业协会踏实工作、实心服务是分不开的。为了提高氮肥行业可持续发展水平，这次他们花费这么多精力和人力，为企业编写了这本安全生产教材，为我国氮肥行业发展做了一件大好事。我相信，这本书的出版发行对我国氮肥行业安全培训教育，对全面提高企业干部职工的安全素质和技术管理水平将发挥重要作用。

中国石油和化学工业联合会

常务副会长

李寿生

2011 年 12 月 20 日

序（二）

合成氨工艺已被国家安监总局列入首批重点监管的十五种危险化工工艺之一。以合成氨为原料，加工各种氮肥的生产过程，充满着多种高危环节。做好氮肥企业的安全生产工作，始终是搞好氮肥行业管理十分重要的任务。

为了解决我省氮肥企业快速发展过程中新员工大量增加，企业人员素质提高与装置规模扩大、产品链延伸、新技术采用严重不相适应的矛盾，以减少安全生产领域内存在的许多不安全行为，避免和防范各种生产事故的发生，在山东省安全生产监督管理局的大力支持下，山东省石油化学工业协会与山东省化肥工业协会联合，组织业内企业和专家，从氮肥行业特点出发，编写了氮肥企业安全培训教材。利用此教材分期、分批地对省内氮肥企业各个层面的员工进行了现场培训，受到企业和员工的欢迎。为使该教材发挥更大作用，决定整理出版。

本书由中国氮肥工业协会名誉理事长、山东省化肥工业协会会长杨春升担任主编。杨春升会长几十年从事氮肥行业的技术进步工作，既有企业经历，又有行业管理经验。几位副主编和执笔人，则分别是我省氮肥行业的资深专家和技术骨干。

作为一本面向企业的读物，该书有两个显著特点：

一是针对性强。氮肥工业可以说就是合成氨的加工工业。以合成氨为母体，加工成各种类型的氮肥，如尿素、碳铵、硝铵等，涉及众多危险化学品的使用、生产、经营、运输、储存等环节。合成氨及氮肥工业高温高压、易燃易爆、有毒有害的物质及工艺危险特性，决定了社会对这个行业安全生产监管的全方位、高标准、严要求。这本书的选材内容，包括国家法规、条例，各类技术标准，无一不针对氮肥企业危险化学品的管理和安全生产的实际。

二是实用性强。该书内容涵盖了氮肥企业安全生产管理的各个方面。从建设项目安全管理、危险化学品管理到防火防爆及职业危害、重大危险源与事故救援等各个环节，按照合成氨生产流程，逐个岗位阐述工艺安全操作要点。对压力容器与压力管道安全、储运安全、电仪和公用工程安全以及厂区作业、系统检修安全技术等也进行了全面论述。

相信这本书的出版，对我国氮肥行业的安全生产管理工作，将会发挥推动作用。

山东省石油化学工业协会　会长

刘言

2011 年 12 月 16 日

前　言

　　为了适应氮肥行业快速发展和产业升级对员工素质、特别是全员安全生产管理与技术素质提高的需要，山东省石油化学工业协会和山东省化肥工业协会联合，组织编写了本书初稿，作为全员安全培训教材。初稿执笔人除李有臣研究员外，分别来自联盟化工集团、华鲁恒升集团、兖矿鲁南化肥厂、鲁西化工集团、晋煤明水化工集团等国内氮肥骨干企业。

　　为了使这本教材得以完善并发挥更大作用，应业内氮肥企业的要求，决定正式出版。先由原编写人员进行修订，后由几位讲师作为副主编，在总结两年多授课实践的基础上，对原稿进行充实和提高，仍由本人主持最后定稿。三位副主编：李有臣是济南石油化工设计院副院长，长期从事氮肥及其他化工项目的工程设计和安全评价工作；李孟璐多年担任济南明水化肥厂技术厂长，现任全国化工合成氨设计技术中心站总工程师；余信诚是原山东化工规划设计院副院长，在化工设备和压力容器的设计、制造、管理方面颇有造诣。三位副主编对原稿大体按原讲课分工进行修改：李有臣负责第一、二、七、十、十一章，李孟璐负责第三、四、八、九章，余信诚负责第五、六章。修订中删除了一些较陈旧或浅显的内容，补充了在培训中企业职工集中关心的问题，若干章节改写或重写；按照最新版本的安全生产管理法规和技术标准对相关内容进行了更新；对原稿的错讹和疏漏进行了校正。

　　本书共 11 章 72 节，涵盖了氮肥企业安全生产管理基础、建设项目安全管理、危险化学品管理、防火防爆及职业危害、重大危险源与事故救援等；针对氮肥生产的特点，专篇论述氮肥常用单元操作的安全技术，逐个工序阐述各生产岗位的工艺安全操作要点；设专门章节讲述压力容器与压力管道安全、储运安全、电仪和公用工程安全以及厂区作业、系统检修安全技术。内容力求全面系统、切合氮肥企业实际，便于不同层面人员对相关内容的了解和掌握。

　　本书不仅可以作为氮肥企业安全生产管理工作的指南及员工安全培训的教材，也可供从事甲醇及煤化工等相关行业的工程技术和项目管理人员使用参考。

值此本书出版之际，谨向对本书编写工作给予关心和支持的各级领导、部门、企业及相关专家表示诚挚的谢意。由于水平和时间的限制，本书缺漏在所难免。希望行业同人和广大读者在使用中提出宝贵意见。

山东省化肥工业协会　会长

杨春升

2012 年 1 月 1 日

目　录

第一章

安全生产管理基础

一、安全生产管理基本概念

(一) 安全生产、安全生产管理

1. 安全生产

安全生产是指为预防生产过程中发生人身、设备事故，形成良好劳动环境和工作秩序而采取的一系列措施和活动。安全生产是为了使生产过程在符合物质条件和工作秩序下进行，防止发生人身伤亡和财产损失等生产事故，消除或控制危险、有害因素，保证人身安全与健康、设备和设施免受损害、环境免遭破坏的总称。

2. 安全生产管理

安全生产管理，就是针对人们在生产过程中的安全问题，运用有效的资源，发挥人们的智慧，通过人们的努力，进行有关决策、计划、组织和控制等活动，实现生产过程中人与机器设备、物料、环境的和谐，达到安全生产的目标。

安全生产管理包括安全生产法制管理、行政管理、监督检查、工艺技术管理、设备设施管理、作业环境和条件管理等。安全生产管理的对象，涉及企业中的所有人员、设备设施、物料、环境、财务、信息等各个方面。

（二）事故、事故隐患

1. 事故

事故是指生产、工作上发生的意外损失或灾祸。

国务院令第 493 号《生产安全事故报告和调查处理条例》，将"生产安全事故"定义为：生产经营活动中发生的造成人身伤亡或者直接经济损失的事件。

事故的分类方法有很多种，按照《企业职工伤亡事故分类标准》（GB 6441—86）将企业工伤事故按照事故起因分为 20 类，分别为：物体打击、车辆伤害、机械伤害、起重伤害、触电、淹溺、灼烫、火灾、高处坠落、坍塌、冒顶片帮、透水、放炮、瓦斯爆炸、火药爆炸、锅炉爆炸、容器爆炸、其他爆炸、中毒和窒息以及其他伤害等。

2. 事故隐患

事故隐患在安全生产领域是指：生产经营单位违反安全生产法律、法规、规章、标准、规程和安全生产管理制度的规定，或者因其他因素在生产经营活动中存在可能导致事故发生的物的危险状态、人的不安全行为和管理上的缺陷。

事故隐患分为一般事故隐患和重大事故隐患。一般事故隐患是指危害和整改难度较小，发现后能够立即整改排除的隐患。重大事故隐患是指危害和整改难度较大，应当全部或者局部停产停业，并经过一定时间整改治理方能排除的隐患，或者因外部因素影响致使生产经营单位自身难以排除的隐患。

（三）危险、危险有害因素

1. 危险

根据系统安全工程的观点，危险是指系统中存在导致发生不期望后果的可能性超过了人们的承受程度。危险是人们对事物的具体认识，必须指明具体对象，如危险环境、危险条件、危险状态、危险物质、危险场所、危险人员、危险因素等。

一般用危险度来表示危险的程度。在安全生产管理中，危险度用生产系统中事故发生的可能性与严重性给出，即

$$R = f(F, C)$$

式中　　R——危险度；

　　　　F——发生事故的可能性；

　　　　C——发生事故的严重性。

2. 危险有害因素

危险因素，是指对人造成伤亡或者对物造成突发性损坏的因素；有害因素，是指影响人的身体健康，导致疾病或者对物造成慢性损坏的因素。通常把危险因素、有害因素统称为"危险有害因素"或"危险、有害因素"。

危险、有害因素的分类方法有两种。

第一种，按导致事故的直接原因进行分类。根据《生产过程危险和有害因素分类与代码》(GB/T 13861—1992) 的规定，分为 6 大类。

(1) 物理性危险、有害因素。如设备、设施缺陷，防护缺陷，电危害，噪声危害，振动危害，辐射，运动物危害，明火，能造成灼伤的高温物质，能造成冻伤的低温物质，作业环境不良，信号缺陷、标志缺陷等。

(2) 化学性危险、有害因素。如易燃易爆性物质，反应活性物质，有毒物质，腐蚀性物质等。

(3) 生物性危险、有害因素。如致病微生物，传染病媒介物，致害动物，致害植物等。

(4) 心理、生理性危险、有害因素。如负荷超限，健康状况异常，从事禁忌作业，心理异常，识别功能缺陷等。

(5) 行为性危险、有害因素。如指挥错误，操作错误，监护错误等。

(6) 其他危险、有害因素。如搬举重物，作业空间狭窄，作业工具不合适，标识不清等。

第二种，参照事故类别进行分类。参照《企业职工伤亡事故分类》(GB 6441—86)，综合考虑起因物、引起事故的诱导性原因、致害物、伤害方式等，也可以把 20 类工伤事故的起因称为 20 类"危险、有害因素"。

(四) 危险源、重大危险源

1. 危险源

危险源是指可能造成人员伤害、疾病、财产损失、作业环境破坏或者其他损失的根源或状态。危险源可以是一次事故、一种环境、一种状态的载体，也可以是可能产生不期望后果的人或物。

2. 重大危险源

广义上说，可能导致重大事故发生的危险源就是重大危险源。按照目前我国要求申报登记的范围，重大危险源是指长期地或者临时地生产、搬运、使用或储存危险物品，且危险物品的数量等于或超过临界量的场所和设施，以及其他存在危险能量等于或超过临界量的场所和设施。

(五) 安全、本质安全

1. 安全

安全，泛指没有危险、不出事故的状态。生产过程中的安全，即安全生产，是指不发生工伤事故、职业病、设备或财产损失和环境危害。

安全与危险是相对的概念，它们是人们对生产、生活中是否可能健康损害和人身伤亡的综合认识。当危险性低于某种程度时，人们就认为是安全的。安全性 (S) 与危险性 (D) 互为补数，即 $S = 1 - D$。

2. 本质安全

本质安全是指通过设计等手段使生产设备或生产系统本身具有安全性，即使在误操作或发生故障的情况下也不会造成事故。具体包括两方面的内容：

（1）失误-安全功能 指操作者即使操作失误也不会发生事故或伤害，或者说设备、设施和技术工艺本身具有自动防止人的不安全行为的功能。

（2）故障-安全功能 指设备、设施或生产工艺发生故障或损害时，还能暂时维持正常工作或自动转变为安全状态。

上述两种安全功能应该是设备、设施和技术工艺本身固有的，即在它们的规划设计阶段就被纳入其中。当然，随着科技的进步和投入的提高，企业也可以通过技术改造提高现有工艺技术和装置、装备、设备、设施的本质安全程度。

本质安全是生产中"预防为主"的根本体现，也是安全生产的最高境界。

二、现代安全生产管理理论

安全生产管理随着安全科学技术和管理科学的发展而发展，系统安全工程原理和方法的出现，使安全生产管理的内容、方法、原理都有了很大的拓展。

现代安全生产管理的理论和方法有：安全管理哲学、安全系统论、安全控制论、安全信息论、安全经济学、安全协调学、安全思维模式、事故预测与预防理论、事故突变理论、事故致因理论、事故模型学、安全法制管理、安全目标管理法、无隐患管理法、安全行为抽样技术、安全经济技术与方法、安全评价、安全行为科学、安全管理的微机应用、安全决策、事故判定技术、本质安全技术、危险分析方法、风险分析方法、系统安全分析方法、系统危险分析、故障树分析、"PDCA"循环法、危险控制技术、安全文化建设等。

现代安全生产管理的意义和特点在于：要变传统的纵向单因素安全管理为现代的横向综合安全管理；变传统的事故管理为现代的事件分析与隐患管理（变事后型为预防型）；变传统的被动的安全管理对象为现代的安全管理动力；变传统的静态安全管理为现代的安全动态管理；变过去企业只顾生产经济效益的安全辅助管理为现代的效益、环境、安全与卫生的综合效果的管理；变传统的被动、辅助、滞后的安全管理程式为现代主动、本质、超前的安全管理程式；变传统的外迫型安全指标管理为内激型的安全目标管理（变次要因素为核心事业）。

现代安全生产管理要求的基础就是合理认识安全管理，首先要提高对安全教育的认识，真正把安全教育摆到重点位置，在教育途径上要多管齐下。

三、我国安全生产管理概要

（一）安全生产方针

党和国家坚持以科学发展观为指导，从经济和社会发展的全局出发，不断深化对安全生产规律的认识，提出了"安全第一，预防为主，综合治理"的安全生产方针。2011年12月1日实施的《危险化学品安全管理条例》第四条明确规定："危险化学品安全管理，应当坚持安全第一、预防为主、综合治理的方针，强化和落实企业的主体责任"。

"安全第一"，就是在生产经营活动中，在处理保证安全与生产经营活动的关系上，要始终把安全放在首要位置，优先考虑从业人员和其他人员的人身安全，实行"安全优先"的原则。在确保安全的前提下，努力实现生产的其他目标。

"预防为主"，就是按照系统化、科学化的管理思想，按照事故发生的规律和特点，千方百计预防事故的发生，做到防患于未然，将事故消灭在萌芽状态。虽然人类在生产活动中还不可能完全杜绝事故的发生，但只要思想重视，预防措施得当，事故是可以大大减少的。

"综合治理"，就是标本兼治，重在治本。在采取断然措施遏制重特大事故，实现治标的同时，积极探索和实施治本之策，综合运用科技手段、法律手段、经济手段和必要的行政手段，从发展规划、行业管理、安全投入、科技进步、经济政策、教育培训、安全立法、激励约束、企业管理、监管体制、社会监督以及追究事故责任、查处违法违纪等方面着手，解决影响制约我国安全生产的历史性、深层次问题，做到思想认识上警钟长鸣，制度保证上严密有效，技术支撑上坚强有力，监督检查上严格细致，事故处理上严肃认真。

（二）安全发展理念

"安全发展"已作为一个重要理念纳入我国社会主义现代化建设的总体战略。"安全发展"主要包含三层含义：

一是"以人为本"，必须要以人的生命为本。人的生命最宝贵，生命安全权益是最大的权益。发展不能以牺牲人的生命为代价，不能损害劳动者的安全和健康权益。

二是经济社会发展必须以安全为基础、前提和保障。国民经济和区域经济、各个行业和领域、各类生产经营单位的发展，要建立在安全保障能力不断增强、安全生产状况持续改善、劳动者生命安全和身体健康得到切实保障的基础上，做到安全生产与经济社会发展各项工作同步规划、同步部署、同步推进，实现可持续发展。

三是构建社会主义和谐社会必须解决安全生产问题。安全生产既是人民群众关注的热点、难点，也是和谐社会建设的切入点、着力点。只有搞好安全生产，实现安全发展，国家才能富强安宁、百姓才能平安幸福，社会才能和谐安定。

对企业来讲，安全发展是企业落实科学发展观，实现科学、持续、有效、较快和协调发展的必然要求和重要保证，是企业履行经济、政治和社会责任的重要体现，是企业增强市场竞争力的重要基础，坚持走安全发展道路应当成为企业的郑重选择和庄严承诺。

（三）安全生产法律法规体系建设

2002年颁布的《安全生产法》，是全面规范我国安全生产工作的一部综合性大法。《安全生产法》与先后颁布的《劳动法》、《职业病防治法》、《道路交通安全法》、《消防法》等十余部法律，国务院颁布的近百项有关安全生产的行政法规，国务院有关部门颁布的规章，各省、自治区、直辖市颁布的地方性法规以及安全生产标准，构成了我国安全生产法律法规体系。

为了加强安全生产，进一步加大妨害安全生产犯罪行为的惩处力度，全国人大常委会2006年6月通过了《刑法》修正案（六），将安全生产事故责任罪的刑期由七年以下修改为五年以上，增设了不报、谎报事故罪。

为了严肃惩处安全生产领域的违纪违法行为和事故背后的失职渎职及腐败现象，从源头上防范事故的发生，切实保护人民群众生命财产安全，中纪委颁布了《安全生产领域违法违纪行为适用〈中国共产党纪律处分条例〉若干问题的解释》。

为了规范生产安全事故的报告和调查处理，落实生产安全事故责任追究制度，维护事故受害人的合法权益和社会稳定，预防和减少事故发生，国务院颁布了《生产安全事故报告和调查处理条例》。强调事故调查处理坚持"四不放过"原则，即事故原因未查明不放过，责任人未处理不放过，整改措施未落实不放过，有关人员未受到教育不放过。该条例还加大责任追究和处分处罚力度，对事故责任单位和个人，以及瞒报、谎报和逃匿行为处以重罚，严惩失职渎职、违法违纪行为，增加了经济罚款、吊销资质等行政处罚。

（四）安全生产政策措施

1. 十二项治本之策

针对安全生产领域存在的种种历史和现实问题，国务院第116次常务会议专题会议，确定了加强安全生产工作的十二项治本之策：

① 制定安全生产发展规划，建立和完善安全生产指标及控制体系；

② 加强行业管理，修订行业安全标准和规程；

③ 增加安全投入，扶持重点煤矿治理瓦斯等重大隐患；

④ 推动安全科技进步，落实项目、资金；

⑤ 研究出台经济政策，建立、完善经济调控手段；

⑥ 加强培训教育，规范煤矿招工和劳动管理；

⑦ 加快立法工作；

⑧ 建立安全生产激励约束机制；

⑨ 强化企业主体责任，严格企业安全生产业绩考核；

⑩ 严肃查处责任事故，防范惩治失职渎职、官商勾结等腐败现象；

⑪ 倡导安全文化，加强社会监督；

⑫ 完善监管体制，加快应急救援体系建设。

2. 严格控制死亡率增长的指标体系

为了实现经济和社会安全发展，将亿元国内生产总值生产安全事故死亡率、工矿商贸企业十万从业人员生产安全事故死亡率、道路交通万车死亡率和百万吨煤炭死亡率的四项指标纳入了国家统计指标体系。其中，亿元单位国内生产总值生产安全事故死亡率和工矿商贸就业人员生产安全事故死亡率两项指标纳入了我国《国民经济和社会发展第十一个五年规划纲要》，成为国民经济和社会发展的约束性指标。"十二五"规划进一步要求：单位国内生产总值安全生产事故死亡率下降36％，工矿商贸就业人员安全生产事故死亡率下降26％。

3. 高危行业的七项经济政策

为加强危险化学品、煤矿和其他高危行业的安全生产工作，国家出台了七项经济政策。其中与氮肥生产企业直接相关的：一是在高危行业提取安全生产费用；二是在高危行业全面实施安全生产风险抵押金制度。

（五）安全生产监管监察体系

在国家与行政管理部门之间，实行的是综合监管和行业监管；在中央政府与地方政府之间，实行的是国家监管与地方监管；在政府与企业之间，实行的是政府监管与企业管理。

在国务院领导下，国务院安全生产委员会负责全面统筹协调安全生产工作；国家安监总局对全国安全生产实施综合监管，并负责煤矿安全监察和非煤矿山、危险化学品、烟花爆竹等行业领域的安全生产监督管理工作；公安部、住房和城乡建设部、农业部、交通运输部、铁道部、电监会和国资委等部门，分别负责本系统、本领域的安全生产管理工作；国家质检总局负责锅炉压力容器等七类特种设备的安全监督检查；卫生部负责职业病诊治工作；人力资源和社会保障部负责工伤保险管理、未成年工以及女工的劳动保护等。

《安全法》颁布后成立的工业和信息化部负责指导工业、通信业加强安全生产管理，指导重点行业排查治理隐患，参与重特大安全生产事故的调查、处理；负责民爆器材的行业及生产、流通安全的监督管理。

《关于职业卫生监管部门职责分工的通知》（中央编办发〔2010〕104

号）对卫生部、安全监管总局、人力资源和社会保障部、全国总工会的职业卫生监管职责进行了明确：安监部门负责依法监督检查工矿商贸作业场所（煤矿作业场所除外）职业卫生情况，组织查处职业危害事故和违法违规行为，承担职业卫生安全许可证的颁发管理工作，组织指导职业危害申报工作等工作。

"政府统一领导、部门依法监督、企业全面负责、群众监督参与、社会广泛支持"的安全生产工作格局已在我国形成并将逐步完善。

（六）安全生产目标指标体系

安全生产控制考核指标体系，由事故死亡人数总量控制指标、绝对指标、相对指标、重大和特大事故起数控制考核指标 4 类、27 个具体指标构成。总量控制指标是事故总死亡人数；绝对指标包括了工矿商贸企业（煤矿、矿山、危化品、烟花爆竹、建筑施工、民爆器材等）、道路交通、火灾、水上交通、铁路、农机和渔业 7 项；相对指标包括了亿元 GDP 死亡率、工矿商贸 10 万从业人员死亡率、煤矿百万吨死亡率、道路交通万车死亡率、水上交通百万吨吞吐量死亡率、铁路交通百万公里死亡率、火灾 10 万人口死亡率、特种设备万台死亡率 8 项；重特大事故起数控制指标分为一次死亡 3～9 人和 10 人以上两项指标。以上控制指标由国务院安委会每年分解下达到各省（区、市）和新疆生产建设兵团，各地逐级分解落实到基层政府和重点企业。

通过实施安全生产控制考核指标，强化了"两个主体"的责任意识，有效地推动了安全生产。

（七）安全生产"五要素"

保障安全生产的"五要素"是指：安全文化、安全法制、安全责任、安全投入、安全科技。"五要素"构成了一个科学完整的管理体系："安全文化"是安全生产的灵魂，"安全法制"是安全生产的利器，"安全责任"是安全生产的核心，"安全科技"是安全生产的动力，"安全投入"是安全生产的基础。安全生产"五要素"具有丰富的内涵和重要的实践价值。

1. 安全文化

企业安全文化建设，要紧紧围绕"一个中心"（突出"以人为本"这个中心）、"两个基本点"（安全理念渗透和安全行为养成），内化思想，外化行为，不断提高广大员工的安全意识和安全责任，把安全第一变为每个员工的自觉行为。由于安全理念决定安全意识，安全意识决定安全行为。因此必须在抓好员工安全理念渗透和安全行为养成上下功夫。要使广大员工不仅对安全理念熟读、熟记，入脑入心，全员认知，而且要内化到心灵深处，转化为安全行为，升华为员工的自觉行动。企业可以根据各时期安全工作特点，悬挂安全横幅、张贴标语、宣传画、制作宣传墙报、出版通信、发放宣传资料、播放宣传片、广播安全知识，在班组园地和各科室张贴安全职责、操作规程，还可在班组安全学习会上，不断向员工灌输安全知识，将安全文化变成员工的自觉行动。

2. 安全法制

要建立企业安全生产长效机制，用法律法规来规范企业领导和员工的安全行为，使安全生产工作有法可依、有章可循，建立安全生产法制秩序。坚持"以法治安"，必须"立法"、"懂法"、"守法"、"执法"。

（1）立法 一方面，要组织员工学习国家有关安全生产的法律、法规；另一方面，要建立、修订、完善企业安全管理相关的规定、办法、细则等，为强化安全管理提供法律依据。

（2）懂法 要实现安全生产法制化，"立法"是前提，"懂法"是基础。

（3）守法 要把各项安全规章制度落实到生产管理全过程。全体干部、员工都必须自觉守法，以消除人的不安全行为为目标，才能避免和减少事故发生。

（4）执法 要依法进行安全检查、安全监督，维护安全法规的权威性。

3. 安全责任

必须层级落实安全责任，企业应逐级签订安全生产责任书。责任书要有具体的责任、措施、奖罚办法。对完成责任书各项考核指标、考核内容的单位和个人应给予精神奖励和物质奖励；对没有完成考核指标或考核内容的单位和个人给予处罚；对于安全工作做得好的单位，应对该单位领导和安全工作人员给予一定的奖励。

4. 安全投入

安全投入是安全生产的基本保障。它包括两个方面：一是人才投入，二是资金投入。对于安全生产所需的设备、设施、宣传等资金投入必须充足。同时，企业应创造机会让安全工作人员参加专业培训，组织安全工作人员到安全工作搞得好的单位参观、学习、取经；另一方面，可以通过招聘安全管理专业人才，提高安全管理队伍的素质，为实现安全和谐发展打下坚实的基础。

5. 安全科技

要提高安全管理水平，必须加大安全科技投入，运用先进的科技手段来监控安全生产全过程。如生产储存装置的自控及安全联锁系统、安装闭路电视监控系统、消防喷淋系统、X射线安全检查机、卫星定位仪（GPS）、行车记录仪等，把现代化、自动化、信息化手段应用到安全生产管理中。

第二节 安全生产管理法规体系

一、法律

法律是指享有立法权的国家机关（即全国人民代表大会及其常务委员会）依

照一定的立法程序制定和颁布的规范性文件。

法律是安全生产法律体系中的上位法，其地位和效力仅次于宪法，高于行政法规、地方性法规、部门规章、地方政府规章等下位法。

国家现行的有关安全生产的专门法律有《安全生产法》、《消防法》、《矿山安全法》、《道路交通安全法》、《海上交通安全法》等。

与安全生产相关的法律主要有《劳动法》、《职业病防治法》、《工会法》、《矿产资源法》、《铁路法》、《公路法》、《民用航空法》、《港口法》、《建筑法》、《煤炭法》、《电力法》等。

二、法规

（一）行政法规

行政法规是指最高国家行政机关（即国务院）制定和颁布的规范性文件。行政法规的名称通常为条例、规定、办法、决定等。

如《危险化学品安全管理条例》、《安全生产许可证条例》、《特种设备安全监察条例》、《建设工程安全生产管理条例》、《国务院关于特大安全事故行政责任追究的规定》、《工伤保险条例》、《生产安全事故报告和调查处理条例》、《易制毒化学品管理条例》、《监控化学品管理条例》等。

（二）地方性法规

地方性法规是指地方国家权力机关（省级、省级政府所在地的市、经济特区所在地的市和经国务院批准的较大的市的人民代表大会及其常务委员会）制定和颁布的规范性文件，如《××省安全生产条例》、《××省特种设备安全监察条例》等。

三、行政规章

（一）部门规章

部门规章是指国务院的部、委和直属机构依照法律、行政法规或者国务院的授权制定的在本部门管辖范围内实施行政管理的规范性文件。

如《危险化学品登记管理办法》（原国家经贸委令第 35 号）、《危险化学品经营许可证管理办法》（原国家经贸委令第 36 号）、《危险化学品建设项目安全许可实施办法》（国家安监总局令第 8 号）、《安全评价机构管理规定》（国家安监总局令第 22 号）、《特种作业人员安全技术培训考核管理规定》（国家安监总局令第 30 号）、《建设项目安全设施"三同时"监督管理暂行办法》（国家安监总局令第 36 号）、《危险化学品生产企业安全生产许可证实施办法》（国家安监总局令第 41 号）、《产业结构调整指导目录（2011 年本）》（国家发改委令 2011 第 9 号）等。

（二）地方政府规章

地方政府规章是指有地方性法规制定权的地方人民政府依照法律、行政法规、地方性法规或者本级人民代表大会及其常务委员会授权制定的在本行政区域实施行政管理的规范性文件，如《××省生产安全事故报告和调查处理办法》（××省人民政府令第××号）等。

还有一类规范性文件，即各级党组织、政府及其工作部门在法定职权范围内制定并公开发布的，规范行政管理事务，涉及公民、法人和其他组织的权利、义务，具有普遍约束力的文件。它本身不属于法规，不能有自己独立的罚则，但可以依据相关法规进行处罚，如《国务院关于进一步加强企业安全生产工作的通知》（国发〔2010〕23号）、《国家安监总局关于公布首批重点监管的危险化学品名录的通知》（安监总管三〔2011〕95号）等。

四、标准

（一）国家标准

国家标准是指国家标准化行政主管部门依照《标准化法》制定的在全国范围内适用的技术规范。通常标注为GB（强制性标准）、GB/T（推荐性标准）等。

如《个体防护装备选用规范》（GB/T 11651—2008）、《爆炸和火灾危险环境电力装置设计规范》（GB 50058—92）、《工业企业煤气安全规程》（GB 6222—2005）、《建筑灭火配置设计规范》（GB 50140—2005）、《建筑设计防火规范》（GB 50016—2006）、《石油化工企业设计防火规范》（GB 50160—2008）、《生产过程安全卫生要求总则》（GB/T 12801—2008）等。

（二）行业标准

行业标准是指国务院有关部门和直属机构依照《标准化法》制定的在本行业（系统、领域）内适用的技术规范。如HG（化工行业）、SH（石化行业）、AQ（安全生产领域）等。

如《化工企业安全卫生设计规定》（HG 20571—95）、《石油化工企业职业安全卫生设计规范》（SH 3047—93）、《生产经营单位安全生产事故应急预案编制导则》（AQ/T 9002—2006）等。

行业标准对同一事项的技术要求，可以高于国家标准，但不得与其相抵触。

（三）地方标准

地方标准是指地方标准化行政主管部门依照《标准化法》制定的在本行政区域内适用的技术规范，通常标注为DB××等。

第三节 企业安全生产管理基础

一、企业安全生产责任

企业应当具备有关法律、法规和国家标准或者行业标准规定的安全生产条件，建立健全有关安全生产的规章制度；不具备安全生产条件的，不得从事生产经营活动。企业应当依法保护从业人员的生命安全，严禁强迫从业人员超强度劳动或者冒险作业。

企业是安全生产的责任主体，应当对本单位的安全生产承担主体责任，并对未履行安全生产主体责任导致的后果负责。企业的主要负责人是本单位安全生产的第一责任人，对落实本单位安全生产主体责任全面负责。

（一）企业安全生产主体责任

（1）物质保障责任：具备法律法规和国家标准、行业标准规定的安全生产条件；保证依法履行建设项目安全设施"三同时"的规定；依法为从业人员提供劳动防护用品，并监督、教育其正确佩戴和使用。

（2）资金投入责任：按规定提取和使用安全生产费用，确保资金投入满足安全生产条件需要；按规定存储安全生产风险抵押金；依法为从业人员缴纳工伤保险费；保证安全生产教育培训的资金。

（3）机构设置和人员配备责任：依法设置安全生产管理机构，配备安全生产管理人员；按规定委托和聘用注册安全工程师或者注册安全助理工程师为其提供安全管理服务。

（4）规章制度制定责任：建立健全安全生产责任制和各项规章制度、操作规程。

（5）教育培训责任：依法组织从业人员参加安全生产教育培训，取得相关上岗资格证书。

（6）安全管理责任：依法加强安全生产管理，定期组织开展安全检查，依法取得安全生产许可，依法对重大危险源实施监控，及时消除事故隐患，开展安全生产宣传教育，统一协调管理承包、承租单位的安全生产工作。

（7）事故报告和应急救援的责任：按规定报告生产安全事故，及时开展事故抢险救援，妥善处理事故善后工作。

（8）法律、法规、规章规定的其他安全生产责任。

（二）企业主要负责人安全职责

建立健全本单位安全生产责任制；组织制定本单位安全生产规章制度和操作规程；保证本单位安全生产投入的有效实施；定期研究安全生产问题，

向职工代表大会、股东大会报告安全生产情况；督促、检查本单位的安全生产工作，认真监控、及时消除生产安全事故隐患；组织制定并实施本单位的生产安全事故应急救援预案；及时、准确、完整报告生产安全事故，有效组织事故救援工作；法律、法规、规章规定的其他职责。

二、安全生产管理组织

（一）安全生产管理机构设置和人员配备

从业人员在 300 人以上的，应当设置专门的安全生产管理部门，并按不低于从业人员 5‰ 但最低不少于 3 人的比例配备专职安全生产管理人员；从业人员不足 300 人的，应当设置安全生产管理机构或者配备专职安全生产管理人员。

《国家安全监管总局、工业和信息化部关于危险化学品企业贯彻落实〈国务院关于进一步加强企业安全生产工作的通知〉的实施意见》"安监总管三〔2010〕186 号"规定：危险化学品企业（指生产、储存危险化学品的企业和使用危险化学品从事化工生产的企业）的专职安全生产管理人员应不少于企业员工总数的 2%（不足 50 人的企业至少配备 1 人），要具备化工或安全管理相关专业中专以上学历，有从事化工生产相关工作 2 年以上经历，取得安全管理人员资格证书。

（二）安全生产管理机构和人员职责

企业的安全生产管理机构或者安全生产管理人员对本单位的安全生产实施综合管理，应当履行下列职责：协助决策机构和主要负责人、分管负责人组织制定本单位安全生产管理年度工作计划，并组织实施；协助决策机构和主要负责人、分管负责人组织制定本单位年度安全生产管理目标，并进行考核；参与制定安全生产资金投入计划和安全技术措施计划，并具体实施或者监督相关部门落实；组织制定或修订安全生产制度、安全操作规程，并对执行情况进行监督检查；组织参加现场安全检查，对检查出的问题负责组织或者督促整改，不能立即整改的应当立即向本单位负责人汇报；配合建设项目安全设施"三同时"的审查验收工作，负责审查承包、承租单位相关资质、证照和资料；组织有关部门研究职业中毒的预防工作和职业病的防治措施；组织实施安全生产宣传教育和培训，总结和推广安全生产的先进经验；按规定监督或者及时发放劳动防护用品，并指导有关部门教育从业人员正确佩带和使用；配合生产安全事故的调查和处理，进行事故的统计、分析和报告，协助有关部门制定事故预防措施并监督执行；本单位确定的其他安全生产管理职责。

（三）机构和人员保障条件

企业应当支持安全生产管理机构和安全生产管理人员履行安全生产管理

职责，并保证其开展工作必要的条件。专职安全生产管理人员的待遇不得低于同级同职其他岗位管理人员的待遇。

（四）安全生产综合管理组织

根据规模、风险大小，企业一般设置安全生产委员会或安全领导小组作为本企业的安全生产综合管理组织，综合领导和协调、处理本企业的安全生产工作。安全生产委员会或安全领导小组，由企业主要负责人牵头，有关副职、有关部门、岗位及主要安全生产管理人员参加。

（五）安全生产管理网络

企业应当在各生产班组（车间、工段）设立安全员，在班组长的领导和安全生产管理人员的指导下，做好下列工作：对本组人员进行日常安全生产教育；督促本组人员遵守安全操作规程和安全生产制度；正确使用个人防护用品；对发现的不安全情况及时报告；参加事故的分析和研究，协助落实事故的防范措施。

三、安全生产规章制度

（一）安全生产责任制度

企业应当建立健全本单位安全生产责任制度，实行全员安全生产责任制，明确各岗位的责任人员、责任内容和考核奖惩等事项。

安全生产责任制度主要包括：主要负责人、其他负责人的安全生产责任；职能部门及其负责人的安全生产责任；车间、班组及其负责人的安全生产责任；其他岗位及从业人员的安全生产责任。

（二）安全生产规章制度和操作规程

企业应当依据法律法规、国家标准和行业标准，制定本单位的安全生产规章制度和操作规程。安全生产规章制度和操作规程应当涵盖生产经营的全过程和全体从业人员，并结合岗位标准化操作实际定期分析实施效果，适时修订。

安全生产规章制度主要包括：安全生产会议制度；安全生产投入及安全生产费用提取和使用制度；安全生产教育培训制度；安全生产检查制度；安全生产奖惩和责任追究制度；岗位标准化操作制度；生产安全事故隐患排查治理制度；重大危险源检测、监控、管理制度；劳动防护用品配备和管理制度；安全设施、设备管理和检修、维护制度；特种作业人员管理制度；生产安全事故报告、应急救援和调查处理制度；其他保障安全生产的规章制度。

企业应当保障本单位安全生产规章制度的落实，并根据实际情况及时修订完善，教育从业人员熟练掌握和严格遵守。

四、安全生产教育培训

（一）教育培训计划

企业应当在每年初制定本年度安全生产教育培训计划，并按计划组织实施。

（二）教育培训要求

(1) 企业应当每年对从业人员开展安全生产教育培训，教育培训主要包括新员工上岗前的安全生产教育培训、脱岗和转岗员工上岗前的专项安全生产教育培训、从业人员安全生产再教育培训等。

(2) 安全生产教育培训的内容和结果应当记入从业人员安全生产教育培训考核档案，培训情况应当记入从业人员安全生产记录卡，并由从业人员和考核人员签名。未经安全生产教育培训合格的从业人员，不得上岗作业。

(3) 企业的特种作业人员应该按照国家有关规定经专门的安全作业培训，取得特种作业操作资格证书后，方可上岗作业。

(4) 企业的主要负责人和安全生产管理人员，应当具备与所从事的生产经营活动相适应的安全生产知识和管理能力。

（三）教育培训内容

安全生产教育培训的主要内容包括：安全生产法律法规；安全生产规章制度和操作规程；安全生产管理知识、安全生产技术知识及岗位操作技能；安全设备、设施、工具、劳动防护用品的使用、维护和保管知识；生产安全事故的防范和应急措施、自救互救知识；生产安全事故案例及启示；其他应当具备的安全生产知识和技能。

（四）教育培训时间

(1) 企业主要负责人和安全生产管理人员初次安全培训时间不得少于32学时，每年再培训时间不得少于12学时。高危企业主要负责人和安全生产管理人员安全资格培训时间不得少于48学时，每年再培训时间不得少于16学时。

(2) 企业新上岗的从业人员（包括调换工作岗位、离岗6个月以上重新回到原工作岗位或者采用新工艺、新技术、新材料、新设备时的有关从业人员），初次培训时间不得少于24学时，每年再培训时间不得少于8学时。高危企业新上岗的从业人员应当进行强制性安全培训，安全培训时间不得少于72学时，每年再培训时间不得少于20学时。

五、安全生产资金投入和物质保障

（一）安全生产资金投入

企业应当确保本单位具备安全生产条件所必需的资金投入。安全生产投入应当纳入本单位全年的经费预算。

(1) 安全生产经费 氮肥企业作为危险化学品生产单位，应当按照国家有关规定提取和使用安全生产费用。安全生产费用应当专户储存、专款专用、专户核算，每年的安全生产费用提取、使用情况应当报安全生产监督管理部门和负有安全生产监督管理职责的有关部门备案。

① 安全生产费用提取办法。国家安监总局和财政部制定的《高危行业企业安全生产费用财务管理暂行办法》（财企〔2006〕478 号）第九条规定，危险品生产企业以本年度实际销售收入为计提依据，采取超额累退方式按照以下标准逐月提取：全年实际销售收入在 1000 万元及以下的，按照 4% 提取；全年实际销售收入在 1000 万元至 10000 万元（含）的部分，按照 2% 提取；全年实际销售收入在 10000 万元至 100000 万元（含）的部分，按照 0.5% 提取；全年实际销售收入在 100000 万元以上的部分，按照 0.2% 提取。

② 安全生产费用使用范围。完善、改造和维护安全防护设备、设施支出；配备必要的应急救援器材、设备和现场作业人员安全防护物品支出；安全生产检查与评价支出；重大危险源、重大事故隐患的评估、整改、监控支出；安全技能培训及进行应急救援演练支出；其他与安全生产直接相关的支出。

(2) 安全生产风险抵押金 氮肥企业作为危险化学品生产单位属于高危行业，应按照有关规定存储、使用安全生产风险抵押金。

(3) 工伤保险费 企业应当依法参加工伤保险，为从业人员缴纳保险费。

企业还应当根据安全生产的需要，积极参加雇主责任保险、公众责任保险等安全生产责任保险，建立安全生产与商业责任保险相结合的事故预防机制，并为从事高空、高压、易燃、易爆、剧毒、放射性、运输、野外、矿山开采等高危作业的人员办理意外伤害保险。

（二）物质保障

(1) 工艺设备 企业应当积极推进安全生产技术进步，积极采用新工艺、新技术、新材料、新装备并掌握其安全技术特性，及时淘汰陈旧落后及安全保障能力下降的安全防护设施、设备与技术，不得使用国家明令淘汰、禁止使用的危及生产安全的工艺、设备，不断改善本单位的安全生产条件，提高安全生产科技保障水平。

（2）安全间距　企业的生产区域、生活区域、储存区域之间应当保持规定的安全距离。

（3）劳动防护　企业应当按照国家标准或者行业标准为从业人员无偿提供合格的劳动防护用品，并督促、教育从业人员按照使用规则正确佩戴和使用。不得以货币或者其他物品替代劳动防护用品。

（4）安全设施　企业应当对安全设施、设备按规定进行维护、保养，并定期检测，保证安全设施、设备正常运转。

六、安全标准化管理

（一）安全标准化

安全标准化，是指企业为安全生产活动获得最佳秩序，保证安全管理及生产条件达到法律、行政法规、部门规章和标准等要求而制定的规则。

（1）法规标准　《企业安全生产标准化基本规范》（AQ/T 9006—2010）采用国际通用的策划、实施、检查、改进动态循环的现代安全管理模式，对企业安全生产工作的组织机构、安全投入、安全管理制度、隐患排查和治理、重大危险源监控、绩效评定和持续改进等方面的内容作了具体规定，进一步明确了企业安全生产工作干什么和怎么干的问题，能够更好地引导企业落实安全生产主体责任，建立安全生产长效机制。

（2）达标要求　企业应当按照国家和地方政府制定的行业安全标准化达标要求，在生产经营的各环节、各岗位开展安全标准化建设工作，使安全生产标准、安全生产技术规范、安全生产操作规程变为从业人员规范化、制度化、标准化岗位操作的自觉行为。要深入开展以岗位达标、专业达标和企业达标为内容的安全生产标准化建设。

（3）鼓励政策　对安全标准化建设持续达标的企业，在安全生产许可证延续、安全生产风险抵押金存储、安全生产费用提取、工伤保险费交纳等方面均享有优惠政策，并在安全生产评优、奖励、政策扶持等方面优先考虑。

（二）安全生产管理要求

（1）企业应当持续改进安全生产管理，采用信息化等先进的安全管理方法和手段，落实各项安全防范措施，提高安全生产管理水平。

（2）企业需取得安全生产行政许可后方可开展生产经营活动的，应当依法申请安全生产行政许可，在取得行政许可后不得降低法定的安全生产条件。

（3）企业进行爆破、吊装、动火、进入受限空间等危险作业，应当制定专项安全管理制度和措施，安排专门人员进行现场安全管理，监督危险作业人员严格按有关操作规程进行操作，对发现的事故隐患及违法行为应当及时采取措施排除和纠正。现场管理人员不得擅离职守。

（4）企业应当引导从业人员自觉遵守安全生产规章制度，自觉拒绝违章作业；组织、鼓励从业人员积极参加安全生产培训学习，提出改进安全工作的意见。

（5）企业应当加强安全生产宣传教育，不断提高从业人员的安全意识。企业的有关组织等应当协同合作，发挥各自优势，积极弘扬企业安全文化，营造安全生产氛围。

（6）企业应当开展安全文化创建活动，坚持以人为本，把安全生产放在第一位，积极探索有效方法和途径，营造浓厚的安全文化氛围，提高全员的安全意识和应急处置能力。

（7）企业应当接受工会的监督，为工会依法维护职工的合法权益创造必要的条件，对工会提出的有关意见和建议应当认真研究解决。

（8）企业应当建立安全生产激励和约束机制，逐级、逐层次、逐岗位与从业人员签订安全生产责任状。对完成岗位责任目标的，给予相应的奖励；对完不成岗位责任目标的，给予相应的处罚；造成生产安全事故的，按有关规定处理。

七、安全检查与隐患治理

（一）安全检查

企业安全检查分日常检查、专业性检查、季节性检查、节假日检查和综合性检查。日常检查应根据管理层次、不同岗位与职责定期进行，班组和岗位员工应进行交接班检查和班中不间断地巡回检查，基层单位（车间）和企业应根据实际情况进行周检、月检和季检。专业检查分别由各专业部门负责定期进行。季节性检查和节假日检查由企业根据季节和节假日特点组织进行。综合性检查由厂和车间分别负责定期进行。安全检查主要包括以下内容：安全生产规章制度是否健全、完善；设备、设施是否处于安全运行状态；有毒、有害等危险作业场所是否处于安全作业状态；从业人员是否具备相应的安全知识和操作技能，特种作业人员是否持证上岗；从业人员在工作中是否严格遵守安全生产规章制度和操作规程；发放配备的劳动防护用品是否符合国家标准或者行业标准，从业人员是否正确佩带和熟练使用；现场生产管理、指挥人员有无违章指挥、强令从业人员冒险作业行为；现场生产管理、指挥人员对从业人员的违章违纪行为是否及时发现和制止；危险源的检测监控情况；其他应当检查的安全生产事项。

企业应对检查发现的问题或外部评估提出的问题及时进行整改，并对整改情况进行验证。企业应分析形成问题的原因，以便采取措施，避免同类或类似问题再次发生。

（二）重大危险源管理

企业应当加强重大危险源管理，采用先进技术手段对重大危险源实施现场动态监控，定期对设施、设备进行检测、检验，定期检查重大危险源的安全状况，制订应急预案并定期组织演练，告知从业人员和相关人员在紧急情况下应当采取的应急措施。企业应当至少每半年向安全生产监督管理部门和负有安全生产监督管理职责的有关部门报告重大危险源监控措施的实施情况。

（三）隐患排查治理

企业应当定期排查事故隐患。发现事故隐患的，应当立即采取措施，予以消除；难以立即消除的，应当采取有效的安全防范和监控措施，并依照有关规定进行评估、报告和治理。

八、事故报告和应急救援

企业应当认真贯彻落实《生产安全事故报告和调查处理条例》（国务院493 号令），依法做好生产安全事故报告、调查处理和应急救援工作。企业应当结合实际，制定生产安全事故应急救援预案，建立应急救援组织，配备相应的应急救援器材和设备，定期进行演练，使管理人员和操作人员熟悉紧急情况下应当采取的应急措施，确保应急预案的有效性。

第四节　危险化学品安全管理基础

一、危险化学品安全管理基本概念

（一）化学品、危险化学品

(1) 化学品　是指各种化学元素的单质、由元素组成的化合物及其混合物，包括天然的和人造的。

(2) 危险化学品　是指具有毒害、腐蚀、爆炸、燃烧、助燃等性质，对人体、设施、环境具有危害的剧毒化学品和其他化学品。

（二）危险化学品生产企业、中间产品、危险化学品名录

(1) 危险化学品生产企业　是指依法设立且取得工商营业执照或者工商核准文件从事生产最终产品或者中间产品列入《危险化学品目录》的企业。

(2) 中间产品　是指为满足生产的需要，生产一种或者多种产品为下一个生产过程参与化学反应的原料。

(3) 危险化学品名录　是指国家安监总局会同国务院工业和信息化、公安、环境保护、卫生、质量监督检验检疫、交通运输、铁路、民用航空、农业主管部门，依据《危险化学品安全管理条例》公布的危险化学品目录。

原国家安全生产监督管理局联合有关职能部门以"公告 2003 年第 1 号"

公布了《危险化学品名录》（2002 年版）；以"公告 2003 年第 2 号"公布了《剧毒化学品目录》（2002 年版）。

氮肥企业可能涉及的氨、硫化氢、甲烷、天然气、氢、一氧化碳、甲醇、苯胺、一甲胺、二甲胺、二硫化碳等被列入国家安监总局公布的《首批重点监管的危险化学品名录》。

（三）危险化学品生产单位、危险化学品从业单位

（1）危险化学品生产单位 是指危险化学品生产企业或者其分公司、子公司所属的独立核算生产成本的单位。

（2）危险化学品从业单位 是指依法设立且取得相关行政许可证的从事危险化学品生产、经营、储存活动的企业或者其分公司、子公司所属的独立核算成本的单位。

（四）危险化学品作业场所、关键装置、重点部位

（1）危险化学品作业场所 是指可能使从业人员接触危险化学品的任何作业活动场所，包括从事危险化学品的生产、操作、处置、储存、装卸等场所。

（2）关键装置 在易燃、易爆、有毒、有害、易腐蚀、高温、高压、真空、深冷、临氢、烃氧化等条件下进行工艺操作的生产装置。

（3）重点部位。 生产、储存、使用易燃易爆、剧毒等危险化学品场所，以及可能形成爆炸、火灾场所的罐区、装卸台（站）、油库、仓库等；对关键装置安全生产起关键作用的公用工程系统等。

二、危险化学品分类及特性

（一）危险化学品分类

在《常用危险化学品的分类及标志》（GB 13690—92）中，按其主要危险特性分为八大类：爆炸品；压缩气体和液化气体；易燃液体；易燃固体、自燃物品和遇湿易燃物品；氧化剂和有机过氧化物；毒害品和感染性物品；放射性物品；腐蚀品。

（二）危险化学品特性

（1）爆炸品 在外界作用下（如受热、摩擦、撞击等）能发生剧烈的化学反应，瞬间产生大量的气体和热量，使周围的压力急剧上升，发生爆炸，对周围环境、设备、人员造成破坏和伤害。

（2）压缩气体和液化气体 指压缩的、液化的或加压溶解的气体，有引起物理爆炸、爆炸燃烧或中毒的危险性。这类物品当受热、撞击或强烈震动

时，容器内压力会急剧增大，致使容器破裂、爆炸，或者导致气瓶阀门松动漏气，酿成火灾或中毒事故等。按其危险性又分为易燃气体、不燃气体、有毒气体3类。

(3) 易燃液体　指易燃的液体、液体混合物或含有固体物质的液体。本类物质具有燃爆危险性，在常温下易挥发，其蒸气与空气混合能形成爆炸性混合物。闪点是易燃液体燃爆危险性的重要指标，闪点越低，燃爆危险性越大。按其危险性又分为低闪点液体（闪点低于-18℃）、中闪点液体（闪点大于等于-18℃、低于23℃）、高闪点液体（闪点大于等于23℃、低于61℃）3项。

易燃液体与氧化剂或氧化性酸接触，能发生剧烈反应，并发生燃烧，因此，易燃液体不得与氧化剂或有氧化性的酸类接触。大多数易燃液体及其蒸气均有不同程度的毒性，例如甲醇、苯、二硫化碳等，吸入其蒸气或经皮肤吸收都会造成中毒事故。

(4) 易燃固体、自燃物品和遇湿易燃物品　这类物品易于引起和促成火灾。按其燃烧特性又分为3项。

① 易燃固体。燃点低，对热、撞击、摩擦敏感，易被外部火源点燃迅速燃烧，能散发有毒烟雾或有毒气体，如红磷、硫黄等。

② 自燃物品。自燃点低，在空气中易于发生氧化反应放出热量而自行燃烧，如黄磷、三氯化钛等。

③ 遇湿易燃物品。遇水或受潮时发生剧烈反应，放出大量易燃气体和热量，有的不需明火就能燃烧或爆炸，如金属钠、钾、氢化钾等。

(5) 氧化剂和有机过氧化物　这类物品具有强氧化性，易引起燃烧、爆炸。按其组分又分为2项。

① 氧化剂。指具有强氧化性，易分解放出氧和热量的物质。包括含有过氧化基的无机物，其本身不一定可燃，但能导致可燃物燃烧；与粉末状可燃物能组成爆炸性混合物，对热、震动和摩擦比较敏感。如过氧化钠、氯酸铵、高锰酸钾等。

② 有机过氧化物。指分子组成中含有过氧基的有机物，其本身易燃易爆、极易分解，对热、震动和摩擦较为敏感。如过氧化苯甲酰、过氧化甲乙酮等。

氧化剂和有机过氧化物最突出的性质是遇易燃物品、可燃物、还原剂、有机物等会发生剧烈化学反应而引起燃烧爆炸。因而，这类物品不得与易燃物品、可燃物、还原剂、有机物等混存混运。

(6) 毒害品和感染性物品　按其危险特性分为2项。

① 毒害品。进入人（动物）肌体后，累积达到一定的量能与体液和组织发生生物化学作用或生物物理作用，扰乱或破坏肌体的正常生理功能，引起暂时或持久性的病理改变，甚至危及生命。如各种氰化物、砷化物、化学农药等。中毒的途径有3个：口服、吸入、皮肤吸收。

②　感染性物品。是指含有致病的微生物，能引起病态，甚至死亡的物质。

（7）放射性物品　放射性物质具有严重的放射性，当人体接触时，可造成外照射或内照射，发生电离辐射作用而引起急性或慢性放射性疾病。若发生泄漏，则发生放射性污染事故。

放射性物品属于危险化学品，但不属于《危险化学品安全管理条例》的管理范围，国家另外有《放射性同位素与射线装置放射防护条例》等专门的法规来管理。

（8）腐蚀品　指能灼伤人体组织并对金属等物品造成损伤的固体或液体。这类物质按其化学性质又分为酸性腐蚀品、碱性腐蚀品、其他腐蚀品3项。

由于物质本身是复杂多变的，其危险性是由多种因素决定的，所以一种危险化学品的危险性可能是多种多样的。如有易燃性、易爆性、氧化性，还可能兼有毒害性、放射性和腐蚀性等。一种物质往往不只有一种危险性，如磷化锌既能遇水放出易燃气体，又有相当强的毒害性；硝酸既有强烈的腐蚀性，又有很强的氧化性。

三、危险化学品安全标志

（一）危险化学品标志

（1）标志的种类　《常用危险化学品的分类及标志》（GB 13690—92）中规定了常用危险化学品的27种包装标志，其中设主标志16种、副标志11种。

16种主标志包括：第1类爆炸品，第2类易燃气体、不燃气体、有毒气体，第3类易燃液体，第4类易燃固体、自燃物品、遇湿易燃物品，第5类氧化剂、有机过氧化物，第6类有害品、剧毒品，第7类一级放射性物品、二级放射性物品、三级放射性物品，第8类腐蚀品。

11种副标志包括：爆炸品、易燃气体、不燃气体、有毒气体、易燃液体、易燃固体、自燃物品、遇湿易燃物品、氧化剂、有害品、腐蚀品。

（2）标志的图形　主标志是由表示危险特性的图案、文字说明、底色和危险品类别号四个部分组成的菱形标志。副标志图形中没有危险品类别号。

（3）标志的使用　当一种危险化学品具有一种以上的危险性时，应用主标志表示主要危险性类别，并用副标志来表示重要的其他的危险性类别。

（二）化学品安全标签

《化学品安全标签编写规定》（GB 15258—1999）中规定了化学品安全标签的内容和编写要求。

1. 安全标签的概念

化学品安全标签是指危险化学品在市场流通时由生产销售单位提供的附

在化学品包装上的标签，是向作业人员传递安全信息的一种载体。它用简单、明了、易于理解的文字、图形表述有关化学品的危险特性及其安全处置的注意事项，以警示作业人员进行安全操作和处置。

2. 安全标签的内容

（1）化学品和其主要有害组分标识。包括：名称、分子式、化学成分及组成、危险货物编号、标志。

（2）警示词。根据化学品的危险程度和类别，用"危险"、"警告"、"注意"三个词分别进行危害程度的警示。当某种化学品具有两种及两种以上的危险性时，用危险性最大的警示词。

（3）危险性概述。简要概述化学品燃烧爆炸危险特性、健康危害和环境危害。

（4）安全措施。表述化学品在处置、搬运、储存和使用作业中所必须注意的事项和发生意外时简单有效的救护措施等，要求内容简明扼要、重点突出。

（5）灭火。化学品为易（可）燃或助燃物质，应提示有效的灭火剂和禁用的灭火剂以及灭火注意事项。

（6）批号。注明生产日期及生产班次。

（7）提示向生产销售企业索取安全技术说明书。

（8）生产企业名称、地址、邮编、电话。

（9）应急咨询电话。

（三）安全技术说明书

《化学品安全技术说明书编写规定》（GB 16483—2000）中规定了化学品安全技术说明书的内容和编写要求。

1. 化学品安全技术说明书的概念

化学品安全技术说明书，国际上称为化学品安全信息卡。是关于危险化学品燃爆、毒性和环境危害以及安全使用、泄漏应急处置、主要理化参数、法律法规等方面信息的综合性文件。

2. 化学品安全技术说明书的内容

（1）化学品及企业标识　标明化学品名称、企业名称、地址、邮编、电话、应急电话、传真和电子邮件等信息。

（2）成分/组成信息　标明该化学品是纯化学品还是混合物。纯化学品，应给出其化学品名称或商品名和通用名。混合物，应给出危害性组分的浓度或浓度范围。无论是纯化学品还是混合物，如果其中包含有害性组分，则应给出化学文摘索引登记号（CAS号）。

（3）危险性概述　简要概述本化学品最重要的危害和效应，主要包括：危害类别、侵入途径、健康危害、环境危害、燃爆危险等信息。

（4）急救措施　指作业人员意外地受到伤害时，所需采取的现场自救或互救的简要处理方法，包括：眼睛接触、皮肤接触、吸入、食入的急救措施。

（5）消防措施 主要表示化学品的物理和化学特殊危险性，适合灭火介质，不合适的灭火介质以及消防人员个体防护等方面的信息，包括：危险特性、灭火介质和方法，灭火注意事项等。

（6）泄漏应急处理 指化学品泄漏后现场可采用的简单有效的应急措施、注意事项和消除方法，包括：应急行动、应急人员防护、环保措施、消除方法等内容。

（7）操作处置与储存 主要是指化学品操作处置和安全储存方面的信息资料，包括：操作处置作业中的安全注意事项、安全储存条件和注意事项。

（8）接触控制/个体防护 在生产、操作处置、搬运和使用化学品的作业过程中，为保护作业人员免受化学品危害而采取的防护方法和手段。包括：最高容许浓度、工程控制、呼吸系统防护、眼睛防护、身体防护、手防护、其他防护要求。

（9）理化特性 主要描述化学品的外观及理化性质等方面的信息，包括：外观与性状、pH值、沸点、熔点、相对密度（水＝1）、相对蒸气密度（空气＝1）、饱和蒸气压、燃烧热、临界温度、临界压力、闪点、引燃温度、爆炸极限、溶解性、主要用途和其他一些特殊理化性质。

（10）稳定性和反应性 主要叙述化学品的稳定性和反应活性方面的信息，包括：稳定性、禁配物、应避免接触的条件、聚合危害、分解产物。

（11）毒理学资料 提供化学品的毒理学信息，包括：不同接触方式的急性毒性（LC50、LD50）、刺激性、致敏性、亚急性和慢性毒性，致突变性、致畸性、致癌性等。

（12）生态学资料 主要陈述化学品的环境生态效应、行为和转归，包括：生物效应（如LC50、LD50）、生物降解性、生物富集、环境迁移及其他有害的环境影响等。

（13）废弃处置 是指对被化学品污染的包装和无使用价值的化学品的安全处理方法，包括废弃处置方法和注意事项。

（14）运输信息 主要是指国内、国际化学品包装、运输的要求及运输规定的分类和编号，包括：危险货物编号、包装类别、包装标志、包装方法、UN编号及运输注意事项等。

（15）法规信息 主要是化学品管理方面的法律条款和标准。

（16）其他信息 主要提供其他对安全有重要意义的信息，包括：参考文献、填表时间、填表部门、数据审核单位等。

四、典型化学反应与危险化工工艺

（一）典型化学反应

化工过程中的典型化学反应主要有氧化、还原、硝化、电解、聚合、催化、裂化、氯化、重氮化、烷基化、磺化等。

（1）氧化　通常指原子或离子失电子或电子对偏离（使元素的化合价升高）的过程。狭义的概念，物质与氧（并不是单指"氧气"）发生的反应称为氧化反应。多数有机化合物的氧化反应表现为反应原料得到氧或失去氢。常用的氧化剂有空气、氧气、双氧水、氯酸钾、高锰酸钾、硝酸盐等。

（2）还原　通常是指原子或离子得电子或电子对偏向（使元素的化合价降低）的过程。含氧物质被夺去氧的反应属于还原反应。

（3）硝化　是有机化合物分子中引入硝基（—NO_2）的反应，最常见的是取代反应。硝化方法可分成直接硝化法、间接硝化法和亚硝化法，分别用于生产硝基化合物、硝胺、硝酸酯和亚硝基化合物等。

（4）电解　电流通过电解质溶液或熔融电解质时，在两个极上所引起的化学变化称为电解反应。许多基本化学工业产品（氢、氧、氯、烧碱、氯酸钾、过氧化氢等）的制备，以及电镀、电抛光、阳极氧化等，都是通过电解来实现的。

（5）聚合　是一种或几种小分子化合物变成大分子化合物（也称高分子化合物或聚合物）的反应。按照反应类型可分为加成聚合和缩合聚合两大类，按照聚合方式可分为本体聚合、悬浮聚合、溶液聚合、乳液聚合、缩合聚合五种。

（6）催化　是指在催化剂的作用下所进行的化学反应。

（7）裂化　有时又称裂解，是指石油系的烃类原料在高温条件下，发生碳链断裂或脱氢反应，生成烯烃及其他产物的过程。裂化可分为热裂化、催化裂化、加氢裂化三种类型。

（8）氯化　是化合物的分子中引入氯原子的反应，包含氯化反应的工艺过程为氯化工艺。有机化学中一般有置换和加成两种方法；无机化学中，元素或化合物和氯的反应有时也称为氯化。

（9）重氮化　是指一级胺与亚硝酸在低温下作用，生成重氮盐的反应。通常是把含芳胺的有机化合物在酸性介质中与亚硝酸钠作用，使其中的氨基（—NH_2）转变为重氮基（—N≡N—）的化学反应。

（10）烷基化　亦称烃化，是指在有机化合物中的氮、氧、碳等原子上引入烷基R—的化学反应。烷基化常用烯烃、卤代烃、醇等能在有机化合物分子中的碳、氧、氮等原子上引入烷基的物质作烷基化剂。

（11）磺化　是向有机化合物分子中引入磺酰基（—SO_3H）的反应。磺化方法分为三氧化硫磺化法、共沸去水磺化法、氯磺酸磺化法、烘焙磺化法和亚硫酸盐磺化法等。

（二）危险化工工艺

《国家安全监管总局关于公布首批重点监管的危险化工工艺目录的通知》（安监总管三〔2009〕116 号）确定了光气及光气化工艺、电解工艺（氯碱）、氯化工艺、硝化工艺、合成氨工艺、裂解（裂化）工艺、氟化工艺、加氢工艺、重氮化工艺、氧化工艺、过氧化工艺、氨基化工艺、磺化工艺、聚合工艺、烷基化工艺等15种危险化工工艺，并明确了每种危险化工工艺的安全控制要求、重点监控参数及推荐的控制方案。除上述已介绍的之外，做如下几点补充。

(1) 氟化工艺 氟化是在化合物的分子中引入氟原子的反应，涉及氟化反应的工艺过程为氟化工艺。氟与有机化合物作用是强放热反应，放出大量的热可使反应物分子结构遭到破坏，甚至着火爆炸。氟化剂通常为氟气、卤族氟化物、惰性元素氟化物、高价金属氟化物、氟化氢、氟化钾等。

(2) 加氢工艺 加氢是在有机化合物分子中加入氢原子的反应，涉及加氢反应的工艺过程为加氢工艺。主要包括不饱和键加氢、芳环化合物加氢、含氮化合物加氢、含氧化合物加氢、氢解等。

(3) 过氧化反应 向有机化合物分子中引入过氧基（—O—O—），得到的产物为过氧化物的工艺过程称为过氧化工艺。

(4) 胺化反应 是在分子中引入氨基（R_2N-）的反应。包括 $R-CH_3$ 烃类化合物（R：氢、烷基、芳基）在催化剂存在下，与氨和空气的混合物进行高温氧化反应，生成腈类等化合物的反应。

五、危险化学品登记

（一）登记目的

国家实行危险化学品登记制度，为危险化学品安全管理以及危险化学品事故预防和应急救援提供技术、信息支持。

（二）登记范围

危险化学品生产企业、进口企业。

（三）登记内容

危险化学品登记包括下列内容：
① 分类和标签信息；
② 物理、化学性质；
③ 主要用途；
④ 危险特性；
⑤ 储存、使用、运输的安全要求；
⑥ 出现危险情况的应急处置措施。
对同一企业生产、进口的同一品种的危险化学品，不进行重复登记。危险化学品生产企业、进口企业发现其生产、进口的危险化学品有新的危险特性的，应当及时向危险化学品登记机构办理登记内容变更手续。

六、危险化学品安全管理环节

《危险化学品安全管理条例》（国务院令第 591 号）第二条：危险化学品生产、储存、使用、经营和运输的安全管理，适用本条例。

《危险化学品安全管理条例》规定：废弃危险化学品的处置，依照有关环境保护的法律、行政法规和国家有关规定执行。

（一）危险化学品生产管理

1. 危险化学品建设项目的设立

国家对危险化学品的生产、储存实行统筹规划、合理布局。新建、改建、扩建生产、储存危险化学品的建设项目（以下简称建设项目），应当由安全生产监督管理部门进行安全条件审查。

《危险化学品建设项目安全许可实施办法》（国家安监总局令第 8 号）对新建、改建、扩建危险化学品生产、储存装置和设施，伴有危险化学品产生的化学品生产装置和设施的建设项目，设立、设计、验收三个阶段的安全许可进行了明确规定。

2. 危险化学品生产企业的安全许可

国家对矿山企业、建筑施工企业和危险化学品、烟花爆竹、民用爆破器材生产企业实行安全生产许可制度。

危险化学品生产企业进行生产前，应当依照《安全生产许可证条例》的规定，取得危险化学品安全生产许可证。

生产列入国家实行生产许可证制度的工业产品目录的危险化学品的企业，应当依照《中华人民共和国工业产品生产许可证管理条例》的规定，取得工业产品生产许可证。

3. 危险化学品生产企业的安全条件

《危险化学品生产企业安全生产许可证实施办法》（国家安监总局令第 41 号）对危险化学品企业申请安全生产许可证的条件进行了明确要求。

(1) 选址布局、规划设计以及与重要场所、设施、区域的距离应当符合下列要求：

① 国家产业政策；当地县级以上（含县级）人民政府的规划和布局；新设立企业建在地方人民政府规划的专门用于危险化学品生产、储存的区域内。

② 危险化学品生产装置或者储存危险化学品数量构成重大危险源的储存设施，与《危险化学品安全管理条例》第十九条第一款规定的八类场所、设施、区域的距离符合有关法律、法规、规章和国家标准或者行业标准的规定。

③ 总体布局符合《化工企业总图运输设计规范》（GB 50489）、《工业企业总平面设计规范》（GB 50187）、《建筑设计防火规范》（GB 50016）等标

准的要求。

石油化工企业除符合本条第一款规定条件外，还应当符合《石油化工企业设计防火规范》（GB 50160）的要求。

(2) 厂房、作业场所、储存设施和安全设施、设备、工艺应当符合下列要求：

① 新建、改建、扩建建设项目经具备国家规定资质的单位设计、制造和施工建设；涉及危险化工工艺、重点监管危险化学品的装置，由具有综合甲级资质或者化工石化专业甲级设计资质的化工石化设计单位设计。

② 不得采用国家明令淘汰、禁止使用和危及安全生产的工艺、设备；新开发的危险化学品生产工艺必须在小试、中试、工业化试验的基础上逐步放大到工业化生产；国内首次使用的化工工艺，必须经过省级人民政府有关部门组织的安全可靠性论证。

③ 涉及危险化工工艺、重点监管危险化学品的装置装设自动化控制系统；涉及危险化工工艺的大型化工装置装设紧急停车系统；涉及易燃易爆、有毒有害气体化学品的场所装设易燃易爆、有毒有害介质泄漏报警等安全设施。

④ 生产区与非生产区分开设置，并符合国家标准或者行业标准规定的距离。

⑤ 危险化学品生产装置和储存设施之间及其与建（构）筑物之间的距离符合有关标准规范的规定。

(3) 应当有相应的职业危害防护设施，并为从业人员配备符合国家标准或者行业标准的劳动防护用品。

(4) 应当依据《危险化学品重大危险源辨识》（GB 18218），对本企业的生产、储存和使用装置、设施或者场所进行重大危险源辨识。对已确定为重大危险源的生产和储存设施，应当执行《危险化学品重大危险源监督管理暂行规定》。

(5) 应当依法设置安全生产管理机构，配备专职安全生产管理人员。配备的专职安全生产管理人员必须能够满足安全生产的需要。

(6) 应当建立全员安全生产责任制，保证每位从业人员的安全生产责任与职务、岗位相匹配。

(7) 应当根据化工工艺、装置、设施等实际情况，制定完善下列主要安全生产规章制度：安全生产例会等安全生产会议制度，安全投入保障制度，安全生产奖惩制度，安全培训教育制度，领导干部轮流现场带班制度，特种作业人员管理制度，安全检查和隐患排查治理制度，重大危险源评估和安全管理制度，变更管理制度，应急管理制度，生产安全事故或者重大事件管理制度，防火、防爆、防中毒、防泄漏管理制度，工艺、设备、电气仪表、公用工程安全管理制度，动火、进入受限空间、吊装、高处、盲板抽堵、动土、断路、设备检维修等作业安全管理制度，危险化学品安全管理制度，职业健康相关管理制度，劳动防护用品使用维护管理制度，承包商管理制度，安全管理制度及操作规程定期修订制度。

(8) 应当根据危险化学品的生产工艺、技术、设备特点和原辅料、产品的危险性编制岗位操作安全规程。

(9) 主要负责人、分管安全负责人和安全生产管理人员必须具备与其从事的生产经营活动相适应的安全生产知识和管理能力，依法参加安全生产培训，并经考核合格，取得安全资格证书。

企业分管安全负责人、分管生产负责人、分管技术负责人应当具有一定的化工专业知识或者相应的专业学历，专职安全生产管理人员应当具备国民教育化工化学类（或安全工程）中等职业教育以上学历或者化工化学类中级以上专业技术职称，或者具备危险物品安全类注册安全工程师资格。

特种作业人员应当依照《特种作业人员安全技术培训考核管理规定》，经专门的安全技术培训并考核合格，取得特种作业操作证书。

其他从业人员应当按照国家有关规定，经安全教育培训合格。

(10) 应当按照国家规定提取与安全生产有关的费用，并保证安全生产所必需的资金投入。

(11) 应当依法参加工伤保险，为从业人员缴纳保险费。

(12) 应当依法委托具备国家规定资质的安全评价机构进行安全评价，并按照安全评价报告的意见对存在的安全生产问题进行整改。

(13) 应当依法进行危险化学品登记，为用户提供化学品安全技术说明书，并在危险化学品包装（包括外包装件）上粘贴或者拴挂与包装内危险化学品相符的化学品安全标签。

(14) 应当符合下列应急管理要求：按照国家有关规定编制危险化学品事故应急预案并报有关部门备案；建立应急救援组织或者明确应急救援人员，配备必要的应急救援器材、设备设施，并定期进行演练。

生产、储存和使用氯气、氨气、光气、硫化氢等吸入性有毒有害气体的企业，还应当配备至少两套以上全封闭防化服；构成重大危险源的，还应当设立气体防护站（组）。

(15) 符合有关法律、行政法规和国家标准或者行业标准规定的其他安全生产条件。

（二）危险化学品储存管理

1. 危险化学品的储存要求

(1) 危险化学品应当储存在专用仓库、专用场地或者专用储存室（以下统称专用仓库）内，并由专人负责管理；剧毒化学品以及储存数量构成重大危险源的其他危险化学品，应当在专用仓库内单独存放，并实行双人收发、双人保管制度。剧毒化学品还应实行更加严格的"双人验收、双人保管、双人发货、双把锁、双本账"五双管理制度。

（2）生产、储存剧毒化学品或者国务院公安部门规定的可用于制造爆炸物品的危险化学品（以下简称易制爆危险化学品）的单位，应当如实记录其生产、储存的剧毒化学品、易制爆危险化学品的数量、流向，并采取必要的安全防范措施，防止剧毒化学品、易制爆危险化学品丢失或者被盗；发现剧毒化学品、易制爆危险化学品丢失或者被盗的，应当立即向当地公安机关报告。

（3）生产、储存剧毒化学品、易制爆危险化学品的单位，应当设置治安保卫机构，配备专职治安保卫人员。

（4）危险化学品的储存方式、方法以及储存数量应当符合国家标准或者国家有关规定。

（5）储存危险化学品的单位应当建立危险化学品出入库核查、登记制度。剧毒化学品以及储存数量构成重大危险源的其他危险化学品，储存单位应当将其储存数量、储存地点以及管理人员的情况，报所在地县级安监督部门（在港区内储存的，报港口行政管理部门）和公安机关备案。

（6）危险化学品专用仓库应当符合国家标准、行业标准的要求，并设置明显的标志。储存剧毒化学品、易制爆危险化学品的专用仓库，应当按照国家有关规定设置相应的技术防范设施。储存危险化学品的单位应当对其危险化学品专用仓库的安全设施、设备定期进行检测、检验。

（7）生产、储存危险化学品的单位转产、停产、停业或者解散的，应当采取有效措施，及时、妥善处置其危险化学品生产装置、储存设施以及库存的危险化学品，不得丢弃危险化学品。

2. 危险化学品储存项目的建设

危险化学品储存项目的建设要求已在前文"危险化学品生产管理"中介绍。危险化学品储存设施建设的基本要求如下：

（1）危险化学品储存仓库的建设，其周边间距、建筑结构、通风、采暖、消防、电气等应符合国家有关法律、法规、标准的要求。

（2）危险化学品储存罐区的建设，其周边间距、罐区布置、装卸设施、防火堤设置、消防设计等应符合国家有关法律、法规、标准的要求。

（3）储存方式。危险化学品的储存必须具备适合储存方式的设施。如隔离储存、隔开储存、分离储存等。

（4）禁配要求。根据危险品性能分区、分类、分库储存。各类危险品不得与禁忌物料混合储存。

禁忌物料是指化学性质相抵触或灭火方法不同的化学物料。禁忌物料配置，详见本书第六章的"常用危险化学品储存禁忌物配存表"。

3. 危险化学品的包装要求

（1）危险化学品的包装应当符合法律、行政法规、规章的规定以及国家标准、行业标准的要求。

（2）危险化学品包装物、容器的材质以及危险化学品包装的形式、规格、方法和单件质量（重量），应当与所包装的危险化学品的性质和用途相适应。

（3）对重复使用的危险化学品包装物、容器，使用单位在重复使用前应当进行检查；发现存在安全隐患的，应当维修或者更换。使用单位应当对检查情况做出记录，记录的保存期限不得少于2年。

（三）危险化学品使用管理

（1）使用危险化学品的单位，其使用条件（包括工艺）应当符合法律、行政法规的规定和国家标准、行业标准的要求，并根据所使用的危险化学品的种类、危险特性以及使用量和使用方式，建立健全使用危险化学品的安全管理规章制度和安全操作规程，保证危险化学品的安全使用。

（2）使用危险化学品从事生产并且使用量达到规定数量的化工企业（属于危险化学品生产企业的除外，下同），应当依照规定取得危险化学品安全使用许可证。

（3）申请危险化学品安全使用许可证的化工企业，还应当具备下列条件：

① 有与所使用的危险化学品相适应的专业技术人员；

② 有安全管理机构和专职安全管理人员；

③ 有符合国家规定的危险化学品事故应急预案和必要的应急救援器材、设备；

④ 依法进行了安全评价。

（四）危险化学品经营管理

1. 危险化学品经营许可制度

国家对危险化学品经营（包括仓储经营，下同）实行许可制度。未经许可，任何单位和个人不得经营危险化学品。

2. 危险化学品经营单位条件

① 有符合国家标准、行业标准的经营场所，储存危险化学品的，还应当有符合国家标准、行业标准的储存设施；

② 从业人员经过专业技术培训并经考核合格；

③ 有健全的安全管理规章制度；

④ 有专职安全管理人员；

⑤ 有符合国家规定的危险化学品事故应急预案和必要的应急救援器材、设备；

⑥ 法律、法规规定的其他条件。

3. 危险化学品经营许可管理

（1）经营许可证分为甲、乙两种。取得甲种经营许可证的单位可经营销售剧毒化学品和其他危险化学品；取得乙种经营许可证的单位只能经营销售除剧毒化学品以外的危险化学品。成品油的经营许可纳入甲种经营许可证管理。

（2）依法设立的危险化学品生产企业在其厂区范围内销售本企业生产的危险化学品，不需要取得危险化学品经营许可。

4. 危险化学品经营管理要求

（1）危险化学品经营企业储存危险化学品的，应当遵守关于储存危险化学品的有关规定。危险化学品商店内只能存放民用小包装的危险化学品。

（2）危险化学品经营企业不得向未经许可从事危险化学品生产、经营活动的企业采购危险化学品，不得经营没有化学品安全技术说明书或者化学品安全标签的危险化学品。

（3）依法取得危险化学品安全生产许可证、危险化学品安全使用许可证、危险化学品经营许可证的企业，凭相应的许可证件购买剧毒化学品、易制爆危险化学品。民用爆炸物品生产企业凭民用爆炸物品生产许可证购买易制爆危险化学品。

（4）危险化学品生产企业、经营企业销售剧毒化学品、易制爆危险化学品，应当查验规定的相关许可证件或者证明文件，不得向不具有相关许可证件或者证明文件的单位销售剧毒化学品、易制爆危险化学品。对持剧毒化学品购买许可证购买剧毒化学品的，应当按照许可证载明的品种、数量销售。

（5）禁止向个人销售剧毒化学品（属于剧毒化学品的农药除外）和易制爆危险化学品。

（6）危险化学品生产企业、经营企业销售剧毒化学品、易制爆危险化学品，应当如实记录购买单位的名称、地址，经办人的姓名、身份证号码以及所购买的剧毒化学品、易制爆危险化学品的品种、数量、用途。销售记录以及经办人的身份证明复印件、相关许可证件复印件或者证明文件的保存期限不得少于1年。

（7）剧毒化学品、易制爆危险化学品的销售企业、购买单位应当在销售、购买后5日内，将所销售、购买的剧毒化学品、易制爆危险化学品的品种、数量以及流向信息报所在地县级人民政府公安机关备案，并输入计算机系统。

（五）危险化学品运输管理

危险化学品运输管理包括运输资质认定、运输人员管理、运输路线管理、安全防护措施几部分。详见第六章第五节"运输安全管理"的内容。

七、危险化学品从业单位安全标准化

（一）总体要求

《国务院安委会办公室关于进一步加强危险化学品安全生产工作的指导

意见》（安委办〔2008〕26号）要求：要按照《危险化学品从业单位安全标准化规范》，全面开展安全生产标准化工作，规范企业安全生产管理。要将安全生产标准化工作与贯彻落实安全生产法律法规、深化安全生产专项整治相结合，纳入企业安全管理工作计划和目标考核，通过实施安全生产标准化工作，强化企业安全生产"双基"工作，建立企业安全生产长效机制。

（二）规范标准

(1)《危险化学品从业单位安全标准化通用规范》（AQ 3013—2008）。

(2)《合成氨生产企业安全标准化实施指南》（AQ/T 3017—2008）。

(3)《国家安全监管总局关于印发危险化学品从业单位安全生产标准化评审标准的通知》（安监总管三〔2011〕93号）。

（三）评审条件

1. 申请安全生产标准化三级企业达标评审的条件

(1) 已依法取得有关法律、行政法规规定的相应安全生产行政许可；

(2) 已开展安全生产标准化工作1年（含）以上，并按规定进行自评，自评得分在80分（含）以上，且每个A级要素自评得分均在60分（含）以上；

(3) 至申请之日前1年内未发生人员死亡的生产安全事故或者造成1000万元以上直接经济损失的爆炸、火灾、泄漏、中毒事故。

2. 申请安全生产标准化二级企业达标评审的条件

(1) 已通过安全生产标准化三级企业评审并持续运行2年（含）以上，或者安全生产标准化三级企业评审得分在90分（含）以上，并经市级安全监管部门同意，均可申请安全生产标准化二级企业评审；

(2) 从事危险化学品生产、储存、使用（使用危险化学品从事生产并且使用量达到一定数量的化工企业）、经营活动5年（含）以上且至申请之日前3年内未发生人员死亡的生产安全事故，或者10人以上重伤事故，或者1000万元以上直接经济损失的爆炸、火灾、泄漏、中毒事故。

3. 申请安全生产标准化一级企业达标评审的条件

(1) 已通过安全生产标准化二级企业评审并持续运行2年（含）以上，或者装备设施和安全管理达到国内先进水平，经集团公司推荐、省级安全监管部门同意，均可申请一级企业评审；

(2) 至申请之日前5年内未发生人员死亡的生产安全事故（含承包商事故），或者10人以上重伤事故（含承包商事故），或者1000万元以上直接经济损失的爆炸、火灾、泄漏、中毒事故（含承包商事故）。

八、危险化学品从业单位安全管理要求

《国家安全监管总局、工业和信息化部关于危险化学品企业贯彻落实

〈国务院关于进一步加强企业安全生产工作的通知〉的实施意见》（安监总管三〔2010〕186号）进一步强调了对危险化学品企业的管理要求。要点如下。

（一）强化安全生产体制、机制建设，建立健全企业全员安全生产责任体系

（1）建立和不断完善安全生产责任体系。坚持"谁主管、谁负责"的原则，明确企业主要负责人、分管负责人、各职能部门、各级管理人员、工程技术人员和岗位操作人员的安全生产职责，做到全员每个岗位都有明确的安全生产职责并与相应的职务、岗位匹配。

（2）建立和不断完善安全生产规章制度。企业要主动识别和获取与本企业有关的安全生产法律法规、标准和规范性文件，结合本企业安全生产特点，将法律法规的有关规定和标准的有关要求转化为企业安全生产规章制度或安全操作规程的具体内容，规范全体员工的行为。

（3）加强安全生产管理机构建设。

（4）建立和严格执行领导干部带班制度。

（5）及时排查治理事故隐患。企业要建立健全事故隐患排查治理和监控制度，逐级建立并落实从主要负责人到全体员工的隐患排查治理和监控机制。要将隐患排查治理纳入日常安全管理，形成全面覆盖、全员参与的隐患排查治理工作机制，使隐患排查治理工作制度化、常态化，做到隐患整改的措施、责任、资金、时限和预案"五到位"。

（6）切实加强职业健康管理。

（7）建立健全安全生产投入保障机制。企业的安全投入要满足安全生产的需要。企业要积极推行安全生产责任险，实现安全生产保障渠道多样化。

（二）强化工艺过程安全管理，提升本质化安全水平

（1）加强建设项目安全管理。

（2）积极开展工艺过程风险分析。企业要按照《化工企业工艺安全管理实施导则》（AQ/T 3034—2010）的要求，全面加强化工工艺安全管理。

（3）确保设备设施完整性。企业要制定特种设备、安全设施、电气设备、仪表控制系统、安全联锁装置等日常维护保养管理制度，确保运行可靠。要加强公用工程系统管理，保证公用工程安全、稳定运行。

（4）大力提高工艺自动化控制与安全仪表水平。

（5）加强变更管理。企业要制定并严格执行变更管理制度。对采用的新工艺、新设备、新材料、新方法等，要严格履行申请、安全论证审批、实施、验收的变更程序，实施变更前应对变更过程产生的风险进行分析和控制。

（6）加强重大危险源管理。

（7）高度重视储运环节的安全管理。制定和不断完善危险化学品收、

储、装、卸、运等环节安全管理制度，严格产品收储管理。在危险化学品槽车充装环节，推广使用金属万向管道充装系统代替充装软管，禁止使用软管充装液氯、液氨、液化石油气、液化天然气等液化危险化学品。

(8) 加快安全生产先进技术研发和应用。

（三）加强作业过程管理，确保现场作业安全

(1) 开展作业前风险分析。

(2) 严格作业许可管理。企业要建立作业许可制度，对动火作业、进入受限空间作业、破土作业、临时用电作业、高处作业、起重作业、抽堵盲板作业、设备检维修作业等危险性作业实施许可管理。

(3) 加强作业过程监督。企业要加强对作业过程的监督，对所有作业，特别是需要办理作业许可证的作业，都要明确专人进行监督和管理，以便识别现场条件有无变化、初始办理的作业许可能否覆盖现有作业任务。

(4) 加强对承包商的管理。

（四）实施规范化安全培训管理，提高全员安全意识和操作技能

(1) 进一步规范和强化企业安全培训教育管理。企业要制定安全培训教育管理制度，编制年度安全培训教育计划，制定安全培训教育方案，建立培训档案，实施持续不断的安全培训教育，使从业人员满足本岗位对安全生产知识和操作技能的要求。

(2) 企业主要负责人和安全生产管理人员要主动接受安全管理资格培训考核。

(3) 加强特种作业人员资格培训。

（五）加强应急管理，提高应急响应水平

(1) 建立健全企业应急体系。企业要依据国家相关法律法规及标准要求，建立健全应急组织和专（兼）职应急队伍，明确职责。鼓励企业与周边其他企业签订应急救援和应急协议，提高应对突发事件的能力。企业应依据对安全生产风险的评估结果和国家有关规定，配置与抵御企业风险要求相适应的应急装备、物资，做好应急装备、物资的日常管理维护，满足应急的需要。

(2) 完善应急预案管理。企业应依据国家相关法规及标准要求，规范应急预案的编制、评审、发布、备案、培训、演练和修订等环节的管理。企业的应急预案要与周边相关企业（单位）和当地政府应急预案相互衔接，形成应急联动机制。要在做好风险分析和应急能力评估的基础上分级制订应急预案。要针对重大危险源和危险目标，做好基层作业场所的现场处置方案。现场处置方案的编制要简明、可操作，应针对岗位生产、设备及其次生灾害事故的特点，制定具体的报警报告、生产处理、灾害扑救程序，做到一事一案

或一岗一案。

(3) 建立完善企业安全生产预警机制。

（六）加强事故事件管理，进一步提升事故防范能力

(1) 加强安全事件管理 企业应对涉险事故、未遂事故等安全事件（如生产事故征兆、非计划停工、异常工况、泄漏等），按照重大、较大、一般等级别，进行分级管理，制定整改措施，防患于未然；建立安全事故事件报告激励机制；强化事故事前控制，关口前移，积极消除不安全行为和不安全状态，把事故消灭在萌芽状态。

(2) 加强事故管理 企业要根据国家相关法律、法规和标准的要求，制定本企业的事故管理制度，规范事故调查工作，保证调查结论的客观完整性；事故发生后，要按照事故等级、分类时限，上报政府有关部门，并按照相关规定，积极配合政府有关部门开展事故调查工作。事故调查处理应坚持"四不放过"和"依法依规、实事求是、注重实效"的原则。

(3) 深入分析事故事件原因 企业要根据国家相关法律、法规和标准的规定，运用科学的事故分析手段，深入剖析事故事件的原因，找出安全管理体系的漏洞，从整体上提出整改措施，改善安全管理体系。

(4) 切实吸取事故教训 建立事故通报制度，及时通报本企业发生的事故，组织员工学习事故经验教训，完善相应的操作规程和管理制度，共同探讨事故防范措施，防范类似事故的再次发生。

（七）严格检查和考核，促进管理制度的有效执行

(1) 加强安全生产监督检查 企业要完善安全生产监督检查制度，采取定期和不定期的形式对各项管理制度以及安全管理要求落实情况进行监督检查。

(2) 严格绩效考核 企业应对安全生产情况进行绩效考核。要设置绩效考核指标，绩效考核指标要包含人身伤害、泄漏、着火和爆炸事故等情况，以及内部检查的结果、外部检查的结果和安全生产基础工作情况、安全生产各项制度的执行情况等。要建立员工安全生产行为准则，对员工的安全生产表现进行考核。

（八）全面开展安全生产标准化建设，持续提升企业安全管理水平

(1) 全面开展安全达标 通过开展岗位达标、专业达标，推进企业的安全生产标准化工作，不断提高企业安全管理水平。

要确定"岗位达标"标准，包括建立健全岗位安全生产职责和操作规程，明确从业人员作业时的具体做法和注意事项。从业人员要学习、掌握、落实标准，形成良好的作业习惯和规范的作业行为。企业要依据"岗位达标"标准中的各项要求进行考核，通过理论考试、实际操作考核、评议等方

法，全面客观地反映每位从业人员的岗位技能情况，实现岗位达标，从而确保减少人为事故。

要确定"专业达标"标准，明确所涉及的专业定位，进行科学、精细的分类管理。按月评、季评、抽查和年综合考评相结合的方式对专业业绩进行评估，对不具备专业能力的实行资格淘汰，建立优胜劣汰的良性循环机制，使企业专业化管理水平不断提高，提高生产力效率及风险控制水平。

企业在开展安全生产标准化时，要借助有经验的专业人员查找企业安全生产存在的问题，从安全管理制度、安全生产条件、制度执行和人员素质等方面逐项改进，建立完善的安全生产标准化体系，实现企业安全生产标准化达标。通过开展安全生产标准化达标工作，进一步强化落实安全生产"双基"（基层、基础）工作，不断提高企业的安全管理水平和安全生产保障能力。

(2) 深入开展安全文化建设 企业要按照《企业安全文化建设导则》（AQ/T 9004—2008）要求，充分考虑企业自身安全生产的特点和内、外部的文化特征，积极开展和加强安全文化建设，提高从业人员的安全意识和遵章守纪的自觉性，逐渐消除"三违"现象。

第二章

防火防爆及职业危害防护

一、燃烧

(一) 燃烧的概念及条件

1. 燃烧的概念

燃烧是一种特殊的氧化反应，是可燃物与氧化剂作用发生的放热反应，通常伴有火焰（或发光）和发烟现象。放热、发光、生成新物质是燃烧的三个特征。

2. 燃烧的条件

(1) 可燃物　凡是能在空气、氧气或其他氧化剂中发生燃烧反应的物质都称为可燃物。可燃物按其状态可分为可燃固体、可燃液体及可燃气体三大类，氮肥企业中常见的有煤炭、硫黄、甲醇、氢气、一氧化碳等。

一般来讲气体比较容易燃烧，其次是液体。这是因为固体和液体发生燃烧，需要经过分解和蒸发产生气体，然后由这些气体成分与氧化剂作用才能发生燃烧。

同一可燃物的燃烧难易程度也会因条件改变而改变，在一定条件下为不燃物，而在特定的条件下变成为可燃物。如铁、铝等在空气中为不燃物质，而在纯氧中则能发生剧烈燃烧。

（2）助燃物　凡能帮助和支持可燃物燃烧的物质都叫助燃物，在燃烧过程中作为氧化剂出现，如空气、氧、氯、氯酸钾、过氧化钠、浓硝酸、浓硫酸等。

发生火灾时，空气是主要的助燃物。空气中氧约占21%，如果空气中含氧量降低到14%以下，很多燃烧就会停止。利用蒸气、二氧化碳、泡沫等进行灭火，就是通过这些物质冲淡或隔绝空气，使燃烧得不到充足氧气而熄灭。

（3）点火源　凡能引起可燃物质燃烧的热能源均称为点火源（也称着火源）。点火源可以是明火，也可以是高温物体，它们可以由热能、化学能、电能、机械能、光能转换而来。

可燃物、助燃物、着火源在燃烧过程中缺一不可，统称燃烧三要素。只有当这三个条件同时存在并且相互发生作用时，燃烧才有可能发生；缺少其中任一条件，燃烧便不会发生。

有时候三个条件都具备，燃烧也不一定发生。如，在某些情况下可燃物未达到一定的浓度，助燃物数量不够，点火源不具备足够的温度或热量等。这是因为燃烧对可燃物和助燃物有一定的浓度和数量要求，对点火源的点火能量也有一定的量的要求。

因此，燃烧三要素只是发生燃烧的三个必要条件，控制这三个条件同时、充分存在是制定防火与灭火措施的根本依据。

（二）燃烧的类型

燃烧可分为闪燃、自燃、点燃几种类型，每种类型的燃烧都各有其特点。

1. 闪燃与闪点

闪燃是可燃性液体的基本特征之一。各种液体的表面都有一定量的蒸气存在，蒸气的浓度取决于该液体的温度。对同一种液体，温度越高，蒸气浓度越大。液体表面的蒸气与空气混合形成可燃气体混合物，当达到一定温度时，如火焰或炽热物体靠近此液体表面，即会发生瞬间火苗或闪光，这种现象称为闪燃。液体能够发生闪燃的最低温度称为闪点。

在闪点的温度下，液体蒸发生成的蒸气还不多，新的易燃或可燃液体的蒸气来不及补充，其与空气的混合浓度还不足以构成持续燃烧的条件，故闪燃瞬间即熄灭。但闪燃往往是火警的先兆，当可燃液体温度高于闪点时，随时都有被点燃的危险。因此，闪点是评定液体火灾危险性的主要根据，通常把闪点低于45℃的液体称为易燃液体，把闪点高于45℃的液体称为可燃液体。

两种可燃性液体的混合物的闪点，一般在这两种液体闪点之间，并低于这两种物质闪点的平均值。

2. 自燃和自燃点

自燃是可燃物质在没有外界点火源的直接作用下能够自行燃烧的现象。

可燃物质能够自燃的最低温度称为该物质的自燃点，也称自燃温度。自燃点是衡量可燃物质火灾危险性的又一个重要参数，可燃物的自燃点越低，越易引起自燃，其火灾危险性越大。

自燃又可分为受热自燃和自热自燃。受热自燃，是可燃物质受外部热源作用而引起的自燃现象；自热燃烧，是可燃物质因内部所发生的物理、化学或生物化学过程放出热量而引起的自燃现象。

影响可燃物质自燃点的因素很多。例如压力对自燃点影响很大，压力越高，自燃点越低。可燃气体与空气混合物的自燃点随其浓度的变化而变化，当混合物的比例符合该物质氧化反应的化学计算量（理论量）时，其自燃点最低。混合气体中氧的浓度增高，其自燃点降低。固体可燃物粉碎得越细，其自然点越低。

3. 点燃与燃点

点燃也称强制着火，即可燃物质与明火或电火花等点火源直接接触引起燃烧，在火源移去后仍能保持继续燃烧的现象。

自燃与点燃的区别在于：自燃时可燃物整体温度较高，反应与燃烧是在可燃物整体同时进行的；而在点燃时，可燃物整体温度较低，只在火源局部加热处燃烧，然后向可燃物其他部分传播。

可燃物能被点燃且持续（5s以上）燃烧的最低温度称为燃点，也称引燃温度。

燃点也是可燃物质火灾危险性的主要指标之一。控制可燃物质的温度在燃点以下是预防发生火灾的重要措施。

易燃液体的燃点一般仅比闪点高 $1\sim5℃$；可燃液体，特别是闪点在 $100℃$ 以上的可燃液体，其燃点和闪点往往相差 $30℃$ 以上。所以燃点对于可燃固体和闪点比较高的可燃液体才具有实际意义，在灭火时常采用冷却法。

（三）燃烧热的传播

在燃烧发生、发展的整个过程中，始终伴随着热的传播过程。可燃物燃烧放出的热量通过热传导、热辐射、热对流三种方式向外传播，使周围的可燃烧物质温度升到自燃点以上，使燃烧蔓延开来。燃烧热的传播是影响燃烧蔓延的决定因素，而人们一旦对燃烧的蔓延失去控制，就会发生火灾。

1. 热传导

热量通过直接接触的物体从温度较高部位传递到温度较低部位的现象叫热传导。温度差是热传导的推动力，热导率是材料导热能力大小的标志。固体物质是较强的热导体，液体物质次之，气体物质最差。

通过热传导，可以使临近的或附近的可燃物发生燃烧（或出现危险状况，如灭火器不能放置在高温表面上）。

2. 热对流

热量通过流动的气体或液体由空间的一处传到另一处的现象叫热对流。

它是热传播的重要方式，是影响早期火灾发展的主要因素。

对于气体，通过热对流能够产生"火风"现象。对于液体，通过热对流可以使全部液体温度升高，从而造成液体体积膨胀，蒸发速度加快，压力增大，以至于使容器爆裂或使液体蒸发逸出，遇火源发生燃烧或爆炸；如液体中含有水分，会发生沸溢和喷溅现象（爆沸），在火场上往往会造成火势迅速蔓延扩大。

3. 热辐射

以热射线传播热能的现象称为热辐射。热射线是以电磁波的形式向四周传播的。任何物体都能把热量以电磁波的形式辐射出去，也能吸收别的物体辐射出来的热能。

避免或减轻热辐射损害的安全技术措施有：防火间距，保持规定的防火间距；防火间隔，构筑防火墙；隔热，加隔热层、金属表面涂防火涂料；冷却，喷水冷却火焰周围的罐体等。

（四）燃烧产物及危害

（1）气体 如 CO、CO_2、SO_2、HCl、HCN、丙烯醛等，大多具有不同程度的毒性。据消防界统计，火灾中死亡的人中约 80% 是由于吸入毒性气体而致死的。

（2）热量 大多数物质的燃烧是一种放热的化学氧化过程，从这种过程中放出的能量以热量的形式表现，形成热气的对流与辐射。热量对人体具有明显的物理危害。

（3）烟 由燃烧或热解作用所产生的悬浮在大气中可见的固体和（或）液体颗粒而形成。其中，大多数物质是由于火灾中的不完全燃烧所产生的。

二、爆炸

（一）爆炸的概念

物质由一种状态迅速转变成另一种状态，并在瞬间以声、光、热、机械功等形式放出大量能量的现象称为爆炸。实质上爆炸是一种极为迅速的物理或化学的能量释放过程。

（二）爆炸的分类

（1）按爆炸的起因，可分为物理爆炸和化学爆炸两大类。

① 物理爆炸：由于液体变成蒸气或者气体迅速膨胀，压力急剧增加，并大大超出容器的极限压力而产生的爆炸称为物理爆炸，也叫爆裂。物理性爆炸前后，物质的化学成分及性质均无变化。如容器内液体过热、汽化而引起的爆炸，锅炉的爆炸，压缩气体、液化气体超压引起的容器（贮罐、槽车、气瓶）爆炸等。

② 化学爆炸：由于物质发生极其激烈的化学反应，产生高温、高压而引起的爆炸称为化学爆炸。化学爆炸前后，物质的性质和成分均已发生变化。

可燃物、助燃物和火源也是爆炸性混合物发生爆炸的三个基本条件。燃烧与爆炸的区别在于氧化速度的不同。同一种物质，在一种条件下可以燃烧，在另一种条件下则可以爆炸。

（2）按爆炸的速度，可分为爆燃和爆轰。

① 爆燃：指燃速以亚音速传播的爆炸。可燃物质（包括气体、雾滴和粉尘）和空气或氧气的混合物由点火源点燃，火焰立即从火源处以不断扩大的同心球形式自动扩展到混合物存在的全部空间，这种以热传导方式自动在空间传播的燃烧现象称为爆燃。

爆燃发生时，燃烧空间的气体由于高温膨胀，能够产生很大的压力。如爆燃发生在容器、塔釜、地沟等相对密闭的空间内，就会产生爆炸。

工业生产中，通常把爆燃称为爆炸。

② 爆轰：指燃速以超音速传播，并以冲击波为特征的爆炸。当燃烧速度极快的爆炸性混合物，在全部或部分封闭状态下或高压下燃烧时，若混合物的组成及预热条件适宜，可以产生一种比爆燃更激烈的现象，这种现象称为爆轰。爆轰的特征是具有突然引起的极高压力，其传播是以超音速的"冲击波"方式进行的，速度可达 $10^3 m/s$ 及以上，能够产生极大的破坏力。

（三）粉尘爆炸

凡是呈细粉状态的固体物质均称为粉尘，能燃烧和爆炸的粉尘称为可燃粉尘。现已发现以下七类物质的粉尘具有爆炸性：金属（如镁粉、铝粉）；可燃固体（如煤炭）；粮食（如小麦、淀粉）；饲料（如血粉、鱼粉）；农副产品（如棉花、烟草）；林产品（如纸粉、木粉）；合成材料（如塑料、染料）。

1. 粉尘爆炸的条件

可燃粉尘爆炸应具备三个条件，即粉尘本身具有爆炸性；粉尘必须悬浮在空气中并与空气混合到爆炸浓度；有足以引起粉尘爆炸的热能源。

2. 粉尘爆炸的过程

第一步：悬浮粉尘在热源作用下迅速地被干馏或气化而产生可燃气体；第二步：可燃气体与空气混合而燃烧；第三步：燃烧产生的热量从燃烧中心向外传递，引起邻近的粉尘进一步燃烧。如此循环，反应速率不断加快，最后形成爆炸。

3. 粉尘爆炸的特点

（1）具有二次爆炸的可能。粉尘初始爆炸的气浪可能将沉积的粉尘扬起，形成爆炸性尘云，在新的空间再次产生爆炸，称为二次爆炸。这种连续爆炸会造成严重的破坏。

（2）粉尘爆炸感应期长，可达数十秒，为气体的数十倍。

（3）粉尘爆炸可能产生两种有毒气体：一种是一氧化碳，另一种是爆炸物质（如塑料等）自身分解产生的毒性气体。

4. 影响粉尘爆炸的因素

（1）物理化学性质　粉尘爆炸的难易与粉尘的物理、化学性质和环境条件有关。一般认为物质的燃烧热越大，则其粉尘的爆炸危险性也越大，如煤、炭、硫黄的粉尘等；越易氧化的物质，其粉尘越易爆炸，如镁粉、铝粉、氧化亚铁、染料等；越易带电的粉尘越易爆炸，如合成树脂粉末、纤维类粉尘、淀粉等。粉尘在生产、使用过程中，由于互相碰撞、摩擦等作用，产生的静电不易散失造成静电积累，当达到某一数值后便出现静电放电，构成爆炸的火源。

通常不易引起爆炸的粉尘有土、沙、氧化铁、研磨材料、水泥、石英粉尘以及类似于燃烧后的灰尘等。这类物质的粉尘化学性质比较稳定，所以不易燃烧。但是如果这类粉尘产生在油雾以及 CO、CH_4、煤气之类可燃气体中，也容易发生爆炸。

粉尘爆炸还与其所含挥发物有关。如煤粉中当挥发物低于10%时，就很难发生爆炸，因而焦炭粉尘的爆炸危险性比一般煤粉小。

（2）粉尘的浓度。与可燃气体相似，粉尘爆炸也有一定的浓度范围，也有上下限之分。但在一般资料中多数只列出粉尘的爆炸下限，因为粉尘的爆炸上限较高。

（3）颗粒大小。粉尘的表面吸附空气中的氧，颗粒越细，吸附的氧就越多，因而越易发生爆炸；随着粉尘颗粒直径的减小，不仅化学活性增加，而且还容易带上静电。颗粒越细，发火点（爆炸需要的点火能）越低，爆炸下限也越低。根据粒度及挥发物含量，煤粉的爆炸下限为 $300\sim2000mg/L$；硫黄粉尘的爆炸下限为 $35mg/L$（也有个别资料介绍为 $2.8mg/L$，建议按此低限采取安全措施）。

影响粉尘爆炸的因素还有分散度、湿度、点火源的性质、氧含量、惰性粉尘和灰分温度等。掌握了粉尘爆炸的机理，就可以采取相应的安全技术措施，如密闭设备、通风除尘、润湿降尘、清扫积尘、控制电源、导除静电、隔绝火源等。在扑救粉尘的火灾中，应注意不要使沉积粉尘飞扬起来，最好采用喷雾水流，以防发生二次爆炸。

（四）爆炸浓度极限

1. 爆炸浓度极限的定义

可燃性气体、蒸气或可燃性粉尘与空气（或氧气）组成的混合物，遇火源能发生爆炸的浓度范围，称为该爆炸性物质的爆炸浓度极限，简称爆炸极限。爆炸浓度极限一般用可燃性气体或蒸气在混合物中的体积分数来表示，有时也用单位体积中可燃物含量来表示（g/m^3 或 mg/L）。

可燃性混合物能够发生爆炸的最低浓度和最高浓度，分别称为爆炸下限和爆炸上限。

2. 爆炸浓度极限的意义

（1）在低于爆炸下限和高于爆炸上限浓度时，既不爆炸，也不着火。这是由于前者的可燃物浓度不够，过量空气的冷却作用阻止了火焰的蔓延；而后者则是空气不足，火焰不能蔓延。

（2）可燃性混合物的爆炸极限范围越宽，其爆炸危险性越大，这是因为爆炸极限越宽，则出现爆炸条件的机会就多。爆炸下限越低，少量可燃物（如可燃气体稍有泄漏）就会形成爆炸条件；爆炸上限越高，则有少量空气渗入容器，就能与容器内的可燃物混合形成爆炸条件。

（3）控制易燃易爆物质在爆炸危险范围之外，是防止爆炸事故发生的根本性措施。

3. 影响爆炸极限的因素

物质的爆炸极限与环境温度、压力以及是否存在惰性气体、爆炸通道的管径大小等因素有关。一般情况下，温度越高、压力越大，爆炸极限越大；温度越低、压力越小，爆炸极限越小。惰性气体的存在能够减小物质的爆炸极限。爆炸通道的管径越小，越难以产生爆炸。

（五）危险度

把可燃性气体或蒸气的爆炸上下限的浓度之差除以爆炸下限值标示为该物质的危险度。即

$$H = (X_2 - X_1)/X_1$$

式中　H——危险度；

　　　X_2——爆炸上限浓度；

　　　X_1——爆炸下限浓度。

危险度是用于标记可燃气体（蒸气）爆炸危险程度的一个参量。气体或蒸气的爆炸极限范围越宽，其危险度 H 值越大，即该物质的危险性越大。

三、防火防爆措施

防火防爆技术是氮肥企业安全技术的重要内容之一，为了保证安全生产，必须做好预防工作，消除可能引起燃烧爆炸的危险因素。从项目选址、总图布置、工艺选择、设备选型、非标设备及建构筑物设计、项目采购、工程施工等逐个环节采取措施，消除可能造成火灾爆炸事故的根源，减小可能造成的事故损失。

从理论上讲，使可燃物质不处于危险状态，或者消除一切着火源，这两方面的措施只要控制其一，就可以防止火灾爆炸事故的发生。但在实际生产过程中，由于条件的限制或某些不可控因素的影响，仅采取一方面的措施是不够的，往往需要采取两方面的措施，以提高生产过程的安全程度。另外还应考虑其他辅助措施，以便在万一发生火灾爆炸事故时减少危害程度，将损

失减少到最低限度。

（一）防止可燃可爆系统的形成

1. 控制可燃物和助燃物

（1）工艺过程中控制用量 在工艺过程中不用或少用易燃易爆物质，这是一个"釜底抽薪"的根本解决办法。譬如在工艺技术可行的条件下，通过生产工艺或生产设备的改革，使用不燃溶剂或火灾爆炸危险性较小的难燃溶剂代替易燃溶剂；使用清洗剂代替煤油、汽油清洗设备等。

（2）防止泄漏 应设法使生产设备和容器密封，尤其是带有压力的设备更应注意其密闭性，以防止气体、蒸气或粉尘逸出与空气形成爆炸混合物。对真空设备，应防止空气进入设备内部达到爆炸极限；在可燃气体压缩机的吸入段，应采取措施防止负压产生。

对危险设备及管道系统，在保证安装检修方便的前提下应尽量采用焊接连接；输送易燃易爆性介质的管道应采用无缝钢管；如设备本身不能密封，可采用液封或负压操作，以防止系统中的燃爆性物质溢入厂房。

所有压缩机、液泵、导管、阀门、法兰接头等容易漏油、漏气的部位应经常检查，填料如有损坏应立即调换，以防渗漏；设备在运转中也应经常检查气密情况，操作压力必须严格控制，不允许超压运行。

2. 搞好通风除尘

要使所有设备都完全密封是有困难的，也是没必要的。也就是说，有时候生产存储场所燃爆性物质的存在是难以避免的。因此，必须采取一些安全措施，使车间或生产、储存系统中可燃物的含量不超过最高容许浓度和达到爆炸下限，这就需要设置良好的通风（包括送风和排风）除尘装置。

（1） 通风按动力分为机械通风和自然通风。自然通风是依靠室外风力造成的风压和室内外温度差所造成的热压使空气流动，机械通风是依靠风机造成的风压使空气流动。

（2） 通风按作用范围可分为局部通风和全面通风。局部通风是利用局部气流，使局部工作地点不受有害物的污染或达到爆炸浓度下限；全面通风是向厂房或库房供给新鲜空气，同时从室内排除污染空气，使空气中有害物质的含量不超过最高容许浓度。

（3） 事故排风。对于生产设备发生偶然事故就会突然散发大量有害气体或有爆炸危险气体的车间，应设置事故排风装置。事故通风量一般按换气次数不少于 12 次/h 确定。

（4） 排除有爆炸或燃烧危险气体、蒸气和粉尘的排风管应采用金属管道，并应直接通到室外的安全处，不应暗设。排除、输送有燃烧或爆炸危险气体、蒸气和粉尘的排风系统，均应设置导除静电的接地装置，且排风设备不应布置在地下、半地下建筑（室）中。

（5） 尽量采取室外布置方式、敞开或半敞开式厂房，装置区内存在比空气重的可燃气体或蒸气时不设地沟和地坑等，也是保证通风良好、防止气体积聚的有效措施。

3. 惰性化

在可燃气体、蒸气或粉尘与空气的混合物中充入氮气等惰性气体，降低可燃物、助燃物（氧气）的体积分数，从而消除爆炸危险和阻止火焰的传播。

大多数可燃气体产生燃烧爆炸所需的最小氧气浓度约为 10%（体积分数），大多数粉尘所需的最小氧气浓度约为 8%（体积分数）。

4. 气体浓度检测

在生产存储场所设置气体浓度检测报警仪，能够即时检测空气中易燃易爆物质的含量，并在浓度超标时报警提醒，必要时与机械通风系统进行联锁，是防火防爆的重要手段。

动火检修作业前，要检测作业场所的易燃易爆气体或蒸气的含量是否符合安全作业要求。

5. 严格控制工艺参数

在氮肥生产中，工艺参数主要是指温度、压力、流量、料比、液位等。按工艺要求严格控制工艺参数在安全限度以内，是实现化工安全生产的基本条件，而对工艺参数的自动调节和控制则是保证生产安全的重要措施。

6. 加强易燃易爆物质的管理

（1）对于两种互相接触会引起爆炸燃烧的物质，如氧化剂和还原剂，氧化剂和有机物等，不能混存。

（2）对于易燃液体和可燃气体，应根据易燃液体的沸点、饱和蒸气压，来考虑容器的耐压强度、储存温度、保温降温措施等；要考虑容器破裂后液体流散和火灾蔓延，设防护堤、防护围堰等。应根据气体或蒸气与空气的密度比较，采取相应的排除方法，密度较大（密度大于 $0.97kg/m^3$ 即按比空气重处理）采取下排风，密度较小采取上排风；甲醇桶装库房应采取下排风，甲醇罐区防火堤在满足规范要求的前提下尽量低矮，以防甲醇蒸气积聚；造气车间以防 CO 中毒为主，应采取下排风；氮氢压缩车间应采取上排风，防止氢气积聚引起的爆炸事故。

（3）对于不稳定的物质，在储存中应添加稳定剂。

（4）对于容易产生静电的物质，应采取防静电措施。

（5）对于具有自燃能力的物质，如遇空气能自燃的白磷，遇水能燃烧的钾、钠等，应采取隔绝空气、防水、防潮或通风、散热、降温等措施。

（二）着火源及其控制

引起火灾爆炸事故的能源主要有以下几个方面，即明火、电气火花、静电火花、摩擦、撞击、高温表面、绝热压缩、发热自燃、雷击、光、射线等。对于这些着火源，在有火灾爆炸危险的生产储存场所都应引起充分的注意，采取针对性的控制措施。

1. 明火及高温表面

（1）明火 是指敞开的火焰、火星等。敞开的火焰具有很高的温度和很大的热量，是引起火灾的主要点火源。常见的明火包括生产用火、生活用火。

氮肥企业常见的生产用火有电气焊、喷灯、加热炉、垃圾焚烧炉，非防爆型的电气设备、开关，机动车辆的排气火星等；生活用火有烟头、火柴、打火机、灯火等。

在进行电焊和气焊操作时，应严格遵守动火作业安全规程。喷灯是一种轻便的加热工具，维修时常使用，在火灾爆炸危险场所使用应严格按动火制度进行管理。

在易燃易爆场所，不得使用蜡烛、火柴或普通灯具照明，应采用封闭式或防爆型电气照明。易燃易爆场所禁止吸烟和携入火柴、打火机等。

汽车、拖拉机等运输工具以及柴油机的排气管喷火能够引起可燃气体或蒸气的爆炸事故，故此类运输工具不得进入危险场所，必要时装火星熄火器（阻火器）；柴油机的排气管应在爆炸危险区域之外。要注意烟囱飞火，烟囱应有足够高度，应距离火灾爆炸危险场所 30m 以上，并在此范围内不得堆放易燃易爆物品。

化工生产设备和管道中的介质大多是易燃易爆物质，设备检修一般又离不开切割、焊接等作业，所以检修动火具有很大的危险性。在生产正常或不正常情况下都有可能形成爆炸性混合物的场所和存在易燃、可燃物质的场所都应划为禁火区。凡在禁火区从事产生火花或前述高温作业，都要办理动火作业证手续，落实动火安全措施。

（2）高温表面 氮肥企业常见的高温表面有造气炉盖及炉渣，高温管道表面，烟囱、烟道的高温部分等；其他的高温表面还有通电的白炽灯泡、电炉及其通电的镍铬丝表面，干燥器的高温部分，由机械摩擦导致发热的传动部分，熔融金属等。当固体表面温度超过可燃物的燃点时，可燃物接触到该表面有可能一触即燃；另一种情况是，虽然温度未超过可燃物的燃点，但是可燃物接触高温表面受长时间烘烤，也会因升温而着火。

2. 摩擦与撞击

摩擦与撞击往往成为引起火灾爆炸事故的原因。如机器上轴承等摩擦发热起火；金属零件、铁钉等落入粉碎机、反应器、提升机等设备内，由于铁器和机件的撞击起火；磨床砂轮等摩擦及铁器工具相撞击或与混凝土地面撞击发生火花；导管或容器破裂，内部溶液和气体喷出时摩擦起火等。

3. 绝热压缩

气体在很高压力下压缩时，释放出来的热量来不及导出，温度骤然增高，能使可燃物质受热自燃。

4. 防止电气火花

电气设备或线路出现危险温度、电火花和电弧是引起可燃气体、蒸气和粉尘燃烧、爆炸的重要点火源。

电气设备发生危险温度的原因是由于在运行过程中设备和线路的短路、接触电阻过大，超负荷和通风散热不良造成发热量增加，温度急剧上升，出现大大超过允许温度范围的危险温度，不仅能使绝缘材料、可燃物质和积落的可燃粉尘燃烧，而且能使金属熔化，酿成电气火灾。

电气火花有两种：一是电气设备正常工作时产生的火花；二是电气设备和线路发生故障或误操作出现的火花。电火花一般具有较高温度，不仅能引起可燃物质燃烧，还能使金属熔化飞溅，构成新的点火源。

为了防止电火花引起的火灾，应在具有燃烧、爆炸危险的场所，根据其危险等级选择合适的防爆电气设备或封闭式电气设备。要选用合格产品，制定严格的操作规程及检维修制度，保证电气设备的正常运行。

易燃易爆场所的电线应绝缘良好，并敷设在铁管内，防止因短路产生的电火花。

5. 消除静电

静电放电时产生的火花能点燃可燃气体、可燃蒸气和粉尘与空气的混合物。关于静电的产生及预防，本书第七章有详细描述。氮肥企业防止静电危害的主要方法有：限制物料输送速度，作业场所进行空气增湿，将设备、管道进行静电接地，静置存放液体储罐、槽罐车，采取穿戴防静电工作服、静电导除扶手等防止人体静电措施等。

（三）降低事故损失的措施

防火防爆的基本原则，首先是采取措施预防燃烧爆炸事故的发生；其次是，事故一旦发生，尽量限制或缩小灾害范围，减少事故损失。也就是说，无论采取多少预防措施和手段，火灾爆炸发生的可能性依然存在，因而在工程设计、生产过程中采取必要的降低事故损失的措施十分重要。

（1）项目选址　在项目选址时应充分考虑当地地质条件及周边环境，与工矿企业、交通要道、人员密集区等重点区域和场所保持足够的防火安全间距。

（2）总图布置　在总图布置时要充分考虑风向及装置、设施间的上下游关系，装置、设施间的距离要符合安全和防火间距要求。

（3）设备选型及安全附件　要选用成熟可靠的设备设施，配置安全阀、爆破片、防爆门、放空管、阻火器等必要的防火防爆措施。

（4）电气仪表　火灾爆炸危险区域内的电气设施均选用防爆型，并保证类别型号、敷设方式符合规范要求；危险性较大的生产工艺系统要采用自动控制和安全联锁装置以及紧急停车系统，设置事故排风系统。

（5）建筑结构　建构筑物的耐火等级符合规范要求；有爆炸危险的厂

房，利用轻质屋面或（和）外开门窗保持足够的泄压面积，在必要位置设防火门、防火帘、防火墙、防爆墙；在装置周边设防护围堰，在罐区周围设防火堤。

（6）应急措施　要配置必要的消防设施和应急救援器材，制定行之有效的事故应急救援预案、现场处置方案，努力降低事故损失。

四、火灾的扑救

（一）灭火的基本方法

1. 冷却灭火法

根据可燃物质发生燃烧必须达到一定温度（提供充分的燃烧物）这个条件，将灭火剂直接喷洒在燃烧的物体上，使可燃物的温度降低到燃点以下，从而使燃烧停止。

用水冷却灭火是最常用的灭火方法；二氧化碳灭火效果也很好，二氧化碳灭火剂喷出－18℃的雪花状固体二氧化碳，在气化时吸收大量的热，从而降低燃烧区的温度，使燃烧停止。

2. 窒息灭火法

根据可燃物质需要足够的助燃物质（如氧气）这一条件，采取阻止助燃气体（如空气）进入燃烧区的措施；或用惰性气体降低燃烧区的氧含量，使燃烧因缺乏助燃物而熄灭。

常见的窒息灭火措施有：使用石棉布、湿棉被、湿帆布等不燃或难燃材料覆盖燃烧物或封闭孔洞；用水蒸气、二氧化碳、氮气等惰性气体充入燃烧区内；利用建筑物上原有的门窗以及生产设备上的部件，封闭燃烧区，阻止新鲜空气进入。

3. 隔离灭火法

根据发生燃烧必须有可燃物质这一条件，将燃烧物附近的可燃物隔离或疏散开，从而使燃烧因为无物可烧而停止。

常见的隔离灭火措施有：将火源附近的可燃物移出燃烧区；关闭阀门，阻止可燃物（气体或液体）流入燃烧区；阻止流散的易燃、可燃液体或扩散的可燃气体；拆除与火源相连的易燃建筑物（或砍伐草木），造成阻止火焰蔓延的空间地带。

4. 化学抑制灭火法

就是以灭火剂参与燃烧的连锁反应，并使燃烧过程中产生的自由基消失，形成稳定的分子或低活性的自由基，从而使连锁反应中断，使燃烧停止。

过去常用的化学抑制有灭火剂 H-1211、H-1301，由于其对臭氧层的破坏作用，我国已于 2010 年 1 月 1 日起全部停止生产和消费。其替代品主要有 SDE 灭火剂，生成物中成分为 CO_2（35%）、N_2（26%）、H_2O（39%），是一种以物理、化学、水雾降温三种灭火方式同时进行的灭火形式。适应范围广，可迅速扑灭 A、B、C 类及电气火灾。

（二）常用灭火剂

1. 水

（1）水的灭火作用　水的热容量大，吸热快，能使燃烧物的温度迅速下降；水在受热汽化时体积增大 1700 多倍，可覆盖在燃烧物的周围，使燃烧因缺氧而熄灭；加压水流可以喷射到较远的地方。

（2）不能用水扑灭的火灾　密度小于水和不溶于水的易燃液体的火灾，如汽油、柴油、苯、甲苯等；遇水燃烧物的火灾，如金属钾、钠，电石等；硫酸、盐酸和硝酸引发的火灾，水可使酸飞溅、伤人，遇可燃物能引起爆炸；未切断电源前的电气火灾，水是良导体，容易造成触电；高温状态下的化工设备火灾，水的骤冷可使设备变形或爆裂。

2. 泡沫灭火剂

常用的泡沫灭火剂有：化学泡沫灭火剂（MP）、空气泡沫灭火剂（MPE）、抗溶性泡沫灭火剂（MPK）等。

（1）化学泡沫灭火剂　常用的是酸性盐（硫酸铝）和碱性盐（碳酸氢钠）与少量的发泡剂、稳定剂等混合作用而生成。反应生成的大量二氧化碳，与发泡剂作用生成许多气泡，这种泡沫密度小，且有黏性，能覆盖在着火物的表面上隔绝空气。同时二氧化碳又是惰性气体，也可以起到阻燃作用。

化学泡沫灭火剂广泛用于易燃液体的火灾扑救，但不能用来扑救忌水忌酸的化学物质和电气设备的火灾。

（2）空气泡沫灭火剂　是用一定比例的普通蛋白泡沫液、水和空气经过机械作用相互混合后生成的膜状泡沫群。

空气泡沫灭火剂主要用来扑救各种不溶于水的可燃、易燃液体的火灾，也可以用来扑救木材、纤维、橡胶等固体的火灾；不能用来扑救忌水和电气设备的火灾。

在高温下，空气泡沫灭火剂产生的气泡由于受热膨胀会迅速遭到破坏，所以不宜在高温下使用。构成泡沫的水溶液能溶解于酒精、丙酮和其他有机溶剂中，使泡沫遭到破坏，故空气泡沫不适用于扑救醇、酮、醚类等有机溶剂的火灾，对于忌水的化学物质也不适用。

（3）抗溶性泡沫灭火剂　在蛋白质水解液中添加有机酸金属络合盐便制成了蛋白型的抗溶性泡沫液；这种有机金属络合盐类与水接触，析出不溶于水的有机酸金属皂。当产生泡沫时，析出的有机酸金属皂在泡沫层上面形成连续的固体薄膜。这层薄膜能有效地防止水溶性有机溶剂吸收泡沫中的水分，使泡沫能持久地覆盖在溶剂液面上，从而起到灭火的作用。

这种抗溶性泡沫不仅可以扑救一般液体烃类的火灾，还可以有效地扑灭水溶性有机溶剂的火灾。

3. 二氧化碳灭火剂

经过压缩液化的二氧化碳灌入钢瓶内，制成二氧化碳灭火剂（MT）。从钢瓶中喷射出来的固体二氧化碳（干冰）温度可达$-78.5℃$，干冰气化后，二氧化碳气体覆盖在燃烧区内，除了窒息作用之外，还有一定的冷却作用，火焰就会熄灭。

二氧化碳灭火剂可以用来扑灭精密仪器和一般电气火灾，以及一些不能用水扑灭的火灾。由于有凝结水生成，不宜用来扑灭对水敏感的金属钾、钠、镁、铝等及金属过氧化物、有机过氧化物、硝酸盐、亚硝酸盐等氧化剂的火灾。

4. 干粉灭火剂

常见的干粉灭火剂（MF），主要成分是碳酸氢钠和少量的防潮剂硬脂酸镁及滑石粉等。用干燥的二氧化碳或氮气作动力，将干粉从容器中喷出，形成喷雾喷射到燃烧区，干粉中的碳酸氢钠受高温作用发生分解，放出CO_2和H_2O。

干粉灭火剂可用于扑灭易燃液体、气体和带电设备的火灾。对于一些扩散性很强的易燃气体，如乙炔、氢气，干粉喷射后难以使整个范围内的气体稀释，灭火效果不佳。因为在灭火后留有残渣，不宜用于精密机械、仪器、仪表的灭火。

（三）灭火设备和设施

1. 消防水系统

消防水系统主要由消防水池、消防水泵以及消防管路、消防栓等消防给水系统组成。

（1）消防水池 有效容量应满足火灾延续时间内的消防用水量，在火灾情况下能保证连续补水时，消防水池的容量可减去火灾延续时间内补充的水量。消防用水与生产、生活用水合并的水池，应采取确保消防用水不作他用的技术措施。

（2）消防水泵 应设置备用泵，其工作能力不应小于最大一台消防工作泵，消防水泵应采用双动力源。

（3）消防管网 室外消防给水管网应布置成环状，室外消火栓宜采用地上式，间距不应大于120m；保护半径不应大于150m。工艺装置区内的消火栓应设置在工艺装置的周围，其间距不宜大于60.0m。

建筑占地面积大于300m² 的厂房（仓库）应设置DN65的室内消火栓。耐火等级为一、二级且可燃物较少的单层、多层丁、戊类厂房（仓库），耐火等级为三、四级且建筑体积小于等于3000m³的丁类厂房和建筑体积小于等于5000m³的戊类厂房（仓库）可不设置室内消火栓。

2. 泡沫灭火系统

有甲醇以及其他易燃液体生产、使用的氮肥企业，应设置泡沫灭火系统。

根据易燃液体的存储量和储存设备大小，可根据规范要求采用固定式泡沫灭火系统（由固定的泡沫站、固定的混合液管道及固定的产生器组成的泡沫灭火系统），半固定式泡沫灭火系统（由消防车及消防水带与固定的泡沫产生器相连接组成的泡沫灭火系统，或由固定的泡沫站及消防水带、泡沫管枪或勾管等组成的泡沫灭火系统）或移动式泡沫灭火系统（由消防车、消防水带及泡沫管枪或泡沫勾管等组成的泡沫灭火系统）。

3. 蒸汽灭火系统

蒸汽灭火系统对油品等易燃液体和可燃气体的灭火非常有效。工艺装置有蒸汽供给系统时，宜设固定式或半固定式蒸汽灭火系统，但在使用蒸汽可能造成事故的部位不得采用蒸汽灭火。

在操作温度等于或高于自燃点的气体或液体设备附近宜设固定式蒸汽筛孔管，其阀门距设备不宜小于7.5m。

在甲、乙、丙类设备区附近宜设半固定式接头。半固定式灭火蒸汽快速接头（简称半固定式接头）的公称直径应为20mm；与其连接的耐热胶管长度宜为15～20m。甲、乙、丙类设备附近设置软管站时，可不另设半固定式灭火蒸汽快速接头。

4. 灭火器配置

灭火器配置执行《建筑灭火器配置设计规范》（GB 50140）的有关规定，根据火灾种类、危险等级、计算单元的保护面积计算确定。

(1) 火灾种类划分为五类：A类火灾（固体物质火灾）；B类火灾（液体火灾或可熔化固体物质火灾）；C类火灾（气体火灾）；D类火灾（金属火灾）；E类火灾（物体带电燃烧的火灾，也叫带电火灾）。

(2) 灭火器选择应考虑的因素：配置场所的火灾种类、危险等级，灭火器的灭火效能和通用性，灭火剂对保护物品的污损程度，灭火器设置点的环境温度以及使用灭火器人员的体能等。

(3) 灭火器的设置要求：灭火器应设置在位置明显和便于取用的地点，且不得影响安全疏散；对有视线障碍的灭火器设置点，应设置指示其位置的发光标志；灭火器的摆放应稳固，其铭牌应朝外；手提式灭火器宜设置在灭火器箱内或挂钩、托架上，其顶部离地面高度不应大于1.50m，底部离地面高度不宜小于0.08m，灭火器箱不得上锁；灭火器不宜设置在潮湿或强腐蚀性的地点。必须设置时，应有相应的保护措施；灭火器设置在室外时，应有相应的保护措施；灭火器不得设置在超出其使用温度范围的地点；一个计算单元内配置的灭火器数量不得少于2具，每个设置点的灭火器数量不宜多于5具。

（四）初起火灾的扑救

实践证明，大多数火灾都是从小到大、由弱到强。在生产过程中，初起火灾的发现和扑救，对安全生产及国家财产和人身安全有着重大意义。因此，生产操作人员一旦发现火情，除了迅速报告火警之外，要果断采取措施，把火灾消灭在初起阶段；即使一时不能扑灭火灾，也可以得到有效控制，为专业消防队伍赶到现场扑救赢得时间。

1. 生产装置火灾的扑救

（1）当生产装置发生火灾爆炸事故时，现场操作人员应迅速查清着火部位、着火物质及其来源，及时准确地关闭阀门，切断物料来源及各种加热源；开启冷却水、消防蒸汽等，进行冷却或有效隔离；关闭机械通风装置，防止风助火势或沿通风管道蔓延。

（2）带有压力的设备物料泄漏引起着火时，除应立即切断进料外，还应打开泄压阀门，进行紧急放空；同时将物料排入火炬系统或其他安全部位。

（3）根据火势大小和设备、管道的损坏程度，现场当班人员应迅速果断做出是否需要全装置或局部工段停车的决定，并及时向厂调度室报告情况和消防部门报警。在报警时要讲清着火单位、地点、着火部位和物质等。

（4）装置发生火灾后，当班的车间领导或班长应迅速组织人员除对装置采取准确的工艺措施外，还应利用装置内的消防设施及灭火器材进行灭火。若火势一时难以扑灭，则要采取防止火势蔓延的措施，保护要害部位，转移危险物质。

（5）专业消防人员到达火场时，生产装置的负责人应主动向消防指挥人员介绍情况，说明着火部位、物料情况、设备及工艺状态、已经采取的措施等。

（6）火灾现场可能发生不完全燃烧，而未燃烧部分可能为有毒有害气体，在燃烧过程中也有可能产生有毒有害物质，因此火灾扑救人员在做好防烧伤、烫伤的前提下，还要做好防中毒措施。

2. 可燃液体储罐火灾的扑救

（1）可燃液体储罐发生着火、爆炸，特别是罐区中某一储罐发生着火、爆炸是很危险的。一旦发现火情应迅速向消防部门报警并向厂调度室报告，报警和报告中须说明罐区的位置、着火罐的位号及储存物料的情况等。

（2）若着火罐尚在进料，必须采取措施迅速切断进料。关闭进料阀门，并通知送料单位停止送料。

（3）若着火罐区有固定泡沫发生站，则应立即启动泡沫发生装置，开通着火罐的泡沫管线阀门，利用泡沫灭火。

（4）迅速打开水喷淋设施，对着火罐进行冷却降温，以防止因升温、升压而引起爆炸；同时对邻近储罐进行冷却保护，以防止因升温、升压而引起燃烧和爆炸。

（5）火场指挥员应根据储罐损坏情况，组织人员采取筑堤、堵洞等措施，防止物料流散，避免火势扩大。

救火过程中应注意：对于黏度较大且含水的物料（如原油），应警惕物料爆沸而引起飞溅，以防造成人员伤亡和火势的扩大；对于可能引起的着火罐和相邻罐爆炸，应采取撤离、隔离、防护等必要措施，防止爆炸对人体的危害；很多易燃可燃液体或其蒸气具有毒性、腐蚀性，在燃烧过程中可能产生毒性物质，应加强防灼伤、防中毒措施。

3. 仓库初起火灾的扑救

仓库内存放的物质可燃品居多，而危险品仓库内储存的各种化学危险品的危险性更大。因此仓库着火时，仓库管理人员应立即向消防部门及厂调度室报警，说明起火仓库地点、库号、着火物资品种及数量等。

仓库管理人员应根据着火物质的品种及库内其他物质的性质，选择库内适宜的灭火器材及时扑救。仓库灭火不可贸然使用水枪喷射，否则可能造成物资损失的增大。

火灾发生后，应及时切断照明电源，防止事故扩大，并可防止造成施救人员的触电事故。

第二节　职业危害及其预防

一、职业危害和职业病

（一）职业危害的定义

作业场所职业危害，是指从业人员在从事职业活动中，由于接触粉尘、毒物等有害因素而对身体健康所造成的各种损害。

（二）职业性危害因素与职业病

1. 职业病

职业病是指企业、事业单位和个体经济组织（以下统称用人单位）的劳动者在职业活动中，因接触粉尘、放射性物质和其他有毒、有害物质等因素而引起的疾病。

从法律意义上讲，职业病有一定的范围，是指政府主管部门列入"职业病名单"的职业病，也就是法定职业病。职业病的诊断、确诊、报告等，必须按《中华人民共和国职业病防治法》的有关规定执行。只有被依法确定为法定职业病的人员，才能享受工伤保险待遇。

2. 职业病危害因素分类

主要的职业危害因素分为十大类、115 种，对应导致 115 种职业病。

（1）粉尘类　13种，可导致相应13种尘肺❶。氮肥企业可能涉及的粉尘有煤尘、电焊烟尘、硫黄等其他粉尘。

（2）放射性物质类　电离辐射（X射线、γ射线）等11种，可导致相应11种职业性放射性疾病。

（3）化学物质类　56种，可导致相应56种职业中毒。氮肥企业涉及的化学物质有氨、一氧化碳、硫化氢等；生产甲醇、苯胺等下游产品的氮肥企业还可能涉及的化学物质有苯、甲苯、二甲苯、一甲胺、苯的氨基及硝基化合物、甲醇、甲醛等。

（4）物理因素　高温、高气压、低气压、局部振动4种，可导致中暑、减压病、高原病、航空病、手臂振动病5种物理因素所致职业病。氮肥企业涉及的物理因素有高温、局部振动。

（5）生物因素　炭疽杆菌、森林脑炎、布氏杆菌3种，可导致炭疽、森林脑炎、布氏杆菌病3种生物因素所致职业病。

（6）导致职业性皮肤病的危害因素　8种，可导致皮炎、黑变病、痤疮、溃疡、化学性皮肤灼伤等8种职业性皮肤病。氮肥企业特别是生产下游产品的氮肥企业，可能涉及的危害因素有硫酸、硝酸、盐酸、氢氧化钠、乙醇、苯胺、润滑油、汽油、柴油、煤油等。

（7）导致职业性眼病的危害因素　3种，可导致化学性眼部灼伤、电光性眼炎、职业性白内障3种职业性眼病。氮肥企业特别是生产下游产品的氮肥企业，可能涉及的危害因素有硫酸、硝酸、盐酸、甲醛、硫化氢、高温等。

（8）导致职业性耳鼻喉口腔疾病的危害因素　3种，可导致噪声聋、铬鼻病、牙酸蚀病3种职业性耳鼻喉口腔疾病。氮肥企业特别是生产下游产品的氮肥企业，可能涉及的危害因素有噪声、硫酸酸雾、硝酸酸雾、盐酸酸雾等。

（9）职业性肿瘤的职业病危害因素　8种，可导致肺癌、白血病等8种职业性肿瘤。有下游产品苯胺等的氮肥企业，涉及危害因素苯。

（10）其他职业危害因素　5种，可导致金属烟热、职业性哮喘等5种其他职业病。

二、职业卫生管理

（一）部门职责分工

2010年10月中央编办印发的《关于职业卫生监管部门职责分工的通知》（中央编办发〔2010〕104号），调整了职业卫生监管部门职责分工，明确了安全监管总局、卫生部、人力资源和社会保障部三部门各自在"防、

---

❶ 尘肺的规范名为肺尘埃沉着病。

治、保"（职业危害防治、职业病诊断治疗、职业病人社会保障）三个环节为主负责的原则。安全生产监督管理部门负责生产经营单位作业场所职业健康的监督管理工作。

（二）职业危害管理

（1）生产经营单位应当加强作业场所的职业危害防治工作，为从业人员提供符合法律、法规、规章和国家标准、行业标准的工作环境和条件，采取有效措施，保障从业人员的职业健康。生产经营单位是职业危害防治的责任主体，生产经营单位的主要负责人对本单位作业场所的职业危害防治工作全面负责。

（2）存在职业危害的生产经营单位应当设置或者指定职业健康管理机构，配备专职或者兼职的职业健康管理人员，负责本单位的职业危害防治工作。生产经营单位的主要负责人和职业健康管理人员应当具备与本单位所从事的生产经营活动相适应的职业健康知识和管理能力，并接受监管部门组织的职业健康培训。

（3）生产经营单位应当对从业人员进行上岗前的职业健康培训和在岗期间的定期职业健康培训，普及职业健康知识，督促从业人员遵守职业危害防治的法律、法规、规章、国家标准、行业标准和操作规程。

（4）存在职业危害的生产经营单位应当建立健全以下13项主要职业健康管理制度：①职业危害防治责任制度；②职业危害告知制度；③职业危害项目申报制度；④职业健康宣传教育培训制度；⑤职业危害防护设施维护检修制度；⑥劳动者防护用品管理制度；⑦职业危害检测、监测和评价管理制度；⑧从业人员职业健康监护管理制度；⑨岗位职业健康操作规程；⑩职业危害事故的处置及报告制度；⑪应急管理制度；⑫职业健康奖惩制度；⑬职业健康档案管理制度。

（三）职业危害申报

生产经营单位应当按照规定对本单位作业场所职业危害因素进行检测、评价，并按照职责分工向其所在地县级以上安全生产监督管理部门申报。生产经营单位申报职业危害时，应当提交"作业场所职业危害申报表"和下列有关资料：

① 生产经营单位的基本情况；
② 产生职业危害因素的生产技术、工艺和材料的情况；
③ 作业场所职业危害因素的种类、浓度和强度的情况；
④ 作业场所接触职业危害因素的人数及分布情况；
⑤ 职业危害防护设施及个人防护用品的配备情况；
⑥ 对接触职业危害因素从业人员的管理情况；
⑦ 法律、法规和规章规定的其他资料。

三、职业危害防护

（一）职业危害防护的基本要求

1. 作业场所

存在职业危害的生产经营单位的作业场所应当符合下列要求：

① 生产布局合理，有害作业与无害作业分开；

② 作业场所与生活场所分开，作业场所不得住人；

③ 有与职业危害防治工作相适应的有效防护设施；

④ 职业危害因素的强度或者浓度符合国家标准、行业标准；

⑤ 法律、法规、规章和国家标准、行业标准的其他规定。

2. 危害告知

存在职业危害的生产经营单位应当设有专人负责作业场所职业危害因素日常监测，保证监测系统处于正常工作状态。监测的结果应当及时向从业人员公布。

应当在醒目位置设置公告栏，公布有关职业危害防治的规章制度、操作规程和作业场所职业危害因素监测结果。对产生严重职业危害的作业岗位，应当在醒目位置设置警示标识和中文警示说明。警示说明应当载明产生职业危害的种类、后果、预防和应急处置措施等内容。

3. 设施维护

生产经营单位对职业危害防护设施应当进行经常性的维护、检修和保养，定期检测其性能和效果，确保其处于正常状态。不得擅自拆除或者停止使用职业危害防护设施。

4. 四新要求

生产经营单位应当优先采用有利于防治职业危害和保护从业人员健康的新技术、新工艺、新材料、新设备，逐步替代产生职业危害的技术、工艺、材料、设备。

（二）职业危害防护的技术措施

危害因素不同，所采取的防护、治理技术措施也不同。在制定治理危害因素的技术措施时，可考虑采用以下技术措施。

1. 以无毒或毒性小的原材料代替有毒或毒性大的原材料

为了预防职业毒害，应设法以无毒或毒性小的材料代替有毒或毒性较大的原材料。例如，将致癌性的苯溶剂或原材料用甲苯、二甲苯代替；有毒的四氯化碳可用氯仿或石蜡系碳氢化物等代替。

2. 改变操作方法

改变操作方法通常是改善作业环境条件的最好办法。如将人工洗涤法改为蒸气除油污法等。

3. 隔离或密闭法

为了将有害作业点与作业人员隔开，可采用隔离措施。隔离的方式有围挡隔离、时间隔离、距离隔离、空间密闭等。密闭是在有毒气体、蒸气、液体或粉尘的生产过程中，将机器设备、管道、容器等加以密闭，使之不能逸出；对产生噪声的设备采用隔离或密闭方法可减少周围环境的噪声污染。

4. 湿式作业

对于产生粉尘的作业过程，可利用水对粉尘的湿润作用，采用湿式作业可收到良好的防尘效果。如在煤场、硫黄库保持一定的湿度，即可避免粉尘飞扬。

5. 隔绝热源

隔绝热源是防止高温、热辐射对作业人员肌体产生不良影响的重要措施。

6. 通风净化

采取通风措施可以使作业场所空气中有毒有害物质的含量保持在国家规定的最高容许浓度以下。通过净化设备可吸收、吸附、分离空气中的有害物质或粉尘，降低空气中的有害物浓度。

7. 合理照明

合理照明是创造良好作业环境的重要措施之一。照明不合理会使作业人员视力减退，引起职业性眼病，促成工伤事故，降低产品质量，影响劳动生产率。

（三）个人防护用品

个人防护用品，是保护从业人员职业健康的主要防护手段。使用个人防护用品的关键在于，要懂得其防护特点和性能，训练使用者正确使用、维护和管理。

1. 发放佩戴要求

生产经营单位必须为从业人员提供符合国家标准、行业标准的职业危害防护用品，并督促、教育、指导从业人员按照使用规则正确佩戴、使用，不得发放钱物替代发放职业危害防护用品。

2. 良好使用要求

生产经营单位应当对职业危害防护用品进行经常性的维护、保养，确保防护用品有效。不得使用不符合国家标准、行业标准或者已经失效的职业危害防护用品。

3. 防护用品介绍

（1）防护帽　用于防止意外重物坠落或飞击损伤头部和防止有害物质污染。多用聚乙烯等制成。要符合国家安全帽标准 GB 2811—2007。视工种组合使用，如电焊工安全防护帽等。防污染的防护帽是以棉布或合成纤维制成的带舌帽。

(2) 防护服　主要有防热（非调节和空气调节两种）防止化学污染服，防止化学污染物质损伤皮肤或经皮进入体内作用。

(3) 防护眼镜和面罩　主要防护眼睛和面部受电磁波（紫外线、红外线、微波等）辐射，防止粉尘、烟尘、金属和沙石及化学溶液溅射等损伤。防护眼镜的柜架常用柔韧且能顺应脸形的塑料或橡胶制成。镜片可有两类：反射性防护镜片、吸收性防护镜片；面罩有三类：防止固体粉末和化学溶液溅射入眼和损伤面部的面罩、防热面罩、电焊工用面罩。

(4) 呼吸防护器　根据结构和作用原理分为过滤式（净化式）和隔离式（供气式）两大类。

① 过滤式（净化）呼吸防护器。又分为：机械过滤式，防粉尘、烟、雾，常见的防尘口罩；化学过滤式，防毒面具或组成有滤合与空气接触过滤。

② 隔离式（供气）呼吸防护器。又分为：自带式，防毒面具（罩）自带空气瓶供呼吸不与现场空气接触；外界输入式，防毒面具（罩）通过蛇管由场外供氧。

(5) 防噪用具

① 耳塞：插入外耳道的一种栓塞。

② 耳罩：覆盖双耳，隔离减少骨导。

③ 防噪声帽盔：覆盖全头，防止气导、骨导。

防噪用具选用应考虑作业环境中噪声强度与性质，如稳态、低频噪声用耳塞即可；如噪声过强，即使是低频也宜耳塞、耳罩并用。

(6) 皮肤防护用品　主要是指防护手、臂皮肤污染的手套和膏膜与污染源洗除剂。

① 手套：各种材料均有，根据接触物来选用。

② 防护膏膜：如不能用手套操作防污染的工种，常用膏膜防护污染。

③ 污染洗除剂：如有时用了手套或膏膜仍有污染，则使用专用的洗除剂，洗除污染物或油剂。

4. 使用防护用品的注意事项

(1) 正确选择符合要求的用品，特别是呼吸器；

(2) 使用人员要接受了解使用防护的目的、意义、性能等方面的教育；

(3) 对结构复杂的防护用品要反复训练，务求迅速正确地戴上、卸下使用；

(4) 应急防护用品要定期检查，接近点摆放，以便及时可用；

(5) 要熟悉各种用品的性能的使用、维护和保养；

(6) 要有组织、有制度，正确、合理地发放防护用品。

第三节 气体防护安全技术

一、气体防护安全管理

气体防护安全技术是预防有毒害气体对作业人员的侵害而造成中毒和窒息所采取的技术手段和措施。气体防护工作，是氮肥企业安全技术管理工作的重要组成部分，气体防护必须坚持"预防为主、抢救为辅"的工作方针。

（一）建立健全气体防护组织机构

企业应根据生产规模和性质建立气体防护站，具体负责气体防护安全管理工作。一般来说，小型企业亦应设有 2~3 名专职气体防护员。有毒岗位应设有经过培训的义务气体防护员。气体防护员必须由身体健康、工作负责并经严格培训考试合格持有专业作业证的人员担任，气体防护员应每年考核一次。

气体防护站除负责日常的气体防护管理工作外，还应负责重大危险事件的监护和现场抢救、急救任务。平时要做好应急准备，处于戒备状态，在接到中毒事故报警时，能够迅速到达现场。

气体防护站应根据企业规模按规定配备一定数量的空气呼吸器、过滤式面具、长管面具等各种类型的防毒面具、防护器材和抢救器材以及苏生器、万能检验器、氧气充装泵、滤毒罐再生装置及防毒器材、维修用检修器材。大、中型企业还应配备专用救护车。

（二）建立健全气体防护规章制度

主要应建立下列气体防护管理制度：气体防护各级安全责任制；气体防护器材管理制度；生产、作业现场毒物检测制度；现场抢救、急救安全技术规程；带有毒害气体作业安全制度；受限空间作业安全制度；化学毒物管理制度；中毒窒息事故管理制度等。工艺操作规程必须有气体防护内容。

（三）加强职工的气体防护教育培训

气体防护教育应列为入厂教育的内容之一。从事有毒害气体的岗位操作人员、维修人员、储运人员都要经过气体防护的培训教育，并经考试和实际操作考核合格，每年应进行一次考核。

气体培训教育应结合思想教育、纪律教育、事故教育进行，以技术教育、自我防护、抢救、急救技能为重点，通过培训教育掌握必要的气体防护知识和自救互救技能，并提高安全意识和遵章守纪的自觉性。主要包括以下内容：

（1）岗位有毒有害气体种类、性质、最高容许浓度、中毒症状、防止中毒措施和急救方法；

（2）防毒器材、防毒面具的型号、防护范围、结构、原理、检查方法、故障处理、使用条件、维护保管及正确操作、使用方法；

（3）能正确掌握现场抢救、急救技术；

（4）受限空间作业、带有毒害气体作业安全规定；

（5）气体防护安全监护；

（6）事故状态下的紧急处理方法；

（7）熟知报警电话并能正确报警。

（四）加强气体防护的安全检查

建立经常性检查和定期检查制度，并列为安全大检查的内容之一。检查内容主要包括：事故柜、防毒面具、防毒器材的管理和使用情况；现场毒物浓度；设备跑、冒、滴、漏情况；现场通排风设施运行情况；毒物源管理情况等。发现的隐患和问题，应逐项登记，指定专人、限期整改；对于较重大问题，气体防护站可通过企业领导向有关部门发布指令，限期消除。

（五）加强现场毒物的检测

为及时掌握现场毒物浓度的变化情况，有毒岗位作业点应定期进行检测。检测应由专门检测机构或专职人员进行，检测取样应真实，具有代表性。检测结果应公布于现场，并进行分析研究，发现超标，应查明原因，采取措施，消除毒物泄漏点。

（六）加强现场通排风设施的管理

加强现场通风换气是防止中毒的一项重要技术措施。凡有毒有害物质产生的现场都应按法规要求设置通风换气设施，以随时排除生产过程中散发出来的有毒有害气体，使生产作业点有毒有害气体不超过法规标准的规定要求。

（七）加强气体防护器材的管理

对气体防护器材的管理应做到"三定一交"。事故柜、公用防毒面具等气体防护器材都要做到"定点存放、定人管理、定期检查"并列为交接班内容，使之经常处于完好、有效的良好状态。

二、防毒面具使用管理

（一）过滤式防毒面具

过滤式防毒面具必须具备对有害气体、蒸气和气溶胶有足够的防御能力，安全可靠并符合人体卫生要求，不致引起生理伤害。

过滤式防毒面具从结构上可分为导管式防毒面具（滤毒罐通过导气管与面罩连接）和直接式防毒面具（由滤毒盒或小型滤毒罐直接与面罩连接）。

过滤式防毒面具主要是利用滤毒罐化学作用、吸附作用和过滤作用将吸入的空气中的有毒气体、蒸气、气溶胶予以清除，经过净化，以供应洁净的空气供人呼吸。过滤式防毒面具的构造、作用及使用方法简述如下。

1. 结构与性能

过滤式防毒面具由面罩、导气管、滤毒罐三个部分组成。

防毒面具的面罩分为全面罩和半面罩。全面罩有头罩式和头带式两种，应能遮住眼、鼻和口；半面罩应能遮住鼻和口。面罩按大小分为五个型号，从 0 号到 4 号，其中 0 号最小，4 号最大。面罩应按头型大小进行选用，应与人体面部、头部密合良好，无明显压痛感，其固定系统有足够的弹性和强度。面罩下部有活门盒，活门盒分为两室，分别装有呼气阀和吸气阀。面罩的呼气阀应有保护装置，动作气密性良好，在内外压力平衡时呈闭锁状态。

导气管为波形橡胶管，长度应大于 60mm，直径 25mm，外包纱罩，以增强坚固性，上端有金属螺纹与面罩连接；下端有金属螺母与滤毒罐连接，两端均有橡胶垫圈，以确保严密不漏。导气管是滤毒罐滤净后气体进入面罩的通路，又使佩戴面具者便于工作。导气管应有较强的伸缩性和抗压性，即使弯曲受压，亦能保持气流畅通。

有毒物质通过滤毒罐经化学作用、吸附作用和机械过滤作用而被除去。滤毒罐按其防护毒物的范围分为 7 个型号，其防护范围、型号和色别应符合国家标准过滤式防毒面具通用技术条件（GB 2890—1995）的规定。

2. 使用要求

过滤式防毒面具的使用条件：空气中氧气体积分数大于 18%，环境温度－30～45℃，毒气浓度应符合使用条件要求，严禁在缺氧的环境中使用。

使用时应当正确佩戴，及时排除故障；使用后要注意妥善保管。

（1）正确选用　过滤式防毒面具使用前要正确选用滤毒罐型号，确认毒气种类，确认现场空气中毒物浓度、氧气含量和环境温度，务必要在滤毒罐限定的防护范围和有效防护时间内使用。当毒气浓度大于规定的使用范围以及空气中氧气含量低于 18% 时，禁止使用过滤式防毒面具，而应改用隔离式防毒面具。隔离式防毒面具一般不能用于槽、罐等密闭容器内的作业。

（2）使用前应认真进行检查　面罩、导气管、滤毒罐是否完好，连接部位是否严密，并检查整套面具的气密性。其检查方法是打开底盖，戴好面罩后，用手堵住滤毒罐的进气口，同时用力吸气，若感到闭塞不透气时，则可认为此面具气密性基本良好，否则不能使用。

（3）正确佩戴　正确的佩戴方法是从业人员必须具备的基本功，对于确保临场使用安全十分重要。使用防毒面具人员必须经过培训，熟知防毒面具的结构、原理、性能、维护保管和故障处理方法，并能正确、熟练使用，经过考试并经实际操作考核合格。

① 选用合适的面罩。面罩的型号一定要选择合适，大小适当，使面罩边缘与头部贴紧，眼窗中心位置在眼睛正方下 1cm 左右，不漏气。正确选用面罩不仅能保证气密性能，而且能减轻面罩对头部的压力和减少有害空间的影响。

② 保持气流通畅无阻。使用时，不论在任何情况下，都必须先打开去过滤罐底部进气孔的底盖胶塞，严禁先戴面具，后开底盖，否则，易发生窒息事故。此外，导气管应防止压瘪或扭弯，影响通气。使用时还应认真检查滤毒罐的进出气孔和面罩的呼气阀，防止被物料堵塞。

③ 有毒场所紧急佩戴。生产、检修现场突然发生意外事故而现场人员一时无法脱离时，使用者应立即屏住气（暂停自主呼吸）。若为刺激性介质，还应同时闭住眼睛。迅速打开滤毒罐底盖，取出面罩戴上。当确认头罩边缘与头部密合，接着猛呼出体内余气，再做简易气密性试验后，方可正常使用。

(4) 故障应急处理 防毒面具使用过程中，如某一部位受损，以致不能发挥正常功能，在来不及更换面罩的情况下，使用者可采用下列应急处理方法，并迅速离开有毒场所。

① 面罩或导气管发现孔洞时，可用手指捏住。若导气管破损，有条件时，也可将滤毒罐直接与头罩连接使用，但应注意防止因面罩承重而发生移位漏气。

② 应立即用手堵住呼气阀孔，呼气时将手放松，吸气时再堵住。

③ 头罩损坏严重无法堵塞时，可把头罩脱掉，直接将滤毒罐含在嘴里，用手捏住鼻子，通过滤毒罐直接呼吸。

④ 滤毒罐发现有小孔洞时，可就地用手或其他材料堵塞。

面罩破损、老化、漏气、呼吸阀坏；眼窗破损、视物不清；滤毒罐被压损、穿孔、严重锈蚀、有沙沙响声等损坏或失效现象严禁使用。

使用中感到呼吸困难、不舒服、闻到毒物气味、漏气、滤毒罐发热温度较高等情况时，应立即退出毒区，在有毒地区严禁将面罩取下。

（二）隔离式防毒面具

常用的隔离式防毒面具主要有长管式防毒面具和空气呼吸器。

1. 长管式防毒面具（长管面具）

长管面具分为自吸式长管面具和送风式长管面具。

长管面具是使戴用者呼吸器官与周围大气隔离，借助肺力或机械力通过导气管引入清洁空气供呼吸的个体防护装备。使用该防毒面具不受环境污染程度、尘毒种类、缺氧的限制。由于结构简单、使用方便、可以拖带，因此是进行有毒设备的检修、进罐入塔、带有毒害气体作业、固定岗位或近距离往返作业，防止中毒、窒息的良好气体防护器材。

（1）构造与功能　长管式防毒面具由面罩、导气软管、腰带及滤尘盒组成，适用于−30～45℃使用和保管。其面罩与过滤式防毒面具相同，导气管为橡胶波纹软管，长度不大于20m，否则应强制送风。导管面罩应严密不漏，符合国家标准要求，面罩、导管连接应牢固、气密，以防止污染物漏入。为便于作业时头部自由活动，连接导管离面罩500mm处应用腰带紧固在腰部。

（2）安全使用要点

① 使用时将选择好大小合适的面罩与导气管紧密连接，将导管的进气口端悬放于作业现场上风向空气清洁的环境中，不得放在有毒物区或毒物有可能突然侵入及扬尘的地方，亦不得直接放在地上，为保证气源清洁，进气口应设置低阻力的过滤装置。

② 使用前应检查面具的呼气阀、吸气阀是否灵活好用，并进行气密性试验。戴上面具后方可进入毒区，做到"先戴后进"。

③ 检查导管内有无异物，并理顺平直，确认导管畅通；导管不得缠结，严禁折压、强拉，使用时严防踩踏、挤压，经常保持畅通。

④ 使用长管面具，必须有专人监护，经常检查作业人员情况及导管、进气口情况。

⑤ 使用过程中如感到呼吸困难或不适，应立即离开毒区。

⑥ 长管面具每月应进行气密性检查一次，使用前应进行全面检查；每次使用后要进行外观检查、清洗、保持清洁，经常处于完好的备用状态。

⑦ 为减轻使用者吸入空气的强度，吸入式长管面具可在进口处安装my-8型微型送风机。如果使用送风式长管面具应对压缩空气进行净化处理，除去其中的油分和水分，保证气源清洁，不缺氧，尘毒浓度不超过最高容许浓度。

2. 空气呼吸器

正压式空气呼吸器是利用压缩空气的正压自给开放式呼吸器。工作人员及肺部呼出的气体通过全面罩呼气阀排入大气中，当工作人员吸气时，适量的新鲜空气由气瓶，经气瓶开关、减压器中压软导管、供给阀、全面罩吸入人体肺部，完成了整个呼吸循环过程。在这一个呼吸循环过程中，由于在全面罩内的口鼻罩上设有两个呼气阀门和呼气阀，它们在呼吸过程中是单方向开启，因此，整个气流方向始终是沿着一个方向前进，构成整个的呼吸循环过程。

（1）使用前准备工作

① 佩戴前首先打开气瓶开关，随着管路，减压系统中压力的上升会听到警报器发出短暂的声响，气瓶开关完全打开后，检查空气的储存压力，一般应在28～30MPa。

② 关闭气瓶开关，观察压力表的读数，在5min的时间内压力下降不大于2MPa，表明供气管系统高压气密完好。

③ 确认高压系统气密完好后，轻轻按动供给阀膜片，观察压力表示值变化，当气瓶压力降至 4~6MPa 时，警报器发出声响，同时也是吹洗一次警报器通气管路。

空气呼吸器不使用时，应每月按此方法检查一次。

（2）佩戴使用方法

① 呼吸器背在人体身后，根据身材可调节肩带/腰带，以合身牢靠舒适为宜。

② 全面罩的镜片应经常保持清洁、明亮，将面罩与供给阀相连，并将全面罩上一条长脖带套在脖子上，使用前全面罩跨在胸前，以便佩戴使用。

③ 使用时首先打开气瓶开关，检查气瓶的压力，使供给阀转换开关处于关闭状态，然后将快速插头插好插牢。

④ 佩戴上全面罩进行 2~3 次深呼吸，感觉舒畅。屏气时，供给阀门应停止供气。用手按压检查供给阀转换开关的开启状态或关闭状态，一切正常时，将全面罩系带收紧，使全面罩与面部有贴合良好的气密性，面部感觉舒适无明显的压迫感。此时，深呼吸一口气，转换开关自动开启，检查全面罩与面部是否贴合良好。方法是：关闭气瓶开关，深呼吸数次，将呼吸器内气体吸完。面罩体应向人体面部移动，面罩内保持负压，人体感觉呼吸困难证明面罩和呼吸阀有良好气密性，但时间不宜过长，深吸几次气就可以了，此后应及时打开气瓶开关，开关开启应在两圈以上。

⑤ 佩戴不同系列的空气呼吸器时，佩戴者在使用过程中应随机观察压力表的指示数值。当压力下降到 4~6MPa 时，应撤离现场，这时警报器也会发出警报声响告诫佩戴者撤离现场。

⑥ 使用后可将全面罩系带卡子松开，从面部摘下全面罩，同时将供给阀转换开关置于关闭状态，此时从身体上拆下呼吸器并关闭气瓶开关。

拔快速插头时，不要带气压拔开，可将供给阀转换开关置于开启位置，将呼吸器残留气体释放出来，然后再拔开快速插头。

三、防护器材的配置与维护

（一）配置要求

（1）空气呼吸器。 气防站的站长、技术员、值班班长、防护员（义务防护员）每人 1 套，有毒岗位应在事故柜内备有足够的数量。

（2）过滤式防毒面具。 气防站的站长、技术员、防护员（义务防护员）和相关领导每人 1 套，有毒岗位应在事故柜内备有足够的数量。

（3）长管式防毒面具。 一般配备 10~20 套，由气防站统一保管。

**（4）气防站还应配备苏生器 2~4 台、万能检验器 1~2 台、担架 1~3 副。凡有毒有害岗位都应设置事故柜 1 个。站内安装空气充装设备 1 套、滤毒罐再生设备 1 套。按需要配备器材维护用的台钻、工具、零件及天平台秤、仪器、药剂等。

（5）生产规模较大或距离医疗单位较远的大中型企业应配备救护车；救护车应设有声光报警器，备有氧气呼吸器，长管式、过滤式防毒面具，安全帽，安全带，防酸碱橡胶衣裤，靴、手套、被褥、枕头、担架、卫生急救箱等抢救用的器材。

（二）维护

1. 过滤式防毒面具

有毒有害岗位上公用的防毒面具应放在指定的专柜里，指定专人负责、定期进行检查，并将使用保管情况列为交接班的内容。发给个人使用保管的防毒面具，上班前要进行一次检查，上岗时随身携带或挂放于岗位上。

滤毒罐每两个月定期检查一次。一氧化碳滤毒罐连续使用 2h 应予以更换，每月进行一次称重检查，如超过 20g 应停止使用。

防毒面具的发放、借用、检查、再生、报废、更新等都要进行登记，建卡造册。连续使用要做好使用时间的记录。

每次使用后应将滤毒罐上、下盖盖严，防止毒气侵入或受潮失效，保持可靠密封，应放面具袋中，妥善保管。使用后的面罩，如橡胶罩体脏污，要清洗、消毒。洗涤后应晾干，切勿火烤、暴晒，以防老化。一时不用的头罩，应在橡胶部件上均匀撒上滑石粉，以防黏合，然后将头罩先纵折，后横折，把橡胶罩体包住眼窗，在面具袋内分格存放。

防毒面具应放置在便于取用，温度适宜（5~30℃），无日光直接照射和不易遭受灰尘、腐蚀物质污染的地方，要做好防潮、防油污、防酸碱、防鼠害工作。如发现防毒面具损坏，滤毒罐失效，应及时报告，进行处理或更换，不得与完好、有效的防毒面具混放在一起。

2. 空气呼吸器

空气呼吸器应存放在专用的防毒面具柜内，远离热源，防止日光直接照射，并保持清洁，使之不受灰尘、酸碱腐蚀，严防油脂污染。

有毒岗位的空气呼吸器应放在专用的有玻璃门的事故柜内，每个事故柜内备放的空气呼吸器应不少于 2 台。事故柜应放于取用方便的指定地点，不得任意移动位置。存放空气呼吸器的事故柜由气体防护站负责检查和铅封。非事故情况下不得任意动用空气呼吸器。空气呼吸器动用后或发现事故柜铅封被打开，应立即通知防护站检查处理，重新铅封，事故柜应列为交接班检查内容。

库存和停用时间超过 3 年的气瓶，启用前应进行技术检验。

使用后的呼吸器要由专业人员检查各部件是否正常，并进行面罩清洗和用 75% 的酒精消毒，更换清净罐中的药剂和气瓶，以备紧急情况下随时好用。

第三章

单元操作安全技术

化工单元操作是指在各种化工产品的生产过程中普遍采用的、遵循共同的物理学定律、所用设备相似、具有相同作用的那些基本操作，例如流体的输送与压缩、传热、吸收、蒸发、结晶、干燥、蒸馏、冷冻等。氮肥生产包括了较多的化工单元操作。

化工单元操作的危险性主要是由所处理物料的危险性决定的。其中，易燃物料或含有不稳定物料的单元操作，其危险性最大。在进行危险单元操作时，要根据物料的理化性质采取必要的安全对策。

第一节 物料输送安全技术

化工生产过程中经常将各种原材料、中间体、产品、副产品和废弃物由前一工序输送到后一工序，或由一个车间输送到另一个车间或储存地点，这个过程就是物料的输送。由于所输送物料形态的不同（气、液、固），因而输送的设备也不同，不论采用何种形式输送，保证它们的安全运行是十分重要的。

一、气体的输送

在氮肥生产中气体输送的过程往往伴随着压力的变化，一方面需要克服气体输送过程中的阻力，另一方面又要满足化学反应或单元操作所需要的压力条件，如碳丙脱碳和氨合成反应都需要较高压力。有些单元操作，如尿素的蒸发需要在负压条件下进行，这就需要从设备中抽出气体，产生真空。

(一) 气体输送设备

气体输送设备种类较多，按照气体出口压强（终压）或以压缩比的大小即气体出口与进口的绝对压强之比来分类，通常分为以下几种：

(1) 通风机 终压不大于 $1.47×10^4$ Pa（表压），压缩比为 $1～1.15$。

(2) 鼓风机 终压为 $1.47～29.4×10^4$ Pa（表压），压缩比 <4。

(3) 压缩机 终压 $>29.429.4×10^4$ Pa（表压），压缩比 >4。

(4) 真空泵 在设备中造成真空，其气体压强低于当地大气压。

按照设备的结构和工作原理，可将气体输送机械分为往复式、离心式、旋转式和流体作用式（喷射式）几种，其中往复式和离心式在氮肥生产中应用较多。

1. 往复式压缩机

往复式压缩机也称为活塞式压缩机，其工作原理是利用汽缸内活塞的往复运动使气体压缩。氮肥生产常见的往复式压缩设备有：氢氮气压缩机、二氧化碳气压缩机、循环气压缩机、空气压缩机、活塞式氨压缩机（冰机）等。

2. 离心式压缩机

离心式压缩机常称为透平压缩机，它是依靠机壳内一个或多个叶轮的高速旋转，气体旋转产生离心力使气体压强增高，将气体压缩后排出。如大型氮肥装置的离心式氢氮压缩机、离心式氨压缩机等。除压缩机外，氮肥生产中的造气鼓风机、锅炉鼓风机、引风机等也都属于离心式气体输送设备。

3. 旋转式压缩机

旋转式压缩机是在机壳内有一个或两个旋转的转子，转子直接加压于气体而使气体的压强提高，如氮肥生产中的罗茨鼓风机、螺杆冰机等。

(二) 气体输送存在的危险因素

氮肥生产气体输送的介质大多易燃、易爆、有毒，压力高，压力、温度变化大，存在的危险因素很多，正常运行时可燃气体压缩机入口必须保证一定的压力，避免形成负压。由于前工序部分或全部设备跳闸，气体不能及时供应、管道堵塞、设备水封遭到破坏，水封不起作用等原因，吸入空气则易形成爆炸性气体。此处主要指氢氮气压缩机和罗茨鼓风机。

尿素生产用的二氧化碳压缩机，因负压吸入空气时会造成尿素装置尾气中氧含量超标，易发生爆炸。

(1) 气体泄漏引起着火、爆炸。在高压条件下气体通过法兰、阀门、焊口、密封点等部位泄漏，设备零部件、管道等疲劳断裂等很可能引起着火、爆炸。

(2) 可燃气体压缩机入口抽负压，进入空气形成爆炸性气体。

(3) 压缩机汽缸、储气罐、管道因压力高而引起超压爆炸。

（4）压缩机运行时缺冷却水和润滑油、润滑油变质、润滑油杂质多等，引起设备损坏；或者冷却水进入汽缸引起液击。

（5）压缩机启动时，由于未置换或置换不合格，引起爆炸；缺乏操作知识，误操作或仪表失灵引起爆炸。

（6）压缩机空气加压试车时温度过高，超过润滑油的闪点时易引起燃烧，甚至有爆炸的危险；设备长期运行易在管道、气阀、缓冲罐中形成积炭，在高温过热、机械撞击、电气短路等条件下引起自燃，甚至爆炸。

（7）设备检修时出现中毒、爆炸着火事故。

（8）压缩机紧急放空时气体流速过快，产生静电，引起着火。

（9）负压系统的设备和压力设备一样，必须符合强度要求，以防在负压下把设备抽瘪。负压系统必须有良好的密封，否则一旦空气进入设备内部，则可形成爆炸混合物。当需要恢复常压时，应待温度降低后，缓缓放进空气，以防自燃或爆炸。

（三）应对措施

（1）压缩设备、管道材质要满足工况条件，安装要牢固、可靠，符合有关规范要求，防止振动引起气体泄漏，使用前进行气密、强度试验，并按操作规程要求进行空气试车、负荷试车等，合格后方可投运。

（2）安全附件和联锁装置要齐全，如压力表、安全阀、爆破片、压力报警联锁装置、压力自动调节装置、温度报警联锁装置等。

安全阀、爆破片的泄压气体要引至室外安全的地方。

（3）日常运行时加强巡检和维护保养，确保动静密封点可靠，出现泄漏及时处理；定期校验仪表、安全附件、压力报警联锁装置和自动调节装置。

（4）设备检修后必须置换彻底，并取样分析合格；设备长时间备用，再次使用时也必须进行置换并合格。

（5）空气试车时严格控制出口气体的温度和压力，严禁超温；设备检修时清理干净积炭、润滑油，按要求办理有关许可证后方可动火，必要时用蒸汽热洗。

（6）加强设备润滑油的管理，定期检验润滑油的质量，不合格时及时更换；定期过滤润滑油，防止杂质超标；设备检修时防止带入杂质，检修完毕后必须清理干净设备内部杂物；冬季、夏季采用不同型号的润滑油。

（7）设备检修时要保证空气流通，防止有毒有害气体的扩散；严禁用铁器撞击有可燃气体介质的设备，应用铜棒；设备内部余压未泄净，严禁打开设备；易燃易爆环境中按规定采用防爆型电动机。

（8）控制可燃气体的流速不宜过高，管道的静电接地良好，并定期检测合格；输送可燃气体的管道严禁负压，必要时安装防回火水封、阻火器等。

（9）当输送可燃气体的管道着火时，应及时采取措施灭火。管径小于150mm时，可直接关闭阀门灭火；管径大于150mm时不可直接关闭阀门，应逐渐降低气体压力，并采取通入大量蒸汽或惰性气体的灭火措施，管道内部的气体压力不得低于100Pa；不得突然关闭阀门或水封，防止回火爆炸；管道烧红时严禁用水骤然降温，以免引起爆炸。

二、液体的输送

氮肥生产常用的液体输送设备主要为离心泵、往复泵、旋转泵，少量使用流体作用泵。不同种类的泵，其危险性差异也较大。

（一）液体输送设备存在的危险因素

1. 离心泵存在的危险因素

离心泵的安装高度不合适，高于允许的吸上真空度，造成气蚀或吸不上液体；设备启动前泵内或管道内存在气体；进口阀未全开；启动时出口阀全开，启动电流大，甚至烧毁电动机；停泵时未关出口阀，液体倒流损坏叶轮；运行中密封泄漏、泵轴发热等。

2. 往复泵、旋转泵存在的危险因素

由于两者为正位移泵，操作时如果在近路阀和出口阀都关的情况下启动泵，极易造成超压，出现事故。

（二）应对措施

（1）根据液体的性质选择合适的泵。输送易燃液体宜采用蒸汽往复泵、屏蔽泵；输送液氨要采用专用的液氨泵，密封要好，防止泄漏；输送酸性和悬浮液时选用隔膜往复泵；输送黏度较大的液体，可选用旋转泵。

（2）设备和管道有良好的接地，法兰之间要用铜线搭接，防止静电聚集；液体流速不能超过安全流速，易燃液体的流速不超过1m/s。

（3）避免泵内输送的物料过热，在管道和泵体内产生气体；避免吸入口产生负压而使空气进入系统发生爆炸或抽瘪设备。

（4）泵的安装高度必须低于允许的吸入真空度，适当增大入口管道的管径，降低液体的流速，尽可能减少入口管道阻力。

（5）泵启动前要灌满液体，排净设备和管道内部的气体，全开入口阀，离心泵要全关或少开出口阀；往复泵全开近路阀，泵运行正常后逐渐开出口阀，关近路阀。

（6）停泵时逐渐关出口阀，往复泵逐渐开近路阀，待出口阀全关后（往复泵近路阀全开后）停电动机，防止液体倒流。

（7）往复泵和旋转泵的出口管道上要安装安全阀，防止误操作时超压；流量的调节采用调节近路阀或改变转子的转速（如调节变频）。

三、固体的输送

氮肥生产常用的固体物料输送方法是皮带输送机、气力输送，此外还有螺旋输送机、斗式提升机和刮板输送机。

（一）常见的输送设备存在的危险因素

1. 皮带输送机

皮带输送机的转动部位多，极易产生摩擦碰撞打火和摩擦生热引燃物料；易产生机械伤害；电动机及线路还容易损坏绝缘而发生漏电、短路，造成触电事故。

此外，传送带安装过松，皮带与滚筒之间打滑；过紧会增加摩擦阻力，皮带与轮之间会发热；缺乏润滑油时也会摩擦发热；输送可燃粉尘时因打火易发生空间爆炸事故。

2. 气力输送

气力输送最大的危险是由粉尘和静电火花所引起的着火和爆炸，特别是一些易燃的粉尘，其颗粒越小越易飘浮在空气中，经碰撞摩擦产生静电而导致爆炸。其次是堵塞输送系统。

3. 提升机输送

斗式提升机用于可燃粉状或粒状物料输送时，若密封不严，易形成粉尘飞扬，有引燃空爆的可能；另外，与螺旋输送机、刮板输送机一样容易产生机械伤害。

（二）应对措施

1. 皮带、螺旋、刮板、斗式提升机等传动部分的安全注意事项

(1) 采用皮带传动时，皮带要根据物料的性质、负荷、运转速度和传动功率的大小进行合理选择，强度要足够，黏结要牢固、平滑，松紧程度要合适。传送过程中要防止高温物料烧坏皮带，或者因斜偏造成皮带的撕裂。

皮带同皮带轮的接触部位，对于操作者是极其危险的部位，易造成机械伤害，应安装防护罩。

(2) 齿轮传动。其安全运行在于齿轮同齿轮、齿轮同齿条、链条的啮合，要具有足够的强度。同时注意负荷的均匀，物料的粒度及混入物料中的杂物，防止卡料拉裂皮带、链条等。

对于斗式提升机要安装因链条的断裂而坠落的防护装置。

齿轮同齿轮、齿轮同齿条、链条的啮合部位等存在相对位移的部位，要设置防护装置。

(3) 轴、联轴器、键及固定螺钉要设置防护装置，特别是固定螺钉的长度不能过长。

(4) 开、停车装置。生产中设有自动开停和手动开停系统；设有因故障而装设的事故自动停车和就地手动事故按钮停车系统；安装有超负荷、超行程的停车装置。紧急事故停车开关应设在操作者经常停留的部位。设备检修时，开关要拉闸并挂牌明示。

（5）加强设备的润滑和日常维护保养工作。

2. 气力输送

（1）防止堵塞　为避免堵塞，应选择合适的输送速度，选择合理的输送管系和布置形式，尽量减少弯管的数量，尤其是少用由水平向垂直过渡的弯管；严禁两个弯管挨近连接；管道内壁要光滑，选用厚壁管；严格控制气流速度，防止流速过小产生沉积和堵塞。

（2）防止产生静电　选用导电材料制作管道，应具有良好的静电接地；定期用空气吹扫管壁。

第二节　传热安全技术

传热是氮肥生产常见的一个单元操作过程，各种类型的传热设备涉及工艺过程中的热量交换、热量传递和热量变化，如果热量积累，会造成超温进而发生事故。

传热设备按照工艺功能可分为：换热器、冷却器、加热器、再沸器、冷凝器、蒸发器、过热器、废热锅炉等；传热设备按照传热方式和结构形式可分为：间壁式换热器、直接接触式换热器、蓄热式换热器。

间壁式换热器又可分为：管壳式、板式、管式、液膜式、其他（板壳式热管）5大类。氮肥企业最常用的换热器形式为管壳式、套管式、喷淋管式，其次是升降膜式、波纹板式和热管式。

直接接触换热式可分为：塔式、喷射式。氮肥企业采用的塔式换热器较多，如变换工段的饱和热水塔（填料塔、垂直筛板塔）、造气洗气塔、凉水塔等。

一、换热器、冷却器、冷凝器

换热是两种不同温位的工艺物料相互进行显热能量交换，如变换工段的热交、合成热交等。

冷却为降低工艺物料的温度，冷却和冷凝二者主要区别在于被冷却的物料是否发生相的改变。若发生相变（如气相变为液相）则称为冷凝，只是温度降低无相变则称为冷却。

在化工生产中，把物料冷却在大气温度以上时，可以用空气或循环水作为冷却介质；冷却温度在15℃以上，可以用地下水；冷却温度在0～15℃之间，可以用液氨、冷冻盐水；借助氨、氟里昂等低沸点介质的蒸发，从需冷却的物料中取得热量，来实现低温冷却，冷却的温度可达－45℃。

根据冷却与冷凝所用的设备，可分为直接冷却和间接冷却两类。直接冷却法，可直接向所需冷却的物料加入冷水或冰，也可将物料置入敞口槽中或喷洒于空气中，使之自然气化而达到冷却的目的（这种冷却方法也称自然冷却）。在直接冷却中常用的冷却剂为水。直接冷却法的缺点是物料被稀释。

间接冷却通常是在具有间壁式的换热器中进行的，壁的一边为低温载体，如冷水、盐水、冷冻混合物以及固体二氧化碳等，而壁的另一边为所需冷却的物料。

换热、冷却、冷凝的安全技术主要有以下几点。

(1) 根据两换热工艺物料的热负荷、流量大小、流体的流动特性和污浊程度、操作温度和压力、允许的压力损失等条件，结合各换热设备的特点和使用场所的客观条件，正确选择换热方式和换热设备。对于冷却设备要选择合适的冷却剂。

(2) 对于腐蚀性物料的换热、冷却，应选用耐腐蚀材料的设备。如石墨、塑料、不锈钢、高硅铁管、陶瓷管等材质。

(3) 严防换热、冷却设备的泄漏，特别注意列管、管板的泄漏，既不允许物料漏入冷却剂中，也不允许冷却剂窜入被冷却的物料中（特别是酸性气体）。对工艺物料之间的换热要定期分析工艺物料的成分，从而判断是否泄漏；要定期检查排放循环冷却水管道内部气体，定期分析循环水的水质。

(4) 对于不同结构形式的换热器，其存在的危险因素各不相同。

① 固定管板式：壳程不易清洗，因此通过壳程的物料应干净且不易结垢；循环冷却水通过壳程时水量要足够多，水温不能过高，防止循环水结垢，同时应定期向循环水中鼓入空气吹扫淤泥；管壳两物料的温差大于 $60℃$ 时应设置膨胀节，最大使用温差不超过 $120℃$；尽量避免冷物料的气相带液；管程数不能过多，否则会使阻力增大。

② 浮头式、填料函式：浮头的垫片容易渗漏，产生管内外流体相互掺和的现象，且泄漏量不大时不易发现；外浮头耐压较低，易于泄漏，因此严禁超压，壳程不应处理易挥发、易燃、有毒的介质。

③ U 形管式：列管不易更换和机械清洗，因此通过的物料应干净，不易沉淀和附着。

④ 套管式：采用冷却水降温时注意其流量不能太小、流程不能太长，冷却水的温升不宜超过 $12℃$，否则容易结垢；环隙的接头多，易因热膨胀、振动等原因泄漏，环隙的介质只能为水等无害介质或低压介质。

⑤ 喷淋管式：四周雾气大，应远离电气设备、易受潮的物品。

⑥ 升降膜式：管内流速快，列管磨损快，防止泄漏。

⑦ 热管：对温度要求严，超温易爆管，应严格控制入口温度。

⑧ 板式：流通通道曲折、通径小，物料应不易结垢。

(5) 开车前首先清除冷凝器中的积液，再打开冷却水，然后通入高温物料。

(6) 为保证不凝可燃气体排空安全，可充氮或蒸汽保护。

(7) 检修冷凝器、冷却器，应彻底清洗、置换，切勿带料焊接。

(8) 有些凝固点较高的物料，遇冷易变得黏稠或凝固，在冷却时要注意控制温度，防止物料卡住搅拌器或堵塞设备及管道。

(9) 冷却设备所用的冷却水不能中断，否则反应热不能及时导出，致使反应异常，系统压力增高，甚至产生爆炸；另一方面冷凝器、冷却器如断水，会使后部系统温度增高，未冷凝的危险气体外逸排空，可能导致燃烧或爆炸。

开车时应先开冷却水系统，后通物料；停车时应先停物料，后停冷却系统。

(10) 冷凝操作时要定期排放蒸汽侧的不凝性气体，特别注意减压条件下不凝性气体的排放。

(11) 保持压力表、温度计、安全阀和液位计等仪表和附件的齐全、灵敏和准确。

(12) 开停换热器时不要将阀门开得太猛，否则容易造成管子和壳体受到冲击，以及局部骤然胀缩，产生热应力，使局部焊缝开裂或管子连接口松弛。

(13) 尽可能减少换热器的开停次数，停止使用时，应将换热器内的清液放净，防止冻裂和腐蚀。

(14) 定期按压力容器管理的规定测量换热器的壳体厚度。

(15) 定期清理，预防换热器堵塞。

(16) 组装板式换热器时，拧紧螺栓要对称进行，松紧适宜。

二、加热器

加热是化学反应和物料干燥、蒸发、熔融、蒸馏等操作的必要手段。加热的方法一般有工艺介质加热、直接火（烟道气）加热、蒸汽或热水加热、载热体加热和电加热等。氮肥企业常用的加热方式为工艺气体加热、蒸汽或热水加热和电加热。

生产中加热温度在100℃以下的，常用热水或蒸汽加热；100～140℃用蒸汽加热；超过140℃则用加热炉直接加热或用热载体加热；超过250℃时，一般用电加热。有工艺废热存在的情况下，优先考虑采用工艺介质加热。

（一）加热过程存在的危险因素

(1) 温度过高时化学反应速率过快，若是放热反应，则放热量增加，一旦散热不及时，温度失控，甚至会引起燃烧和爆炸。

(2) 升温速度过快不仅容易使反应超温，而且还会损坏设备，例如，升温过快会使带有衬里的设备及各种加热炉、反应炉等设备损坏。

(3) 当加热温度接近或超过物料的自燃点时，会发生自燃；若加热温度接近物料的分解温度，会使物料分解。

(4) 采用高压蒸汽加热时，对设备耐压要求高，易发生泄漏或与物料混合。

(5) 使用热载体加热时，热载体循环系统易堵塞，热油喷出，酿成事故。

(6) 使用电加热时线路的绝缘受到损坏、线路受潮或接点接触不良时易出现事故。

(7) 直接火加热危险性最大，温度不易控制，易造成超温或局部过热而烧坏设备；超温易引起物质分解和设备超压，引起爆炸；采用气体和液体为燃料时，炉内置换不合格时可能引起爆炸。

（二）控制措施

(1) 根据加热条件选择适当的加热方式和设备，采取必要的密闭及隔离措施。

(2) 按生产操作规程的规定严格控制温度范围和升温速率。严格工艺操作，避免超温超压，设置必要的报警装置和自动控制装置。

(3) 加热温度接近物料的自燃点时，应采用惰性气体保护；接近物料的分解温度时须改进工艺条件，采用负压或加压操作等。

(4) 采用高压蒸汽加热时要防止设备超压，防止设备泄漏对物料的损害，水与物料发生反应时禁止采用此种加热方法。

(5) 使用热载体加热物料时要保证热载体循环系统畅通，防止热油喷出。要防止热载体蒸汽与空气形成爆炸性气体。

(6) 采用电加热时要保持线路的干燥和绝缘，接触点要接触良好，电气设备的防爆等级要合格，杜绝电炉丝与设备的短路。

(7) 蒸汽加热时必须不断排除冷凝水，否则积于换热器中，部分或全部变为无相变换热，使传热速率下降；同时还必须及时排放不凝性气体；热水加热时也要定期排放不凝性气体。

三、废热锅炉

氮肥生产常利用高温工艺物料的热量副产蒸汽，如氨合成废锅、吹风气废锅等。废热锅炉的正常安全运行，关键是按操作规程严格控制温度、压力、液位，并加强炉水质量（总碱度、pH 值、氯离子含量、二氧化硅含量等）的控制，防止超温、超压，严防废锅缺水、蒸汽带液、列管结垢和腐蚀；另外氨合成废锅液位控制要使炉管全部浸没于水中，避免干管，防止管道泄漏。

四、冷冻

冷冻（又叫制冷）是将物料的温度降低到比周围常温空气和水的温度还

要低的操作过程，如在合成氨生产过程中，合成循环气中氨的低温液化分离。

冷冻操作的实质是利用冷冻剂自身通过压缩—冷却—蒸发（或节流、膨胀）的循环过程，不断地由被冷冻物体取出热量（一般通过冷载体盐水溶液传递热量），并传给高温物质（水或空气），以使被冷冻物体温度降低。

氮肥生产常采用低沸点液体（氨、氟里昂）的蒸发和流体（气体、蒸汽）的节流过程来获取低温。

冷冻过程的安全措施主要有以下几点。

(1) 对于制冷系统的压缩机、冷凝器、蒸发器以及管路系统，应注意耐压等级和气密性，防止设备、管路产生裂纹、泄漏。此外，应加强压力表、安全阀等安全附件的检查和维护。

(2) 对于低温部分，应注意其低温材质的选择，防止低温脆裂发生。

(3) 当制冷系统发生事故或紧急停车时，应注意被冷冻物料的排空处置。

(4) 对于氨压缩机，应采用不发火花的电气设备；压缩机应选用低温下不冻结且不与制冷剂发生化学反应的润滑油，油分离器应设于室外。

(5) 注意冷载体盐水系统的防腐蚀。

(6) 忌水物料的冷却不宜采用水作冷却剂，必需时应采取特别措施。

(7) 高凝固点物料，冷却后易变得黏稠或凝固，在冷却时要注意控制温度，防止物料卡住搅拌器或堵塞设备及管道。

(8) 采用氨作为制冷剂时特别注意以下几点：

① 氨对于铁、铜不起反应，但若氨中含水时，则对铜及铜的合金具有强烈的腐蚀作用。因此，在氨压缩机中不能使用铜及其合金的零件。

② 氨有强烈的刺激性臭味，易燃、易爆，在空气中超过 $30mg/m^3$ 时，长期作业会对人体产生危害。

③ 盛装液氨的管道和设备必须留有一定的气相空间，防止液氨汽化时超压。

④ 爆炸危险场所的电气设备采用防爆型。

⑤ 要加强安全阀、压力表等安全附件的检查、维护；冰机入口设置分离器，防止带氨。

⑥ 定期排放不凝气。

第三节　反应器安全技术

反应器的安全问题最为复杂，涉及反应器的物料配置、投料速度、投料量、升温冷却系统、检测、显示、控制系统以及反应器结构、搅拌、安全装置、泄压系统等。反应器是化工系统的关键设备，合理选择设计优秀的反应器能够有效利用原料，提高效率，减少分离装置的负荷，节省分离所需要的能量。

反应器应满足反应动力学、热量传递、质量传递、流体动力学的要求及工程控制、机械工程、安全运行的要求。

氮肥生产常用的反应器结构形式有固定床，如变换炉、氨合成塔、活性炭脱硫槽等；填料塔反应器，如脱硫塔、变脱塔、铜洗塔等。由于填料塔反应器与一般的吸收塔、板式塔区别不大，所以反应器安全技术主要讨论催化反应器。

催化反应是在催化剂作用下所进行的化学反应，氮肥生产的催化反应往往是高温、高压条件下进行的气态反应。催化反应器的安全控制要点主要有以下几个方面。

(1) 严格控制催化剂的温度和反应器的操作压力。

(2) 严格控制反应器承压外壳的温度，严禁超温，否则机械强度降低，引起设备损坏。如变换炉的内保温层要完好，塔壁温度不能超过设计值；氨合成塔的环隙保护气体流量不能低于最小安全气量，塔壁温度不能超温。

(3) 停车要保持正压，必要时充氮保护，防止形成负压进入空气烧坏催化剂等。同时严格控制氮气中的氧含量，不能超标。

(4) 防止催化剂装填不实或结块，造成气体偏流，局部超温。

(5) 进出反应器的气体温度较高，法兰、设备大盖等易受热变形出现泄漏，需要进行热紧，并经常检查泄漏情况。

(6) 气体必须净化彻底，防止水、油、硫化物等有毒有害杂质进入反应器。

(7) 高压条件下氢对金属的腐蚀加剧，产生氢脆，因此要按有关规范要求进行设备及管道的设计、选材及安装，定期对设备进行检测，防止氢脆造成设备损坏。

(8) 严格控制温度、压力的升降速率，防止损坏设备和催化剂。对氨合成、甲醇合成等内件要控制好压差，防止内件压扁；严防带液，造成内件温度的急剧变化，使内件脱焊或损坏。

第四节　蒸馏安全技术

蒸馏是利用液体混合物各组分挥发度的不同，使其分离为纯组分的操作。蒸馏操作可分为间歇蒸馏和连续蒸馏；按压力分为常压、减压和加压（高压）蒸馏。此外还有特殊蒸馏，如蒸汽蒸馏、萃取蒸馏、恒沸蒸馏和分子蒸馏等。

对不同的物料应选择正确的蒸馏方法和设备。在处理难于挥发的物料时（常压下沸点在150℃以上）应采用真空蒸馏，这样可以降低蒸馏温度，防止物料在高温下分解、变质或聚合。在处理中等挥发性物料（沸点为 100℃ 左右）时，采用常压蒸馏。对于沸点低于 30℃ 的物料，则应采用加压蒸馏。

蒸汽蒸馏通常用于在常压下沸点较高，或在沸点时容易分解的物质的蒸馏，也常用于高沸点物与不挥发杂质的分离，但只限于所得到的产品完全不溶于水。

蒸馏过程涉及热源加热、液体沸腾、气液分离、冷却冷凝等过程，热平衡安全问题和相态变化安全问题是蒸馏过程安全的关键。

蒸馏设备包括蒸馏塔、再沸器和冷凝塔等。蒸馏设备的安全运行主要取决于蒸馏过程的加热载体、热量平衡、气液平衡、压力平衡以及被分离物料的热稳定性和填料选择的安全性。

蒸馏塔釜有大量的沸腾液体，塔身和冷凝器则需要有数倍沸腾液体的容量，应用热环流再沸器代替釜式再沸器可以减少连续蒸馏中沸腾液体的容量，这样的蒸汽发生再沸器或类似设计的蒸发器，其针孔管易于结垢堵塞造成严重后果，应该选用合适的传热流体。还需要考虑冷凝器冷却管有关的故障，如塔顶污染物、馏出物和回流液，以及冷却介质及其污染物的影响。

蒸馏塔需要配置真空或压力释放设施。水偶然进塔，而塔温和塔压又足以使大量水即刻蒸发，这是相当危险的，特别是会损坏塔内件。冷水喷入充满蒸汽而没有真空释放阀的塔，在外部大气压力作用下会造成塔的塌陷。释放阀可安装在回流筒上，低温排放，也可在塔顶向大气排放。应该考虑夹带污物进塔的危险。间歇蒸馏中的釜内残留物或传热面污垢、连续蒸馏中的预热器或再沸器污染物的积累，都有可能酿成事故。

一、蒸馏塔的安全运行

蒸馏过程主要设备是蒸馏塔，其基本功能是为气液相提供充分接触的机会，使传热和传质过程迅速而有效地进行，并且使接触后的气、液两相及时分开。根据塔内气、液接触部件的结构形式，蒸馏塔可分为板式塔和填料塔两类。板式塔又有筛板塔、浮阀塔、泡罩塔、浮动喷射塔等多种形式，而填料塔也有多种填料。蒸馏设备选型应考虑生产能力大，分离效率高，体积小，可靠性高，满足工艺要求，结构简单，塔板压力降小等因素。

上述要求在实际中很难同时满足，可根据塔设备在工艺流程中的地位和特点，在设计选型时优先满足主要要求。

由于工艺要求不同，蒸馏塔的塔型和操作条件也不同。因此，保证蒸馏过程的安全操作控制也各不相同。通常应注意以下几点。

（1）蒸馏操作前应检查仪器、仪表、阀门等是否齐全、正确、灵活，做好启动前的准备。

（2）预进料时，应先打开放空阀，充氮置换系统中的空气，以防在进料时出现事故，当压力达到规定的指标后停止，再打开进料阀，打入指定液位高度的料液后停止。

（3）再沸器投入使用时，应打开塔顶冷凝器的冷却水（或其他介质），对再沸器通蒸汽加热。

（4）在全回流情况下继续加热，直到塔温、塔压均达到规定指标。

（5）进料与出产品时，应打开进料阀进料，同时从塔顶和塔釜采出产品，调节到指定的回流比。

（6）蒸馏塔控制与调节的实质是控制塔内气、液相负荷大小，以保持塔设备良好的质热传递，获得合格的产品。但气、液相负荷是无法直接控制的，生产中主要通过控制温度、压力、进料量和回流比来实现，运行中要注意各参数的变化，及时调整。

（7）停车时，应先停进料，再停再沸器，停产品采出（如果对产品要求高也可先停），降温降压后再停冷却水。

二、蒸馏辅助设备的安全运行

蒸馏装置的辅助设备主要是各种形式的换热器，包括塔底溶液再沸器、塔顶蒸气冷凝器、料液预热器、产品冷却器等，另外还需管线以及流体输送设备等。其中再沸器和冷凝器是保证蒸馏过程能连续进行稳定操作所必不可少的两个换热设备。

再沸器的作用是将塔内最下面的一块塔板流下的液体进行加热，使其中一部分液体发生汽化变成蒸气而重新回流入塔，以提高塔内上升的气流，从而保证塔板上气、液两相的稳定传质。

冷凝器的作用是将塔顶上升的蒸气进行冷凝，使其成为液体，之后将一部分冷凝液从塔顶回流入塔，以提供塔内下降的液流，使其与上升气流进行逆流传质接触。

再沸器和冷凝器在安装时应根据塔的大小及传质是否方便而确定其安装位置。对于小塔，冷凝器一般安装在塔顶，这样冷凝液可以利用位差而回流入塔；再沸器则可安装在塔底。对于大塔（处理量大或塔板数较多时），冷凝器若安装在塔顶部则不便于安装、检修和清理，此时可将冷凝器安装在较低的位置，回流液则用泵输送入塔；再沸器一般安装在塔底外部。

安装于塔顶或塔底的冷凝器、再沸器均可用夹套式或内装蛇管、列管的间壁式换热器，而安装在塔外的再沸器、冷凝器则多为卧式列管换热器。

第五节 蒸发安全技术

蒸发是借加热作用使溶液中所含溶剂不断汽化，以提高溶液中溶质的浓度，或使溶质析出的物理过程。蒸发按其操作压力不同可分为常压、加压和减压蒸发；按蒸发所需热量的利用次数不同可分为单效和多效蒸发。

凡蒸发的溶液皆具有一定的特性。如溶质在浓缩过程中可能有结晶析出、易沉淀和结垢、产生泡沫等，这些都能导致传热效率的降低，并产生局部过热；有些物料高温下易分解、聚合；溶液的黏度随着蒸发的进行逐渐增大，腐蚀性逐渐增强，因此蒸发操作要严格控制蒸发温度，防止结晶、沉淀和污垢的产生。

二次蒸气中常有雾沫夹带，冷凝前应设法除去或尽量减少，避免物料的损失。对难于分离的雾沫夹带，要考虑冷凝液的回收利用。

为防止热敏性物质的分解，可采用真空蒸发的方法，降低蒸发温度；或采用高效蒸发器，如膜式蒸发器，增加蒸发面积，减少停留时间，防止物料分解。

蒸发黏度大的溶液，为保证物料流速应选用强制循环回转薄膜式或降膜式蒸发器；蒸发易结垢或析出结晶的物料，可采用标准式或悬筐式蒸发器、管外沸腾式和强制循环式蒸发器；蒸发发泡性溶液时，应选用强制循环式和长管薄膜式蒸发器；蒸发废酸等物料时应选用浸没式燃烧蒸发器；处理量小或采用间歇操作时，可选用夹套或锅炉蒸发器。

对具有腐蚀性的溶液，要合理选择蒸发器的材质，定期检测设备的腐蚀情况，及时维修。

第四章

工艺操作安全技术

第一节　气化岗位安全操作

　　气化岗位的任务是以煤、天然气或油等为原料，与空气（氧气）及蒸汽在高温下进行气化反应，生成氢气、一氧化碳等合成氨所需要的原料气。由于气化岗位具有火源与煤气共存、空气（氧气）与煤气同在、常压与加压均有的特点，因此，极易发生爆炸、中毒、窒息及烫伤等危险。

　　本节主要介绍固定床间歇气化、水煤浆气化的安全操作要点。

一、固定床间歇气化

（一）主要危险分析

　　（1）半水煤气中氧含量高。固定床间歇气化过程中，由于出现煤层吹翻、风洞或灭火现象，燃烧不完全；下行煤气阀内漏、吹风阀、安全挡板、上吹加氮双阀内漏等原因造成半水煤气中氧含量超标，不但给合成氨生产的节能降耗带来不利影响，而且增加了系统危险，严重时可导致变换岗位催化剂床层温度无法控制，甚至发生爆炸事故。

　　（2）煤气倒流进入空气管道。在突然停电、操作不当、制气时下行阀故障等意外情况下，鼓风机突然停车，引起煤气倒流入空气管道、风机壳体内，可引起爆炸、火灾、中毒事故。因为风机突然停电，煤气倒入空气管道、风机而发生空气管道爆鸣、爆炸的事故曾在不同企业多次发生。

（3）煤气泄漏。造气炉炉口、下灰圆门密封不严，炉体、气柜、管道及除尘、换热设备因腐蚀而泄漏，下灰及气柜水封漏气，煤气在厂房或设备区内积聚超过允许浓度，易造成中毒。大量泄漏时易引起火灾。

（4）检修过程中动火、进入容器作业易造成事故。检修过程中动火、进入容器作业时若安全防护措施不当，没有置换彻底或系统没有完全隔绝易造成火灾爆炸、中毒事故，蒸汽阀门误动作或泄漏量大易造成烫伤。

（5）蒸汽系统的危险因素。汽包的气相出口阀关闭或开度小容易造成超压，严重时会发生爆炸；汽包及废热锅炉液位过低易造成水夹套缺水而损坏设备，严重缺水后立即加水会引发急剧汽化而发生超压爆炸。

（6）炉口及炉底爆鸣。在加煤、下灰过程中因炉面明火熄灭或在制气、吹风过程中错误地打开炉盖，很可能造成炉口爆鸣；下灰时必须进行确认。下灰结束后，发出指示信号，上、下联系好，确认无问题后，方可开车。下灰联系失误易造成炉底爆鸣、着火，甚至发生人员伤害。

（7）气柜抽负压、吹翻。气柜过低容易造成抽负压，使空气进入系统，引发系统爆炸；气柜过高则易发生吹翻，大量煤气泄漏，发生火灾、爆炸、中毒事故。

（8）电动葫芦或限位开关失灵，吊煤时易发生伤害事故；在输煤传送带周围作业时易发生机械伤害事故。

（9）多系统操作，多炉共用废锅、洗气塔、鼓风机等，若联系失误，极易造成事故。

（二）安全操作要点

（1）开车前首先检查各台造气炉的阀门、安全挡板动作是否正常，阀检装置是否投运。对夹套上水系统、油泵等液压系统以及风机状态进行确认，符合开车条件方能开车。

（2）运行过程中应从炉上温度、炉下温度、压力、下行煤气及吹风气成分、探火等方面全面观察炉况是否正常，是否有吹翻、风洞等现象。

（3）严格遵守岗位安全责任制和操作规程，保持炭层高度及炉温稳定，严格控制半水煤气中氧含量≤0.5%，当氧含量达到0.8%时，必须立即停炉，迅速查明原因并处理。

（4）造气炉停车打开炉盖时，必须先点火，开吸引蒸汽防爆；观察炉况时，人的身体必须侧偏，并用防护物品将面部等部位遮住，防止烧伤；炉面无火苗时不能观察炉面；当打疤或停炉时，炉口应放安全网罩。

（5）空气鼓风机在突然停电或跳闸时，必须按照紧急停炉处理，用蒸汽对空气管道吹扫置换，同时，立即打开炉盖、引火。开车时必须用蒸汽对风管线重新置换合格。

（6）水夹套和废热锅炉的汽包液位应保持在1/2～2/3的高度。发生严重缺水时未经自然冷却，严禁加水。汽包蒸汽出口阀在开车前应进行检查，确保处于全开状态。凡关汽包放空阀，必须先开出口阀；凡关汽包出口阀，必须先开放空阀。

正常运行时要注意观察水夹套出口热水温度，出现异常上升时可能是水夹套缺水或热水循环不畅，必须立即查明原因，防止烧坏水夹套。

(7) 气柜应装有安全放空装置和独立的避雷装置，应有气柜进、出口安全水封；水封放水操作应两人同行，并戴好防毒面具，一人操作，一人监护，以防中毒；进入气柜水封地下槽，必须先用空气置换，取样分析有毒有害气体合格后方可进入检查、检修，同时必须有人监护。

(8) 气柜停用时，进出口水封应用水封住，并保持水从检查口中溢流，防止水封中缺水，如长期停用还应在排水阀后加装盲板。

气柜检修时先用惰性气体（$CO+H_2 \leqslant 5\%$，$O_2 < 1\%$）置换合格后，再用空气置换合格（氧含量$\geqslant 20\%$为合格），出、入口水封加满水并按照规定用盲板与生产系统隔绝后方可打开放空阀（或人孔），待气柜完全落底，在确认放空阀畅通后缓慢放水，放水期间要确保放空阀畅通，控制放水速度以防气柜抽瘪。

(9) 进入造气炉、除尘器、废热锅炉等设备时必须与系统加盲板隔绝，用空气置换合格并按规定办理进入容器检修证，检修过程中保持空气的流通，并设专人监护。

(10) 在手动操作时，严禁由下吹阶段直接进入吹风阶段或由吹风阶段直接进入下吹阶段。造气炉在吹风10s后方可停车，停车后在确认炉内压力与大气压力相同时方可打开炉盖或探火孔点火。

(11) 造气炉停炉检修时必须点火、开吸引蒸汽阀，保证系统负压和完全燃烧后，方可进行作业或清理。检修动火时必须始终保持炉面明火，炉口抽负压有足量空气使炉面燃烧，上行动火时关闭洗气塔或洗气箱出口阀并加盲板。

(12) 扒灰时，必须安全停车，明火抽负压，方门用钩子打开，不准正对灰门扒灰，不准将灰扒在灰斗外。

(13) 巡检应携带报警仪或事先察看固定报警仪显示数值。

(14) 随时注意气柜的高度，接近上、下限时应查找升高或降低的原因，采取防止继续升高或降低的措施。

(15) 余热回收系统必须保持水、蒸汽等介质畅通，禁止在夹套锅炉和汽包之间的连通管上装阀门；造气炉的三通阀、吹风阀、上吹加氮阀、总蒸汽阀等部位应设置阀检，并保持投用状态。

(16) 严禁用电动葫芦吊斗载人；电动葫芦运行时，吊斗下方严禁站人。输煤皮带机运行时防护栏杆、紧急停车拉线开关等安全装置必须齐全好用，禁止超重运输，严禁皮带输人。

（三）技术人员安全检查重点

(1) 严格检查岗位操作规程、安全规程执行情况，确保各项指标控制在规定范围内。

（2）及时了解炉况，注意操作过程是否有异常。设备管道是否有泄漏。加煤、下灰联系信号是否有效执行。

（3）气柜煤气总管氧含量超标与静电除焦柜断电联锁、气柜高低限报警、与脱硫罗茨鼓风机联锁、氧含量高报警、有毒气体浓度报警等装置要保证处于正常投用状态。

（4）各炉及系统停车时应检查停车时的安全处理及隔绝等措施是否落实。检查洗气塔、洗气箱水封等，是否按照要求用盲板隔绝。

（5）正常运行、开停车、检修过程中均应经常检查炉底水封、旋风除尘器水封、气柜的进出口水封等是否正常。

（6）装置区内动火、进入容器作业时，检查安全措施是否落实到位。

（7）制惰性气时应检测下风向一氧化碳浓度，防止下风向人员中毒。

二、水煤浆气化

（一）主要危险分析

1. 气化系统过氧爆炸

生产过程中氧煤比连锁失灵，煤浆突然中断导致系统过氧；气化炉投料过程中置换不彻底或投氧未能投煤浆等情况可造成系统过氧爆炸。

2. 氧管道、设备着火

氧管道、设备被油脂污染；内部存在焊渣；管材选用错误；静电跨接不符合标准要求均可导致氧管道、设备着火。

3. 氮气窒息

系统内存在高压氮气、中压氮气、低压氮气、事故氮气等并与系统直接连接，系统检修前工艺处理、隔离不到位，极易造成设备内氧含量不足，或者氮气排放至相对密闭空间造成氧含量不足，导致人员窒息。

4. 一氧化碳中毒

系统生产的煤气发生大量泄漏、阀门及法兰连接不严密、检修隔离不彻底等均可导致作业环境中毒害介质严重超标造成人员中毒。

5. 气化炉烧嘴冷却水盘管烧穿

气化炉烧嘴冷却水盘管烧穿，导致大量煤气外泄，引发火灾、爆炸事故。

6. 人员烫伤

高温设备管道、高温灰水等可导致人员烫伤。

7. 气化炉升温过程中回火

气化炉升温过程中操作控制不到位或熄火等情况下发生回火，导致人员烧伤。

8. 高压串低压

灰水系统存在不同压力段，操作不当易发生串气超压。

9. 系统超压

阀门故障、操作失误等原因导致系统超压。

（二）安全操作要点

（1）开车前应对阀门及联锁、报警装置等进行检验并对校验情况进行确认，对冷却及洗涤用水的供应情况进行确认。

（2）烘炉过程应确保升温速度符合指标规定，达到1000℃时方可投料。

（3）气化炉投料前开氧气系统阀要缓慢，在确保氧气总管压力稳定的前提下缓慢引氧。

（4）气化炉投料后要对氧气管线的法兰确认是否泄漏，运行中每班确认一次。

（5）气化炉停车拔烧嘴后设备人员要对外环氧管线及中心氧管线法兰口进行保护，防止异物进入。

（6）气化炉投料要保证炉膛负压稳定，防止回火。

（7）更换烧嘴前，检修人员要将氧气管线氧法兰螺栓用四氯化碳脱脂干净，并经设备专责工程师确认后方可更换烧嘴。

（8）投料烧嘴的脱脂及安全事项要检修部门、气化工段、设备管理部门三方确认后，方可使用。

（9）对氧气系统及与之相连的氮气管线检修要有具体、详细的施工方案，并要办理特殊作业证，并有专人负责。

（10）气化炉停车后的蒸汽吹扫，必须先吹扫氧气管线，后吹扫煤浆管线。停止吹扫时先关煤浆管线的吹扫，后关氧气管线的吹扫。

（11）投料前的联锁试验，要对氧气管线的程控阀门动作时间进行测量，确保万无一失。

（12）投料前现场阀门特别是炉头阀门须经三级确认，确保投料时高压氮气对氧气、煤浆管线的吹扫。

（13）严禁临时电源及临时焊机的接地与氧管线相连或距离太近，一经发现要立即制止。

（14）氧管线的法兰、螺栓、垫子检修完复位前必须进行脱脂处理，并由设备专责工程师确认。

（15）与氧气管线相连的管线、阀门要绝对禁油污、异物等的污染。

（16）每次投料前用氮气吹扫氧气管线并在主管线法兰口中加堵板，吹扫中心氧管后再进行投料。

（17）每次气化炉投料，只有当氮气置换合格（$O_2 \leqslant 0.5\%$），并得到总控的指令后，才允许打开炉头阀，人员撤离气化框架。

（18）气化炉投料时，当总控操作人员在DCS上按下投料按钮后，控制室密切监视各个阀门的动作次序。当气化炉炉头氧阀打开后，注意观察气化炉温度及压力等指标的变化趋势，如有异常，果断处理。气化炉升压速率≤0.1MPa/min。

(19) 气化炉运行中，尽量保证氧总管压力、气化炉压力及负荷的稳定，防止压力、负荷变化或变化太快时工艺烧嘴回火现象的发生。

(20) 根据煤浆的成分变化及时调整供氧量，控制氧煤比在430~490之间。

(21) 气化炉运行过程中严禁进入捞渣机。

(22) 当烧嘴冷却水中断时，气化炉应立即停车，烧嘴卸下之前，绝对不允许重新送入冷却水。

(23) 两台气化炉同时停车，不能同时减压，要一台减压完后，另一台再减压。

(24) 冬季系统停车后，应注意低点排放，严防冻堵、冻裂设备管道。气化炉停车时，减压速率≤0.1MPa/min。气化炉停炉后进行氮气置换，$CO+H_2 \leqslant 5\%$合格。

(25) 时刻关注烧嘴冷却水中CO微量，微量CO监测表保持投用状态，出现报警后立即排查原因，手动分析确认，超过指标后立即紧急停车处理。

(26) 关注气化炉拱顶温度、炉壁温度、托盘温度，超过指标后及时确认，如非仪表原因应立即汇报，采取停炉处理措施。

（三）技术人员检查重点

(1) 严格监督员工按照操作规程进行操作，严守安全纪律、工艺纪律和劳动纪律。

(2) 氧气管线上的防静电跨接线每月由车间工艺负责工程师安排检查一次，发现问题及时整改。

(3) 检查各项工艺指标是否在控制范围之内。

(4) 装置各类安全装置、设施处于完好备用状态。

(5) 各类联锁、报警处于灵敏、投用状态。

(6) 设备管道是否有泄漏，区域内毒害、燃爆介质监测探头是否完好在用。

(7) 停车的安全处理及隔绝等措施是否落实。

(8) 装置区内是否有动火、进入容器设备的作业，安全措施是否落实。

(9) 根据运行情况，结合使用经验及时更换烧嘴。

(10) 根据气化炉各部位耐火砖烧蚀速率，及时更换耐火砖。

第二节 吹风气回收岗位安全操作

一、主要危险分析

1. 燃烧室爆炸

燃烧室爆炸的主要原因是熄火、配风量不足及点火前置换不合格、燃烧室内可燃气体燃烧不充分，达到爆炸极限而造成的。比如停炉时当吹风气阀、助燃气阀泄漏严重、关闭不严，而配风量又没有及时调节，容易使可燃气体达到爆炸极限而发生爆炸。

燃烧炉爆炸会导致蓄热格子砖出现不同程度的倒塌，严重时设备损坏，甚至出现人身伤亡事故。

2. 废锅缺水、满水

由于上水阀门控制不当或人为原因导致废热锅炉缺水、满水。

严重缺水时造成炉管干烧、变形，此时向锅炉内加水极易引起锅炉爆炸；满液位时蒸汽带水多，品质下降，严重时造成液击，蒸汽过热器易产生结垢，蒸汽系统阻力增大。

3. 出现虚假液位

在正常运行时，废锅内水面是不断波动的，因此液位计显示的水面也上下轻微波动。如发现液位计内液位静止不动，则可能是水旋塞或水连管被杂物或盐类堵塞不通造成的。

虚假液位发现不及时易导致缺水或满水。

4. 停电

出现停电时立即停送所有吹风气、弛放气及其他入炉燃烧气体，打开放空阀，否则极易导致燃烧炉、烟道等的爆炸。

5. 炉管、蒸汽过热器管破裂

水质超标造成炉管和蒸汽过热器结垢、进过热器的烟气温度过高、锅筒缺水、炉管磨损等都易引起炉管破裂，导致系统停车。

6. 检修进入容器作业时引起中毒、中暑

吹风气回收系统停车后，未将所有入燃烧炉的气体有效隔绝，进入容器作业时易引起人员中毒事故；燃烧室、烟道内温度高，空气流动差，长时间工作易造成人员中暑。

二、安全操作要点

（1）燃烧炉上段温度必须≥750℃，吹风气才能进入燃烧炉，以免发生爆炸。燃烧炉重新点火前，先开鼓风机和引风机对整个系统进行吹排，并于引风机出口分析 O_2≥20％后才能进行点火。

（2）开、停车时做好系统的置换工作，防止出现爆炸，停车后要连续开引风机保证燃烧炉和烟道内的空气流动，严格控制降温速率。

（3）要经常分析吹风气成分和烟气成分，并调节风量，使其控制在工艺指标范围内。

（4）加强与造气岗位的联系，及时根据送吹风气的煤气发生炉台数调节配风量，尽量避免吹风气重风。

（5）定期进行炉水、饱和蒸汽、过热蒸汽的成分分析；严格控制入炉水的各项指标在正常范围之内，防止出现汽水共腾现象。

（6）按规定对锅筒液位计定期冲洗，防止出现虚假液位；不能单纯依赖仪表液位显示，要定期与现场液位计核对；液位计不少于三套，至少两套引至操作室内、一套在现场。严格控制余热锅炉汽包的正常水位在 $1/2\sim2/3$ 处。

（7）发现严重缺水时应立即停车处理，严禁立即加水；发生锅炉内满水时，应及时打开排污阀，放出锅炉内过量的水，恢复正常液位。

（8）确保入炉前组合水封加至正常液位，防止出现封住入炉气体和缺液位导致的回火爆炸。

（9）锅筒升降压力要缓慢，防止出现锅筒损害。当余热锅炉入口烟气温度 $\geqslant450℃$ 时，必须保持蒸汽过热器有蒸汽流动，以防蒸汽过热器烧坏。

（10）锅筒和过热器的安全阀应定期校验，防止出现安全阀失灵现象。

（11）应利用检修时间有计划地对锅炉水管、蒸汽过热器管进行化学清洗。

（12）秋冬季节加强对鼓风机的巡检，防止霜冻将鼓风机入风口堵死；平时应预防其他物体堵塞鼓风机入风口。

（13）燃烧炉、烟道检修时，所有可燃气体、吹风气管线必须加盲板。

三、技术人员检查重点

（1）检查岗位操作规程和安全规定执行情况，严格控制温度、压力、液位、产汽量等各项指标在正常范围内。

（2）装置区内动火、进入容器作业时，检查安全措施是否落实到位。

（3）现场液位与仪表显示液位是否一致；现场压力表与仪表盘或 DCS 的显示是否一致。

（4）炉水、蒸汽、吹风气、引风机入口处烟气的分析结果是否正常。

（5）检查与造气岗位和后续工段（特别是汽轮机岗位）的联系情况。

（6）引风机、鼓风机状况是否正常。

（7）按要求正常排污并定期进行锅炉水质分析，确保锅炉用水指标。

（8）安全阀、液位计、压力表应定期校验，确保灵敏、完好。

第三节 脱硫岗位安全操作

一、湿式氧化脱硫

（一）主要危险分析

1. 半水煤气中氧含量高导致静电除焦塔爆炸

固定床间歇气化过程中，由于炭层吹翻、出现风洞，下行煤气阀内漏，吹风阀、安全挡板、上吹加氮双阀内漏等原因均易造成半水煤气中氧含量高；前后工序联系不当，导致罗茨鼓风机抽负压而进入空气等均可导致静电除焦塔爆炸。

2. 罗茨鼓风机倒转导致机壳破裂

在突然停电、操作不当等意外情况下，风机突然停车，煤气由高压力出口管道倒流入低压进口管道，风机高速倒转造成风机壳体破裂，严重时可引起爆炸、火灾、中毒事故。

3. 一氧化碳、硫化氢中毒

罗茨鼓风机轴封密封不严发生煤气泄漏、洗气塔和降温塔的冷却水夹带出部分煤气、管道倒淋关闭不严煤气泄漏、再生槽再生空气带出部分煤气，在通风不畅时均可能在厂房或设备区内聚集，达到一定浓度后造成人员中毒。

4. 检修动火、进入容器作业时易造成人员中毒、火灾爆炸事故

检修过程中动火、进入容器作业时因停车措施不当、置换隔绝不彻底、设备和管道内的硫化物清理不干净，容易造成火灾爆炸、中毒事故。

5. 洗气塔、降温塔等设备的液位过低

塔液位过低时半水煤气直接排入大气中，或循环水大量夹带煤气，导致人员中毒，遇有明火极易发生爆炸。

6. 煤气管线抽负压进入空气

罗茨鼓风机与压缩机气量不匹配、洗气塔无液位、气柜水封不严、罗茨鼓风机和管道倒淋关闭不严，均容易造成罗茨鼓风机入口管线或压缩机一段入口总管抽负压，空气进入系统，轻者对变换催化剂造成影响，重者引起爆炸。

7. 静电除焦塔着火

电气设备故障、绝缘老化而引起放电；设备、管道、阀门泄漏；塔内积焦过多，发生自燃；防爆板由于强度不够、腐蚀、长时间交变应力造成材料断裂等原因，可造成防爆板破裂而大量煤气泄漏；静电除焦电极夹套温度低，电极打火或击穿电磁瓶，煤气大量泄漏等，都可引起着火事故的发生。

（二）安全操作要点

（1）正常生产时确保氧分析仪分析指标正常。严格控制半水煤气中的氧含量，要求氧含量≤0.5%，最高不得超过0.8%，超限应及时报警并联锁静电除焦塔断电，查明原因并加以消除。

（2）开停车或加减量时应严格执行有关规定并及时与前后工序联系，杜绝误操作。密切关注造气、压缩机运行情况，及时进行调整，以免气柜顶翻或抽负。

（3）严格控制脱硫后半水煤气中硫化氢含量，注意保持脱硫液成分在工艺指标内。

（4）必须经常注意系统内各塔、器、槽的压差，定期清除设备内沉积物。

（5）必须保持脱硫塔、清洗塔或分离器、液封等液位正常，严防煤气逸出发生事故。

（6）必须保持富液槽、贫液槽液位的正常，防止富液泵和贫液泵抽空和槽内溶液溢流。

（7）添加各种脱硫催化剂如五氧化二钒、栲胶等时，必须戴好口罩、穿好工作服、戴好防护眼镜，防止溅到皮肤及眼睛内。

（8）富液槽、再生槽顶部巡检应防止硫化氢中毒。

（9）脱硫溶液制备槽、循环槽等设备，人孔盖、排气管和防护栏杆必须完好。

（10）防止煤气分析取样管漏气，加强车间内有害有毒物质的监测工作，防止各种原因的泄漏导致一氧化碳积聚。

（11）熔硫釜操作必须严格遵守操作规程，严禁超压运行。熔硫后的脱硫液要充分冷却、沉淀后再回收到系统。放硫时应穿戴好防护用品，防止烫伤。

（12）硫黄包装间要有专人负责管理，禁止同时存放氧化剂和易燃物品。

（13）要时刻注意罗茨鼓风机进出口压力，防止负压。鼓风机房应通风良好，防止人员中毒。

（14）罗茨鼓风机停车时要及时关闭出、入口阀门，打开近路阀，防止风机倒转损坏设备。

（15）检修罗茨风机、溶液泵时，要配备防护用品，加强通风，谨防煤气中毒或溶液灼伤。

（16）电除焦塔开车前应测量系统绝缘情况，要求绝缘≥50MΩ，电除焦塔内氧含量≤0.5％时方可送电。

（17）密切注意静电除焦各控制柜仪表运行情况，防止电流波动大，放电严重，打坏电极丝造成停车。

（18）严格控制电除焦塔夹套温度在 90～110℃，以防止瓷瓶产生冷凝水而发生放电、烧毁电极丝，甚至击穿瓷瓶。

（19）静电除焦器塔内检修前、电气停电后，变压器高压输出端必须接地放电，避免进塔后发生高压电击事故。

（20）定期清理静电除焦设备内积焦。检修时设备要彻底隔离并进行置换至气体分析合格，严禁违章进入塔内作业。

（三）技术人员检查重点

（1）严格检查岗位操作规程和安全规定执行情况。

（2）罗茨鼓风机与气柜高低限的报警联锁、氧含量高限报警、有毒气体浓度报警等装置是否正常投运。

（3）全面检查各类设备运行情况，电动机的电流、各塔的液位必须在控制指标范围内。

（4）装置区内动火、进入容器作业时，认真检查安全措施是否落实到位。

（5）经常检查系统内各塔、器、槽的压差，注意分析压差增大原因；定期清除设备内沉积物，经常检查喷射器的抽负情况，及时消除堵塞；注意富液槽、再生槽顶有毒、可燃气体的聚集，防止人员中毒和火灾爆炸事故。

（6）脱硫岗位与压缩机岗位的加减量联系信号是否保持完好。

（7）检查罗茨鼓风机进、出口压力，设置止逆阀或安全水封，防止负压；罗茨鼓风机房应通风良好，防止人员中毒。

二、低温甲醇洗、液氮洗

（一）主要危险分析

1. 工艺介质泄漏着火

净化系统包括甲醇洗工序、液氮洗工序、克劳斯硫回收工序，系统中工艺介质比较复杂，又均为易燃易爆介质，尤其富氢区域更为危险；同时低温甲醇洗工艺用的吸收剂是甲醇，也是易燃易爆介质。

2. 高压串低压

系统中存在不同压力等级，操作失控时容易造成串压引发低压系统超压。

3. 硫回收点火爆炸

克劳斯硫回收开车点炉期间，发生熄火或置换不彻底会造成爆炸。

4. 甲醇泄漏着火

甲醇洗系统存在大量甲醇，发生泄漏极易引发火灾事故，着火后火焰在白天不易被发觉，可能引发严重后果。

5. 人员硫化氢中毒

硫化氢浓缩塔、克劳斯硫回收原料气中硫化氢浓度均较高，一旦发生泄漏，会造成周边恶臭，易造成人员中毒。

6. 低温液体泄漏冻伤

液氮洗用液氮，发生泄漏会造成冻伤。

7. 氮气窒息

系统内存在中压氮气、低压氮气、事故氮气等与系统直接关联。系统检修前工艺处理、隔离不到位，极易造成设备内氧含量不足，或者氮气排放至相对密闭空间造成氧含量不足，导致人员窒息。

8. 系统中水含量超标

系统中水含量超标后腐蚀加剧，会导致设备强度下降，影响设备安全。

9. 分子筛穿透，液氮洗冻堵

分子筛被二氧化碳穿透后，工艺气成分超标，会造成液氮洗内部管道堵塞，影响系统安全。

10. 循环机液击

循环机进口原料气带液会造成循环机液击。

（二）安全操作要点

（1）严格系统开车、停车处理置换，确保符合要求。

（2）生产过程中做好设备维护与保养，及时消除设备跑、冒、滴、漏，严防介质大量泄漏，确保装置内监控设施完好在用。

（3）严格控制工艺指标在合格范围内，各种联锁、报警灵敏，处于投用状态。

（4）做好甲醇洗吸收塔顶部、甲醇洗循环氢回收部位、液氮洗等富氢区域的防火防爆工作，设备跨接完好、定期检测合格。

（5）安全联锁不得随意拆弃和解除，声、光报警信号不能随意切断。

（6）现场检查时不准踩踏管道、阀门、电线、电缆和仪表管线等设施，去危险地方检查，必须有安全措施和有人监护。

（7）如发现有毒物如甲醇、硫化氢、一氧化碳等大量泄漏，须戴空气呼吸器进行处理，不可贸然前往。

（8）开停车过程中要按照操作规程及开停车方案中的步骤进行，严格按照升降压、升降温和加减负荷速率进行操作。

（9）开车前或停车处理必须检查阀门开闭状况及盲板抽加情况，保证装置流程畅通及隔离彻底。

（10）换热器的换热介质温度、压力应控制在指标范围内。

（11）严格控制甲醇洗系统内循环甲醇中水含量小于1%，防止设备管道腐蚀及吸收效率下降、冷量不平衡。

（12）严格控制甲醇洗吸收塔液位，防止高压气体串入低压再生系统。

（13）克劳斯系统开车前必须进行氮气置换，N_2 大于 99.5%，方准投入助燃原料气点火；开车升温期间出现熄火后必须切断原料气，重新进行氮气置换，分析合格后按原点火程序点火。

（14）液氮洗进口工艺气成分控制 CO_2、CH_3OH 小于 10×10^{-6}（体积分数），防止分子筛穿透导致液氮洗系统内冻堵。

（15）液氮洗出口工艺气成分控制 CO 小于 10×10^{-6}（体积分数），防止后工序催化剂中毒；液氮洗系统的静电跨接、接地系统保持完好，防止静电引发火灾。

（16）装置系统停车过程中严格执行泄压速率，防止火炬系统超负荷；开停车过程中控制升温速率，防止板翅换热器断裂。

（17）液氮洗冷箱内持续进行充氮保护，定期分析冷箱内成分，防止冷箱内泄漏形成可爆气体或空气进入导致冷箱内结冰。

（三）技术人员检查重点

（1）严格按照操作规程进行操作，各项工艺指标在控制范围之内。

（2）各类安全装置、设施处于完好备用状态。各类联锁、报警处于灵敏投用状态。

（3）设备管道是否有泄漏，区域内毒害、燃爆介质监测探头完好在用。

（4）停车的安全处理及隔绝等措施是否落实。

（5）装置区内是否有动火、进入容器设备的作业，安全措施是否落实。

第四节　变换岗位安全操作

一、主要危险分析

1. 煤气氧含量超标

煤气中氧含量超标，调控措施不及时，极易引起变换炉超温，进而影响变换系统其他设备的运行，处理不及时则易引起变换催化剂和设备损坏。

2. 蒸汽压力低于系统压力，工艺气串入蒸汽系统

蒸汽压力如低于系统压力时，应做紧急停车处理。立刻联系锅炉及有关岗位，同时尽量降低变换系统压力，蒸汽压力提高后恢复生产。生产期间要始终确保蒸汽压力大于变换系统压力，防止煤气（变换气）倒入蒸汽系统发生危险。

3. 蒸汽管路液击

蒸汽管道投运前进行暖管，暖管速度要缓慢，管内存水和冷凝水排净后方可投运，否则易发生液击。

4. 煤气冲破饱和热水塔水封，串入变换气中

热水泵长时间不打液，致使饱和塔无液位；系统补充蒸汽量过大、热水循环量过大、煤气量大或加量太急、饱和热水塔填料堵塞、热交列管或调温设备列管堵塞、催化剂粉碎或结皮、热水塔液位过高或系统积水等，都可造成系统压差过大，水封封不住，导致煤气串入变换气中。

5. 变换系统电炉着火

电炉大盖因热变形泄漏或电炉丝焊接处泄漏；电线与炉丝的接点松，有打火现象，或者煤气温度高，都会造成着火，极易引燃泄漏的煤气。

6. 系统管道、设备腐蚀

饱和热水塔、热交换器等设备及饱和塔出口管线、热交换器近路、倒淋接管等极易发生电化学腐蚀；或设备选材不当及焊接缺陷等，都可能使设备、管道腐蚀变薄、穿孔、破裂甚至引起爆炸。

7. 中毒

变换岗位由于存在高浓度一氧化碳，在厂房或设备区内有泄漏时易造成中毒，泄漏量大时易引起火灾。

8. 高温法兰泄漏着火

变换岗位由于存在高温气体，当法兰出现泄漏时，容易着火，引发火灾。特别是中变炉出入口、热交换器出入口、低变炉出入口（一段出口及入口、二段入口、二段出口蝶阀）等高温法兰，极易泄漏着火。

9. 系统超温超压

变换系统当出现超温超压时，极易发生法兰、设备泄漏着火及烧坏催化剂等恶性事故。

10. 自控系统出现故障

变换岗位自控系统出现故障时，极易引起事故。

二、安全操作要点

（1）变换炉升温启用电加热器前，必须经电工全面检查，遵循"先通气、后开电加热器，先停电加热器、后停气"的原则，严禁违章作业。

（2）催化剂升温还原中发生断电、断水、断气时，应立即停用电加热器。

（3）变换炉停车后必须保持正压，必要时充氮气保护，防止负压进入空气，必要时变换炉出入口要加盲板；停车后要注意观察催化剂层温度的变化情况，温度上升时必须立即查明原因并处理。降温、催化剂钝化操作必须与外系统隔离。

（4）液体二硫化碳槽应远离明火，槽内要加水保护。用氮气瓶将二硫化碳压入储槽时要保证二硫化碳罐不能超压。作业现场要备消防器材和防毒面具。

（5）应经常检查热水泵跳闸及饱和热水塔液位高低限报警信号装置的可靠程度。

（6）必须控制饱和热水塔液位稳定，防止串气和满塔使水倒入第一水加热器、低变炉而引起催化剂损坏或发生爆炸。

（7）正常生产时，入炉煤气中氧含量必须在 0.5％ 以下，超标时立即减量生产或停止送气。

（8）严格控制变换气中一氧化碳含量，使其在工艺指标范围内。

（9）严格控制循环热水水质（总固体、pH 值等），根据水质情况及时排污。

（10）严格控制煤气中的硫化氢含量，防止低变催化剂反硫化和中变催化剂的中毒。中变催化剂在停车后重新升温开车时，煤气中要添加一定的蒸汽，防止催化剂的过度还原。

（11）采用"中-低-低"变换工艺的系统停车蒸汽置换、全低变系统停车惰性气置换时，要注意死角，置换要彻底。低变催化剂严禁用蒸汽置换。

（12）中变催化剂升温还原时应稳定蒸汽量，调节煤气量要缓慢；煤气调节阀口径要小，便于调节；催化剂温度上升较快时，应减少煤气甚至切断或逐渐关闭电炉；催化剂层注意温度最高不超过 450℃；低变催化剂硫化结束后应尽量在低温处置换排硫，排放管应先开消防蒸汽，避免出现着火爆炸。

（13）及时排放各倒淋，防止水进入变换炉。

（14）进行升压时，加量要缓慢以防反应过快造成催化剂超温。

（15）自控系统故障时，应加强联系，尽量稳定生产，各炉温应根据数显表进行操作。

（16）有开工加热炉的装置点火前要求置换达到 $O_2 \leqslant 0.2\%$，然后导通盲板。若中途熄火则关闭烧嘴根部阀，用蒸汽进行炉膛置换 15min，自然通风 15min，取样分析合格后重新点火。

（17）使用开工加热炉应遵循"先通工艺气、后点加热炉，先停加热炉、后停工艺气"的原则。

三、技术人员检查重点

（1）加强操作管理，严格各项工艺指标，特别注意控制煤气中氧含量，硫化氢等指标在规定范围内，控制饱和热水塔水质不得呈酸性，pH 值严格控制在 7～9 范围内，严禁超温、超压、超负荷。

（2）保证蒸汽压力和品质，防止蒸汽带水。

（3）经常查看各炉温、一氧化碳成分曲线变化情况，针对异常及时分析原因，采取改进措施。

（4）煤气氧含量高限报警及联锁，有毒气体报警等装置保证正常、准确好用。

（5）经常检查系统的压差情况，特别是变换炉、热交换器等设备的压差。

（6）严格控制各塔液位在 $1/2 \sim 2/3$ 处，定时排放积水，防止由于热水塔液位低造成热水泵抽空、饱和塔液位过高造成带水进入变换炉、饱和塔液位低造成煤气串气等事故。严格控制变换炉段间冷却水水质，防止结垢。

（7）监督检查排污及放空操作，防止排污跑气而中毒，放空过速而着火。

（8）严格把好设备制造质量关，包括选材、焊接、检测的所有环节；经常检查混合器等设备的腐蚀情况，按要求定期进行测厚检查。

（9）严格做好装置区内动火、进入容器、抽堵盲板等作业的审批，达到按规程置换彻底、清洗干净、取样分析准确，作业安全措施落实的要求。

一、主要危险分析

1. 变脱塔串气

变换气脱硫塔液位自调阀失灵或动作缓慢，变脱泵抽空或跳闸，导致变脱塔液位过低串气至闪蒸槽，从而发生超压现象；变脱泵跳闸，变换气经变脱泵窜至贫液槽，引发变脱泵激烈倒转、贫液槽超压。

2. 闪蒸槽串气至再生槽

进闪蒸槽液量突然减小，闪蒸槽液位自调失灵，气体窜入再生槽造成大量脱硫液外溢。

3. 循环槽液位过低

循环槽液位过低，造成变脱泵抽空，脱硫率大幅波动，对泵造成损坏，系统停车。

4. 高压气体泄漏、脱硫液泄漏

由于设备材质或者腐蚀原因，发生高压气体泄漏和脱硫液泄漏。

5. 系统超压

各塔液位过高出现带液现象，与压缩机联系不及时，都能出现超压现象，超压严重时将造成设备损坏事故。

6. 一氧化碳、硫化氢中毒

排放倒淋时大量跑气、管线阀门泄漏、再生槽脱硫液夹带煤气等都会造成人员中毒现象。

二、安全操作要点

(1) 严格控制变脱后变换气硫化氢和脱硫液各项成分在工艺指标范围之内，随时注意变化趋势。

(2) 保持变脱塔、闪蒸槽、循环槽、再生槽液位在正常范围之内，防止抽空、串气或跑液。

(3) 控制好再生压力，防止由于压力过高或过低造成喷射器喷液。

(4) 严格控制变脱塔、闪蒸槽压力，防止超压。

(5) 检修设备时，应配备好防护用品，加强通风，谨防煤气中毒。

(6) 制备脱硫液时，要戴好防护眼镜、橡胶手套等防护用品。

三、技术人员检查重点

(1) 变脱岗位与压缩机岗位，设有停车及加、减量联系信号，要经常检查，保证完好。

（2）各报警装置必须灵敏好用，严禁出现超压，满液位带液，无液位串气现象。

（3）严格控制脱硫液成分、脱硫液温度、再生槽泡沫浮选、喷射器脱硫液入口（吸风）压力，保证脱硫后硫化氢合格。

（4）时刻注意变脱塔压差的变化，正确分析堵塔原因，发现异常及时调节溶液组分和操作控制条件，避免硫堵、盐堵；严防脱硫液带入压缩机或脱碳工段。

（5）巡检时密切注意转动设备的运行情况，保证转动设备运转正常。

第六节 脱碳岗位安全操作

一、碳酸丙烯酯脱碳

（一）主要危险分析

1. 吸收塔串气

吸收塔由于液位计故障、进塔流量突然减小、自调阀故障或动作缓慢、液位变送装置损坏，都可能导致吸收塔串气至闪蒸槽，发生超压现象。

2. 闪蒸塔串气至常解塔

吸收塔闪蒸槽由于液位计故障、进塔流量突然减小、自调阀故障或动作缓慢、液位变送装置损坏，导致闪蒸塔串气至常解塔，发生超压现象和混解气二氧化碳纯度不合格。

3. 脱碳泵抽空

循环槽由于液位过低、各塔持液量过大，甚至有带液现象，均可造成丙碳泵抽空。造成脱碳气中二氧化碳超标、脱碳泵倒转、气体窜至循环槽、溢液、超压，严重时停车。

4. 氨冷器、水冷器泄漏

氨冷器由于液体长时间冲刷，造成泄漏，丙碳进入氨系统，导致冰机进口带液或液击现象；水冷器由于水质差，腐蚀泄漏导致丙碳进入水中，造成循环水或一次水的污染。

5. 高压气体泄漏

设备、管道由于产生腐蚀或法兰密封不严，发生气体泄漏现象。

6. 系统超压

由于阀门的误操作、各塔出现带液现象、各塔液位高、与压缩机联系不当时会出现超压现象。

7. 窒息

风机房内风机紧急停车时易造成二氧化碳气倒回现象，真空解析风机由于设备故障原因发生破裂泄漏，都能导致二氧化碳气泄漏到风机房内，人在紧急处理时易发生窒息现象。

（二）安全操作要点

（1）保持吸收塔、闪蒸塔等液位正常和稳定，严防气体带液或高、低压串气。

（2）吸收塔后必须设有足够大的净化气液分离器，并定期排放，严防带液。

（3）严格控制脱碳后净化气中的二氧化碳含量在工艺指标内。

（4）必须严格控制贫液中含水量≤2％，以防止吸收塔及各解吸设备和管道的腐蚀。

（5）确保气提塔液位正常，严防溶剂泵抽空。

（6）加强对机泵的维护保养，谨防泵轴密封不严、空气内漏使混解气（常压闪蒸解吸和负压解吸二氧化碳气）中氧含量升高。

（7）加强对变换气中无机硫和有机硫的脱除，减少系统内硫黄的沉积和有机硫对后续工段的危害，维护生产稳定运行。

（8）向系统内添加碳酸丙烯酯溶液或检修溶剂泵、设备、溶剂管道时，要戴防护眼镜，谨防溶剂溅入眼中。

（9）密切关注碳酸丙烯酯循环槽液位，防止抽空。

（10）碳酸丙烯酯存放现场及仓库，严禁明火。

（11）当设备、溶剂管道需要动火时，应排尽残存溶剂，并对检修部位用水冲洗或蒸汽热洗，消除残留的碳酸丙烯酯，防止着火事故发生。

（12）应随时检查岗位所有运转设备、静止设备的运行情况，仪表空气压力情况，各塔实际液位与总控校正情况，电器仪表的使用情况、管道振动、跑冒滴漏、自调阀的动作及主要阀门的开关。

（三）技术人员检查重点

（1）脱碳岗位与压缩机岗位设有停车及加、减量信号报警，联络信号必须经常检查，保证处于备用状态。

（2）各报警装置必须保证正常，吸收塔液位联锁保证正常。

（3）控制好吸收塔液位，杜绝"高压串低压"现象。

（4）强化碳酸丙烯酯溶液的冷却，提高洗涤回收效率；密切注意溶液及气体成分、吸收塔入塔碳丙液温度、入塔气体温度、控制合理的吸收气液比、汽提气液比及溶液贫度；注意系统水平衡。

（5）巡检期间要专门检查氨冷器周围有无泄漏点，发现后及时联系处理。

（6）时刻注意吸收塔压差的变化，发现异常及时联系现场排液，判断好真实压差值，避免出现托液，而发生带液造成压缩机液击。

（7）检修期间必须注意排液速度，氨冷器冲洗要注意氨侧的合理处理；吸收塔、再生塔等设备内的进人作业要严格按照检修规程及方案进行。

（8）保证涡轮机节能回收装置正常运行。

二、变压吸附脱碳

（一）主要危险分析

1. 水分离器带水进入吸附塔

变脱工段失控或操作失误，脱硫液带入水分离器中；压缩机未按规定排放油水，使油水带入吸附塔导致吸附剂失效。

2. 系统超压

停车时程控阀全部关闭，未开手动泄压阀，造成系统原料气超压，或误操作造成超压，超压严重时出现爆炸着火。

3. 高压气体泄漏

由于法兰密封不严，造成高压气体大量泄漏。

4. 中毒

由于气体泄漏，作业时造成一氧化碳中毒、二氧化碳窒息。

（二）安全操作要点

（1）原始开车或停车检修后开车，要先置换，置换期间严禁超压，置换合格后方可开车。

（2）严格控制系统压力，开、停车过程中严格控制升降压速率，防止气体流速过快损坏吸附剂。

（3）严禁气体带水，防止损坏吸附剂。

（4）严格控制原料气温度，防止温度高破坏吸附剂的有机材料。

（三）技术人员检查重点

（1）变压吸附岗位与压缩机岗位，设有停车、加减量信号报警，联络信号必须经常检查，保证处于完好状态。

（2）经常关注系统压力变化，严禁出现超压现象。

（3）加强系统入口分离器的排放，严禁水带入吸附塔，造成吸附剂失效。

（4）注意观察产品气中二氧化碳的含量、各吸附步骤压力是否稳定、原料气的变化情况，努力减少有效气的损失。

（5）经常检查各程控阀是否灵敏、油压系统是否正常、各部位有无泄漏。

（6）开停车需置换时一定要置换彻底，绝对不能留死角，开停车时严格控制升、降压速率，防止损坏吸附剂。

三、碳化

（一）主要危险分析

（1）碳化工段的原料气体含氢成分高，具有易燃、易爆性。

（2）进入碳化塔的变换气中含有一氧化碳，泄漏会使人中毒。

（3）使用的浓氨水具有较强的腐蚀性、刺激性，氨气会使人窒息。

（4）碳化塔检修时，置换不彻底易发生爆炸事故，同时易发生高处坠落事故。

（5）碳化设备处在腐蚀性的环境中，设备易腐蚀而强度降低。

（二）安全操作要点

（1）控制好各塔液位在规定的范围内，维持系统压差正常、稳定。

（2）注意气氨温度变化，防止冷排泄漏，及时发现碳化冷却水箱泄漏。

（3）及时检查并消除系统设备、管道物料的跑、冒、滴、漏现象。

（4）离心机启动应进行检查，防止误启动。

（5）母液槽、氨水槽巡检应防止氨中毒。

（6）防止氨水浓度波动过大，注意气氨总管压力，与冰机岗位加强联系，维持送氨稳定。

（7）分析母液及吸氨冷排出口氨水中氨和二氧化碳含量并及时调节，正确使用碳铵添加剂。

（8）若氨水温度过高，对碳化工艺有影响，应增加冷却水量或增开冷排。

（三）技术人员检查重点

（1）监督岗位操作人员严格按工艺操作规程操作，保证碳化气净化质量和碳铵产品质量，随时注意碳铵结晶异常情况。

（2）随时检查冷却水箱的使用情况，一旦泄漏应及时处理。

（3）检查进、出口气体的二氧化碳成分，氨水、母液成分，注意保持系统水平衡。

（4）进入碳化塔、洗涤塔、母液槽、氨水槽作业应清洗置换合格，并办理相关作业证。

（5）检查岗位环境是否有氨味，以防泄漏中毒，同时减少系统氨损失。

四、NHD脱碳

（一）主要危险分析

本工艺的主要危险与碳酸丙烯酯脱碳基本相同，同时应注意低温操作的影响。

（二）安全操作要点

（1）在脱碳系统巡检时，应随身携带 NH_3 与 CO_2 报警仪，出现异常情况应佩戴安全防护器材分析排查原因，采取防火或治理措施。

（2）排放进塔气分离器及系统其他分离器时作业人员应处于上风向，不得在现场从事与生产无关的事情及长时间逗留，如果感知身体不适，应立即停止排放并迅速撤离现场。

（3）在对氨冷器定期排油时，应微开阀门，将母液引入水下，将油污等排入盛水的桶中，以防止氨逸出及油污污染，操作时应佩戴安全防护器材，以防中毒。

（4）应注意脱碳泵运行状况，注意观察油温、油压、泵轴承、电动机轴承、电动机定子温度，观察电动机电流是否正常，泵运行是否正常。

（5）应注意溶液系统设备、法兰、泵是否存在漏液现象，如有漏液应及时消除。

（6）严格控制系统各项指标，如出现超标现象立即通知调度及相关部门，按照事故预案进行相应处理。

（7）开停车过程中应密切注意脱碳系统液位，严防泵抽空或跑液事故的发生。

（8）系统开停车后泄压、置换应缓慢进行。

（三）技术人员检查重点

（1）对安全装置、联锁信号、事故信号不得随意调试和拆除，发现失灵立即向车间和值班调度汇报，并详细记录。

（2）检查进出口气体成分的变化和指标稳定情况。

（3）开车前应排净系统的积水。

（4）注意吸收液的变化情况。

（5）搞好系统的冷量回收，减少冷量的损失。

第七节　氮氢压缩机岗位安全操作

一、主要危险分析

（1）爆炸危险。

① 物理爆炸　主要由于超压而发生。例如活门损坏，压力上升，安全阀失灵，造成容器或管道超压；突然停车，处理不当引起气体倒流，高压窜低压造成超压爆炸；由于阀门的误操作，变换、脱碳、中低压甲醇、高压醇烷化、合成与压缩机联系不当出现超压或阀门开关错误或内漏（特别是连通阀）导致高压气体窜入低压系统而使容器超压爆炸。

② 化学爆炸　压缩机各段气体都是易燃、易爆气体，一旦发生泄漏，与空气混合迅速达到爆炸极限，着火、爆炸往往伴随发生。当七段压力在30MPa 时，若泄漏 $1m^3$ 高压气体至常压态，其体积迅速膨胀为 $300m^3$，同

时由于所泄漏的气体温度较高，气流高速冲刷易产生静电火花，导致爆炸发生。

压缩机如果发生抽负压，造成空气混入可燃气体共同压缩，由于压缩过程的发热或将气体送到其他高温工段，也会引起爆炸；另外，压缩机空气试压控制不当及曲轴箱内因故产生高温引起润滑油气化也能导致化学爆炸的发生。

(2) 压缩机带液。一段入口煤气带水、变脱气带液、脱碳气带液、铜洗带液等都会将液体带入压缩机汽缸；压缩机汽缸发生龟裂，夹套内的水渗入汽缸；压缩机各段油水排放不及时，油水积存过多，被气体带入汽缸造成液击事故。

(3) 压缩机轴瓦烧坏。缺油或断油、供油系统发生故障（包括油泵故障、油管断裂、油管堵塞、滤油器堵塞）等导致轴瓦油量减少，润滑不良，产生干磨高温而烧坏；润滑油不合格，黏度低，形不成油膜，黏度太高，不能均匀分布；安装质量差，装配过紧，轴瓦间隙太小，而造成烧瓦；检修质量差，轴瓦研磨和刮研不好，安装时轴瓦偏斜与轴配合不良，均可导致轴瓦烧坏，发生设备事故。

(4) 压缩机曲轴箱内有敲击声。轴瓦松动或磨损、曲轴磨损、十字头与滑道间隙大、十字头和连杆螺纹松、断油、传动部分烧坏均可造成曲轴箱内有敲击声，进而发生设备事故。

(5) 连杆、活塞杆断裂。螺栓拧得过紧或紧固不均，过紧使螺栓受到过大预应力，偏斜会造成螺栓间的负荷不均匀，一侧或部分受力过度而断裂；在运转中开口销断落，螺母松动或连轴瓦太松，螺栓处于变动负荷中易断裂；螺栓"疲劳"造成金属强度下降而断裂；安装质量不好，汽缸和连杆机构中心没有对准，及活塞不直连杆弯曲而偏心，使一列汽缸中心线不一致。余隙太小，造成活塞杆撞弯均可造成连杆、活塞环断裂等设备事故。

(6) 中毒和着火爆炸。压缩机系统阀门及排油水阀都在厂房内，填料、法兰、管道泄漏或阀门关不严都会造成中毒；拆装活门时，阀门泄漏，人员也会中毒；泄漏量大或停机泄压排放不彻底，铁器撞击产生火花易引起着火、爆炸。

(7) 高压机加减量或开停车时，系统配合不当引起超压。

(8) 离心式压缩机出现喘振、润滑油中断等引发重大设备事故。

二、安全操作要点

（一）往复式压缩机安全操作要点

(1) 按操作规程要求，严格控制压缩机的温度、压力、电流等各项指标，严禁超标运行。

(2) 应设置本系统入口压力低限报警装置、罗茨鼓风机与压缩机停车联锁装置；压缩机还应设置油压、主轴承、轴瓦、主电动机轴承温度报警及必要的联锁装置。

（3）压缩机各段出口管道上，应安装安全阀并定期校验，确保灵敏可靠；安全阀出口导气管应接出室外，并高出厂房2m。

（4）压缩机去变换、脱碳、中低压醇、醇烷（烃）化、氨合成各工序的工艺管道上，应装止逆阀。

（5）压缩机总集油槽上回气阀应保持常开，严禁憋压。

（6）要确保各压力、温度、电流、电压、报警等仪表控制装置在有效使用期内，并灵敏、准确、可靠。

（7）严格执行开停车操作规程。盘车器要拉开，禁止使用吊车进行盘车。

（8）禁止带负荷启动。

（9）水压、油压保持正常，有关管线要畅通。

（10）汽缸水夹套断水时，禁止立即补加冷却水，应停车自然冷却后，再进行处理。

（11）严格控制润滑油的油位及加油量，确保压缩机各部件供油正常。齿轮油泵油压不能低于指标规定值，应设置油泵油压与压缩机运行联锁装置，严防注油器油管倒气。

（12）更换压缩机汽缸活门，必须确认压力泄尽后方可作业。更换过程中要加强通风，不得用铁器撞击，严防煤气中毒及发生着火和爆燃事故。

（13）排油水时，严禁过猛过快，防止大量窜气。禁止数台压缩机同时排油水，以防进口总管压力波动及总集油槽憋压发生事故。

（14）压缩机开停机、倒机过程中，升压或泄压必须缓慢，各段压力要平稳，防止气体倒流、高压气窜入低压系统、外工序的溶液水倒入压缩机发生事故。

（15）压缩机开机或倒机时，要认真检查相关的各个段间近路阀是否关严，不能内漏，长期停车应加盲板，以确保醇烷（烃）化或铜洗岗位和合成工序的正常操作。

（16）压缩机一般不宜使用空气试压、试车；如用空气试压或试车，必须制定试车操作规程并严格遵照试车规程进行。同时应特别注意：

① 与正在生产的系统要用盲板隔绝，压缩机系统内可燃气已置换彻底，各段出口压力、温度均不得超过规定指标。

② 空气试压的时间不能过长，并严密监视控制压缩比和各段出口温度。

③ 如采用静电除焦设备的，必须设置半水煤气氧气自动分析仪，且与静电除焦控制柜联锁，一旦氧含量超过0.8%，电路即自动断开，确保静电除焦设备安全运行。

（17）压缩机开停机，大幅度加减负荷，应事先与有关单位（工序）联系。

（二）离心式压缩机组安全操作要点

（1）防止蒸汽管道液击。蒸汽管道投用前按照规程暖管，升温升压速率按方案规定进行，彻底疏水。

（2）机组均压缓慢操作，严格执行均压速率，防止高压串低压。

（3）确保动力蒸汽管道保温完好，疏水排气点警戒，严防高温烫伤。

（4）确保机组报警、联锁处于投用状态，防止机械故障出现时机组没有跳车引发恶性事故。

（5）汽轮机检修时，汽轮机进口电动阀门断电，汽轮机进口电动阀门旁路关闭、上锁、挂禁动牌。

（6）关防喘振阀按照由低压向高压的顺序，而开防喘振阀则是由高压向低压的顺序。机组升压先升速，降速先降压。一旦机组外系统出现波动，则防喘振系统首先手动控制确保机组安全。

（7）系统加负荷时，机组的提速和关小防喘振阀门应交替进行。在防喘振控制器处于手动操作状态时，应确保防喘振裕度指标。在防喘振控制器显示有较大余量时，应首先考虑同时关小防喘振阀来提高压缩机出口压力，否则应采取"先提速，后提压"的步骤。

（8）在防喘振阀处于自动或全关的情况下，提负荷只能通过提高压缩机转速来实现，系统减负荷时，防喘振阀在已无法保证全关状态时，应打手动操作，并保证其最小防喘振裕度。

（9）机组开车过程中严格执行升速曲线，快速通过喘振区。

（10）认真巡检，及时发现、消除油系统漏点，防止油泄漏至蒸汽管线和设备上发生着火事故。

（11）热态开车时应先投入轴封蒸汽，后投入真空抽气，防止转子因冷空气的抽入而受热不均造成变形。冷态开车时透平缸体导淋必须打开，防止缸体受热不均。

（12）透平的轴封蒸汽要尽量调小，特别是手动调节时，轴封信号管线有微弱冒汽即可，防止轴封汽压力过高沿轴封冒出进入轴承箱，污染润滑油，使油箱进水。

（13）停车后，停冷凝液系统前必须先停下真空喷射器，否则喷射冷凝器会由于断水无冷却介质而损坏。

（14）机组冲转前要检查盘车电动机是否脱开，防止盘车挂钩与转子碰撞；停车后转子一旦停下来要及时投用盘车机构，油系统保持运行至降温结束。

（15）停冷凝液泵前必须确认喷射器驱动蒸汽关闭，防止喷射冷凝器在无水的情况下进气而损坏。冷凝液泵停运后，注意收储表冷器蒸汽冷凝液的热井液位，防止主冷凝器内漏或冷凝液沿管网倒流至主冷凝器。

（16）停油泵后观察轴承温度的变化，防止热传导损坏轴承。长期停车，只要条件允许每天启动油系统和盘车装置，让转子盘动 0.5h 以上或让转子翻身。

（17）巡检中注意检查各调节阀的阀位与调节器的对应情况，检查压缩机的进口导叶、防喘振阀、透平高低压调节阀等的实际阀位与输出值之间的对应关系，发现问题及时联系处理。

（18）定期对蓄压器中冲氮气进行检查，根据油品的分析情况若需要时启动油水分离装置进行润滑油的脱水。

（19）发生下列情况，装置必须紧急停车：

① 达到设定值而联锁未能正常动作，该跳车而没有跳车。

② 机组突然发生强烈振动，机内有明显的摩擦、碰击声音。

③ 机组任意轴承断油或轴承温度突然大幅上升。

④ 主蒸汽温度大幅度下降、上升至指标以外或发生水击现象。

⑤ 压缩机发生缸体带液现象。

⑥ 压缩机发生严重的喘振又一时无法消除。

⑦ 轴承箱冒烟或油系统着火，难以扑灭时。

⑧ 停电、停仪表空气、断冷却水等公用工程故障时。

⑨ 发生蒸汽、工艺管道爆裂等恶性事故或后继工序需要本机组立即紧急停车。

（20）压缩机进口分离器液位设置报警联锁；设置进口压力低报警；设置背压排气压力低及温度高联锁停车、润滑油压力低报警联锁；设置轴振动、位移报警联锁停车。

三、技术人员检查重点

（1）保证压缩机各压力表、安全阀、止回阀等灵敏可靠，管线畅通。

（2）检查压缩机各段的温度、压力，循环油压、冷却水压，是否在指标内，各支路试漏阀有无内漏。检查各段排油情况，防止液击。

（3）随时注意观察压缩机运转部件的工作情况，保证齿轮油泵和注油器的正常工作，经常检查曲轴箱的油位、油压、油温，保证各部件供油正常；通过看、听、摸来判断曲轴箱、连杆、十字头以及各汽缸、活门的工作情况，防止烧坏轴瓦、连杆活塞杆拉断、活塞打坏、缸套断裂等机械事故的发生；按时检查电动机电流、温升。

（4）减量停机时泄压要缓慢，特别是高压段泄压时，防止由于流速过快产生静电火花或超压现象。脱碳、精炼从压缩工段泄压时，严防溶液带入本岗位。

（5）压缩机向外系统送气，必须保证出口压力略高于系统压力时，才能开启出口阀。

（6）加强与脱硫工段的联系，注意一段入口压力的变化，防止压缩机抽负压。

（7）加强与脱硫、变换、脱碳、联醇、精炼、合成等外部相关岗位的联系，发现外工序原因造成压缩机进、出口气体压力、温度异常变化，及时采取措施。

（8）压缩机长时间停机时，要将循环水排净，以防泄漏和冻堵。

第八节　联醇岗位（含精脱硫）安全操作

一、中压联醇流程

（一）主要危险分析

1. 高压串低压

甲醇分离器、水洗塔、中间槽的液位低，液位计失灵或假液位，放醇阀（稀醇阀）与液位联锁故障，都能产生高压气体串入低压系统，导致超压。

2. 水洗塔带液

生产中由于气量、液量突然增大，筛板堵塞或结晶，气体分布装置出现泄漏或断裂产生偏流，塔径小，空速高，超级过滤器滤芯堵塞，都可导致水洗塔带液。严重时可导致循环机液击。

3. 催化剂温度猛升

循环机跳闸或突然减少循环量，醇前气中一氧化碳含量突然升高，压缩机加量太快或未及时通知总控，冷激自调阀失灵等原因都会造成催化剂温度猛升。

4. 合成塔出塔气体温度高

热交换器传热效率差，一氧化碳含量高、塔负荷重、循环量小，塔副线流量太大、主线流量太小，换热器小或列管堵塞等都可使出塔气体温度升高，影响系统操作。

5. 醇后气中一氧化碳含量高

甲醇塔前气中一氧化碳含量高、催化剂温度波动或垮温、去铜洗（或高压醇）大副线阀漏或未关严、催化剂温差大反应不好、催化剂使用后期活性下降等都会造成醇后气中一氧化碳含量高。

6. 催化剂同平面温差大

内件安装不正、内件损坏造成内部泄漏，使泄漏一边的催化剂床层温度偏低；热电偶插入深度不够或温度线材料不统一；催化剂充装不均匀，催化剂层局部烧结、粉化、阻力不均；副线阀开度过大，冷气体偏流；测温套管泄漏、测温点有误差；循环气量太小等都会造成催化剂同平面温差大。

7. 合成系统压差大

合成塔压差大、活性炭过滤器阻力大、水冷排管堵塞、压力表不准、系统进出口阀门未全开、循环气量过大等都会造成合成系统压差大。

8. 合成塔压差大

合成塔负荷过重、循环量过大、催化剂破碎、列管换热器堵塞、内筒保温皮脱落、催化剂倒入或落入中心管或塔周环隙等都会造成合成塔压差大。

（二）安全操作要点

（1）开启电炉前应先开启循环机，保证足够安全气量。提高电压时，应先加大气体流量，以防电炉丝过热烧坏，电炉不得超负荷。

（2）使用电炉时，应先测试电炉绝缘≥0.5MΩ，合格后通电低压预热10min，才可逐步加负荷运行。保证电炉的电流、电压、绝缘等正常，保证自调阀门运行正常。

（3）当合成系统紧急停车或循环机跳闸时，应先停电炉再进行其他处理工作。

（4）严格控制中间槽内压力≤0.6MPa（绝压），控制水冷出口气体温度≤40℃。

（5）禁止用合成塔进气主阀调节催化剂层温度。

（6）注意合成塔压差与活性炭过滤器压差变化，及时提供更换活性炭依据，确保原料气硫、氨净化要求，稳定控制压力，减少压差，严禁超压。

（7）利用冷激阀和塔副线调节时，应力求平缓，防止炉温大幅度波动。

（8）长期停车或更换催化剂，要排净醇分、中间槽及管道、水洗塔内甲醇。

（9）短期停车时，应视情况控制甲醇分离器、水洗塔、中间槽的液位和压力，避免高压气串入低压系统引起事故。

（10）高压水泵吸入管线严防泄漏，避免进入空气。

（11）高压水泵绝对不能用截止阀进行流量调节，应该采用近路阀或变频器调节。

（12）甲醇分离器、水洗塔、粗甲醇、中间槽，以及输醇管线30m以内严禁火源。

（13）中间槽最大充填量不能超过85％，否则应采取紧急处理措施。

（14）放醇管线不畅时，严禁随意提高放醇压力以免发生爆炸。

（15）保证循环机的运行状况（进出口压力、电动机温度、曲轴箱、油压，异常响声等）正常。

（16）加强个人防护，熟知各种防护用品地点并能正确使用各种防护用品。

（三）技术人员检查重点

（1）控制好合成塔炉温，防止出口温度过高；检查塔内件换热器是否堵塞或换热效果差。

（2）检查进塔一氧化碳含量、气量、循环气量。防止进塔一氧化碳含量波动大，气量大，合成塔负荷重；防止系统循环量小和塔副线流量大而主线流量小。

（3）经常检查精脱硫装置运行情况，确保入甲醇合成系统气体中含硫总量小于 0.1×10^{-6}（质量分数）。

（4）使用电炉时要保证足够的安全气量，防止电炉烧坏。

（5）定期检查循环机油压联锁，进出口缓冲罐定期排放防止积液，各塔液位要定期校验，与各岗位之间的联系信号、报警要可靠，各联锁装置正常。

（6）加强对甲醇分离器、合成塔内件的阻力监测，防止超压和甲醇分离器带液，选用高效油分离装置，降低入塔气含油量。

（7）各塔槽液位控制在指标之内，防止过高，中间槽容积不超过85％。

（8）通过温度及压力变化，判断水冷排运行情况，确保冷排不形成阻力，保证醇后气温度。

（9）确保进入甲醇系统原料气硫（氯）含量和氨含量小于规定指标，精脱硫装置应装填部分脱氯剂。

二、低压联醇流程

（一）主要危险分析

1. 催化剂温度猛升

循环机跳闸或突然减少循环量，汽包压力调节失误，热水循环不畅新鲜气中一氧化碳猛长，压缩机加量太快等都会发生催化剂温度猛升。

2. 合成塔出塔气体温度高

一氧化碳含量高使合成塔负荷重、循环量小，汽包压力高、热水循环不畅等都可使出塔气体温度升高。

3. 醇后气中一氧化碳含量高

新鲜气中一氧化碳含量高，催化剂温度波动或垮温，调节系统塔后气体成分的近路阀漏或未关严，催化剂床层温差大、反应差，催化剂使用后期活性下降等都会造成醇后气中一氧化碳含量高。

4. 合成塔压差大

合成塔负荷过重，循环量过大，催化剂破碎等都会造成合成塔压差大。

（二）安全操作要点

（1）努力控制催化剂床层温度稳定。

（2）开启开工蒸汽前应先开启循环机，保证足够气量；在催化剂还原及开、停车过程中，认真操作，严防超温。

（3）严格控制中间槽内压力≤0.4MPa（绝压），控制水冷出口气体温度≤40℃。

（4）汽包压力调节时，应力求平缓防止炉温大幅度波动。

（5）长期停车或更换催化剂，要排净甲醇分离器、中间槽及管道内甲醇、水洗塔内稀醇水。

（三）技术人员检查重点

（1）注意催化剂床层温度，出塔气温度、成分等变化情况。

（2）经常检查精脱硫装置运行情况，确保原料气中含硫总量小于 0.1×10^{-6}（质量分数）。

（3）使用开工蒸汽前应进行管道预热，防止液击。

第九节　原料气精制岗位安全操作

一、铜洗流程

（一）主要危险分析

1. 高压串低压

铜洗塔液位低、液位计失灵或出现假液位，铜洗塔减压阀与液位联锁故障，都能产生铜液带气，进入回流塔，使压力增高，甚至出现回流塔超压爆裂现象。

2. 精炼气带液

生产过程当中，由于气量、液量突然增大，填料堵塞或结晶，液体分布器进口管断裂，产生偏流，液位偏高，气体分布装置在液相出现泄漏或断裂，都能造成精炼气带液，严重时可带往压缩机甚至合成工段，造成重大事故。

3. 一氧化碳中毒

再生系统回流塔出现漏点，再生器液位吹堵，再生器水封、净氨塔水封、分析气用水封出现跑气现象，放空管位置较低等都容易造成气体泄漏一氧化碳中毒。

4. 检修动火、进入容器作业时易造成事故

检修过程中动火、进入容器作业时安全停车措施不当，虽置换但没有进行蒸汽吹扫、再生气回收系统隔离不当、再生系统设备内壁沉淀清理不净，使铜液再生系统容易造成爆炸、着火、中毒事故。

5. 铜液泵抽空

向铜液中加氨过快过猛形成气阻、氨冷器列管泄漏、铜泵出口止逆阀失灵、倒泵时高压气体倒入铜泵进口、铜泵开车时缓冲罐排气不彻底、化铜桶或过滤器堵塞、再生器铜液出口管堵塞、铜泵入口压力偏低等均可造成铜泵抽空。

6. 乙炔亚铜对铜洗及再生系统的影响

原料气中的乙炔、乙烯进入铜液中生成棕红色的乙炔亚铜，对铜洗及再生系统的危害非常大，主要是乙炔亚铜有很强的起泡作用，可使铜液产生泡沫，造成铜洗塔出塔气体带液；乙炔亚铜在干燥时因摩擦撞击或受热发生分解，可引起爆炸。

7. 精炼气微量增高

进塔气体成分和流量发生变化、一氧化碳和二氧化碳含量高、铜液的吸收能力下降、总铜含量低、铜比下降、醋酸和总氨含量低、铜塔液体分布器或填料堵塞、再生后铜液中残余一氧化碳、二氧化碳高等都能导致精炼微量增高。

8. 再生压力高

原料气中一氧化碳和二氧化碳含量高、铜液再生解析时气量大、为调节铜比空气加入量多、加氨量太大、再生温度突然升高、铜塔高压气串入回流塔、再生气回收系统堵塞结晶及回收点压力波动等都能造成再生压力高。

9. 铜泵超压

铜泵开启过程中，操作不当，铜泵超压易导致缸体及管道爆裂。

10. 液位计破裂

液位计的法兰泄漏，玻璃板液位计破裂，铜液大量喷出造成人员化学灼伤，处理不及时大量气体喷出，易发生火灾。

（二）安全操作要点

（1）精炼岗位与压缩机岗位，联络信号必须经常检查，保证完好。

（2）严格控制精炼气微量（$CO+CO_2$ 含量）和再生后铜液各组分、铜比在规定工艺指标内，保持铜液洁净，发现铜液混有油污、沉淀物应进行过滤处理。

（3）密切注意铜塔液位和减压后的铜液压力，防止液位偏低，造成高压气体串入低压系统，同时要严防铜塔液位过高，造成铜液带入合成系统。

（4）时刻注意铜塔液位和鼓泡瓶鼓泡和断气，防止带液事故发生。

（5）油分离器排油水时，切忌过猛、过快，防止氢氮气体的损失和着火。

（6）铜塔液位计的照明灯须采用防爆型，并禁止安装在液位计正前方。铜塔液位等报警装置时刻保证正常。

（7）巡检期间要专门检查氨冷器及各运转和静止设备周围有无泄漏点，发现后及时联系处理。

（8）密切注意再生压力、再生温度，确保铜液再生完全。

（9）控制再生器液位在正常范围内，防止假液位。

（10）向再生系统加氨时操作要平稳，要经常在铜液泵进口缓冲器等部位排气，防止铜泵抽空。

（11）进入再生系统地槽时，应对地槽进行空气置换，要求双人作业，戴防毒面具，并有专人监护。

（12）制取醋酸铜氨液或对铜液系统设备、管道检修时，必须佩戴防护器具，谨防铜液溅入眼中。当铜液或醋酸、氨溅入眼内时，应立即在现场用大量清水冲洗，并即刻就医。

（13）铜塔检修热洗后，应放尽热水，待塔内冷却后才能用空气吹扫、置换。用空气做气密性试验，必须与生产系统隔绝，证明塔内无可燃物，空气压力不得太高，防止塔内燃烧。

（14）对铜液系统的设备、管线进行检修时必须置换彻底，必要时进行蒸汽热洗，防止内壁沉淀的硫化铜、乙炔亚铜受热分解产生有毒有害气体，造成人员中毒或着火爆炸事故。

（15）检修期间必须注意排液速度，应佩戴必要防护用品，注意残留铜液的回收。

（16）铜泵出口管道必须安装止逆阀，以防紧急停车时高压气体倒入铜泵串入低压系统。铜泵启动时，应高度注意出口压力，严防超压。

（三）技术人员检查重点

（1）装置区内动火、进入容器内作业时，检查安全措施是否落实到位。

（2）精炼岗位与各岗位之间的联系信号、报警要可靠，铜塔液位要定期校验，各联锁装置要正常投运。

（3）检查再生压力是否正常，如果异常应及时检查再生系统有无堵塞或结晶现象。

（4）设备管道是否有泄漏。

（5）随时注意铜液成分，保证总铜含量、铜比、醋酸及总氨含量等在正常指标范围内。

（6）经常检查精炼微量，确保小于 20×10^{-6}（体积分数）。严防铜塔出塔气体带液和回流塔冒液。

二、醇烷（烃）化流程

（一）主要危险分析

1. 高压串低压

醇分、水洗塔、中间槽等设备的液位低，液位计失灵、假液位，放醇阀与液位联锁故障等都能产生高压串低压。

2. 水洗塔带液

由于气液量突然增大、填料堵塞或结晶、气体分布装置出现泄漏或断裂产生偏流，超级过滤器滤芯堵塞，放醇时未及时开大等都可导致水洗塔带液。

3. 催化剂温度猛升

循环机跳闸或突然减少循环量，新鲜气一氧化碳含量猛升，压缩机加量太快或未及时通知合成，冷激自调阀失灵等都可导致催化剂温度猛升。

4. 合成塔出塔气体温度高

热交换器传热效率差，一氧化碳含量高、塔负荷重、循环量小，塔副线流量太大、主线流量太小，换热器小或列管堵塞等都可使出塔气体温度升高。

5. 烷化后气体一氧化碳和二氧化碳含量高

新鲜气中一氧化碳含量高，催化剂温度波动或垮温，中压醇（或低压醇）大副线阀漏或未关严，催化剂床层温差大、反应不好，催化剂活性下降等都可导致烷化后气体微量高。

6. 催化剂同平面温差大

内件安装不正、内件损坏造成内部泄漏、使泄漏一边的催化剂床层温度偏低，热电偶插入深度不够或温度线材料不统一，催化剂充装不均匀、阻力不均，催化剂层局部烧结、粉化，副线阀开度过大、冷气体偏流，测温套管泄漏、测温点有误差等都可导致催化剂床层同平面温差大。

7. 合成系统压差大

合成塔压差大、油分阻力大、热交换器阻力大、系统循环量过大、水冷排管堵塞、系统进出口阀门没全开等都可导致合成系统压差大。

8. 合成塔压差大

合成塔负荷过重、循环量过大、催化剂破碎、列管换热器堵塞、内筒保温皮脱落、催化剂倒入或落入中心管或塔周环隙等都可导致合成塔压差大。

9. 提温换热器泄漏

提温换热器（蒸汽式）列管泄漏、提温换热器（换热式）填料打出、高压气泄漏或串气等。

（二）安全操作要点

（1）开启电炉前应先开启循环机，保证足够安全气量，提高电压时，应先加大气体流量，以防电炉丝过热烧坏。

（2）使用电炉时，应先测试电炉绝缘≥0.5MΩ，合格后通电低压预热10min后，才可逐步加负荷运行。

（3）当系统紧急停车或循环机跳闸时，应先停电炉后再进行其他处理工作。

（4）严格控制中间槽内压力≤0.6MPa（绝压）、控制水冷出口气体温度≤40℃。

（5）禁止用合成塔进气主阀调节催化剂层温度。

（6）注意合成塔压差，稳定控制压力，严禁超压。

（7）经常检查各阀位、气动阀、液位计等使用状况，保证完好。

（8）利用冷激阀和塔副线调节时，力求平缓防止炉温大幅度波动。

（9）长期停车或更换催化剂时要排净醇分、水洗塔、中间槽及管道内甲醇并置换合格。

（10）短期停车时控制好醇分、中间槽的液位、压力，防止高压气串入低压系统。

（11）高压水泵吸入管线严防泄漏，以免吸入空气。

（12）高压水泵绝对不能用截止阀进行压力调节，应该采用近路阀或变频器调节。

（13）甲醇分离器、水洗塔、粗甲醇、中间槽以及输醇管线 30m 以内严禁火源。

（14）中间槽最大充填量不能超过 85％。

（15）当提温换热器（蒸汽式）出现异常时，应停车处理，避免高压串低压造成事故。严密注意提温换热器（换热式）压差，避免因压差超标打出填料造成停车。

（16）放醇管线不畅时应认真检查，严禁随意提高放醇压力以免发生爆炸。

（17）观察电炉的电流、电压、绝缘等是否正常。

（18）检查循环机的运行状况（进出口压力、电动机温度、曲轴箱、油压、异常响声等）。

（三）技术人员检查重点

（1）使用电炉时要保证足够的安全气量，防止电炉烧坏。

（2）定期检查循环机油压联锁，定期排放进出口缓冲罐防止积醇。定期校验各岗位之间的联系信号、报警装置是否可靠，各联锁装置是否正常投运。

（3）加强对醇分液位计的检查及定期校验。加强醇分内件的阻力监测，确保醇分不带液。

（4）检查合成塔出口温度的控制，严防出口温度过高。注意检查塔内件换热器是否堵塞或换热效果差。

（5）中间槽液位控制在指标之内，严防超过中间槽容积的 85％。

（6）水冷排要经常化蜡，确保冷排不形成阻力，降低醇后气温度。

（7）经常检查进塔气中硫化物的含量，确保总含硫量≤0.1×10^{-6}（质量分数），氯含量≤0.1×10^{-6}（质量分数），保护合成催化剂。

（8）经常检查提温换热器（换热式）压差，避免因压差超高打出填料造成停车；检查提温换热器（蒸汽式）蒸汽压力，避免高压串低压造成事故。

（9）加强甲醇合成原料气和甲醇合成塔后气的气液分离。

第十节 氨合成岗位安全操作

一、主要危险分析

（1）高压窜低压。氨分、冷交液位低，氨分、冷交液位失灵，氨分、冷交假液位，氨分、冷交放氨阀与液位故障，都能产生液带气，进入液氨储槽，使压力增高。

（2）氨分带氨。生产过程当中，由于气量、循环量突然增大，放氨阀开度过小或未及时开大放氨阀；冷交分离器堵塞或结晶；超级过滤器滤芯堵塞，液位计失灵（液位信号不正确或者信号指示系统发生故障）；放氨阀损坏（阀门的阀头损坏、调节阀气源突然中断或压力过低，调节阀由于本身的弹力处于全开位置）都可以造成氨分带液氨。

（3）催化剂温度猛升。循环机跳闸或突然减少循环量；压缩机加量太快或未及时通知合成岗位；合成塔进口氨含量低，惰性气含量太低，塔副阀开启太小；塔主阀开得太大；使用电炉时，电炉负荷加得偏大；氨分带氨现象消除后未及时加大循环量或开大冷副线，进塔气体成分迅速好转等情况，均可导致催化剂床层温度猛升。

（4）合成塔出塔气体温度高。热交换器传热效率差；进气量大，塔负荷重；循环量小；塔副线流量太大，主线流量太小；惰性气含量太低，进塔气含氨量太低，换热器小或列管堵塞都可使出塔气体温度升高。

（5）高压管道泄漏发生着火爆炸。由于合成气中氢含量较高，极易使钢材出现氢脆、脱碳现象；合成塔出口温度较高，选用材质不合格，系统长时间超温、超压，操作不当等，都能引发高压管道泄漏、着火爆炸。

（6）气体交换设备（如氨冷器）的缺陷或损坏使高压气体窜入低压系统造成超压爆炸。

（7）催化剂床层同平面温差大。内件安装不正；内件损坏造成内部泄漏，使泄漏一边的催化剂床层温度偏低；热电偶插入深度不够或温度线材料不统一；催化剂充装不均匀，阻力不均；催化剂层局部烧结、粉化、阻力不均；副线阀开度过大，冷气体偏流；测温套管泄漏，测温点有误差、气体偏流等均会导致同平面催化剂床层温差增大。

（8）废热锅炉列管泄漏或烧干。废热锅炉由于水质或制造质量，导致列管泄漏；由于进水量突然减少、合成塔二出温度高；废锅液位计失灵，都能使废锅液位出现无液位干烧现象。

（9）合成塔压差大。合成塔负荷过重；循环量过大；催化剂破碎；列管换热器堵塞；内筒保温皮脱落；氢氮比过低，系统阻力大；主阀、副阀开度过小；催化剂倒入或落入中心管或塔周环隙，造成合成塔压差大。

（10）液氨泄漏造成毒害和爆炸危险。1kg 液氨可汽化为 1316L 氨气，1t 液氨泄漏可使 $28×10^4 m^3$ 空气受到致命的污染。氨储槽内的液氨处在一定压力和低温下，一旦泄漏使人员既中毒又灼伤，还易导致空间爆炸。

二、安全操作要点

（1）严格控制催化剂床层温度及系统压力在规定的指标范围内，严禁超温、超压，超负荷。

（2）配有废热锅炉的合成塔出口管线，凡温度在 200℃ 以上的高压管道及管件、紧固件，必须按设计规定采用耐高温防氢脆材质，严禁用一般材料代用。

（3）合成催化剂升温时，必须控制升压和升温速率，以防温度、压力升降速度过快形成过大压差而损坏合成塔及有关附属设备。

（4）严禁高温、带压拆卸和紧固合成塔大、小盖，应按照规程采取降温、泄压、置换、维持正压（＜0.002MPa）等措施，确保作业安全。

（5）合成塔塔顶工作平台应有足够大的作业空间、安全护栏、安全扶梯，并备有适用的灭火器材。

（6）塔顶热电偶连接端的试漏，必须用变压器油，切忌用肥皂水，以防碱液导电引起短路。

（7）合成塔使用新催化剂，必须严格遵守催化剂升温还原操作方案。吹除催化剂粉时应控制排放压力，由技术人员计算控制流速。附近区域严禁动火、穿铁钉鞋行走等行为。

（8）合成塔泄压放空，应开塔后放空阀。如塔前、塔后同时放空，必须保持塔前压力大于塔后压力，以防气体倒流使催化剂粉末吹入电加热器。泄压操作要缓慢平稳，泄压速率控制在 ≤0.4MPa/min，切忌过猛过快。

（9）油分离器排放油水时，切忌过猛过快，以防氢气、氮气气体损失和产生不安全因素。发现精炼铜塔带液，要立即采取措施，严防铜液带入合成塔。

（10）进合成塔废热锅炉的脱盐水必须除氧并按规定对合成废热锅炉进行定期排污，确保炉水中碱度、氯根含量在规定工艺指标内。

（11）开用电加热器前，必须先经电工测量对地绝缘电阻，大于 0.2MΩ 方可启用。严格遵循先开循环机、后开电加热器，先停电加热器、后停循环机的操作程序。

（12）经常注意合成塔塔壁温度的变化，禁止塔壁温度超过 120℃。合成系统检修，若不更换催化剂，停车期间必须安排专人负责充高纯氮并监视催化剂床层和塔壁温度，必要时充氮气保护催化剂，并做好记录，有异常变化及时处理并报告。

（13）要控制合成塔进出口压差，最大不超过 1.0MPa，如果超过指标，必须及时处理，以防内件受损。

（14）要经常检查循环机工作部件的运转、密封、润滑情况，如发现撞击、振动、大量泄漏等异常现象，应及时停机处理，避免高压气体冲击发生着火和爆炸。

（15）氨冷器、气氨总管、放氨联管、废锅、水冷、循环机出口、液氨储槽等部位，必须装安全阀，并定期校验，确保准确灵敏。安全阀出口处加导气管，导气管出口应位于室外。

（16）严格控制放氨速度，严格控制冷交和氨分液位，严防合成高压气窜入液氨储槽。要严格控制液氨储槽压力在规定指标范围内。液氨储槽倒槽操作，必须严格遵守操作程序，防止爆炸事故发生。

（17）液氨储槽充装量不得超过储槽容积的 85%；液氨储槽应设置液位计、温度计、压力表、安全阀，并设置液位低限、高限报警。

（18）冰机进出口必须设置液氨分离器，必须注意冰机进出口温度、有无结霜，防止液氨带入冰机，发生液击事故。

（19）报警信号灯的颜色明显（红色），声响应与生产中的噪声有别，正常生产时，应定期检查，确保有效。

（20）安全联锁装置的维护、检查，包括联锁电器、自动放空等装置，应齐全有效，自动放空应高出屋顶 2m 以上。

（21）紧急泄压装置，包括安全阀、爆破片、放空管等应灵敏好用，要经常检查定期校验。

（22）高压阀应侧身开关，以免由于阀门开关过猛或"过头"，阀杆冲出，伤害人体。怀疑氨泄漏时，应用手扇动空气嗅闻，切勿直接呼吸，以免呼吸道受刺激。高压排污时，人体应尽量离开排污管道，以免管道振动，击伤人体。

（23）有开工加热炉的装置，开工加热炉点火前的置换要求做到：先置换 $O_2 \leqslant 0.2\%$，然后导通盲板。若中途熄火则关闭烧嘴根部阀，用蒸汽进行炉膛置换 15min，自然通风 15min，取样分析合格，然后重新点火。

（24）使用开工加热炉时须遵循"先通工艺气、后点加热炉，先停加热炉、后停工艺气"的原则。

（25）装置内发生介质泄漏时，必须采取正确的个人防护措施，尽快切断泄漏源，同时控制现场火源，防止人员中毒、灼伤、二次空间爆炸事故发生。

（26）液氨储存及装卸作业严格执行液氨储存与装卸安全技术规程。

三、技术人员检查重点

（1）严格监督检查操作人员遵守岗位操作规程，遵守工作纪律、安全纪律和劳动纪律，严格控制温度（催化剂床层热点温度、氨冷温度、塔壁温度等）、压力（系统压力、合成塔压差、循环机进出口压差、氨罐压力、废锅压力等），严禁超温、超压、超负荷。

（2）应定期检查并经常注意低压系统压力变化，谨防合成废热锅炉列管、氨冷器盘管泄漏，以免高压气体窜入低压系统引起爆炸；控制塔后排放气去氢回收装置的压力，防止超压。若发现低压系统压力突然升高，而原因不明时，应做紧急停车处理。

（3）重视放氨操作，防止阀门开关过猛，特别注意避免放氨跑气，造成高压气体窜入液氨储槽；控制氨分液位在指标内，防止液氨带入合成塔；同时放氨联管安全阀应灵敏好用，并定期校验。

（4）保证液氨储槽的压力、温度、液位、泄漏报警等重要参数的测量远传、连续测量及视频监控系统正常好用。液氨储槽区应设置遮阳棚、喷淋水、排水等设施。储槽进出口设置双阀，其中一个为紧急切断阀；要有防止发生液氨大量泄漏事故的预防措施。

（5）合成岗位与压缩机岗位，应互设停车及加、减量信号报警，联络信号必须经常检查，保证完好，处于备用状态。

（6）控制废锅液位，防止干锅和带水；严防废锅超压，废锅蒸汽出口阀要经常检查，同时安全阀应灵敏好用定期校验。

（7）坚持水质分析，严格控制废锅水质在指标之内。

（8）开启电炉时，必须先开循环机，保证电炉的安全循环量。启用电炉期间，严禁开零米层的塔副阀。若遇断电，系统应保压。视情况可稍开塔后放空，以维持循环量。

（9）严格执行动火、拆检、进塔入罐作业等特殊作业的安全禁令，严禁带压紧固或拆卸螺栓；检修合成塔，放出催化剂前，必须进行降压、降温、置换处理，以防催化剂烧结和烧坏设备。

（10）严格压力容器、管道、安全附件的检测及校验，运行中出现裂纹、泄漏、堵塞或其他异常现象必须向技术部门汇报，采取果断措施，确保安全。

第十一节　精醇岗位安全操作

一、主要危险分析

1. 脱醚塔再沸器漏

脱醚塔再沸器漏使大量蒸汽渗入塔釜，造成塔釜温度升高、压力上升，采出含水量陡增，蒸汽冷凝液中含有甲醇。不仅使工艺指标失控，严重时脱醚塔超压、超温造成甲醇外泄事故。

2. 精馏塔液泛

当填料或塔板堵塞、进料量过大、釜温过高时塔内上升蒸汽速度大，液体不能正常下流则形成液泛。形成液泛时塔阻力急剧上升，且波动较大；气相出口流量波动大，塔底液位急剧下降，气相产品质量急剧变坏，回流板液面上升快（精馏段）。产生液泛使气液两相无法进行正常质的交换，加压塔底液位过低，泵抽空会造成高压窜至低压事故。

3. 塔釜温度高

维持正常的塔釜温度能够提高甲醇的回收率，避免轻组分流失，减少残液的污染。釜底温度一般控制在 $128\sim136℃$，当蒸汽量大，回流量小，塔釜液位低，精醇冷却器冷却水量小或仪表测量有问题，会使塔釜温度高，要针对不同情况及时进行调整。高的塔釜温度回流量大，造成蒸汽浪费。

4. 高压窜低压

加压塔进料泵打液量小，加压塔回流槽液相分配不当，回流液泵回流量小，造成加压塔液位低，从而出现高压窜低压。不仅工艺、质量指标难以控制，而且造成低压设备超压，危害安全。

5. 静电积聚

中间储槽至粗醇储罐，压力由 $0.6MPa$ 降至常压，粗醇释放出可燃气体；脱醚塔顶亦放出脱醚气，极易引发火焰。要严格控制甲醇流速在指标范围内，做好法兰跨接和接地，以防止静电积聚，产生火花。电器选用防爆型及绝缘性良好，接地牢靠，以防产生静电。

6. 甲醇罐区甲醇储槽避免呈负压的危险

因温度低甲醇蒸气冷凝，甲醇储槽可能形成负压，使空气进入储槽与甲醇蒸气形成爆炸性气体。生产中甲醇储槽应该采用氮气保护，确保正压，杜绝空气进入。储罐进料时罐顶空气与甲醇蒸气混合，为防止着火，放空管必须安装阻火器。

对甲醇储罐区的安全要求详见本书第六章。

二、安全操作要点

(1) 开车时，在各塔建立液位后，才能开再沸器。

(2) 生产设备内保持正压操作，出现负压可以适当向系统中补入氮气。

(3) 为了防止粗甲醇中的酸性物质对设备的腐蚀，在预塔进料中加入一定量的稀碱液，保持预塔底甲醇的 pH 值在 8.5 左右。

(4) 配碱液过程要佩戴防护用具缓慢加入，防止热量瞬间释放喷出伤人。

(5) 检修作业必须严格按照批准的方案施行。

(6) 密切注意罐区储罐压力，严防出现负压，发现问题及时开大氮气阀门。

(7) 罐区甲醇出现泄漏，按照甲醇泄漏处理预案进行处理。

(8) 严格执行甲醇槽车装卸规程，槽车应采取静电接地。

三、技术人员检查重点

(1) 严格监督操作人员按指标控制，确保甲醇产品质量。

（2）经常检查主装置区可燃气体和有毒气体检测报警系统。

（3）检查常压塔、加压塔、预塔、储罐的压力，及时调节氮气阀门，严防出现负压。

（4）经常检查甲醇储槽顶部水喷淋装置的喷淋状况，定期试验消防水炮，确保消防装置正常。

第十二节 冷冻岗位安全操作

一、主要危险分析

1. 氨压缩机进口气带液氨

因合成、铜洗、高压烷岗位氨冷器液位高或本工段氨分离器内积液氨带入氨压缩机，产生液击，导致氨压缩机机械部分损坏，甚至发生爆炸事故。

2. 氨压缩机出口超压

蒸发冷凝器冷却效果差和系统内不冷凝气积累过多，使气氨难以冷凝，导致氨压缩机出口超压，将会引起氨压缩机跳闸等事故。

3. 断冷却水

冷却水压力低或断冷却水，造成油温上涨和出口压力升高，联锁灵敏时氨压缩机跳闸，联锁不灵敏时可能引发爆炸事故。

4. 氨压缩机出口温度过高

氨压缩机入口压力过低，出口压力过高，氨压缩机压缩比过大，会使氨压缩机出口温度过高，可能造成氨压缩机的机械部件损坏。

5. 油泵油压低

润滑油质量差，油分离器内液位低，油过滤器堵塞，油温过高，油泵故障，油泵回路阀开启过大，都容易造成油泵油压低，影响氨压缩机的润滑。

6. 高压窜低压

若旁路电磁阀失灵或阀门故障，造成氨压缩机出口高压气体倒进入口，会导致氨压缩机机体温度升高，损坏设备。

7. 机组发生不正常振动

机组地脚螺钉松动，氨压缩机与电动机轴错位或不同轴，因管道振动引起机组振动加剧，过量的油或液氨被带入氨压缩机，吸气腔真空度过高等，都可以造成氨压缩机振动。

8. 氨压缩机厂房内气氨泄漏

氨压缩机厂房内设备或管线气氨泄漏，通风不良或采取安全措施不当，会造成人员中毒，如遇明火会发生爆炸事故。

9. 液氨储槽泄漏

液氨储槽若法兰、阀门填料、液位计泄漏及设备开焊、管线断裂，会造成液氨泄漏，极易发生人员中毒和爆炸事故。

二、安全操作要点

（1）合成、高压烷（铜洗）岗位要防止氨冷器加氨过快、过多。如果氨压缩机带入液氨应及时排放氨液分离器，提高进气温度将进入的液氨汽化，同时将液氨放至煮油器内加热汽化。

（2）经常检查氨压缩机进出口气氨压力、油泵出口油压、液氨储槽压力，及时检查蒸发冷水量和排放不凝气，防止氨压缩机出口气氨压力过高。

（3）氨压缩机厂房内若发生气氨泄漏，应保持通风良好，并佩戴正确的防毒面具，尽快查明原因，严禁明火作业。

（4）经常检查氨压缩机进出口温度，防止氨压缩机压差大、出口温度高。

（5）随时检查氨压缩机运转部件情况，如发现有敲击声等异常响声，应查明原因及时处理。

（6）经常检查各油位，防止因设备缺油造成事故。

（7）巡检时要专门检查液氨储槽及周围管线、阀门、液位计有无泄漏点，发现后及时联系保全处理。

三、技术人员检查重点

（1）氨压缩机进、出口气氨压力、温度、电动机电流等必须控制在规定的工艺指标范围内，要随时注意气氨进口管结霜情况，防止吸入液氨。

（2）设备管道是否有泄漏，油泵运行是否正常。

（3）氨压缩机的联锁是否正常投运。

第十三节　提氢岗位安全操作

一、变压吸附提氢

（一）主要危险分析

1. 高压氨洗系统超压

合成放空量大，塔后调节阀出现故障可引起高压氨洗系统超压。

2. 提氢系统泄漏

系统内阀门、法兰、倒淋泄漏，遇明火发生着火、爆炸。

3. 原料气带液损坏吸附剂

氨（水）洗塔液位过高，气液分离器排放不及时，气体流速过快，氨水洗塔填料损坏，脱盐水流下不来，致使原料气带水损坏吸附剂。

4. 原料气氨含量过高损坏吸附剂

合成放空气氨冷温度高或氨分排放不及时，水泵跳闸或损坏造成软水量小，软水质量差形成结垢，填料损坏造成气体偏流或软水喷头损坏造成吸收效果不好，均可使原料气氨含量过高。

（二）安全操作要点

（1）输入系统的氧气含量不得超过 0.5%。

（2）氢气系统运行时，不准敲击、不准带压修理和紧固，不得超压，严禁负压。

（3）管道、阀门冻结时，只能用热水或蒸汽加热解冻，严禁使用明火烘烤。

（4）设备、管道、阀门等连接点泄漏检查，可采用肥皂水或携带式可燃气体防爆检测仪，严禁使用明火。

（5）当氢气发生大量泄漏或积聚时，应立即切断气源，进行通风，不得进行可能发生火花的一切操作。

（6）不准在密闭空间内排放氢气，吹洗、置换、放空、泄压，必须通过放空管排放。

（7）氢气系统吹洗置换，一般可采用氮气（或其他惰性气体）置换或注水排气法。

（8）氢气系统动火检修，必须保证系统内部和动火区域内氢气最高含量不超过 0.2%。实际操作时，因微量氢难以检测，一般先以惰性气置换氢气，再以空气排净，检测 $O_2 \geqslant 20\%$（体积分数）为合格。

（9）防止明火和其他激发能源，禁止使用电炉、电钻、火炉、喷灯等一切产生明火、高温的工具与热物体；不得携带火种进入本操作区；选用铜质或镀铜合金工具；穿棉质工作服和防静电鞋。

（10）氢气灭火应首先切断电源；冷却隔离，防火灾扩大；保持氢气系统正压，以防回火；氢气火焰不易察觉，救护人员应防止外露皮肤烧伤。

（三）技术人员检查重点

（1）严格控制进入系统的原料气氨含量，以保护分子筛。

（2）严禁气体带水，以防损坏分子筛。

（3）严格控制系统压力，严禁超压。

（4）开停车过程中严禁升降压过快，以防气体流速过大损坏分子筛。

（5）严禁入系统原料气超温，以防损坏分子筛的有机结构。

（6）等压吸氨、高压氨洗要严格控制压力，严禁超压。控制好等压吸氨、高压氨洗液位防止高压气进入低压系统，发生事故。

二、膜分离提氢

（一）主要危险分析

1. 入膜原料气带液导致膜损坏

净氨塔液位过高，气液分离器排放不及时；气体流速过快；净氨塔填料损坏，脱盐水（软水）流不下来；净氨塔液位自调阀失灵等均可导致原料气带液。

2. 原料气氨含量过高损坏中空纤维膜

合成放空气氨冷温度高或氨分排放不及时；水泵跳闸或损坏造成软水量小；填料损坏造成气体偏流或软水喷头损坏等均造成原料气氨含量偏高。

3. 提氢系统泄漏

系统内阀门、法兰、倒淋泄漏，遇明火发生着火、爆炸。

（二）安全操作要点

（1）严防入膜原料气带液损坏膜分离器。操作中净氨塔液位控制合适高度；控制气体流速，不使其过快；停车时一定要将膜入口、尾气及渗透气出口放空关闭，以免进水。

（2）严格控制原料气换热器出口温度在工艺指标范围内，确保原料气中的水分含量远离饱和态。

（3）开停车过程中升降压缓慢操作，严防压力突升或突降，损坏中空纤维膜。

（4）严格控制原料气与渗透气之间的压力差在 11MPa 以下，压差超标会造成膜分离器损坏。无论是开停车还是运转过程中，膜分离器严禁出现反压。

（5）原料气加温控制在 35～45℃ 之间，不得超过 55℃。

（6）净氨后的原料气中氨含量控制在 100×10^{-6}（体积分数）以下，否则不能进入膜分离器。

（7）净氨塔无液位指示时，首先检查仪表液位指示和变送系统是否出现故障，不能贸然向净氨塔加水，以免造成液泛。

（三）技术人员检查重点

（1）严格控制进入系统的原料气氨含量，以保护膜分离器。

（2）严格控制系统压力，严禁超压。

（3）严格控制原料气加温工艺，加强水分排放，严禁气体带水，以防损坏膜分离器。

第十四节 二氧化碳压缩机安全操作

一、主要危险因素

1. 各段超压

由于二氧化碳纯度下降、活门或活塞环损坏、水温上升或断循环水、冷却器堵塞等情况，易造成压缩机各段超压。

2. 各段超温

由于活门或活塞环损坏、水温上升或断循环水、冷却器堵塞，易造成压缩机各段超温。

3. 活塞杆、曲轴断裂或活塞破裂

由于活塞杆、曲轴、活塞本身制作缺陷或使用中维护不当，造成设备损坏。

4. 轴瓦烧、曲轴磨损

由于油压低、油泵跳闸而联锁失效造成的压缩机轴瓦烧坏、曲轴磨损，导致设备事故。

5. 二氧化碳气体中氧含量低

由于加氧的罗茨鼓风机故障、加氧指示问题或操作失误而造成二氧化碳气中加氧少，引起系统腐蚀。

6. 人员中毒

更换脱硫塔脱硫剂或脱硫水解塔水解剂进塔作业时，安全防护不到位会造成硫化氢中毒或二氧化碳窒息；由于泄漏造成大量二氧化碳聚集，通风不畅时易造成人员二氧化碳窒息。

二、安全操作要点

（1）压缩机正常运行中，应随时检查各段进出口压力、油压、水压，特别是一段进口压力和五段出口压力，并按规定及时、准确地填写生产记录报表。

（2）随时观察压缩机各段入口温度和出口温度，特别是五段进口温度应控制在正常指标内，防止低于二氧化碳的临界温度，形成干冰，造成液击。

（3）及时了解二氧化碳纯度以及气体中氧含量、硫含量的控制情况。

（4）经常检查主轴、十字头滑道等各摩擦部件温度是否超标，压缩机各部件润滑情况是否处于良好状态，注油滴数是否符合要求，油槽油位是否在正常控制范围内。

（5）离心式二氧化碳压缩机要注意调节高压段段间温度，防止低于二氧化碳的临界温度（31℃）。注意转速、流量和压力的调节，防止喘振。注意监控汽轮机和离心式压缩机的振动值和轴位移值，随时注意汽轮机蒸汽冷凝液的电导率。

（6）经常检查各转动部件，各汽缸进、排气阀是否有异常响声。检查高压管道的振动情况。

（7）注意电动机温度、电压、电流的变化情况，严禁电动机超电流，压缩机超负荷运行。

（8）检查气路、水路、油路，所有设备、管道、阀门等有无泄漏，设备管件防振固定螺栓有无松动现象，油过滤器前后压差是否在指标范围内。

三、技术人员检查重点

（1）严格监督二氧化碳纯度、氧含量及硫含量在指标范围内，并建立考核台账。

（2）各段活门及活塞环损坏后及时维修并建立维修台账。

（3）维护好各级冷却器，保证冷却分离效率。

（4）做好油泵检修及联锁维护工作，有异响或油压低时及时停机。

（5）检修脱硫塔、脱硫水解塔时，遵章办理相关安全作业证。

第十五节　尿素泵房安全操作

一、主要危险因素

（1）甲铵液、液氨灼伤。由于氨、甲铵液系统的法兰或设备（氨泵、甲铵泵）泄漏而造成的伤害。

（2）烫伤。冷凝液、蒸汽使用不当或冷凝液、蒸汽设备管道发生泄漏，造成的人员伤害。

（3）一甲泵进口管堵或一甲泵、液氨泵发生气缚等引发的事故伤害。

二、安全操作要点

（1）随时观察泵的入口压力和泵的运转情况，注意将入口压力控制在指标内。加强和总控岗位联系。

（2）检查各泵特别是高压泵出口压力，如有异常及时处理。注意减速箱缸体、曲轴、电动机电流及温升。

（3）检查油箱油位、油质、油温、油压情况，注意各管道振动情况。

（4）检查各泵压力表是否正常，填料密封液是否畅通，冷却水压力是否正常；注意控制碳铵液槽、尿液槽、二段蒸发冷凝液槽（简称二表槽）、冷凝液槽液位正常。

（5）保证高压冲洗水泵处于备用状态。

三、技术人员检查重点

(1) 控制好液氨、甲铵液系统温度、压力在指标范围内。

(2) 做好氨、甲铵液系统各法兰的维护工作，有漏点及时消除。

(3) 冷凝液或蒸汽使用时，做好个人防护。

(4) 控制好现场动火作业。

第十六节 尿素总控安全操作

一、主要危险因素

(一) 水溶液全循环工艺

1. 高压系统超压

由于二氧化碳纯度低或二氧化碳转化率低、合成压力测压点失效、出口调节阀出现故障、安全阀根部阀关闭或失灵、倒运机泵时出现配合失误等原因，都能造成高压系统超压。

2. 中压系统超压

由于循环水压力低或循环水泵跳车、中压调节阀出现故障、合成出口调节阀开度过大而中压未控制好等原因，可造成中压系统超压。

3. 合成塔超温

合成液组分控制失调、合成塔超压等可造成合成塔超温。

4. 一段吸收塔超温

由于系统调节失误或中压系统压力高而造成一吸塔出气温度高。

5. 惰性气洗涤器、尾气吸收塔、低压吸收塔爆炸

设备超压、腐蚀、存在可爆性气体等原因可造成惰性气洗涤器、尾气吸收塔、低压吸收塔爆炸。

6. 高压设备爆炸

由于设备超压、腐蚀、存在可爆性气体而造成高压设备爆炸。

7. 氨大量泄漏

由于氨系统的法兰或设备泄漏造成的液氨、气氨大量泄漏。

8. 一段分解塔腐蚀、爆管

由于一分塔积液、蒸汽温度控制不当、防腐空气加入量不当等原因导致一分塔腐蚀、爆管。

(二) 二氧化碳汽提工艺

(1) 合成压力突升。由于 CO_2 气倒流，氨碳比、水碳比严重失调，高压调温水中断，高压洗涤器内防爆板破裂，出液管遥控阀突然关闭，蒸汽包断水等原因使合成压力突升，造成系统超压。

（2）尿素合成塔液位异常，发生满液、断液。

（3）由于汽提塔设备原因及系统调节失误造成汽提塔出液超温。

（4）由于高压设备壳体爆破板跟部阀关闭，高压侧列管腐蚀、泄漏及其他工艺、设备等原因造成汽提塔、高压洗涤器、高压冷凝器、尿素合成塔等设备损坏甚至爆炸。

（5）由于高压气窜入低压系统或调节失误造成循环系统出现结晶堵塞而使低压系统超压。

二、安全操作要点

（1）装置开车时系统引入液氨（引氨）应注意：

① 从液氨储罐或界区外氨管道引入液氨前，应将界区内液氨系统所有管道及设备内的积水彻底排除干净，可通入氮气干燥液氨管道和设备。

② 具有中压分解吸收系统且开车前需向中压系统引氨的尿素生产装置，引氨前应先充氮置换中压系统相关设备，确保系统氧含量和氮气压力达标。

③ 引氨过程应缓慢，防止水击或汽击。

④ 引入液氨后，应避免使液氨处于完全密封的空间，防止受热升压后超压爆炸。

（2）检查合成塔压力、温度是否在工艺指标范围内，严防超温、超压。

（3）检查尿素装置设置的控制仪表、报警、联锁、急停和放空设施是否正常、灵活好用，与其他岗位联系信号是否正常。主要有以下几点：

① 二氧化碳含量的低限报警；

② 具有氨冷器的尿素生产装置其气相出口温度低限报警；

③ 仪表气压低限报警；

④ 氨、甲铵作业场所为预防泄漏设置的检测报警仪；

⑤ 针对蒸汽冷凝液、处理后的工艺冷凝液、地沟废水等分别设置的检测报警；

⑥ 二氧化碳压缩机、液氨泵、甲铵泵低油压报警和跳车联锁；

⑦ 合成系统压力高限报警和应急放空阀；

⑧ 循环系统压力高限报警和应急放空阀；

⑨ 总控操作室设置二氧化碳压缩机、液氨泵、甲铵泵紧急停车联锁；

⑩ 产品运输系统（例如刮料机、皮带机）的跳车联锁。

（4）注意液氨压力，原料气中二氧化碳的纯度、氧、硫化氢及氢含量是否正常。

（5）随时调节吸收系统各项工艺指标在正常范围之内，严防一段吸收塔出气超温。

（6）随时注意中、低压力及调节阀开闭情况，严防中压系统超压及压力大幅度波动。

（7）随时检查高压蒸汽压力、流量，防止因压力变化引起系统波动及现场阀门开关不当造成蒸汽损失。

（8）注意各相关分析指标是否正常，及时调整优化工艺操作条件，发现异常情况及时采取相应措施。

（9）加强高压甲铵冷凝器和尿塔的操作，控制好系统氨碳比、水碳比（水尿比）、温度与压力，力求达到高的 CO_2 转化率。

（10）做好汽提塔和高压蒸汽饱和器的操作，控制好汽提塔液位和出液温度，调节好高压蒸汽饱和器的压力，保证高的汽提效率；定时清理氨泵、甲铵泵过滤器。

（11）控制好高压洗涤器的出液温度、进液组分和高压调温水的温度，以获得尽可能高的洗涤效率。

（12）根据系统情况及时调节好循环系统，达到分解彻底、冷凝吸收完全；温度、压力及各项成分指标正常，防止超温、超压，特别注意防止结晶堵塞，注意做到以下几点：

① 严格温度的控制，尤其注意高、中、低压甲铵冷凝器和蒸发系统温度的调节；

② 防止甲铵液组分中二氧化碳浓度超高；

③ 定期检查高压冲洗水设备是否正常以及所有冲洗水管道、排放管道是否畅通；

④ 保持夹套及伴管的保温正常，其中，融熔尿素溶液管道的夹套应注意控制压力在 $0.25 \sim 0.28MPa$；

⑤ 易结晶堵塞的备用设备、安全阀和管道应通入适量蒸汽或蒸汽冷凝液来保持畅通，发现有结晶堵塞迹象时应立即处理，避免恶化。

（13）随时注意蒸发系统、解吸、水解系统、蒸汽冷凝液系统的控制指标，注意冷凝液中导电度的变化。

（14）严格控制原料气成分，具有二氧化碳脱氢装置时应确保脱氢装置的正常运行；在脱氢装置不能投运时应适当降低二氧化碳和氨的冷凝吸收量。注意控制高压洗涤尾气中 H_2 含量，防止气体组分进入爆炸区。定期分析惰洗气、尾吸气、低压吸收塔尾气成分，防止尾气进入爆炸极限。工艺尾气应采取防爆措施，如通入适量蒸汽或惰性气体并保证以上系统静电接地、静电跨接系统完好。

（15）加强日常操作中的防腐蚀管理，定期分析尿液、尿素成品中的镍含量以及合成塔的检漏蒸汽，防止系统出现腐蚀；防腐空气量要适宜，不得超温运行，注意高调水、冷凝液中的氯根含量，严格执行有关设备排污制度。

（16）合成系统升温钝化必须严格执行升温钝化方案，控制升温速率，保证钝化质量。

三、技术人员检查重点

（1）检查操作规程执行情况，严格控制工艺参数在指标范围内，建立重点工艺指标台账，严格考核。

（2）检查安全设施是否正常投用；安全阀、压力表是否定期校验，保证灵敏度；经常检查爆破板、安全阀根部阀是否打开。

（3）经常检查二氧化碳纯度、氧含量、硫含量、可燃气体浓度及二氧化碳转化率、进出物料组分等，及时调整，优化操作条件。

（4）对系统温度、压力、液位等指标做好检查工作，达到分解彻底、吸收完全、水量平衡，解吸、水解排液达标，严禁超温、超压，保证尿素生产中防堵塞、防爆炸、防污染、防腐蚀、防泄漏等各项措施的落实。

（5）按规定分析产品及系统相关液相中的镍含量，严格控制加氧量，降低设备腐蚀速率；严格按操作规程做好尿塔及高压系统的升温钝化工作。

（6）定期分析高压调温水、循环冷却水、重要设备壳程和蒸汽冷凝液中的氯离子含量，并时刻注意冷凝液中导电度的变化，加强冲洗水系统管理。

（7）加强对动、静设备的检查维护，做好尿塔等高压设备的定期检验，检查系统静电接地和避雷设施是否良好。加强生产现场动火、进入容器等作业的安全监管，严格执行有关许可证制度。

（8）严格放射性物质的使用、管理，合成塔及气提塔液位使用放射性物质时要防止辐射伤害。

（9）合成系统的封塔时间限值应符合各尿素生产工艺的相关规定。

第十七节 尿素蒸发安全操作

一、主要危险因素

1. 管道堵

由于操作温度低于该尿液浓度下的结晶温度，没有及时破真空或进水造成的管道、设备内尿液堵塞。

2. 喷头堵

由于操作温度低于该尿液浓度下的结晶温度，没有及时破真空、打循环而造成的喷头尿液堵塞。

3. 烫伤

由于处理堵塞的阀门和管道、喷头时防护不当；倒换熔融泵时尿液外泄；吹上塔管线时联系失误等原因而造成尿液、甲铵液、蒸汽、冷凝液烫伤。

二、安全操作要点

（1）经常检查一、二段蒸发温度、压力是否在指标范围内；对两段蒸发系统，破真空时特别注意维持好一、二段蒸发压差，避免熔融尿素泵抽空；保持熔融泵循环旁路畅通；应在破真空后再降尿液温度，防止蒸发系统结晶堵塞。

（2） 检查一、二段蒸发液位是否正常，是否有积液现象。

（3） 检查一段蒸发冷凝器、二段蒸发冷凝器（简称一表冷、二表冷）下液温度，冷却水压力及温度是否正常。

（4） 检查熔融泵机械密封、轴承油位及轴承温升情况，检查电动机温升、电流变化情况。

（5） 从风窗处观察喷头下料情况，在造粒塔底部检查尿素粒子温度、粒度情况时，严禁将头伸入造粒塔内观察，防止烫伤、砸伤。

（6） 交接班各检查一次造粒循环管线、补料管线是否畅通。

（7） 按时检查刮料机运行情况。

（8） 按时检查塔顶造粒喷头及电动机运行情况。

三、技术人员检查重点

（1） 严格控制工艺指标，随时注意真空度和蒸发温度情况，确保产品质量。

（2） 观察造粒塔出料情况和塔顶粉尘带出情况。

第十八节 空分岗位安全操作

一、主要危险分析

（1） 主冷爆炸。空分装置爆炸事故中，以主冷爆炸居多，因此维护其安全十分重要。

（2） 作业环境出现富氧环境。

（3） 氮气窒息。空分装置产生液氮及氮气，冷箱内充氮保护，使得作业环境及设备内极易形成贫氧环境，导致人员窒息。

（4） 低温介质冻伤。空分生产过程中产生的产品均为低温液体，直接接触会造成人员冻伤。

（5） 氧管道、设备着火。氧管道不允许被油脂污染，管道材质不允许使用碳钢，管道内不允许存有铁质焊渣，否则容易导致管道、设备着火。

二、安全操作要点

（1） 定期化验原料空气中乙炔和碳氢化合物的含量分别小于 0.5×10^{-6} 和 30×10^{-6}（质量分数）。

（2） 主冷凝蒸发器应保持全浸式操作，以免在气液分界面处产生碳氢化合物局部浓缩、积聚。

（3） 主冷必须按要求严格接地，接地电阻小于 10Ω，氧气管道上法兰跨接电阻应小于 0.03Ω。

（4）主冷液氧中乙炔（C_2H_2）的含量必须保证在 0.01×10^{-6} 以下，报警值为 0.1×10^{-6}，若 C_2H_2 达到 1×10^{-6} 必须立即停车排液。此外总碳量（CH_4、C_2H_6、C_2H_4、C_2H_8）不允许超出 1100×10^{-6}（折成 CH_4 计算，均为质量分数），否则必须立即停车排液处理。

（5）空分装置停车后应排放主冷中的液体（上塔），特别要注意停车后再开车时避免由于液氧大量蒸发而使碳氢化合物的积聚在启动时发生爆炸。操作时要减少压力波动，升压操作必须缓慢进行。

（6）在空分装置周围，严禁吸烟，杜绝一切无保护的明火。如果必须在空分装置界区动火，则一定要办好动火许可证，并预先采取安全措施。确保动火期间空气周围氧浓度不能上升且氧含量小于 23％。

（7）为了防止无意识的明火，禁止穿有铁钉的鞋进入现场。

（8）空分装置周围不得存放油脂等可燃物质。与氧接触的部件必须由不可燃材料制成，且这些部件不得粘有油脂。

（9）操作人员应避免在氧浓度高的区域内逗留，因为可能使所穿的衣服中饱和了足量的氧气引发燃烧，为此必须在通风处进行通风稀释。

（10）开启氧气阀门时动作要缓慢平稳。

（11）排放液氧、液空时应排入蒸汽加热器蒸发，防止随意排放造成局部氧浓度增高，造成遇火发生燃烧爆炸的危险。

（12）检修时，分析设备内氧含量在 19％～23％ 才允许检修人员进入。若在氧含量小于 19％ 的区域内工作，则必须有人监护并戴好隔离式面具（空气呼吸器或长管送风式防毒面具）。

（13）检修充氧设备管道时，需先用空气置换，分析氧含量合格后才可作业，检修时与其他氧气管道加盲板隔离。

（14）装卸珠光砂时，为防止人员落入珠光砂层内被淹没窒息，应在装卸入口位置安装铁栏杆以防意外。

（15）裸冷过程中进入冷箱一定要穿好防冻用品，且做好防滑工作。

（16）低温液体与皮肤接触将造成严重冻伤。排放液体时要切实避免用手直接接触液体，必要时应戴上干燥的棉手套、防冻手套和防护镜。

（17）氧管道、设备严禁接触油脂。氧管道、设备在安装过程中认真做好脱脂工作，检修后的设备、管道必须进行脱脂，并且检验合格。

（18）氧管道、设备法兰连接部位必须做好跨接，检测结果符合标准要求。

三、技术人员检查重点

（1）主要控制安全指标是否在指标范围内。

（2）主要运转设备的联锁、报警是否投用。

（3）设备管道是否有泄漏。

（4）停车的安全处理及隔绝等措施是否落实。

（5）装置区内是否有动火、进入容器设备的作业，安全措施是否落实。

第五章

设备安全管理与技术

锅炉是氮肥企业重要的辅助生产装置。锅炉产生的蒸汽，既为工艺生产提供热源，又是驱动机械的动力来源，还是工艺生产必不可少的工艺介质。蒸汽的梯级综合利用可以为企业带来显著的经济效益。

锅炉产品种类繁多，依据燃料种类可分为燃气锅炉、燃油锅炉、油气混燃炉、电热锅炉、燃煤锅炉；常用的燃煤锅炉又分为链条炉、煤粉炉、沸腾炉、循环流化床锅炉等。依据使用的蒸汽压力可分为低压锅炉、中压锅炉、次高压锅炉、高压锅炉；依据对蒸汽使用温度的要求可分为饱和蒸汽锅炉及过热蒸汽锅炉。

一、锅炉安全概述

锅炉是指利用各种燃料、电或者其他能源，将所盛装的液体加热到一定的参数，并对外输出热能的设备。锅炉包括"锅"和"炉"两大部分，"锅"是指锅内系统即水汽系统，由一系列容器和管道组成，水汽在内部流动并不断吸热蒸发；"炉"是指炉内系统即风煤烟系统，使燃料燃烧、烟气流动并向水汽传热的场所。为维持和监控锅炉正常运行，锅炉中还有一系列辅机、附件、仪表等。

锅炉既要承受高温及压力负荷，又要受到烟、灰、水和蒸汽的侵蚀和腐蚀，具有极高的爆炸能量，必须严加管理。锅炉的安全问题之所以特别重要，主要是因为它是工业生产中广泛使用的设备，具有分布范围广、工作条件恶劣、影响安全的因素多等特点，如发生事故经常是灾难性的。

锅炉一旦发生破裂爆炸，不仅仅是设备本身遭到毁坏，而且常常会破坏周围的建筑物和其他设备，冲击波破坏建筑物、设备或直接伤人。破裂时碎片伤人或击穿设备，锅炉内水蒸气或其他高温流体，会造成严重的烫伤事故，甚至产生连锁反应，酿成灾难性事故。

为了保证锅炉的安全运行，企业相关人员必须持证上岗，熟练掌握并执行操作规程，正确处理应急事件。

二、锅炉安全装置

锅炉安全装置，是指保证锅炉安全运行而装设在设备上的各种与安全直接关联的附属装置，按其使用性能或用途的不同，分为联锁装置、报警装置、计量装置、泄压装置四类。

联锁装置是指为了防止操作失误而设置的控制机构，如锅炉上使用的缺水联锁保护装置、熄火联锁保护装置、超压联锁保护装置等均属此类。

报警装置是指锅炉在运行中存在不安全因素致使锅炉处于危险状态时，能自动发出声、光或其他明显报警信号的仪器，如高低水位报警器、温度检测仪等。

计量装置是指自动显示锅炉运行中与安全有关的工艺参数或信息的仪表装置，如压力表、水位表、温度计、流量计等。

泄压装置是指锅炉超压时能自动泄放压力的装置，如安全阀、爆破片等。

锅炉的安全装置是锅炉安全运行中不可缺少的组成部件，其中安全阀、压力表和水位表被称为锅炉的三大安全附件。

(一) 安全阀

安全阀是锅炉设备中的安全附件之一，它的作用是：当锅炉压力超过预定的数值时，安全阀自动开启，排汽泄压，将压力控制在允许范围之内，同时发出警报；当压力降到允许值后，安全阀又能自动关闭，使锅炉在允许的范围内继续运行。

1. 安全阀的种类

工业锅炉上通常装设的安全阀有三种，弹簧式安全阀、杠杆式安全阀和净重式安全阀，一般采用弹簧式安全阀。

2. 安全阀的选用与安装

(1) 安全阀的选用　安全阀的工作特性取决于其结构形式，所以要根据不同的工作条件（压力参数），选择不同类型的安全阀。弹簧式安全阀主要用于低压（压力不大于 2.5MPa）锅炉，考虑到弹簧的滞后作用，所以锅炉选用弹簧式安全阀应是全启式；杠杆式安全阀一般多用于中、低压（压力为 2.9～4.9MPa）锅炉；对于高压及以上的锅炉，多采用控制式安全阀，如脉冲式、气动式、液动式和电磁式等。

额定蒸汽压力小于或等于 0.1MPa 的锅炉可以采用静重式安全阀。

（2）安全阀的安装

① 安全阀的安装位置　安全阀应该铅直安装，并应安装在锅筒（锅壳）、集箱的最高位置，安全阀的安装位置还应考虑便于日常检查、维护和检修。

② 安全阀的连接方式　采用法兰连接的安全阀，连接螺栓必须均匀地上紧；采用螺纹连接的弹簧式安全阀，其规格应符合 JB 2202《弹簧式安全阀参数》的要求。同时，安全阀应与带有螺纹的短管相连接，而短管与锅筒（锅壳）或集箱的筒体应采用焊接连接。

③ 安全阀的排放要求　安全阀的排汽管应直通安全地点。排汽管要予以适当的固定，以防止因排汽振动而造成排汽管振动疲劳。为及时将排汽管内蒸汽凝结的水排出，以免发生水击现象，排汽管底部要装有接到安全地点的疏水管。在排汽管和疏水管上都不允许装设阀门。

（3）安全阀的维护　安全阀必须经有资质单位校验合格并铅封才可使用。经常保持安全阀的清洁，防止阀体弹簧等被污垢所粘满或被锈蚀，防止安全阀排汽管被异物堵塞；经常检查安全阀的铅封是否完好，检查杠杆式安全阀的重锤是否有松动，被移动以及另挂重物的现象；发现安全阀有渗漏迹象时，应及时进行更换或检修。禁止用增加载荷的方法（例如，加大弹簧的压缩量或移动重锤、加挂重物等）减除阀的泄漏。为了防止安全阀的阀瓣和阀座被水垢、污垢粘住或堵塞，应定期对安全阀做手动排放试验。安全阀应每年检验、定压一次，并铅封完好。

（二）压力表

压力表是显示锅炉汽水系统压力大小的仪表。严密监视锅炉受压元件的承压情况，把压力控制在允许的压力范围内，是锅炉实现安全运行的基本条件和基本要求。

1. 压力表的选用与装设

（1）压力表的选用　压力表的精度等级必须符合锅炉规范的要求；压力表的量程应与锅炉的工作压力相适应；压力表的表盘直径应保证司炉人员能清楚地看到压力指示值。

（2）压力表的装设

① 压力表的安装位置　每台蒸汽锅炉必须安装有与锅筒（锅壳）蒸汽空间直接相连接的压力表，还应在给水调节阀前、可分式省煤器出口及过热器出口和主汽阀之间装设压力表，每台热水锅炉的进水阀出口和出水阀入口都应装设一个压力表；循环水泵的进水管和出水管上也应装压力表。压力表应装设在便于观察和清洗的位置，并应防止受到高温、冰冻和振动

的影响。

②存水弯管和阀门的装设　为避免蒸汽直接进入压力表的弹簧管内使弹簧受热变形，并减少因介质波动对压力表指示值的影响，压力表应有存水弯管；为了便于冲洗管路，卸换、校验压力表，在压力表和存水弯管之间应装设阀门。

2. 压力表的维护

(1) 压力表应保持洁净，表盘明亮，指针指示清晰易见。

(2) 压力表的连接管要定期吹洗，以免堵塞。

(3) 经常检查压力表指针的转动和波动是否正常；检查压力表的连接管是否有漏水、漏气的现象。如发现压力表有下列情况之一时，应停止使用：

① 有限止钉的压力表在无压力时，指针转动后不能回到限止钉处。

② 没有限止钉的压力表在无压力时，指针离零位的数值超过压力表规定的允许误差。

③ 表面玻璃破碎或表盘刻度模糊不清；封印损坏或超过校验有效期；表内泄漏或指针跳动。

压力表的校验和维护，应符合国家计量部门的有关规定。压力表校验后应封印，并注明下次的校验日期。

（三）水位表

水位表是用来显示锅筒（锅壳）内水位高低的仪表。锅炉操作人员可以通过水位表观察并相应调节水位，防止发生锅炉缺水或满水事故。

1. 水位表的形式及适用范围

水位表的结构形式有很多种，蒸汽锅炉上通常装设较多的是玻璃管式和玻璃板式两种。上锅筒位置较高的锅炉还应加装远程水位显示装置，目前使用较多的远程水位显示装置是低地位水位表。

2. 水位表的安全技术要求

(1) 一般每台锅炉至少应装两个彼此独立的水位表。水位表的结构和装置应符合下列要求：

① 在水位表和锅筒之间的汽水连接管上，应装有阀门，阀门在锅炉运行中必须处于全开的位置；

② 水位表和锅筒之间的汽水连接管，内径应符合规定要求，以保证水位表灵敏准确；

③ 连接管应尽可能短，以减少连接管的阻力；

④ 阀门的流道直径不得小于 10mm。

(2) 水位表应有下列标志和防护装置：

① 水位表应有指示最高、最低安全水位和正常水位的明显标志；

② 玻璃管式水位表应有防护装置（如保护罩、快关阀、自动闭锁珠

等），但不得妨碍观察真实水位；

③ 水位表应有放水阀门和接到安全地点的放水管。

3. 水位表的维护

(1) 经常保持水位表清洁明亮，使操作人员能清晰地观察到其显示的水位。

(2) 经常冲洗水位表。

(3) 水位表的汽、水旋塞和放水旋塞应保证严密不漏。

三、锅炉正常运行中的监督与调整

在锅炉运行期间，必须对其进行一系列的调节，如对燃料投料量、风机空气流量、水泵给水量等做相应调整，以满足工艺参数的要求，同时最大限度地提高热能利用率。

(一) 水位的调节

锅炉在正常运行中，水位在水位表正常水位线处有轻微波动。负荷低时，水位稍高；负荷高时，水位稍低。在任何情况下，锅炉的水位不应降低到最低水位线以下和上升到最高水位线以上。水位过高会降低蒸汽品质，严重时甚至造成蒸汽管道内发生水击。如果出现低水位失控会使受热面无法换热，炉管过热，金属强度降低，导致被迫紧急停炉，如果处理不当甚至引起锅炉爆炸。

水位的调节一般是通过改变给水调节阀的开度来实现的。为对水位进行可靠的监督，锅炉运行中要定时冲洗水位表，一般每班冲洗2~3次。

造气吹风气锅炉水位的调整应注意以下几点：

(1) 在正常运行中，应保持水位在水位计中心线±30mm范围内，并有轻微波动，给水应均匀，严禁中断给水。

(2) 当给水投入自动调节时，仍需经常监视水位的变化，若自动调节故障失灵，应及时改为手动调节给水并通知电仪人员修理。

(3) 运行中应经常保持汽包两只水位计的完好，指示正确清晰，照明充足，正常情况下每周应冲洗一次，如遇水位指示不清或指示异常时，应随时清洗。

(4) 每班应对照表盘水位计与汽包水位计不少于3次，若指示不一致时，应验证汽包水位计的正确性，如表盘水位计指示不正确，应及时通知相关人员进行处理。

(5) 每月应试验水位高、低报警装置一次，试验前应先改自动给水为手动给水。试验时先上水试验高水位，再放水试验低水位。试验时水位超过允许范围蜂鸣器不响，光字牌不显示时，应停止试验，通知相关人员消除故障后再试。试验完毕恢复正常水位，改为自动给水。试验中尽可能平稳均匀，避免大开大关，以防水位大幅波动。

（二）汽压的调节

汽压的波动对安全运行影响很大，超压则更危险。蒸汽压力的变动通常是由负荷变动引起的。当外界负荷突减，小于锅炉蒸发量，而燃料燃烧还未来得及减弱时，蒸汽压就上升；当外界负荷突增，大于锅炉蒸发量，而燃烧尚未加强时，蒸汽压就下降。因此，对蒸汽压的调节就是对蒸发量的调节，而蒸发量的调节是通过燃烧调节和给水调节来实现的。

（三）汽温的调节

锅炉的蒸汽温度偏低，蒸汽做功能力降低，汽耗量增加，不经济，甚至会损坏锅炉和用汽设备。过热蒸汽温度过高，会使过热器管壁温度过高，从而降低其使用寿命。严重超温甚至会使管子过热而爆破。因此，在锅炉运行中，蒸汽温度应控制在锅炉允许的运行参数范围内。

汽温变化是由蒸汽侧和烟气侧两方面的因素引起的，因而对汽温的调节也就应从这两方面来进行。

（四）燃烧的监督调节

燃烧是锅炉工作过程的关键，对燃烧进行调节就是使燃料燃烧工况适应负荷的要求，以维持蒸汽压力稳定；使燃烧正常，保持适量的过剩空气系数，降低排烟热损失和减少未完全燃烧损失；调节送风量和引风量，保持炉膛一定的负压，以保证设备安全运行并减小排烟损失。

正常的燃烧工况，是指锅炉达到额定参数，不产生结焦和燃烧设备的烧损；着火稳定，燃烧正常；炉内温度场和热负荷分布均匀。外界负荷变动时，应对燃烧工况进行调整，使之适应负荷的要求。调整时，应注意风与燃料增减的先后次序、风与燃料的协调及引风与送风的协调。

四、锅炉安全运行与管理

（一）锅炉安装

锅炉一般应装在单独建造的锅炉房内，与其他建筑物的距离符合安全要求；锅炉房每层至少应有两个出口，分设在两侧。锅炉房通向室外的门应向外开，锅炉房内工作室或生活室的门应向内开。

（二）锅炉管理

使用锅炉的单位必须办理锅炉使用登记手续，并设专职或兼职管理人员负责锅炉房安全管理工作。司炉工人、水质化验人员必须经培训考核，持证上岗。建立健全各项规章制度（如岗位责任制、交接班制度、安全操作规程、巡回检查制度、设备维护保养制度、水质管理制度、清洁卫生制度等），建立锅炉技术档案，做好各项记录。

（三）锅炉运行

蒸汽锅炉运行中，遇到下列情况之一时，应立即停炉：

(1) 锅炉水位低于水位表的下部最低可见边缘；

(2) 不断加大给水及采取其他措施，但水位依然下降；

(3) 锅内水位超过最高可见水位（满水），经放水仍不能见到水位；

(4) 给水泵全部失效或给水系统故障，不能向锅炉内进水；

(5) 水位表或安全阀全部失效；

(6) 设置在汽相空间的压力表全部失效；

(7) 锅炉元件损坏且危及运行人员安全；

(8) 燃料设备损坏，炉墙倒塌或锅炉构架被烧红等，严重威胁锅炉安全运行；

(9) 其他危及锅炉安全运行的异常情况。

（四）锅炉的日常维修保养和定期检验

在锅炉运行过程中，必须随时对其运行工况（运行热力参数）进行全面的监测，了解各项热损失的大小，及时调整燃烧工况，将各项热损失降至最低。

应不定期地查看锅炉的安全附件是否灵敏可靠、辅机运行是否正常和本体的可见部分有无明显的缺陷；依据锅炉定期检验规则要求，每年都要进行一次外部检查，每 2 年对运行的锅炉进行一次停炉内部检验，重点检验锅炉受压元件有无裂纹、腐蚀、变形、磨损，各种阀门、胀孔、铆缝处是否有渗漏，安全附件是否正常、可靠，自动控制、信号系统及仪表是否灵敏可靠等；每 6 年对锅炉进行一次水压试验，检验锅炉受压元件的严密性和耐压强度。新装、迁装、停用 1 年以上需恢复运行的锅炉，以及受压元件经过重大修理的锅炉，投运前应进行水压试验，水压试验前，应进行内外部检验。

五、锅炉常见事故及原因

由于锅炉设计、制造、安装和使用的问题，在运行中会发生各类事故。锅炉事故通常分为三类：爆炸事故、重大事故和一般事故。

（一）爆炸事故

爆炸事故是指锅炉的主要受压部件如锅筒（锅壳）、联箱、炉胆、管板等发生破裂爆炸的事故。这些受压部件内部容纳的汽水介质较多，一旦发生破裂，汽水瞬时膨胀，释放大量的能量，具有极大的破坏力，可导致厂房设备损坏，严重时会造成人员伤亡。

锅炉爆炸事故通常是由于锅炉超压、存在缺陷或超温所造成，由于安全阀、压力表不齐全或损坏，操作人员对指示仪表监视不严或操作失误（如误关闭或关小出汽阀门），致使受压元件超压引起爆炸；锅炉主要受压元件存在缺陷，如裂纹、腐蚀、严重变形、组织变化等，承压能力大大降低，使锅炉在正常工作压力下突然发生破裂；再有就是由于锅炉严重缺水，致使金属性能与组织变化丧失承载能力，再加上未按规定立即停炉，而匆忙上水，造成水大量快速汽化超压。

（二）重大事故

锅炉受压构件及主要部件破坏，但未发生能量瞬间释放的事故为重大事故。发生重大事故后，锅炉无法维持正常运行而被迫停炉。此类事故虽不及锅炉爆炸那么严重，但也会造成设备损坏和人员伤亡，并可导致用户局部或全部停工停产，造成严重经济损失。这类事故主要包括以下几种。

1. 缺水事故

当锅炉水位低于水位表最低安全水位刻度线时，即形成了锅炉缺水事故。严重的缺水会使锅炉蒸发面管子过热变形甚至破裂，胀口渗漏以致脱落，炉墙破坏。

造成缺水的原因主要是：司炉人员对水位监视不严；水位表故障造成假水位而司炉人员未及时发现；给水设备或给水管道故障，无法给水或水量不足；水位报警器或给水自动调节器失灵；司炉人员排污后忘记关排污阀，或者排污阀泄漏等。

2. 满水事故

锅炉水位高于水位表最高安全水位刻度线时，称为锅炉满水。满水的主要危害是降低蒸汽品质，损害过热器。发现锅炉满水后，应冲洗水位表，检查水位表有无故障。确认满水后，立即关闭给水阀，停止向锅炉上水，并减弱燃烧，开启排污阀。

造成满水事故的原因是：司炉人员对水位监督不严；水位表故障造成假水位而司炉人员未及时发现；给水自动调节器失灵而未及时发现。

3. 炉管爆破

锅炉蒸发受热面管子在运行中爆破，此时蒸汽和给水压力下降，炉膛和烟道中有汽水喷出，燃烧不稳定。炉管爆破时，如果爆破口不大，能维持正常水位，可降负荷运行，待备用炉开启后，再停炉检修；若不能维持正常水位和汽压，必须紧急停炉修理。

导致炉管爆破的原因主要有：水质不良，管子结垢；严重缺水；管壁因腐蚀而减薄；烟气磨损导致管壁减薄；水循环故障；管材缺陷或焊接缺陷在运行中发展导致爆破。

4. 汽水共腾

锅炉蒸发面表面汽、水共同升起，产生大量泡沫并上下波动翻腾的现象，其后果会使蒸汽带水，降低蒸汽品质，造成过热器结垢及水击振动。发生汽水共腾时，应减弱燃烧，关小主汽阀，打开排污阀放水，同时上水，改善锅水品质。待水质改善、水位清晰后，可逐渐恢复正常运行。

形成汽水共腾有两个方面的原因：一是锅水品质太差，锅水中悬浮物或含盐量太大、碱度过高，使锅水黏度很大，气泡被粘阻在锅水表层附近来不及分离出去；二是负荷增加和压力降低过快。

5. 水击事故

发生水击时，管道承受的压力骤然升高，发生猛烈振动并发出巨大声响，常常造成管道、法兰、阀门等的损坏。锅炉中易发生水击的部件有给水管道、省煤器、过热器、锅筒等。给水管道发生水击时，可适当关小给水控制阀；蒸汽管道发生水击时，应减小供汽，开启水击段疏水阀门；省煤器发生水击，应开启旁路门，关闭烟道门。

6. 炉膛爆炸

燃气、燃油锅炉或煤粉炉，当炉膛内的可燃物质与空气混合物的浓度达到爆炸极限时，遇明火就会爆燃，甚至引起炉膛爆炸。炉膛爆炸虽较锅炉爆炸（锅筒爆炸）的破坏力小，但也会造成严重后果，损坏受热面、炉墙及构架，造成锅炉停炉，有时也会造成人员伤亡，因此，发生炉膛爆炸事故后，应立即停炉，避免二次爆炸或连锁反应。

此外，锅炉的重大事故还有省煤器损坏、过热器损坏、尾部烟道二次燃烧、锅炉结渣等，均可危及锅炉的正常运行。

（三）一般事故

在运行中可以排除或经过短暂停炉可以排除的事故，为一般事故，其损失较小。

第二节　压力容器与压力管道安全

压力容器和压力管道在氮肥生产中应用广泛。由于压力容器和压力管道既要承受一定的压力和温度，又要承受不同介质的腐蚀和冲刷，而且这些条件可能还会出现波动和变化，因而氮肥企业使用的压力容器和压力管道的工作条件是苛刻的，其损坏的概率也很高。在石油化工行业中，压力容器的事故占所有设备事故的一半以上。一旦压力容器和压力管道发生事故，其灾害及次生灾害是难以估量的，所以压力容器和压力管道的安全管理异常重要。

一、压力容器安全概述

压力容器依据使用条件和所执行的规范，分为固定式压力容器、移动式压力容器、气瓶和氧舱。《特种设备安全监察条例》对压力容器这样描述：

压力容器是指盛装气体或液体，承受一定压力的密闭设备，其范围规定为最高工作压力大于或者等于0.1MPa（表压），且压力与容积的乘积大于或者等于2.5MPa·L的气体、液化气体和最高工作温度高于或者等于标准沸点的液体的固定式容器和移动式容器；盛装公称工作压力大于或者等于0.2MPa（表压），且压力与容积的乘积大于或者等于1.0MPa·L的气体、液化气体和标准沸点等于或者低于60℃液体的气瓶、氧舱等。

氮肥生产中大量使用各类压力容器来实现化学反应，完成传质、传热、分离和储存等工艺过程。这些压力容器具有各式各样的结构形式，小至几十升的槽或罐，大至上万立方米的球形容器或高达百米的塔式容器。这些设备都属于《固定式压力容器安全技术监察规程》管辖范围。属于固定式压力容器范围的规范还有 TSG R0002—2005《超高压容器安全技术监察规程》、TSG R0001—2005《非金属压力容器安全技术监察规程》、TSG R0003—2007《简单压力容器安全技术监察规程》等。

其他形式的压力容器可按 TSG R0005《移动式压力容器安全技术监察规程》和《气瓶安全监察规程》处理。

二、固定式压力容器安全装置

压力容器的安全装置是指为了使压力容器能够安全运行而装设在设备上的一种附属装置，所以又常称为安全附件。

（一）安全装置的设置原则

(1) 凡《固定式压力容器安全技术监察规程》适用范围内的专用压力容器，均应装设安全泄压装置。在常用的压力容器中，必须单独装设安全泄压装置的有6种：液化气体储存容器；压缩机附属气体储罐；容器内进行放热或分解等化学反应，能使压力升高的反应容器；高分子聚合设备；由载热物料加热，使器内液体蒸发汽化的换热容器；用减压阀降压后进气，且其许用压力小于压力源设备（如锅炉、压缩机储气罐等）的容器。

(2) 若容器上的安全阀安装后不能可靠地工作，应装设爆破片或采用爆破片与安全阀组合结构。

(3) 压力容器最高工作压力低于压力源时，在通向压力容器进口的管道上必须装设减压阀；如因介质条件影响到减压阀可靠工作时，可用调节阀代替减压阀。在减压阀或调节阀的低压侧，必须装设安全阀和压力表。

（二）安全装置的选用要求

(1) 安全装置的设计、制造应符合《固定式压力容器安全技术监察规程》和相应国家标准、行业标准的规定。使用单位必须选用有制造许可证单位生产的产品。

（2）安全阀、爆破片的排放能力必须大于或等于压力容器的安全泄放量。

（3）对易燃和毒性程度为极度、高度或中度危害介质的压力容器，应在安全阀或爆破片的排出口装设导管，将排放介质排至安全地点，并进行妥善处理，不得直接排入大气。

（4）压力容器设计时，如果用最大允许工作压力作为安全阀、爆破片的调整依据，应在设计图样上和压力容器铭牌上注明。

（5）压力容器的压力表、液面计等应根据压力容器的介质、性质和最高工作压力正确选用。

（三）几种常见的安全装置

1. 安全阀

安全阀的工作原理及结构形式，可参见锅炉安全装置有关内容。但是由于化工压力容器内介质与锅炉不同，在设置安全阀时还应注意以下几点：

（1）新装安全阀，应有产品合格证；安装前，应由安装单位复校后加铅封，并出具安全阀校验报告。

（2）当安全阀的入口处装有隔断阀时，隔断阀必须保持常开状态并加铅封。

（3）如果容器内装有两相物料，安全阀应安装在气相部分，防止排出液相物料发生意外。

（4）在存有可燃物料，有毒、有害物料或高温物料等的系统，安全阀排放管应连接（有针对性的）安全处理设施，不得随意排放。

（5）一般安全阀可就地放空，但要考虑放空口的高度及方向的安全性。

2. 爆破片

爆破片又称防爆片、防爆膜。爆破片装置由爆破片本身和相应的夹持器组成。爆破片是一种断裂型安全泄压装置，由于它只能一次性使用，所以其应用不如安全阀广泛，只用在安全阀不易使用的场合。爆破片一般用于下列几种情况：放空口要求全量排放的情况；工作状态下不允许介质有任何泄漏的情况，各种安全阀一般总有微量泄漏；内部介质容易因沉淀、结晶、聚合等形成黏着物，妨碍安全阀正常动作的情况；系统内存在发生燃爆或者异常反应而使压力骤然增加的可能性的情况，在这种情况下，弹簧式安全阀由于惯性而不适用。

爆破片的防爆效率取决于它的质量、厚度和泄压面积。

（1）爆破片的选用。压力容器应根据介质的性质、工艺条件及载荷特性等来选用爆破片。首先要考虑介质在工作条件（压力、温度等）下对膜片有无腐蚀作用。如果介质是可燃气体，则不宜选用铸铁或碳钢等材料制造的膜片，以免膜片破裂时产生火花，在容器外引起可燃气体的燃烧爆炸。

（2）爆破片的装设　应符合以下要求：爆破片装置与容器的连接管线应为直管，通道面积不得小于膜片的泄放面积；对易燃、毒性程度为极度、高度、中度危害介质的压力容器，应在爆破片的排出口装设导管，将排放介质引至安全地点，并进行妥善处理，不得直接排入大气。爆破片应与容器液面以上的气相空间相连。

（3）爆破片的更换　爆破片应定期更换，对于超过爆破片标定爆破压力而未爆破的也应更换。

3. 压力表

压力表的安装、使用要求可参见锅炉安全装置部分。

4. 液面计

液面计是显示容器内液面位置变化情况的装置。盛装液化气体的储运容器，包括大型球形储罐、卧式储槽和罐车等，以及工艺过程需要对液位进行观察及控制的设备均要装设液面计。

压力容器常用的液面计是玻璃板式及磁性翻板式等，用于易爆、毒性程度为极度或者高度危害介质、液化气体压力容器上的液位计，应有防止泄漏的保护装置。

（1）液面计选用的原则

① 根据压力容器的介质、最高工作压力和温度正确选用；

② 根据液体的透光度选择，对于洁净或无色透明的液体可选用透光玻璃板式和磁性翻板式液面计，对非洁净或稍有色泽的液体可选用反射式玻璃板液面计；

③ 根据介质特性选择，对盛装易燃易爆或毒性程度为极度、高度危害介质的液化气体的容器，应采用玻璃板式液面计或自动液面指示计，并应有防止液面计泄漏的保护装置，对大型储槽还应装设安全可靠的液面指示计；

④ 根据液面变化范围选择，液化气体槽车上可选用专用液面计，不得采用玻璃管式或玻璃板式液面计，对要求液面指示平稳的，不应采用浮子（标）式液面计。

盛装0℃以下介质的压力容器上，应选用防霜液面计。

（2）液面计的安装　液面计应安装在便于观察的位置，液面计的最高和最低安全液位，应做明显的标记；液面计的排污管应接至安全地点；在使用安装前，应按照有关规定进行水压试验。

（3）液面计的维护　玻璃板（管）必须明亮清晰，液位清楚易见。经常检查液面计的工作情况，如气、液连接旋塞是否处于开启状态，连管或旋塞是否堵塞，各连接处有无渗漏现象等，以保证液位正常显示。

液面计出现下列情况时，应停止使用：超过检验周期，玻璃板有裂纹、破碎，阀件固死，经常出现假液位。

三、压力容器安全管理

（一）压力容器安全管理基础工作

压力容器安全管理，是以《特种设备安全监察条例》、《固定式压力容器安全技术监察规程》（TSG R0004—2009）为法规，各种相关技术标准为准则来实施的。

特种设备规范体系要求，在单位（机构）、人员、设备、方法等方面体现管理和技术要求的全方位；在设计、制造、安装、改造维修、使用、检验、监察等环节体现管理和技术要求的全过程；在锅炉、压力容器、压力管道、电梯、起重机、游乐设施、客运索道、厂内机动车辆、材料、安全附件等项目上体现管理和技术要求的全覆盖。

1. 选购与验收

（1）压力容器选用的第一位要求，是设计和制造都必须选择持有相应资格的单位来完成。在此基础上要满足生产工艺需要、技术上先进、检修方便、安全性能可靠，同时也要考虑到经济性和安装位置的适应性。选用时必须根据容器的用途及工作压力，确定主体结构形式和压力容器的压力等级；按照生产工艺和介质特性、操作温度以及保证产品质量要求选用主体材质；根据生产能力大小，确定压力容器的规格；选用合适的安全泄压装置，测温、测压仪器（表）、自控装置和报警装置，以保障使用安全。

（2）验收工作一般是在容器交货时进行，对于重点容器最好提前到制造现场监检。主要有三方面内容：首先应检查被验收容器图纸是否有压力容器设计单位的印章（红章，复印章不合格）及质监部门出具的检验报告。其次验收制造单位出厂技术资料是否齐全、正确，且符合购置要求。再次验收压力容器产品质量，主要是检查：产品外观质量和铭牌是否与出厂技术资料相吻合；依据竣工图对实物进行质量检查；检查随机备件、附件质量与数量，以及规格型号是否满足需要；对于有疑问的部位，必须进一步采取检查手段排除疑问，确保有缺陷的容器不得进场。

2. 安装与调试

安装必须由持有相应资质的单位完成，安装前先向质检部门申报取得认可。安装时应注意接管的方位与安装螺栓的对应，尽量做到一次吊放就位。做好容器内部构件安装质量，固定螺栓的紧固、管线及梯子、平台等与容器相接部件的施焊质量，保温层施工质量及安全附件装设、调试正确与否的检查记录。

3. 压力容器的技术档案

压力容器的技术档案是压力容器设计、制造、使用、检修全过程的文字记载，是压力容器申报登记的主要依据，通过它可以使容器的管理和操作人员掌握设备的结构特征、介质参数和缺陷的产生及发展趋势，防止由于盲目使用而发生事故。另外，档案还可以用于指导容器的定期检验以及修理、改造工作，亦是容器发生事故后，用以分析事故原因的重要依据之一。压力容器的技术档案包括：容器的原始技术资料（容器的设计资料和容器的制造资料），容器使用情况记录资料（容器运行情况记录、容器检验和修理记录、安全附件技术资料）。

4. 压力容器使用登记

压力容器使用登记，应当由使用单位按照《固定式压力容器安全技术监察规程》的要求办理。压力容器使用单位，在压力容器投入使用前或者投入使用后 30 日内，应当按照要求到直辖市或者设区的市的质量技术监督部门逐台办理使用登记手续，取得使用证，才能将容器投入运行，登记标志的放置位置应当符合有关规定。

5. 压力容器统计报表

压力容器统计报表主要有 3 种：

（1）压力容器年报表，统计当年某一确定时间处于使用状态的压力容器具体数量、类别及用途情况，报给上级主管部门；

（2）反映压力容器检验和检修情况的统计报表，其中包括当年定期检验计划及实际检验情况和下年的定期检验计划和修理台数的统计；

（3）反映压力容器利用情况的统计报表，主要用来反映压力容器开车时间及能力利用指标。

（二）安全管理工作的内容与要求

（1）压力容器使用单位的技术负责人（主管厂长或总工程师），必须对压力容器的安全技术管理负责，并根据设备的数量和对安全性能的要求，设置专门机构或指定具有专业知识的技术人员，具体负责容器的安全工作。

（2）使用单位必须贯彻压力容器有关的规程、规章和技术规范，编制本单位压力容器的安全管理规章制度及安全操作规程。

（3）使用单位必须持压力容器有关的技术资料逐台办理使用登记手续，建立压力容器技术档案，并管理好有关的技术资料。

（4）使用单位应编制压力容器的年度定期检验计划，并负责组织实施。每年年底应将当年检验计划完成情况和第二年度的检验计划报到主管部门和当地质量技术监督部门。

（5）压力容器使用单位应做好压力容器运行、维修和安全附件校验情况的检查，做好压力容器校验、修理、改造和报废等技术审查工作。压力容器的受压部件的重大修理、改造方案应报当地技术质量监督部门审查批准。

（6）发生压力容器爆炸及重大事故的单位，应迅速报告主管部门和当地质量技术监督行政部门，并立即组织或积极协助调查，根据调查结果填写事故调查报告书，报送有关部门。

(7) 使用单位必须对压力容器校验、焊接和操作人员进行安全技术培训，经过考核并取得合格证后，方准上岗操作。

（三）压力容器安全管理制度

压力容器的使用单位应根据单位的生产特点，制定相应的压力容器安全管理制度。主要包括方面。

(1) 各级岗位责任制。

(2) 基础工作管理制度。指压力容器选购、验收、安装调试、使用登记、备件管理、操作人员培训及考核、技术档案管理和统计报表等制度，称为基础工作管理制度。

(3) 使用过程中的管理制度。主要有下列 9 项：压力容器定期检验制度；压力容器修理、改造、检验、报废的技术审查和报批制度；压力容器安装、改造、移装的竣工验收制度；压力容器安全检查制度；交接班制度；压力容器维护保养制度；安全附件校验与修理制度；压力容器紧急情况处理制度；压力容器事故报告与处理制度等。

（四）安全操作规程

安全操作规程至少应有下列内容：

(1) 压力容器的操作工艺控制指标，包括最高工作压力、最高或最低工作温度、压力及温度波动幅度的控制值、介质成分特别是有腐蚀性的成分控制值等；

(2) 压力容器岗位操作方法，开、停车的操作规程和注意事项；

(3) 压力容器运行中日常检查的部位和内容要求；

(4) 压力容器运行中可能出现的异常现象判断和处理方法及防范措施；

(5) 压力容器的防腐措施和停用时的维护保养方法。

四、压力容器安全运行

容器的使用单位应在容器运行过程中从使用条件、环境条件和维修条件等方面采取控制措施，以保证容器的安全运行。

（一）压力容器的投用

1. 使用前的准备工作

(1) 检查容器安装、检验、修理工作后遗留的辅助设施是否全部拆除；容器内有无遗留工具、杂物等。

(2) 检查水、电、汽等的供给是否正常，道路是否畅通；操作环境是否符合安全运行的要求。

(3) 检查系统中压力容器连接部位、接管等的连接情况，该抽的盲板是否抽出，阀门是否处于规定的启闭状态。

（4）检查附属设备及安全防护设施是否完好。

（5）检查安全附件、仪器仪表是否齐全良好，并检查其灵敏程度及校验情况。若发现安全附件无产品合格证或规格、性能不符合要求或逾期未校验等情况，不得使用。

（6）操作人员应熟悉和掌握压力容器的有关制度及安全操作规程，并了解工艺流程和工艺条件。

2. 压力容器的开车与试运行

压力容器开车时应有专人负责、统一指挥，严格按开车方案执行；操作人员必须持证上岗，进入现场必须按规定穿戴各种防护用品和携带各种操作工具；安全部门应到场监护，发现异常情况及时处理。

试运行前需对容器、附属设备、安全附件、阀门等进一步确认检查。在试运行过程中，操作人员应与检修人员密切配合，检查整个系统畅通情况和严密性，检查容器、机泵、阀门及安全附件是否处于良好状态，是否有跑、冒、滴、漏、串气、憋压等现象。需进行热紧密封的系统，在允许进行热紧的温度、压力下对容器、管道、阀门、附件等进行均匀热紧，并注意用力适当。当升到规定温度时，热紧工作应停止。

在容器进料时，操作人员要沿工艺流程线路跟随物料进程进行检查，防止物料泄漏或走错流向。同时应注意检查阀门的开启度是否合适，并密切注意运行中的细微变化。

（二）运行中工艺参数的控制

每台容器都有特定的设计参数，运行中对工艺参数的严格控制，是压力容器正确使用的主要内容。

1. 压力和温度控制

压力和温度是压力容器使用过程中的两个主要工艺参数。压力的控制要点主要是控制容器的操作压力不超过最高工作压力；对经检验认定不能按原铭牌上的最高工作压力运行的容器，应按法定检验单位所限定的最高工作压力范围使用。温度的控制主要是控制其极端的工作温度。高温下使用的压力容器，主要是控制介质的最高温度，并保证器壁温度不高于其设计温度；低温下使用的压力容器，主要控制介质的最低温度，并保证壁温不低于设计温度。

压力容器运行中，操作人员应严格按照容器安全操作规程中规定的操作压力和操作温度进行操作，严禁提高工作压力。可采用联锁装置、实行安全操作挂牌制度来防止操作失误。对于反应容器，必须严格按照规定的工艺要求进行投料、升温、升压和控制反应速度，注意投料顺序，严格控制反应物料的配比，并按照规定的顺序进行降温、卸压和出料；盛装液化气体的压力容器，应严格按照规定的充装量进行充装，以保证在设计温度下容器内部存在气相空间。充装用的全部仪表量具如压力表、磅秤等都应按规定的量程和精度选用。容器还应防止意外受热，储存易发生聚合反应物料的容器，为防止物料发生聚合反应而使容器内气体急剧升温导致压力升高，应限制这类物料的储存温度、储存时间，必要时可按工艺允许加入相应的阻聚剂。

2. 液位控制

对于盛装液化气体的容器，应严格按照规定的充装系数充装，以保证在设计温度下容器内有足够的气相空间。其他需要控制液位的容器，液位的高低往往会影响工艺的操作，甚至引发事故，所以，都不能掉以轻心。

3. 介质腐蚀性的控制

要防止介质对容器的腐蚀，首先应在设计时根据介质的腐蚀性及容器的使用温度、使用压力及设计寿命，选择合适的材料，或采用可靠的防腐措施。在操作过程中，介质组分及工艺条件的波动对容器的耐腐蚀能力有很大影响。因此，必须严格控制介质的成分及杂质含量、流速、温度、水分及 pH 值等工艺指标，以减小腐蚀速度、延长使用寿命。

4. 压力容器的载荷控制

压力容器的载荷控制，分为两个方面：首先是设计阶段，对压力容器在使用寿命期内可能受到的各种载荷要全面分析，不得遗漏；另一方面在使用时，不得对压力容器超负荷使用。

压力容器在交变载荷作用下会产生疲劳破坏，对于在交变载荷条件下工作的压力容器，首先在设计时就应对各种交变载荷的应力幅、交变载荷变化频率、设计寿命等进行分析，保证在预计的条件下容器可以安全使用。容器投运后为防止容器发生疲劳破坏，必须使压力、温度的波动控制在设计的条件下，并尽量使升降平稳，避免不必要的频繁加压和减压。

对要求压力、温度稳定的工艺过程，则要防止压力、温度的急剧升降，使操作工艺指标稳定。对于高温压力容器，必须严格控制温度的波动速度以降低热应力。

（三）容器安全操作的一般要求

（1）压力容器操作人员必须持证上岗，并定期接受专业培训与安全教育。

（2）压力容器操作人员要熟悉本岗位的工艺流程，熟悉容器的类别、结构、主要技术参数和技术性能。严格按操作规程操作，认真填写有关记录，熟练掌握处理一般事故的方法及应急事件的处理手段。

（3）严格控制工艺参数，尽力避免压力、温度的频繁和大幅度波动，严禁容器超温、超压运行；随时检查容器安全附件的运行情况，保证其灵敏可靠。

（4）容器内部有压力时，不得进行任何修理。对于特殊的生产工艺过程，需要带温带压紧固螺栓时，或出现紧急泄漏需进行带压堵漏时，必须按设计规范制定操作要求和防护措施进行。

（5）坚持容器运行期间的巡回检查，及时发现操作或设备出现的不正常状态，并采取相应的措施进行调整和消除。

（6）按照应急预案正确处理紧急情况。

（四）压力容器运行中的检查

操作人员在容器运行期间应经常对容器进行检查，及时发现操作中或设备上所出现的不正常状态，并及时处理。操作规程要求应报告的情况必须立即报告。

1. 工艺条件方面的检查

主要是检查操作压力、操作温度、液位是否在安全操作规程规定的范围内；检查工作介质的化学成分，特别是那些影响容器安全的成分及组分是否符合要求。

2. 设备状况方面的检查

主要是检查容器各连接部位有无泄漏、渗漏现象；容器有无明显的变形、鼓包；容器外表面有无腐蚀，保温层是否完好；容器及其连接管道有无异常振动、磨损等现象；支承、支座、紧固螺栓是否完好，基础有无下沉、倾斜；重要阀门的"启"、"闭"与挂牌是否一致，联锁装置是否完好。

3. 安全装置方面的检查

主要是检查安全装置以及与安全有关的器具（如温度计、计量用的衡器及流量计等）是否保持良好状态。

（五）压力容器停止运行

压力容器停止运行可分为正常操作时的计划停止运行和紧急情况下的停止运行两种情况。前一种容器停止运行的操作包括：系统及容器降压到常压，排净容器内的气体、液体及其他物料。对系统及容器进行吹扫并检测合格，关闭容器的一切对外联系的管道。对于系统中连续性生产的压力容器，停止运行时必须做好与其他有关岗位的联系协调工作。紧急情况下的停止运行应按紧急停运预案处理。

1. 正常停止运行

正常停止运行应注意以下事项。

（1）编制停运方案。内容包括：停运周期及停运的程序和步骤；停运过程中控制工艺参数变化幅度的具体要求；容器及设备内剩余物料的处理、置换清洗方法及要求；动火作业的范围。

（2）停运中应严格控制降温、降压速度。

（3）清除剩余物料。对残留物料的排放与处理应采取相应措施，特别是可燃、有毒介质应收集处理或排至安全区域。

（4）严格执行停运方案，准确执行停运操作。

2. 紧急停止运行

容器运行过程中，发生下列异常现象之一时，操作人员应立即采取紧急措施，停止容器运行。

（1）压力容器的工作压力、介质温度或器壁温度超过允许值，采取措施仍得不到有效控制。

（2）压力容器的主要承压元件出现裂纹、鼓包、变形、泄漏等危及安全的现象。

（3）安全装置失效，连接管件断裂，紧固件损坏，难以保证安全运行。

（4）发生火灾直接威胁到压力容器的安全运行。

（5）过量充装，容器液位失去控制，采取措施仍得不到有效解决。

（6）压力容器和管道发生严重振动，危及安全运行。

压力容器紧急停运时，操作人员必须做到判断准确、处理迅速，防止事故扩大。在执行紧急停运的同时，还应按规定程序及时向有关部门报告；对于系统连续生产的，还必须做好与前、后有关岗位的联系工作。紧急停运前，操作人员应根据容器内介质状况做好个人防护。

五、压力容器的维护保养

压力容器的使用安全与其维护保养工作密切相关。做好容器的维护保养工作，使容器在完好状态下运行，就能防患于未然，提高容器的使用效率，延长使用寿命。

（一）容器运行期间的维护保养

1. 保持完好的防腐层

工作介质对材料有腐蚀性的容器，通常采用防腐层来防止介质对器壁的腐蚀，如涂层、搪瓷、衬里等。这些防腐层一旦破坏，工作介质将直接接触器壁，局部加速腐蚀会产生严重的后果。因此，要经常观察、分析、检查，依据现象判断防腐层有无自行脱落，衬里是否开裂或焊缝处是否有渗漏现象。发现防腐层损坏时，即使是局部的，也应该经过修补等妥善处理后才能继续使用。装入固体物料或安装内部附件时，应避免刮落或碰坏防腐层。内装填料的容器，填料环应布放均匀，防止流体介质运动的偏流磨损。

2. 消除"跑"、"冒"、"滴"、"漏"现象

压力容器的连接部位及密封部位由于温度波动、螺栓松动、磨损、连接不良或密封面损坏，容易产生各种泄漏现象。应加强巡回检查，注意观察，及时消除"跑"、"冒"、"滴"、"漏"现象。

3. 保护好保温层及外防腐层

对于有保温层的压力容器要检查保温层是否完好，防止容器壁裸露。容器的外防腐层要定期维护，发现大面积脱落时应及时修补。

4. 减小或消除容器的振动

当发现容器存在较大振动时，应及时查找原因，采取适当的措施，如隔断振源、加强支撑装置等，以消除或减轻容器的振动。

5. 维护保养好安全装置

容器的安全装置是防止发生超压事故的重要保障，应使它们始终处于灵敏准确、使用可靠状态。因此，必须在容器运行过程中，按照有关规定加强维护保养。

（二）容器停用期间的维护保养

对长期停用或临时停用的压力容器，也应加强维护保养工作。可以说，停用期间保养不善的容器甚至比正常使用的容器损坏得更快，有些容器恰恰是忽略了停用期间的维护而造成了日后的事故。

停止运行的容器尤其是长期停用的容器，一定要将内部介质排放干净，清除内壁的污垢、附着物和腐蚀产物。排放后还需经过置换、清洗、吹干等技术处理，使容器内部干燥和洁净。应保持容器表面清洁，并保持容器及周围环境的干燥。有条件和有要求的容器还应充装惰性气体保护。此外，要保持容器外表面的防腐油漆等完好无损。有保温层的容器，还要注意保温层下的防腐和支座处的防腐。

六、压力容器的定期检验

定期检验是检验机构对设备当时的安全状况、使用单位的维护保养是否到位的一种检查，是对设备定期检验时安全状况的一种的判断。使用单位应当于压力容器定期检验有效期满前一个月向特种设备检验机构提出定期检验的要求。

（一）压力容器定期检验的周期

定期检验是在压力容器停运期间进行的检验和安全状况的等级评定。《固定式压力容器安全技术监察规程》要求新的压力容器应当于投用后 3 年内进行首次定期检验。下次检验周期由检验机构依据压力容器安全状况等级确定。

(1) 安全状况等级为 1、2 级的，一般每 6 年一次；

(2) 安全状况等级为 3 级的，一般每 3~6 年一次；

(3) 安全状况等级为 4 级的，应当监控使用，其检验周期由检验机构确定，累计监控使用的时间不得超过 3 年；

(4) 安全状况等级为 5 级的，应当对缺陷进行修理，否则不得继续使用。

压力容器安全状况等级的评定按照《压力容器定期检验规则》进行。

（二）压力容器定期检验的内容

1. 外部检查

（1）压力容器本体检查；

（2）外表面腐蚀情况检查；

（3）压力容器保温层的检查；

（4）容器与相邻管道或构件的检查；

（5）容器安全附件检查；

（6）容器支座或基础的检查。

除上述内容外，还要对容器的排污、疏水装置进行检查；对运行容器稳定情况进行检查；安全状况等级为4级的压力容器，还要检查其实际运行参数是否符合监控条件。对盛装腐蚀性介质的压力容器，若发现容器外表面油漆大面积剥落，局部有明显腐蚀现象，应找出原因及时处理，还应对容器进行壁厚测定。

外部检查工作可由检验单位有资格的压力容器检验员进行，也可由经过安全监察机构认可的使用单位的压力容器专业人员进行。

2. 内部检验

内部检验由检验机构完成，《固定式压力容器安全技术监察规程》规定检验机构应当根据压力容器的使用情况、失效模式，制定检验方案，定期检验的方法以宏观检查、壁厚测定、表面无损检测为主，必要时可以采用超声检测、射线检测、金相组织检测、材料分析、电磁监测、强度校核或应力监测、耐压试验、声发射检测、泄漏检测等。

内部检验的目的是及时摸清容器内部的安全状况及存在的缺陷，包括在这个运行周期中新产生的缺陷以及原有缺陷的发展情况，以确定容器能否继续运行和为保证容器安全运行所必须采取的相应措施，并最终做出容器安全状况的定级。

内部检验主要有以下内容。

（1）容器的结构检查 检查的重点是：简体与封头的连接方式是否合理；是否按规定开设了人孔、检查孔、排污孔等，开孔处是否按规定补强；焊缝布置情况，如焊缝有无交叉、焊缝间距离是否过小；支座与支承类型是否符合安全要求等。需要时应对容器薄弱部位及可能造成局部应力集中的部位做进一步的检查，如表面探伤，必要时采用射线探伤或超声波探伤，查清表面或焊缝内部是否存在缺陷。

（2）几何尺寸检查 对运行中可能发生变化的部位尺寸，应重点检查。

（3）表面缺陷检查 检查时要求测定腐蚀与机械损伤的深度、直径、长度及其分布，并标图记录，对非正常的腐蚀，应查明原因，对于内表面的焊缝应以肉眼或 5～10 倍放大镜检查裂纹。应力集中部位、变形部位、异种钢焊接部位、补焊区、电弧损伤处和易产生裂纹部位，应重点检查。

(4) 壁厚测定 选择具有代表性的部位进行测厚，如液位经常波动部位；易腐蚀、冲蚀部位；制造成形时壁厚减薄部位和使用中产生的变形部位；表面缺陷检查时发现的可疑部位。

(5) 材质检查 经过一定时间的使用后，材质是否有变化（劣化），以及变化后是否还能满足使用要求。

(6) 焊缝缺陷检查 对下列几种情况，应进行射线探伤或超声波探伤抽查，以确定焊缝内部是否存在缺陷：制造中焊缝经过两次以上返修或使用过程中曾经补焊过的部位；检验时发现焊缝表面裂纹的部位；错边量和棱角度严重超标的部位；使用中出现焊缝泄漏的部位。

(7) 安全附件和紧固件检查 对安全阀应送有资格的单位进行检验标定，紧急切断阀等要进行解体检查、修理和调整。已解体的重装后还需进行耐压试验和气密性试验；爆破片应按有关规定进行更换。对高压螺栓应逐个清洗，检查其损伤和裂纹情况。

（三）耐压试验

耐压试验是检验承压设备整体结构强度的一种方法。对于在役压力容器，影响其整体强度的主要是腐蚀和材质劣化。均匀腐蚀可以通过壁厚测量来判断，其他腐蚀和材质劣化可通过表面检查、硬度、金相检查和化学成分分析来判断。在役压力容器往往因存有内件、填料、催化剂等因素，难以进行要求的压力试验，《固定式压力容器安全技术监察规程》考虑到以上因素，对定期检验时的水压试验提出，"使用单位或检验机构对压力容器安全状况有怀疑，认为应当进行耐压试验时"才进行。

同时要求当出现以下情况时应在进行过程中进行压力试验，这几种情况是：

(1) 用焊接方法更换主要受压元件者；
(2) 主要受压元件补焊深度大于 1/2 厚度者；
(3) 改变使用条件超过原使用条件并且经过强度校核合格者；
(4) 需要更换衬里者；
(5) 停止使用两年后要重新使用者；
(6) 从外单位移装或本单位移装的压力容器。

耐压试验一般应进行液压试验，当结构和工艺不允许进行液压试验时，在采取可靠的安全防护措施并得到相关人员批准后，也可采用气压试验。

1. 试验温度

碳素钢、16MnR 钢制压力容器液压试验时，液体的温度不得低于 5℃；其他低合金钢制压力容器，液体温度不得低于 15℃。对于因壁厚增加或其他原因，使材料的脆性转变温度提高的容器，耐压试验的温度应比材料的无延性转变温度高 30℃。

2. 试验压力

液压试验的试验压力为容器设计压力的 1.25 倍；气压试验的试验压力为设计压力的 1.10 倍。

3. 合格标准

液压试验后的压力容器，若无渗漏、无可见的变形、试验过程中无异常的响声，即为合格；气压试验的压力容器，若无异常响声、经肥皂液或其他检漏液检查无漏气、无可见的变形，即为合格。

（四）《固定式压力容器安全技术监察规程》规定企业自管的压力容器

列入《固定式压力容器安全技术监察规程》1.4.1 条只需满足总则、设计、制造要求的压力容器；1.4.2 条只需满足总则、设计和制造许可要求的压力容器；1.4.3 只需满足总则和制造许可要求的压力容器，都列为 I 类，要求使用单位参照规程使用管理的有关规定，负责这些压力容器的安全管理。

1.4.1 条只需满足总则、设计、制造要求的压力容器：容积大于 25L 的移动式空压机的储气罐、深冷装置非独立压力容器、吸收制冷装置的压力容器，铝制板翅式换热器，空分装置冷箱内的压力容器，无壳体套管换热器、螺旋板热交换器、钎焊板式热交换器、自动补气压力罐、消防装置的压力罐，离子交换器、热水锅炉膨胀水箱、电容压力容器、橡胶硫化模具、机器上的蓄能器。

1.4.2 条只需满足总则、设计和制造许可要求的压力容器：容积大于 1L 并且小于 25L，或内直径小于 150mm 的压力容器。

1.4.3 只需满足总则和制造许可要求的压力容器：容积小于或等于 1L 的压力容器。

七、压力管道安全技术

按照《特种设备安全监察条例》，压力管道是指利用一定的压力，用于输送气体或者液体的管状设备，其范围规定为最高工作压力大于或者等于 0.1MPa（表压）的气体、液化气体、蒸汽介质或者可燃、易爆、有毒、有腐蚀性、最高工作温度高于或者等于标准沸点的液体介质，且公称直径大于 25mm 的管道。

依据《压力管道安全技术监察规程——工业管道》（TSG D0001—2009）的规定，同时具备以下三个条件的工艺装置、辅助装置以及界区内公用工程所属的工业管道属于压力管道管理的范围。这三个条件是：最高工作压力大于或者等于 0.1MPa（表压）；公称直径大于 25mm；输送介质为气体、蒸汽、液化气体、最高工作温度高于或等于其标准沸点的液体或者可燃、易爆、有毒、有腐蚀性的液体。

压力管道，包括管道元件（含管道组成件及管道支撑件）；管道元件间的连接接头，管道与设备或装置连接的第一道连接接头，管道与非受压元件的连接接头；管道上用的安全阀、爆破片、阻火器、紧急切断装置。

按照《压力管道安全技术监察规程——工业管道》规定，一般氮肥厂的工业管道，按照设计压力、设计温度、介质毒性程度、腐蚀性和火灾危险性分可为 GC1、GC2、GC3 三个等级。由于业务面的拓宽，有的企业会涉及城市燃气的 GB1 和城市热力的 GB2 管道；也有的企业会涉及 GD1、GD2 的动力管道；还有的企业会涉及 GA 类的管道。

氮肥厂管道的介质以混合介质居多数，既有气体，也有液体和液化气体。按管道的设计压力分类，既有常压管道，也有压力管道。压力管道的压力等级分为低压管道（$0.1MPa \leqslant p < 1.6MPa$），中压管道（$1.6MPa \leqslant p < 10MPa$）和高压管道（$10MPa \leqslant p < 100MPa$）。按管道的材质分类，有铸铁管、碳钢管、合金钢管、有色金属管等。

（一）管道的连接方式及主要组件

1. 管道的连接方式

管道的连接包括管子与管子、管子与阀门、管子与管件和管子与设备的连接。管道常用的连接方式可分为三类：法兰连接、螺纹连接和焊接。无缝钢管一般采用法兰连接或管子间的焊接，水煤气管采用螺纹连接，玻璃钢管大多采用活套法兰连接。管道连接中为了保证连接的可靠密封，一般采用焊接连接，法兰连接一般用在维修时需要拆除的管道连接。螺纹连接一般用在小直径、低压、无毒、非易燃管道上，卡套螺纹连接常常是仪表管的专用件。

2. 管道组件

管道是由管子、阀门和各式各样的管道组件，组合到一起形成的。常用的组件包括弯头、大小头、三通、四通等管件，管法兰、螺栓螺母、垫片等连接件，管子支吊架和管托。这一些管道构件都有对应的标准，提供了尺寸规格、使用参数、检验验收要求，使用规定等，只要严格地按规范标准要求完成各个环节的工作，就可以保证管道在安全状态下使用。

（二）阀门

阀门是管道组建的一个重要部件，在管路中完成介质切断，流量调节、减压、止逆等的重要作用。阀门的种类很多，按其作用分，有切断阀、调节阀、止逆阀、减压阀、稳压阀和转向阀等；按阀门的形状和结构分，有截止阀、球心阀、闸阀、旋塞阀、蝶形阀、针形阀等。

截止阀（包括球心阀），用于切断介质流通通道，也有粗略的流量调节作用。它启闭缓慢，无水击现象，是各种压力管道上最常见的阀门。

闸阀又称闸板阀，一般用作切断阀，它利用闸板的起落来开启或关闭介质通道。闸阀广泛用于各种压力管道上，但由于其闭合面易擦伤、磨损，故不宜用于有悬浮颗粒的介质的管道。

旋塞阀又叫考克，是利用旋塞孔和阀体孔两者的重合程度来切断和调节流量的，它启闭迅速，经久耐用，但由于摩擦面大，受热后旋塞膨胀，难以转动，不能精确调节流量，故只适用于压力小于 1.0MPa 和温度不高的管道上。

针形阀是一种阀心带有长锥体的截止阀，利用长锥体与阀座间的间隙变化来调节流量，是一种可以精确调节流量的阀门，高压管道使用较多。

止逆阀又叫单向阀，当工艺管道只允许流体向一个方向流动时，就需使用止逆阀。

减压阀的作用是自动地将压力较高的流体按工艺要求减为压力较低的流体，一般经减压后的压力要低于阀前压力的 50%。通常用于蒸汽和压缩空气管道上。

（三）压力管道的安全使用管理

(1) 压力管道使用单位应当按照《压力管道安全技术监察规程——工业管道》、《压力管道安装许可规则》、《压力管道使用登记管理规则》等有关法规、安全技术规范及相关标准建立管道安全管理制度。管理制度至少应包括：

① 管道安全管理机构以及安全管理人员的管理；

② 管道元件定购、进厂和使用管理；

③ 管道安装试运行以及竣工验收的管理；

④ 管道运行中的日常检查、维修和安全保护装置校验的管理；

⑤ 管道的检验（包括制定年度定期检验计划以及组织实施的方法、在线检验的组织方法）、修理、改造和报废的管理；

⑥ 向负责管道登记的机关报送年度定期检验计划以及实施情况、存在的问题以及处理；

⑦ 管道事故的抢救、报告、协助调查和善后处理；

⑧ 检验、操作人员的安全技术培训管理；

⑨ 管道技术档案管理；

⑩ 管道使用登记和使用登记变更管理。

(2) 管道使用单位应当在工艺操作规程和岗位操作规程中明确提出管道的安全操作要求。这些要求至少应包括：

① 管道工艺操作指标，包括最高工作压力、最高工作温度或最低工作温度；

② 管道操作方法，包括开停车的操作方法和注意事项；

③ 管道运行中重点检查的项目和部位，运行中可能出现的异常现象和防治措施，以及紧急情况的处置和报告程序。

（3）管道使用单位应当建立管道安全技术档案并且妥善保管。该档案至少应包括以下几项：

① 管道元件产品质量证明、管道设计文件、管道安装质量证明文件、安装技术文件和资料、安装质量监督检验证书、使用维修说明书；

② 管道定期检验和自行检验的记录；

③ 管道日常使用状况记录；

④ 管道安全保护装置、测量调控装置以及相关附属仪表的日常维护记录；

⑤ 管道运行故障和事故记录。

（四）压力管道安全技术

氮肥厂的压力管道因为介质多且很多是混合介质，又常常是有毒、易燃、易爆介质或腐蚀性介质，压力涵盖低压、中压、高压，而且还有波动；温度还有低温、中温、高温多种工况。因此压力管道的安全技术是全方位、全过程的安全技术。这涉及工程设计、管道材料及配件的选择和供应、安装施工、检验验收、试车开车运行、日常维修等各个环节。而管道及密封部位的泄漏是常见病多发病。下面就这方面的影响因素重点介绍。

1. 管道设计

设计是压力管道安全技术的首要环节，因为设计要从参数确定和各种状态的计算、材料选取、施工安装、检验验收要求、使用过程中可能遇到的问题及解决手段等各方面统筹考虑。国家对压力管道的设计资质进行了严格的控制，压力管道设计必须由有规定资质的单位完成。

2. 管道安装

安装是把设计图纸变为实际装置的全过程，也必须是持有相应资质的单位才可以承担的工作。把压力管道安装委托给无资质或资质等级不够的单位，是对安全生产极端的不负责任，也是不符合法律规定的行为。

3. 管道材料订购

管道材料订购经常会涉及方方面面的经济利益，企业应加强监督，完善制度，在材料订货、验收时，坚持严格执行国家的相关标准。

4. 管道检验验收

管道检验验收是管道开车前的关键环节，必须按照《压力管道安全技术监察规程——工业管道》（TSG D0001—2009）的规定、《压力管道规范——工业管道》（GB/T 20801—2006）等关于检验验收的规定，认真完成。

5. 管道防腐涂层

工业管道的腐蚀，有管道内部的工艺介质的腐蚀，也有管道外部的大气腐蚀。对于管道内部腐蚀，较多的是选用能够耐腐蚀的管道材料解决，个别情况也可用内部涂层，但是用内部涂层，必须对涂层及涂层脱落对工艺的影响，有可靠的防护措施。管道外部防腐几乎全部采用涂层防护。

涂料产品的种类很多，其分类原则是以主要成膜物质为基础，共分为18类。常用的涂料有酚醛树脂、醇酸树脂、硝基树脂、过氯乙烯树脂、聚酯树脂等。在选择涂料时，应根据输送介质的性质和工作温度等条件综合考虑。

6. 管道的绝热

工业生产中，由于工艺条件和人身防护的需要，很多管道和设备都要采取保温、加热保护和保冷，这三种情况都属于管道和设备的绝热。管道绝热既是节能的需要，往往也是安全生产的需要。

(1) 保温 管道、设备在温度超过一定范围后，为了控制、保持温度降低能耗应予保温；同样原因，对于低温管道和设备，为了防止和杜绝因环境原因造成冷量消耗，应采取保冷措施；对于温度超过 65℃ 而工艺不要求保温的管道、设备，在操作人员可能触及的范围内应予保温，作为防烫措施。

(2) 加热保护 对于连续或间断输送具有下列特性的流体的管道，应采用加热保护：凝固点高于环境温度的流体管道；流体组分中降温后能形成有害操作的冰或结晶；含有某些遇水能产生腐蚀的介质如 H_2S、HCl、Cl_2 等气体，为防止冷凝水生成的管道；在环境温度下黏度很大的介质。

加热保护的方式有蒸汽伴管、夹套管及电热带三种。无论是管道保温、保冷，还是热保护，都离不开绝热材料，工业管道常用的绝热材料有毛毡、玻璃棉、膨胀珍珠岩的各类制品、石棉水泥、岩棉及各种绝热泡沫塑料等。材料的热导率越小、容量（单位体积的质量）越小、吸水性越低，其绝热性能就越好。此外，材质稳定，不可燃，耐腐蚀，有一定的强度等，也是选择需考虑的因素。

7. 管道的腐蚀及预防

从腐蚀类型看，工业管道的腐蚀分为全面腐蚀、局部腐蚀，按性质分为均匀腐蚀、晶间腐蚀、应力腐蚀、疲劳腐蚀、氢腐蚀、点腐蚀、间隙腐蚀、电化学腐蚀、高温腐蚀等。

氮肥企业所用管道产生腐蚀的原因是多种多样的，但是都可以归类于管道材质及防腐措施是否适用于工艺介质的工况，只有选择一种合理的组合，才可以将管道的腐蚀降低到一个可以接受的范围。

工业管道的腐蚀可以是全面的，也可以产生在某个部位，但是以下列举的几种情况由于结构、工艺条件、外部环境等原因应重点注意。

(1) 管道的弯曲、拐弯部位，管段中有液体流入而流向又有变化的部位；

(2) 产生气化现象时，气液交界处更易遭受腐蚀；

(3) 在排液管中，经常没有液体流动的管段易出现局部腐蚀；

(4) 液体或蒸汽管道经常出现温度变化时，在某些缝隙部位会出现液相浓缩或气相冷凝，易出现严重的局部腐蚀；

（5）埋没管道外部的下表面容易产生腐蚀。

对于均匀腐蚀来讲，为防止腐蚀使管壁减薄，导致管道承压能力降低，造成泄漏或破裂事故，在管道强度设计时，应根据管内介质的特性、流速、工作压力、管道材质、防腐措施、使用年限等，计算出介质对管材的腐蚀速率，在此基础上选取适当的腐蚀裕度。通常，壁厚的腐蚀裕度一般为$1.0\sim3.0mm$，特殊情况下也可取更高的值如6mm。

对于应力腐蚀、晶间腐蚀等特殊腐蚀状态，就不是通过增加管道壁厚可以解决的，应通过材料选择、热处理、材料与介质的适当组合等措施来解决。

（五）管道的检验与试验

压力管道在安装完成后，检验和试验是必不可少的环节，这包括外观检验、无损检验、压力试验和气密试验等，最后还有系统吹扫和清洗工作。

（1）管道安装完成以后，首先是进行外观检查，这包括材料的外观质量缺陷、尺寸误差、支吊架位置误差，法兰接头和螺纹接头的连接可靠性、焊缝外观等。

（2）焊接接头的无损检测，依据压力管道的等级，GB/T 20801对无损检测的部位、方法、比例和合格要求，都有明确的规定，必须严格遵守（注：GB/T 20801虽然是推荐性标准，但是由于 TSG D0001—2009 的大量引用，实际成为压力管道的支柱性技术标准）。

（3）压力试验和泄漏试验。管道系统安装检验合格后才可进行压力试验和泄漏试验；压力试验一般用水压作为试验介质，在通过批准并采取可靠保护措施以后，也可以采用气压试验，但是脆性材料，不得进行气压试验；水压试验的压力一般为设计压力的 1.5 倍，气压试验为设计压力的1.15 倍；

管道压力试验，经常会是与设备一起进行的系统压力试验。这时试验压力的确定应按以下方法确定：当管道试验压力小于设备试验压力时，以管道试验压力作为系统的试验压力。当管道试验压力大于设备试验压力时，如果设备试验压力大于管道试验压力的 77%，也可用设备的试验压力进行压力试验。压力试验的测量控制仪表配置、水压试验时的温度校正、压力试验的升压步骤等具体要求，在 GB/T 20801 和 GB 50235—2010 中都有具体的规定。泄漏试验压力为设计压力。用涂刷肥皂水的方法，重点检查管道的连接处有无渗漏现象，若无渗漏，稳压 30min，压力保持不降即为试验合格。

（4）管道吹洗。管道系统强度试验合格后，或气密性试验前应分段进行吹扫与清洗（即吹洗），吹洗前应将仪表、孔板、滤网、阀门拆除，对不宜吹洗的系统进行隔离和保护，待吹洗后再复位。

工作介质为液体的管道，一般用水吹洗，水质要清洁，流速不小于1.5m/s，不宜用水吹洗的管道可用空气进行吹扫。吹扫用的空气或惰性气体应有足够的流量，压力不得超过设计压力，流速不得低于 20m/s。

蒸汽管线应用蒸汽吹扫。一般蒸汽管道可用刨光木板置于排气口处检查，板上应无铁锈、污物等。

忌油管道（如氧气管道）在吹扫合格后，应用有机溶剂（二氯乙烷、三氯乙烯、四氯化碳、工业酒精等）进行脱脂。

(5) 定期检验。压力管道的定期检验分为在线检验和全面检验。

① 在线检验：每年至少一次，一般由使用单位取得相应资质的人员完成，以外观检查和安全保护装置检查为主，看是否存在影响安全生产的异常情况，必要时可进行壁厚测量。

② 全面检验：是在管道停车期间进行得较为全面的检验，由具备压力管道检验资格的检验机构完成。

GC1、GC2 级压力管道全面检验周期一般不超过 6 年，GC3 级压力管道全面检验周期一般不超过 9 年。但是出现下列情况时：GC1、GC2 管道首次检验周期不超过 3 年、发现应力腐蚀及其他局部腐蚀、材料产生劣化、可能导致疲劳失效和其他严重问题等，应缩短全面检验周期。全面检验一般采取外观检验、壁厚测定、无损检测、耐压试验和泄漏试验等方法。

第三节　常压容器安全管理

一、常压容器安全管理概述

氮肥企业中外形尺寸大的设备多数为常压容器（塔、釜、罐、槽），这类设备虽然压力低于 0.1MPa，但是体积大（甚至巨大），储存处理的化工原料和物料往往具有易燃、易爆、有毒、有腐蚀性等特点，一旦发生事故也是危害巨大的。常压容器破坏事故屡见不鲜，这些事故不但造成设备破坏，环境污染，企业蒙受经济损失，而且常常造成人员伤亡。因此，对常压设备特别是涉及危险化学品的常压容器加强安全管理，非常必要。

二、常压容器安全管理要求

常压容器的安全管理要求是对技术措施的补充，重点是消除管理失误和人的不安全行为。

(1) 建立健全常压容器的安全管理规章制度、安全操作规程。加强现场安全工作的检查，定期对常压容器进行内外检测检验，及时发现和消除设备的各种不安全状态和人的不安全行为。

(2) 强化安全生产基础知识教育和事故应急预案的演练，重点是使从业人员熟练掌握危险化学品生产、储存、运输等基本知识，防火防爆的基本原理和方法，国家安全生产法律、法规、标准等。

（3）按照重大危险源辨识和安全评价方法，对常压容器（塔、釜、罐、槽）内的化工原料和物料进行易燃、易爆、有毒、有腐蚀性等特点分析评价，以防为主、严格管理，防止火灾、爆炸事故。

（4）安全评价中介机构在接受有关企业的评价项目时，应重视对常压容器进行安全评价。设备管理部门和安全监督管理部门对生产和储存危险品的常压容器应列入重点安全管理与监督，规章制度也应给予规范。

（5）建立健全常压容器档案，特别是技术材料、设计文件、检测检验记录及检修、改造、报废等资料。

（6）合理地使用和操作常压容器，在容器运行过程中从使用条件、环境条件和维修条件等方面采取控制措施，保证常压容器的安全运行。

第四节 起重机械安全

起重机械是指以间歇、重复的工作方式，通过吊钩或其他取物装置垂直升降或者垂直升降并水平移动重物的机械设备，其范围规定为额定起重量大于或者等于 0.5t 的升降机；额定起重量大于或者等于 1t，且提升高度大于或者等于 2m 的起重机和承重形式固定的电动葫芦等。起重机械是危险性较大，容易发生事故的特种设备，必须完全满足《特种设备安全监察条例》的要求才可使用。

一、起重机械的分类和安全特点

（一）起重机械类别

按运动方式，起重机械可分为以下四种基本类型。

（1）轻小类型起重机械　一般只有一个升降机构，它只能使重物做单一的升降运动。其特点是轻便、结构紧凑、动作简单，作业范围投影以点、线为主。如千斤顶、滑车、绞车、电动葫芦、单轨起重机等。

（2）桥架类型起重机械　桥架类型起重机械包括起升机构、大小车运行机构。依靠这些机构的配合动作，可使重物在一定的三维空间内垂直升降和水平运移。桥式起重机、龙门起重机、装卸桥都属此类。

（3）臂架类型起重机械　有固定旋转式、门座式、塔式、汽车式、轮胎式、履带式及铁路起重机械、浮游式起重机械等种类。一般来说，其工作机构除起升机和运行机构外，还有变幅机构、旋转机构。

（4）升降类型起重机械　如载人电梯或载货电梯、货物提升机等，其特点是虽只有一个升降机构，但安全装置与其他附属装置较为完善，可靠性大。此类起重机械有人工和自动控制两种。电梯安全在第五节做专门介绍。

（二）常见起重机械

起重机械主要是用于设备修理时的吊装、拆卸设备及其零件，也用于工艺生产中物料的输送。常用的大型起重机械主要有桥式起重机（也称"天车"）、臂架类起重机（如起重汽车、吊车等）、升降机、电梯等。大量应用的是小型起重机械，如千斤顶、绞车、电动葫芦等。

在设备安装和检修中，常用塔式起重机、桅杆式起重机、卷扬机等。

（三）安全特点

(1) 起重机械运动部件移动范围大，大多有多个运动机构，绝大多数起重机械本身就是移动式机械，容易发生碰撞事故。

(2) 工作强度大，元件容易磨损，构成隐患；起重机械工作高度及其载运物件质量大，容易导致比较严重的事故。

(3) 一些起重机械在多尘、高温或露天作业，运行环境恶劣，劳动条件较差。

(4) 起重机械是周期间歇式工作的机械，其电气设备启闭频繁、控制要求高、工作环境条件差，比较容易发生事故。

二、起重机械主要参数和工作级别

（一）起重机械的主要参数

(1) 额定起重量　指起重机械在规定的使用条件下，安全作业所允许的起吊物料连同可分吊具或索具质量的总称，单位为吨（t）。

(2) 跨度　指桥架型起重机支承中心线（如运行轨道轴线）之间的水平距离，单位为米（m）。

(3) 幅度　指旋转臂架型起重机的回转中心线与荷载吊具铅直中心线之间的水平距离，单位为米（m）。

(4) 起重力矩　指幅度和相应的起吊载荷的乘积，单位为牛顿·米（N·m）。这个参数综合了起重重量和幅度两个因素，比较全面、准确地反映了臂架型起重机的起重能力和工作过程中的抗倾覆能力。

(5) 起升高度和下降深度　起升高度是指起重机械水平停车面至吊具允许提升最高位置的垂直距离。下降深度是指起重机械水平停车面以下吊具允许最低位置的垂直距离，单位为米（m）。

(6) 工作速度　包括起升速度、运行速度、变幅速度和回转速度。其中起升、运行和变幅速度的单位为米/分钟（m/min），回转速度为弧度/分钟（r/min）。

（二）起重机械的工作级别

起重机械的工作级别由起重机械利用等级和载荷状态来确定，是起重机械综合工作特性参数。起重机械的利用等级是表明起重机械在其有效寿命期间的使用频繁程度；起重机械载荷状态表明起重机械的起升机构受载的轻重程度。它与两个因素有关：一个是实际起升载荷与最大载荷之比，另一个是实际起升载荷作用次数与总的工作循环次数之比。

三、起重机械主要零部件及安全装置

（一）起重机械的主要零部件

起重机械对安全影响最大的零部件主要有吊钩、钢丝绳、滑轮和滑轮组、卷筒、减速装置及制动装置等。

（二）起重机械的安全装置

为保证起重机械自身及操作人员的安全，各种类型的起重机械均设有安全防护装置。常见的防护装置有以下几种。

（1）超载限制器　它是一种超载保护装置，其功能是当起重机超载时，使起升动作不能实现，从而避免过载。超载保护装置按其功能可分为自动停止型、报警型和综合型几种。根据 GB 6067—85《起重机械安全规程》的规定：额定起重质量大于 20t 的桥式起重机，大于 10t 的门式起重机，装卸桥、铁路起重机及门座起重机等均应设置超载限制器。

（2）力矩限制器　它是臂架式起重机的超载保护装置，常用的有机械式和电子式等，当臂架式起重机的起重力矩大于允许极限时，会造成臂架折弯或折断，甚至还会造成起重机整机失稳而倾覆或倾翻。因此，履带式起重机、塔式起重机应设置力矩限制器。

（3）极限位置限制器　上升极限位置限制器是用于限制取物装置的提升高度，动力驱动的起重机，其提升机构均应装设上升极限位置限制器，以防止吊具提升到上极限位置后继续上升，拉断钢丝绳。下降极限位置限制器是用来限制取物装置下降至最低位置时，能自动切断电源，使提升机构下降运行停止。运行极限位置限制器的功能是限制起重机或小车的运动范围，凡有轨道运行的各种类型起重机，均应设置极限位置限制器。

（4）缓冲器　设置缓冲器的目的是吸收起重机或起重小车的运行动能，减缓运行到终点的起重机或主梁上的起重小车对止挡体的冲撞力。因此，缓冲器应设置在起重机或起重小车与止挡体相碰撞的位置。在同一轨道上运行的起重机之间以及在同一起重机桥架上双小车之间，也应设置缓冲器。

（5）防碰撞装置　当起重机运行到危险距离范围内时，防碰撞装置便发出警报，进而切断电源，使起重机停止运行，避免起重机之间的相互碰撞。

（6）防偏斜装置　大跨度的门式起重机和装卸桥应设置偏斜限制器、偏斜指示器或偏斜调整装置等，来保证起重机支腿在运行中不会出现偏超现象，即通过机械和电器的联锁装置，将超前或滞后的支腿调整到正常位置，以防桥架被扭坏。跨度大于或等于 40m 的门式起重机和装卸桥应设置偏斜调整和显示装置。

（7）夹轨器和锚定装置　夹轨器的工作原理是利用夹钳夹紧轨道头部的两个侧面，通过结合面的夹紧力将起重机固定在轨道上。锚定装置是将起重机与轨道基础固定，通常在轨道上每隔一段距离设置一个。露天工作的轨道式起重机，必须安装可靠的防风夹轨器或锚定装置，以防被大风吹动或吹倒而造成严重事故。

（8）其他安全装置　起重机的安全装置还有以下几种：幅度指示器，用来指示起重机吊臂的倾角以及在该倾角下的额定起重量，主要用于流动式、塔式和门式起重机。联锁保护装置，装设在塔式起重机的动臂变幅机构与动臂支持停止器之间。水平仪，其作用是检查支腿支撑的起重机的倾斜度，主要用于起重质量大于或等于 16t 的流动式起重机。防止吊臂后倾装置，用于流动式起重机和动臂变幅的塔式起重机，保证当变幅机构的行程开关失灵时能阻止吊臂后倾。极限力矩限制装置，用于具有旋转机构的塔式和门座式起重机，防止旋转阻力力矩大于设计规定的力矩。风级风速报警器，安装在露天工作的起重机上，当风力大于安全工作的极限风级时能发出报警信号。回转定位装置，用于流动式起重机上，整机行驶时，将小车保持在固定位置。

四、起重机械常见事故类型

从事故统计材料看，起重伤害事故的主要类型有吊物坠落、挤压碰撞、触电和机体倾翻等。

（1）吊物坠落　造成的伤亡事故占起重伤害事故的比例最高，其中因吊索具有缺陷（如钢丝绳拉断、平衡梁失稳弯曲、滑轮破裂导致钢丝绳脱槽等）导致的伤亡事故最为严重；其次是吊装时捆扎方法不妥（如吊物重心不稳、绳扣结法错误等）造成的伤亡事故；再有就是因超载而导致的伤亡事故。

（2）挤压碰撞　一种情况是由于吊装作业人员在起重机和结构物之间或人在两机之间作业时，因机体运行、回转挤压导致的事故，这种情况占挤压碰撞事故的比例最高；其次，由于吊物或吊具在吊运过程中晃动，导致操作者高处坠落或击伤造成的事故；再次，被吊物件在吊装过程中或摆放时倾倒造成的事故。

（3）触电　绝大多数发生在使用移动式起重机的作业场合，且多发生在起重机外伸、变幅、回转过程中。尤其在建筑工地或码头上，起重臂或吊物意外触碰高压架空线路的机会较多，容易发生触电事故，或由于与高压带电体距离过近，感应带电而引发触电事故。此外，司机与维修人员在进入桥式起重机驾驶室前爬梯时，也可因触及动力线路而致伤亡。

（4）机体倾翻　一种情况是由于操作不当（如超载、臂架变幅或旋转过快等）、支腿未找平或地基沉陷等原因使倾翻力矩增大，导致起重机倾翻；另一种情况是由于安全防护设施缺失或失效，在坡度或风载荷作用下，使起重机沿路面或轨道滑动而导致倾翻。

五、起重机械安全使用的基本要求

起重机械种类繁多，为了在确保安全的条件下使用，以下安全要求，是相关人员应知应会的基本内容。针对各类起重机械的不同特性，还必须通过专门的培训教育，合格后才可正式使用。

（1）每台起重机械的司机，都必须经过专门培训，考核合格后，持有操作证才能上岗操作。

（2）司机接班时，应检查制动器、吊钩、钢丝绳和安全装置。发现性能不正常，应在操作前排除。

（3）开车前，必须鸣铃或报警。确认起重机上或周围无人时，才能闭合主电源（如果电源断路装置上加锁或有标牌，应由有关人员除掉后才可闭合主电源）。闭合主电源前，应使所有控制器手柄置于零位。

（4）操作应按指挥信号进行，起重指挥人员发出的指挥信号必须明确，符合标准。动作信号必须在所有人员退到安全位置后发出。听到紧急停车信号，不论是何人发出，都应立即执行。

（5）所吊重物接近或达到额定起重量时，吊运前应检查制动器，并用小高度（200～300mm）、短行程试吊后，再平稳地吊运；吊运液态金属、有害液体、易燃、易爆物品时，也必须先进行小高度、短行程试吊。

（6）流动式起重机，工作前应按说明书的要求平整停机场地，牢固可靠地打好支腿。

（7）工作中突然断电时，应将所有的控制器手柄扳回零位；在重新工作前，应检查起重机动作是否完全正常。

（8）有下列情况之一时，司机不应进行操作：

① 超载或物体重量不清时，如吊拔起重量或拉力不清的埋置物体，或斜拉斜吊等。

② 信号不明确时。

③ 捆绑、吊挂不牢或不平衡，可能引起滑动时。

④ 被吊物上有人或浮置物时。

⑤ 结构或零件有影响安全工作的缺陷或损伤，如制动器或安全装置失灵、吊钩螺母防松动装置损坏、钢丝绳损伤达到报废标准时。

⑥ 工作场地昏暗，无法看清场地、被吊物情况和指挥信号时。

⑦ 重物棱角处与捆绑钢丝绳之间未加衬垫时。

⑧ 钢水（铁水）包装得过满时。

另外还应注意以下问题：

① 不得在有载荷的情况下调整提升、变幅机构的制动器。起重机运行时，不得利用限位开关停车，对无反接制动机能的起重机，除特殊紧急情况外，不得打反车制动。

② 吊运重物不得从人头顶通过，吊臂下严禁站人。操作中接近人时，应给予断续铃声或报警。

③ 在厂房内吊运货物应走指定通道。在没有障碍物的线路上运行时，吊物（吊具）底面应吊离底面 2m 以上。有障碍物需要穿越时，吊物（吊具）底面应高出障碍物顶面 0.5m 以上。

④ 重物不得在空中悬停时间过长，且起落速度要平稳，非特殊情况不得紧急制动和急速下降。

⑤ 吊运重物时不准落臂。必须落臂时，应先把重物放在地上。吊臂仰角很大时，不准将被吊的重物骤然落下，防止起重机向一侧翻倒。

⑥ 吊重物回转时，动作要平稳，不得突然制动。回转时，重物重量若接近额定起重量，重物距离地面的高度不应太高，一般在 0.5m 左右。

⑦ 无下降极限位置限制器的起重机，吊钩在最低工作位置时，卷筒上的钢丝绳必须保证有设计规定的安全圈数。

⑧ 起重机工作时，臂架、吊具、辅具、钢丝绳及重物等，与输电线的最小距离应满足该设备操作规程的要求。

⑨ 用两台或多台起重机吊运同一重物时，钢丝绳应保持垂直，各台起重机的升降、运行应保持同步，各台起重机所承受的载荷均不得超过各自的额定起重能力。如达不到上述要求，每台起重机的起重量应降低至额定起重量的 80%，并进行合理的载荷分配。

⑩ 有主副两套起重机构的起重机，主副钩不应同时开动（设计允许同时使用的专用起重机除外）。

⑪ 在轨道上露天作业的起重机，工作结束时，应将起重机锚定住。风力大于 6 级时，一般应停止工作，并将起重机锚定住。对于门座起重机等在沿海工作，风力大于 7 级时，应停止工作，并将起重机锚定住。

⑫ 电气设备的金属外壳必须接地。禁止在起重机上存放易燃易爆物品，司机室应备灭火器。

⑬ 起重机工作时，不得进行检查和维修。对起重机维修和保养时，应切断主电源，并挂上标志牌或加锁；必须带电修理时，应戴绝缘手套，使用带绝缘手柄的工具，并有人监护。

(9) 起重机的全面检验周期要求：

① 正常条件下使用的起重机，定期检验的周期为 2 年。

② 新安装的、大修和改造的，使用前必须进行全面检验合格。

③ 闲置时间超过一年的，再次使用以前必须进行全面检验合格。

④ 经过暴风、地震和重大事故后，可能使强度、刚度、构件稳定性受到损伤的必须进行全面检验合格。

⑤ 工作繁重、环境恶劣条件下工作的起重机，经常检查不得少于每月一次，全面检查不得少于每年一次。

第五节 电梯安全

电梯是指以动力驱动，利用沿刚性导轨运行的箱体或者沿固定线路运行的梯级（踏步），进行升降或者平行运送人、货物的机电设备，包括载人（货）电梯、自动扶梯、自动人行道等。

电梯是特种设备，必须完全满足《特种设备安全监察条例》的要求，才可使用。为防止电梯因使用不当或维护保养不到位，造成损坏或引起伤亡事故，必须加强电梯的使用安全管理。电梯使用安全管理主要包括：电梯的行政许可、安全规章、操作规程、检测检验、维护保养等，平时还应加强电梯管理人员的安全培训教育，使他们熟知安全操作规程、应急处理方法及检测检验知识，并要求检查、维护、保养到位，确保电梯安全有效运行。

一、电梯的行政许可

（1）电梯的制造许可　电梯制造单位应当经许可，方可从事相应活动，主要采取制造单位许可和产品类型试验备案。制造许可程序主要包括：申请、受理、典型样品的类型试验、制造条件评审（产品类型试验备案方式许可无此项）、审查发证和公告。

（2）电梯的安装、改造、维修许可　电梯安装、改造、维修单位，应当经许可，方可从事相应活动。许可程序主要包括：申请、受理、单位条件评审、审查发证和公告。

（3）电梯的使用登记　电梯在投入使用前或者投入使用后 30 日内，其使用单位应当向设区的市的质量技术监督部门办理使用登记。

（4）电梯的检验机构资格核准：从事电梯类型试验、监督检验、定期检验的技术机构，应当经质量技术监督部门的核准。

（5）电梯的安装、改造和重大维修的监督检验　电梯安装、改造、重大维修过程的质量与最终交验设备的安全技术性能，必须经监督检验合格，方能投入使用。

（6）在用电梯的定期检验　规定在用电梯必须按照相应安全技术规范规定的周期（1 年），定期进行检验合格后，方能继续使用。

（7）电梯检验人员资格许可　从事电梯类型试验、监督检验和定期检验的检验检测人员应当经质量技术监督部门考核合格，取得检验检测人员证书，方可从事检验检测工作。

（8）电梯作业人员资格许可　主要包括电梯安全管理人员、电梯司机和电梯安装维修人员，电梯的作业人员应当经质量技术监督部门考核合格，取得国家统一格式的特种设备作业人员资格证书后，方可从事相应的作业或者管理工作。

二、电梯安全管理和检查保养

1. 电梯安全管理要求

（1）配备专职电梯管理人员，对有司机的电梯，司机应受过专门技术培训，能够正确操作电梯和处理运行中出现的各种紧急状况。

（2）设有经过培训的专职维修保养人员，并建立值班制度。

（3）电梯的使用单位应按照《电梯使用管理与日常维护保养规则》，建立电梯安全技术档案。安全技术档案至少包括以下内容：《特种设备使用注册登记表》；设备及其零部件、安全保护装置的产品技术文件；安装、改造、重大维修的有关资料、报告；日常检查与使用状况记录、维保记录、年度自行检查记录或者报告、应急救援演习记录；安装、改造、重大维修监督检验报告，定期检验报告；设备运行故障与事故记录。

日常检查与使用状况记录、维保记录、年度自行检查记录或者报告、应急救援演习记录，定期检验报告，设备运行故障记录至少保存 2 年，其他资料应当长期保存。

使用单位变更时，应当随机移交安全技术档案。

2. 严格进行检查保养

（1）按照《电梯使用管理与日常维护保养规则》及其有关安全技术规范以及电梯产品安装使用维护说明书的要求，制定维保方案，确保其维保电梯的安全性能。

（2）制定应急措施和救援预案，每半年至少针对本单位维保的不同类别（类型）电梯进行一次应急演练。

（3）设立 24h 维保值班电话，保证接到故障通知后及时予以排除，接到电梯困人故障报告后，维修人员及时抵达维保电梯所在地实施现场救援，直辖市或者设区的市抵达时间不超过 30min，其他地区一般不超过 1h。

（4）对电梯发生的故障等情况，及时进行详细的记录。

（5）建立每部电梯的维保记录，并且归入电梯技术档案，档案至少保存 4 年。

（6）协助使用单位制定电梯的安全管理制度和应急救援预案。

（7）对承担维保的作业人员进行安全教育与培训，按照特种设备作业人员考核要求，组织取得具有电梯维修项目的"特种设备作业人员证"，培训和考核记录存档备查。

（8）每年度至少进行 1 次自行检查，自行检查在特种设备检验检测机构进行定期检验之前进行，自行检查项目根据使用状况决定，但是不少于本规则年度维保和电梯定期检验规定的项目及其内容，并且向使用单位出具有自行检查和审核人员的签字、加盖维保单位公章或者其他专用章的自行检查记录或者报告。

（9）安排维保人员配合特种设备检验检测机构进行电梯的定期检验。

（10）在维保过程中，发现事故隐患及时告知电梯使用单位；发现严重事故隐患，及时向当地质量技术监督部门报告。

电梯的维保分为半月、季度、半年、年度维保，应依据要求，按照安装使用维护说明书的规定和所保养电梯使用的特点，制定合理的维保计划与方案，对电梯进行清洁、润滑、检查、调整，更换不符合要求的易损件，使电梯达到安全要求，保证电梯能够正常运行。

现场维保时，如果发现电梯存在的问题需要通过增加维保项目（内容）予以解决的，应当相应增加并及时调整维保计划与方案。

如果通过维保或者自行检查，发现电梯仅依靠合同规定的维保内容已经不能保证安全运行，需要改造、维修或者更换零部件、更新电梯时，应当向使用单位书面提出。

3. 维护保养工作安全注意事项

（1）季检和年检应由两人以上进行，确保安全可靠。

（2）电梯在检修、检验及打扫卫生时（包括加油），应断开机房的总电源开关。厅门悬挂"检修停用"的标示牌，检修运行时，不准载货或载客。

（3）进入底坑作业时，应将底坑检修急停开关断开，以保安全。

（4）进入轿顶检修时，应断开轿顶急停开关。

（5）轿顶或底坑检修时，使用的手灯其工作电压应为 36V 安全电压，双线圈变压器。

（6）严禁维修人员在未采取安全措施前，在厅门地坎探身到轿顶作业。

（7）不准短接厅门门锁和轿门电气接点进行快车运行的检修。

（8）轿厢内应悬挂司机"操作规程"和"乘梯须知"。

4. 加强机房、井道、候梯间管理

（1）机房除有关人员外，其他人员严禁入内。

（2）机房应该有加锁的安全防护铁门。

（3）机房要保持干燥、清洁、通风良好，机房温度过高时，应有降温的安全措施。

（4）井道内除电梯设备外，不得存放其他杂物。

（5）候梯间不得堆放杂物，保证出入畅通。

因故障突然停梯时，当轿厢地坎高出厅门地坎 600mm 时，未采取可靠的安全措施前，不准出入轿厢，以保安全。

随着氮肥企业的逐步发展，厂内专用机动车辆不断增加，生产工序之间的物料传递也离不开厂内短途运输。厂内专用机动车辆属于特种设备，必须严格按照《特种设备安全监察条例》、《厂内机动车辆监督检验规程》和《厂内机动车辆安全检验技术条件》的要求，实施安全管理。

一、厂内专用机动车辆安全技术要求

（1）车辆应车容整洁、车身周正，装备、安全防护装置及附件齐全有效，整车技术状况，污染物排放、噪声符合国家有关标准及规定。驾驶室的技术状况能保证驾驶员有正常的劳动条件，视线良好，风挡玻璃不得使用有机玻璃及普通玻璃，必须装设后视镜、刮水器。

（2）全车各部位在发动机运转及停车时应无漏油、漏水、漏电、漏气现象，液压系统应管路畅通，密封良好。

（3）操作杆无变形、无卡阻，分配器元件配合良好，安全阀动作灵敏可靠，工作部件在额定速度范围内不应有爬行、停滞和明显冲动现象，车辆方向盘的最大自由转动量从中间位置向左右各不得大于 30°，转向力及前轮侧滑量应符合有关标准和规定。

（4）车辆发动机应安装牢固可靠，动力性好，运转平稳，无异响，启动和停机性能良好，发动机启动系、点火系、燃料系、润滑系、冷却系应机件齐全，性能良好，安装牢固，线路、管路不磨碰。车辆转向应轻便灵活，行驶中不得有轻飘、摆振、抖动、阻滞及跑偏现象，在平直的道路上能保持车辆直线行驶，转向后能自动回正。

（5）前轮定位值应符合设计规定，转向机不得缺油、漏油，固定托架必须牢固，转向垂臂、横直拉杆等转向运动零件不得拼凑焊接，不得有裂纹、变形，球头与球头座、转向节主销与衬套配合松紧适度，润滑良好。

（6）车辆及挂车必须设置彼此独立的行车和驻车制动装置，制动装置的各零部件应完好有效，行车制动装置的制动力、储备行程、踏板的自由行程及制动完全释放时间等指标应符合有关标准、规定及该车整车有关技术条件，在车辆运行过程中，不应有自行制动现象。当挂车与牵引车意外脱钩时，挂车应能自行制动，牵引车的制动仍然有效，车辆的制动距离、跑偏量、驻车制动性能要求等应符合有关标准及规定。

（7）车辆照明及指示灯具应安装牢固、齐全有效。灯泡要有保护装置，不得因车辆振动而松脱、损坏、失效或改变光照方向。所有灯光开关应安装牢固，开关自如，不得因车辆振动而自行开关。车辆均应设置喇叭，其性能应可靠，喇叭的音量应符合有关标准的噪声规定。车辆的各种仪表应齐全且灵敏有效。

（8）车辆轮胎的充气压力应符合其技术性能要求。轮胎胎面的局部磨损不得暴露出轮胎帘布层，同一轴上的轮胎应为相同的型号和花纹，转向轮不得装用翻新的轮胎。

（9）车辆弹簧钢板不得有裂纹、断片和缺片现象，其中心螺栓和U形螺栓须紧固，减震器应工作正常，车架不得有变形、锈蚀、弯曲，螺栓、铆钉不得缺少或松动，前后桥不得有变形、裂纹。

（10）车辆的离合器应接合平稳，分离彻底，不得有异响、抖动和打滑现象。踏板力和自由行程等应符合有关标准、规定及该车整车有关技术条件。变速器应无裂纹，变速换挡灵活、轻便，自锁、互锁可靠，变速杆无变形。传动轴方向节应无裂纹和变形，传动平稳，在运转时，不发生振抖和异响。

（11）燃油箱及燃油管路应坚固并有防护装置，防止由于振动、冲击而发生损坏及漏油现象。燃油箱与排气管的位置应相距300mm以上或设置有效的隔热装置。燃油箱应距裸露电气接头及电气开关200mm以上。

（12）运送易燃、易爆物品的专用车，必须备用消防器材和相应的安全措施。排气管应安装在车前，尾部应安装接地链。车身应喷有"禁止烟火"字样或标志，进入易燃易爆场所作业的车辆必须具有防爆措施，全挂车和半挂车中间应加装安全防护装置。

（13）各类厂内机动车辆还应符合各自特有的安全条件和要求。

二、驾驶人员的安全技术要求

（1）年龄在18周岁以上。

（2）身体状况良好，无影响驾驶操作的病症及生理缺陷。

（3）有与申请驾驶作业相适应的文化程度。

（4）车辆驾驶人员属特种设备作业人员，由当地质量技术监督部门发证方可进行作业。

（5）具有从事车辆驾驶所需的安全技术知识和独立驾驶的能力。

（6）严格遵守各项规章制度。

（7）车辆使用单位应定期对驾驶员进行安全方面的教育和培训考核。

（8）符合安全技术规范规定的其他要求。

三、安全管理

企业应加强对厂内专用机动车辆的安全管理，保证厂内专用机动车辆的安全运行，严禁无证和无令开车、严禁酒后开车、严禁超速行车和空挡溜车、严禁带病行车、严禁人货混载行车、严禁超标装载行车、严禁无阻火器车辆进入禁火区。

（1）必须建立健全厂内专用机动车辆安全管理规章制度，并认真执行。厂内专用机动车辆使用单位的安全第一责任人为本单位机动车辆安全管理第一负责人。本单位应指定专人作为机动车辆安全管理员，负责本单位所属机动车辆日常管理和档案管理，配合上级部门的检查及定期检验等工作。

（2）厂内专用机动车辆应逐台建立安全技术管理档案，其内容包括：

① 车辆出厂的技术文件和产品合格证；

② 使用、维护、修理和自检记录；

③ 安全技术检验报告；

④ 车辆事故记录。

（3）厂内行驶的各种生产用车，如铲车、叉车、电瓶车、柴油车、起重车、运输车等均属机动车。这些车辆多不在厂外行驶，公安部门不统一管理，由质量技术监督部门管理。企业除参照公安机关对机动车驾驶人员管理外，还应在质量技术监督部门指导下强化管理。机动车在厂内行驶，造成的交通肇事不但伤害周围人员，而且易碰撞生产设备发生泄漏，甚至可能造成火灾爆炸、大面积中毒。厂内厂外驾驶机动车人员，都必须有驾驶证，并随身携带备查，凭证开车；驾驶证不准伪造、转借、涂改、毁坏和冒领；驾驶员不准将车辆交给无驾驶证的人驾驶。无证驾驶不单指无驾驶证者驾驶机动车，还包括那些超期的驾驶证、驾驶与证件规定车型不符合的情况。

四、安全技术检验

（1）厂内专用机动车辆的使用单位应对本单位的机动车辆定期进行年度、季度、月度及每周的安全检查。

（2）质量技术监督部门在企业自检的基础上对厂内专用机动车辆进行年度检验。检验不合格的车辆限期整改，并予以复检。

（3）在用、新增及改装的厂内机动车辆应及时上报当地质量技术监督部门办理注册登记手续，经检验合格，核发牌照后方可使用。

（4）厂内机动车辆遇有过户、修复、改装、报废等情况时，应及时上报当地质量技术监督部门办理相关手续。

（5）受检单位如对检验结果有异议，可向上一级质量技术监督部门申请复议。

五、厂内运输事故及其原因

常见的运输伤害事故种类可分为：车辆事故（包括撞车、翻车、脱轨、轧辗等），运搬、装卸、堆垛中物体砸伤事故。

厂内专用机动车辆类型的多样性、应用的广泛性以及结构和操作的复杂性，导致了厂内机动车辆事故的多发，往往造成人员伤亡和财产的损失。造成事故的原因归纳起来有人、车、路三个因素，驾驶员是造成事故的主要因素。事故大多是由于超速、超载、超长、超高、超宽、无证驾驶、带病运行、人货混装、酒后开车、空挡调车等违章违纪和思想麻痹、技术不熟练造成的。

同时车辆的不安全状况是一个不可低估的间接原因，主要表现在以下三个方面：

（1）运输设备和工具有缺陷。由于使用管理不善及维护保养等环节上都不到位，形成车辆技术状况差，安全性能下降，导致整车质量下降，故障率增加。

（2）作业条件不符合安全要求。如通道、照明、场地等不符合要求。

（3）各相关部门及有关单位，对厂内车辆安全性能、人员管理等方面缺乏强有力的监管，难以降低设备损坏率。

第七节 通用机械安全技术

通用机械设备主要是指风机、泵、运输机械、各种加工机械（机器）和专用化工机械设备等。通用机械是氮肥生产必不可少的设备，在给人们带来高效、快捷、方便的同时，也同时带来一些不安全因素。机械安全技术是实现机械系统安全的基础，也是保证氮肥生产装置稳定连续运行的必要前提。

一、由机械产生的伤害

由机械产生的伤害，常常是使用时发生的机械伤害事故。可能发生的另一类伤害是非机械性伤害，如电气伤害、噪声伤害、振动伤害、辐射伤害、有害介质泄漏等。

二、通用机械的安全技术要点

（1）设计制造的安全技术　通用机械一般都有特定的技术参数，设计、制造上在保证性能可靠的前提下，要做到能耗较低、结构合理、材质适当、加工规范、防护设施健全、三废排放合格，实现机械设备的本质安全。

（2）使用安全技术　一定要在机械设定的技术范围内运行，根据人机工程学原理，制定严格的操作规程和维护管理制度，保证机械设备使用中的安全。

三、机械伤害产生的主要原因

机械伤害的主要形式有夹挤、碾压、剪切、切割、缠绕或卷入、戳扎或刺伤、摩擦或磨损、飞出物打击、高压流体喷射、碰撞或跌落等机械伤害，以及介质泄漏造成的毒性、爆炸伤害。

机械伤害产生的主要原因如下：

（1）机械布置不合理，未留足必要的操作、检修通道，造成操作及检修人员的伤害；

（2）机械旋转部分，必要的防护措施不到位；

（3）机械加工粗糙，外露及内部的毛刺、锐边等造成接触人员的伤害；

（4）机械设计时对强度和刚度考虑不周，造成机械事故伤及人员；

（5）机械连接部位，未把紧或振动松动，造成泄漏，产生毒性及燃、爆事故；

（6）违背使用条件，超负荷运行造成机械及人员伤害；

（7）人员未按操作规程使用机械，造成人员及机械伤害；

（8）检修人员未按规定办理批准手续并执行，造成人员及机械伤害；

（9）其他违规原因。

四、通用机械的安全防护

通用机械安全防护是通过采用防护装置、安全装置或其他手段，对一些机械危险进行预防的安全技术措施，其目的是防止机械在运行时产生各种对人员的接触伤害。防护装置和安全装置有时也统称安全防护装置。安全防护的重点是机械的传动部分、操作区、高空作业区、机械的其他运动部分、移动机械的移动区域，以及某些机械由于特殊危险形式需要采取的特殊防护等。

安全防护采取的安全措施必须不影响机械的预定使用条件，而且使用方便。

（1）防护装置　是指通过设置物体障碍方式将人与危险区隔离的专门用于安全防护的装置。防护装置按使用方式可分为固定式和活动式两种。

（2）安全装置　是指用于消除或减少机械伤害风险的单一装置或防护装置联用的保护装置，常见的安全装置有以下几种。

① 联锁装置，这是一种常用的安全装置。主要形式有：当某些部位异常时，对其他部位发出停止命令；某些部位出现伤及人身安全情况时，发出立即停车的命令；有的部位不预先开车，后续部位就不能启动的约束等。

② 止动装置，这是一种手动操作装置，只有当手对操纵器作用时，机器才能启动并保持运转；当手离开操纵器时，该操作装置能自动回复到停止位置。

③ 双手操纵装置，这是两个手动操纵器同时动作的止-动操纵装置。只有两只手同时对操纵起作用时，才能启动并保持机器或机器的一部分运转。

④ 自动停机装置，这是一种当人或人的一部分超越安全限度，能使机器或其零部件停止运转的装置。

⑤ 机械抑制装置，这是一种机械障碍（如楔、支柱、撑杆、止转棒等）装置。该装置靠其自身强度支撑在机构中，用来防止某种危险运动发生。

⑥ 有限运动控制装置，也称行程限制装置，只允许机械零部件在有限的行程内动作。

第八节　辅助设施安全技术

辅助设施有很多种，企业员工经常接触或经常使用，对生产安全起着至关重要的作用。设计、制造符合要求，而且管理完善、保养到位的各种辅助设施，能保证劳动者的生命安全和健康。对辅助设施的管理不到位或检查维护不当，则很容易发生事故。因此，辅助设施也是安全管理的一项重要内容。

本节的叙述以《固定式钢梯及平台安全要求》（GB 4053.1～3—2009）作为基准。

一、固定式钢直梯安全技术

（一）固定式钢直梯的概念

固定式钢直梯，就是永久固定在建筑物或设备上，与水平面成 75°～95° 倾角安装的钢直梯。它由梯梁（用来安装踏棍或其他横向承载件的梯子侧边构件）、踏棍（供使用者上下梯时脚踩踏的梯子构件）、护笼（安装在梯梁或固定结构上，封闭梯子周围攀登空间防止人员坠落的框架结构）、支撑（固定连接钢直梯与建筑物或设备的构件）、扶手（钢直梯顶端供攀登者手握的构件）构成，是氮肥企业生产中常用的辅助设施。

（二）固定式钢直梯的安全技术

（1）制作材料： 钢直梯应采用力学性能不低于 Q235-B 的钢材，并具有碳含量合格的保证。梯梁应采用不小于 60×10 扁钢或具有等效强度的构件，非正常环境下使用的梯子梯梁应采用 60mm×12mm 或具有等效强度的构件。踏棍宜采用直径不小于 $\phi20mm$ 且不大于 $\phi35mm$ 的圆钢。支撑应采用角钢、钢板或钢板组焊成 T 型钢制作，埋设或焊接时必须牢固可靠。

（2）间距： 钢直梯踏棍间距宜为 225～300mm 等距离分布；无基础的钢直梯，至少焊两对支撑，支撑竖向间距应不大于 3000mm，最下端的踏棍距基准面距离不宜大于 450mm；钢直梯每级踏棍的中心线与建筑物或设备连续性外表面之间的净距离不得小于 180mm，对非连续性障碍物距离应不小于 150mm；侧进式钢直梯中心线至平台或屋面的距离为 380～500mm，梯梁外侧与平台或屋面之间的净距离为 180～300mm；钢直梯上端踏棍应与平台或屋面平齐，其与设备及建筑物间隙不得大于 180～300mm，并在直梯上端设置高度不低于 1050mm 的扶手。钢直梯最佳宽度为 500mm，由于工作面所限，攀登高度为 5000mm 以下时，梯宽可适当缩小，但不得小于 300mm。

(3) 护笼：钢直梯梯段高度超过 3000mm 时应设护笼，护笼下端距基准面为 2000～2400mm，护笼上端高出基准面应与 GB4053.3《固定式工业防护栏杆安全技术条件》规定的栏杆高度一致；圆形护笼直径应为 650～800mm，其内测深度由踏棍中心线起应不小于 650mm，不大于 800mm；水平圈采用不小于 50×6 扁钢，间距不大于 1500mm 在水平圈内侧按，间距不大于 300mm 均布焊接不少于五根，尺寸不小于 40×5 扁钢立杆。应保证护笼各构件形成的空隙不大于 0.4m²。护笼底部距梯段下端基准面应不小于 2100mm，不大于 3000mm。

(4) 梯段高度及梯间平台：单梯段高度宜不大于 10m，攀登高度大于 10m 时宜采用多段梯并设置梯间平台，平台的垂直间距宜为 6m。平台应设安全防护栏杆。

(5) 其他技术：钢直梯全部采用焊接连接，所有构件表面应光滑无毛刺，安装后不应有歪斜、扭曲、变形及其他缺陷；梯梁应与设备或建筑通过支撑可靠固定，梯梁连接处不应位于支撑处；当固定设备温度较高时，钢直梯应采用非焊接连接以吸收热膨胀；钢直梯安装后，必须认真除锈并做防腐涂装。

(6) 室外安装的钢斜梯和连接部分，应按要求设置防雷电保护及接地。

（三）固定式钢直梯的荷载规定

(1) 踏棍按在中点承受 1kN 集中活荷载计算。容许挠度不大于踏棍长度的 1/250。

(2) 梯梁按组焊后其上端承受 2kN 集中活荷载计算（高度按支撑间距选取，无中间支撑时按两端固定点距离选取）。任何方向上的挠曲变形不大于 2mm。

二、固定式钢斜梯安全技术

（一）固定式钢斜梯的概念

固定式钢斜梯是永久固定在建筑物或设备上，与水平面成 30°～75°角的踏板钢梯。它由梯梁（斜梯两侧的边梁）、踏板（供上、下梯时脚踏的水平构件）、立柱、横杆、扶手构成，是氮肥企业中生产常用辅助设施。

（二）固定式钢斜梯的安全技术

(1) 制作材料：梯梁钢材采用性能不低于 Q235-B 的钢材，其截面尺寸应通过计算确定；踏板采用厚度不得小于 4mm 的花纹钢板，或经防滑处理的普通钢板，或采用 25×4 扁钢和小角钢组焊成的格子板；扶手采用外径为 30～50mm、壁厚不小于 2.5mm 的管材；立柱宜采用截面不小于 40×40×4 角钢或外径为 30～50mm 的管材；横杆采用直径不小于 16mm 圆钢或 30×4 扁钢，固定在立柱中部。

（2）扶手距离：扶手高应不小于 860mm 且不大于 960mm。立柱从第一级踏板开始设置，间距不宜大于 1000mm。梯宽小于 1100mm 时，可设一侧或两侧扶手；梯宽为 1100～2200mm 时，应设两侧扶手；梯宽大于 2200mm 时，除两侧扶手外还应设中间扶手。梯高不宜大于 5m，大于 5m 时宜设梯间平台，分段设梯。

（3）虽然固定式钢斜梯倾角可在 30°～75°范围内，但是优选 30°～35°。偶尔进入的最大倾角宜为 42°，经常性双向通行的最大倾角宜为 38°。

（4）其他技术：钢斜梯应全部采用焊接连接，所有构件表面应光滑无毛刺，安装后不应有歪斜、扭曲、变形及其他缺陷；钢斜梯与附在设备上的平台相连接时，连接处应采用开长圆孔的螺栓连接；钢斜梯安装后，必须认真除锈并做防腐涂装。

（5）室外安装的钢斜梯和连接部分，应按要求设置防雷电保护及接地。

（三）固定式钢斜梯的荷载规定

固定式钢斜梯的设计荷载应按实际使用要求确定，且不得小于以下数值：

（1）应能承受 5 倍预定荷载标准值，并不小于施加在任何点的 4.4kN 集中荷载；水平投影面上的均布活荷载标准值应不小于 3.5kN/m；

（2）踏板中点的集中活荷载应不小于 1.5kN，在梯子内侧宽度上的均布荷载应不小于 2.2kN/m；

（3）斜梯扶手应能承受除向上的任何方向施加的不小于 890N 集中荷载时，在相邻立柱间的最大挠度不大于跨度的 1/250，中间栏杆应能承受在中点圆周上施加不小于 700N 水平集中荷载，最大挠度变形不大于 75mm，端部及末端立柱顶部施加的任何方向上的 890N 的集中荷载，以上荷载不叠加。

三、固定式工业钢平台安全技术

（一）概念

固定式工业平台，是指永久性安装在建筑物或设备上供人员工作、休息或通行的钢制平台，可分为工作平台、梯间平台和通行平台三种。

工作平台：装有要求的防护装置，供人员进行工作活动的平台。

梯间平台：相邻梯段间供人员休息或改变行进方向的平台。

通行平台：工作人员由一个区域向另一个区域行走的平台。

（二）固定式工业钢平台的安全技术

（1）制作材料：钢平台的其他构件设计应符合《钢结构设计规范》；平

台应采用机械性能不低于 Q235B 的钢材制作；平台铺板应采用大于 4mm 厚的花纹钢板或经防滑处理的钢板，相邻钢板不应搭接焊。

(2) 尺寸要求：通行平台无障碍宽度不应小于 750mm，竖向净空一般不应小于 2000mm；梯间平台宽度不应小于梯段宽度，且直梯不应小于 700mm，斜梯不应小于 760mm；行进方向的长度不应小于梯段的宽度，且直梯不小于 700mm 斜梯不小于 850mm。

(3) 其他技术：平台一切敞开的边缘均应设置安全防护栏杆。防护栏杆的设计应符合 GB 4053.3《工业防护栏杆及钢平台》的要求；平台应安装在牢固可靠的支撑结构上，并与其刚性连接；梯间平台不得悬挂在梯段上；平台全部采用焊接，焊接要求应符合《钢结构焊接规范》；平台钢梁应平直，铺板应平整，不得有斜扭、翘曲等缺陷；制成后的平台应涂防锈漆和面漆。

（三）固定式工业钢平台的荷载规定

平台设计荷载应按实际使用要求确定，应符合以下规定：

(1) 整个平台区域内应能承受不小于 $3kN/m^2$ 均布活荷载；

(2) 在平台区域内中心距为 1000mm，边长为 300mm 的正方形应能承受不小于 1kN 的集中荷载；

(3) 平台地板在设计荷载下挠曲变形应不大于 10mm 及跨度的 1/200 两者的小者。

四、固定式工业防护栏杆安全技术

（一）概念

固定式工业防护栏杆，是沿平台、通道及作业场所敞开边缘固定安装的防护设施，由立柱（栏杆的垂直构件）、扶手（固定于立柱上端的水平方向设置的防护构件）、横杆（固定于立柱中部的连接杆件）、挡板（固定于立柱下部的防护板）组成，是氮肥企业中生产常用辅助设施。

（二）固定式工业防护栏杆的安全技术

(1) 制作材料 栏杆的全部构件采用性能不低于 Q235-B 的钢材制作；扶手宜采用外径不小于 30mm，且不大于 50mm 的钢管；立柱宜采用不小于 50×50×4 角钢或外径为 30~50mm 的钢管；横杆采用不小于 25×4 扁钢或 ϕ16mm 的圆钢；踢脚板高度不小于 100mm，其底部与地板间隙不大于 10mm，宜采用不小于 100×2 扁钢制造。

(2) 尺寸要求 当平台、通道和作业场所据基准面高度小于 2m 时，防护栏杆高度应不低于 900mm；当该高度大于 2m 小于 20m 时，防护栏杆高度应不低于 1050mm；当该高度大于 20m 时，防护栏杆高度应不低于 1200mm；立柱间距不大于 1000mm；横杆与上、下构件的净间距不得大于 500mm。

（3）其他技术　栏杆的结构宜采用焊接，当不便焊接时，也可用螺栓连接，但必须保证结构强度；栏杆端部必须设置立柱或与建筑物牢固连接；所有构件表面应光滑、无毛刺，安装后不应有歪斜、扭曲、变形及其他缺陷；栏杆表面必须认真除锈，并做防腐涂装。

（三）防护栏杆的设计荷载

（1）防护栏杆安装后，顶部栏杆应能承受水平方向和垂直方向不小于890N 的集中荷载和不小于 700N/m 均布荷载，在相邻立柱间的最大挠曲变形，应不大于跨度的 1/250，荷载均不得叠加计算。

（2）中间栏杆应能承受在中点圆周上施加的不小于 700N 的水平集中荷载，最大挠曲变形不大于 75mm。

第九节　化工设备的腐蚀与防护

一、腐蚀的定义与分类

腐蚀是指材料（包括金属和非金属）在周围介质（水、空气、酸、碱、盐、溶剂等）作用下产生损耗与破坏的过程。

在化工生产中各种具有腐蚀性的介质，直接与化工设备和管道接触，腐蚀破坏是酿成设备事故的重要原因之一。此外，腐蚀介质对厂房建筑（梁、柱、地面）、设备基础、各种构架、道路和地沟等均会造成腐蚀，严重时会导致厂房倒塌、设备基础下沉、构架及管道变形开裂，威胁安全生产。另外，腐蚀性介质也会使电气、仪表线路和设备腐蚀破坏，导致绝缘失效、短路或接触不良，致使电气、仪表设备失灵，引发生产事故。腐蚀也会给工厂的生产环境和人身健康带来极大的影响，必须十分注意。

腐蚀的分类方法很多，一般可按腐蚀的机理和腐蚀的部位来分类。

按腐蚀机理分类，可分为化学腐蚀和电化学腐蚀；按腐蚀部位可以分为全面腐蚀和局部腐蚀。局部腐蚀包括孔蚀、缝隙腐蚀、脱层腐蚀、晶间腐蚀、磨损腐蚀、空泡腐蚀、氢腐蚀、应力腐蚀。

（一）化学腐蚀

金属与周围接触介质发生化学反应而引起的破坏，称为化学腐蚀。常见的化学腐蚀如下。

（1）金属氧化　指金属同氧作用所产生的腐蚀。铁在潮湿的空气中会被氧化。它的氧化机理是，首先生成氢氧化亚铁 $Fe(OH)_2$，继之被氧化成氢氧化铁 $Fe(OH)_3$，氢氧化铁以一种疏松的沉淀形式覆盖在金属表面，在吸取空气中的水分的同时，更加速了其腐蚀作用，最后生成水合氧化铁——铁锈。一般化工设备的外壁都比较容易被大气氧化腐蚀。

金属在干燥或高温气体中，也能同氧作用，生成氧化铁。

(2) 金属与酸、碱、盐介质作用 例如金属与介质中 OH^-、Cl^-、NO_3^-、SO_4^{2-}、ClO_4^-、CrO_4^-、$COOH^-$ 等离子作用产生的腐蚀，其产物为金属的盐类。

空气中的二氧化碳和二氧化硫，在水分的存在下，也能使容器的金属表面腐蚀。

(3) 高温硫化 金属在高温下与含硫（硫蒸气、二氧化硫、硫化氢等）介质作用下生成硫化物的腐蚀过程称为高温硫化。

(4) 脱碳 高温下，钢中渗碳体与气体介质（水蒸气、氢、氧等）发生化学反应，引起渗碳体脱碳的过程。结果形成一定厚度的缺碳铁素体，使钢表面硬度和疲劳极限下降。

(5) 氢腐蚀 在高温下氢分子扩散到钢的内部，与钢中的碳发生反应，生成甲烷。甲烷在钢的内部不能扩散，形成高压，使钢内部产生裂纹，脆性增加强度下降。

（二）电化学腐蚀

不同金属（或合金）具有不同的电位，同电解质溶液接触时，构成原电池。由于金属材料的不同，形成原电池的负、正两极，在电解质溶液的存在下，发生氧化还原反应，使金属材料的某一组分发生溶解，致使金属材料被损耗，这种腐蚀叫电化学腐蚀。

两种不同金属在电解质溶液中直接接触，因其电极电位不同也构成原电池，致使电极电位较负的金属被氧化溶解，这也是电化学腐蚀的一种，称为电偶腐蚀，或接触腐蚀、双金属腐蚀。

电化学腐蚀广泛存在于局部腐蚀之中。

（三）全面腐蚀

腐蚀介质对材料全部接触表面发生程度相同的腐蚀，使材料厚度均匀逐渐减薄，这种腐蚀叫全面腐蚀，也称均匀腐蚀。

（四）局部腐蚀

1. 孔蚀

孔蚀通常发生在表面有钝化膜或有保护膜的金属上，如不锈钢、铝合金和钛等。由于金属表面存在缺陷，当与能破坏钝化膜的活性离子作用时，钝化膜被局部破坏，微小的破口处的金属（阳极）与破口周围的膜（阴极）形成原电池的两极，从而产生电化学腐蚀，形成蚀孔。蚀孔形成后，孔内氧很快耗尽，因此只有阳极反应在进行，孔内积累了带正电荷的金属离子

（M⁺），而 Cl 不断向孔内扩散，形成金属氯化物（MCl）。金属氯化物水解成盐酸，盐酸使更多的金属溶解，促进阳极反应，而孔周围保护膜却受到了阴极保护。这样孔向纵深发展，形成小而深的孔洞，直至金属板被穿透，容器内物料流出，酿成事故。

2. 缝隙腐蚀

这类腐蚀发生在缝隙内，如铆缝、换热管与管板间隙、焊缝缺陷部位、垫片或沉积物的下面。由于缝隙中积液流动不畅，逐渐使缝内外构成浓差电池，发生阳极溶解，原理同孔蚀。其破坏形态为沟缝状，严重的可穿透金属板，其防止方法是消除缝隙。

3. 脱层腐蚀

这类腐蚀发生在层状结构的层与层之间，腐蚀先垂直向内，然后改变方向，有选择地腐蚀与表面平行的物质，腐蚀产物的胀力使未腐蚀的表面呈层状脱离。

合金腐蚀是合金的某种组分被选择性地溶解而发生的腐蚀，或称为脱成分腐蚀。常见的黄铜脱锌及铸铁脱铁而石墨化，都是选择性腐蚀的例子。

4. 晶间腐蚀

晶间腐蚀是一种沿材料晶粒晶界发生的腐蚀破坏。它可以在外观无变化情况下，完全丧失金属的强度。在外界腐蚀环境中，由于金属材料晶界和晶粒本身的物理化学性质和电化学性能有差异，或晶间沉积了杂质，或某一种元素增多或减少，致使在它们之间构成了原电池。

这类腐蚀常常由于设备不适当的热处理或冷加工所致，特别是在焊缝两侧 2～3mm 处，易产生晶间腐蚀。

5. 氢腐蚀

氢腐蚀有两种，一种是在高温下，氢原子进入金属内，与金属中的一种组分或元素发生化学反应造成的腐蚀，其中与碳反应生成甲烷并聚集，使金属变脆直至断裂，属于化学腐蚀的一种。另一种类型是原子氢渗透到金属（或合金）内，然后结合成分子氢，形成气泡。如果这种合金是低强度钢，而钢中有大量的非金属杂质，则氢气最易引起钢材表面鼓泡，甚至破裂，特别是外界环境中含有硫化物、砷化物、氰化物时，更易发生氢鼓泡。

在高强度钢中，当金属晶格高度变形时，氢气进入后，会使晶格发生更多的变形，因而降低其韧性和延性，引起脆化，这种腐蚀也叫氢脆。

防止氢腐蚀的方法是选择没有空穴的镇静钢代替有许多空穴的沸腾钢，采用对氢渗透低的奥氏体或含镍、钼的不锈钢。

6. 磨损腐蚀

流体对金属表面的磨损和腐蚀同时产生，在流体的高速冲击下，金属表面的保护膜破损，加速了破口处的腐蚀。化工管道中的弯头、三通和阀门；鼓风机、离心机和泵的叶轮；旋风分离器，带搅拌的反应器等，流体在这些地方产生湍流或变化方向，引起冲击，极易产生磨损腐蚀。防止磨损腐蚀的方法是改进设计，减少摩擦，选用耐磨材料或在材料上施以耐磨涂层。

7. 空泡腐蚀

空泡腐蚀又叫气蚀，在高速流动的流体并有压力变化的环境下运转的设备易发生空泡腐蚀，如泵和水力透平机等。由于液体的湍流和温度的变化，引起局部压力降，形成气泡。随着压力的变化，气泡很快破裂并产生巨大的冲击力，使金属的保护膜破坏，引起范性形变，这种腐蚀也叫气蚀，是磨损腐蚀的另一种形式。

8. 应力腐蚀

应力腐蚀是受拉应力的某种金属材料与特定介质在一种特定的组合环境下，产生的一种破坏形式。金属发生应力腐蚀时，在应力和腐蚀两个因素相互作用下，金属会产生大量的裂纹，大大降低了金属的承载力，会在远低于材料许用应力的情况下，发生破裂。

如果应力是交变的拉伸应力，这种腐蚀称为疲劳腐蚀。在疲劳腐蚀过程中，首先也是在表面形成腐蚀缺口并引起应力集中，成为疲劳裂纹的策源点。在交变拉伸应力的作用下，被破坏的保护膜无法再恢复，沉积在腐蚀坑底部的始终是处在活性状态且构成腐蚀电池的阳极。这样在腐蚀与交变应力的共同作用下，裂纹不断扩展直至金属材料最后断裂。

二、防腐蚀技术

（一）正确选材

防止或减缓腐蚀的根本途径是正确地选择材料。要根据生产过程中介质的性质、浓度及温度、压力、流速等工艺条件和材料的耐腐蚀性能，考虑经济技术指标，综合选择材料，包括金属材料、非金属材料、衬里和防腐涂层。

由于非金属材料往往具有优良的耐蚀性及一定的力学性能，广泛用于防腐设备，常用的有聚氯乙烯、聚乙烯、聚丙烯、橡胶、陶瓷、玻璃钢、砖板衬里、不透性石墨、玻璃等。

（二）合理设计、仔细施工

合理设计，就是设计参数的选取上，一定要覆盖设备使用期内的各种可能出现的危险条件组合，依据工艺条件，选取耐蚀材料，结构设计上要消除各种易产生加剧腐蚀的条件。仔细施工，就是要按照施工规范完成加工和施工任务，防止损伤防腐面。

为了避免腐蚀性介质对设备的腐蚀，可以选择耐蚀材料，在器壁上涂防腐层或加内衬里，表面涂层可以是金属，如电镀、电喷层等，也可以是非金属，如油漆、搪瓷等，也可以采用复合钢板。

在结构上及连接形式上，注意避免出现缝隙，开孔位置的选择要合理。在设备制造、维修时，要注意消除应力。

（三）注意设备维护

生产过程中，严格遵守操作规程和工艺条件，温度的急剧波动往往是衬里损坏的主要原因。对有腐蚀可能性的设备要经常检查，检查防护层是否完好，衬里是否有凸起、裂纹等损坏。在停车时注意消除残液，不锈钢容器进行水压试验时氯离子浓度要小于 25×10^{-6}。对腐蚀裂纹等缺陷要进行检测和修理，防止孔蚀。对金属材料组织恶化（如脱碳、脱皮、晶间腐蚀）的容器，应进行金相检验、化学成分分析和表面硬度测定。

（四）钝化法

利用化学药剂使金属表面形成钝化膜，对金属起保护作用。常用的成膜剂有铬酸盐、磷酸盐、碱、硝酸盐和亚硝酸盐的混合物。尿素合成塔中加氧就是保护内衬里的氧化膜。钝化膜在不太强的腐蚀环境中，如氮肥厂的循环水系统中，在大型设备上也有应用。

（五）加入缓蚀剂法

在流体介质中加入少量的缓蚀剂，能大大降低金属的腐蚀速度。缓蚀剂有两类：一类是有机类，如苯胺、硫醇胺、乌洛托品等；另一类是无机类，如铬酸盐、硝酸盐、磷酸盐、硅酸盐等。

（六）阴极保护法

这种方法对电化学腐蚀有效。阴极保护法有两种：一种是牺牲阳极法；另一种是外加电流法。

(1) 牺牲阳极法 将较活泼的金属或合金连接在被保护的金属上，形成原电池，较活泼金属作为腐蚀电池的阳极被腐蚀，被保护的金属作为阴极免遭腐蚀。一般选铝、锌及其合金作为阳极材料。

(2) 外加电流法 将被保护的金属与另一附加电极作为电解电池的两个极，被保护金属为阴极，在外加电流的作用下得到保护。

阴极保护法广泛应用于海水设施、地下管道及埋在土壤中的金属设备上。

三、防腐工程

（一）防腐工程的概念和分类

防腐工程是对易遭腐蚀的结构物或构筑物的表面衬砌、涂抹防腐材料，以达到防止其腐蚀的目的，也包括对非金属材料管道（如陶管）的施工工程。

防腐工程按其材料大体可分为水玻璃类、硫黄类、沥青类、树脂类、聚氯乙烯类和涂料类等几大类。

水玻璃类防腐工程包括：水玻璃耐酸胶泥、耐酸砂浆铺砌的块材面层；水玻璃涂抹的整体面层，及水玻璃耐酸混凝土灌筑的整体面层、设备基础和构筑物。

硫黄类防腐工程包括：硫黄胶泥、硫黄砂浆浇灌的块材面层；硫黄混凝土灌筑的地面、设备基础和储槽等。

沥青类防腐工程包括：沥青胶泥（或热沥青）铺贴的油毡隔离层；沥青胶泥铺砌的块材面层；沥青砂浆和沥青凝土铺筑的整体面层或垫层；碎石灌沥青垫层。

树脂类防腐工程包括：树脂胶泥和玻璃钢工程；树脂胶泥铺砌或勾缝的块材面层；各种胶料铺衬的玻璃钢整体面层和隔离层，及环氧胶涂覆的隔离层。

聚氯乙烯防腐工程包括：用各种聚氯乙烯型材装铺的整体层和隔离层。

耐腐蚀涂料工程包括：用过氯乙烯漆、环氧漆、酚醛漆、聚氨基甲酸酯漆、沥青漆和生漆等涂料涂覆的面层。

耐酸陶管工程是指工业防腐管道及排污管道工程，包括承插式接口陶管和套环式接口陶管。

（二）防腐工程的施工安全

1. 水玻璃类防腐工程的施工安全

（1）施工环境温度以 15~30℃ 为宜，材料使用温度不低于 10℃，低于 10℃ 时应采取加热措施。在施工及养护期间，严禁与水或水蒸气接触，防止早期脱水过快。

（2）水玻璃的化学成分为氟硅酸钠。氟硅酸钠有毒，必须有专人保管，安全存放。

（3）氟硅酸钠干粉料应使用密封搅拌箱。

（4）施工时应有良好的通风条件。

（5）操作人员要穿工作服，戴口罩和护目镜等。在进行酸化处理时，应穿戴防酸护具（如防酸手套、防酸靴、防酸裙等）。

（6）稀释浓硫酸时，严禁把水倒入浓硫酸中，应把浓硫酸徐徐倒入水中，防止飞溅。

2. 硫黄类防腐工程的施工安全

（1）施工环境温度不宜低于 5℃，一般施工 2h 后就可使用，设备基础、储槽等构筑物的施工，必须 24h 后方可使用。

（2）硫黄类耐蚀材料在冷固前严禁与水接触，所用材料、器具必须干燥。

（3）硫黄类耐蚀材料使用温度不应高于 80℃，避免冷热交替频繁、温度急骤变化，与明火接触或受重物撞击。

（4）硫黄储存要注意防火。

（5）现场熬制硫黄胶泥和砂浆时，会产生有毒气体，要注意室内排风，防止中毒。室外熬制点应设在下风方向。

（6）熬制过程中要严格控制温度，严防着火，发现冒黄烟应立即撤火降温，局部燃烧时，可撒石英粉灭火。

（7）操作人员应戴口罩、手套等防护用品。

3. 沥青类防腐工程的施工安全

（1）施工环境温度不宜低于 5℃，施工时工作面应保持清洁干燥。

（2）沥青类材料应按品种、标号分别堆放，避免暴晒和粘杂物。

（3）沥青熬制和施工时，应注意防止中毒。炉灶应设在下风处，操作人员应站在上风向，并配有规定的防护用具，防止沥青烫伤。

（4）熬制点应设防火设备，注意防火。

4. 树脂类防腐工程的施工安全

（1）施工环境以 15～25℃ 为宜，相对湿度不宜大于 80%。采取加热保暖措施时，不得用旺火或蒸汽直接加热，施工和养护期严禁明火或暴晒，注意防水。

（2）配制聚酯砂浆时，过氧化环己酮固体易爆炸，应引起注意，须配成糊状使用，并严禁与促进剂直接混合。

（3）配制、使用乙醇、苯、丙酮等易燃、易爆材料的施工现场，应严禁烟火，并配备消防器材，注意通风。

（4）配硫酸时，注意应将酸注入水中（严禁将水注入酸中）。

（5）配制硫酸乙酯时，应将硫酸慢慢注入酒精中，并充分搅拌，但温度不能超过 60℃，严禁酸雾飞出。配制量较大时应设有间接冷却装置。

（6）操作人员应在施工前进行体检，患有气管炎、心脏病、肝炎、高血压以及有过敏反应者不得进行操作。操作者戴好防护用具，如口罩、护目镜、手套、工作服等，施工中不慎与腐蚀或刺激性物质接触后，要立即用水或乙醇擦洗。

5. 聚氯乙烯（PVC）塑料防腐工程的施工安全

（1）焊接使用的焊枪应用绝缘电缆线，采用 36V 电压。

（2）黏合剂和溶剂多为易燃、易爆、有毒品，操作地点要通风良好，并设有防火设施。

（3）操作者应戴防毒口罩和手套。

6. 涂料防腐工程的施工安全

（1）施工前应对施工人员进行安全教育，患有慢性皮肤病或有过敏反应者不得参加施工操作。

（2） 使用毒性或刺激性较大的涂料时，现场应加强通风。操作人员应穿戴防护用品，严防涂料与皮肤接触，特别是生漆，面部可涂防护油膏（配方为：甘油 14g、凡士林 12g、硼酸 2g、淀粉 149g、滑石粉 21g，调成糊状使用）。

（3） 在喷涂施工现场，当自然通风不能满足正常工作条件时，必须进行机械通风，以免中毒、头痛昏迷现象发生。

（4） 堆料仓库及施工现场应注意防火，并配备足够的消防器材。

7. 耐酸陶管防腐工程的施工安全

（1） 陶管敷设中凡易受振动、受压、穿墙、穿渠和过路等部位，应设计保护措施。

（2） 陶管不得有裂纹、破损，表面釉质要均匀，在 $2kg/cm^2$ 水压下保持 5min 无渗漏。

（3） 承插式陶管的安装，应按水流方向使承口向上游，插口向下游；管道就位要口对正，严格控制轴线、坡度和标高，就位后防止移动，接口处要防止尘土落入。

第六章

储运安全管理

氮肥企业中，涉及储运安全的物品主要有：作为生产原料和燃料的煤炭，中间产品水煤气（半水煤气），产品液氨、碳酸氢铵、尿素，副产品硫黄、甲醇等。随着产品结构的调整和产业链的延伸，氮肥企业同时生产了相当数量的化工产品，如甲醛、醋酸、硝酸、硝铵、三聚氰胺等。这些物品既有国务院《危险化学品安全管理条例》、《危险化学品重大危险源辨识》（GB 18218—2009）及《危险货物品名表》（GB 12268—2005）中的危险物品，也有这些规定以外的一般物品。限于篇幅，本章仅结合煤炭、水煤气（半水煤气）、液氨、甲醇、硫黄的具体储运要求，介绍罐区、仓库、堆场的储运安全管理。

第一节　储运物品基础知识

一、储运物品的危险性类别

储运物品根据其危险性特点分为三大类：易燃易爆性物品、腐蚀性物品、毒害性物品。

（一）易燃易爆性物品

依据《建筑设计防火规范》，在储存中归类为易燃易爆性物品的危险化学品包括：爆炸品，压缩气体和液化气体，易燃液体，易燃固体、自燃物品和遇湿易燃物品，氧化剂和有机过氧化物。

储存物品的火灾危险性分类，依据《建筑设计防火规范》（GB 50016—

2006）分为甲、乙、丙、丁、戊五类，其火灾危险性特征如下。

1. 甲类火灾危险性物品

（1）闪点小于 28℃ 的液体，如苯、甲苯、甲醇、乙醇、丙酮、丙烯、汽油等。

（2）爆炸下限小于 10% 的气体，以及受到水或空气中水蒸气的作用，能产生爆炸下限小于 10% 气体的固体物质，如乙炔、氢气、甲烷、水煤气、液化石油气、电石等。

（3）常温下能自行分解或在空气中氧化即能导致迅速自燃或爆炸的物质，如硝化棉、喷漆棉、硝化纤维胶片、黄磷等。

（4）常温下受到水或空气中水蒸气的作用，能产生可燃气体并引起燃烧或爆炸的物质，如金属钾、钠、锂、钙、氢化锂、氢化钠等。

（5）遇酸、受热、撞击、摩擦以及遇有机物或硫黄等易燃的无机物，极易引起燃烧或爆炸的强氧化剂，如氯酸钾、氯酸钠、过氧化钾、过氧化钠、硝酸铵等。

（6）受撞击、摩擦或与氧化剂、有机物接触时能引起燃烧或爆炸的物质，如赤磷、五硫化磷、三硫化磷等。

2. 乙类火灾危险性物品

（1）闪点大于等于 28℃，但小于 60℃ 的液体，如煤油、溶剂油、冰醋酸、樟脑油等。

（2）爆炸下限大于等于 10% 的气体，如氨气、一氧化碳等。

（3）不属于甲类的氧化剂，如铬酸、重铬酸钠、铬酸钾、硝酸、发烟硫酸、漂白粉等。

（4）不属于甲类的化学易燃危险固体，如硫黄、镁粉、铝粉、萘、樟脑、硝化纤维漆片等。

（5）助燃气体，如氧气、氟气等。

（6）常温下与空气接触能缓慢氧化，积热不散引起自燃的物品，如漆布及其制品、油布及其制品、油纸及其制品等。

3. 丙类火灾危险性物品

（1）闪点大于等于 60℃ 的液体，如动物油、植物油、沥青、蜡、润滑油、机油、重油、闪点≥60℃ 的柴油、糠醛、50°～60° 的白酒等。

（2）可燃固体，如化学、人造纤维及其织物，纸张，棉、毛、丝、麻及其织物，谷物，面粉，天然橡胶及其制品，竹、木及其制品，中药材，电视机、收录机等电子产品，计算机房已录数据的磁盘储存间，冷库中的鱼、肉间等。

4. 丁类火灾危险性物品

难燃烧物品，如自熄性塑料及其制品、酚醛泡沫塑料及其制品、水泥刨花板等。

5. 戊类火灾危险性物品

不燃烧物品，如钢材，铝材，玻璃及其制品，搪瓷制品，不燃气体，玻璃棉，岩棉，陶瓷棉，硅酸铝纤维，矿棉，石膏及其无纸制品，水泥，石，膨胀珍珠岩等。

《石油化工企业设计防火规范》（GB 50160—2008）又对甲、乙、丙类火灾危险性物品进行了细化。

甲类物品细分为：甲 A，15℃时的蒸气压力＞0.1MPa 的烃类液体及其他类似的液体；甲 B，甲 A 类以外，闪点＜28℃的可燃液体。

乙类物品细分为：乙 A，闪点在 28～45℃之间的可燃液体；乙 B，闪点大于 45℃且小于 60℃的可燃液体。

丙类物品细分为：丙 A，闪点在 60～120℃之间的可燃液体；丙 B，闪点大于 120℃的可燃液体。

（二）腐蚀性物品

腐蚀性物品，按照化学组成和腐蚀性强度，又细分为九类：一级无机酸性腐蚀品、一级无机碱性腐蚀品、一级有机酸性腐蚀品、一级有机碱性腐蚀品、一级其他腐蚀品、二级无机酸性腐蚀品、二级有机酸性腐蚀品、二级碱性腐蚀品、二级其他腐蚀品。

（三）毒害性物品

依据 GBZ 230—2010《职业性接触毒物危害程度分级》毒性物品其毒性程度如致死剂量、是否致癌，分为极度有毒、高度有毒、中毒有毒和轻度有毒。

公安部《剧毒物品分级、分类与品名编号》（GA 57—93），按化学组成和急性毒性大小，将毒害品分为四类，即第一类 A 级无机剧毒物品、第二类 B［一］级无机剧毒物品、第三类 A 级有机剧毒物品、第四类 B 级有机剧毒物品。

应按照处理不同的问题，依据不同的规范要求处理。

二、储运物品的安全技术特性

（一）煤炭

煤炭为可燃烧固体，火灾危险性为丙类。

煤中有机质是复杂的高分子有机化合物，主要由碳、氢、氧、氮、硫和磷等元素组成，而碳、氢、氧三者总和约占有机质的 95％以上；煤中的无机质也含有少量的碳、氢、氧、硫等元素。碳是煤中最重要的组分，其含量随煤化程度的加深而增高。泥炭中碳含量为 50％～60％，褐煤为 60％～70％，烟煤为 74％～92％，无烟煤为 90％～98％。

对氮肥生产来讲，煤中的硫是有害的化学成分，又可分为有机硫和无机硫两大类。煤燃烧时，其中硫生成 SO_2，腐蚀金属设备，污染环境。煤中硫的含量可分为 5 级：高硫煤，大于 4%；富硫煤，为 2.5%~4%；中硫煤，为 1.5%~2.5%；低硫煤，为 1.0%~1.5%；特低硫煤，小于或等于 1%。

（二）水煤气

用于合成氨生产的原料煤气主要成分为：氢气、一氧化碳、氮气、二氧化碳、甲烷、少量氧气和微量硫化氢气体。水煤气的安全技术特性取决于它的主要组成物质：氢气、一氧化碳、氮气、二氧化碳的主要危险特性。

1. 氢气

无色、无臭的气体，比空气轻。火灾危险性为甲类，与空气混合的爆炸极限为 4%~75%。有单纯性窒息作用。

2. 一氧化碳

无色、无臭、无刺激性的气体，比空气略轻。火灾危险性为乙类，与空气混合的爆炸极限为 12.5%~80%。由于一氧化碳进入人体之后会和血液中的血红蛋白结合，进而排斥血红蛋白与氧气的结合，从而出现缺氧中毒现象。

3. 氮气

常温常压下为无色、无臭的气体，比空气略轻。不燃气体。有单纯性窒息作用，空气中氮气含量过高，使吸入气氧分压下降，引起缺氧窒息。

4. 二氧化碳

无色、无臭的气体，有微酸味，比空气重。不燃气体。在低浓度时，对呼吸中枢呈兴奋作用，高浓度时则产生抑制甚至麻痹作用；人进入高浓度二氧化碳环境，在几秒钟内迅速昏迷倒下，反射消失、瞳孔扩大或缩小、大小便失禁、呕吐等，更严重者出现呼吸停止及休克，甚至死亡。

水煤气的主要危险特性为：易燃、易爆，容易引起中毒、窒息。火灾危险性一般按甲类考虑。

（三）液氨

1. 健康危害

低浓度氨对黏膜有刺激作用，高浓度可造成组织溶解坏死。急性中毒：轻度者出现流泪、咽痛、声音嘶哑、咳嗽、咯痰等；眼结膜、鼻黏膜、咽部充血、水肿；胸部 X 线征象符合支气管炎或支气管周围炎。中度中毒上述症状加剧，出现呼吸困难、紫绀；胸部 X 线征象符合肺炎或间质性肺炎。严重者可发生中毒性肺水肿，或有呼吸窘迫综合征，患者剧烈咳嗽、咯大量粉红色泡沫痰、呼吸窘迫、谵妄、昏迷、休克等，可发生喉头水肿或支气管黏膜坏死脱落窒息。高浓度氨可引起反射性呼吸停止。液氨或高浓度氨可致眼灼伤；液氨可致皮肤灼伤。

2. 环境危害

对环境有严重危害，对水体、土壤和大气可造成污染。

3. 燃爆危险

易燃，有毒，具有刺激性。与空气混合能形成爆炸性混合物。遇明火、高热能引起燃烧爆炸。与氟、氯等接触会发生剧烈的化学反应。液氨储存容器，若遇高热，容器内压增大，有开裂和爆炸的危险。有害燃烧产物：氧化氮。

4. 急救措施

皮肤接触：立即脱去污染的衣着，应用2％硼酸液或大量清水彻底冲洗。就医。

眼睛接触：立即提起眼睑，用大量流动清水或生理盐水彻底冲洗至少15min。就医。

吸入：迅速脱离现场至空气新鲜处。保持呼吸道通畅。如呼吸困难，给输氧。如呼吸停止，立即进行人工呼吸。就医。

5. 消防措施

消防人员必须穿全身防火防毒服，在上风向灭火。切断气源。喷水冷却容器，可能的话将容器从火场移至空旷处。灭火剂：雾状水、抗溶性泡沫、二氧化碳、沙土。

6. 泄漏应急处理

迅速撤离泄漏污染区人员至上风处，并立即隔离150m，严格限制出入。切断火源。建议应急处理人员戴自给正压式呼吸器，穿防静电工作服。尽可能切断泄漏源。合理通风，加速扩散。高浓度泄漏区，喷水或含盐酸的雾状水稀释、溶解、中和。构筑围堤或挖坑收容产生的大量废水。如有可能，将残余气或漏出气用排风机送至水洗塔或与塔相连的通风橱内。储罐区最好设水或稀酸的喷洒设施。漏气容器要妥善处理，修复、检验后再用。

7. 操作处置与储存

操作处置注意事项：严加密闭，提供充分的局部排风和全面通风。操作人员必须经过专门培训，严格遵守操作规程。建议操作人员佩戴过滤式防毒面具（半面罩），戴化学安全防护眼镜，穿防静电工作服，戴橡胶手套。远离火种、热源，工作场所严禁吸烟。使用防爆型的通风系统和设备。防止气体泄漏到工作场所空气中。避免与氧化剂、酸类、卤素接触。搬运时轻装轻卸，防止钢瓶及附件破损。配备相应品种和数量的消防器材及泄漏应急处理设备。

储存注意事项：液氨严禁过量充装，钢瓶应储存于阴凉、通风的库房。远离火种、热源。应与氧化剂、酸类、卤素、食用化学品分开存放，切忌混储。采用防爆型照明、通风设施。禁止使用易产生火花的机械设备和工具。储区应备有泄漏应急处理设备。

8. 接触控制/个体防治

工程控制：严加密闭，提供充分的局部排风和全面通风。提供安全淋浴和洗眼设备。

呼吸系统防护：空气中浓度超标时，建议佩戴过滤式防毒面具（半面罩）。紧急事态抢救或撤离时，必须佩戴空气呼吸器。

眼睛防护：戴化学安全防护眼镜。

身体防护：穿防静电工作服。

手防护：戴橡胶手套。

其他防护：工作现场禁止吸烟、进食和饮水。工作完毕，淋浴更衣。保持良好的卫生习惯。

9. 废弃处理

废弃处置方法：先用水稀释，再加盐酸中和，然后放入废水处理系统。

10. 运输注意事项

本品铁路运输时限使用耐压液化气企业自备罐车装运，装运前需报有关部门批准。采用钢瓶运输时必须戴好钢瓶上的安全帽，钢瓶一般平放，并应将瓶口朝同一方向，不可交叉；高度不得超过车辆的防护栏板，并用三角木垫卡牢，防止滚动。运输时运输车辆应配备相应品种和数量的消防器材。装运该物品的车辆排气管必须配备阻火装置，禁止使用易产生火花的机械设备和工具装卸。严禁与氧化剂、酸类、卤素、食用化学品等混装混运。夏季应早晚运输，防止日光暴晒。中途停留时应远离火种、热源。公路运输时要按规定路线行驶，禁止在居民区和人口稠密区停留。铁路运输时要禁止溜放。

（四）甲醇

1. 健康危害

对中枢神经系统有麻醉作用；对视神经和视网膜有特殊选择作用，引起病变；可致代谢性酸中毒。急性中毒：短时大量吸入出现轻度上呼吸道刺激症状（口服有胃肠道刺激症状）；经一段时间潜伏期后出现头痛、头晕、乏力、眩晕、酒醉感、意识蒙眬、谵妄，甚至昏迷。视神经及视网膜病变，会有视物模糊、复视等，重者失明。代谢性酸中毒时出现二氧化碳结合力下降、呼吸加速等。慢性影响：神经衰弱综合征，植物神经功能失调，黏膜刺激，视力减退等。皮肤出现脱脂、皮炎等。

2. 燃爆危险

易燃，具刺激性，其蒸气与空气可形成爆炸性混合物，遇明火、高热能引起燃烧爆炸。与氧化剂接触发生化学反应或引起燃烧。在火场中，受热的容器有爆炸危险。其蒸气比空气重，能在较低处扩散到相当远的地方，遇火源会着火回燃。有害燃烧产物：一氧化碳、二氧化碳。

3. 急救措施

皮肤接触：脱去污染的衣着，用肥皂水和清水彻底冲洗皮肤。

眼睛接触：提起眼睑，用流动清水或生理盐水冲洗。就医。

吸入：迅速脱离现场至空气新鲜处。保持呼吸道通畅。如呼吸困难，给输氧。如呼吸停止，立即进行人工呼吸。就医。

食入：饮足量温水，催吐。用清水或1‰硫代硫酸钠溶液洗胃。

4. 灭火方法

尽可能将容器从火场移至空旷处。喷水保持火场容器冷却，直至灭火结束。处在火场中的容器若已变色或从安全泄压装置中产生声音，必须马上撤离。灭火剂：抗溶性泡沫、干粉、二氧化碳、沙土。

5. 泄漏应急处理

迅速撤离泄漏污染区人员至安全区，并进行隔离，严格限制出入。切断火源。应急处理人员戴自给正压式呼吸器，穿防静电工作服。不要直接接触泄漏物。尽可能切断泄漏源。防止泄漏物流入下水道、排洪沟等限制性空间。小量泄漏时，可用沙土或其他不燃材料吸附或吸收，也可以用大量水冲洗，洗水稀释后放入废水系统。大量泄漏时，应构筑围堤或挖坑收容。用泡沫覆盖，降低蒸气灾害。用防爆泵转移至槽车或专用收集器内，回收或运至废物处理场所处置。

6. 操作处置与储存

操作处置注意事项：密闭操作，加强通风。操作人员必须经过专门培训，严格遵守操作规程。建议操作人员佩戴过滤式防毒面具（半面罩），戴化学安全防护眼镜，穿防静电工作服，戴橡胶手套。远离火种、热源，工作场所严禁吸烟。使用防爆型的通风系统和设备。防止蒸气泄漏到工作场所空气中。避免与氧化剂、酸类、碱金属接触。灌装时应控制流速，且有接地装置，防止静电积聚。配备相应品种和数量的消防器材及泄漏应急处理设备。倒空的容器可能残留有害物。

储存注意事项：储存于阴凉、通风的库房。远离火种、热源。库温不宜超过30℃。保持容器密封。应与氧化剂、酸类、碱金属等分开存放，切忌混储。采用防爆型照明、通风设施。禁止使用易产生火花的机械设备和工具。储区应备有泄漏应急处理设备和合适的收容材料。

7. 接触控制/个体防治

工程控制：生产过程密闭，加强通风。提供安全淋浴和洗眼设备。

呼吸系统防护：可能接触其蒸气时，应该佩戴过滤式防毒面具（半面罩）。紧急事态抢救或撤离时，建议佩戴空气呼吸器。

眼睛防护：戴化学安全防护眼镜。

身体防护：穿防静电工作服。

手防护：戴橡胶手套。

其他防护：工作现场禁止吸烟、进食和饮水。工作完毕，淋浴更衣。

实行就业前和定期的体检。

8. 废弃处理

废弃处置方法：用焚烧法处置。

9. 运输注意事项

本品铁路运输时限使用钢制企业自备罐车装运，装运前需报有关部门批准。运输时运输车辆应配备相应品种和数量的消防器材及泄漏应急处理设备。夏季最好早晚运输，运输时所用的槽（罐）车应有接地链，槽内可设孔隔板以减少振荡产生静电。严禁与氧化剂、酸类、碱金属、食用化学品等混装混运。运输途中应防暴晒、雨淋，防高温。中途停留时应远离火种、热源、高温区。装运该物品的车辆排气管必须配备阻火装置，禁止使用易产生火花的机械设备和工具装卸。公路运输时要按规定路线行驶，勿在居民区和人口稠密区停留。铁路运输时要禁止溜放。严禁用木船、水泥船散装运输。

（五）硫黄

1. 健康危害

因其能在肠内部分转化为硫化氢而被吸收，故大量口服可致硫化氢中毒。急性硫化氢中毒的全身毒作用表现为中枢神经系统症状，有头痛、头晕、乏力、呕吐、共济失调、昏迷等。本品可引起眼结膜炎、皮肤湿疹。对皮肤有弱刺激性。生产中长期吸入硫粉尘一般无明显毒性作用。

2. 燃爆危险

本品易燃，与卤素、金属粉末等接触剧烈反应。硫黄为不良导体，在储运过程中易产生静电荷，可导致硫尘起火。粉尘或蒸气与空气或氧化剂混合形成爆炸性混合物。有害燃烧产物：氧化硫。

3. 急救措施

皮肤接触：脱去污染的衣物，用肥皂水和清水彻底冲洗皮肤。

眼睛接触：提起眼睑，用流动清水或生理盐水冲洗。就医。

吸入：迅速脱离现场至空气新鲜处。保持呼吸道通畅。如呼吸困难，给输氧。如呼吸停止，立即进行人工呼吸。就医。

食入：饮足量温水，催吐。就医。

4. 灭火方法

遇小火用沙土闷熄。遇大火可用雾状水灭火。切勿将水流直接射至熔融物，以免引起严重的流淌火灾或引起剧烈的沸溅。消防人员须戴好防毒面具，在安全距离以外，在上风向灭火。

5. 泄漏应急处理

应急行动：隔离泄漏污染区，限制出入。切断火源。建议应急处理人员戴防尘面具（全面罩），穿一般作业工作服。不要直接接触泄漏物。小量泄漏：避免扬尘，用洁净的铲子收集于干燥、洁净、有盖的容器中，转移至安全场所。大量泄漏：用塑料布、帆布覆盖。使用无火花工具收集回收或运至废物处理场所处置。

6. 操作处置与储存

操作处置注意事项：密闭操作，局部排风。操作人员必须经过专门培训，严格遵守操作规程。建议操作人员佩戴自吸过滤式防尘口罩。远离火种、热源，工作场所严禁吸烟。使用防爆型的通风系统和设备。避免产生粉尘。避免与氧化剂接触。搬运时要轻装轻卸，防止包装及容器损坏。配备相应品种和数量的消防器材及泄漏应急处理设备。倒空的容器可能残留有害物。

储存注意事项：储存于阴凉、通风的库房。远离火种、热源。包装密封。应与氧化剂分开存放，切忌混储。采用防爆型照明、通风设施。禁止使用易产生火花的机械设备和工具。储区应备有合适的材料收容泄漏物。

7. 接触控制/个体防治

工程控制：密闭操作，局部排风。

呼吸系统防护：一般不需特殊防护。空气中粉尘浓度较高时，佩戴自吸过滤式防尘口罩。

眼睛防护：一般不需特殊防护。

身体防护：穿一般作业防护服。

手防护：戴一般作业防护手套。

其他防护：工作现场禁止吸烟、进食和饮水。工作完毕，淋浴更衣。注意个人清洁卫生。

8. 运输注意事项

硫黄散装经铁路运输时：限在港口发往收货人的专用线或专用铁路上装车；装车前托运人需用席子在车内衬垫好；装车后苫盖自备篷布；托运人需派人押运。运输时运输车辆应配备相应品种和数量的消防器材及泄漏应急处理设备。装运本品的车辆排气管须有阻火装置。运输过程中要确保容器不泄漏、不倒塌、不坠落、不损坏。严禁与氧化剂等混装混运。运输途中应防暴晒、雨淋，防高温。中途停留时应远离火种、热源。车辆运输完毕应进行彻底清扫。铁路运输时要禁止溜放。

三、储存地点的选择与布置

（一）储存地点选择的基本原则

氮肥厂物品储存和运输，必须严格按《石油化工企业设计防火规范》和《建筑设计防火规范》的要求执行，如涉及化学危险品的生产、储存、运输、使用，还应遵守国务院发布的《危险化学品安全管理条例》。构成重大危险源的应按《危险化学品重大危险源辨识》（GB 18218—2009）处理，遵守对周围企业、居民、医院学校等人口密集区都有必需的安全距离和卫生防护距离的规定。

罐区和库房选址应注意以下几点。

1. 罐区选址

（1）甲、乙、丙类液体储罐区，液化石油气储罐区，可燃、助燃气体储罐区，可燃材料堆场等，应设置在城市（区域）的边缘或相对独立的安全地带，并宜设置在城市（区域）全年最小频率风向的上风侧。

（2）甲、乙、丙类液体储罐（区）宜布置在地势较低的地带。当布置在地势较高的地带时，应采取安全防护设施。

（3）液化石油气储罐（区）宜布置在地势平坦、开阔等不易积存液化石油气的地带。

2. 库区选址

独立于生产企业以外的库区应遵循《危险化学品企业经营开业条件和技术要求》（GB 18265—2000）办理，并应遵守《建筑设计防火规范》储存物品的火灾危险分类，及库房的建筑防火等级和允许的建筑面积规定，进行建设。同时要满足《石油化工企业设计防火规范》（GB 50160—2008）石油化工厂总平面布置的防火间距的要求。

（1）危险化学品仓库按其使用性质和经营规模分为三种类型：大型仓库（库房或货场总面大于 9000m²）；中型仓库（库房或货场总面积在 550～9000m² 之间）；小型仓库（库房或货场总面积小于 550m²）。

（2）大中型危险化学品仓库应选址在远离市区和居民区的当在主导风向的下风向和河流下游的地域；

（3）大中型危险化学品仓库应与周围公共建筑物、交通干线（公路、铁路、水路）、工矿企业等距离应符合国家现行标准《建筑设计防火规范》（GB 50016—2006）等法规、标准的要求。

（二）储存地点布置的基本原则

（1）储存危险物品的仓库不得与员工宿舍布置在同一座建筑物内，并应当与员工宿舍保持安全距离。

（2）储存区的总平面布置，应充分利用地形、地势、工程地质及水文地质条件。

（3）仓库与堆场，应根据储存物料的性质、货流出入方向、供应对象、储存面积、运输方式等因素，按不同类别相对集中布置，并为运输、装卸、管理创造有利条件，且应符合国家现行的防火、安全、卫生标准的有关规定。

（4）易燃及可燃材料堆场的布置，宜位于厂区边缘，并应远离明火及散发火花的地点。

（5）火灾危险性属于甲、乙、丙类液体燃料罐区的布置，应符合下列要求：

① 宜位于企业边缘的安全地带，且地势较低而不窝风的独立地段；

② 应远离明火或散发火花的地点；

③ 严禁架空供电线跨越罐区；

④ 当靠近江、河岸边布置时，应位于临江、河的城镇、企业、居住区、码头、桥梁的下游地段，并应采取防止液体流入江、河的措施。

(6) 甲、乙、丙类液体储罐区，液化石油气储罐区，可燃、助燃气体储罐区，可燃材料堆场，应与装卸区、辅助生产区及办公区分开布置。

(7) 甲类仓库，可燃材料堆垛，甲、乙类液体储罐，液化石油气储罐，可燃、助燃气体储罐与架空电力线的最近水平距离不应小于电杆（塔）高度的 1.5 倍，丙类液体储罐与架空电力线的最近水平距离不应小于电杆（塔）高度的 1.2 倍。

35kV 以上的架空电力线与单罐容积大于 200m³ 或总容积大于 1000m³ 的液化石油气储罐（区）的最近水平距离不应小于 40m，当储罐为地下直埋式时，架空电力线与储罐的最近水平距离可减小 50％。

(8) 露天存放要求：

① 危险化学品露天堆放，应符合防火、防爆的安全要求，爆炸物品、一级易燃物品、遇湿燃烧物品、剧毒物品不得露天堆放。

② 桶装、瓶装甲类液体不应露天存放。

(9) 危险化学品储存设施的建设，应尽量利用企业现有的水、电、气等公用工程设施和消防设施。

(10) 危险化学品储存建设项目，事故应急救援预案中防范事故污染环境的措施、事故发生后防止污染事件的围堰及防火堤等设施、事故状态下"清净下水"收集及处置措施和设施的安全性能应符合要求。

第二节 罐区储存安全

一、罐区建设

（一）甲醇罐区建设

甲醇为甲类易燃液体。容积小于 200m³ 小型甲醇储罐一般采用固定顶罐；大型甲醇储罐宜选用浮顶或浮舱式内浮顶罐（以下简称内浮顶罐），不应选用浅盘式内浮顶罐。

1. 罐区周边安全间距

(1) 甲醇储罐（区）与建筑物的防火间距，不应小于《建筑设计防火规范》（GB 50016—2006）表 4.2.1 的规定。

(2) 甲醇装卸鹤管与建筑物、厂内铁路线和泵房的防火间距不应小于《建筑设计防火规范》（GB 50016—2006）表 4.2.8 的规定。

(3) 甲醇储罐与厂外铁路线中心线的防火间距不应小于35m，与厂内铁路线中心线的防火间距不应小于25m，与厂外道路路边不应小于20m，与厂内主要道路路边不应小于15m，与厂内次要道路路边不应小于10m。

(4) 甲醇储罐距厂区围墙的防火间距不应小于10m。

2. 罐区布置

(1) 甲醇储罐之间的防火间距不应小于《建筑设计防火规范》（GB 50016—2006）表4.2.2的规定。

(2) 甲醇及其他易燃液体（不允许同区布置者除外）储罐成组布置时，应符合下列规定：

① 组内储罐的布置不应超过两排。甲、乙类液体立式储罐之间的防火间距不应小于2.0m，卧式储罐之间的防火间距不应小于0.8m；丙类液体储罐之间的防火间距不限。

② 储罐组之间的防火间距应根据组内储罐的形式和总储量折算为相同类别的标准单罐，并应按《建筑设计防火规范》（GB 50016—2006）第4.2.2条的规定确定。

③ 当因生产安全需要，组内储罐的单罐储量和总储量大于国家现行标准《建筑设计防火规范》（GB 50016）的有关规定时，罐区建设可按国家现行标准《石油化工企业设计防火规范》（GB 50160）的有关要求，但是，储罐容积及储罐之间的防火间距也应按《石油化工企业设计防火规范》要求执行，不可采用不合理的规范（本条同样适用于液氨罐区、水煤气柜区）。

(3) 甲醇储罐与其泵房、装卸鹤管的防火间距不应小于《建筑设计防火规范》（GB 50016—2006）表4.2.7的规定。

(4) 罐组的专用泵均应布置在防火堤外，其与储罐组的防火间距应符合下列规定：

① 距甲A类储罐不应小于15m；

② 距甲B、乙类固定顶储罐不应小于12m；

③ 距小于或等于500m³的甲B、乙类固定顶储罐不应小于10m；

④ 距浮顶及内浮顶储罐、丙A类固定顶储罐不应小于10m；

⑤ 距小于或等于500m³的内浮顶储罐、丙A类固定顶储罐不应小于8m。

3. 防火堤设置

防火堤、隔堤应采用不燃烧材料建造，防火堤的耐火极限不得小于3h。

(1) 每个防火堤内，宜布置火灾危险性类别相同或相近的储罐。沸溢性液体储罐与非沸溢性液体储罐不应布置在同一防火堤内。地上式、半地下式储罐与地下式储罐，不应布置在同一防火堤内，且地上式、半地下式储罐应分别布置在不同的防火堤内。

(2) 多品种的液体罐组内，应按下列要求设置隔堤：

① 甲B、乙A类液体与其他类可燃液体储罐之间；

② 水溶性与非水溶性可燃液体储罐之间;

③ 相互接触能引起化学反应的可燃液体储罐之间;

④ 助燃剂、强氧化剂及具有腐蚀性液体储罐与可燃液体储罐之间。

(3) 防火堤及隔堤的建设,应符合下列规定:

① 防火堤及隔堤应能承受所容纳液体的静压,且不应渗漏;

② 立式储罐防火堤的高度,应为计算高度加 0.2m,其高度应为 1.0~2.2m;卧式储罐防火堤的高度,不应低于 0.5m;

③ 隔堤顶应比防火堤顶低 0.2~0.3m,立式储罐组内隔堤不应低于 0.5m,卧式储罐组内隔堤不应低于 0.3m;

④ 管道穿堤处应采用非燃烧材料严密封闭;

⑤ 在防火堤内雨水沟穿堤处,应设防止可燃液体流出堤外的措施;

⑥ 应在防火堤的不同方位上设置两个以上的人行台阶或坡道,同方向上两相邻人行台阶或坡道距离不宜大于 60m,隔堤均应设置人行台阶。

(4) 防火堤的有效容量不应小于罐组内一个最大储罐的容量。当浮顶罐、内浮顶罐组不能满足此要求时,应设置事故存液池储存剩余部分,但罐组防火堤内的有效容量不应小于罐组内一个最大储罐容量的一半。

(5) 防火堤内侧堤脚线至立式储罐外壁的水平距离不应小于罐壁高度的一半。防火堤内侧堤脚线至卧式储罐的水平距离不应小于 3.0m。

(6) 相邻罐组防火堤的外堤脚线之间,应留有宽度不小于 7m 的消防空地。

4. 设备设施条件

(1) 甲醇罐区储罐一般采用立式固定顶或浮顶储罐,为减少蒸发损失,也可采用固定顶内浮盘结构,因而应依据储罐的结构形式确定采用相应的设计、制造、检测、维护保养专业规范标准。

(2) 甲醇及其他甲 B、乙类液体的固定顶罐,应设置带阻火器的呼吸阀。

(3) 可燃液体储罐的进料管,应从罐体下部接入,若必须从上部接入,应延伸至距罐底 0.2m 处。

(4) 甲醇储罐基础应牢固、不易下沉。甲醇储罐在使用过程中,基础有可能继续下沉时,其进出口管道应采用金属软管连接或其他柔性连接。

(5) 甲醇储罐及其他可燃气体、助燃气体、液化烃和可燃液体的罐组内,不应布置与其无关的管道。

(6) 甲醇及其他甲 B 类液体固定顶罐,应设防日晒的固定式冷却水喷淋系统或其他防晒措施。

(7) 大型甲醇储罐宜设上、下限位报警装置,并宜设进出管道自动联锁切断装置。

5. 装卸设施建设

(1) 铁路装卸设施,应符合下列规定:

① 装卸栈台两端和沿栈台每隔 60m 左右，应设安全梯；

② 甲 B、乙、丙 A 类严禁采用沟槽卸车系统；

③ 顶部敞口装车的甲 B、乙、丙 A 类的液体，应采用液下装车鹤管；

④ 甲 B、乙 A 类液体装卸鹤管与集中布置的泵房的距离不应小于 8m；

⑤ 在距装车栈台边缘 10m 以外的可燃液体（润滑油除外）输入管道上，应设便于操作的紧急切断阀；

⑥ 零位罐至罐车装卸线不应小于 6m；

⑦ 丙 B 类液体装卸栈台宜单独布置；

⑧ 同一铁路装卸线一侧两个装卸栈台相邻鹤位之间的距离不应小于 24m。

(2) 汽车装卸站，应符合下列规定：

① 装卸站的进、出口宜分开设置，当进、出口合用时，站内应设回车场；

② 装卸车场应采用现浇混凝土地面；

③ 装卸车鹤位与缓冲罐之间的距离，不应小于 5m；

④ 甲 B、乙 A 类液体装卸车鹤位与集中布置的泵的距离不应小于 8m；

⑤ 站内无缓冲罐时，在距装卸车鹤位 10m 以外的装卸管道上，应设便于操作的紧急切断阀；

⑥ 甲 B、乙、丙 A 类液体的装卸车应采用液下装卸车鹤管；

⑦ 甲 B、乙、丙 A 类液体与其他类液体的两个装卸车栈台相邻鹤位的距离不应小于 8m；

⑧ 装卸车鹤位之间的距离，不应小于 4m，双侧装卸车栈台相邻鹤位之间或同一鹤位相临鹤管之间的距离应满足鹤管正常操作和检修的要求。

（二）液氨罐区建设

小型液氨储罐一般采用全压力式卧式储罐，大型液氨储罐一般采用全压力式球罐或低温常压罐。建议将液氨折合为气氨（1m³ 液氨折合标准状态下的气氨约 800m³），按照可燃气体储罐的有关要求进行液氨罐区的规划建设。

1. 罐区周边安全间距

(1) 液氨储罐（区）与建筑物的防火间距不应小于《建筑设计防火规范》（GB 50016—2006）表 4.3.1 的规定。

(2) 液氨装卸站与周边建筑、设施的防火间距不应小于《石油化工企业设计防火规范》（GB 50160—2008）表 4.2.12 的有关规定。

(3) 液氨储罐与厂外铁路线中心线的防火间距不应小于 35m，与厂内铁路线中心线的防火间距不应小于 25m，与厂外道路路边不应小于 20m，与厂内主要道路路边不应小于 15m，与厂内次要道路路边不应小于 10m。

(4) 液氨储罐距厂区围墙的防火间距不应小于 10m。

2. 罐区布置

液氨储罐防火间距的要求应与 GB 50160—2008 液化烃储罐相同，全压力式、半冷冻式液氨储罐的防火堤和隔堤的设置，同液化烃储罐的要求。

(1) 液氨储罐之间的防火间距不应小于相邻较大罐的直径。

(2) 液氨储罐成组布置时，不应超过两排。两排卧罐之间的防火间距不应小于 3.0m。

(3) 液氨储罐的专用泵应布置在防火堤外，其与罐组的防火间距不应小于 12m。

(4) 液氨储罐与灌装站的防火间距不应小于 15m。

3. 防火堤设置

防火堤应满足《石油化工企业设计防火规范》（GB 50160—2008）的要求。

(1) 全冷冻式液氨储罐应设防火堤，堤内有效容积应不小于一个最大储罐容积的 60%；高度以计算确定；对于全压力式液氨储罐，为了便于泄漏处理和防止氨水溶液无秩序外流，也应设不高于 0.6m 的防火堤（或称防护堤），内部隔堤不宜高于 0.3m。

(2) 防火堤及隔堤应为不燃烧实体结构，应能承受所容纳液体的静压及温度变化的影响，且不应渗漏。

(3) 防火堤内侧堤脚线至液氨储罐的水平距离不应小于 3.0m。

(4) 液氨储罐防火堤的设计高度应为 1.0～2.2m，防火堤设计高度应比计算高度高出 0.2m，隔堤高度应比防火堤低 0.2～0.3m。

(5) 在防火堤内雨水沟穿堤处，应设防止氨水溶液流出堤外的措施。

(6) 应在防火堤的不同方位上设置两个以上的人行台阶或坡道，隔堤均应设置人行台阶。

(7) 相邻罐组防火堤的外堤脚线之间，应留有宽度不小于 7m 的消防空地。

4. 设备设施条件

(1) 液氨储罐的设计、制造、检测、维护保养应符合《固定式压力容器安全技术监察规程》及相关标准的规定。液氨储罐应设液位计、压力表和安全阀，其安全附件应完好。

(2) 液氨储罐基础应为钢筋混凝土结构，低温储存储罐基础还应考虑基础防冻措施，应防止基础下沉。储罐使用过程中发现基础下沉时，应及时采取加固等安全防范措施。

(3) 在液氨罐区内，不应布置与其无关的管道。

(4) 液氨储罐应设防日晒的固定式冷却水喷淋系统或其他防晒措施。

(5) 液氨储罐的储存系数不应大于 0.85。

(6) 液氨储罐的安全阀出口管，应接至生产回收系统或水槽吸收系统。

(7) 液氨储罐的液相进出管线上，应设紧急切断阀；紧急切断阀的操作位置距离液氨储罐应不小于 15m，并应能在充装操作点 5m 以内或在控制室内启动。

5. 装卸设施建设

（1）铁路装卸设施，应符合下列规定：

① 铁路装卸栈台，宜单独设置，当不同时作业时，也可与可燃液体装卸共台设置；

② 装卸栈台两端和沿栈台每隔 60m 左右，应设安全梯；

③ 在距装车栈台边缘 10m 以外的可燃液体输入管道上，应设便于操作的紧急切断阀；

④ 严禁就地排放。

（2）汽车装卸设施，应符合下列规定：

① 液氨罐车的最大载重量，除不得超过车辆底架和转向架所允许的承载能力外，还不得超过 0.52 的重量充装系数；

② 汽车装卸车位之间的距离，不应小于 4m；

③ 汽车装卸车场，应采用现浇混凝土地面；

④ 严禁就地排放。

（3）充装站建设，应符合下列规定：

① 灌瓶间和储瓶库，宜为敞开式或半敞开式建筑物；充装现场应有遮阳设施，防止阳光直接照射钢瓶。

② 实瓶不应露天堆放。空瓶与实瓶必须分开放置，并设立明显标记。

③ 实瓶库与灌装间可设在同一建筑物内，但宜用实体墙隔开，并各设出入口。

④ 灌瓶间与储瓶库的室内地面，应比室外地坪高 0.6m 以上。

⑤ 站内应配备与其充装接头数量相等的具有在超装时自动自断功能的计量衡器。复检与充装的计量衡器应分开使用。

⑥ 国家现行标准《液化气体气瓶充装站安全技术条件》（GB 17265）、《液化气体气瓶充装规定》（GB 14193）的其他有关规定。

（三）水煤气柜区建设

气柜分为湿式和干式两种，水煤气储罐一般采用几何容积可变的湿式可燃气体储罐。湿式可燃气体储罐又称水槽式储气罐，主要由水槽、塔节、钟罩和水封等组成，设计压力通常小于 4kPa。水煤气储罐通常称为水煤气气柜。气柜的建造和布局应严格按照《建筑设计防火规范》（GB 50016—2006）"甲、乙、丙类液体、气体储罐与可燃材料堆场"的有关要求进行。

（1）气柜与建筑物、铁路、道路、厂区围墙的防火间距依照《建筑设计防火规范》（GB 50016—2006）"可燃、助燃气体储罐（区）的防火间距"的有关要求进行。

（2）气柜之间的防火间距不应小于相邻较大气柜直径的一半。

(3) 气柜储罐基础应为钢筋混凝土结构，应防止基础不均匀下沉。储罐使用过程中发现基础不均匀下沉时，应及时采取加固等安全防范措施。

（四）安全设施

根据国家安监总局 2007 年 11 月 10 日颁布的《危险化学品建设项目安全设施目录》，对甲醇、液氨储罐（区）、水煤气气柜以及其他危险化学品储罐（区）可能涉及的安全设施归纳如下。

1. 检测、报警设施

(1) 甲醇等可燃液体储罐应设液位计和高液位报警器，必要时可设自动联锁切断进料装置。

(2) 液氨等压力储罐应设压力表，液位计，并宜设超压报警，液位高、低、高高、低低限报警设施。

(3) 水煤气气柜应设有容积指示仪、高低限位报警器、低限与罗茨鼓风机联锁停车装置。煤气进出口氧含量超标报警，煤气管出口氧含量超标与静电除焦柜断电联锁。

(4) 散发易燃易爆气体、有毒有害气体的罐区和泵房、装卸区等作业场所应设可燃、有毒气体浓度检测报警仪。

2. 设备安全防护设施

(1) 储罐（气柜）应设防晒、防冻、防腐、防渗漏以及防雷、防静电接地设施。

(2) 泵、罗茨风机等物料输送设备的机械旋转裸露部位应设防护罩。

3. 防爆设施

(1) 散发可燃气体或蒸汽的作业场所，应按国家现行标准《爆炸和火灾危险环境电力装置设计规范》（GB 50058）的要求配备相应的防爆电气设备。

(2) 甲醇等易燃液体储罐可根据企业条件，设置氮封等抑制助燃物品混入的设施。

(3) 易燃易爆作业场所应配备防爆工器具。

4. 作业场所防护设施

(1) 易燃易爆作业场所应设静电扶手等导除人体静电的设施。

(2) 易燃易爆及有毒气体作业场所应设通风（除尘、排毒）设施。

(3) 储罐顶部应设防护栏。

(4) 带有蒸汽加热设施的储罐，其蒸汽管道等高热部位应有保温层等防灼烫设施。

5. 安全警示标志

危险作业场所应设包括各种指示、警示作业安全和逃生避难及风向等的警示标志。

6. 泄压和止逆设施

(1) 液氨等压力储罐应设安全阀，100m³ 以上的液氨储罐应设双安全阀，并设用于手动放空的放空管。排放氨气应进行回收。

(2) 水煤气气柜进出口应设安全水封。

(3) 水封式气柜应设超限自动排空管。

(4) 罗茨风机等的抽气管路应有防止空气进入的安全设施。

7. 紧急处理设施

(1) 罐区输送泵应根据事故状态下倒罐或导出（如装车等）的需要配置备用电源。

(2) 液化气体罐车充装应当具备紧急切断功能和充装系统紧急停车功能。液化气体罐车充装台的液相管道上应装设紧急切断阀。

8. 防止火灾蔓延设施

(1) 甲醇等易燃液体储罐的放空管，应有带阻火器的呼吸阀。

(2) 水煤气气柜等爆炸性气体储罐的放空管，应设阻火器或水封。

(3) 甲醇等易燃液体储罐（区）应按要求设置防火堤。低温液氨罐区应设防护堤，便于对泄漏液氨回收并可用于防止火灾蔓延。

9. 灭火设施

易燃、易爆介质的储罐（区），应设水喷淋、惰性气体、蒸气、泡沫释放等灭火设施，以及消火栓、高压水枪（炮）、消防车、消防水管网、消防站等消防设施。

10. 紧急个体处置设施

危险化学品罐区应按储存物品的危险特性设置洗眼器、喷淋器等个体处置设施，以及应急照明等设施。

11. 应急救援设施

危险化学品罐区应配备堵漏、工程抢险装备和现场受伤人员医疗抢救装备。

12. 逃生避难设施

危险化学品罐区及其作业场所应有用于逃生和避难的安全通道（梯）、安全避难所（带空气呼吸系统）等。

13. 劳动防护用品和装备

危险化学品罐区应配备包括防毒、防灼烫、防腐蚀、防高处坠落等免受作业场所物理、化学因素伤害的劳动防护用品和装备。

二、罐区储存安全要求

（一）罐区管理一般要求

1. 人员要求

(1) 危险化学品罐区应设专人管理，必须配备有专业知识的技术人员，配备专职或兼职安全管理人员。罐区工作人员应进行培训，经考核合格后持证上岗。

（2）罐区工作人员应熟悉所储存危险化学品的种类、特性，储存设备及地点，事故的处理程序及方法，了解与本罐区相关岗位的基本知识，掌握本罐区物品装卸、进出的操作方法。

2. 日常管理

（1）每天做好日常检查工作，保证储罐、设备、输送管道、阀门及机泵无泄漏并处于正常使用状态。

（2）要定期保养及维护，做到储存容器和输送管道、阀门及机泵的清洁和畅通。

（3）加强设备管理，防止危险品在入罐、储存和发放过程中出现跑、冒、滴、漏现象。

（4）罐区内要配备冲洗水源、洗眼器及满足要求的解救药品，配齐防护用品和消防设施。

（5）罐区内严禁堆放杂物及可燃物质。

（6）罐区周围应设置警示标志及危害告知牌。

（7）做好当班生产记录。对于原料和产品储罐，要准确记录设备内进出物料时间和数量。

3. 安全操作

（1）作业人员应穿工作服，戴手套、口罩等必要的防护用具，按规程操作，操作中应轻搬轻放，防止摩擦和撞击。

（2）各项操作不得使用能产生火花的工具，作业现场应远离热源与火源。

（3）操作具有燃烧、爆炸危险的液体、气体的管道和设备、设施，应穿防静电工作服，禁止穿带钉鞋。

（4）进行动火作业、临时用电专业、罐内作业等实施作业证管理的危险作业项目时，应严格履行审批手续，按要求进行安全作业。

4. 安全检查

采取日常和定期两种形式进行罐区安全检查，查纪律、查制度、查设施、查隐患，对检查出的隐患问题要制定整改方案和防范措施，并落实责任人及整改期限。

（1）日常安全检查主要采取班中巡回检查制度。

（2）定期安全检查要突出重点：防火、防爆、防中毒应成为全年的重点；随着季节变化还应注意的是春、夏季以防雷、防静电为重点，对罐区的避雷设施、接地系统做一次全面检查；夏季以防暑降温、防台风、防汛、防火、防爆为重点；秋季以防火、防爆为重点，并做好防冻措施；冬季以防火、防静电、防冻为重点。

5．事故应急

(1) 应制定《危险化学品事故应急救援预案》，并按要求组织演练。

(2) 储存物品构成重大危险源的罐区，应按有关要求加强对重大危险源的管理。

（二）罐区防雷防静电要求

1．防雷设施

(1) 罐区及其装卸设施的防雷分类及防雷措施，应按现行国家标准《建筑物防雷设计规范》（GB 50057）及《石油化工企业设计防火规范》（GB 50160—2008）的相关规定执行。

(2) 可燃气体、液化烃、可燃液体的钢罐，必须设防雷接地，并应符合下列规定：

① 避雷针、线的保护范围，应包括整个储罐。

② 装有阻火器的甲B、乙类可燃液体地上固定顶罐，当顶板厚度等于或大于 4mm 时，可不设避雷针、线，但必须设防雷接地；当顶板厚度小于 4mm 时，应装设避雷针、线。

③ 丙类液体储罐，可不设避雷针、线，但必须设防感应雷接地。

④ 浮顶罐（含内浮顶罐）可不设避雷针、线，但应将浮顶与罐体用两根截面不小于 25mm^2 软铜线做电气连接。

⑤ 压力储罐不设避雷针、线，但应接地。

(3) 可燃液体储罐的温度、液位等测量装置，应采用铠装电缆或钢管配线，电缆外皮或配线钢管与罐体应做电气连接。

(4) 防雷接地装置的电阻要求，应按现行《石油化工企业设计防火规范》（GB 50160）、《建筑物防雷设计规范》（GB 50057）的有关规定执行。

2．防静电设施

(1) 对爆炸、火灾危险场所内可能产生静电危险的设备和管道，均应采取静电接地措施。

(2) 可燃气体、液化烃、可燃液体、可燃固体的管道在下列部位，应设静电接地设施：

① 进出装置或设施处；

② 爆炸危险场所的边界；

③ 管道泵及其过滤器、缓冲器等。

(3) 可燃液体、液化烃的装卸栈台和码头的管道、设备、建筑物、构筑物的金属构件和铁路钢轨等（作阴极保护者除外），均应做电气连接并接地。

(4) 汽车罐车、铁路罐车和装卸栈台，应设静电专用接地线。

(5) 每组专设的静电接地体的接地电阻值，宜小于 100Ω。

(6) 除第一类防雷系统的独立避雷针装置的接地体外，其他用途的接地体，均可用于静电接地。

3. 防静电的安全管理

（1）甲、乙类液体输送的初始流速以不大于1m/s为宜，当入口浸没200mm后方可提高流速，最大流速不得超过3m/s。从储罐上部输入甲、乙类液体时，输入管应延伸至距罐底200mm处。

（2）汽车罐（槽）、桶车在进行装卸作业前，必须将车体接地。操作完毕后经过10min静置时间，才能进行提升鹤管、拆除接地线等作业。

（3）禁止使用绝缘材料的桶或其他容器盛装液体。金属制桶、罐盛装液体前，桶、罐、注液管必须接地。

（4）人体接地要求。为防止人体所带静电产生电击或放电，引起可燃物质着火、爆炸等事故的发生，必须清除人体静电。进入罐区和码头前须手握入口处铜棒，清除人体所带静电。储罐梯子入口处应在已接地的金属扶栏上留出1m长的裸金属面，作为手握接地体。上扶梯前，须手握裸面金属，消除人体所带静电。

（5）爆炸危险场所不准穿易产生静电的服装，不准穿脱衣服，不准梳头。

（6）禁止使用汽油、苯类等易燃溶剂进行设备、器具的清洗。

（7）禁止使用压缩空气进行甲、乙类易燃、可燃液体管线的清扫。

（8）爆炸危险场所不准使用化纤材质制作的拖布、抹布拖擦物体。

（9）雷雨时，禁止上罐作业和收发货作业。

（三）罐区消防要求

易燃、易爆介质的储罐（区）应设置与储存物料相适应的消防设施，供专职消防人员和岗位操作人员使用。消防方式的选择，应在满足消防安全的前提下结合所属企业的消防设施或当地消防资源进行。举例说明如下。

1. 水灭火设施

（1）消防水系统的设置应按国家现行标准《建筑设计防火规范》（GB 50016）、《石油化工企业设计防火规范》（GB 50160）、《固定消防炮灭火系统设计规范》（GB 50338）的有关规定进行。

（2）仓库、堆场、储罐（区）的室外消防用水量，按同一时间内的一次火灾和一次最大用水量计算。

（3）可燃材料堆场、可燃气体储罐（区）的室外消防用水量，不应小于《建筑设计防火规范》（GB 50016—2006）表8.2.3的规定。

（4）甲、乙、丙类液体储罐（区）的室外消防用水量应按灭火用水量和冷却用水量之和计算。灭火用水量按罐区内最大罐泡沫灭火系统、泡沫炮和泡沫管枪灭火所需的灭火用水量之和确定；冷却用水量应按储罐区一次灭火最大需水量计算，供给范围和供给强度应符合国家现行标准《建筑设计防火规范》（GB 50016）的有关规定。

储罐可采用移动式水枪或固定式设备进行冷却。当地上储罐的高度大于15m或单罐容积大于2000m³时，宜采用固定式冷却水设施。在容积较大的甲醇储罐、水煤气气柜周边宜设消防水炮。

(5) 甲、乙、丙类液体储罐和液化石油气储罐，消火栓应设置在防火堤或防护墙外。距罐壁15m范围内的消火栓，不应计算在该罐可使用的数量内。

(6) 室外消火栓的间距不应大于120.0m，保护半径不应大于150.0m；寒冷地区设置的室外消火栓应有防冻措施。

(7) 供消防车取水的消防水池应设置取水口或取水井，且吸水高度不应大于6.0m。取水口或取水井与建筑物（水泵房除外）的距离不宜小于15m；与甲、乙、丙类液体储罐的距离不宜小于40m；与液化石油气储罐的距离不宜小于60m，如采取防止辐射热的保护措施时，可减为40m。

(8) 不同场所的火灾延续时间不应小于《建筑设计防火规范》（GB 50016—2006）表8.6.3的规定。对于甲醇罐区，一般按4～6h；对于液氨罐区、水煤气柜区以及煤炭堆场和硫黄仓库，一般按3h。

2. 泡沫灭火设施

(1) 可燃液体火灾宜采用低倍数泡沫灭火系统。

(2) 下列场所应采用固定式泡沫灭火系统：

① 单罐容积大于或等于10000m³的非水溶性可燃液体储罐和单罐容积大于或等于500m³水溶性可燃液体储罐。

② 甲、乙类和闪点等于或小于90℃的丙类可燃液体的浮顶罐及浮盘为非易熔材料的内浮顶罐；单罐容积大于或等于50000m³的可燃液体浮顶罐。

③ 移动消防设施不能进行有效保护的可燃液体罐区。

(3) 下列场所可采用移动式泡沫灭火系统：

① 罐壁高度小于7m或容积等于或小于200m³的非水溶性可燃液体储罐；

② 润滑油储罐；

③ 可燃液体地面流淌火灾、油池火灾。

(4) 下列场所宜采用半固定式泡沫灭火系统：

① 厂区内除（2）、（3）上述两款规定外的可燃液体罐区；

② 工艺装置及单元内的火灾危险性大的局部场所。

(5) 泡沫灭火系统的设计应按现行国家标准《低倍数泡沫灭火系统设计规范》（GB 50151）的有关规定执行。

3. 干粉灭火系统

干粉灭火系统的设置要求详见《石油化工企业设计防火规范》（GB 50160—2008）第8.9条的相关规定。

(1) 扑救可燃气体、可燃液体和电气设备及烷基金属化合物等的火灾，宜选用钠盐干粉。当干粉与氟蛋白泡沫灭火系统联用时，应选用硅化钠盐干粉。

（2）封闭空间宜采用固定式干粉灭火系统，并应确保 30s 内喷射的干粉量达到设计干粉浓度。

（3）局部危险性较大的场所宜采用半固定式干粉灭火系统。

（4）扑救液化烃罐区和工艺装置内可燃气体、液化烃、可燃液体的泄漏火灾，宜采用干粉车。

4. 蒸汽灭火设施

（1）蒸汽灭火设施主要用于有蒸汽供给系统时的工艺装置。宜设固定式或半固定式蒸汽灭火系统。但在使用蒸汽可能造成事故的部位不得采用蒸汽灭火。

（2）灭火蒸汽管应从主管上方引出，蒸汽压力不宜大于 1MPa。

（3）半固定式灭火蒸汽快速接头（简称半固定式接头）的公称直径应为 20mm；与其连接的耐热胶管长度宜为 15～20m。

（4）室内空间小于 500m³ 的封闭式甲、乙、丙类泵房或甲类气体压缩机房内，应沿一侧墙高出地面 150～200mm 处，设固定式筛孔管，并沿另一侧墙壁适当设置半固定式接头，在其他甲、乙、丙类泵房或可燃气体压缩机房内，应设半固定式接头。

5. 惰性气体灭火设施

用于灭火的惰性气体一般是：氮气、二氧化碳，用于隔绝易燃液体与助燃气体之间的接触。可根据资源条件设置固定式或半固定式惰性气体灭火系统。

6. 小型灭火器材

（1）生产、储存区内宜设置干粉型或泡沫型灭火器，但仪表控制室、计算机室、电信站、化验室等宜设置气体型灭火器。

（2）可燃液体、液化烃和可燃气体的铁路装卸栈台，应沿栈台每 12m 处上下分别设置一个手提式干粉型灭火器。

（3）可燃液体、可燃气体的地上罐组，宜按防火堤内面积每 400m² 配置一个手提式灭火器，但每个储罐配置的数量不宜超过 3 个。

（4）危险的重要场所，宜增设推车式灭火器。

（5）灭火器的配置，还应符合现行国家标准《建筑物灭火器配置规范》（GB 50140）的有关规定。

（四）罐区管理其他要求

1. 职业卫生管理

（1）劳动防护 企业要为作业人员配备各种防护用品，如在库区作业时要佩戴呼吸防护用品，以防止毒物从呼吸器官侵入；为了防止由于化学品的飞溅，以及化学粉尘、烟、雾、蒸气等所导致的眼睛和皮肤伤害，须配备护目镜、用抗渗透材料制作的防护手套以及防静电工作服；对于有些化学品，可以直接使用皮肤防护剂。进入罐区作业必须戴安全帽，登高作业要系安全带，临水作业要穿救生衣。选择了合适的防护用品，还要指导作业人员按正确的操作方法使用。

(2) 职业卫生　督促检查作业人员保持作业场所的清洁，对废弃物和溢出物加以合理处置，以有效地预防和控制化学品危害。不随意丢弃用过的吸油毡，盛放易燃液体的容器要及时加盖，因为这些液体易挥发到空气中，而被工人吸入体内。如果感觉到空气中有化学品挥发物，应尽快找出原因并处理解决，最好到空气流通的地方或上风向，以防中毒。

(3) 安全教育　加强对作业人员安全教育，让其了解各种危险化学品的理化性质以及引发伤害事故和职业病的机理，促其养成良好的卫生习惯，防止有毒物品附着在皮肤上，防止有毒物品通过呼吸、口腔和皮肤渗入体内。

2. 承压汽车罐车充装站管理

国家质监总局、安监总局联合以"国质检特联〔2006〕341号"发布了《关于开展承压汽车罐车充装站专项整治活动的通知》，明确了对承压汽车罐车充装站的安全管理要求。液氨汽车充装必须符合相关规定。

(1) 充装站基本条件

① 应取得所在地工商部门核发的营业执照，且在注册经营范围内从事经营活动。

② 应取得公安、环保等有关部门的消防、防爆、防雷电等相关验收和环境评价。

③ 应取得质量技术监督部门、安全生产监管部门的有关危险化学品的生产（充装）、经营安全许可（指同时生产和充装气体的企业）。

④ 应具有与充装工作相适应的人员、设备、设施、场地等资源条件。

⑤ 应建立起符合本单位实际情况且行之有效的安全管理体系以及规章制度，并保障其正常运转。

(2) 安全管理体系建立和运转要求

① 建立安全管理体系，制定《安全管理手册》。包括以下方面：

a. 安全管理制度；

b. 安全责任制度；

c. 充装过程关键点控制制度；

d. 安全生产操作规程；

e. 事故应急预案和定期演练制度；

f. 设备管理制度；

g. 人员培训制度；

h. 相应的工作记录，包括罐车使用证及其IC卡的查验纪录、罐车充装前和充装后检查记录、充装质量复检记录、超装气体的卸车处理记录、安全检查记录、设备运行记录、安全教育记录、信息反馈记录、人员培训考核记录，设备、仪表的运行、巡检、检修记录等。

② 安全管理体系运转要求：

a. 各项制度已建立并得到贯彻执行；

b. 对于购买、充装剧毒化学品的，要查验剧毒化学品购买凭证、剧毒化学品准购证、剧毒化学品公路运输通行证，并进行记录；

c. 对罐体内介质有置换要求的，充装站应核查置换合格报告或证明文件，并进行记录，否则不予充装；

d. 对各项查验内容和充装情况均应进行记录，记录内容应有可追踪性；

e. 进入可燃气体充装区人员，必须穿戴防静电工作服，罐车必须经充装前检查合格具备装卸条件，配置好防火帽等方可进入充装站区；

f. 在通风不良且有发生窒息、中毒等危险场所内的操作、处理活动必须由 2 名以上佩戴自供式防护面具的操作人员进行，并有监护措施；

g. 应在重要部位设置安全警示标志和报警电话；

h. 应急救援的实施情况，包括应制定应急救援预案，配备抢险、应急救援器材、设备和防护用品，每年应至少进行一次应急救援演练，每次应急救援演练的过程和讲评应进行记录。

(3) 资源条件

① 技术力量要求。

a. 配备安全技术管理人员和设备管理技术人员，专职安全技术负责人应熟悉相应的法律、法规和工艺流程控制业务；

b. 压力容器管理及操作人员、充装管理及操作人员应经专业培训考核合格，持特种设备作业人员证书（压力容器操作人员证书）上岗，每工班持证充装作业人员不得少于 2 名；

c. 每工班应配备安全检查人员，安全检查人员应经过培训，熟悉安全技术和要求，并切实履行安全检查职责；

d. 充装单位的自有罐车驾驶员和押运员应经过专业培训，取得资格证。

② 设备和场地要求。

a. 充装站的设置应符合建筑、安全、环保等相关标准规范的要求。

b. 应具有专用的罐车充装场地，充装场地应满足罐车回转半径和停靠位置的要求且场地地面强度、水平度符合充装要求，可燃气体充装站的储存区与充装场地之间应有符合消防规定的隔断；

c. 应具有相应的储存设备和专用的装卸车设备，可燃气体充装设备应安装防止设备、管道静电积聚的设施（主要包括接地链、接地线、接地栓、接地网、静电跨线并附静电接地报警器等），并在检测合格有效期内；

d. 可燃、有毒气体充装站的监测仪器、气体浓度报警装置应灵敏，并在检测合格有效期内；

e. 建立仪器、仪表、设备台账并按规定校验，仪器、仪表、设备建档率达100%，所有计量仪器设备应满足有关计量要求；

f. 压力管道应100%进行在线检验，压力容器等其他特种设备应达到100%办理使用登记、领取使用证、进行定期检验，充装站使用的安全附件应按规定周期进行校验；

g. 充装站的自有罐车应取得质量技术监督部门颁发的使用登记证及IC卡，并经定期检验合格；

h. 液化气体充装站应具备充装质量计量器具和防超装、超限措施，并满足以下要求：配备充装质量计量控制装置，实现现场和远程两项控制、监视功能，设置防超装（超压）、超限装置和超装报警装置，配备电子衡器，以对完成充装的罐车进行充装量的复检和计量；

i. 罐车充装应当具备紧急切断功能和充装系统紧急停车功能，以便在紧急情况下能够迅速停止充装和系统紧急停车，紧急切断应能在充装操作点5m以内或在控制室内启动，液化气体罐车充装台的液相管道上应装设紧急切断阀；

j. 应具有对超装罐车进行卸车的设施；

k. 充装站应配备对泄漏的有毒介质进行处理的装置，液氨充装站应配备水喷淋装置；

l. 低温液体充装站应配备对充装设备和罐车上阀门、仪表、管道连接头等处冻结时的解冻设施，严禁用敲打和明火加热方式解冻；

m. 天然气充装站应具备对气体含水量和硫化氢含量的检测装置；

n. 液氨等有毒介质充装站应配备有防护面具、呼吸器，且做到人人会熟练使用，低温液体充装站应为操作人员配备防止低温灼伤的防护用品。

(4) 充装过程中的特别安全要求

a. 充装前严格查验运输许可证、罐车使用证及IC卡、罐体检验合格证、驾驶员证、押运员证，检查罐车警示灯具、标志、罐体告示牌、颜色、环表色带和罐体外观损伤情况等；

b. 采取防止罐车充装过程中车辆发生滑动的有效措施；

c. 可燃气体罐车的静电接地设施应与装卸台地线网接牢；

d. 可燃气体充装站内操作人员应采取有效措施防止明火和防止静电危害；

e. 充装过程实行微机管理，配置读卡器，使用国家质检总局统一的《移动式压力容器使用登记证》和《移动式压力容器IC卡管理系统》，对充装罐车进行读、写记录；

f. 对发生超装或充装过程中罐车泄漏等异常情况，必须能及时进行卸车；

g. 遇到雷雨天气、附近有明火、管道设备出现异常工况等危险情况，应立即停止装卸作业并采取相应的安全措施；

h. 充装完的罐车，应检查罐体各密封面、阀件、接管等有无泄漏，充装完的低温介质罐车，还应检查罐体各密封面、阀件、接管等有无跑冷、结霜；

i. 严禁罐车超装、超压出站，液化气体罐车出站前必须对其充装量进行复核，合格后方可出站；

j. 充装危险化学品的罐车出站前，应向驾驶员和押运员说明所运输危险化学品的品名、数量、危害、应急措施、生产企业的联系方式等，并出具危险化学品信息联络卡；

k. 严禁充装证明资料不齐全、检验检查不合格、罐体内残留介质不详和存在其他可疑情况的罐车，严禁进行罐车之间的装卸工作（按照应急预案对问题罐车进行应急处置时除外）。

第三节 仓库储存安全

本节以硫黄仓库为例，概括性地介绍一下危险化学品仓库的建设、管理要求。

一、仓库建设安全要求

（一）库区周边及内部防火间距

（1）硫黄仓库之间以及与其他乙、丙、丁、戊类物品仓库之间，及其与民用建筑之间的防火间距，不应小于《建筑设计防火规范》（GB 50016—2006）表 3.5.2 的规定。

（2）硫黄仓库与民用建筑之间的防火间距不宜小于 25.0m，与重要公共建筑之间的防火间距不宜小于 30.0m。

（3）硫黄仓库与厂外铁路线中心线的防火间距不宜小于 40m，与厂内铁路线中心线的防火间距不宜小于 30m，与厂外道路路边不宜小于 20m，与厂内主要道路路边不宜小于 10m，与厂内次要道路路边不宜小于 5m。

（4）库区围墙与库区内建筑之间的间距不宜小于 5.0m，且围墙两侧的建筑之间还应满足相应的防火间距要求。

（二）库房建设要求

（1）硫黄仓库的耐火等级、层数和面积应符合《建筑设计防火规范》（GB 50016—2006）表 3.3.2 的规定。

① 当硫黄仓库的耐火等级为一、二级时，最多允许层数为 3 层。对于单层仓库，每座仓库的最大允许占地面积为 2000m²，每个防火分区的最大允许建筑面积为 500m²。

② 当硫黄仓库的耐火等级为三级时，最多允许层数为1层。每座仓库的最大允许占地面积为 500m²，每个防火分区的最大允许建筑面积为 250m²。

③ 仓库中的防火分区之间必须采用防火墙分隔。

④ 仓库内设置自动灭火系统时，每座仓库最大允许占地面积和每个防火分区最大允许建筑面积可按上述数据增加1倍。

⑤ 单个或多个硫黄仓库的总建筑面积，一般应满足 2～15 天的产量储存需要。

(2) 仓库的平面布置。

① 甲、乙类仓库不应设置在地下或半地下。

② 厂房内设置甲、乙类中间仓库时，其储量不宜超过一昼夜的需要量。中间仓库应靠外墙布置，并应采用防火墙和耐火极限不低于 1.50h 的不燃烧体楼板与其他部分隔开。

③ 甲、乙类仓库内严禁设置办公室、休息室等，

④ 仓库内严禁设置员工宿舍。

(3) 仓库的防爆要求。

① 有爆炸危险的甲、乙类仓库，宜按《建筑设计防火规范》（GB 50016—2006）第 3.6 节的规定采取防爆措施、设置泄压设施。

② 有爆炸危险的甲、乙类仓库宜独立设置，并宜采用敞开或半敞开式，其承重结构宜采用钢筋混凝土或钢框架、排架结构。

③ 有爆炸危险的甲、乙类仓库应设置泄压设施，考虑一定的泄压面积。

泄压设施宜采用轻质屋面板、轻质墙体和易于泄压的门、窗等，不应采用普通玻璃。泄压设施的设置应避开人员密集场所和主要交通道路，并宜靠近有爆炸危险的部位。作为泄压设施的轻质屋面板和轻质墙体的单位质量不宜超过 60kg/m²。屋顶上的泄压设施应采取防冰雪积聚措施。

④ 有粉尘、纤维爆炸危险的乙类仓库，应采用不发火花的地面。采用绝缘材料作整体面层时，应采取防静电措施。

散发可燃粉尘、纤维的仓库内表面应平整、光滑，并易于清扫。

仓库内不宜设置地沟，必须设置时，其盖板应严密，地沟应采取防止可燃气体、可燃蒸气及粉尘、纤维在地沟积聚的有效措施，且与相邻房间连通处应采用防火材料密封。

(4) 仓库的安全疏散。

① 仓库的安全出口应分散布置。每个防火分区、一个防火分区的每个楼层，其相邻 2 个安全出口最近边缘之间的水平距离不应小于 5.0m。

② 每座仓库的安全出口不应少于 2 个，当一座仓库的占地面积小于等于 300m² 时，可设置 1 个安全出口。仓库内每个防火分区通向疏散走道、楼梯或室外的出口不宜少于 2 个，当防火分区的建筑面积小于等于 100m²

时，可设置 1 个。通向疏散走道或楼梯的门应为乙级防火门。

（三）库房设备设施

1. 消防系统

储存易燃易爆物品的仓库应设置与储存物料相适应的消防设施，供专职消防人员和岗位操作人员使用。消防方式的选择，应在满足消防安全的前提下结合所属企业的消防设施或当地消防资源进行。

(1) 库区消防设施主要考虑水灭火设施和小型灭火器。

库区消防设施的配置要求应按照《建筑设计防火规范》（GB 50016—2006）的消防给水和灭火设施的要求实施。

(2) 仓库应按要求设置室外消火栓。一次灭火的室外消火栓用水量应符合《建筑设计防火规范》（GB 50016—2006）表 8.2.2-2 的有关规定。

室外消火栓用水量应按消防用水量最大的一座建筑物计算。成组布置的建筑物应按消防用水量较大的相邻两座计算。

(3) 建筑占地面积大于 $300m^2$ 的仓库应设置 DN65 的室内消火栓。

(4) 存有与水接触能引起燃烧爆炸的物品的建筑物不得采用水消防。

2. 电气系统

(1) 散发可燃气体或可燃气体蒸气的仓库，应按国家现行标准《爆炸和火灾危险环境电力装置设计规范》（GB 50058）的要求配备相应的防爆电气设备。

(2) 输配电线路、灯具、火灾事故照明和疏散指示标志，都应符合安全要求。

(3) 消防用电设备应能充分满足消防用电的需要；并符合国家现行标准《建筑设计防火规范》（GB 50016）等的有关规定。

(4) 储存易燃、易爆危险化学品的仓库，必须按照现行国家标准《建筑物防雷设计规范》（GB 50057）的有关规定安装避雷设备。

3. 通风系统

(1) 储存危险化学品的建筑必须安装通风设备，并注意设备的防护措施。

(2) 排出、输送有燃烧和爆炸危险的气体、蒸气和粉尘的排风系统，均应设置导出静电的接地装置且排风设备不应布置在地下、半地下建筑中。

(3) 排除有爆炸或燃烧危险的气体、蒸气和粉尘的排风管应采用金属管道，并应直接通到室外的安全处。

(4) 有爆炸危险的厂房内的排风管道，严禁穿过防火墙和有爆炸危险的车间隔墙。

(5) 以下五种情况下通风空调管道上应设置防火阀：

① 穿越防火分区处；

② 穿越通风、空气调节机房的房间隔墙和楼板处；

③ 穿越重要的或火灾危险性大的房间隔墙或楼板处；

④ 穿越防火分隔处的变形缝两侧；

⑤ 垂直风管与每层水平风管交接处的水平管段上，但当建筑内每个防火分区的通风、空气调节系统均独立设置时，该防火分区内的水平风管与垂直风管交接处可不设置防火阀。

4. 采暖系统

（1）甲乙类厂房和甲乙类库房内，严禁采用明火和电热散热器采暖。

（2）下列厂房应采用不循环使用的热风采暖：

a. 生产过程中散发的可燃气体、可燃蒸气、可燃粉尘、可燃纤维与采暖管道散热器表面接触能引起燃烧的厂房。

b. 生产过程中散发的粉尘受到水、水蒸气的作用能引起自燃、爆炸或产生爆炸性气体的厂房。

（3）甲乙类厂房和库房的采暖管道和设备的绝热材料应采用不燃材料。

5. 报警系统

（1）储存毒害性物品特别是剧毒化学品的仓库，应安装防盗报警器。

（2）储存易燃、易爆性气体和能够释放出易燃、易爆性气体或蒸气的危险化学品的仓库，应安装可燃气体浓度检测报警仪，并宜与通风系统联锁。

（3）储存毒性气体和能够释放出毒性气体或蒸气的危险化学品的仓库，应安装有毒气体浓度检测报警仪，并宜与通风系统联锁。

二、仓库管理安全要求

（一）危险化学品储存的基本要求

（1）储存危险化学品，必须遵照《常用化学危险品贮存通则》（GB 15603）、《易燃易爆性商品储藏养护技术条件》（GB 17914）、《腐蚀性商品储藏养护技术条件》（GB 17915）、《毒害性商品储藏养护技术条件》（GB 17916）等国家法律、法规、标准和其他有关的规定。

（2）未经批准不得随意设置危险化学品储存仓库。

（3）危险化学品露天堆放，应符合防火、防爆的安全要求，爆炸物品、一级易燃物品、遇湿燃烧物品、剧毒物品不得露天堆放。

（4）储存危险化学品的仓库必须配备有专业知识的技术人员，其库房及场所应设专人管理，管理人员必须配备可靠的个人安全防护用品。

（5）储存的危险化学品应有明显的标志，标志应符合国家现行标准《危险货物包装标志》（GB 190）的规定。同一区域储存两种或两种以上不同级别的危险品时，应按最高等级危险物品的性能标志。

（6）危险化学品的储存方式分为三种：隔离储存，隔开储存，分离储存。

（7）应根据危险品性能分区、分类、分库储存。各类危险品不得与禁忌物料混合储存（表6-1）。

表6-1 常用危险化学品储存禁忌物配存表

危险化学品的种类和名称		配存顺序	1	2	3	4	5	6	7	8	9	10	11	12	13	14	15	16	17	18	19	20	21	22	23	24
爆炸品	点火器材	1	1																							
	起爆器材	2	×	2																						
	炸药及爆炸性药品（不同品名的不得在同一库内配存）	3	×	×	3																					
	其他爆炸品	4	△	×	×	4																				
氧化剂	有机氧化剂	5	×	×	×	×	5																			
	亚硝酸盐、亚氯酸盐、次亚氯酸盐①	6	×	△	△	△	△	6																		
	其他无机氧化剂②	7	△	△	△	△	△	×	7																	
压缩气体和液化气体	剧毒（液氯与液氨不能在一库内配存）	8	△	△	△	△	△	×	△	8																
	易燃（液氯及液氨不能在一库内配存）	9	△	△	△	△	△	△	△	△	9															
	助燃（氧及氧空钢瓶不得与油脂在同一库内配存）	10	△	△	△	△	△	×	△	△	△	10														
	不燃	11											11													
遇水燃烧物品（不得与含水液体货物在同一库内配存）		12	△	△	△	△	△	×	×	×	△	△		12												
易燃液体		13	△	△	△	△	△	×	×	×	△	△		×	13											
易燃固体CH发生剂（不可与酸性腐蚀物品及有毒和易燃酯类危险货物配存）		14	△	△	△	△	×	×	×	×	△	△		×	△	14										
毒害品	剧毒品	15	△	△	△	△	×	×	×	×	△	△		×	△	△	15									
	氧化物	16	△	△	△	△	×	×	×	×	△	△		×	△	△	△	16								
	其他毒害品	17																	17							
腐蚀物品	溴	18	△	△	△	△	×	×	×	×	△	×	×	×	×	△	△	△		18						
	过氧化氢	19	△	△	△	△	△	△	△	△	△	△	△	×	△	△	△	△		△	19					
	硝酸、发烟硝酸、硫酸、发烟硫酸、氯磺酸	20	△	△	△	△	△	△	△	△	△	△	△	×	△	△	△	△		△	△	20				
	其他酸性腐蚀物品	21	△	△	△	△	×	△	△	△	△	△	×	×	△	△	△	△		△	△	△	21			
	生石灰、漂白粉（氨水不得与氧化剂配存）	22	△	△	×	△	×	△	△	△	△	△	×	×	△	△	△	△		△	△	△	△	22		
腐蚀物品	其他（无水肼、水合肼、水合肼等）	23	△	△	△	△	△	△	①	①	△	△	△	△	△	△	△	△		△	×	×	×	△	23	
	碱性腐蚀及其他	24	△	△	△	△	△	△	×	△	△	△	△	×	△	△	△	△		△	×	△	×	△	△	24

①除硝酸盐（如硝酸钠、硝酸钾、硝酸铵等）与硝酸、发烟硝酸可以配存外，其他情况均不配存。

②无机氧化剂不与松软的粉状物（如煤粉、焦粉、炭黑、锯末、淀粉、锯末等）配存。

注：1. 无配存符号表示可配存，堆放时至少隔离2m。

2. △表示可以配存，堆放时至少隔离2m。

3. ×表示不可以配存。

4. 有注释时按注释规定办理。

（8）储存安排

① 遇火、遇热、遇潮能引起燃烧、爆炸或发生化学反应，产生有毒气体的危险化学品不得在露天或在潮湿、积水的建筑物中储存。

② 受日光照射能发生化学反应引起燃烧、爆炸、分解、化合或能产生有毒气体的危险化学品应储存在一级建筑物中，其包装应采取避光措施。

③ 爆炸物品不准和其他类物品同储，必须单独隔离限量储存，仓库不准建在城镇，还应与周围建筑、交通干道、输电线路保持一定安全距离。

④ 压缩气体和液化气体必须与爆炸物品、氧化剂、易燃物品、自燃物品、腐蚀性物品隔离储存。易燃气体不得与助燃气体、剧毒气体同储；氧气不得与油脂混合储存；盛装液化气体的容器属压力容器的，必须有压力表、安全阀、紧急切断装置，并定期检查，不得超装。

⑤ 易燃液体、遇湿易燃物品、易燃固体不得与氧化剂混合储存，具有还原性氧化剂应单独存放。

⑥ 有毒物品应储存在阴凉、通风、干燥的场所，不要露天存放，不要接近酸类物质。

⑦ 腐蚀性物品包装必须严密，不允许泄漏，严禁与液化气体和其他物品共存。

（9）危险化学品的养护

① 危险化学品入库时，应严格检验物品质量、数量、包装情况、有无泄漏。

② 危险化学品入库后应采取适当的养护措施，在储存期内，定期检查，发现其品质变化、包装破损、渗漏、稳定剂短缺等，应及时处理。

③ 库房温度、湿度应严格控制、经常检查，发现变化及时调整。

（10）出入库管理

① 储存危险化学品的仓库，必须建立严格的出入库管理制度。

② 危险化学品出入库前均应按合同进行检查验收、登记，验收内容包括：数量、包装、危险标志。经核对后方可入库、出库，当物品性质未弄清时不得入库。

③ 进入危险化学品储存区域的人员、机动车辆和作业车辆，必须采取防火措施。

④ 装卸、搬运危险化学品时应按有关规定进行，做到轻装、轻卸。严禁摔、碰、撞、击、拖拉、倾倒和滚动。

⑤ 装卸对人身有毒害及腐蚀性的物品时，操作人员应根据危险性，穿戴相应的防护用品。

⑥ 不得用同一车辆运输互为禁忌的物料。

⑦ 修补、换装、清扫、装卸易燃、易爆物料时，应使用不产生火花的铜制、合金制或其他工具。

(11) 消防措施

① 根据危险品特性和仓库条件，必须配置相应的消防设备、设施和灭火药剂。按照国家现行标准《建筑灭火器配置设计规范》（GB 50140）的要求配置灭火器材，并配备经过培训的兼职和专职的消防人员。

② 储存危险化学品的建筑物内应根据仓库条件安装自动监测和火灾报警系统。

③ 储存危险化学品的建筑物内，如条件允许，应安装灭火喷淋系统（遇水燃烧危险化学品，不可用水扑救的火灾除外），其喷淋强度和供水时间应符合国家现行标准《建筑设计防火规范》（GB 50016）的有关规定。

(12) 人员培训

① 危险化学品仓库的工作人员应进行培训，经考核合格后持证上岗。

② 对危险化学品的装卸人员进行必要的教育，使其按照有关规定进行操作。

③ 仓库的消防人员除了具有一般消防知识之外，还应进行在危险品库工作的专门培训，使其熟悉各区域储存的危险化学品种类、特性、储存地点、事故的处理程序及方法。

(13) 事故应急与管理

① 危险化学品仓库或库区应制定《危险化学品事故应急救援预案》，并按要求组织演练。

② 储存物品构成重大危险源的仓库或库区，应按有关要求加强对重大危险源的管理。

（二）易燃易爆性物品的安全管理要求

针对硫黄的仓储条件，结合《易燃易爆性商品储藏养护技术条件》（GB 17914—1999）等法规标准，介绍易燃易爆性物品的安全管理要求。

1. 库房条件

(1) 储藏易燃易爆物品的库房，应冬暖夏凉、干燥、易于通风、密封和避光。

(2) 根据各类物品的不同性质、库房条件、灭火方法等进行严格的分区分类，分库存放。

(3) 爆炸品宜储藏于一级轻顶耐火建筑的库房内。

(4) 低、中闪点液体、一级易燃固体、自燃物品、压缩气体和液化气体类宜储藏于一级耐火建筑的库房内。

(5) 遇湿易燃物品、氧化剂和有机过氧化物可储藏于一、二级耐火建筑的库房内。

(6) 硫黄等二级易燃固体、高闪点液体可储藏于耐火等级不低于三级的库房内。

2. 安全条件

(1) 避免阳光直射、远离火源、热源、电源，无产生火花的条件。

(2) 按现行国家标准《易燃易爆性物品储藏养护技术条件》（GB 17914）及前述"常用危险化学品储存禁忌物配存表"的规定分类储存。

3. 环境卫生条件

(1) 库房周围无杂草和易燃物。

(2) 库房内经常打扫，地面无漏撒物品，保持地面与货垛清洁卫生。

4. 入库验收

(1) 入库物品必须符合产品标准，并附有生产许可证和产品检验合格证。进口产品还应有中文安全技术说明书或其他说明。

(2) 保管方应验收物品的内外标志、容器、包装、衬垫等，验后做验收记录。

(3) 验收应在库房外安全地点或验收室进行。

(4) 验收完毕，合格的做好入库单及验收记录，并转存货方。

5. 堆垛方法

(1) 各种商品不允许直接落地存放，应根据库房条件、物品性质和包装形态采取适当的堆码和垫底方法。

(2) 遇湿易燃物品、易吸潮溶化和吸潮分解的物品应加大下衬垫高度。

(3) 各种物品应码行列式压缝货垛，做到牢固、整齐、美观，出入库方便，一般垛高不超过 3m。

(4) 堆垛间距：主通道大于等于 180cm，支通道大于等于 80cm，墙距大于等于 30cm，柱距大于等于 10cm，垛距大于等于 10cm，顶距大于等于 50cm。

6. 温湿度管理

(1) 库房内设温湿度表（重点库可设自记温湿度计），按规定时间观测和记录。

(2) 根据物品的不同性质，采取密封、通风和库内吸潮相结合的温湿度管理办法，严格控制并保持库房内的温湿度符合规定要求。

7. 安全检查

每天对库房内外进行安全检查，检查易燃物是否清理，货垛牢固程度和异常现象等。

8. 质量检查

根据物品性质，定期进行以感官为主的在库质量检查，每种物品抽查 1～2 件，主要检查物品自身变化，物品容器、封口、包装和衬垫等在储藏期间的变化。

(1) 爆炸品：一般不宜拆包检查，主要检查外包装。爆炸性化合物可拆箱检查。

(2) 压缩气体和液化气体：用称量法检查其重量；检查钢瓶是否漏气可

用气球将瓶嘴扎紧；也可用棉球蘸稀盐酸液（用于氨）、稀氨水（用于氯）涂在瓶口处，如果漏气会立即产生大量烟雾。

（3）易燃液体：主要查封口是否严密，有无挥发或渗漏，有无变色、变质和沉淀现象。

（4）易燃固体：查有无溶（熔）、升华和变色、变质现象。

（5）自燃物品、遇湿易燃物品：查有无挥发、渗漏、吸潮溶化，含稳定剂的稳定剂要足量，否则立即添足补满。

（6）氧化剂和有机过氧化物：主要是检查包装封口是否严密，有无吸潮溶化，变色变质；有机过氧化物、含稳定剂的稳定剂要足量，封口严密有效。

（7）按重量计的物品应抽检重量，以控制物品保管损耗。

（8）每次质量检查后，外包装上均应做明显的标记，并做好记录。

（9）有效期满及超期物品，应按规定处理。

9. 安全操作

（1）作业人员应穿工作服，戴手套、口罩等必要的防护用具，操作中轻搬轻放，防止摩擦和撞击。

（2）各项操作不得使用能产生火花的工具，作业现场应远离热源与火源。

（3）操作易燃液体需穿防静电工作服，禁止穿带钉鞋。大桶不得直接在水泥地面滚动。出入库汽车要戴好防护罩，排气管不得直接对准库房门。

（4）桶装各种氧化剂不得在水泥地面滚动。

（5）库房内不准分、改装，开箱、开桶、验收和质量检查等需在库房外进行。

10. 应急情况处理

（1）易燃易爆性物品灭火方法见表 6-2。

表 6-2　易燃易爆性物品灭火方法

类　别	品　名	灭火方法	备　注
爆炸品	黑药	雾状水	
	化合物	雾状水、水	
压缩气体和液化气体	压缩气体和液化气体	大量水	冷却钢瓶
易燃液体	中、低、高闪点	泡沫、干粉	
	甲醇、乙醇、丙酮	抗溶泡沫	
易燃固体	易燃固体	水、泡沫	
	发乳剂	水、干粉	禁用酸碱泡沫
	硫化磷	干粉	禁用水

类　别	品　名	灭火方法	备　注
自燃物品	自燃物品	水、泡沫	
	烃基金属化合物	干粉	禁用水
遇湿易燃物品	遇湿易燃物品	干粉	禁用水
	钠、钾	干粉	禁用水、二氧化碳、四氯化碳
氧化剂和有机过氧化物	氧化剂和有机过氧化物	雾状水	
	过氧化钠、钾、镁、钙等	干粉	禁用水

(2) 各种物品在燃烧过程中会产生不同程度的毒性气体和毒害性烟雾。在灭火和抢救时，应站在上风头，佩戴防毒面具或自救式呼吸器。

(3) 如发现头晕、呕吐、呼吸困难、面色发青等中毒症状，立即离开现场，移到空气新鲜处或做人工呼吸，重者送医院诊治。

第四节　煤炭储存安全

一、堆场建设要求

(一) 与建筑物的安全间距

煤炭属于《建筑设计防火规范》（GB 50016—2006）中火灾危险性分类的丙类可燃固体。

(1) 煤炭堆场的总储量大于等于100t、小于5000t时，与一、二级耐火等级建筑物的防火间距不应小于6m，与三级耐火等级建筑物的防火间距不应小于8m，与四级耐火等级建筑物的防火间距不应小于10m；总储量大于等于5000t时，与一、二级耐火等级建筑物的防火间距不应小于8m，与三级耐火等级建筑物的防火间距不应小于10m，与四级耐火等级建筑物的防火间距不应小于12m。

(2) 煤炭堆场与甲类厂房（仓库）以及民用建筑的防火间距不应小于25.0m，与室外变、配电站的防火间距不应小于50.0m。

(3) 煤炭堆场与明火或散发火花地点的防火间距，当煤炭堆场的总储量大于等于100t、小于5000t时，不应小于12.5m；当煤炭堆场的总储量大于等于5000t时，不应小于15m。

(二) 堆场之间的安全间距

(1) 当一个煤炭堆场的总储量大于20000t时，宜分设堆场。各堆场之间的防火间距，当相邻较大堆场的总储量小于 5000t 时，不应小于 10m；当相邻较大堆场的总储量大于等于 5000t 时，不应小于 12m。

（2）不同性质物品堆场之间的防火间距，不应小于《建筑设计防火规范》（GB 50016—2006）表 4.5.1 相应储量堆场与四级耐火等级建筑之间防火间距的较大值。

（三）与液体储罐的安全间距

煤炭堆场与甲、乙、丙类液体储罐的防火间距，不应小于《建筑设计防火规范》（GB 50016—2006）表 4.2.1 和表 4.5.1 中相应储量的储罐（区）或堆场与四级耐火等级建筑之间防火间距的较大值。

（四）与铁路、道路的安全间距

煤炭堆场与厂外铁路线中心线的防火间距不应小于 30m，与厂内铁路线中心线的防火间距不应小于 20m，与厂外道路路边的防火间距不应小于 15m，与厂内主要道路路边的防火间距不应小于 10m，与厂内次要道路路边的防火间距不应小于 5m。

二、堆场安全管理

（一）安全堆放要求

（1）煤堆高度超过 3m 时，堆放期不宜超过三个月，应定期测量煤堆上、中、下三层不同方位煤层的温度。当温度达到 50℃ 时，要加强监测，达 60℃ 时应采取措施及时处理，防止煤层自然。原煤进厂要进行煤质分析，对挥发物、硫分和水分含量较高的煤应设置多孔通风篓，防止煤堆自燃着火。

（2）当采用房间内堆放时，堆煤库房应采用非燃烧的材料建造，要有良好的通风条件。煤堆顶部距房顶不宜小于 1.9m，墙壁要能承受煤堆的侧压力。

（3）煤场的各边坡面倾斜度应为 40°～45°，煤场的通道宽度不应小于 4m，堆与堆的最小间距应不小于 2m。

（二）安全使用要求

（1）取煤时，禁止挖空煤堆底脚。发现边坡有裂缝、有疏松预兆，应迅速处理至正常坡度，方可重新装车。

（2）带运输机应装设紧急停车装置。严禁在带运输机上行走或坐卧休息。禁止在带运输机上任意放置器具、材料、物件。穿越带运输机时，应从设置的"过桥"上通过。清理传送带上杂物或排除故障必须停机，并切断电源、挂警示牌（按钮停车不算有效断电）。

（3）制造煤球时，原料进入粉碎机前，应有消除杂物的吸铁装置，以防损坏制造煤球（棒）的设备。严禁在煤球成型机两辊轮间捣插物料。在清理鼠笼粉碎机时，必须拉开电源闸刀，挂上警告牌，并取下保险丝，确保安全。

（三）其他安全要求

（1）贮煤场的地下不得铺设电缆、采暖管道和可燃、易燃液体及气体管道。

（2）应保持堆场清洁卫生。干燥天气可采取喷洒水雾等措施防止扬尘。雨天下水应采取沉降处理等措施，避免环境污染和浪费。

（3）现场管理及铲运人员应佩戴或必要的劳动防护用品。

（4）煤场应备有一定的消防器材。

第五节　装卸运输安全

一、装卸安全管理

（一）液氨槽车

1. 人员要求

（1）液氨装卸岗位（场所）人员，必须进行专业教育、培训，经考核合格，取得特殊工种作业证和安全作业证后，方可从事装卸作业。

（2）液氨装卸岗位（场所）人员，应熟悉液氨安全装卸规程，正确佩戴防护用品，规范作业。应充分了解槽车的性能、安全操作方法、附件结构、工作原理和液氨介质的特性。

（3）应熟练掌握本岗位一般事故处理和防护用具、消防器材的使用方法。

2. 车辆要求

（1）槽车的各种安全装置和附件必须齐全、灵敏、可靠，各种漆色和标志应准确无损，静电接地装置良好。

（2）新安装或检修后首次使用的贮罐与槽车，如果氮气余压＜0.3MPa时，应用氮气置换至罐内气体氧含量小于1％方可灌氨。

（3）在用槽车贮罐必须保持≥0.3MPa的余压。

（4）不准用移动式槽罐运输液氨。

（5）用于危险化学品运输工具的槽罐以及其他容器，必须由专业生产企业定点生产，并经检测、检验合格，方可使用。压力槽罐应按要求定期检验，并在有效期内使用。

（6）装卸前，操作人员要认真对运输车辆所在单位的相关资质或使用单位的相关资质、驾驶员和押运员的资质、车辆状况等进行检查和确认。

随车必须携带的文件和资料包括：汽车罐车使用证、机动车驾驶执照和汽车罐车准驾证、押运员证、准运证、汽车罐车定期检验报告复印件、液面计指示刻度与容积的对应关系表；在不同温度下介质密度、压力、体积对照表以及运行检查记录本等。

3. 装卸要求

（1）液氨装卸时，应对鹤管（充装臂）、密封件、快速切断阀门等进行检查，发现问题及时处理，严防泄漏。根据《国家安全监管总局、工业和信息化部关于危险化学品企业贯彻落实〈国务院关于进一步加强企业安全生产工作的通知〉的实施意见》（安监总管三〔2010〕186号）：在危险化学品槽车充装环节，推广使用金属万向管道充装系统代替充装软管，禁止使用软管充装液氯、液氨、液化石油气、液化天然气等液化危险化学品。

（2）现场装卸作业时，穿戴劳动防护用品，严格执行装卸安全操作规程。开关阀门应缓慢进行。

（3）汽车槽车和槽船在装卸液氨时，必须规范接地。装卸工作完毕后，应静置10min方可拆除静电接地线。

（4）液氨汽车、火车或轮船装卸过程中，驾驶员、押运员等相关人员必须在现场，坚守岗位。

（5）装卸中随时检查罐槽外观有无鼓包、泄漏、压力、温度急剧变化及其他异常现象。

（6）禁超装、混装。液氨装卸时，应注意储罐和槽罐的装载程度，不得超过设计的最大充装量（充装系数 $0.52t/m^3$）。

（7）槽车装卸时，每次都要填写装卸记录。充装记录内容包括：使用单位、充装日期、允许充装量、实际充装量（过磅），并有充装者、复验者、押运员的签名。卸车记录主要包括生产单位、运输单位，产品质量和重量。

（8）充装过程中，槽车内的液氨或气氨不得向大气排放。

（9）装卸现场、槽车附近严禁烟火，不得使用易产生火花的工具和物品，严禁将槽车作为贮罐、汽化器使用。

（10）严禁用蒸汽或其他方法加热贮罐和槽车罐体。

（二）液氨钢瓶

1. 气瓶检验

（1）液氨钢瓶灌装前，必须对钢瓶逐只进行严格的整理和检查。无制造许可证单位制造的钢瓶、已超过定期检验使用期的或未经安全监察机构认可的钢瓶不准充装。

（2）有下列情形之一的钢瓶，严禁充装：钢瓶标记、颜色标记不合规定及无法判定瓶内气体的；钢瓶装过其他物质的；钢瓶内无剩余压力的；安全附件不全、损坏或不符合规定的；超过检验期限的；经外观检查，存在明显损伤的（如角阀、堵头连接螺纹破损、裂纹、斑痕深度超标等）。

2. 气瓶充装

（1）液氨气瓶充装设施的建设应符合有关法规、标准的要求。

（2）钢瓶充装应逐瓶用磅秤称重，充装后必须认真复秤和填写充装复秤记录。严禁过量充装（充装量不得超过 0.52kg/L），充装过量的钢瓶不准出厂。严禁用容积计量。

（3）称重衡器应保持准确，衡器的最大称量值应为称量的 1.5～3 倍。衡器校验期不得超过三个月。

（4）充装现场应有遮阳设施，防止阳光直接照射钢瓶。

（5）空瓶和重瓶必须分开放置，禁止混放，并有明显标志。

（6）液氨钢瓶区应设置有毒气体检测报警仪。

（三）其他危险化学品

1. 甲醇

（1）甲醇一般采用槽车运输。甲醇槽车又分为汽车槽车和火车槽车两种。甲醇槽车为常压罐车。

（2）甲醇汽车、火车槽车装卸设施的建设应符合有关法规、标准的要求。

（3）甲醇槽车的装卸要求应按照国务院《危险化学品安全管理条例》和《危险化学品经营许可证管理办法》执行。

2. 硫黄

硫黄为易燃固体，一般采用塑料袋包装。装卸过程中要避免撒漏，严禁用铁制品刮、铲。

（四）危险化学品的装卸管理

危险化学品的发货和装卸环节是安全生产的一个重要方面，应注意以下要求。

1. 制定和完善安全操作规程和管理制度

（1）制定和完善危险化学品发货和装卸环节的安全操作规程，规范从业人员的岗位操作行为。

（2）严格落实国家危险化学品安全管理有关规定，在发货和装卸环节建立健全查验、核准、登记等五项制度。

① 开具提货单前的资质查验制度。发货企业在开具提货单据前要认真查验提货单位以下六项内容：

第一，购货单位的资质。具备危险化学品安全生产许可证或经营许可证。

第二，运输车辆所在运输企业的资质。具备"道路危险货物运输经营许可证"。

第三，运输车辆的资质。具备机动车辆行驶证；与核准经营范围相一致的"道路运输证"；运输车辆及罐体与行驶证照片一致；《道路运输证》核定载质量与行驶证标注的载质量一致；移动式压力容器使用登记证（承压罐车）最大充装量应不大于行驶证核定载质量。

第四，驾驶员和押运员的资质。具备驾驶员"驾驶证"、"营业性道路运输驾驶员从业资格证"，押运员"道路危险货物运输操作证"。

第五，安全警示标志、标识。运输车辆、罐体必须按照有关规定安装告示牌和喷涂"毒"、"爆"、"腐"等文字及道路运输危险货物标志。

第六，剧毒化学品生产、仓储、经营单位在开具提货单前还要查验公安部门出具的其他凭证。如剧毒化学品购买凭证或准购证和剧毒化学品公路运输通行证。

缺少上述任何一种证件或不符合要求的，均不予开具提货单。

② 装载前的车辆安全状况查验制度。装载危险化学品前，除运输单位工作人员要认真检查运输车辆安全状况外，发货单位必须查验运输车辆消防、抢修、防护等应急器材安全配置情况，达不到国家规定条件的，不予装载危险化学品。

③ 装载过程中的操作制度。装载过程中，必须有提货单位驾驶员、押运员和发货单位操作人员在场，严守工作岗位，严格操作规程，严格控制进场车辆数量，严禁超装、混装、错装，充装量不得超过"危险化学品道路运输证"核定载质量，且承压罐车充装量不得超过移动式压力容器使用登记证最大充装量。

④ 车辆出厂前的安全核准制度。装载完毕后，发货单位必须对装载重量（或液位）、系固情况及装载安全防护设施配置情况进行检查、核准，对不符合规定的，严禁驶离装载单位。

⑤ 登记制度。各危险化学品从业单位要以"危险化学品装车查验、核准登记表"为基础，结合实际对发货和装卸环节的查验、核准工作进行认真登记，建立工作台账，并明确责任，确保危险化学品发货、装载环节的安全。

2. 加强装卸现场管理

(1) 强化现场人员管理。工作人员必须按有关规定正确佩戴和使用劳动防护用品，按操作规程正确操作，确保装卸现场安全。

(2) 储存设备、电气设施和采用的装卸料方式必须符合国家标准、规范的要求，在防火、防爆、防水、防静电、防重压、防摔拖等方面采取可靠安全措施。

(3) 设立危险化学品车辆专用停车场，并设置明显的警示标志，注明危险化学品主要品种的特性、危害防治、处置措施、当地报警电话等。无法在场区内设立危险化学品车辆专用停车场的，应请示当地政府，由公安部门会同安监部门监督在场区外划定空车专用停车区域。

(4) 编制事故应急救援预案。要针对发货和装卸环节可能发生的泄漏、火灾、爆炸等事故，制定操作性强的事故应急救援预案，配备必要的应急救援器材，并将其纳入企业事故应急救援预案的一部分，定期组织职工进行演练，提高企业事故施救能力。

3. 强化从业人员培训

进一步强化危险化学品发货和装卸环节从业人员的安全教育培训，使他们熟悉发货和装卸安全技术操作规程和各项安全管理制度，并能够自觉贯彻执行；熟悉危险化学品发货和装卸过程中存在的危险有害因素，以及可能发生的泄漏、火灾、爆炸事故，熟练掌握预防和处置事故发生的措施和方法，确保事故发生时能够正确处置，降低事故的危害程度。

4. 加强安全监督检查。

此处不再赘述。

二、运输安全管理

（一）国务院《危险化学品安全管理条例》对危险化学品运输的一般要求

（1）从事危险化学品运输，应当分别依照有关道路运输、水路运输的法律、行政法规的规定，取得危险货物道路运输许可、危险货物水路运输许可，并向工商行政管理部门办理登记手续。

（2）危险化学品运输企业应当配备专职安全管理人员。驾驶人员、船员、装卸管理人员、押运人员、申报人员、集装箱装箱现场检查员应当经交通运输主管部门考核合格，取得从业资格。

（3）危险化学品的装卸作业应当遵守安全作业标准、规程和制度，并在装卸管理人员的现场指挥或者监控下进行。水路运输危险化学品的集装箱装箱作业应当在集装箱装箱现场检查员的指挥或者监控下进行，并符合积载、隔离的规范和要求；装箱作业完毕后，集装箱装箱现场检查员应当签署装箱证明书。

（4）运输危险化学品，应当根据危险化学品的危险特性采取相应的安全防护措施，并配备必要的防护用品和应急救援器材。用于运输危险化学品的槽罐以及其他容器应当封口严密，能够防止危险化学品在运输过程中因温度、湿度或者压力的变化发生渗漏、洒漏；槽罐以及其他容器的溢流和泄压装置应当设置准确、起闭灵活。运输危险化学品的驾驶人员、船员、装卸管理人员、押运人员、申报人员、集装箱装箱现场检查员，应当了解所运输的危险化学品的危险特性及其包装物、容器的使用要求和出现危险情况时的应急处置方法。

（5）托运人应当委托依法取得危险货物运输许可的企业承运。托运人应当向承运人说明所托运的危险化学品的种类、数量、危险特性以及发生危险情况的应急处置措施，并按照国家有关规定对所托运的危险化学品妥善包装，在外包装上设置相应的标志。运输危险化学品需要添加抑制剂或者稳定剂的，托运人应当添加，并将有关情况告知承运人。托运人不得在托运的普通货物中夹带危险化学品，不得将危险化学品匿报或者谎报为普通货物托运。

（6）危险化学品运输车辆应按核定载质量装载，不得超载；应当符合国家标准要求的安全技术条件，并按照国家有关规定定期进行安全技术检验；应当悬挂或者喷涂符合国家标准要求的警示标志。

（7）应当配备押运人员，并保证所运输的危险化学品处于押运人员的监控之下。道路运输途中因住宿或者发生影响正常运输的情况，需要较长时间停车的，驾驶人员、押运人员应当采取相应的安全防范措施；运输剧毒化学品或者易制爆危险化学品的，还应当向当地公安机关报告。未经公安机关批准，运输危险化学品的车辆不得进入危险化学品运输车辆限制通行的区域。

（二）剧毒化学品运输要求

（1）通过道路运输剧毒化学品的，托运人应当向运输始发地或者目的地县级人民政府公安机关申请剧毒化学品道路运输通行证。

（2）剧毒化学品、易制爆危险化学品在道路运输途中丢失、被盗、被抢或者出现流散、泄漏等情况的，驾驶人员、押运人员应当立即采取相应的警示措施和安全措施，并向当地公安机关报告。

（3）禁止通过内河封闭水域运输剧毒化学品以及国家规定禁止通过内河运输的其他危险化学品。其他内河水域，禁止运输国家规定禁止通过内河运输的剧毒化学品以及其他危险化学品。

（三）典型物品的运输要求

1. 液氨槽车运输

（1）应由具有"危险化学品准运证"的运输单位承运，运输的车辆应挂有规定的"危险品"标志，并备有防毒面具和灭火器材。

（2）驾驶员和押运员应懂防毒知识，会使用防毒面具和消防器材。

（3）停放时要远离热源，防止阳光暴晒。禁止在城镇和人口稠密区停留。

（4）禁止与其他易燃、可燃物品同车装运。

（5）押运人员应携带必要的抢修工具，途中发生泄漏应积极予以处理；在装卸作业时，不得离开现场。司机不得随意启动车辆。

（6）槽车储罐必须保持 0.3MPa 及以上的余压。

2. 液氨钢瓶运输

（1）钢瓶必须配备瓶帽、防振圈，轻装轻卸，严禁抛、滚、滑、碰。

（2）严禁在同一车上装载两种不同可燃气体、液体和助燃气体的钢瓶。

（3）夏季运输要有遮阳设施，防止暴晒。

（4）参照并执行液氨槽车运输的其他相关要求。

3. 甲醇槽车

参照液氨槽车运输的相关要求，同时注意甲醇槽车有别于液氨槽车的基本特征：

（1）甲醇槽车为常压罐车，无法采取留有余压的方式防止外部空气的进入。

（2）甲醇为甲类火灾危险性物质，比氨气具有更大的易燃易爆特性。运输过程中要远离火源，严禁罐体撞击、摩擦现象的发生。

第七章

电仪及公用工程安全技术

防触电安全技术

　　电气事故是由于电能非正常地作用于人体或系统所造成的危害。氮肥企业用电设备多、用电负荷大、设备电压等级高，供电系统复杂，从业人员接触电气设备的机会多，发生触电伤害和电气事故的概率高。同时，氮肥生产存在高温、高湿环境和腐蚀性介质，易造成电气设备绝缘老化、绝缘性能降低，增加了人员触电的危险性。

　　触电事故是电流的能量直接或间接作用于人体而造成的伤害，这是一类最常见、最为人所知的电气事故。据有关部门统计，我国触电死亡的人数占全部事故死亡人数的 5% 左右。

一、触电事故的种类

(一) 根据能量施加方式的不同分类

1. 电伤

　　电伤是指电流转换成热能、化学能、机械能等其他形式的能量对人体造成的损伤。电伤多数是局部性伤害，会在人身表面留有明显的伤痕，其危险程度决定于受伤面积、受伤深度、受伤部位等。能够形成电伤的电流通常比较大。

　　电伤的种类如下。

（1）电灼伤　又分为接触灼伤（又称电流灼伤）和电弧灼伤。前者是人体与带电体直接接触，电流通过人体是产生热效应的结果，通常造成皮肤灼伤，只有在大电流通过人体时，才可能损伤皮下组织。后者是指电气设备的电压较高时产生强烈的电弧或电火花，灼伤人体，甚至击穿部分组织或器官，并使深部组织烧死或四肢烧焦，此时，由于人体表面大面积灼伤或由于呼吸麻痹而致死。

（2）电标志　亦称电印记、电烙印或电流痕迹。电流通过人体时，可在皮肤上留下与接触带电体形状相似的青色或浅黄色的斑痕。

（3）皮肤金属化　当带负荷拉断电路开关或刀闸开关时，形成弧光短路，被熔化了的金属微粒飞溅，渗入裸露的皮肤；或由于人体某部位长时间紧密接触带电体，使皮肤发生电解作用，电流将金属粒子带入皮肤。

（4）机械损伤　电流通过人体时可产生机械-电动力效应，致使肌肉抽搐收缩，造成肌腱、皮肤、血管及神经组织断裂。

（5）电光眼　表现为角膜或结膜发炎，是发生弧光放电时，由红外线、可见光、紫外线对眼睛造成的伤害。在短暂照射的情况下，引起电光眼的主要原因是紫外线。

2. 电击

电击是电流通过人体内部，人体吸收能量受到的伤害。主要伤害部位为心脏、肺和中枢神经系统。电击是全身伤害，但一般不在人体表面留下大面积明显的伤痕。

在生产、生活实践中，绝大多数的电流对人体的伤害事故是由电击造成的。通常将电击事故称为触电。

（二）根据造成事故的原因分类

1. 直接接触触电

指人体触及正常运行的设备和线路等带电体，造成的触电。

2. 间接接触触电

正常情况下，电气设备的外露可导电部分是不会带有电压的。当电气设备内部的绝缘发生故障时，其外露可导电部分（金属外壳）就可能带有危险电压，当人员接触到设备的外露可导电部分时，便可能发生触电。

（三）根据触电方式的不同分类

1. 单相触电

单相触电是指人体接触到地面或其他接地导体的同时，人体另一部位触及某一相带电体所引起的电击。单相触电的危险程度除与带电体电压高低、人体电阻、鞋和地面状态等因素有关外，还与人体离接地点的距离以及配电网对地运行方式有关。

2. 两相触电

两相触电是指人体同时触及三相电网中任意两相带电体，电流从一相通过人体流入另一相，构成闭合回路而形成的触电。在高压系统中，人体同时接触不同的两相带电体，由于距离小于安全距离而发生电弧放电时，也属于两相触电。

两相触电多发生在检修过程中。由于两相触电加在人体上的电压是线电压，为相电压的 1.73 倍，对于低压供电系统即 380V，因此触电危害远大于单相触电。

3. 高压放电触电

当人体靠近高压带电体时，会发生高压放电而导致触电，而且电压越高放电距离越远。

4. 跨步电压触电

当带电体发生接地故障时，在接地点附近会形成电位分布，如果人位于接地点附近，两脚所处的电位不同，这种电位差即为跨步电压。跨步电压的大小取决于接地电压的高低和人距接地点的距离及跨步距离。

高压线落地会产生一个以落地为中心的半径为 8～10m 的危险区。

二、影响触电事故危害程度的因素

电对人体的危害主要来自电流，电流对人体的伤害程度与下列因素直接相关。

（一）经过人体的电流强度

电流通过人体，人体会有麻、痛等感觉，严重的会引起颤抖、痉挛、心脏停止跳动直至死亡。通过人体的电流强度越大，人体的生理反应越明显，人体感觉越强烈，致命的危险性就越大。

（二）电流通过人体的持续时间

通电时间越长，越容易引起心室颤动，电击危险性也越大。

（三）电流通过人体的途径

人体在电流的作用下，没有绝对安全的途径。电流通过心脏会引起心室颤动直至心脏停止跳动而导致死亡；电流通过中枢神经及有关部位，会引起中枢神经强烈失调而导致死亡；电流通过头部，严重损伤大脑，亦可能使人昏迷不醒而死亡；电流通过脊髓会使人截瘫；电流通过人的局部肢体亦可能引起中枢神经强烈反射而导致严重后果。

上述伤害中，以电流流过心脏伤害的危险性为最大。因此，流经心脏的电流多、电流路线短的途径是危险性最大的途径。首先以从左手到胸部，电流途径最短，是最危险的电流途径；从手到脚的电流途径也很危险，因为沿这条途径有较多的电流通过心脏、肺部和脊髓等重要器官；其次是从一只手到另一只手的电流途径，电流也途经心脏，也是很危险的电流途径；从脚到脚的电流是危险性较小的电流途径，但可能因痉挛而摔倒，导致电流通过全身或因摔倒而发生坠落等二次事故。

（四）电流的种类和频率

电流的种类和频率不同，触电的危险性也不同。25～300Hz的交流电对人体伤害最严重，交流电比直流电危险程度略大一些，频率很低或者很高的电流触电危险性比较小些。就电击而言，工频电流（50Hz）对人的安全来说是最危险的频率，对人体的伤害大于直流电流和高频电流对人体的伤害。

（五）人体条件和电阻

随着人体条件不同，不同人体对电流的敏感程度，以及不同人通过同样电流的危险程度都不完全相同。女性对电流较男性敏感，女性的感知电流和摆脱电流约为男性的2/3。儿童遭受电击后的危险性较大。

人体触电时，流过人体的电流（当接触电压一定时）由人体的电阻决定，人体电阻越小，流过的电流越大，也就越危险。潮湿、出汗、导电的物质和尘埃（如金属或炭质粉末）等都能使皮肤的电阻显著下降。若皮肤上有汗水，电阻就会变得很低，电流对人体的作用就会增大。环境温度对人体的电阻也有很大影响。

（六）人体的健康状况

人的健康状况不同，对电流的敏感程度和可能造成的危险程度也会不同。身体健康、肌肉发达者摆脱电流较大，室颤电流约与心脏质量成正比。凡患有心脏病、神经系统疾病和肺结核的人，受电击伤害的程度都比较重。精神状态和心理因素对电击后果也有影响。

三、触电的原因和规律

（一）触电的原因

1. 缺乏电气安全知识

如带电拉高压隔离开关，用手触摸被破坏的胶盖刀闸，湿手操作电器，儿童玩弄带电导线等。

2. 违反操作规程

如在高压线附近施工或运输大型货物，施工工具和货物碰击高压线；带电接临时照明线及临时电源；火线误接在电动工具外壳上；在高低压共杆架设的线路电杆上检修低压线或广播线；剪修高压线附近树木而接触高压线；

用湿手拧灯泡；携带式照明灯使用的电压不符合安全电压等。

3. 维护不良

如大风刮断的低压线路未能及时修理；胶盖开关破损未能及时更换；瓷瓶破裂后火线与拉线相碰等。

4. 电气设备存在安全隐患

如闸刀开关或磁力启动器缺少护壳而触电；电气设备漏电；电炉的热元件没有隐蔽；电气设备外壳没有接地而带电；配电盘设计和制造上的缺陷，使配电盘前后带电部分易于触及人体；电线或电缆因绝缘磨损或腐蚀而损坏；带电拆装电缆等。

5. 偶然因素

如大风刮断的电线恰巧落在人体上等。

从以上触电原因分析可以看出，除了偶然因素外，其他都是可以避免的。

（二）触电事故的规律

1. 触电事故的季节性明显

统计资料表明，一年之中第二、三季度事故较多，而且6～9月最集中。这与夏秋季多雨、天气潮湿，降低了电气设备的绝缘性能有关。

2. 低压触电事故多于高压触电事故

主要原因是低压设备多，低压电网广泛，与人接触机会多；加之低压设备管理相对不如高压设备严格，思想麻痹等。

3. 单相触电事故占总触电事故的70%以上

低压系统触电事故大多数是电击造成的，按其形成方式可以分为三种电击：单线电击、双线电击和跨步电压电击。

4. 发生在线路部位触电事故较普遍

线路部位触电事故发生在变压器出口总干线上的少，而发生在分支线上的多，且发生在远离总开关线路部分的更为普遍。这是因为，人们在检修或接线时往往贪图方便，带电接线。插销、开关、熔断器、接头等连接部位，容易接触不良而发热，造成电气绝缘和机械强度下降，致使这些部位易发生触电事故。

5. 误操作触电事故较多

由于电气安全教育不够，电气安全措施不完善，致使受害者本人或他人误操作造成的触电事故较多。从触电者的年龄来看，青、中年普通工人较多，这些人是电气的主要操作者，有的还缺乏电气安全知识、经验不足，以及思想麻痹等。

四、触电防护技术

触电事故尽管各种各样，但最常见的情况是偶然触及那些正常情况下不带电而意外带电的导体。触电事故虽然具有突发性，但具有一定的规律性，针对其规律性采取相应的安全技术措施，很多事故是可以避免的。预防触电事故的主要技术措施如下。

（一）采用安全电压

安全电压是为了防止触电事故而采用的由特定电源供电的电压系列，它是制定电气安全规程和一系列电气安全技术措施的基础数据。这个电压系列的上限值，在任何情况下，两导体间或任一导体与地之间均不得超过交流（频率 $50\sim500Hz$）有效值 50V。

安全电压能限制人员触电时通过人体的电流在安全电流范围内，从而在一定程度上保障了人身安全。国家标准规定，安全电压额定值的等级为 42V、36V、24V、12V、6V。当电气设备采用了超过 24V 电压时，必须采用防止人直接接触带电体的保护措施。不同环境条件下对安全电压的不同要求如下：

(1) 凡手提照明灯、危险环境和特别危险环境的局部照明灯、高度不足 2.5m 的一般照明灯、危险环境和特别危险环境中使用的携带式电动工具，如果没有特殊安全结构或安全措施，应采用 36V 的安全电压；

(2) 凡工作地点狭窄，行动不便，以及周围有大面积接地导体的环境（如金属容器内、隧道或矿井内等），所使用的手提照明灯应采用 12V 的安全电压；

(3) 对于水下的安全电压值我国尚未规定，国际电工标准委员会（IEC）规定为 2.5V。

另外，安全电压应由隔离变压器供电，使输入与输出电路隔离；安全电压电路必须与其他电气系统和任何无关的可导电部分实现电气上的隔离。

（二）保证绝缘性能

电气设备的绝缘，就是用绝缘材料将带电体封闭起来，使之不被人身触及，从而防止触电事故。一般使用的绝缘材料有瓷、云母、橡胶、塑料、布、纸、矿物油及某些高分子合成材料。

潮湿、高温、有导电性粉尘、腐蚀性气体和液体等不良作业环境时，可选用加强绝缘或双重绝缘的电动工具、设备和导线。此外，电工作业人员还应正确使用绝缘用具，穿戴绝缘防护用品，如绝缘手套、绝缘鞋、绝缘垫等。

但绝缘并非万无一失，它也会遭到破坏。有的因为机械损伤，有的因为电压过高或绝缘老化产生电击穿。绝缘损坏会使电气设备外壳带电的机会增加，从而也就增加了触电的概率。因此，必须使电气设备的绝缘强度保持在规定的范围之内。衡量电气设备的绝缘性能最基本的指标是绝缘电阻，足够的绝缘电阻能把电气设备泄漏的电流限制在很小的范围内，可以防止漏电引起的事故。不同电压等级的电气设备，有不同的绝缘电阻要求，并要定期测定。

（三）采用屏护

屏护包括屏蔽和障碍，是指能防止人体有意、无意触及或过分接近带电体的遮拦、护罩、护盖、箱闸等装置。

某些开启式开关电气的活动部分不便绝缘，或高压设备的绝缘不能保证人在接近时的安全，应当采取屏护。如围墙、遮拦、护网、护罩等。金属屏护装置必须接零或接地，具体详见 GB 8197《防护屏安全要求》。

必要时，还可设置声、光报警信号和联锁保护装置。

（四）保持安全距离

为了防止人体、车辆触及或接近带电体造成事故，防止过电压放电和各种短路事故，必须保持带电部位与地面、建筑物、人体、其他设备之间的最小电气安全空间距离。安全距离的大小取决于电压的高低、设备的类型及安装方式等因素。

架空线路的架设高度应符合表 7-1 的规定；架空线路与铁路、公路交叉时最小距离应符合表 7-2 的规定；架空线与建筑物的距离应符合表 7-3 的规定；架空线与树木的距离应符合表 7-4 的规定。

厂区内起重作业时起重臂可能会触及架空线，导致起重作业区内形成跨步电压，严重威胁作业人员安全。因此在架空线附近进行起重作业时，应严格管理，起重机具及重物与线路导线的最小距离应符合表 7-5 的规定。

表 7-1　架空线路与地面或水面的最小距离　　　　　　　　　　　m

线路经过地区	线路电压/kV		
	≤1	10	35
居民区	6	6.5	7
非居民区	5	5.5	6
交通困难地区	4	4.5	5
不能通航或浮运的河、湖（冬季水面）	5	5	5.5
不能通航或浮运的河、湖（50 年一遇的洪水水面）	3	3	3

表 7-2　架空线路与铁路、公路交叉时的最小距离　　　　　　　　m

交叉设施	测量点	线路电压/kV		
		≤1	10	35
铁路	距轨顶	7.5	7.5	7.5
公路	距路面	6	7	7

表 7-3　架空线路与建筑物的最小距离

线路电压/kV	≤1	10	35
垂直距离/m	2.5	3.0	4.0
水平距离/m	1.0	1.5	3.0

表 7-4　架空线路与树木的最小距离

线路电压/kV	≤1	10	35
垂直距离/m	1.0	1.5	3.0
水平距离/m	1.0	2.0	—

表 7-5　起重机具与线路导线的最小距离

线路电压/kV	1 以下	10	35
距离/m	1.5	2	4

（五）合理选用电气装置

合理选用电气装置是减少触电危险和火灾爆炸危害的重要措施。选择电气设备时主要根据周围环境的情况，如在干燥少尘的环境中，可采用开启式或封闭式电气设备；在潮湿、多尘、腐蚀性气体、腐蚀性液体的环境中，必须采用封闭式电气设备；在有易燃易爆危险的环境中，必须采用防爆式电气设备。

（六）装设漏电保护装置

漏电保护器，亦称漏电流动作保护器，是一种在设备及线路漏电时，保证人身和设备安全的装置。其作用主要是防止由于漏电引起的人身触电，并防止由于漏电引起的设备火灾，以及监视、切除电源供电。

依据原劳动部《漏电保护器安全检查规定》和《漏电保护器安装和运行》（GB 13955—92）的要求，在电源中性点直接接地的保护系统中，在规定的设备、场所范围内必须安装漏电保护器和实现漏电保护器的分级保护。对一旦发生触电切断电源时，会造成事故和经济损失的装置和场所，应安装报警式漏电保护器。

（七）保护接地与接零

1. 保护接地

保护接地是把用电设备在故障情况下可能出现危险的金属部分（如设备外壳等）用导线与接地体连接起来，用电设备与大地紧密连通。在电源为三相三线制中性点不直接接地或单相制的电力系统中，应设保护接地线。

当电源的某一相漏电时，用电设备金属部分就带有与相电压相等的电压，当人身触及设备时，接地电流通过人体和电网对地绝缘阻抗形成回路。而有了接地后，漏电设备对地电压主要决定于接地电阻的大小。

接地装置广泛地选用自然接地极。例如，与大地有可靠连接的建筑物的金属结构，敷设于地下的水管路等均可作为自然接地极。但是要严禁将氧气、乙炔、半水煤气、变换气、合成气等易燃易爆气体管道和甲醇、液氨等有毒易燃液体管道作为自然接地极。自然接地电阻不得超过 4Ω，电阻超过 4Ω 时，应采用人工接地极。由于保护接地电阻值远小于电网每相对地的绝缘阻抗，所以大大降低了设备带电体的对地电压。接地电阻值越小，越能把带电体的对地电压控制在安全电压范围内。

应该指出，在电源为三相四线制变压器中性点直接接地的电力系统中，是不能单纯采取保护接地措施的，如果采取保护接地，当某相发生碰壳短路时，人体与保护接地装置处于并联状态，加在人体上的电压等于接地电阻的电压降，一般可达 110V，这个电压对于人体还是很危险的。这就是说，在三相四线制变压器中性点接地的电力系统中，单纯采取保护接地虽然比不采取任何安全措施要好一些，但并没有从根本上保证安全，危险性依然存在。

2. 保护接零

保护接零是把电气设备在正常情况下不带电的金属部分（如设备外壳等），用导线与低压电网的零线（中性线）连接起来。在电压为三相四线制变压器中性点直接接地的电力系统中，应采用保护接零。同时，在中性点直接接地的系统中，如果用电设备上不采取任何安全措施，一旦设备漏电，触及设备的人体将承受近 220V 的相电压，是很危险的。采取保护接零就可以消除这一危险。

当某相带电部分与设备外壳碰连时，通过设备外壳形成相线对零线的单相短路（即碰壳短路），短路电流能促使线路上的保护装置（如熔断器）迅速动作，从而把故障部分断开，消除触电危险。

应当注意的是在三相四线制电力系统中，不允许只对某些设备采取接零，而对另一些设备只采取保护接地而不接零。否则，采取接地（不接零）的设备发生漏电时，电流通过两接地体构成回路，采用接地的漏电设备和采用接零的非漏电设备上都可能带有危险电压。

正确的做法是，采取重复接地保护装置，就是将零线上的一处或多处接地装置与大地再次连接，通常是把用电设备的金属外壳同时接地和接零。还应注意，零线回路中不允许装设熔断器和开关。

（八）联锁保护

设置防止误操作、误入带电间隔等造成触电事故的安全联锁保护装置。

五、触电的急救

（一）触电后的症状

人员遭电击后，病情表现为三种状态。

第一种情况：当通过人体的电流小于摆脱电流时，伤员神志清醒，能自己摆脱电源，但感到乏力、头晕、胸闷、心悸、出冷汗。

第二种情况：当通过人体电流增大时，触电伤员会出现神志昏迷，但呼吸、心跳尚存在。

第三种情况：当通过人体的电流强度接近或达到致命电流时，触电伤员会出现神经麻痹、血压降低、呼吸中断、心脏停止跳动等征象，外表上呈现昏迷不醒的状态，同时面色苍白、口唇紫绀、瞳孔扩大、肌肉痉挛，呈全身性电休克所致的假死状态。

出现第三种情况的伤员必须立即在现场进行心肺复苏抢救。有资料表明，触电后 1min 开始救治者，90％有良好效果；触电后 6min 开始救治者，50％可能复苏成功；触电后 12min 再开始救治，救活的可能性很小。

（二）触电急救的步骤

触电事故发生后，切不可惊慌失措，必须不失时机地进行急救，尽可能减少伤亡。触电急救的要点为：动作迅速、方法正确。

1. 迅速脱离电源

人触电以后，可能由于痉挛、失去知觉或中枢神经失调而紧抓带电体，不能自行脱离电源。这时，使触电者尽快脱离电源是救助触电者的首要条件。

(1) 低压触电时帮助触电者脱离电源的方法

① 如果电源开关或电源插头在触电地点附近可立即拉开开关或拔出插头，切断电源。要注意的是，由于拉线开关只控制一根线，如果错误地安装在工作零线上，则切断开关只能切断负荷不能切断电源。

② 如果电源开关或电源插头不在触电地点附近，可用带绝缘柄的电工钳或干燥木柄的斧头切断电源，或用干木板等绝缘物质插入触电者身下，隔断电流。

③ 如果电线打落在触电者身上或被压在身下，可用干燥的木棒、木板、绳索、手套等绝缘物作为工具，拉开触电者或挑开电线。

(2) 高压触电时帮助触电者脱离电源的方法

① 立即通知有关部门停电。

② 戴上绝缘手套、穿上绝缘靴，用相应电压等级的绝缘工具拉开开关。

③ 如果事故发生在线路上，可抛掷裸金属线使线路短路接地，迫使保

护装置动作，切断电源。抛掷金属线前一定将金属线一端可靠接地再抛掷另一端。被抛出的一端不可触及触电者或其他人。

2. 进行现场急救

触电者脱离电源后，应根据触电者的具体情况，迅速地对症救治。

(1) 如果触电者伤势不重、神志清醒，但有些心慌、四肢麻木、全身无力，或触电者一度昏迷，但已清醒过来，应让触电者安静休息，注意观察并请医生前来治疗或送往医院。

(2) 如果触电者伤势较重，已经失去知觉，但心脏跳动和呼吸尚未中断，应让触电者安静地平卧，解开其紧身衣服以利呼吸；保持空气流通，若天气寒冷，则注意保温；严密观察，速请医生救治或送医院。

(3) 如果触电者伤势严重，呼吸停止或心脏跳动停止，应立即实施口对口人工呼吸或胸外心脏按压进行急救。若二者都停止，则应同时进行口对口人工呼吸和胸外心脏按压进行急救，并速请医生救治或送医院。在送往医院的途中，不能中止急救。

若触电的同时发生外伤，应根据情况酌情处理。对于不危及生命的轻度外伤，可以在触电急救后处理；对于严重的外伤，在实行人工呼吸和胸外挤压的同时进行处理，如伤口出血，应予以止血，进行包扎，以防感染。

（三）救护时的注意事项

(1) 救护人员切不可直接用手、金属或其他的潮湿物件作为救护工具，必须使用干燥绝缘的工具。作业人员最好只用一只手操作，以防自己触电。

(2) 为防止触电者脱离电源后可能摔伤，应正确判断触电者倒下的方向，特别是触电者身在高处的情况下，更要采取防摔措施。

(3) 人在触电后，有时会有较长时间的"假死"，因此，救护人员应耐心进行抢救，绝不可轻易中止。但应注意，切不可给触电者打强心剂。

第二节 电力系统安全技术

电能在输送、分配、转换过程中失去控制而产生的断线、短路、异常接地、漏电、误合闸、误掉闸，电气设备或电气件损坏，以及电子设备受电磁干扰而发生误动作等都属于电气系统故障。电气系统故障可能引起火灾和爆炸、异常带电或停电，从而导致人员伤亡及重大财产损失。

一、变、配电所的防火防爆

变、配电所是用电设备的枢纽，也是电力系统发生联系的场所，具有接受电能、变换电压等级和分配电能的功能。工业企业中的变电所属于降压变电所，按照容量的大小及引入电压的高低，变、配电所分为一级降压变电所、二级降压变电所和配电所三种类型。

（一）电力变压器的防火防爆

1. 变压器发生火灾和爆炸的原因

电力变压器是由铁芯柱或铁轭构成的一个完整闭合磁路，由绝缘铜线或铝线制成线圈，形成变压器的原、副边线圈。变压器大多为油浸自然冷却式，绝缘油起着线圈间的绝缘和冷却作用。绝缘油的闪点约为135℃，易蒸发燃烧，同空气混合能形成爆炸混合物。而变压器内部的绝缘衬垫和支架大多采用纸板、棉纱、布、木材等有机可燃物质，因此，一旦变压器内部发生过载或短路，可燃的材料和油就会因高温或电火花、电弧作用而分解、膨胀以致汽化，使变压器内部压力剧增，可引起变压器外壳爆炸，大量绝缘油喷出燃烧，造成火灾危险。

2. 变压器的防火防爆措施

（1）防止变压器过载运行。过载运行会引起线圈发热，使绝缘逐渐老化，造成匝间短路、相间短路或对地短路及油的分解。

（2）保证绝缘油质量。绝缘油质量差或杂质、水分过多，会降低绝缘强度。当绝缘强度降低到一定值时，变压器就会短路而引起电火花、电弧或出现危险温度。因此，运行中变压器应定期检查化验油质，不合格的油应及时更换。

（3）防止铁芯绝缘老化，保证导线绝缘良好。铁芯绝缘老化或夹紧螺栓套管损坏，会使铁芯产生很大的涡流，引起铁芯长期发热。线圈内部接头接触不良，会造成局部过热，破坏绝缘，发生短路或断路。此时所产生的高温电弧会使绝缘油分解，产生大量气体，可能引起变压器爆炸。

（4）保证良好的接地和可靠的短路保护。对于采用保护接零的低压系统，变压器低压侧中性点要直接接地。为防止线圈或负载发生短路时烧毁变压器，应安装可靠的短路保护装置。

（5）防止超温。温度的高低对绝缘和使用寿命的影响很大，温度每升高8℃，绝缘寿命将减少50%左右。所以，变压器运行时应注意监视温度的变化，并保证良好的通风和冷却。

（二）油开关的防火防爆

油开关又叫油断路器，是用来切断和接通电源的，在短路时能迅速可靠地切断短路电流。

1. 油开关发生火灾爆炸的原因

油开关主要由油箱、触头和套管组成，触头全部浸没在绝缘油中。造成油开关火灾和爆炸的主要原因如下：

（1）油开关油面过低时，使油开关触头的油层过薄。油受电弧作用而分解释放出可燃气体，与空气混合形成爆炸性气体，在高温下就会引起燃烧、爆炸。

（2）油箱油面过高时，析出的气体在油箱较小的空间内形成过高的压力，导致油箱爆炸。

（3）油开关内油的杂质和水分过多，引起油开关内部闪络。油开关油箱与套管、箱盖与箱体密封不严，油箱进水受潮，油箱不清洁或套管有机械损伤，都可能造成对地短路，从而开关着火。

（4）油开关操作机构调整不当，部件失灵，致使开关动作缓慢或合闸后接触不良。当电弧不能及时切断和熄灭时，在油箱内可产生过多的可燃气体而引起火灾。

2. 油开关运行时应注意的问题

油开关运行时，油面必须在油标指示的高度范围内。若发现异常，如漏油、渗油、有不正常声音等，应立即采取措施，必要时可停电检修。严禁在油开关存在缺陷的情况下强行送电运行。

二、动力、照明及电力系统的防火防爆

（一）电动机的防火防爆

电动机是一种将电能转化为机械能的电气设备，电动机按结构和适用范围，可分为开启式和防护式两种。在氮肥企业及其他石油化工企业中，为防止化学腐蚀和易燃易爆危险物质，多使用各种防爆封闭式电动机。

电动机易着火的部位是定子绕组、转子绕组和铁芯。引线接头接触不良、接触电阻过大或轴承过热，也会引起绝缘的燃烧。针对电动机着火的原因，应采取以下预防措施。

1. 电动机严禁超负荷运行

如发现电动机外壳过热，电流表所指示的电流超过额定值，说明电动机已超载。当电网电压过低时，电动机也会出现过载。因此，在电动机运行时，要严密监视电流表的指示值，发现过载迅速查找原因并及时调整，以免烧毁电动机。

2. 防止电动机绝缘受损和受潮

由于金属物体或其他固体掉进电动机内，或在检修时绝缘受损，绕组受潮，以及遇到过高电压时将绝缘击穿等原因，会造成电动机绕组匝间或相间短路或接地，所产生的电弧将烧毁绕组，甚至烧坏铁芯。因此，电动机必须按规定装设防护装置，保证绝缘良好、可靠，以避免出现短路现象。

3. 保证接线牢固

当电动机接线处的接点接触不良或松动时，会使接触电阻增大，引起接点发热而氧化，最后可将电源接点烧毁，产生电弧火花，损坏周围导线的绝缘，造成短路而烧毁电动机。为防止这些情况的出现，必须加强日常的维护保养，经常检查接线处是否牢固，保持电动机处于良好的工作状态。

（二）电缆的防火防爆

电缆一般分为动力电缆和控制电缆两种。动力电缆用来输送和分配电能；控制电缆用于测量、保护和控制回路。电缆的敷设可以直接埋于地下，也可以用隧道、电缆沟或电缆桥架架空敷设。地埋敷设时应设置标志，穿过道路或铁路时应有保护管套；用电缆桥架架空敷设时，宜采用阻燃电缆。

动力电缆发生火灾的可能性很大，在防火防爆方面需要注意以下几点：

（1）电缆敷设和运行时要防止保护铅皮和绝缘体受损伤。保护铅皮或绝缘体受损，均会导致电缆相间或相与铅皮之间的绝缘击穿而发生电弧，致使电缆内部的绝缘材料和电缆外部的麻包发生燃烧。

（2）避免电缆长时间超负荷运行。否则，会使电缆绝缘过热和过分干枯，使纸制绝缘材料失去绝缘性能，因而造成击穿着火。

（3）充油电缆敷设高差不可过大。高差过大可造成淌油现象，使得淌油部分的电缆热阻增加，纸绝缘老化而击穿损坏。6～10kV 浸油纸绝缘电缆最大允许高差为 15m，20～35kV 为 5m。

（4）保证电缆接头盒的质量。接头盒的中间接头若压接不紧、焊接不牢或接头选材不当，灌注在接头盒内的绝缘剂质量不符合要求，灌注时盒内存有气体以及电缆盒密封不好，都能引起绝缘击穿。

（5）严防外界的火源和热源。

（三）电缆桥架及电缆沟的防火防爆

如果电缆桥架处在防火防爆区域里，可在托盘、梯架添加具有耐火或难燃性的板、网材料，构成封闭式结构，并在桥架表面涂刷防火层。其整体耐火性应符合国家有关规范的要求。桥架还应有良好的接地措施。

电缆沟与变、配电所的连通处，应采取严密封闭的措施，如填砂等，以防可燃气体通过电缆沟窜入变、配电所，引起火灾爆炸事故。电缆沟中敷设的电缆可采用阻燃电缆或涂刷防火涂料。

（四）电气照明、电气线路的防火防爆

1. 电气照明的防火防爆

照明灯具在工作时，玻璃灯泡、灯管、灯座等表面温度都较高，若灯具选用不当或发生故障，会产生电火花和电弧。接头处接触不良，局部会产生高温。导线和灯具的过载和过压会引起导线发热，使绝缘损坏、短路和灯具爆碎。下面分别介绍几种灯具在防火防爆方面应注意的问题。

（1）白炽灯　在散热条件不良的情况下，灯泡表面温度会很高，且灯泡的功率越大，升温的速度就越快。此外，白炽灯耐振性差，极易破碎，破碎后高温的玻璃片和高温的灯丝溅落在可燃物体上或接触可燃气体，都能引起火灾。因此，使用中，要注意创造良好的散热条件，使其表面不致过热；要防止白炽灯受到剧烈的振动，以免破碎。

（2）荧光灯　其镇流器由铁芯线圈组成。正常工作时，镇流器本身也耗电，具有一定温度。若散热条件不好，或与灯管配套不合理，以及其他附件发生故障等，内部温升会破坏线圈的绝缘，形成匝间短路，产生高温和电火花。防止荧光灯过热，除了保证良好的散热外，还应保证其内部附件配套合理。

（3）高压汞灯　正常工作时，其表面温度虽比白炽灯要低，但因功率比较大，不仅温升速度快，发出的热量也大。高压汞灯镇流器的火灾危险性与荧光灯镇流器相似。

（4）卤钨灯　工作时维持灯管点燃的最低温度250℃。1000W卤钨灯的石英玻璃管外表面温度可达500～800℃，其内壁的温度更高，约为1000℃。因此，卤钨灯不仅能在短时间内烤燃接触灯管较近的可燃物，其高温辐射还能将距离灯管一定距离的可燃物烤燃。所以它的火灾危险性比别的灯具更大，也需要更加注意它的散热条件，并将可燃物远离其周围。

2. 电气线路的防火防爆

电气线路往往因为短路、过载和接触电阻过大等原因产生电火花、电弧，或因导线、电缆达到危险高温而发生火灾。因此，在防火防爆方面应注意以下问题。

（1）防止电气线路短路起火　短路有相间短路和对地短路两种。短路时电阻突然减小，电流急剧增大，出现瞬时放电发热，不仅会烧损绝缘，使金属熔化，也能将附近易燃易爆物品引燃引爆。

（2）防止电气线路过载　线路中的电流若超过额定电流，就称过载电流。过载电流通过导线时，温度相应增高。长时间过载，导线温度就会超过允许温度，会使绝缘老化，甚至损坏。

（3）保证接触良好　导线接头处不牢固，接触不良，组成局部接触电阻过大，发生过热。长时间过热可导致接头处熔化，引起导线绝缘材料中可燃物质的燃烧。

（五）输配电线路安全距离和灯具的安全要求

（1）电力架空线路距甲类库房、厂房，易燃材料堆垛，甲、乙类液体贮罐，液化烃贮罐，可燃、助燃气体贮罐的最近水平距离不应小于电杆（塔）高度的1.5倍；距丙类液体贮罐不应小于电杆（塔）高度的1.2倍。

（2）电气和仪表的电缆与甲、乙、丙类液体管道、可燃气体管道相邻敷设时，平行净距不宜小于1m；电缆在管道下方敷设时，交叉净距不应小于0.5m。

（3）电力电缆不应和输送甲、乙、丙类液体管道、可燃气体管道、热力管道敷设在同一管沟内。配电线路不得穿越风管内腔或敷设在风管外壁上，穿金属管保护的配电线路可紧贴风管外壁敷设。

(4) 房顶内由可燃物时，其配电线路应采取金属管保护。

(5) 照明器表面的高温部位靠近可燃物时，应采取隔热、散热等防火保护措施。

卤钨灯和额定功率为 100W 及 100W 以上的白炽灯泡的吸顶灯、槽灯、嵌入式灯的引线应采用瓷管、石棉、玻璃丝等非燃烧材料进行隔热保护。

(6) 超过 60W 的白炽灯、卤钨灯、荧光高压汞灯（包括镇流器），不宜直接安装在可燃装修或可燃构件上。

可燃物品库房不应设置卤钨灯高温照明。

三、电气火灾的扑救

（一）电气灭火器材的选用

带电灭火不可使用普通直流水枪和泡沫灭火器，以防扑救人员触电。应使用二氧化碳、七氟丙烷及干粉灭火器等。带电灭火一般只能在 10kV 及以下的电气设备上进行。

变压器等电器发生喷油燃烧时，除切断电源外，有事故贮油坑的应设法将油导入贮油坑，坑内和地上的燃油可用泡沫扑灭。要防止燃油流入电缆沟并蔓延，电缆沟内的燃油亦只能用泡沫覆盖扑灭。地面流散的油火，也可用沙土压埋。

（二）电气火灾的特点

(1) 带电　电气设备着火时，着火场所的很多电气设备可能是带电的。扑救带电电气设备的火灾时，应该注意现场周围可能存在着较高的接触电压和跨步电压。

(2) 带油　许多电气设备着火时，是绝缘油在燃烧。例如电力变压器、多油开关等，其本身充满绝缘油，受热后可能发生喷油和爆炸事故，进而使火灾范围扩大。

（三）扑救电气火灾时的安全措施

扑救电气火灾时，应首先切断电源。切断电源时，应严格按照规程要求操作。

(1) 火灾发生后，由于潮湿及烟熏等原因，电气设备绝缘已经受损，所以在操作时，应用绝缘良好的工具操作。

(2) 选好电源切断点。切断电源的地点要选择适当，若在夜间切断电源时，应考虑临时照明电源问题。

(3) 若需剪断电线时，应注意非同相电源应在不同部位剪断，以免造成短路。剪断电线部位应选有支撑物支撑电线的地方。

在生产工艺过程中以及操作人员的操作过程中，某些材料的相对运动、接触与分离等很容易产生静电。尽管产生的静电其能量一般不大，不会直接使人致命，但是，其电压可能高达数十千伏以上，容易发生放电而产生火花，从而引起其他物质的火灾、爆炸事故。

一、静电的产生

（一）静电产生的原因

1. 静电产生的内因

（1）物质的溢出功不同 任何两种固体物质，当两者做相距小于 25×10^{-8} cm 的紧密接触时，在接触界面上会产生电子转移现象，这是由于各种物质溢出功不同的缘故。两物质相接触时，溢出功较小的一方失去电子带正电，而另一方就获得电子带负电。

（2）物质的电阻率不同 电阻率高的物体，其导电性能差，带电层中的电子移动较困难，构成了静电荷集聚的条件。

（3）介电常数（电容率）不同 在具体配置条件下，物体的电容与电阻结合起来决定了静电的消散规律。如果液体的介电常数大于 20，并以连续性存在及接地，一般说来，无论是运输还是贮存都不可能积累静电。

2. 静电产生的外因

（1）紧密地接触和迅速地分离 任何物体的表面都是不光滑的，接触是多点接触，当接触距离小于 25×10^{-8} cm 时，就有电子转移，即形成双电层。若分离得足够快，物体就带电。

（2）附着带电 某种极性的离子或带电粉尘附着到与地绝缘的固体上，能使该固体带上静电或改变其带电状况。物体获得电荷的多少，取决于该物体对地电容及周围情况。人在有带电微粒的场合活动后，由于带电微粒吸附于人体，因而会带电。

（3）感应起电 在工业生产中，存在带静电物体能使附近不相连的导体带电的现象。

（二）静电产生的途径

（1）摩擦起电 是最常见的静电产生途径。当两种不同性质的物体紧密接触和迅速分离（如摩擦、撞击、撕裂、挤压等）时，电子或离子自一物体转移到另一物体；同种物质不同温度时，相互摩擦也产生静电。

（2）吸附带电 带电微粒附着到与地绝缘的固体上，使之带上静电。

(3) 感应起电 电导体表面在附近带电体的感应作用下可产生极性相反的电荷。

(4) 极化起电 绝缘体在静电场内，其内部和外表面能带电荷。

需要指出的是，静电产生的方式不是单一的。

（三）易产生静电的工艺方式

(1) 固体或粉体 摩擦、混合、搅拌、洗涤、粉碎、切断、研磨、筛选、切削、振动、过滤、剥离、捕集、液压、倒换、输送、缠绕、投入、包装、涂布、印刷、穿脱衣服、带输送等。

(2) 液体 输送、注入、充填、倒换、滴流、过滤、搅拌、吸出、洗涤、检尺、取样、飞溅、喷射、摇晃、检温、混入杂质、混入水珠等。

(3) 气体 喷出、泄漏、喷涂、排放、高压洗涤、管内输送等。

二、静电的危害

（一）爆炸与火灾

爆炸和火灾是静电最大的危害。在有可燃液体的作业场所（如液氨、甲醇的装卸等），可能由静电火花引起火灾；在有爆炸性气体混合物或粉尘纤维爆炸性混合物的场所（如氢气、乙炔、煤粉、硫黄粉尘等）可能由静电火花引起爆炸。

（二）电击

当人体接近带电体时，或带静电电荷的人体接近接地体时，都可能产生静电电击。由于静电的能量较小，生产过程中产生的静电所引起的电击一般不会直接使人致命，但人体可能因电击导致坠落、摔倒等二次事故。电击还可能使作业人员精神紧张，影响工作。

（三）妨碍生产

在某些生产过程中，如不消除静电，将会妨碍生产或降低产品质量。例如，静电使粉尘吸附在设备上，影响粉尘的过滤和输送；在物料输送管道和贮罐内，常发生物料结块、熔化成团的现象，造成管路堵塞。

三、消除静电的方法

防止和消除静电的基本途径有：在工艺方面控制静电的发生量；采取泄漏导走的方法，消除静电荷的积聚；利用设备生产出异性电荷，中和生产过程中产生的静电电荷。

（一）工艺控制法

工艺控制法就是从工艺流程、设备结构、材料选择和操作管理等方面采取措施，限制静电的产生或控制静电的积累，使之达不到危险的程度。

1. 限制输送速度

降低物料移动中的摩擦速度或液体物料在管道中的流速等工作参数，可限制静电的产生。例如，甲醇、液氨等在管道中的流速不超过1m/s。

2. 加速静电电荷的消散

在产生静电的任何工艺过程中，总是包括产生和逸散两个区域。在静电产生的区域，分离出相反极性的电荷称为带电过程；在静电逸散区域，电荷自带电体上泄漏消散。

(1) 正确区分静电的产生区和逸散区。在两个区域中可以采取不同的防静电危害措施，增强消除静电的效果。如在粉体物料的气流输送中，空送系统及管道是静电产生区，而接收料斗、料仓是静电逸散区。在料斗和料仓中，装设接地的导电钢栅，可有效地消除静电。而在产生区装设上述装置，反而会增加静电和静电火花的产生。

(2) 对设备和管道选用适当的材料。人为地使生产物体在不同材料制成的设备中流动，如物体与甲材料摩擦带正电，与乙材料摩擦带负电，以使得物体上的静电相互抵消，从而消除静电的危险。以上材料除满足工艺上的要求外，还应有一定的导电性。此时还可以采用：在生产设备上镶配与生产物料相同的材料；选用材料的混合比例，使物料与设备摩擦不产生静电；选用对静电导电性较好的材料制作设备和工具，为限制火花放电和感应带电的危险，设备和工具的泄漏电阻应为$10^7 \sim 10^8 \Omega$。

(3) 适当安排物料的投入顺序。在某些搅拌工艺过程中，适当安排加料顺序，可降低静电的危险性。例如，在某液浆搅拌过程中，先加入汽油与其他溶质搅拌时，液浆表面电压小于400V，而最后加入汽油时，液浆表面电压则高达10kV以上。

3. 消除产生静电的附加源

产生静电的附加源如液流的喷溅，容器底部积水受到注入流的搅拌，在液体或粉体内夹入空气或气泡，粉尘在料斗或料仓内冲击，液体或粉体的混合搅动等。只要采取相应的措施，就可以减少静电的产生。

(1) 为了避免液体在容器内喷溅，应从底部注油或将油管延伸至容器底部液面下。

(2) 为了减轻从油槽车顶部注油时的冲击，从而减少注油时产生的静电，应改变注油管出口处的几何形状，这样做对降低油槽内油面的电位有一定的效果。

(3) 为了降低罐内油面电位，过滤器不宜离管出口太近。一般要求从罐内到出口有30s缓冲时间，如满足不了则需配置缓冲器或采取其他防静电措施。

(4) 消除杂质。油罐或管道内混有杂质时，有类似粉体起电的作用，静电发生量将增大，实践证明，油中含水5%，会使起电效应增大10~50倍。

（5）降低爆炸性混合物浓度。 降低爆炸性混合物浓度，可消除或减轻爆炸性混合物的危险。为此，可以采用通风（抽气）装置，有效排除爆炸性混合物；也可以在危险空间充填惰性气体，如二氧化碳和氮等，隔绝空气或稀释爆炸性混合物，以达到防火、防爆的目的。

（二）泄漏导走法

泄漏导走法即是将静电接地，使之与大地连接，消除导体上的静电。这是消除静电最基本的方法。可以利用工艺手段对空气增湿、添加抗静电剂，使带电体的电阻率下降或规定静置时间和缓冲时间等，使所带的静电荷得以通过接地系统导入大地。

常用的静电接地连接方式有接地跨接、直接接地、间接接地三种。接地跨接是将两个以上、没有电气连接的金属导体进行电气上的连接，使相互之间大致处于相同的静电电位。直接接地是将金属体与大地进行电气上的连接，使金属体的静电电位接近于大地，简称接地。间接接地是将非金属全部或局部表面与接地的金属紧密相连，从而获得接地的条件。正确地选择接地连接方式对消除静电是十分重要的。一般情况下，金属导体应采用静电跨接和直接接地。

积聚了大量静电电荷的导体与大地连接的瞬间，大量电荷通过连接点集中放电，会形成较大的冲击电流产生火花，此时要进行放电，方法是在接地放电回路中串接限流电阻。静电接地体的技术要求详见表7-6。

表 7-6　静电接地体的技术要求

项　　　目			技　术　要　求
接地用料/mm	户内		ϕ8mm 圆钢,25×4 扁钢
	户外		ϕ10mm 圆钢,40×4 扁钢
	地下		ϕ12mm 圆钢,40×5 扁钢,50×50×5 角钢,DN50 钢管
	缠绕物	绝缘管	不小于 2.5mm² 编制软铜线
		橡胶管	不小于 1.5mm² 编制软铜线
	跨接物	管道	不小于 16mm² 编制软铜线
		设备	不小于 16mm² 编制软铜线
	槽车		不小于 25mm² 编制软铜线,用铁链接地（槽车内设隔仓板,灌装量不少于 85%）
接地电阻/Ω			不大于 100
安装要求	户外储罐		接地点至少两处以上,间隔距离不大于 30m。远离进液口,接地物（圆钢、扁钢）焊接在罐体上;也可直接利用防雷接地装置
	可燃气体、可燃易燃液体管道		在始端、终端、分支处、直线段,每隔 200～300m 均应接地一处。室内管道系统接地不少于 2 处。如有管道平行,且间距小于 0.1m 时,每隔 20m 用金属线跨接。凡接地引出端及跨接端应设于易与接地干线相连,不易受外力损伤且便于检修的位置。 管道如为绝缘材料,应在管道外壁设置金属屏蔽层并接地,还应在内壁衬铜丝网,并与管外金属屏蔽体连接

项　　目	技　术　要　求
接地体制作要求	取圆钢(或其他钢材)2根,各长2.5m。一端制成尖锥形,另一端用5m长扁钢跨接焊接,成"门"字形。再在扁钢中部焊接下行线一根。构成门形接地体,埋入地下0.7m或以下。 接地体不刷漆防腐,在强腐蚀地区应采用铜或镀锌。 如采用螺栓或搭接线连接,接触角电阻≤0.03Ω,且用铜片包垫

（三）静电中和法

静电中和法是利用静电消除器产生的消除静电所必需的离子来对异性电荷进行中和。此法已被广泛用于生产薄膜、纸、布、粉体等行业的生产中。静电消除器的类型主要有自感应式、外接电源式、放射线式、离子流式和组合式等。自感应式和放射线式静电消除器适用于任何级别的场所,但当危及安全工作时不得使用放射线式;外接电源式静电消除器应按场所级别选用,如在防爆场所内,应选用具有防爆性能的;离子流型静电消除器适用于远距离和需防火、防爆的环境中。

四、防静电的措施

（一）物质的防静电措施

不同状态物质的防静电措施汇总见表7-7。

表 7-7　对不同状态物质的防静电措施

状态	操作项目	防　静　电　措　施
易燃、可燃液体	管道输送	应根据管径、液体电阻率、含杂质情况等因素限制流速,对电阻率大于 $10^7\Omega\cdot cm$($10^{10}\sim10^{16}\Omega\cdot cm$者更易形成静电)宜先做测试或模拟试验。 金属管道必须按规定接地,不得绝缘架空,绝缘材料管道宜在内壁衬铜丝网,外壁缠铜丝,并联合接地,管道出口处要特别注意接地良好。 管壁应光滑,无尖长凸出物,对高危险性易燃易爆物,必要时充惰性气体
	进料	液体应经底部罐壁进入储槽,不应自罐顶喷下。进料管口与罐壁应有良好的电气连接并接地
	车运	应设隔仓板,灌装量在85%以上,以减少激荡,并用编制软铜线及铁链接地。严禁高速运送
	取样测量	不使用金属工具操作,应用绝缘工具。灌料后0.5h内通常不宜取样或测量
	过滤倾倒	滤器、容器应接地,金属滤器不得对地绝缘;液体应沿容器壁留下,不得冲溅过滤倾倒速度应慢(不宜超过1m/s)
	搅拌	选用电子逸出功相近的材料或导电材料制作搅拌器具,并接地。速度要慢,全面搅拌,避免局部高速搅拌
	灭火	忌用高压水龙头冲击地面,否则水滴可带静电引燃易燃液体

状态	操作项目	防静电措施
气体	喷气	喷气压力应控制,以防流速过快引起静电致燃
	管道运送	严防泄漏
	高压容器	严防泄漏,符合静电接地要求,喷气管口尤应注意接地良好(注意:气体纯度低、混入液滴或固体颗粒时,危险度增高)
	放空	不得高速放空气体
	冲洗	不得用高压蒸汽冲洗易燃液体储槽,以防高速冲击使液滴带电引起爆炸
粉尘	管道输送	限制输送流速,粉尘愈细,限制愈严,且应通过试验测定 管壁应光滑,不粗糙,弯头曲率半径大,应符合接地要求
	扑集	不用化纤织物制作扑集器,可用棉布
	送风	注意选材与接地
	磨粉	注意选材与接地
	过筛	尽量降低筛网的振动频率,以防摩擦起电堵塞筛孔,条件许可时可用蒸汽提高空气湿度
固体	输送	有易燃易爆气体、粉尘的场所,宜用导电带传送,传动轴不得采用高电阻率绝缘体,避免传送带打滑,尽量采用高传动效率的三角胶带、联轴器或直接轴传动
	投料	易燃、易爆物不得直接有塑料袋向反应釜投料,必须用木桶等容器投料
	薄膜摩擦	塑料薄膜在摩擦时易产生静电,应使空气保持一定的湿度,或采用防静电剂
	擦拭	严禁用汽油等易燃液体擦洗地面;爆炸危险性场所禁用塑料、化纤织物作抹布擦拭

(二) 人体的防静电措施

(1) 设置接地棒 在人体必须接地的场所,如甲类车间、库房门口以及甲类罐区防火堤踏步处等,应有金属接地棒,当手接触时即可导走人体静电。

(2) 穿防静电服装 在工作时穿防静电工作鞋,禁止穿羊毛或化纤厚袜;穿防静电工作服或手套和帽子,不穿厚毛衣,可穿棉制品服装。坐着工作,可在手腕上佩戴接地腕带等。

(3) 导电工作地面 即将产生静电场所的工作地面做成静电的导体,保持人体与大地相连。如采用防静电复合胶板地面等。也可采用定时洒水方法使混凝土地面、嵌木地板湿润,使橡胶、塑料贴面及油漆地面形成水膜,增加导电性。

(4) 安全操作 合理使用规定的劳保用品和工具;在工作中尽量不做可使人体带电的活动,如在工作场所不穿脱衣服、鞋帽,不使用化纤脱布或抹布擦洗物体或地面等;在有静电危险场所操作、巡视、检查等活动时,不得携带与工作无关的金属物品,如钥匙、硬币、手表、戒指等。

第四节 防雷电安全技术

雷电是大气中的一种放电现象。雷电放电具有电流大、电压高的特点，其能量释放出来可能形成极大的破坏力。

一、雷电及其危害

（一）雷电的概念和分类

雷电是雷云层相互接近或雷云层接近大地时，感应出相反电荷，当电荷积聚到一定程度，产生云和云间以及云与大地间的放电，同时发出光和电的现象。

根据形状不同，雷电大致可分为片状、线状和球状三种形式；从危害的角度考虑，雷电可分为直击雷、感应雷（包括静电感应和电磁感应）和雷电侵入波三种。

静电感应是由于雷云接近地面，在地面凸出物顶部感应出大量异性电荷所致。在雷云与其他部位放电后，凸出物顶部的电荷失去束缚，以雷电波的形式，沿凸出物极快地传播。

电磁感应是由于雷击后，巨大的雷电流在周围空间产生迅速变化的强大磁场所致，这种磁场能在附近金属导体上感应出很高的电压。如在送电线路附近发生雷云对地放电时，在送电线路上就会产生电磁感应过电压。当雷击杆塔时，在导线上也会产生电磁感应过电压。

（二）雷电的危害

1. 电性质破坏

雷电放电产生极高的冲击电压，可击穿电气设备的绝缘，损坏电气设备和线路，造成大规模停电。绝缘损坏会引起短路，导致火灾和爆炸事故。二次反击的放电火花也能够引起火灾和爆炸。绝缘的损坏还为高压窜入低压、设备漏电造成了危险条件，并可能造成严重触电事故。巨大的雷电流流入地下，会在雷击点及其连接的金属部分产生极高的对地电压，也可直接导致因接触电压或跨步电压而产生触电事故。

2. 热性质破坏

强大雷电流通过导体时，在极短的时间内转换为大量热能，产生的高温会造成易燃物燃烧或金属熔化飞溅，而引起火灾、爆炸。

3. 机械性质的破坏

由于热效应使雷电通道中木纤维缝隙和其他结构中缝隙里的空气剧烈膨胀，并使水分及其他物质分解为气体，因而在雷击物体内部出现强大的机械压力，使被击物体遭受严重破坏或造成爆裂。

4. 雷电感应

雷电的强大电流所产生的强大交变电磁场合，会使导体感应出较大的电动势，还会在构成闭合回路的金属物中感应出电流。如果回路中有的地方接触电阻较大，就会局部发热或发生火花放电，可引燃易燃、易爆物品。

5. 雷电侵入波

雷电在架空线路、金属管道上会产生冲击电压，使雷电波沿线路或管道迅速传播。若侵入建筑物内，可将配电装置和电气线路的绝缘层击穿，产生短路或使建筑物内易燃、易爆物品燃烧和爆炸。

6. 反击作用

当防雷装置受雷击时，在接闪器引下线和接地体上部具有很高的电压。如果防雷装置与建筑物内、外的电气设备、电气线路或其他金属管道的距离很近，它们之间就会产生放电，这种现象称为反击。反击可能引起电气设备绝缘破坏，金属管道烧穿。

7. 雷电对人体的危害

雷击电流迅速通过人体，可立即使呼吸中枢麻痹，心室纤颤、心跳骤停，以致使脑组织及一些主要脏器受到严重损害，出现休克或突然死亡。雷击时产生的火花、电弧，还可使人遭到不同程度的烧伤。

8. 电磁感应

雷电的强大电流所产生的强大交变电磁场会使导体感应出较大的电动势，并且还会在构成闭合回路的金属物中感应出电流，这时如果回路中有的地方接触电阻较大，就会局部发热或发生火花放电。这对于存放易燃、易爆物品的场所是非常危险的。

二、常用的避雷措施

（一）直击雷的防护措施

1. 避雷针

避雷针的保护原理是将雷电引向自身，从而保护其他设备免遭雷击。多用于保护工业与民用高层建筑以及发电厂、变电所的屋外配电装置、易燃液体储罐等。

2. 避雷线

避雷线又叫架空地线，是沿线路架设在杆塔顶部并具有良好接地的金属导线，它是输电线路主要的防雷保护措施。

3. 避雷带、避雷网

在建筑物的屋角、屋脊、檐角和屋檐等易受雷击部位敷设的金属网络，主要用于保护面积较大的建筑物。

（二）雷电感应的保护措施

防止雷电感应产生的高压，可将屋内外的金属设备、金属管道、结构钢筋予以接地。

为防止雷电感应放电，对相距不到 0.1m 的平行管道、交叉管道以及管道与金属设备或金属结构之间用金属线跨接。

（三）雷电侵入波的保护措施

防止雷电波的防护装置有阀型避雷针、管型避雷针和保护间隙，主要用于保护电力设备，也用作防止高压电侵入室内的安全措施。

三、建筑物的避雷措施

（一）建筑物避雷分类

根据建筑物的危险性和重要性，将建筑物的防雷等级分为三类。

第一类防雷建筑物：主要为处于爆炸危险环境的建筑物，如制造、使用或储存炸药、火药、军火品等大量爆炸物质的建筑物；具有 0 区或 10 区爆炸危险环境的建筑物；具有 1 区爆炸危险环境的建筑物，因电火花而引起爆炸，会造成巨大破坏和人身伤亡者。

第二类防雷建筑物：主要为国家级重点建筑物，如国家级重点文物保护的建筑物、国家级的会堂、大型展览和博览建筑物、大型火车站、国宾馆、国家级计算中心、大型城市的重要给水泵房等；具有 1 区爆炸危险环境的建筑物，且电火花不易引起爆炸或不致造成巨大破坏和人身伤亡者；具有 2 区或 11 区爆炸危险环境的建筑；工业企业内有爆炸危险的露天钢封闭气罐；预计年雷击次数大于 0.06 次/年的部、省级办公建筑物及其他重要或人员密集的公共建筑物；预计年雷击次数大于 0.3 次/年的住宅、办公楼等一般性民用建筑。

第三类防雷建筑物：主要为省级重点建筑物，如省级重点文物保护的建筑物、省级档案馆、省级办公建筑物等；年雷击次数预计 ≥0.06 次/年且 ≤0.3次/年的一般性民用建筑；年雷击次数预计 ≥0.06 次/年的一般工业建筑物；根据雷击后对工业生产的影响及产生的后果，并结合当地的气象、地形、地质及周围环境等因素，确定需要防雷的 21 区、22 区、23 区火灾危险环境；在平均雷暴日大于 15 天/年的地区，高度在 15m 及以上的烟囱、水塔等孤立的高耸建筑物；在平均雷暴日小于或等于 15 天/年的地区，高度在 20m 及以上的烟囱、水塔等孤立的高耸建筑物。

（二）建筑物的防雷措施

1. 第一类防雷建筑物的防雷措施
（1）防直击雷采取的措施

① 装设独立避雷针或架空避雷线（网），网络尺寸不大于 5m×5m 或 6m×4m，并有独立的接地装置；被保护的建筑物及风帽、放散管等凸出屋面的物体均应在接闪器的保护范围内。

② 对排放有爆炸危险气体、蒸气或粉尘的放散管、呼吸阀、排风管等管道，其管口外的以下空间应处于接闪器的保护范围内；无管帽时，为管口上方半径 5m 的半球体。接闪器与雷闪的接触点应设在上述空间之外。

③ 对于②项所规定的管道，当其排放物达不到爆炸浓度、长期点火燃烧、一排放就点火燃烧时，以及仅当发生事故排放物才达到爆炸浓度的通风管道、安全阀、接闪器的保护范围可仅保护到管帽；无管帽时可仅保护到管口。

④ 独立避雷针、架空避雷线或架空避雷网应有独立的接地装置，每一引下线的冲击接地电阻不宜大于 10Ω。

（2）防雷电感应采取的措施

① 建筑物内的设备、管道、构架、电缆金属外皮、钢窗等较大金属物和凸出屋面的放散管、风管等金属物，均应接到防雷电感应的接地装置上。

② 金属屋面周边每隔 18~24m 应采用引下线接地一次。

③ 现场浇制的或由预制构件组成的钢筋混凝土屋面，其钢筋宜绑扎或焊接成闭合回路，并应每隔 18~24m 采用引下线接地一次。

④ 平行敷设的管道、构架和电缆金属外皮等长金属物，其净距离小于 0.1m 时，每隔不大于 30m 用金属线跨接；交叉净距小于 0.1m 时，其交叉处亦应跨接。

⑤ 当长金属物的弯头、阀门、法兰盘等连接处的过渡电阻大于 0.03Ω 时，连接处应用金属线跨接，对有不少于 5 根螺栓连接的法兰盘，在非腐蚀环境下，可不跨接。

⑥ 防雷电感应的接地装置，其工频接地电阻不应大于 10Ω，并应和电气设备接地装置共用。

⑦ 屋内接地干线与防雷电感应接地装置的连接，不应少于 2 处。

（3）防止雷电波侵入采取的措施

① 低压线路最好全线采用电缆直接埋地敷设，在入户端应将电缆的金属外皮、钢管接到防雷电感应的接地装置上。

② 架空金属管道，在进出建筑物处应与防雷电感应的接地装置相连。

2. 第二类防雷建筑物的防雷措施

（1）防直击雷采取的措施

① 在建筑物上装设避雷网（带）、避雷针、避雷网格应不大于 10m×10m。

② 对排放有爆炸危险气体、蒸气或粉尘的放散管、呼吸阀、排风管等管道，其管口外的以下空间应处于接闪器的保护范围内。

③ 引下线应不少于 2 根，每根引下线的冲击接地电阻不应大于 10Ω。

（2）防雷电感应的主要措施

① 建筑物内的设备、管道、构架等主要金属物，应就近接至防雷击接地、电气设备的保护接地装置上。

② 平行敷设的管道、构架和电线金属外皮等长金属物，若净距小于0.1m时，应每隔不大于30m用金属线跨接。

(3) 防雷电波侵入的主要措施

① 当低压线路全长采用埋地电缆或敷设在架空金属线槽内的电缆引入时，在入口端应将电缆金属外皮、金属线槽接地。

② 架空和直接埋地的金属管道在进出建筑物处应就近与防雷接地装置相连。

3. 第三类防雷建筑物的防雷措施

(1) 防雷直击的措施　在建筑物上装设避雷网或避雷针，避雷网格不大于 $20m×20m$；引下线应不少于 2 根，每根引下线的冲击接地电阻不应大于 $30Ω$。

(2) 防雷电波侵入的措施　对电缆进出线，应在进出端将电缆金属外皮、钢管等与电气设备接地保护设备相连。

四、设备和管道的避雷措施

(一) 易燃液体储罐的避雷措施

(1) 对固定顶罐，当罐顶钢板厚度大于 4mm 且装有呼吸阀时，可不装设避雷装置。但罐体应做良好的接地，接地点不少于两处，间距不大于30m，其接地装置的冲击接地电阻不大于 $30Ω$。

(2) 对固定顶罐，当罐顶钢板厚度小于 4mm 时，虽装有呼吸阀，也应在罐顶装设避雷针，且避雷针与呼吸阀的水平距离不应小于 3m，保护范围高出呼吸阀不应小于 2m。

(3) 对浮顶罐（包括内浮顶罐），可不设避雷装置，但浮顶与罐体应有可靠的电气软连接。

(4) 对非金属储罐，应采用独立的避雷针，以防止直接雷击，同时还应有防感应雷措施。避雷针冲击接地电阻不应大于 $30Ω$。

(5) 对覆土厚度大于 0.5m 的地下储罐，可不考虑避雷措施，但呼吸阀、量油孔、采气孔应做良好接地。接地点不少于两处，冲击接地电阻不大于 $10Ω$。

(二) 户外架空管道的避雷措施

(1) 户外输送易燃或可燃气体的管道，可在管道的始端、终端、分支处、转角处以及直线部分每隔100m处接地，每处接地电阻不大于 $30Ω$。

(2) 当上述管道与爆炸危险厂房平行敷设而间距小于 10m 时，在接近厂房的一段，其两端及每隔 30～40m 应接地，接地电阻不大于 $20Ω$。

（3）当上述管道连接点（弯头、阀门、法兰盘等），不能保持良好的电气接触时，应用金属线跨接。

（4）接地引下线可利用金属支架，若是活动金属支架，在管道与支持物之间必须增设跨接线；若是非金属支架，必须另作引下线。

（5）接地装置可利用电气设备保护接地的装置。

五、避雷装置的定期检测

根据《防雷减灾管理办法》（中国气象局令第八号）规定，投入使用后的防雷装置实行定期检测制度：防雷装置检测应当每年 1 次，对爆炸危险环境场所的防雷装置应当每半年检测 1 次。

避雷检测必须由取得许可证的气象部门定期检测，防雷装置的产权单位或者使用单位，应当积极配合检测。

雷雨季节到来前，应对所有避雷装置进行一次全面检测，对不合格项立即进行整改。

第五节 爆炸和火灾危险环境的电气安全

氮肥企业由于存在氢气、一氧化碳、氨、甲醇等多种易燃易爆物质，生产装置和储存场地多数为火灾爆炸危险场所，容易因电气火花、静电、雷电引发火灾爆炸事故。因此，准确判断爆炸和火灾危险场所，正确选用及维护电气设备非常重要。

一、爆炸和火灾危险场所的分级和判断

（一）爆炸和火灾危险场所的分级

按形成爆炸火灾危险的可能性大小将危险场所进行分级，其目的是为了有区别地选择电气设备和防护措施。目前我国将爆炸火灾危险场所分为爆炸性气体环境、爆炸性粉尘环境及火灾危险环境三大类，每类危险场所又分为若干区域等级。具体划分见表 7-8～表 7-10。

表 7-8　气体爆炸危险场所区域等级

区域等级	说　　明
0 区	连续出现爆炸性气体环境或长期出现爆炸性气体环境的区域
1 区	在正常运行时,可能出现爆炸性气体环境的区域
2 区	在正常运行时,不可能出现爆炸性气体环境,即使出现也仅可能是短时存在的区域

注：1."正常运行"包括正常开车、停车和运转（如敞开装料、卸料等），也包括设备和管线允许的正常泄漏在内；"不正常运行"包括装置损坏、误操作、维护不当及装置的拆卸、检修等。

2. 除了封闭的空间，如密闭的空气容器、储油罐等内部气体空间外，很少存在 0 区。

3. 有高于爆炸上限的混合物环境或在空气进入时可能使其达到爆炸极限的环境，应划为 0 区。

表 7-9　粉尘爆炸危险场所区域等级

区域等级	说　明
10 区	爆炸性粉尘混合物环境连续出现或长期出现的区域
11 区	有时会将积留下的粉尘扬起而偶尔出现爆炸性粉尘混合物危险环境的区域

表 7-10　火灾危险场所区域等级

区域等级	说　明
21 区	具有闪点高于场所环境温度的可燃液体,在数量和配置上能引起火灾危险的区域
22 区	具有悬浮状、堆积状的爆炸性或可燃性粉尘,虽不能形成爆炸性混合物,但在数量上和配置上能引起火灾危险的区域
23 区	具有固体状可燃物质,在数量和配置上能引起火灾危险的区域

(二) 爆炸和火灾危险场所的分级判断

判断爆炸和火灾危险场所的危险程度需考虑危险物料性质、释放源特征和通风情况等因素。

(1) 危险物料性质　除应考虑危险物料种类外,还必须考虑物料的闪点、爆炸极限、密度、引燃温度等理化性能,必须考虑其工作温度、压力及其数量和配置。

(2) 释放源特征　应考虑释放源的布置和工作状态,注意其泄漏或放出危险物品的速率、泄放量和混合物的浓度,以及扩散情况和形成爆炸性混合物的范围。释放源一般分为三级。

① 连续级释放源:预计长期释放或短时频繁释放的释放源。如没有用惰性气体覆盖的固定顶盖贮罐中的易燃液体的表面;油、水分离器等直接与空间接触的易燃液体的表面;经常或长期向空间释放易燃气体或易燃液体的蒸气的自由排气孔和其他孔口。

② 第一级释放源:预计正常运行时周期或偶尔释放的释放源。如在正常运行时会释放易燃物质的泵、压缩机和阀门等的密封处;在正常运行时,会向空间释放易燃物质,安装在贮有易燃液体的容器上的排水系统;正常运行时会向空间释放易燃物质的取样点。

③ 第二级释放源:预计在正常运行下不会释放,即使释放也仅是偶尔短时释放的释放源。如正常运行时不能出现释放易燃物质的泵、压缩机和阀门的密封处;正常运行时不能释放易燃物质的法兰、连接件和管道接头;正常运行时不能向空间释放易燃物质的安全阀、排气孔和其他孔口处;正常运行时不能向空间释放易燃物质的取样点。

(3) 通风情况　室内原则上应视为阻碍通风场所,但若安装了能充分通风的强制通风设备,则不视为阻碍通风场所;室外危险源周围有障碍处亦视为阻碍通风场所。

综和判断：对危险场所，首先应考虑释放源及其布置，再分析释放源的性质，划分级别并考虑通风条件。

二、火灾爆炸危险场所的电气安全

从正确选用电气设备和加强对电气设备的维护保养方面，保证电气设备的安全使用。

（一）防爆电气设备及其标志

防爆电气设备（也称防爆电器）是能在爆炸危险场所中安全使用而不会引起爆炸事故的特种电气设备。常用的防爆型电气设备包括电动机、照明灯具、开关、断路器，仪表仪器、通信设备、控制设备等。

目前，我国防爆电气设备分为三大类：Ⅰ类防爆电气设备，适用于煤矿井下；Ⅱ类防爆电气设备，适用于爆炸性气体环境；Ⅲ类防爆电气设备，适用于爆炸性粉尘环境。

氮肥企业所用的防爆电气设备多为Ⅱ类防爆电气设备。

（二）防爆电器的通用技术要求

(1) 在爆炸危险场所运行时，具备不引燃爆炸物质的性能。

(2) 产品质量合格，必须是经国家认可的检验单位检验合格，并取得防爆合格证的产品。

(3) 名牌、标志齐全，应设置表明防爆检验合格证号和防爆标志铭牌，在明显部位应有永久性防爆标志"EX"。

(4) 在爆炸危险环境里，选用防爆电器的允许最高表面温度不得超过作业场所爆炸危险物质的引燃温度。

（三）防爆电器的选型原则

防爆电气设备选型的基本原则是：在整体防爆的基础上，安全可靠，经济合理。"整体防爆"就是将爆炸危险场所作为一个整体来看，按照整体防爆电器安全规程与有关技术规范的规定，根据爆炸危险场所中存在的危险物质的种类、特性、释放源出现的频率、时间，以及通风状况等，选用相应的防爆电气设备。

(1) 应根据爆炸危险环境分区等级和爆炸性物质（单纯物质和混合物）的类别、级别、选用相应的防爆电器。

(2) 选用防爆电器的级别、温度组别，不应低于该爆炸危险环境内爆炸性物质的级别和温度组别。当存在两种或两种以上爆炸性物质时，应按危险程度较高的级别和温度组别进行选用。

(3) 爆炸危险环境内应选用功率适当的防爆电器，并应相应符合环境中存在的化学的、机械的、温度的、生物的以及风沙、潮湿等不同环境条件对电气设备的要求，而且电气设备的结构还应满足在规定运行条件（如工作负荷特性、工作时间等）下不降低防爆性能的要求。

(4) 防爆电器选型应根据运行安全、维修便利、技术先进、经济合理等原则，进行综合分析、科学选定。

（四）爆炸性气体环境防爆电器的选用

1. 爆炸性气体环境防爆电器的类型

按目前法规、标准的规定，适用于爆炸性气体环境的防爆电气设备有隔爆型、增安型等八种防爆类型。一个防爆电气设备可以采用一种防爆形式，也可以采用几种防爆形式组合而成。不同防爆类型的电气设备，其安全程度是有差别的，因此根据使用条件选择使用。

(1) 隔爆型电气设备（d）：这类电气设备的安全性能较高，可用于 0 区外的各类危险场所。

(2) 增安型（防爆安全型）电气设备（e）：这类设备在正常运行时不产生火花、电弧或危险高温。适用于 1 级和 2 级危险区域。

(3) 本质安全型电气设备（ia，ib）：这类设备在正常运行或标准试验条件下，所产生的火花或热效应均不能点燃爆炸性混合物。

(4) 正压型电气设备（p）：某些大、中型电气设备，当采用其他防爆结构有困难时，可采用正压型结构。

(5) 充油型电气设备（o）：工作中经常产生电火花以及有活动部件的电气设备，可以采用这类防爆类型。

(6) 充砂型电气设备（q）：这类设备只适用于没有活动部件的电气设备，可用于 1 级或 2 级危险区域场所。

(7) 无火花型电气设备（n）：在正常运行时，不产生火花、电弧及高温表面，主要用于 2 级危险区域场所，使用范围较广。

(8) 防爆特殊型电气设备（s）：这类设备在结构上不属于上述各种类型，它采用其他防爆措施，如浇注环氧树脂及充填石英砂等。

2. 防爆电气设备标志

(1) 电气设备铭牌右上方有明显的标志"EX"。

(2) 应顺次标明防爆类型、类别、级别、温度等防爆标志。例如，Ⅱ类隔爆型 B 级 T3 组的标为 dⅡBT3。

3. 防爆电气设备的选用

(1) 根据危险区域等级，选定防爆电气设备类型。

爆炸危险场所电气设备防爆类型选型见表 7-11。

(2) 根据危险场所存在的爆炸性气体的类别、级别、组别，确定防爆电气设备的类别、级别、组别，二者对应一致。

表 7-11　爆炸危险场所电气设备防爆类型选型

爆炸危险区域	适用的防爆类型	电气设备符号
0 区	(1)本质安全型(ia 级)	ia
	(2)其他特别为 0 区设计的电气设备(特殊型)	s
1 区	(1)适用于 0 区的防护类型	
	(2)隔爆型	d
	(3)增安型	e
	(4)本质安全型(ib)	ib
	(5)充油型	o
	(6)正压型	p
	(7)充砂型	q
	(8)其他特别为 1 区设计的电气设备(特殊型)	s
2 区	(1)适用于 0 区或 1 区的防护类型	
	(2)无火类型	n

（五）爆炸型粉尘环境防爆电器的选用

爆炸性粉尘环境，是在生产、加工、处理、转运或储存过程中出现或可能出现爆炸性粉尘、可燃性导电粉尘、可燃性非导电粉尘和可燃纤维与空气形成的爆炸性粉尘混合物的作业场所。

1. 电气设备配置原则

爆炸性粉尘环境电气设备配置除执行前述防爆电气设备通用技术条件外，还应符合下述技术要求：

(1) 爆炸性粉尘环境内所用有可能过负荷电气设备，应装可靠的过负荷保护。

(2) 爆炸性粉尘环境事故排风用电动机，应在生产装置发生事故情况下便于操作处设置其紧急启动按钮，或者设置与事故信号、报警装置联锁启动。

(3) 爆炸性粉尘环境内，应尽量少装插座及局部照明灯具。如必须安装时，插座宜安置在爆炸性粉尘不易积聚处，灯具宜安置在事故发生时气流不易冲击处。

2. 电气设备选型

除可燃性非导电粉尘和可燃纤维的 11 区采用防尘结构（标志为 DP）的粉尘防爆电气设备外。爆炸性粉尘环境 10 区全体爆炸性粉尘环境 11 区均采用尘密结构（标志为 DT）的粉尘防爆电气设备，并按照粉尘的不同引燃温度选择不同引燃温度组别的电气设备。参见表 7-12。

表 7-12　爆炸性粉尘环境防爆电气设备类型

爆炸性粉尘类别 \ 危险区域等级	10 区	11 区	爆炸性粉尘类别 \ 危险区域等级	10 区	11 区
爆炸性粉尘	DT	DT	可燃性导电粉尘	DT	DP
可燃性导电粉尘	DT	DT	可燃纤维	DT	DP

（六）火灾危险环境的电气设备

在《爆炸和火灾危险环境电力装置设计规范》中，对火灾危险环境的电气设计作了规定。火灾危险区域电气设备选型，参见表 7-13。

表 7-13　火灾危险环境电气设备选型

电气设备防护结构 \ 火灾危险区域		21 区	22 区	23 区
电动机	固定安装	IP44	IP54	IP21
	移动式、携带式	IP54		IP54
电器和仪表	固定安装	充油型 IP44、IP54	IP54	IP44
	移动式、携带式	IP54		IP44
照明灯具	固定安装	IP2X	IP5X	IP2X
	移动式、携带式			
配电装置		IP5X		
接线盒				

（七）电气设备的维护

由于电气设备运行中产生的火花和危险高温是引起火灾的主要原因，因此保持电气设备的正常运行对于防火防爆有着重要意义。

（1）设备参数不超过允许范围：电气线路的电压、电流不得超过规定值，导线载流应在规定范围内。

（2）保持绝缘良好：电气设备线路应定期进行绝缘试验，保持其处于良好状态。

（3）在有气体或蒸汽爆炸性混合物的场所，防爆电气设备的最高表面温度应符合规定要求。

（4）定期清扫：由于设备表面污物会导致绝缘下降，灰尘杂物堆积，会妨碍通风冷却，甚至引起火灾。因此，要经常保持电气设备整洁，尤其在纤维、粉尘爆炸混合物场所使用的电气设备，更要定期清扫。

（5）防止导线接头氧化：电气线路中的接头很容易被氧化，接触电阻随接触氧化时间的延长而增大。随着接触电阻的增大，接头压降也会越来越大，发热情况就会越来越严重，于是就可能发生事故。

(6) 保持良好的通风：在爆炸危险场所，如有良好的通风装置，则能降低爆炸性混合物的浓度，场所危险等级也可以适当降低。

第六节 自控仪表及安全联锁

对氮肥生产过程，特别是合成氨工艺过程，实现危险环节关键操作的自动化控制，温度、压力、流量、液位及可燃、有毒气体浓度等工艺指标的超限报警，生产装置的安全联锁停车，是规范安全生产管理、降低安全风险、防止事故发生的重要措施，也是强化企业安全生产基础、提升本质安全水平的有效途径。对于涉及硝化、氧化、磺化、氯化、氟化、重氮化、加氢反应等危险工艺的综合性氮肥企业，还应在实现自动化控制的基础上装备安全仪表系统（SIS）。

一、自控仪表及自控系统

（一）化工自动化

化工自动化，就是在化工设备或管道上，配备一些自动化装置，全部或部分代替操作人员的直接劳动，使生产过程在不同程度下自动地进行，从而对化工生产过程进行控制和管理的措施或手段。

（二）自动化仪表的分类

自动化仪表的分类方法很多，根据不同原则可以进行相应的分类。按仪表所使用的能源可以分为：气动仪表、电动仪表和液动仪表；按仪表组合形式可以分为：基地式仪表、单元组合仪表和综合控制装置；按仪表安装形式可以分为：现场仪表、盘装仪表和架装仪表；按仪表信号的形态可分为：模拟仪表和数字仪表等。

（三）自动化系统的分类

自动化系统按其功能分为四类：自动检测系统、自动操作系统、自动调节系统、自动信号联锁及保护系统。

(1) 自动检测系统 是对机器、设备及过程自动进行连续检测，把工艺参数等变化情况提示或记录出来的自动化系统。从信号连接关系上看，对象的参数如压力、流量、液位、温度、物料成分等信号送往自动装置，自动装置将此信号变换、处理和显示。

(2) 自动调节系统 是通过自动装置的作用，使工艺参数保持为给定值的自动化系统。工艺系统保持给定值是稳定正常生产所必需的。从信号连接关系上看，为要了解参数是否在给定值上，就需要进行检测，即把对象的信号送给自动装置，但是这还不够，还要把自动装置的调节作用送往对象，以使参数趋近于给定值。

(3) 自动操作系统　是对机器、设备及过程的启动、停止及交换、接通等工序，由自动装置进行操纵的自动化系统。人们只要对自动装置发出指令，全部工序即可自动完成。

(4) 自动信号联锁及保护系统　是机器、设备及过程出现不正常情况时，会发出警报或自动采取措施，以防事故，保证安全生产的自动化系统。其中一类仅仅是发出报警信号，这类系统通常由电接点、继电器及声光报警装置组成，当参数越出容许范围后，电接点使继电器动作，于是声光装置发出报警信号。另一类是不仅报警，而且自动采取措施。例如，当参数进入危险区域时，自动打开安全阀或在设备不能正常运行时自动停车，并将备用的设备接入等。这类系统通常也由电接点及继电器等组成。

（四）集散控制系统（DCS）

集散控制系统，简称 DCS 系统，是以微处理器为基础的对生产过程进行集中监视、操作、管理和分散控制的集中分散控制系统。它是将若干台微机分散应用于过程控制，全部信息通过通信网络由上位管理计算机监控，实现最优化控制，整个装置继承了常规仪表分散控制和计算机集中控制的优点，克服了常规仪表功能单一、人机联系差以及单台微型计算机控制系统危险性高度集中的缺点，既实现了在管理、操作和显示三方面的集中，又实现了在功能、负荷和危险性三方面的分散。

DCS 系统是上述四种自动化系统或其中部分功能的组合，可以兼具安全联锁功能。DCS 系统在生产过程的自动化控制中应用很广，发挥着重要作用。

（五）安全仪表系统（SIS）

安全仪表系统（safety instrumented system，SIS）是由现场仪表和操作室逻辑控制单元组成的用于监视生产装置的运行状况，对出现异常的情况迅速进行处理，使装置停车时回到安全状态的控制系统。

安全仪表系统主要包括四种形式：安全联锁系统（safety interlock system，SIS），紧急停车系统（ESD），安全停车系统（SSD），安全保护系统（SPS）等。

安全仪表系统（SIS）在生产装置的开车、停车阶段，运行以及维护操作期间，对人员健康、装置设备及环境提供安全保护。无论是生产装置本身出现的故障危险，还是人为因素导致的危险以及一些不可抗因素引发的危险，SIS 都应按预先确定的程序立即做出正确反应并给出相应的逻辑信号，阻止危险的发生及扩散，使危害减少到最小。

安全仪表系统应独立于过程控制系统，独立完成安全保护功能。DCS系统可作为逻辑运算器而成为安全仪表系统的一个重要组成部分。

二、合成氨工艺的安全控制要求

（一）合成氨工艺的危险特点

(1) 高温、高压使可燃气体爆炸极限扩宽，气体物料一旦过氧（亦称透氧），极易在设备和管道内发生爆炸。

(2) 高温、高压气体物料从设备管线泄漏时会迅速膨胀与空气混合形成爆炸性混合物，遇到明火或因高流速物料与裂（喷）口处摩擦产生静电火花引起着火和空间爆炸。

(3) 气体压缩机等转动设备在高温下运行会使润滑油挥发裂解，在附近管道内造成积炭，可导致积炭燃烧或爆炸。

(4) 高温、高压可加速设备金属材料发生蠕变、改变金相组织，还会加剧氢气、氮气对钢材的氢蚀及渗氮，加剧设备的疲劳腐蚀，使其机械强度减弱，引发物理爆炸。

(5) 液氨大规模事故性泄漏会形成低温云团引起大范围人群中毒，遇明火还会发生空间爆炸。

（二）重点监控单元

合成氨工艺的重点监控单元有三个：氨合成塔、氢氮气压缩机、氨储存系统。

（三）重点监控工艺参数

合成塔、压缩机、氨储存系统的运行控制参数，包括温度、压力、液位、物料流量及比例等。

（四）安全控制的基本要求

合成氨装置温度、压力报警和联锁；物料比例控制和联锁；压缩机的温度、入口分离器液位、压力报警联锁；紧急冷却系统；紧急切断系统；安全泄放系统；可燃、有毒气体检测报警装置。

（五）宜采用的控制方式

将合成氨装置内温度、压力与物料流量、冷却系统形成联锁关系；将压缩机温度、压力、入口分离器液位与供电系统形成联锁关系；紧急停车系统。

合成单元自动控制还需要设置以下几个控制回路：

(1) 氨分、冷交液位；

（2）废锅液位；

（3）循环量控制；

（4）废锅蒸汽流量；

（5）废锅蒸汽压力。

合成氨工艺中可能采取的其他安全设施包括：安全阀、爆破片、紧急放空阀、液位计、单向阀及紧急切断装置等。

三、合成氨工艺的安全控制方案

（一）主要安全设计措施

（1）设立安全联锁停车系统或具有安全联锁停车功能的其他系统，保证操作人员及生产过程设备的运行安全。

（2）在可能出现泄漏可燃气体及有毒气体的区域，设置可燃气体及有毒气体报警仪，火灾报警器，并将信号引至控制室。

（3）所有用电设备及仪表按火灾爆炸危险区域划分图及相关规范选型。

（4）液氨储罐应设液位计、温度计、压力表、安全阀，并设置高、低、高高液位报警。

（5）必须设置液氨泄漏紧急处理装置，如水喷淋装置等。

（6）重要地点设置电视监视系统。

（7）各装置区应严格遵循规范设计静电接地和避雷设施系统，系统包括电气系统接地、设备接地、静电接地和防雷保护接地。

（8）工艺系统以及重要设备均设立安全阀、爆破板等防爆泄压系统。有些可燃性物料的管路系统设立阻火器、水封等阻火设施。

（二）重点监控的工艺参数及安全监控基本要求

1. 压缩工段

（1）往复式压缩机　主轴承、轴瓦温度高限报警；主轴承、轴瓦温度高高联锁停车；主电动机轴承温度高限报警；主电动机轴承温度高高联锁停车；润滑油油压高、低、高高、低低报警；润滑油油压低低联锁停车；一级进口压力低限报警；一级进口压力低限联锁停车；电动机定子温度高限报警；电动机定子温度高联锁停车；冷却水压力低报警；冷却水压力低低联锁停车；设置单向阀（出压缩工段）等。

（2）离心式压缩机　压缩机入口分离器液位高限报警；压缩机入口分离器液位高联锁停车；压缩机入口压力低限报警；压缩机防喘振调节；透平背压排气压力低低联锁停车；透平背压排汽温度高联锁停车；机组超速联锁跳车；润滑油总管压力低低联锁停车；脱扣油压力低低联锁停车；透平前、后轴振动高高联锁停车；透平轴位移高高联锁停车；透平轴承温度高高联锁停车；调速器故障联锁停车；设置单向阀（进出工段设置）等。

（3）其他　设置紧急放空阀；设可燃及有毒气体报警仪等。

2. 氨合成工段

合成塔塔壁温度高报警；合成塔温度调节；氨合成塔压差高限报警；氨合成系统压差高限报警；新氢在线分析仪；循环氢在线分析仪；氢氮气物料比例控制、联锁（UGI 汽化无联锁要求）；氨分液位自动调节；氨分液位高、低限报警；冷交液位自动调节；冷交液位高、低限报警；废锅液位自动调节；废锅液位高、低限报警；循环气流量远程控制；废锅蒸汽压力自动调节；废锅蒸汽压力高、低限报警；氨冷却器压力高限报警；液氨储槽压力高限报警；设置安全阀（废热锅炉、氨冷却器、水冷却器等部位）；设置紧急放空阀；冷冻液氨储槽区设应急喷淋设施；设紧急停车装置或系统；设可燃及有毒气体报警仪等。

3. 氨储存系统

液氨储罐温度显示（低温储罐设置）；液氨储罐温度高限报警；液氨储罐压力调节；液氨储罐压力高限报警；液氨储罐液位高、低、高高、低低限报警；液氨储罐进出口管线设置双切断阀，其中一只出口切断阀为紧急切断阀；超过 $100m^3$ 的液氨储罐设双安全阀；设防火堤；设备用事故氨罐；排放气氨应进行回收；应急喷淋及清净下水回收；液氨充装现场设置喷淋装置、在线计量装置，充装管前第一道阀处设置紧急切断阀；设洗眼器；设有毒气体报警仪等。

（三）其他需监控的工艺参数及监控要求

1. 造气工段

原料煤皮带运输机紧急停车；下行煤气阀和吹风阀安全联锁；吹风阀应采取双阀或增装蝶阀；液压阀阀位指示；造气工段对气柜的远传监控；下行管安装爆破片、爆破片装防护罩；灰斗安装爆破片、爆破片装防护罩；炉底空气管安装爆破片、爆破片装防护罩；设可燃或有毒气体报警仪等。

2. 气柜

设置气柜容积指示仪及高、低限位报警；气柜煤气管进、出口氧含量超标报警；气柜煤气管出口氧含量超标与静电除焦柜断电联锁；气柜自动放空装置；对气柜的远传监控；气柜手动放空装置；气柜进口安全水封；气柜出口安全水封；水封排水设施；气柜放空管或顶部排放管阻火器、消除静电设施；设有毒气体报警仪等。

3. 脱硫、净化系统

脱硫塔压力、液位声光报警和自动调节；静电除焦器防止产生负压或氧气自动分析仪与静电除焦柜断电联锁设施；铜液再生系统超压报警，设安全阀或爆破片；脱碳塔液位高、低限报警；铜洗塔液位高、低限报警；脱硫工段对气柜的远传监控；防止空气压缩机倒转的止逆装置；高压铜液泵出口管道安装止逆阀；独立设置高压吸收和低压再生放空设施；设可燃及有毒气体报警仪等。

4. 联醇工段

甲醇合成塔塔壁温度报警；甲醇合成塔压力报警；甲醇分离器液位自动调节；甲醇分离器液位高低限报警；甲醇中间槽液位自动调节；甲醇中间槽液位高低限报警；净醇洗涤塔液位高低限报警；废锅液位自动调节；废锅液位高低限报警；净氨塔液位自动调节；循环机紧急停车装置；甲醇吸收塔液位高低限报警；净醇洗涤塔放液压力高限报警；甲醇中间槽压力高限报警；放醇管压力高限报警；安全阀；单向阀（离心式循环机设置）；紧急放空阀；设可燃气体报警仪等。

5. 尿素装置

二氧化碳压缩机低油压报警；液氨泵低油压报警；甲铵泵低油压报警；尿素合成塔出口压力自动调节及调节阀自锁；尿素合成塔超压声光报警；尿素合成塔超压与二氧化碳压缩机、液氨泵、甲铵泵联锁停车；中压系统惰洗器前压力高限报警；氨冷凝器气相出口温度低限报警；尿素合成塔入口二氧化碳气体中氧含量自动调节、报警；尿素总控制室设置二氧化碳压缩机、液氨泵、甲铵泵紧急停车设施；中压系统惰洗器后应急放空设施；安全阀；爆破片；紧急放空阀等。

6. 其他要求

空分压缩机终端出口压力、膨胀机超速、冷却水中断等报警联锁装置；合成氨全系统人工紧急停车设施和措施；造气、合成工段人工紧急停车设施和措施；仪表风压力低限报警；凡有隔热衬里的设备（加热炉除外），其外壁设置测温设施；各种传动设备的外露运转部位安装防护设施；运转设备附有的报警联锁装置全部投入使用；存在放射性危害的液位计处设置符合要求的保护设施和措施；空分装置宜设置检测冷凝蒸发器内液氧中总烃含量的在线监测系统；生产装置和储运设施中重要的泵、风机和压缩机的操作控制应能实现控制室遥控操作及现场就地操作等。

四、仪表维修安全技术

（一）仪表维护安全注意事项

（1）在一般情况下不准带电作业，必要时须穿戴好绝缘鞋、手套，并报告主管领导，经批准后，两人以上方可操作。

（2）操作有毒气体的仪表管道时，需辨明风向，并站在上风向，要检查并确认取样阀能切断工艺介质，穿戴好规定的防护用品、用具，并须两人以上方能操作。

（3）现场拆装仪表时，必须有两人参加，其中一个为安全监护人。否则不准进入现场作业。

（4）现场维修工作完毕，应恢复原来的接线，仪表显示正常后，填写好维修记录，并经操作人员签字后，方可离去。

（5）所有仪表要定期校验，合格后方准使用，使用中经常检查仪表指示是否灵敏，运转是否良好；严禁超量程运行，非仪表维修人员严禁乱动。

（6）调整充装水银的仪表时，应在远离人员集中的地方进行，禁止直接用嘴吹或用手直接接触水银，充装水银后，必须在水银上面覆盖一层水。

（7）在高空管道或易燃易爆物体的地方操作时，应先关闭取压点，严格遵守"高空作业"和"易燃易爆作业"的安全操作规程。

（8）不准在仪表室（盘）周围安放对仪表灵敏度有影响的设备、线路和管道等，也不能存放产生腐蚀性气体的化学物品。

（9）使用电烙铁，要放在隔热支架上。不用时要拔掉电源插头，下班前，切断所有试验装置的电源后，方可离去。

（10）拆装电流表、电压表时，电流回路不准开路，电压回路不准短路。

（11）维修自调回路的检测点时，要做好协调工作，通知操作工，把回路从自动切换到手动状态。

（12）维修重要部位仪表时，应填写自控设备维修单，经主管领导批准后，方可进行维修。

（13）维修带有联锁的自控设备时，应先解除联锁开关，待维修结束后，应按一下复位键，确认无停车联锁信号时，方可投入联锁，避免联锁的误动作。

（二）仪表校验安全注意事项

（1）校验仪表时，要使用专用工具和专用校验台。

（2）使用油料或其他溶剂清洗零件时，要打开通风设备，并严禁明火作业。用完后的剩余溶剂要封装好后，按易燃易爆物品管理规则存放和管理。

（3）不准用电炉和烘箱等加温油料等易燃品。电热设备要指定专人负责。

（4）检查仪表耐压或真空等性能所使用的设备，要注意观察，防止汞（水银）被抽出。

（5）仪表所带电源超过安全电压时，需有严格的绝缘措施，严禁用导线不加插头直接插入插座。

第七节　公用工程安全管理

氮肥企业的公用工程是为满足合成氨及氨加工等主要生产系统需要而配置的工艺过程、设备和设施，包括：动力、供电、供水、供汽、仪表等。其中，锅炉、电气、仪表等已在相关章节讲述，本节把尚未涉及的内容做一介绍。

一、供排水系统

（一）一次水系统

一次水多为各种天然水，通常含有多种杂质。按其性质可分为无机物、有机物和微生物；按其颗粒大小可分为悬浮物、胶体、离子和分子（即溶解物质）等。地表天然水中混入的悬浮物、胶体构成水的浊度，通常用混凝沉淀、过滤等方法去除。

以离子和分子状态存在于水中的溶解盐类，特别是硬度（钙、镁）、铁等不除去，不适用于锅炉给水，通常采用离子交换、软化、脱盐、除铁等方法去除。以自来水作锅炉用水，在进行离子交化软化前，还需除去水中存在的余氯，否则会影响离子交换树脂的性能。

（二）冷却水系统

1. 冷却水系统的分类

冷却水系统通常有两种：直流冷却水系统和循环冷却水系统。由于直流冷却水系统浪费资源，逐渐被淘汰。循环冷却水系统又分为封闭式和敞开式两种。

（1）在封闭式（或称密闭式）循环冷却水系统中，冷却水用过后不是马上排放掉，而是循环再利用。在循环的过程中，冷却水不暴露于空气中，水量损失很少，水中各种矿物质和离子含量一般不发生变化，水的再冷却是在另一台换热设备中用其他冷却介质进行冷却的。这种系统一般用于发电机、内燃机或有特殊要求的单台换热设备。

（2）在敞开式循环冷却水系统中，冷却水也是回收循环再利用。水的再冷却通过冷却塔进行，因此，冷却水在循环过程中要与空气接触，部分水在通过冷却塔时会不断被蒸发损失掉，因而水中各种矿物质和离子含量也不断被浓缩增加。为了维持各种矿物质和离子含量稳定在某一定值上，必须对系统补充一定量的冷却水，称为补充水；并排出一定量的浓缩水，称为排污水。

2. 冷却水系统沉积物的处理

循环冷却水系统在运行过程中，会有各种物质沉积在换热器的传热管表面。沉积物的处理对保证冷却水质量、节能效果和安全运行非常重要。

（1）水垢的控制　大致有离子交换树脂法、石灰软化法、加酸或通CO_2气降低 pH 值、投加阻垢剂等方法。

（2）污垢的控制　通常把淤泥、腐蚀产物和生物沉积物三者统称为污垢。污垢的形成主要是由尘土、杂物碎屑、菌藻尸体及其分泌物和细菌水垢、腐蚀产物等构成。因此，欲控制好污垢，必须做到降低补充水浊度、控制循环冷却水水质、投加分散剂、增加旁滤设备等。

3. 冷却水系统的金属腐蚀防护

金属腐蚀的类型在第五章第九节已做过详述。循环冷却水系统中金属腐蚀的控制方法甚多，常用的主要有添加缓蚀剂、提高冷却水的 pH 值、选用耐蚀材料的换热器、用防腐阻垢涂料涂覆四种方法。

一般来讲，缓蚀剂主要使用于循环冷却水系统中；涂料涂覆主要应用于控制敞开式循环冷却水系统和支流冷却水系统中碳钢换热器的腐蚀；是否采用耐蚀材料换热器，则往往同时取决于工艺介质和冷却水两者的腐蚀性；提高冷却水 pH 值的控制方案，则主要适用于循环冷却水系统中的碳钢换热设备。

冷却水系统的其他安全注意事项。主要有防触电、防淹溺、防化学灼伤、防用于水处理的氯气中毒等。

（三）脱盐水系统

去离子水俗称脱盐水，又称纯水或深度脱盐水。一般是指先将水中易去除的强导电质去除又将水中难以去除的硅酸及二氧化碳等弱电解质去除至一定程度的水。

1. 脱盐水的制取方法

主要有以下三种：

(1) 蒸馏法　使含盐的水加热蒸发，将蒸汽冷凝即得脱盐水。

(2) 离子交换法　使含盐的水通过装有泡沸石或离子交换剂的交换柱（见离子交换），钙、镁等离子留在交换柱上，滤过的水为脱盐水。

(3) 电渗析法　借离子交换膜对离子的选择透过性，在外加电场作用下，使两种离子交换膜之间的水中的阳、阴离子，分别通过交换膜向阴、阳两极集中。于是膜间区成为淡水区，膜外为浓水区。从淡水区引出的水即为脱盐水。

蒸馏法多用于实验室用来洗刷容器或制备溶液，适用于量不多纯度要求较高场所。离子交换法与电渗析法多用于化工业如锅炉用水可以减少结垢和腐蚀，适用于量大纯度要求不是很高的场所。

2. 脱盐水系统的安全注意事项

主要有防触电、防酸碱化学腐蚀、防烫伤等。根据锅炉事故的统计分析，水质不良造成的锅炉事故约占锅炉事故总数的 40% 以上，因此，锅炉运行管理中的水质处理及水垢清除工作非常重要。

（四）排水系统

将污水、废水和降水系统有组织地排出与处理的工程设施称为排水系统。排水系统通常由管道系统（或称排水管网）和污水处理系统组成。管道系统的任务是收集和输送废水，把废水从发源地送到污水处理厂或排放口。污水处理系统的任务是处理或利用废水。

各车间性质相抵触（相遇反应产生有害物质）的污水应分道排放，并应制定排放标准，生产车间应控制排放污水含量。污水处理部门应定时对车间排放污水和企业总排放口的污水取样分析，进行监督、指导。超标单位应采取措施进行预处理，达到标准后进行排放。

企业应定期对排放管道、暗沟或明沟的结垢、淤塞或腐蚀情况进行检查，并定期疏通修理，保持排水通畅。

为避免发生爆炸事故时引发严重环境污染事故，"清净下水"收集成为排水系统应考虑的一项主要任务。"清净下水"包括初期雨水、事故状态下泄漏的污染物、事故消防用水三部分，应充分考虑"清净下水"的收集、暂存和处置措施。

二、供汽系统

在氮肥企业中，蒸汽主要用作生产设备的加热源；也作为反应介质直接参加化学反应（如变换反应）；某些氮肥企业还使用蒸汽驱动涡轮机发电或直接推动透平压缩机，先做功、后用热。蒸汽供应品质是保障生产正常运行的一个重要环节。

蒸汽按水蒸气的温度和压力关系分为饱和蒸汽、过热蒸汽；按蒸汽本身的压力分为低压蒸汽（一般在 1.57MPa 以下）、中压蒸汽（一般在 1.58～3.82MPa）、次高压蒸汽（一般在 3.83～6.73MPa）、高压蒸汽（一般在 6.74～13.7MPa）。

蒸汽系统的安全注意事项主要有两点：

(1) 防止蒸汽管道爆炸　蒸汽管道属于压力管道，其设计、施工质量以及运行维护至关重要，要设置压力表、安全阀、减压阀、分汽包、膨胀节等必要的生产、安全设施。

(2) 防止蒸汽烫伤　在操作蒸汽设备及接触蒸汽管道等设施时都必须小心谨慎，防止蒸汽烫伤。一旦出现烫伤事故，立刻用大量冷水冲烫伤部位，轻微烫伤可在用冷水冷却伤口后，用烫伤药涂抹烫伤部位，较重大烫伤应立刻送医院处理。

三、仪表供气系统

(一) 供气设备

(1) 提供仪表空气的增压设备，应选用无油润滑空压机。当选用油润滑式空压机或直接使用工艺压缩空气作仪表气源时，必须有高效的除油装置，空气的含油量应小于 $10mg/m^3$，并配以相应的过滤、干燥装置和备用贮气罐。

(2) 备用机组供气是安全供气的主要措施。当工作机组一旦发生故障或退出工作时，备用机组应即刻启动投入工作。对大型装置和可靠性要求高的供气系统，除了有备用机组安全供气外，还可设立第二气源。第二气源可以是自动投入，也可以是半自动投入，当第二气源投用时，应有声光报警装置。

（二）供气方式

仪表供气方式分为单线供气、支干式供气、环行供气。对分散布置或供气耗气量较大的供气点，宜采用单线供气方式；对多台仪表或仪表布置密集的场合，宜采用支干式供气，由支干引至空气分布器或供气点，这样布置不会因为部分执行机构出现漏气维修而影响其他执行机构的正常运行；当供气管网对多套装置供气时，可将供气管网首位相连，形成环行配管。

（三）供气管线

（1）由空压站向外输送空气的管线，应为镀锌管线或不锈钢管线，以避免管道内潮湿生锈，影响净化空气的质量。

（2）供气系统采用镀锌管连接时，宜采用镀锌螺纹连接管件，不宜采用焊接连接；供气系统采用不锈钢管时，宜采用法兰或对焊式连接阀门，承插焊连接管件，不宜采用螺纹连接。

（3）空气过滤器减压阀下游侧配管宜选用不锈钢管或紫铜管，管径选择应根据仪表需要。每年应有计划地对腐蚀严重的空气管线进行定期更换，消除潜在的隐患。

（4）除设置仪表供气总储罐外，在输送管线较长压力损失较大的地方，应增设分储气罐，以提高和稳定气源压力。进入各个系统的管线分支要有总截止阀，进行应急处理突发事故时使用，以免影响其他系统的正常运行。

（5）每个分支空气管线的最低点处和末端增设排放阀，定期进行排放，观察有无水分和铁锈杂质，掌握压缩空气的质量。

（四）输气要求

（1）由空压站储气罐送出的净化压缩空气，必须为干燥的空气，避免空气中带有水分，进入调节机构，给生产的稳定埋下隐患。空压站储气罐保持时间应根据生产规模、工艺流程复杂程度及安全联锁自动保护系统的设计水平来确定。如果有特殊要求，应由工艺专业提出具体保持时间 t 值，如果无特殊要求，可以在 5～20min 内取值。

（2）空压站操作人员定期对缓冲罐的底部倒淋进行排放，观察带水情况，及时对干燥剂进行更换和处理。

（3）仪表工巡检时，对各车间系统内的净化空气最低排放点进行定期排放，及时掌握空气的情况。

（4）空压站的操作工和仪表工，在巡检时密切关注压缩空气压力指标。

（五）输气管理不到位的安全危害

（1）如果压缩空气中带有水分，容易使管道内壁潮湿，产生锈蚀现象，导致铁锈脱落，影响空气质量。

（2）如果压缩空气中湿度过大，带入自动调节装置内，容易造成部件损坏，自动装置失灵。

（3）冬季空气管线的水分过多，容易造成空气管线冻结，使冻结点后续部分的装置不能正常使用。如果所供应自动装置较多，还会给生产和安全带来威胁，后果严重。

（4）如果水分带入执行机构内，日积月累冬季容易造成冻结，会使调节系统失灵，给操作带来隐患，甚至出现安全生产事故。

第八章

厂区作业安全

　　厂区作业是指在生产区域内开展新建、改扩建、检修、维修等项目施工时，进行的动火、受限空间、盲板抽堵、高空、吊装、断路、动土、设备检修、临时用电等作业。由于工期紧、任务重，交叉作业多，施工人数多，作业过程中存在着诸多不安全、不确定因素，安全管理难度大。因此，厂区作业前应进行风险分析，对潜在的危险有害因素进行辨识，采取有效的安全措施，加以控制和解决，实施作业许可管理，严格履行审批手续，确保作业安全。

第一节　动火作业

一、动火作业的内容

　　工艺设施以外凡是能直接或间接产生明火的非常规作业（动用明火或存在可能产生火种作业的区域）都属于动火作业范围，例如，焊接、切割、喷灯加热、凿水泥基础、打墙眼，电气设备的耐压试验、打砂、金属器具的撞击等作业，在易燃易爆场所使用喷灯、电钻、砂轮等可能产生火焰、火花和赤热表面的临时性作业。

　　凡在禁火区从事上述高温或易产生火花的作业，应严格按照动火作业分级办理动火证，落实动火作业安全措施。

二、动火作业安全管理

(一) 职责要求

1. 动火作业负责人的职责

动火作业负责人，由申请动火的施工单位指派专人或承担动火作业项目的安全负责人担任。负责办理"作业证"并对动火作业负全面责任。动火作业负责人应在动火作业前详细了解作业内容和动火部位及周围情况，参与动火安全措施的制定、落实，向作业人员交代作业任务和防火安全注意事项。作业完成后，组织检查现场，确认无遗留火种后方可离开现场。

2. 动火人的职责

动火人，是动火作业完成人，参与风险危害因素辨识和安全措施的制定。动火前应逐项确认相关安全措施的落实情况及动火地点和时间，若发现不具备安全条件时有权拒绝动火作业，并随身携带"作业证"。

3. 监火人的职责

监火人，一般动火项目由动火项目负责人指派专人；易燃、易爆设备管道上的动火还要由动火审批人指派懂生产工艺、熟知防火、防爆安全知识的人员担任。

负责动火现场的监护与检查，发现异常情况应立即通知动火人停止动火作业，及时联系有关人员采取措施。必须坚守岗位，不准脱岗；在动火期间，不准兼做其他工作。当发现动火人违章作业时应立即制止。在动火作业完成后，应会同有关人员清理现场，清除残火，确认无遗留火种后方可离开现场。

4. 动火部位负责人的职责

动火部位负责人，对所属生产系统在动火过程中的安全负责。参与制定、负责落实动火安全措施，负责生产与动火作业的衔接。检查、确认"动火安全作业证"审批手续，对手续不完备的"动火安全作业证"应及时制止动火作业。在动火作业中，生产系统如有紧急或异常情况，应立即通知停止动火作业。

5. 动火分析人的职责

动火分析人，对动火分析方法和分析结果负责。应根据动火点所在车间的要求，到现场取样分析，在"作业证"上填写取样时间和分析数据并签字，不得用合格等字样代替分析数据。

6. 动火作业审批人的职责

动火作业的审批人是动火作业安全措施落实情况的最终确认人，对自己的批准签字负责。审查"动火安全作业证"的办理是否符合要求，并到现场了解动火部位及周围情况，检查、完善防火安全措施。

（二）《动火安全作业证》的管理

（1）"动火安全作业证"由申请动火的施工单位指定专人或动火作业负责人办理。

（2）办证人须按"动火安全作业证"的项目逐项填写，不得空项；根据动火等级严格审批权限。

（3）办理好"动火安全作业证"后，动火作业负责人应到现场检查动火作业安全措施落实情况，确认安全措施可靠并向动火人和监火人交代安全注意事项后，方可批准开始作业。

（4）"动火安全作业证"实行一个动火点、一张动火证的动火作业管理。

（5）"动火安全作业证"不得随意涂改和转让，不得异地使用或扩大使用范围。

（6）"动火安全作业证"一式三联，二级动火由审批人、动火人和动火点所在车间操作岗位各持一份存查；一级和特殊动火"动火安全作业证"由动火点所在车间负责人、动火人和主管安全部门各持一份存查；"动火安全作业证"保存期限至少为1年。

（7）"动火安全作业证"必须由相应级别的审批人审批后才有效。审批人在认真审批各项防火措施后，签发"动火证"。

（8）动火作业超过有效期限，应重新办理"动火安全作业证"。

三、动火作业安全措施

（1）在禁火区内动火，施工单位在动火前必须首先按动火作业的规定办理动火证的申请，动火证上应明确负责人、有效期、动火区域及安全防火措施。

（2）动火时的环境和条件千差万别，动火作业前应有专人监火，动火作业前应清除动火现场及周围的易燃物品，或采取其他有效的安全防火措施。

（3）动火设备本身必须吹扫、置换、清洗干净，进行可靠的隔离。设备内的可燃气体分析及进入受限空间作业的氧含量分析要合格。

（4）凡处于 GB 50016 规定的甲、乙类区域的动火作业，地面如有可燃物、空洞、窨井、地沟、水封等，应检查分析，距用火点15m 以内的，应采取清理或封盖等措施；对于用火点周围有可能泄漏易燃、可燃物料的设备，应采取有效的空间隔离措施。

（5）动火作业前，应检查电、气焊工具、手持电动工具等动火工器具本质安全程度，保证安全可靠。动火现场要有明显标志，配备足够适用的消防器材。

（6）五级风以上（含五级风）天气，原则上禁止露天动火作业。因生产需要确需动火作业时，动火作业应升级管理。

（7）动火期间距动火点 30m 内不得排放各类可燃气体；距动火点 15m 内不得排放各类可燃液体；不得在动火点 10m 范围内及用火点下方同时进行可燃溶剂清洗或喷漆等作业。

（8）动火作业前应进行安全分析，取样与动火间隔不得超过 30min，如超过此间隔或动火作业中断时间超过 30min，应重新取样分析。特殊动火作业期间还应随时进行监测。

（9）动火作业完毕，动火人和监火人以及参与动火作业的人员应清理现场，监火人确认无残留火种后方可离开。

（10）进行带压不置换动火作业，应事先制定安全施工方案，落实安全防火措施，必要时可请专职消防队到现场监护。动火作业过程中，应使系统保持正压，严禁负压动火作业。动火作业现场的通排风应良好，以便使泄漏的气体能顺畅排走。在生产不稳定的情况下不得进行带压不置换动火作业。

第二节 受限空间作业

一、受限空间作业的内容

氮肥企业内各类塔、釜、槽、罐、炉膛、锅筒、管道、容器以及地下室、窨井、坑（池）、下水道或其他封闭、半封闭场所均为受限空间。进入或探入这些受限空间进行的作业均为受限空间作业。

氮肥企业检维修中进入受限空间作业很多，其危险性也很大。因为这类设备或设施内可能存在或残存有毒有害物质和易燃易爆物质，也可能存在令人窒息的物质，在施工中可能发生着火、爆炸、中毒或窒息事故。此外，有些设备或设施内有各种传动装置和电气照明系统，如果检维修前没有彻底分离和切断电源，或者由于电器系统的误动作，会发生搅伤、触电等事故。因此，必须对受限空间作业实行特殊的安全管理，以避免意外事故的发生。

二、受限空间作业安全管理

（一）职责要求

1. 作业负责人的职责

作业负责人对受限空间作业安全负全面责任。在受限空间作业环境、作业方案和防护设施及用品达到安全要求后，方可安排人员进入受限空间作业；在受限空间及其附近发生异常情况时，应停止作业；检查、确认应急准备情况，核实内外联络及呼叫方法，对未经允许试图进入或已经进入受限空间者进行劝阻或责令退出。

2. 监护人员的职责

监护人员对受限空间作业人员的安全负有监督和保护的职责。了解可能面临的危害，对作业人员出现的异常行为能够及时警觉并做出判断；与作业人员保持联系和交流，观察作业人员的状况；掌握应急救援的基本知识，当发现异常时，立即向作业人员发出撤离警报，并帮助作业人员从受限空间逃生，同时立即呼叫紧急救援。

3. 作业人员的职责

作业人员负责在保障安全的前提下进入受限空间实施作业任务。作业前应了解作业的内容、地点、时间、要求，熟知作业中的危害因素和应采取的安全措施，确认安全防护措施落实情况；遵守受限空间作业安全操作规程，正确使用受限空间作业安全设施与个体防护用品；与监护人员进行必要的、有效的安全、报警、撤离等双向信息交流，服从作业监护人的指挥。如发现作业监护人员不履行职责时，应停止作业并撤出受限空间；在作业中如出现异常情况或感到不适或呼吸困难时，应立即向作业监护人发出信号，迅速撤离现场。

4. 审批人员的职责

审批人员审查"受限空间安全作业证"的办理是否符合要求，到现场了解受限空间内外情况，督促检查各项安全措施的落实情况。

（二）"受限空间安全作业证"的管理

（1）受限空间作业前，必须办理"受限空间安全作业证"。

（2）"受限空间安全作业证"由作业单位负责办理。按照"受限空间安全作业证"所列项目逐项填写，安全措施栏应填写具体的安全措施。

（3）"受限空间安全作业证"应由受限空间所在单位负责人审批。

（4）一处受限空间、同一作业内容办理一张"受限空间安全作业证"，当受限空间工艺条件、作业环境条件改变时，应重新办理"受限空间安全作业证"。

（5）"受限空间安全作业证"一式三联，一、二联分别由作业负责人、监护人持有，第三联由受限空间所在单位存查，"受限空间安全作业证"保存期限至少为1年。

三、受限空间作业的安全措施

（1）受限空间作业实施作业证管理，作业前应办理"受限空间安全作业证"。

（2）安全隔绝。受限空间与其他系统连通的可能危及安全作业的管道应采取有效隔离措施。受限空间带有搅拌器等用电设备时，应在停机后切断电源，上锁并加挂警示牌。

（3）清洗或置换。受限空间作业前，应根据受限空间盛装（过）的物料的特性，对受限空间进行清洗或置换，达到分析合格要求。

（4）采取措施，保持受限空间空气良好流通。禁止向受限空间充氧气或富氧空气。

（5）作业中应定时监测，至少每 2h 监测一次，如监测分析结果有明显变化，则应加大监测频率；作业中断超过 30min 应重新进行监测分析，对可能释放有害物质的受限空间，应连续监测，必要时采取强制通风措施。情况异常时应立即停止作业，撤离人员，经对现场处理，并取样分析合格后方可恢复作业。

（6）在有毒有害的受限空间作业时，应穿戴劳动安全防护用品，佩戴隔离式防护面具，必要时作业人员应拴带救生绳。在易燃易爆的受限空间作业时，应穿防静电工作服、工作鞋，使用防爆型低压灯具及不发生火花的工具。

（7）受限空间照明电压应小于等于 36V，在潮湿容器、狭小容器内作业电压应小于等于 12V。使用超过安全电压的手持电动工具作业或进行电焊作业时，应配备漏电保护器。在潮湿容器中，作业人员应站在绝缘板上，同时保证金属容器接地可靠。

（8）受限空间作业时，在受限空间外应设有专人监护，不得脱离岗位。进入受限空间前，监护人应会同作业人员检查安全措施，统一联系信号。在风险较大的受限空间作业，应增设监护人员，并随时保持与受限空间作业人员的联络。

（9）在受限空间作业时应在受限空间外设置安全警示标志。多工种、多层交叉作业应采取互相之间避免伤害的措施。难度大、劳动强度大、时间长的受限空间作业应采取轮换作业。

（10）作业前后应清点作业人员和作业工器具。作业人员离开受限空间作业点时，应将作业工器具带出。作业结束后，由受限空间所在单位和作业单位共同检查受限空间内外，确认无问题后方可封闭受限空间。

第三节　盲板抽堵作业

一、盲板抽堵作业的内容

停车检修或抢修的设备必须与运行系统或有物料系统进行有效隔绝，这是确保检修安全的一项基本原则。而这种隔离单凭关闭阀门是不行的，因为阀门容易泄漏、不易彻底关严，而且容易被人失误打开，最保险的办法是将与检修设备相连的管道拆开或用盲板相隔绝，待检修结束后装置开车前再将盲板抽掉。盲板抽堵作业就是在设备抢修或检修过程中，设备、管道内存有物料（气、液、固态）及一定温度、压力情况时的盲板抽堵，或设备、管道内物料经吹扫、置换、清洗后的盲板抽堵。

盲板抽堵一般是在带一定压力情况下进行的，而且工艺介质具有易燃易爆、有毒有害的性质，抽堵盲板的位置又多处于高空，容易引起着火爆炸、中毒、坠落等事故。因此，抽堵盲板作业既有很大的危险性，又有较复杂的技术性，必须由熟悉生产工艺的人员负责，严加管理确保抽堵盲板作业的安全。

二、盲板抽堵作业安全管理

（一）职责要求

1. 生产车间负责人的职责

生产车间负责人应了解管道、设备内介质特性及走向，制定、落实盲板抽堵安全措施，安排监护人，向作业单位负责人或作业人员交代作业安全注意事项；生产系统如有紧急或异常情况，应立即通知停止盲板抽堵作业；作业完成后，应组织检查盲板抽堵情况。

2. 监护人的职责

监护人负责盲板抽堵作业现场的监护与检查，发现异常情况应立即通知作业人员停止作业，并及时联系有关人员采取措施。监护人必须坚守岗位，不得脱岗，在盲板抽堵作业期间，不得兼做其他工作；当发现盲板抽堵作业人违章作业时应立即制止；作业完成后，要会同作业人员检查、清理现场，确认无误后方可离开现场。

3. 作业单位负责人的职责

作业单位负责人必须了解作业内容及现场情况，确认作业安全措施，向作业人员交代作业任务和安全注意事项，各项安全措施落实后，方可安排人员进行盲板抽堵作业。

4. 作业人的职责

作业人作业前必须了解作业的内容、地点、时间、要求，熟知作业中的危害因素和应采取的安全措施。要逐项确认相关安全措施的落实情况，若发现不具备安全条件时不得进行盲板抽堵作业。作业完成后，会同生产单位负责人检查盲板抽堵情况，确认无误后方可离开作业现场。

5. 审批人的职责

审批人负责审查"作业证"的办理是否符合要求，督促检查各项安全措施的落实情况。

（二）"盲板抽堵安全作业证"的管理

（1）盲板抽堵作业实施作业证管理，作业前必须办理"盲板抽堵安全作业证"，严格审批手续。

（2）盲板抽堵作业宜实行一块盲板一张作业证的管理方式。严禁涂改、转借"盲板抽堵安全作业证"。变更作业内容，扩大作业范围或转移作业部位时，须重新办理"盲板抽堵安全作业证"。

（3）"盲板抽堵安全作业证"由生产单位负责办理并严格执行作业安全要求。生产单位工艺技术员负责填写"盲板抽堵安全作业证"、盲板位置图、安全措施，交施工单位确认，并由生产单位主要负责人审批。关系到公用工程运行、危险较大的盲板抽堵由生产技术部门审核，主管厂领导或总工程师审批。

（4）经审批的"盲板抽堵安全作业证"交盲板抽堵作业单位、盲板位置所在生产车间、生产技术部门各一份，生产车间和生产技术部门负责存档，"盲板抽堵安全作业证"保存期限至少为1年。

三、盲板抽堵作业的安全措施

（1）根据检维修计划，预先绘制盲板位置图。对盲板进行统一编号，注明盲板抽堵的部位和盲板的规格，指定专人负责作业和现场监护。

（2）作业人员应对现场作业环境进行有害因素辨识并制定相应的安全措施，在作业复杂、危险性大的场所进行盲板抽堵作业，应制定应急预案。对抽堵盲板作业人员进行安全教育和专门的安全培训，并经考核合格。

（3）盲板抽堵作业单位应按盲板位置图作业，不得在同一管道上同时进行两处及两处以上的盲板抽堵作业。

（4）要根据管道的口径、系统压力及介质的特性，制造有足够强度的盲板。盲板应留有一个或两个手柄，便于抽堵和检查。

（5）盲板的位置，应加在有物料来源的阀门后部法兰处，盲板两侧均应有垫片，并用螺栓紧固，以保持其严密性。

（6）在有毒有害介质的管道、设备上进行盲板抽堵作业时，系统压力应降到尽可能低的程度，作业人员应穿戴适合的防护用具。在易燃易爆场所进行盲板抽堵作业时，作业人员应穿防静电工作服、工作鞋；距作业地点30m内不得有动火作业；工作照明应使用防爆灯具；作业时应使用防爆工具，禁止用铁器敲打管线、法兰等。

（7）做好盲板抽堵的检查登记工作。应有专人对抽堵的盲板分别逐一进行登记，并对照盲板抽堵的位置图进行检查，在抽堵盲板处加挂盲板标示牌，标牌编号应与盲板位置图上的盲板编号一致，防止漏堵或漏抽。

第四节 高处作业

一、高处作业的内容

高处作业是指距坠落高度基准面2m及以上，有可能坠落的高处进行的作业。例如，坡度大于45°的斜坡上面的高处作业；在升降（吊装）口、坑、井、池、沟、洞等上面或附近进行的高处作业；在易燃、易爆、易中毒、易灼伤的区域或转动设备附近的高处作业；在无平台、无护栏的塔、釜、炉、罐等化工容器、设备及架空管道上进行的高处作业；塔、釜、炉、罐等设备内进行的高处作业等。

二、高处作业安全管理

（一）职责要求

1. 监护人的职责

监护人负责高处作业现场的监护与检查，发现异常情况应立即通知作业人员停止作业，并及时联系有关人员采取措施。监护人必须坚守岗位，不得脱岗，在高处作业期间，不得兼做其他工作；当发现高处作业人违章作业时应立即制止；作业完成后，要会同作业人员检查、清理现场，确认无误后方可离开现场。

2. 作业单位现场负责人的职责

作业单位现场负责人对高处作业安全负全面责任。作业单位现场负责人必须了解作业内容及现场情况，应根据高处作业的分级和类别向审批单位提出申请，办理"高处安全作业证"。高处作业前，作业单位现场负责人应对高处作业人员进行必要的安全教育，交代现场环境和作业安全要求以及作业中可能遇到意外时的处理和救护方法。

3. 作业单位负责人的职责

作业单位负责人对高处作业安全技术负责，并建立相应的责任制。

4. 作业人的职责

作业人作业前必须了解作业的内容、地点、时间、要求，熟知作业中的危害因素和应采取的安全措施。要逐项确认相关安全措施的落实情况，若发现不具备安全条件时不得进行高处作业。

5. 审批人的职责

审批人负责审查"高处安全作业证"的办理是否符合要求，赴高处作业现场，检查确认安全措施后，方可批准高处作业。

（二）《高处安全作业证》的管理

（1）从事高处作业的单位必须办理"高处安全作业证"，落实安全防护措施，方可施工。

（2）"高处安全作业证"由作业负责人根据高处作业的分级和类别申请办理。监护人由作业负责人指定，并负责安全防护措施的落实。

（3）高处作业分为一级、二级、三级和特级高处作业四级。一级高处作业由车间负责审批。二、三级高处作业由车间审核后，经单位安全管理部门审批。特级特殊高处作业由单位安全管理部门审核后，报主管安全负责人审批。

（4）高处作业人员必须经安全教育，熟悉现场环境和施工安全要求。高处作业人员应查验"高处安全作业证"，检查确认安全措施落实后，方可施工，否则有权拒绝施工作业。

（5）"高处安全作业证"有效期7天，若作业时间超过7天，应重新审批。对于作业期较长的项目，在作业期内，作业单位负责人应经常深入现场检查，发现隐患及时整改，并做好记录。若作业条件发生重大变化，应重新办理"高处安全作业证"。

（6）"高处安全作业证"一式三份，一份交作业人员，一份交作业负责人，一份交安全管理部门留存，保存期1年。

三、高处作业的安全措施

（1）从事高处作业的单位应办理"高处安全作业证"，应针对作业内容，进行危险辨识，将辨识出的危害因素写入"高处安全作业证"，并制定出对应的安全措施。

（2）高处作业前要制定高处作业应急预案，有关人员应熟知应急预案的内容。

（3）高处作业人员应按照规定穿戴符合国家标准的安全保护用品，高处作业使用的材料、器具、设备应符合有关安全标准要求。作业前，应检查所用的安全设施是否坚固、牢靠。夜间高处作业应有充足的照明。

（4）作业场所有可能发生坠落的物件，应一律先行撤除或加以固定。高处作业用的脚手架、吊篮、手动葫芦必须按有关规定架设。严禁用吊装机械载人。高处作业用的工具、材料等，应设法用机械或吊绳传送，不可投掷。易滑动、易滚动的工具、材料堆放在脚手架上时，应采取措施，防止坠落。

（5）高空作业下方应设置安全围栏、安全护体或安全网等。高空作业人员必须戴好安全帽，系好安全带。禁止上下垂直交叉作业，确因工序原因必须上下同时作业时，必须采取可靠的隔离防范措施。

（6）雨天和雪天进行高处作业时，应采取可靠的防滑、防寒和防冻措施。遇有六级以上强风、浓雾等恶劣气候，不得进行特级高处作业、露天攀登与悬空高处作业。

（7）高处作业应设监护人对高处作业人员进行监护，监护人应坚守岗位。高处作业应与地面保持联系，根据现场配备必要的联络工具，并指定专人负责联系。

（8）在易散发有毒有害气体、粉尘的放空管线或烟囱等场所进行高处作业时，有毒物浓度应在允许浓度范围内，并采取有效的防护措施。

（9）高处作业附近有架空电线时，应根据其电压等级，与电线保持规定的安全距离。必须使用绝缘工具或穿均压服（亦称屏蔽服），机具不得触及电线，防止触电。

（10）不得在不坚固的结构（如彩钢板屋顶、石棉瓦、瓦棱板等轻型材料等）上作业，登不坚固的结构作业前，应保证其承重的立柱、梁、框架的受力能满足所承载的负荷，铺设牢固的脚手板，并加以固定，脚手板上要有防滑措施。

（11）作业人员不得在高处作业处休息。在作业中如果发现情况异常，应迅速撤离现场。

（12）高处作业完工后，作业现场清扫干净，作业用的工具、拆卸下的物件及余料和废料应清理运走。

第五节 吊装作业

一、吊装作业的内容

吊装作业就是利用各种吊装机具（桥式起重机、门式起重机、塔式起重机、汽车吊、升降机等）将设备、工件、器具、材料等吊起，使其发生位置变化的作业过程。吊装作业危险性大，作业环境复杂，技术难度大，要对吊装作业中的危险进行有效控制，严格执行吊装作业安全管理规定，保证吊装作业安全。

吊装作业按吊装重物的质量分为三级：吊装重物的质量大于 100t 时，为一级吊装作业；吊装重物的质量大于等于 40t 且小于等于 100t 时，为二级吊装作业；吊装重物的质量小于 40t 时，为三级吊装作业。

二、吊装作业安全管理

（1）吊装质量大于 10t 的重物应办理"吊装安全作业证"。项目单位负责人从设备管理部门领取"吊装安全作业证"后，要认真填写各项内容，交施工单位负责人批准。吊装质量大于等于 40t 的重物和土建工程主体结构或吊装物体虽不足 40t，但形状复杂、刚度小、长径比大、精密贵重，作业条件特殊的项目，必须认真制定吊装施工作业方案，由施工主管部门初审签字，报主管厂长或总工程师批准后实施。

（2）安全监护人由施工单位主要负责人指定，在起吊作业中要严格执行起吊作业的安全要求。

（3）"吊装安全作业证"批准后，项目单位负责人应将"吊装安全作业证"交给吊装指挥。吊装指挥及作业人员应检查"吊装安全作业证"，确认无误后方可作业。

（4）作业人员必须按"吊装安全作业证"上填报的内容进行作业，严禁涂改、转借或变更作业内容、扩大作业范围、转移作业部位。对吊装作业审批手续不全，安全措施不落实，作业环境不符合安全要求的，作业人员有权拒绝作业。

三、吊装作业的安全措施

（1）吊装作业人员必须持有特殊工种作业证。按照要求办理"吊装安全作业证"和编制吊装施工方案，严格审批程序。

（2）各种吊装作业前，应预先在吊装现场设置安全警戒标志并设专人监护，非施工人员禁止入内。

（3）吊装作业前，应对起重吊装设备、钢丝绳、揽风绳、链条、吊钩等各种机具进行严格认真检查，必须保证安全可靠，不准带病使用。吊装前必须试吊，确认无误方可作业。严禁利用管道、管架、电杆、机电设备等作吊装锚点。未经设备、建筑部门审查核算，不得将建筑物、构筑物作为锚点。

（4）吊装作业时，必须分工明确、坚守岗位，按规定的联络信号，统一指挥。任何人不得随同吊装重物或吊装机械升降。在特殊情况下，必须随之升降的，应采取可靠的安全措施，经过现场指挥人员批准。悬吊重物下方严禁站人、通行和工作。

（5）吊装作业时，必须按规定负荷进行吊装，吊具、索具经计算选择使用，严禁超负荷运行。

（6）吊装作业中，夜间应有足够的照明，室外作业遇到大雪、暴雨、大雾及六级以上大风时，应停止作业。

（7）在吊装作业中，有下列情况之一者不准吊装：
① 指挥信号不明；
② 超负荷或物体重量不明；
③ 斜拉重物；
④ 光线不足、看不清重物；
⑤ 重物下站人；
⑥ 重物埋在地下；
⑦ 重物紧固不牢，绳打结、绳不齐；
⑧ 棱刃物体没有衬垫措施；
⑨ 重物越人头；
⑩ 安全装置失灵。

（8）吊装绳索、揽风绳、拖拉绳等避免同带电线路接触，并保持安全距离。对地下通信电（光）缆、局域网络电（光）缆、排水沟的盖板，承重吊装机械的负重量进行确认，落实保护措施。

（9）作业现场围栏、警戒线、警告牌、夜间警示灯需按要求设置，作业现场出现危险品泄漏时，应立即停止作业，迅速撤离现场。

第六节 断路作业

一、断路作业的内容

在生产区域内交通主干道、交通次干道、交通支道与车间引道上进行工程施工、吊装吊运等各种影响正常交通的作业，均为断路作业。

二、断路作业安全管理

(1) 进行断路作业应制定周密的安全措施，并办理"断路安全作业证"方可作业。

(2) "断路安全作业证"由断路作业申请单位指定专人至少提前一天办理。主要填写断路地段所在的位置图、断路原因和时间、断路作业单位等。

(3) 断路作业施工单位接到"断路安全作业证"后，由项目负责人填写断路施工中采取的安全措施并签字。

(4) 断路作业申请单位从断路作业施工单位收到填写完整的"断路安全作业证"后，交厂区交通管理部门审批。厂区交通管理部门审批"断路安全作业证"后，应立即书面通知生产调度、安全、医务等有关部门。

(5) "断路安全作业证"一式三份，一份由申请单位留存，同时分送厂区交通管理部门和断路作业施工单位各一份。

(6) 在"断路安全作业证"规定的时间内未完成断路作业时，由断路申请单位重新办理"断路安全作业证"。

(7) 断路作业应按"断路安全作业证"的内容进行，严禁涂改、转借或变更作业内容、扩大作业范围、转移作业部位。对"断路安全作业证"审批手续不全、安全措施不落实、作业环境不符合安全要求的，作业人员有权拒绝作业。

(8) 办理好的"断路安全作业证"应至少保留1年。

三、断路作业的安全措施

(1) 在进行断路作业前必须办理"断路安全作业证"。

(2) 断路申请单位负责管理施工现场。制定交通组织方案，设置相应的标志与设施，以确保作业期间的交通安全。

(3) 断路申请单位应根据作业内容会同作业单位编制相应的事故应急措施，并配备有关器材。

(4) 断路时，作业单位应根据需要在作业区相关道路上设置作业标志、限速标志、距离辅助标志等交通警示标志，在作业区附近设置路栏、锥形交通路标、道路作业警示灯、导向标等交通警示设施。夜间作业要设置道路作业红色警示灯。

（5）断路作业结束后，作业单位负责清理现场，然后由厂区交通管理部门通知各有关单位断路工作结束，恢复交通。

一、动土作业的内容

动土作业就是挖土、打桩、钻探、坑探、地锚入土深度在 0.5m 以上，使用推土机、压路机等施工机械进行填土或平整场地等可能对地下隐蔽设施产生影响的作业。

进行动土作业，如挖土、打桩等都可能影响到地下设施的安全。如果没有一套完整的管理办法，在不明了地下设施的情况下随意作业，势必会发生挖断管道、刨穿电缆、地下设施塌方毁坏等事故，不仅会造成停产，还有可能造成人身伤亡。因此必须加强动土作业管理。

二、动土作业安全管理

（1）动土作业前必须办理"动土安全作业证"，没有"动土安全作业证"不准动土作业。

（2）动土申请单位，在作业前应持施工图纸及施工项目批准手续等有关资料，到有关部门申请办理动土证。动土证上应写明施工项目，施工时间、地点、联系人、安全措施等。

（3）施工中如需破坏厂区道路，除动土主管部门签署意见外，还需请主管道路交通等单位会签。应通知消防部门，以免在执行消防任务时因道路施工而延误时间。

（4）动土作业审批人员应到现场核对图纸，查验标志，检查确认安全措施，方可签发"动土安全作业证"。

（5）施工单位应按批准的动土证，在规定的时间、地点，按图纸施工。在施工中必须遵守注意事项，施工完毕应将竣工资料交与管理部门，以保持企业地下设施资料的完整和准确。

（6）动土作业必须按"动土安全作业证"的内容进行，严禁涂改、转借"动土安全作业证"，不得擅自变更动土作业内容、扩大作业范围或转移作业地点。

（7）一个施工点、一个施工周期内办理一张动土作业许可证，"动土安全作业证"保存期为一年。

三、动土作业的安全措施

（1）动土作业前，项目负责人应对施工人员进行安全教育；施工负责人对安全措施进行现场交底，并督促落实。

（2）动土作业前必须检查工具、现场支护是否牢固、完好，发现问题应及时处理。

（3）动土作业施工现场应根据需要设置护栏、盖板和警告标志，夜间应悬挂红灯示警；施工结束后要及时回填土，并恢复地面设施。

（4）挖掘坑、槽、井、沟等作业，在坑、槽、井、沟的边缘，不能安放机械、铺设轨道及通行车辆。所有人员不准在坑、槽、井、沟内休息。

（5）动土作业如在接近地下电缆、管道及埋设物的附近施工时，不准使用大型机器挖土，手工作业时也要小心，以免损坏地下设施。当地下设施情况复杂时，应与有关单位联系，配合作业。在挖掘时发现事先未预料到的地下设施或出现异常情况时，应立即停止施工，报告有关部门处理。

（6）在禁火区或生产危险性较大的地域内动土时，生产部门应派人监护。施工中生产出现异常情况时，施工人员应听从监护人员的指挥，停止作业，迅速撤离现场。

（7）上下交叉作业应戴安全帽，多人同时挖土应相距在 2m 以上，防止工具伤人。

第八节 设备检修作业

一、设备检修作业的内容

为保持设备的完好、安全、可靠，使设备经常处于最佳的工作状态，保持和恢复设备设施规定的性能，维持正常生产，必须加强对它们的维护、保养、检测和维修，这些工作即是设备检修作业，包括日常的正常维修、计划检修（大修、中修、小修）、计划外检修（在生产过程中设备突然发生故障或事故，必须进行系统不停车或停车检修）。

氮肥企业设备检修作业复杂，技术性强，因此，不论是大修还是小修，计划内检修还是计划外检修，都必须严格遵守检修工作的各项安全规章制度，办理各种安全作业许可证，确保设备在检修后重新投入运行的操作稳定，为安全生产创造良好条件。

二、设备检修作业安全管理

（1）设备检修作业开始前应办理"设备检修安全作业证"。设备使用单位应提出设备交出的安全措施，检修项目负责单位应提出施工安全措施，并分别填写"设备检修安全作业证"的相关内容。

（2）根据设备检修项目的要求，检修施工单位必须制定设备检修方案，检修方案应经设备使用单位审核。检修方案中必须有安全技术措施，并明确检修项目安全负责人。检修施工单位必须指定专人负责整个检修作业过程的具体安全工作。

（3）设备使用单位、检修施工单位负责人应对"设备检修安全作业证"进行审查，并提出审查意见。

（4）设备管理部门应对"设备检修安全作业证"进行终审审批。

（5）严禁涂改、转借"设备检修安全作业证"，变更作业内容、扩大作业范围或转移作业地点。

（6）对"设备检修安全作业证"审批手续不全、安全措施不落实、作业环境不符合安全要求的，作业人员有权拒绝作业。

三、设备检修作业的安全措施

（1）检修前，必须对参加检修作业的人员进行安全教育。进入检修现场必须按规定穿戴劳动防护用品。严格执行"化学品生产单位作业安全规范"，办理各种安全作业票证。

（2）根据设备检修项目要求，进行风险辨识分析，制定设备检修方案，落实检修人员、检修组织、安全措施。检修项目负责人必须按检修方案的要求，组织检修人员到检修现场进行检查确认，交代清楚检修项目、任务、检修方案，并落实检修安全措施。

（3）检修前，应对检修作业使用的脚手架、起重机械、电气焊用具、手持电动工具、扳手、管钳、锤子等各种工器具进行检查，凡不符合作业安全要求的工器具不得使用。

（4）所有的检修设备、管道都要进行泄压、置换，必要时要进行清洗；与在生产的设施、管道连通时，应采取有效的安全隔离，并有醒目标示。施工现场不得存放易燃、易爆、有毒物质，按规定设置消防器材。

（5）检修现场应设警示标志，夜间要有信号灯，必要时指定专人负责看守。阴暗场所和夜间施工现场必须有足够的照明。

（6）对手持电动工具、移动式电气设备的使用，必须安装漏电保护器，保持完好。塔内照明应有足够的亮度，其电源必须符合低压安全电压 $12\sim36V$。

（7）吊装零部件时，对设备上的主螺栓、加工面和其他易损部件，应采取保护措施，不得磨损、撞坏或变形。

（8）检修现场内的坑、井、孔洞、高压电器设备、易燃、易爆等场所，必须设置围栏、盖板、危险标志，必要时指定专人负责看守。

（9）因检修需要而拆移的盖板、箅子板、扶手、栏杆、防护罩等安全设施，检修完毕应立即恢复其安全使用功能。检修完工后所留下的废料、杂物、垃圾、油污等应清理干净。

（10）在生产和储存化学危险品的场所进行设备检修时，如生产出现异常情况或突然排放物料，危及检修人员的人身安全时，检修人员必须立即停止作业，迅速撤离作业场所。

(11) 检修结束后检修项目负责人应与检修人员共同检查，认真做好现场清理工作，确认检修项目无遗漏、确认工器具和材料等未遗留在被检设备内。

第九节 临时用电作业

按照《危险化学品从业单位安全标准化通用规范》（AQ 3013—2008）的要求对厂区临时用电应实施作业许可证管理。

一、临时用电作业管理内容

在运行的生产装置、罐区和具有火灾爆炸危险场所内一般不允许接临时电源。因装置生产、检维修作业需要时，在正式运行的电源上所接的一切临时用电作业，包括基建施工用电和生产装置检维修所需临时用电，均应办理"临时用电作业许可证"。

二、临时用电作业安全管理

(1) 临时用电申请单位应按"临时用电作业许可证"的项目逐项填写，写明临时用电部位、临时用电起止时间、临时用电部门负责人、临时用电事由、操作人、现场监护人、安全措施等，然后交机电管理部门审批。50kW及以上的，由施工部门拿出临时用电组织设计，机电管理部门审查完设计后，再办理临时用电手续。临时用电手续审批合格后，由机电管理部门派出电工接电，临时用电单位严禁私自接电。

(2) 建立临时用电施工组织设计和安全用电技术措施的编制、审批制度，并建立相应的技术档案。根据电源条件及实际情况进行审批，审批权归机电管理部门。

(3) 施工单位必须建立健全电气安全管理制度和各级岗位责任制，应加强对所接临时用电的现场运行、设备维护、安全监护和管理。

(4) "临时用电作业许可证"一式三联，第一联由供电审批部门留存，第二联交配送电执行单位，第三联由临时用电单位留存。

(5) "临时用电作业许可证"有效期限为一个作业周期。"临时用电作业许可证"是临时用电作业的依据，不得涂改、不得代签，要妥善保管。

(6) "临时用电作业许可证"保存期为一年。

三、临时用电作业的安全措施

(1) 作业前，针对作业内容应进行危害因素辨识，制定相应的作业程序及安全措施。

(2) 临时用电设备和线路应按供电电压等级和容量正确使用，所用的电气元件应符合国家规范标准要求，临时用电电源施工、安装应严格执行电气施工安装规范，并接地良好。

① 在防爆场所使用的临时电源，电气元件和线路应达到相应的防爆等级要求，并采取相应的防爆安全措施。

② 临时用电线路及设备的绝缘应良好。

③ 临时用电架空线应采用绝缘铜芯线。架空线最大弧垂与地面距离，在施工现场不低于2.5m，穿越机动车道不低于5m。架空线应架设在专用电杆上，严禁架设在树木和脚手架上。

④ 对需埋地敷设的电缆线线路应设有"走向标志"和"安全标志"。电缆埋地深度不应小于0.7m，穿越公路时应加设防护套管。

⑤ 对现场临时用电配电盘、配电箱统一编号，应有防雨措施，盘、箱、门应能牢靠关闭。

⑥ 行灯电压不应超过36V，在特别潮湿的场所或塔、釜、槽、罐等金属设备作业装设的临时照明行灯电压不应超过12V。

⑦ 临时用电设施，应安装符合规范要求的漏电保护器，移动工具、手持式电动工具应一机一闸一保护。

(3) 严格执行电工作业的监护制度。电气作业必须按照"一项目、一票证、一措施"的规定工作，严格执行工作票制度，严禁无票证、无措施工作，工作票应提前一天交到值班员手中。

(4) 配送电单位应每天进行巡回检查，建立检查记录和隐患问题处理通知单，确保临时供电设施完好。对存在重大隐患和发生威胁安全的紧急情况时，配送电单位有权做紧急停电处理。

(5) 临时用电单位应严格遵守临时用电规定，不得变更地点和工作内容，禁止任意增加用电负荷或私自向其他单位转供电。按规定地点规范接线，不得乱拉乱扯。

(6) 作业完工后，施工单位应及时通知机电管理部门，机电管理部门派出电工或施工单位电工拆除临时用电线路。

第十节 施工作业

一、施工作业内容

施工作业是指除前九节介绍的作业项目之外，在生产区域内进行新建、改扩建、检修、维修时发生的其他施工项目，例如，拆除爆破、设备安装、保温防腐等作业。为了切实做好在施工期间的安全管理工作，消除安全隐患，防止安全事故的发生，必须加强施工作业管理，按照《危险化学品从业单位安全标准化通用规范》（AQ 3013—2008）的要求，办理"施工安全作业许可证"。

二、施工作业的安全管理

（1）对承建构筑物项目、设备安装项目或拆除工程项目的施工单位，企业有关主管部门应对施工单位的资质等级和业务范围进行认真核查，签订承发包合同，合同中应当明确业主与承包商之间的安全生产责任，同时签订《安全施工管理协议》。

（2）施工单位进入生产现场施工前，必须到施工区域所在单位或工程负责单位办理"施工安全作业许可证"。"施工安全作业许可证"的内容包括：工程名称、施工单位、项目负责人、安全负责人、各类安全技术方案、项目管理网络图、联系方法、施工起止时间、安全警示标志等。

（3）作业许可证的签发单位应严格对施工单位的安全教育情况、安全措施落实情况、施工机具的完好状况、安全责任人的资质等进行审查，不符合要求的不予办理安全作业证。

（4）施工单位在制定施工方案时，必须同时制定详细可行的安全技术措施，落实该项目的安全负责人和现场安全责任人，并经安全管理部门确认批准。对危险系数较高的施工项目，提前提供工程项目的施工方案，施工进度、安全技术措施资料和事故应急预案等。施工时严格办理相关票证，按程序审批后方可施工。施工项目及方案发生重大改变时，必须同时提供变更后的安全技术措施、方案，报工程或项目管理部门核准同意后到相关管理部门审定备案。

（5）施工界区的主管单位负责施工现场的安全监督管理，负责审批施工隔离方案，督促施工单位落实各项安全措施，确认达到安全施工条件后，方可进行施工作业。

（6）严禁涂改、转借"施工安全作业许可证"，不得擅自变更作业内容、扩大作业范围或转移作业地点。

三、施工作业的安全措施

（1）施工作业人员必须经过安全教育，掌握必要的安全生产常识，了解施工界区生产特点和相关安全管理制度，经考试合格。未经安全教育和考试不合格的人员，不能进入施工现场。

（2）施工界区的主管单位负责对施工现场进行安全交底，实施安全监督管理。在施工作业现场划出安全隔离作业区，根据作业内容和作业场所环境情况制定出安全有效的作业区隔离措施方案。

（3）施工单位进入生产现场施工作业，应明确施工项目负责人，严格执行氮肥企业各项管理制度，对施工作业现场的安全负全面责任。施工前，项目负责人应组织审核施工组织设计，施工中严格按审批的施工组织设计执行，不得随意扩大施工现场范围；负责与有关单位和人员联系，组织实施现场的安全施工工作，并做好施工原始记录；严格控制到场的各种材料、设备的质量，禁止不合格材料、设备用到工程上去；组织各工种现场负责人及有关单位和人员参加各阶段的验收工作和各种形式的工程协调、联系会议，并做好记录，负责办理各种有关验收手续。

（4）凡与施工项目相关的设备、工艺管线、下水井等，应采取有效的隔离措施。有毒有害及可燃介质的工艺管线必须加盲板进行隔离；通往下水系统的沟、井、漏斗等必须严密封堵；施工隔离区内凡与生产有关的工艺设备、阀门、管线等，均应有明显的禁动标志。

（5）凡在运行的装置区域内进行施工作业时，而又无法实施区域隔离的，必须制定安全措施和施工方案，并逐条落实，不得就地排放易燃易爆、有毒有害介质。遇有异常情况，如紧急排放、泄漏、事故处理等，应立即停止一切施工作业，迅速撤离人员，及时报警和处理。应针对生产和施工的实际情况，制定出相应的事故应急预案。

（6）施工现场必须要有醒目的安全标语和各种安全警示标志，夜间要有红灯信号。施工现场应有足够的照明，电气线路架设必须符合电气规程要求。

（7）各种机械设备要有安全生产操作规程，各种材料、构件、机具、设备的堆放，必须整齐有序，不得堵塞消防通道和影响生产设施、装置人员的操作与巡回检查。拆除的模板、铁丝、脚手架、边角废料等，要及时清除，严禁乱扔乱堆，应做到工完、料净、场地清。施工现场道路，必须平整畅通，排水设施良好。

（8）施工过程中严禁使用铁器敲击易燃易爆的设备、容器和工艺管道，严禁动用施工作业区域内的生产设备、阀门、开关、按钮、电器、仪表和安全装置等，严禁用生产设备、管道、构架及生产性构筑物做起重吊装锚点。施工单位不准在厂区，尤其是在生产区域内搭设工棚、夜间留人值守和在设备下纳凉等。

（9）在生产设施、装置等区域施工作业期间，应认真组织对施工作业现场进行安全检查，发现问题及时处理。

第九章

系统检修安全技术

系统停车检修，通常是指某个生产系统或几个系统直至全厂性的停车检修。

氮肥生产连续性强，产品链长、种类繁多，常有多套生产装置或分厂，厂际之间、装置之间、系统与系统之间存在一定联系甚至紧密关联，因此，系统检修工作，是一项庞大而复杂的系统工程。氮肥企业系统检修的复杂性和检修难度主要表现在两个方面：一是由于氮肥生产中使用的设备、机械、电器、仪表、管道、阀门等种类繁多，数量大，专业性强，结构和性能各异；二是由于受到环境，气候、场地的限制，有些检修作业要在露天、设备内、地坑或井下进行，有时还要上、中、下立体交叉作业。氮肥企业生产所使用的原料、中间产品和成品，生产过程中使用的各种催化剂、净化剂和各类辅助原材料等，大多是易燃易爆、有毒有害、腐蚀性较强的化学物质。系统检修一般离不开动火、受限空间作业等，系统停车检修时，一旦工艺处理不彻底，设备和管道中残存有危险物质，稍有疏忽就会发生火灾、爆炸、中毒或化学灼伤等事故，所以做好氮肥企业系统安全检修十分重要。

第一节 系统检修的准备

实践证明，氮肥企业在检修过程中很容易发生事故，应引起高度重视。要通过认真总结和吸取事故教训，针对检修工作中易发生事故的薄弱环节，在管理和技术上应用现代科学技术，采取各种措施，做好检修方案和工机具的准备工作。完善检修规章制度，严格劳动纪律，严格监督检查，建立检修指挥系统，做好检修计划的制订、安全教育、安全检查等各项工作，控制和消除检修中存在的各种危险因素，避免各类事故的发生，确保检修安全。

一、建立检修指挥系统

系统停车进行全面的检修作业，需要全员参加。如果组织不严密、计划不周详、任务不明确，责任不清楚，就容易出现事故。停车检修要有一个权威机构来全面指挥、统一安排检修工作，平衡和协调各专业间的业务往来。建立健全检修指挥系统是整个检修顺利实施的首要环节。

系统检修时，应首先成立由设备副厂长或总工程师任总指挥的检修指挥部，负责整个系统的检修指挥管理工作。系统检修指挥部的主要负责人，就是检修的安全总指挥，全面负责系统检修安全工作。指挥部下设的安全领导小组，负责对各车间安全管理机构（安全管理人员）的领导。

检修指挥机构中所设立的各专业组要有明确任务和相应职责，必须严格执行安全生产检修的有关制度，比如安全环保组负责对安全规章制度的宣传、教育、监督、检查和"三废"的达标排放管理，监督规范办理动火、高空、检修等各类安全作业证，保障系统安全检修。氮肥企业生产检修的安全管理工作要贯穿检修的全过程，包括检修前的准备、装置的停车、检修，直至开车的全过程。

各车间要成立以主要负责人为组长、安全管理人员为副组长的3～5人系统检修安全领导小组。组织学习有关安全生产检修制度、规程，并制定出本单位执行"制度"的细则。

各联合检修队、车间和较大检修项目的安全组织机构和专职安全检查人员要服从系统检修指挥部或项目施工领导小组的统一领导，听从各级安全工作人员的管理。做到在计划、布置、检查、总结、评比检修工作的同时，计划、布置、检查、总结、评比安全工作，并负责对本单位发生的各类事故进行调查、分析、处理和上报。

协作单位到各车间进行检修作业，安全工作应由本单位和所在车间安全领导小组负责。车间要负责对外协单位施工人员的安全教育，进行技术交底，指定专人负责工艺配合监护工作。

二、制定检修方案

在氮肥企业中，即便是大型联合化工生产单位，各个生产装置之间，甚至分厂与分厂之间，也是一个有机整体，相互制约，紧密联系。一个装置的开停车必然要影响到其他装置的运行，因此系统停车检修必须要有一个全盘计划。在检修计划中，根据生产工艺过程及公用工程之间的相互关联，规定各装置先后停车的顺序，包括停水、停气（汽）、停电等公用工程停止的具体时间等。还要明确规定各个装置的检修时间和检修项目的进度，以及开车顺序。对已制订好的检修计划，由主管设备部门的负责人组织召开有关部门参加的审核会，审核检修计划中的项目、内容、要求、人员分工、安全措施、施工方法、进度安排、项目负责人、检修项目质量验收标准等，并公布执行。系统检修计划与生产计划同时制定，同时下达，同时调度，同时检查考核。生产与检修发生矛盾时，要服从检修计划，严禁带病运行。

根据检修计划，由机电或生产技术部门负责制定具体检修方案，包括开停车方案，置换、清洗、抽堵盲板方案，大吨位（40t以上）吊装施工方案，各检修子项目实施方案、质量验收标准，焊接、登高、动火等具体技术方案，每一项方案都应包括具体的安全措施。系统检修对外委托施工时，施工单位应具有国家规定的相应资质，并在其资质等级许可范围内开展检修施工业务。外委检修施工单位应制定设备检修施工方案，并经设备使用单位审核同意。具体检修方案中应有安全技术措施，明确检修项目安全负责人，并留设备使用单位备案。施工方案是落实检修计划的具体措施，按照计划实施检修，消除系统缺陷，使设备保持良好状态。

布置检修项目、下达检修任务时，必须同时下达检修项目的安全注意事项及特殊要求。编制检修安全技术措施应根据检修项目的具体内容和各专业工种的安全操作要点编制，做到"一项目、一措施、一方案"，没有安全技术措施的检修项目一律不得施工。为了确保检修安全，防范意外事故的发生，还应针对检修系统存在的危险特性、检修项目的重点、难点等，编制事故应急救援预案，以防突发事故的发生。

三、检修前的安全教育

氮肥厂的检修不但有检修人员参加，还需要大量的工艺操作人员和多个外来施工单位参加。对参加检修的各类人员，都必须进行检修前的安全教育。安全教育内容主要包括：检修作业必须遵守的有关安全规章制度，检修必要的安全知识及防护救护知识，检修作业现场和检修过程中可能存在或出现的不安全因素及对策，检修作业过程中个体防护用具和用品的正确佩戴及使用，检修作业项目、任务、检修方案和检修安全措施、事故应急救援预案、事故案例和经验、教训等。安全教育后要经考试合格才能准许参加检修，要保证达到每一位检修人员明确检修工作任务、现场环境状况，提高安全意识，防微杜渐，保障安全检修的顺利进行，防止事故的发生。

要加强检修安全意识教育，做好检修的安全宣传工作，大力表彰安全检修中的好人好事，对在检修中违反规章制度、玩忽职守的现象必须严肃处理，发现事故苗头及时敲响警钟，采取可靠措施杜绝"三违"。检修过程中，要抓住开始、高峰和收尾三个环节，根据检修工作中所承担任务的具体情况，还应针对性的进行安全教育与交底。认真开展工作前安全预知活动，从

"人员、工具、环境、对象"四个方面对可能造成事故的危险因素进行预知和预测，做到检修前动员讲安全、检修中检查讲安全、检修后总结讲安全，进一步落实教育效果。

四、检修前的安全检查

检修前的安全检查是保证检修安全的一项重点基础工作，安全检查包括对检修前的安全交接、现场的安全要求、检修机具的检查和防护用具、救护器具、消防器材的安全管理等，施工单位要落实检修组织、检修人员和各项检修安全措施，全面推行三位一体和手指口述安全确认。

（一）检修人员资质确认

(1) 从事特种作业的检修人员应持有特种作业操作证。

(2) 检修作业的各工种人员应遵守本工种安全技术操作规程，达到"三懂三会一能"要求：懂本作业岗位的火灾危险性，懂火灾的扑救方法，懂火灾的预防措施；会正确报警，会使用现有的消防器材等，会扑救初期火灾；能正确使用现有的防护器具和急救器具。

(3) 对参加关键部位或有特殊技术要求部位检修的工作人员，除培训考试外，还要经体检合格后方可参加施工作业。

(4) 检修单位必须对参与检修作业的人员身体状况、精神状况及禁忌作业情况进行排查，并做好记录，严禁安全不放心的人员从事危险性检修作业。

（二）检修前的安全交接

(1) 检修作业开始前应按《化学品生产单位设备检修作业安全规程》办理"设备检修安全作业证"，并按要求内容进行交接。

(2) 交接双方应共同检查，按规定的方法确认无误后，由交接双方负责人签字认可。

(3) 在不停车的情况下进行局部检修或抢修时，也应按要求进行安全交接，并确认各项工作的完成情况及安全措施等。

（三）检修前现场的安全检查

(1) 检修时使用的备品配件、机具、材料，应按指定地点存放，堆放应整齐。

(2) 采取可靠的断电措施，切断需检修设备上的总电源，经启动复查确认无电后，在电源开关处挂上"正在检修，禁止启动"的安全标志，并加锁。

(3) 在易燃易爆和有毒物品输送管道附近不得设置临时检修办公室、休息室、仓库、施工棚等建筑物。

（4）影响检修安全的坑、井、洼、沟、陡坡等均应填平或铺设与地面平齐的盖板，或设置围栏和警告标志，夜间应设警告信号灯。

（5）检修现场必须保持下水道、排水沟通畅，不得有积水。

（6）检修现场应保持道路通畅，路面平整，路基牢固及良好的照明措施。夜间施工时，应装设亮度足够的照明灯。

（7）易燃易爆生产区、贮罐区、仓库区内或附近的路段，应设立明显的标志，限制或禁止某类车辆通行。

（8）道路应设置交通安全标志，其设置地点、形状、尺寸和颜色应符合相关规定。

（9）检修或施工需要占用道路，必须办理断路审批手续，检查、清理检修现场的消防通道、行车通道，保证畅通无阻。

（10）检修现场应根据相关规定，设立相应的安全标志。

（11）对检修用的盲板逐个检查，承压盲板须按照标准检查合格后方可使用。

（12）对有腐蚀性介质的检修场所须备有冲洗用水源。

（四）检修机具安全检查

（1）各类检修机械的防护装置、制动装置应符合相应安全规定。

（2）对检修作业使用的气体防护器材、消防器材、通信设备、照明设备等应经专人检查，保证完好可靠，合理放置。

（3）应对检修现场的爬梯、栏杆、平台、铁箅子、盖板等进行检查，保证安全可靠。登高用具在使用前必须分别按国家相应规定的要求进行检查，不合格的不得使用。

（4）对检修所使用的移动式电动工器具，必须配有漏电保护装置。

（5）气焊作业使用的各类气瓶均应配有瓶帽和防震圈。

（6）各种起重机械在检修前必须进行详细检查，并有检查记录。

（五）检修现场个体防护器具、救护器具和消防器材的安全管理

（1）检修现场应根据大、中修或抢修的具体情况，配备一定数量的个体防护器具（如空气呼吸器、长管防毒面具）、救护器具和消防器材。

（2）系统大修时应配备一辆救护车，救护车内配备2~3副担架和一定量的急救药品。剧毒物品场所，应备有一定量的应急解毒药品。

（3）系统大检修时，消防车应处于警备状态。没有消防车的单位，应事先与驻地消防队联系，并将火警联系电话号码贴在检修现场，以备应急求救。消防车应有出车记录。

（4）检修现场小型消防器材的配置数量与化工车间常规要求相同。

（5）确保检修现场的消防用水，保证消防水管网压力。

第二节 装置停车及停车后的安全处理

一、装置停车操作及注意事项

氮肥生产装置在停车过程中，要进行降温、降压、降低进料量，直到切断原料的进料，然后进行系统的倒空、吹扫、清洗、置换等工作。停车和清洗置换工作进行的好坏，直接关系到装置检修的安全。组织不好、指挥不当、联系不周、操作失误等都容易造成事故。因此，装置的停车和处理对于安全检修工作有着重要的意义。系统的工艺处理由生产车间负责进行，未经工艺处理合格或没有办理系统交出手续，不得进行检修。

（一）停车前的准备工作

1. 制定好停车方案

停车方案主要内容应包括停车时间、步骤、设备管线清洗置换流程、盲板抽堵位置图，并根据具体情况制定防结晶、防冻等措施。对每一个步骤都要明确规定具体时间、工艺条件变化幅度指标和安全检查内容，提出停车可能出现的问题，制定防范措施，进行事故预想。要高度重视停车方案的制定工作，安排专人负责，严格按程序审批，并组织有关人员进行学习，为安全停车和检修建立扎实的基础。

2. 做好停车及安全处理期间的工作分工

根据装置的特点、检修工作量大小、停车时的季节及员工的技术水平，合理调配人员。分工明确，任务到人，措施到位，防止忙乱出现漏洞。在检修期间，除派专人与施工单位配合检修外，各岗位、控制室均应有人值班监守

（二）停车操作

系统停车应在生产调度统一指挥下，严格按停车方案确定的停车时间、停车程序以及安全措施有秩序地进行。停车操作过程中应注意如下问题。

（1）泄压。系统泄压放空要按有关操作规程谨慎操作，保持稳定的降压速率，若操作不当、检查联系不周，容易发生系统串压、超压爆炸、静电着火、跑液、中毒等事故。系统泄压绝不能骤然开大阀门使系统从高压降至低压，泄压一定要缓慢进行，应注意压力不得降至零，更不能造成负压，一般要求系统内保持微弱正压，在未做好泄压前，不得拆动设备。

（2）降温。降温应按规定的降温速率缓慢进行，必须保证达到规定要求，以防降温速度过快，造成设备内件变形、开裂等。高温设备不能急骤降温，避免造成设备损伤，切断热源后视情况采用强制通风或自然冷却。

（3）排放。排放生产系统（设备、管道）内贮存的气、液、固体物料，事前要有周密安排，生产中使用的脱硫液、脱碳液等要妥善保管。如物料确实不能完全排净，应在"安全检修交接书"中详细记录，以采取进一步的安全措施。排放残留物必须严格按规定地点和方法进行，不得随意放空或排入下水道，以免污染环境或发生事故。

（4）停车操作期间，装置周围应杜绝一切火源，禁止无关车辆驶入。

（5）停车过程中，对发生的异常情况和处理方法，要随时做好记录；对关键装置和要害部位的关键性操作，要采取监护制度。

二、停车后的安全处理措施

停车后的安全处理措施主要有：隔绝、置换、吹扫、清洗，以及检修前生产部门与检修部门严格办理安全检修交接手续等。

（一）隔绝

装置停车检修的设备必须与运行系统或有物料系统进行可靠的隔离，这种隔离只靠阀门不行，因为许多阀门经过长期的介质冲刷、腐蚀、结垢或杂质的积存等因素，很难保证严密。一旦有易燃易爆、有毒、有腐蚀、高温、窒息性介质窜入检修设备中，遇到施工用火便会引起爆炸着火事故；如果是有毒或窒息性物料，人在设备内工作，便会造成中毒或窒息死亡。

最安全可靠的隔绝办法是拆除管线或抽堵盲板。拆除管线是将与检修设备相连接的管道、管道上的阀门、伸缩接头等可拆卸部分拆下，然后在管路侧的法兰上装置盲板。如果无可拆卸部分或拆卸十分困难，则应关严阀门，在和检修设备相连的管道法兰连接处插入盲板，这种方法操作方便，安全可靠，广为采用。抽堵盲板属于危险作业，应办理"抽堵盲板安全作业证"，严格执行《化学品生产单位盲板抽堵作业安全规范》（AQ 3027—2008），落实各项安全措施。

（二）置换、吹扫与清洗

1. 置换

为保证检修动火和进入受限空间作业安全，在检修范围内的所有设备和管线中的易燃易爆、有毒有害气体应进行置换。对易燃、有毒气体的置换，大多采用蒸汽、氮气等惰性气体作为置换介质，也可采用注水排气法。设备经置换后，若需要进入其内部工作，还必须再用新鲜空气置换惰性气体，以防发生缺氧窒息。

置换作业安全注意事项如下。

（1）被置换的设备、管道等必须与系统进行可靠隔绝。

（2）置换前应制定置换方案，绘制置换流程图，根据置换和被置换介质密度不同，合理选择置换介质入口、被置换介质排出口及取样部位，防止出现死角。若置换介质的密度大于被置换介质的密度时，应由设备或管道最低点送入置换介质，由最高点排出被置换介质，取样点宜在顶部位置及宜产生死角的部位；反之，置换介质的密度低于被置换介质时，从设备最高点送入置换介质，由最低点排出被置换介质，取样点宜放在设备的底部位置和可能成为死角的位置，确保置换彻底。

（3）置换要求。用水作为置换介质时，一定要保证设备内注满水，且在设备顶部最高处溢流口有水溢出，并持续一段时间，严禁注水未满。用惰性气体作置换介质时，必须保证惰性气体用量（一般为被置换介质容积的3倍以上）。但是，置换是否彻底，置换作业是否已符合安全要求，不能只根据置换时间的长短或置换介质的用量，而应按置换流程图规定的取样点取样、分析，达到合格要求。置换作业排出的气体应引入安全场所。

2. 吹扫

对设备和管道内没有排净的易燃、有毒液体，一般采用以蒸汽或惰性气体进行吹扫的方法清除。吹扫作业安全注意事项如下。

（1）吹扫作业应该根据停车方案中规定的吹扫流程图，按管段号和设备位号逐一进行，并填写登记表，在吹扫流程图上用红笔标明。在登记表上注明管段号、设备位号、吹扫压力、进气点、排气点、负责人等。

（2）吹扫结束时应先关闭物料阀门，再停气，以防管路系统介质倒流。

（3）吹扫结束应取样分析，合格后及时与运行系统隔绝。

3. 清洗和铲除

对置换和吹扫都无法清除的黏结在设备内壁的易燃、有毒物质的沉积物及结垢等，还必须采用清洗和铲除的办法进行处理。避免因为动火时沉积物或结垢遇高温迅速分解或挥发，使空气中可燃物质或有毒有害物质浓度大大增加而发生燃烧、爆炸或中毒事故。

清洗一般有蒸煮和化学清洗两种。

（1）蒸煮 一般说来，较大的设备和容器在清除物料后，都应通入蒸汽煮沸，采用蒸汽宜用低压饱和蒸汽；被蒸煮设备应有静电接地，防止产生静电火花引起燃烧、爆炸事故，防止烫伤及碱液灼伤。

（2）化学清洗 常用碱洗法、酸洗法、碱洗与酸洗交替使用等方法。

碱洗和酸洗交替使用法适于单纯对设备内氧化铁沉积物的清洗，若设备内有油垢，先用碱洗去油垢，然后清水洗涤，接着进行酸洗，氧化铁沉积即溶解。若沉积物中除氧化铁外还有铜、氧化铜等物质，仅用酸洗法不能清除，应先用氨溶液除去沉积物中的铜成分，然后进行酸洗。因为铜和铜的氧化物污垢和铁的氧化物大部呈现叠状积附，故交替使用氨水和酸类进行清洗；如果铜及铜的氧化物污垢附着较多，在酸洗时一定要添加铜离子封闭剂，以防因铜离子的电极沉积引起腐蚀。

采用化学清洗后的废液应予以处理后方可排放。一般将废液进行稀释沉淀、过滤等，或采用化学药品中和、氧化、还原、凝聚、吸附以及离子交换等方法处理，使之符合排放标准。

对某些设备内的沉积物，也可用人工铲刮的方法予以清除。进行此项作业时，应符合进入受限空间作业安全规定。特别应注意的是，对于可燃物的沉积物的铲刮应使用铜质、木质等不产生火花的工具，并对铲刮下来的沉积物妥善处理。

第三节 系统检修过程中的安全要求

氮肥企业系统检修过程中存在着诸多不确定因素，切实抓好这一阶段的安全工作是做好整个检修的关键，必须加大现场管理的力度，严格进行现场监督检查，对各个作业环节进行现场检查确认，使之处于安全受控状态。

一、检修过程中的一般安全要求

（1）检修作业人员进入装置现场前，必须对检修作业所用工机具、防护用品（脚手架、跳板、绳索、葫芦、行车、安全行灯、行灯变压器、电焊机、绝缘鞋、绝缘手套、验电笔、防毒面具、防尘用品、安全帽、安全带、安全网、消防器材等）安全可靠性进行检查、确认。

（2）设备、管道检修必须办理"设备检修安全作业证"；电气操作必须办理"电气专业工作票"；当检修涉及动火、动土、断路、吊装、抽堵盲板、受限空间等作业时，必须按化学品生产单位安全作业规范的规定执行，严格办理相应的安全作业证，保证各项安全措施有效落实。

（3）清理检修现场和通道，设立相应的安全标志。检修现场设专人负责监护，与检修无关人员禁止入内；影响检修安全的坑、井、洼、沟、陡坡等均应填平或铺设与地面平齐的盖板，或设置围栏和危险标志，夜间应设危险信号灯；检修现场必须保持排水通畅，不得有积水，保持道路通畅，路面平整，路基牢固及良好的照明措施。总之，检修现场和通道应满足安全要求。

（4）对存有易燃、易爆物料容器、设备、管线等施工作业时，必须使用防爆（如木、铜质等无火花）工具，严禁用铁器敲击、碰撞。

（5）打开设备人孔时，应使其内部温度、压力降到符合安全要求，并从上而下依次打开。在打开底部人孔时，应先打开最底部放料排渣阀门，待确认内部没有残存物料时方可进行作业，要防止堵塞现象。人孔盖在松动之前，严禁把螺钉全部拆开。在拆卸设备之前，须经相关人员检查、确认后，才允许拆开，以防残压伤人。

（6）切断待检设备的电源，经复查确认无电后，在电源开关处挂上醒目的"禁止启动"的安全标志并加锁。

（7）禁止使用汽油或挥发性溶剂洗刷机具、配件、车辆和洗手、洗工作服。严禁将可燃物废液、有毒有害物质排入下水道、明沟和地面。

（8）损坏、拆除的栏杆、平台处，须加临时防护措施，施工完后应恢复原样。

（9）检修现场设备拆卸后，敞开的管口应严防异物落入，要有严密牢固的封堵安全措施。

（10）遇有异常情况，如物料泄漏、设施损坏等，应停止一切施工作业，采取相应的应急措施。

（11）进入装置检修作业的机动车辆和施工机械，必须按规定办理相关手续（特别通行证），车辆安全阻火设施齐全，符合国家标准，按指定路线限速行驶、在指定位置停放。

（12）全面检查检修现场的消防器材，保证充足好用，消防车要处于战备状态。应急救援人员应在指定地点待命，做好事故应急救援的准备。

（13）系统检修期间，各单位必须安排人员值班。特别对重要设备、仓库等要害部位，必须有专人看管，严格交接班手续。

二、检修作业重点环节安全要求

（一）交叉作业安全规定

（1）检修现场原则上不允许进行上下交叉作业。确因工作需要进行上下交叉作业时，施工负责人应事先组织交叉作业各方，商定各方负责的施工范围及安全注意事项。

（2）交叉作业必须指定专职安全监督员。安全监督员应负责监督上、下交叉作业人员是否遵守安全检修规定，并有权制止非检修人员进入现场。

（3）各工序应密切配合，施工场地尽量错开，以减少干扰；无法错开的垂直交叉作业，层间必须搭设严密、牢固的防护隔离设施。

（4）交叉作业场所的通道应保持畅通；有危险的出入口处应设围栏或警戒绳，并悬挂"上面有人作业，防止落物伤人"的警告牌。

（5）上面工作面的材料应放在安全地带，有专人随时递用，小型材料、工具应装在工具袋、专用袋内。施工工具，均应用绳系在牢固构件上。边角余料等严禁上下投掷，应用箩筐或吊笼等吊运。

（6）下面施工人员未经安全监督人员许可，未通知上面作业人员停止一切作业和走动，不准进出。

（7）隔离层、孔洞盖板、栏杆、安全网等安全防护设施严禁任意拆除；必须拆除时，应征得原搭设单位的同意，并采取临时安全施工措施，作业完毕后立即恢复原状并经原搭设单位验收；严禁乱动非工作范围内的设备、机具及安全设施。

（8）在生产运行区进行交叉作业时，必须执行工作票制度，制定安全施工措施，进行交底后严格执行，必要时由运行单位派人监护。

（二）电气作业安全规定

（1）电气检修必须遵守电气安全工作规程，必须执行电气工作票制度，并明确工作负责人、工作班成员责任。工作票必须经签发人签发，许可人签批，并办理完成许可手续后方可作业。

（2）停车检修期间，全厂电气系统严格服从生产调度部门统一指挥。

（3）不准在电气设备、供电线路上带电作业（无论高压或低压）。如需带电检修，必须办理带电作业证、经主管电气的工程技术人员和检修部门负责人审批，并确认有可靠的安全措施后，在有监护的情况下方可进行。

（4）停电后，应在电源开关处上锁和下熔断器，同时挂上"禁止合闸、有人工作"等标示牌，工作未结束或未得到许可，不准任何人随意拿掉标示牌或送电。

（5）检修作业现场要保证漏电开关、电缆、用电器具完好。

（6）临时用电的配电器必须加装漏电保护器，其漏电保护的动作电流和动作时间必须满足上下级配合要求，移动工具、手持式电动工具应一机一闸一保护。

（7）临时用电的单相和混用线路应采用五线制，不超负荷使用。现场临时用电配电箱、盘要有防雨措施。用电线的装、拆必须由电工负责作业。

（8）临时用电线路架空布线时，不得采用裸线，架空高度在装置区内不得低于 2.5m，穿越道路不得低于 5m；横穿道路时要有可靠的保护措施，严禁在树上或脚手架上架设临时用电线路，严禁用金属丝绑扎，临时用电的电缆横穿马路路面的保护管应采取固定措施。

（9）放置在施工现场的临时用电箱应挂设"已送电"、"已停电"等标志牌。

（10）电焊机接线要规范，电焊把线就近搭接在焊件上，把线及二次线绝缘必须完好，不得将裸露地线搭接在装置、设备的框架上，不得穿过下水或在运行设备（管线）上搭接焊把线。

（11）行灯电压不得超过 36V，在特别潮湿的场所或塔、釜、罐、槽等金属设备内作业的临时照明灯电压不得超过 12V，严禁使用碘钨灯。

（三）仪表检修作业安全规定

（1）系统仪表检修必须办理有关安全检修票证。

（2）联锁保护系统所用器件、仪表、设备，应随装置停车进行检修、校验、标定。

处理联锁保护系统问题时，必须制定联锁解除方案，采取安全可靠措施。联锁保护系统在摘除和投入前，办理联锁工作（操作）票。摘除联锁前，必须与工艺人员取得联系并做相应操作处理。联锁试验必须通知工艺人员参与，逐个回路进行试验，连续三次动作无误，视为联锁系统合格。投入联锁，必须与工艺人员取得联系，经同意后，在有人监护的情况下，将该回路的联锁投入，同时通知操作人员确认，并填写好联锁工作票的有关内容，双方签字认可。报警、联锁系统变更，必须经有关部门会签后，由总工程师批准，并及时修改图纸，做好存档工作。

（3）接触放射源的维护人员必须办理辐射人员岗位培训合格证。

（4）控制室内检修必须注意：不允许带入火种、火源。不得使用高压电气设备，使用高频电气设备时应注意与仪表设备保持一定的距离间隔。进入控制室的电缆施工完后必须进行封堵。严禁在运行控制室内使用电焊机、冲击钻等强电磁干扰设备。检查或维护人员离开时，必须关好控制柜和控制室门，并保持适度照明。

（5）可燃气体检测报警仪或有毒有害气体检测报警仪运行期间禁止乱动检测器隔爆结构的零部件。在确有必要拆装隔爆部分时，必须停电后方可进行，隔爆零部件复位后要拧紧相关的螺母、螺钉。报警仪通电情况下，严禁拆卸检测器。

（6）进入有毒有害工作场所必须携带便携式气体检测报警仪，且能正确使用；必须两人以上进入现场作业，一人操作，一人监护，监护人员必须处在能看到操作人员的安全位置，工作人员应熟悉应急处置方案，对于中毒人员要有应急抢救措施。

（7）进分析室检修前应开门通风，并在开门情况下工作。分析室样品的排放和更换下的药品存放应符合有关规定和要求，样品集中排放并进行合理回收。

（8）防爆仪表检修时不准更改零部件的结构、材质和配线，不得随意降低防爆等级。

（9）检修完毕的仪表供电开关、端子排、分配器、熔断器的标识必须正确清晰。仪表信号与交流电源线不可混合敷设，否则应采取金属隔离或屏蔽措施。

三、检修中项目质量检查及验收

（1）检修所用的材料、设备、备品配件的质量检查责任要落实到人，并建立质量检查档案，质量没有保障的决不使用。

（2）把好质量关，施工中采取自检、互检和专业检查相结合的方法。主要承压承载部件要有鉴定合格证。

（3）关键部位的检修，由技术人员进行全过程的质量督查，严格按规程和技术要求进行检修。

（4）检修更换下的废旧物资，应按有关废旧物资管理办法进行处理。

为了及时发现和消除检修过程中遗留问题及安全隐患，保证检修质量，在系统检修结束时，必须组织有关部门进行全面的检查和验收，同时做好系统检修后的安全处理工作。

一、工作原则

本着高度负责的态度，对每一个检修项目、每一项检修内容、每一台设备、每一条管线、每一只阀门进行验收确认，最终实现安全、优质、高效、科学、文明检修。

二、组织形式

检修主管部门要认真组织检修单位、生产使用单位及相关安全生产管理部门及时进行检查、验收，人员主要由管理、机修、电气、化工、设备、仪表、安全等专业人员组成，对照检修项目表和检修规程或标准逐项按专业进行检查、验收，并如实填写检修质量验收单。

三、检查验收内容

（一）设备专业检查验收

(1) 检修项目负责人应会同有关检修人员检查设备的检修项目是否全部完成，有无漏项。

(2) 检查工器具和材料等是否遗漏在设备内。

(3) 验收各类设备检修质量是否达到检修规程或标准要求，是否具备安全运行条件。

(4) 检查设备的安全附件是否齐全、灵敏、可靠。

(5) 检查设备有无跑、冒、滴、漏现象。

(6) 检查设备有无超温、超压、振动、声响等异常现象。

(7) 检查基础、支座是否稳固可靠，有无倾斜和下沉现象。

(8) 检查设备防腐、保温是否完好。

(9) 检查公用工程系统（水、电、汽、气）安装焊接是否达到检修标准和使用要求。

(10) 检修完毕是否做到了工完、料净、场地清。

(11) 检查设备是否还存在其他安全隐患及影响试开车的问题。

（二）电气专业检查验收

(1) 检修项目负责人应会同有关检修人员检查电气的检修项目是否全部

完成，有无漏项。

(2) 检查工器具和材料等是否遗漏在电动机等电气（器）设施内。

(3) 验收各类电气设施检修质量是否达到检修规程或标准要求，具备安全运行条件。

(4) 检查电气设施的安全附件是否齐全、灵敏、可靠。

(5) 检查有无跑、冒、滴、漏现象。

(6) 检查现场临时检修电源等检修设施是否断电、拆除。

(7) 检查变电所、配电室自然通风、防止雨雪及动物进入等防护设施是否完好。

(8) 电动机有无超温、超电流、过载、振动、声响等异常现象。

(9) 电动机联锁、保护、测量等信号操作装置是否齐全、指示正确、动作灵敏、可靠。

(10) 检查电气设备防雷、防静电接地（接零）等装置是否可靠完好，符合要求。

(11) 高压配电室联锁装置是否齐全、可靠。

(12) 电缆、附属设备及架空线路是否完好，符合规范要求。

(13) 继电保护及自动化装置是否完好、符合安全要求。

(14) 检修完毕是否做到了工完、料净、场地清。

(15) 检查现场是否还存在其他安全隐患及影响试开车的问题。

（三）仪控专业检查验收

(1) 检修项目负责人应会同有关检修人员检查仪表的检修项目是否全部完成，有无漏项。

(2) 检查工器具和材料等是否遗漏在仪控设施内。

(3) 验收各类仪控设施检修质量是否达到检修规程或标准要求，具备安全运行条件。

(4) 检查仪控设施的部件是否齐全、灵敏、可靠。

(5) 检查有无跑、冒、滴、漏现象。

(6) 检查报警、联锁系统是否灵敏、完好，是否得到工艺操作人员的确认。

(7) 核辐射仪表是否设立醒目的"电离辐射"警示牌等标志。工作结束后，操作现场必须用便携式射线辐射仪进行检查，防止放射源丢失或者发生放射源污染。

(8) 现场仪控设备、控制室仪表接地是否标准，是否达到防爆安全要求。

(9) DCS 系统是否达到防雷安全要求。

(10) 仪表供电、供气系统是否正常符合安全要求。

(11) 现场计量设施是否准确无误，在校验期内。

（12）检查联锁保护系统信号灯、声音等显示是否正常。

（13）计算机控制系统是否正常。

（14）检修完毕是否做到了工完、料净、场地清。

（15）检查现场是否还存在其他安全隐患及影响试开车的问题。

（四）工艺检查验收

（1）对外管线盲板的拆除（插入）情况进行检查和确认。

（2）对基建、技改技措、检修等工程项目完成后的物料管线安装位置及投料开车前状态进行检查和确认。

（3）对公用工程系统按正常投运状态进行检查和确认。

（4）对系统的阀门、仪表等的开闭状态进行检查确认。

（5）对生产设备、工艺管线的测量仪器仪表、联锁保护装置进行检查确认。

（6）对各分厂（车间）内部管线盲板的拆除（插入）情况进行检查和确认。

（7）对各塔、容器的人孔封闭和隔离盲板拆装、单向阀的方向、催化剂、吸附剂等装填情况进行检查确认。

（8）对系统装置吹扫、置换、清洗、试压、试漏和气密性试验情况检查确认。

（9）对试车、系统开车程序进行审查。

（10）检查现场是否还存在其他安全隐患及影响试开车的问题。

（五）安全检查验收

（1）对安全设施的完成情况、安全操作规程完善情况及上岗人员安全知识、安全操作规程掌握情况进行审查。

（2）对检修后存在的安全隐患整改情况进行检查分析，并对其安全防范措施和预案审查确认。

（3）对灭火器等消防设施的完好情况进行检查和确认。

（4）对现场悬挂的安全警示标识进行检查和确认。

（5）对现场的安全防护设施及装置内通信、通道、通风、楼梯、平台栏杆、照明等安全设施进行检查确认。

（6）对现场安全阀的校验进行检查确认。

（7）对防毒面具有效和完好情况进行检查确认。

（8）安全阀、压力表、报警仪和静电接地、连接件及静电消除器等设备安全附件完好状态进行检查确认。

（9）检修所用的工器具、脚手架、临时电源、临时照明设备等应及时撤离现场。

（10）检修完工后所留下的废料、杂物、垃圾、油污等应清理干净。

（11）对消防通道、疏散通道进行检查确认，保持畅通。

四、检修记录

开车正常后设备部门应做好检修资料的收集整理工作，归档备查。收集的资料主要有以下几个方面：

（1）检修方案、检修验收资料、竣工图纸、设备检修档案。

（2）安全装置或附件的校验、更换、修复的技术资料。

（3）技术总结、施工进度表和质量检查验收记录。

（4）试车、开车情况。

（5）其他有关的安全技术文件资料。

第十章

建设项目安全管理

一、建设项目"三同时"要求

（一）建设项目"三同时"的含义

建设项目"三同时"是指生产性基本建设项目中的劳动安全卫生设施必须符合国家规定的标准，必须与主体工程同时设计、同时施工、同时投入生产和使用，以确保建设项目竣工投产后，符合国家规定的劳动安全卫生标准，保障劳动者在生产过程中的安全与健康。

（二）建设项目"三同时"的法律依据

《安全生产法》第二十四条规定："生产经营单位新建、改建、扩建工程项目（以下统称建设项目）的安全设施，必须与主体工程同时设计、同时施工、同时投入生产和使用。安全设施投资应当纳入建设项目概算"。

《职业病防治法》第十六条规定："建设项目的职业病防护设施所需费用应当纳入建设项目工程预算，并与主体工程同时设计、同时施工、同时投入生产和使用"。

《劳动法》第六章第五十三条明确要求："劳动安全卫生设施必须符合国家规定的标准。新建、改建、扩建工程的劳动安全卫生设施必须与主体工程同时设计、同时施工、同时投入生产和使用"。

（三）建设项目"三同时"的意义

建设项目"三同时"是生产经营单位安全生产的重要保障措施，是一种事前保障措施。它对贯彻落实"安全第一、预防为主、综合治理"方针，改善劳动者的劳动条件，防止发生工伤事故，促进社会主义经济的发展，具有重要意义。"三同时"是各级政府安全生产监督管理机构实施安全卫生监督管理的主要内容，是一项根本性的基础工作，也是有效消除和控制建设项目中危险、有害因素的根本措施。

二、建设项目安全许可管理

（一）安全许可的法规依据

2002 年 3 月 15 日起施行的《危险化学品安全管理条例》第七条：国家对危险化学品的生产和储存实行统一规划、合理布局和严格控制，并对危险化学品生产、储存实行审批制度；未经审批，任何单位和个人都不得生产、储存危险化学品。2011 年 12 月 1 日开始施行的《危险化学品安全管理条例》第十二条：新建、改建、扩建生产、储存危险化学品的建设项目，应当由安全生产监督管理部门进行安全条件审查。

为了加强危险化学品建设项目安全监督管理，规范危险化学品建设项目安全许可行为，国家安监总局制定了《危险化学品建设项目安全许可实施办法》（国家安监总局令第 8 号）。为配合该办法的实施，国家安监总局制定了《国家安全监管总局关于危险化学品建设项目安全许可和试生产（使用）方案备案工作的意见》（安监总危化〔2007〕121 号）。

对于危险化学品建设项目之外的其他建设项目的安全许可管理，执行《建设项目安全设施"三同时"监督管理暂行办法》（国家安监总局令第 36 号），程序和要求与危险化学品建设项目基本相同。以下内容主要结合危险化学品建设项目的安全许可管理进行介绍。

（二）建设项目安全许可的范围

从事生产经营活动的单位新建、改建、扩建的危险化学品生产、储存装置和设施，伴有危险化学品产生的化学品生产装置和设施的建设项目。不包括危险化学品的勘探、开采及其辅助的储存，石油、天然气长输管道及其辅助的储存，城镇燃气辅助的储存等建设项目。

（三）建设项目安全许可的种类

危险化学品建设项目（以下统称"建设项目"）安全许可分为设立安全审查、安全设施设计审查、安全设施竣工验收三个环节。

1. 建设项目设立安全审查

建设单位申请设立安全审查前，应当对建设项目设立的安全条件进行论证，并选择有相应资质的安全评价机构对建设项目设立进行安全评价。

(1) 安全条件论证 建设单位自主组织有关专家或者建设项目可行性研究单位、具有安全技术服务能力的中介服务组织，对规定的下述条件进行论证，并单独形成建设项目安全条件论证报告。

① 建设项目内在的危险、有害因素对建设项目周边单位生产、经营活动或者居民生活的影响；

② 建设项目周边单位生产、经营活动或者居民生活对建设项目的影响；

③ 当地自然条件对建设项目的影响。

(2) 设立安全评价 也就是对建设项目的设立条件进行的安全预评价，是在建设项目可行性研究阶段、工业园区规划阶段或生产经营活动组织实施之前，根据相关的基础资料，辨识与分析建设项目、工业园区、生产经营活动潜在的危险、有害因素，确定其与安全生产法律法规、规章、标准、规范的符合性、预测发生事故的可能性及其严重程度，提出科学、合理、可行的安全对策措施建议，做出安全评价结论的活动。建设项目设立安全评价报告包括下列主要内容：

① 建设项目概况；

② 原料、中间产品、最终产品或者储存的危险化学品的理化性能指标；

③ 危险化学品包装、储存、运输的技术要求；

④ 建设项目的危险、有害因素和危险、有害程度；

⑤ 建设项目的安全条件；

⑥ 主要技术、工艺或者方式和装置、设备、设施及其安全可靠性；

⑦ 安全对策与建议。

2. 建设项目安全设施设计审查

(1) 安全设施设计要求 建设项目安全设施设计应当由取得相应设计资质的设计单位进行，设计单位对建设项目的安全设施设计负责。

安全设施设计主要涉及两种资质：工程设计资质，压力管道设计资质。工程设计资质由建设主管部门核发，压力管道设计资质由质量技术监督部门核发。从事安全设施设计的单位不但要有资质，还要在资质类别、级别、范围上符合从事该项目工程设计的要求。

另外，氮肥企业涉及合成氨工艺等危险化工工艺，涉及氨等重点监管危险化学品。2011 年 12 月 1 日开始施行的《危险化学品生产企业安全生产许可证实施办法》（安监总局令第 41 号）规定：涉及危险化工工艺、重点监管危险化学品的装置，由具有综合甲级资质或者化工石化专业甲级设计资质的化工石化设计单位设计。

(2) 编制安全设施设计专篇 安全设施设计专篇应当在安全设施设计基本完成（落实）后，由承担该建设项目安全设施设计的单位和人员进行编制。包括下列主要内容：

① 建设项目概况；

② 建设项目涉及的危险、有害因素和危险、有害程度；

③ 建设项目设立安全评价报告中的安全对策和建议采纳情况说明；

④ 采用的安全设施和措施；

⑤ 可能出现事故预防及应急救援措施；

⑥ 安全管理机构的设置及人员配备；

⑦ 安全设施投资概算；

⑧ 结论和建议。

3. 建设项目安全设施竣工验收

（1）施工要求　建设项目安全设施的施工应当由取得相应工程施工资质的施工单位进行。施工单位应当严格依照建设项目安全设施设计文件和施工技术标准、规范施工，并对建设项目安全设施的工程质量负责。施工单位应当编制建设项目安全设施施工情况报告，包括下列主要内容：

① 建设项目概况；

② 施工依据的有关法律、法规、规章和技术标准；

③ 安全设施及其原材料检验、检测情况；

④ 主要装置、设施的施工质量控制情况。

（2）检验、检测要求　建设项目安全设施竣工后，建设单位应当按照有关安全生产的法律、法规、规章和标准的规定，对建设项目安全设施进行检验、检测，保证建设项目安全设施满足危险化学品生产、储存的安全要求，并处于正常使用状态。

（3）试生产（使用）要求　建设单位应当组织有关单位和专家，研究提出建设项目试生产（使用）可能出现的安全问题及对策，并按照有关安全生产的法律、法规、规章和标准制定周密的试生产（使用）方案，报送安全许可实施部门备案。试生产（使用）不得超过建设项目试生产（使用）方案确定的期限和国家有关部门规定的试生产（使用）期限。

（4）竣工验收安全评价　安全验收评价是在建设项目竣工后正式生产运行前或工业园区建设完成后，通过检查建设项目安全设施与主体工程同时设计、同时施工、同时投入生产和使用的情况或工业园区内的安全设施、设备、装置投入生产和使用的情况，检查安全生产管理措施到位情况，检查安全生产规章制度健全情况，检查事故应急救援预案建立情况，审查确定建设项目、工业园区建设满足安全生产法律法规、规章、标准、规范要求的符合性。从整体上确定建设项目、工业园区的运行状况和安全管理情况，做出安全验收评价结论的活动。建设项目竣工验收安全评价报告包括下列主要内容：

① 危险、有害因素和固有的危险、有害程度；

② 安全设施的施工、检验、检测和调试情况；

③ 安全生产条件；

④ 可能发生的危险化学品事故及后果、对策；

⑤ 事故应急救援预案。

为规范和指导全国危险化学品建设项目的安全设施设计和安全评价工作，国家安全监管总局编制了《危险化学品建设项目安全设施目录（试行）》和《危险化学品建设项目安全设施设计专篇编制导则（试行）》，自 2007 年 11 月 30 日起试行，编制了《危险化学品建设项目安全评价细则（试行）》，自 2008 年 1 月 1 日起试行，适用于危险化学品建设项目的设立安全评价和竣工验收安全评价。

（四）需要提供的申请材料

(1) 申请建设项目设立安全审查时，应当提交下列文件、资料：

① 建设项目设立安全审查申请书；

② 建设（规划）主管部门颁发的建设项目规划许可文件（复印件）；

③ 建设项目安全条件论证报告；

④ 建设项目设立安全评价报告；

⑤ 工商行政管理部门颁发的企业法人营业执照或者企业名称预先核准通知书（复印件）。

(2) 申请建设项目安全设施设计审查时，应当提交下列文件、资料：

① 建设项目安全设施设计的审查申请书；

② 建设项目设立安全审查意见书（复印件）；

③ 设计单位的设计资质证明文件（复印件）；

④ 建设项目安全设施设计专篇。

(3) 申请建设项目安全设施竣工验收时，应当提交下列资料：

① 建设项目安全设施竣工的验收申请书；

② 建设项目安全设施设计的审查意见书（复印件）；

③ 施工单位的施工资质证明文件（复印件）；

④ 建设项目安全设施施工情况报告；

⑤ 安全生产投入资金情况报告；

⑥ 建设项目竣工验收安全评价报告。

（五）安全审查及许可

(1) 安全审查　实施安全许可的安监部门指派有关人员或组织有关专家，对建设项目安全许可的申请文件、资料等进行审查，并提出审查意见。

(2) 安全许可　实施安全许可的安监部门对负责审查的人员提出的审查意见进行审议，对同意安全许可的，向建设单位出具《危险化学品建设项目安全许可意见书》；对不同意安全许可的，书面通知建设单位并说明理由。

（六）变更、再次申请和撤销

建设项目安全许可意见书的有效期为 2 年。有效期内未开工建设的，建设项目安全许可意见书自动失效。

1. 变更

（1）已经通过设立安全审查的建设项目在安全许可意见书有效期内有下列情形之一的，建设单位应当向负责实施安全许可的安监部门提出变更申请：

① 外部安全防护距离发生变化的；

② 变更建设地址的；

③ 变更主要装置、设备、设施平面布置的；

④ 变更技术、工艺或者方式和主要装置、设备、设施的；

⑤ 建设项目涉及的危险化学品品种、类别、数量超出已经通过安全审查的建设项目范围的。

涉及建设地址变更的，还要提供变更后的建设项目规划许可文件（复印件）。

（2）已经通过审查的建设项目安全设施设计在安全许可意见书有效期内有下列情形之一的，建设单位应当向负责实施安全许可的安监部门申请建设项目安全设施变更设计的审查并提交相应的申请文件、资料：

① 改变安全设施设计且可能降低安全性能的；

② 在施工期间重新设计的。

（3）已经通过建设项目设立安全审查、安全设施设计审查或竣工验收的建设项目变更建设单位的，变更后的建设单位将其基本情况、企业法人营业执照或者企业名称预先核准通知书（复印件）、有关变更的协议（合同）报送负责实施安全许可的安监部门。安监部门对上述材料审核确认后，向变更后的建设单位出具相应的安全许可意见书。

2. 再次申请

建设项目设立安全审查、建设项目安全设施设计的审查和竣工验收未通过的，建设单位经过整改后可以再次向负责实施安全许可的安监部门提出申请，提交经过相应整改的申请文件、资料，重新履行建设项目安全许可程序。

3. 撤销

已经取得安全许可的建设项目有下列情形之一的，应当撤销建设项目的安全许可：

（1）建设单位决定停止建设的；

（2）建设项目被依法终止的；

（3）安监部门超越职权或违反规定程序实施安全许可的；

（4）以欺骗、贿赂等不正当手段取得安全许可的。

（七）试生产（使用）方案的备案

1. 备案材料的编制

建设单位在建设项目试生产（使用）前，应当按照有关规定制定周密的建设项目试生产（使用）方案。建设项目试生产（使用）方案应包括下列有关安全生产的内容：

(1) 建设项目施工完成情况；

(2) 生产、储存的危险化学品品种和设计能力；

(3) 试生产（使用）过程中可能出现的安全问题及对策；

(4) 采取的安全措施；

(5) 事故应急救援预案；

(6) 试生产（使用）起止日期。

2. 备案材料的提交

试生产（使用）方案经建设项目安全设施的设计、施工、监理等单位认可后，填写建设项目试生产（使用）方案申报表和认可表，连同建设项目安全设施设计的安全许可意见书以及设计、施工和监理单位的资质证书、建设项目质量监督手续（复印件）等分别报负责实施安全许可的安监部门和建设项目所在地安监部门。

3. 备案告知书的发放

安监部门对建设单位报送的建设项目试生产（使用）方案及有关文件、资料进行核对，对符合要求的，予以备案，出具《危险化学品建设项目试生产（使用）方案备案告知书》，并注明试生产（使用）期限；对不符合要求的，不予备案。

《危险化学品建设项目试生产（使用）方案备案告知书》作为建设单位在建设项目试生产（使用）期间办理原材料及试生产产品购买、销售和运输等有关手续的有效凭证。

4. 试生产（使用）期限

属于联合生产性的建设项目试生产期限一般不得超过 12 个月，其他建设项目试生产（使用）期限一般不得超过 6 个月。试生产（使用）期满前，建设单位应当按照有关规定办理建设项目安全设施竣工验收许可。

三、建设项目监理和监督

（一）工程建设监理

工程建设监理是指监理单位受项目建设单位的委托，根据国家批准的工程项目建设文件，有关工程建设的法律、法规和技术标准，设计文件，工程建设承包合同等，代表建设单位对工程建设的施工质量、建设工期和建设资金使用等方面实施的监督管理。

1. 工程建设监理的范围

下列建设工程必须实行监理：

(1) 国家重点建设工程。是指依据《国家重点建设项目管理办法》所确定的对国民经济和社会发展有重大影响的骨干项目。

（2）大中型公用事业工程。

（3）成片开发建设的住宅小区工程。

（4）利用外国政府或者国际组织贷款、援助资金的工程。

（5）国家规定必须实行监理的其他工程。其中包括项目总投资额在3000万元以上的石油化工建设项目。

2. 工程建设监理的主要内容

控制工程建设的投资、建设工期和工程质量；进行工程合同管理，协调有关单位间的工作关系。

3. 工程建设监理的程序

工程建设监理一般应按下列程序进行：

（1）编制工程建设监理规划；

（2）按工程建设进度、分专业编制工程建设监理细则；

（3）按照建设监理细则进行建设监理；

（4）参与工程竣工预验收，签署建设监理意见；

（5）建设监理业务完成后，向项目法人提交工程建设监理档案资料。

（二）工程质量监督

国家实行建设工程质量监督管理制度。建设单位在领取施工许可证或者开工报告前，应当按照国家有关规定办理工程质量监督手续。

建设工程的质量监督管理，由建设行政主管部门或者其他有关部门委托的建设工程质量监督机构具体实施。化工建设项目的质量监督，由当地或者上级化工建设工程质量监督站负责。

（三）工程建设监理与工程质量监督的区别

（1）工程建设监理是在项目组织系统范围内的平等主体之间的横向监督管理，而政府工程质量监督则是项目组织系统外的监督管理主体对项目系统内的建设行为主体进行的一种纵向监督管理。

（2）工程建设监理的实施者是社会化、专业化的监理单位，而政府工程质量监督的执行者是政府建设主管部门的工程质量监督机构。工程建设监理属于社会的、民间的监督管理行为，而工程质量监督则属于政府行为。

（3）工程建设监理具有明显的委托性，而政府工程质量监督则具有明显的强制性。

（4）工作依据不尽相同。政府工程质量监督以国家、地方颁发的有关法律、法规和强制性标准为依据。而工程建设监理则不仅以法律、法规和技术规范、标准为依据，还以工程建设合同为依据。

四、建设工程安全生产管理

建设单位、勘察单位、设计单位、施工单位、工程监理单位及其他与建设工程安全生产有关的单位，必须遵守安全生产法律、法规的规定，保证建设工程安全生产，依法承担建设工程安全生产责任。

（一）建设单位的安全责任

（1）应当如实向施工单位提供有关施工资料。

（2）不得对勘察、设计、施工、工程监理等单位提出不符合建设工程安全生产法律、法规和强制性标准规定的要求，不得压缩合同约定的工期。

（3）必须保证必要的安全投入。建设单位在编制工程概算时，应当确定建设工程安全作业环境及安全施工措施所需费用。

（4）不得明示或者暗示施工单位购买、租赁、使用不符合安全施工要求的设备、设施、器材和用具。

（5）申请领取施工许可证时，应当提供建设工程有关安全施工措施的资料。

（二）勘察单位的安全责任

建设工程勘察是指根据工程要求，查明、分析、评价建设场地的地质地理环境特征和岩土工程条件，编制建设工程勘察文件的活动。

（1）必须取得相应的等级资质证书，在许可范围内从事勘察活动。

（2）应当按照法律、法规和工程建设强制性标准进行勘察。

（3）提供的勘察文件应当真实、准确，满足建设工程安全生产的需要。

（4）在勘察作业时，应当严格执行操作规程，采取措施保证各类管线、设施和周边建筑物、构筑物的安全。

（三）设计单位的安全责任

（1）必须取得相应的等级资质证书，在许可范围内承揽设计任务。

（2）必须按照法律、法规和工程建设强制性标准进行设计，保证设计质量和施工安全。

（3）应当考虑施工安全操作和防护的需要，对涉及施工安全的重点部位和环节在设计文件中注明，并对防范生产安全事故提出指导意见。

（4）采用新结构、新材料、新工艺的建设工程和特殊结构的建设工程，设计单位应当在设计中提出保障施工作业人员安全和预防生产安全事故的措施建议。

（5）设计单位和注册建筑师等注册执业人员应当对其设计负责。

（四）监理单位的安全责任

（1）应当依法取得相应等级的资质证书，并在其资质等级许可的范围内承担工程监理业务。

（2）应当审查施工组织设计中的安全技术措施或者专项施工方案是否符

合工程建设强制性标准。

(3) 在实施监理过程中，发现存在安全事故隐患的，应当要求施工单位整改；情况严重的，应当要求施工单位暂时停止施工，并及时报告建设单位。施工单位拒不整改或者不停止施工的，工程监理单位应当及时向有关主管部门报告。

(4) 工程监理单位和监理工程师应当按照法律、法规和工程建设强制性标准实施监理，并对建设工程安全生产承担监理责任。

(五) 相关单位的安全责任

(1) 为建设工程提供机械设备和配件的单位，应当按照安全施工的要求配备齐全有效的保险、限位等安全设施和装置。

(2) 出租单位的安全责任：

① 出租的机械设备和施工机具及配件，应当具有生产（制造）许可证、产品合格证。

② 应当对出租的机械设备和施工机具及配件的安全性能进行检测，在签订租赁协议时，应当出具检测合格证明。

③ 禁止出租检测不合格的机械设备和施工机具及配件。

(3) 现场安装、拆卸单位的安全责任：

① 在施工现场安装、拆卸施工起重机械和整体提升脚手架、模板等自升式架设设施，必须由具有相应资质的单位承担。

② 安装、拆卸施工起重机械和整体提升脚手架、模板等自升式架设设施，应当编制拆装方案、制定安全施工措施，并由专业技术人员现场监督。

③ 施工起重机械和整体提升脚手架、模板等自升式架设设施安装完毕后，安装单位应当自检，出具自检合格证明，并向施工单位进行安全使用说明，办理验收手续并签字。

④ 施工起重机械和整体提升脚手架、模板等自升式架设设施的使用达到国家规定的检验检测期限的，必须经具有专业资质的检验检测机构检测。经检测不合格的，不得继续使用。

检验检测机构对检测合格的施工起重机械和整体提升脚手架、模板等自升式架设设施，应当出具安全合格证明文件，并对检测结果负责。

(六) 施工单位的安全责任

(1) 应当具备国家规定的注册资本、专业技术人员、技术装备和安全生产等条件，依法取得相应等级的资质证书，并在其资质等级许可的范围内承揽工程。

(2) 施工单位主要负责人依法对本单位的安全生产工作全面负责。施工单位应当建立健全安全生产责任制度和安全生产教育培训制度，制定安全生产规章制度和操作规程，保证本单位安全生产条件所需资金的投入，对所承担的建设工程进行定期和专项安全检查，并做好安全检查记录。

（3）施工单位的项目负责人应当由取得相应执业资格的人员担任，对建设工程项目的安全施工负责，落实安全生产责任制度、安全生产规章制度和操作规程，确保安全生产费用的有效使用，并根据工程的特点组织制定安全施工措施，消除安全事故隐患，及时、如实报告生产安全事故。

（4）施工单位对列入建设工程概算的安全作业环境及安全施工措施所需费用，应当用于施工安全防护用具及设施的采购和更新、安全施工措施的落实、安全生产条件的改善，不得挪作他用。

（5）施工单位应当设立安全生产管理机构，配备专职安全生产管理人员。专职安全生产管理人员负责对安全生产进行现场监督检查。发现安全事故隐患，应当及时向项目负责人和安全生产管理机构报告；对违章指挥、违章操作的，应当立即制止。

（6）垂直运输机械作业人员、安装拆卸工、爆破作业人员、起重信号工、登高架设作业人员等特种作业人员，必须按照国家有关规定经过专门的安全作业培训，并取得特种作业操作资格证书后，方可上岗作业。

（7）应当在施工组织设计中编制安全技术措施和施工现场临时用电方案。应当根据不同施工阶段和周围环境及季节、气候的变化，在施工现场采取相应的安全施工措施。

（8）应当在施工现场入口处、施工起重机械、临时用电设施、脚手架、出入通道口、楼梯口、电梯井口、孔洞口、基坑边沿、爆破物及有害危险气体和液体存放处等危险部位，设置明显的安全警示标志。安全警示标志必须符合国家标准。

（9）应当将施工现场的办公、生活区与作业区分开设置，并保持安全距离；办公、生活区的选址应当符合安全性要求。职工的膳食、饮水、休息场所等应当符合卫生标准。施工单位不得在尚未竣工的建筑物内设置员工集体宿舍。

（10）应当遵守有关环境保护法律、法规的规定，在施工现场采取措施，防止或者减少粉尘、废气、废水、固体废物、噪声、振动和施工照明对人和环境的危害和污染。

（11）应当在施工现场建立消防安全责任制度，确定消防安全责任人，制定用火、用电、使用易燃易爆材料等各项消防安全管理制度和操作规程，设置消防通道、消防水源，配备消防设施和灭火器材，并在施工现场入口处设置明显标志。

（12）应当向作业人员提供安全防护用具和安全防护服装，并书面告知危险岗位的操作规程和违章操作的危害。作业人员应当遵守安全施工的强制性标准、规章制度和操作规程，正确使用安全防护用具、机械设备等。

（13）采购、租赁的安全防护用具、机械设备、施工机具及配件，应当具有生产（制造）许可证、产品合格证，并在进入施工现场前进行查验。施工现场的安全防护用具、机械设备、施工机具及配件必须由专人管理，定期进行检查、维修和保养，建立相应的资料档案，并按照国家有关规定及时报废。

(14) 主要负责人、项目负责人、专职安全生产管理人员应当经建设行政主管部门或者其他有关部门考核合格后方可任职。

(15) 应当为施工现场从事危险作业的人员办理意外伤害保险。

第二节 设备制作和材料采购阶段的管理

一个工程建设项目需要采购大量的工程设备和工程材料，其质量的好坏直接关系到工程的质量和投产后的安全运行，因此加强质量的监督管理就是加强对安全的监督管理。

一、设备材料采购阶段的管理

设备和物资材料的采购要严格执行《招标投标法》，并规范招标工作。根据各招标项目的技术难度和复杂程度的不同，在招标过程中根据情况可分为技术标和商务标，由不同的人员或交叉进行商谈，洽谈的内容和结果要存档备查。

要根据标的物的价值大小，确定合理的评标人员组成，工程技术人员以及使用单位、商务部门都要有人员参加。

(一) 投标单位的资格审查

在选择投标单位前，对投标单位是否具有供货资质和生产能力、是否具有良好的企业信誉、有无违约等不良记录、企业的资金是否充沛、目前是否运作良好、企业业绩和规模等各方面进行考察。选择合格的投标单位是降低成本、减少风险、保证供货质量和工期的前提条件。

(二) 中标单位的合理选择

在选择中标单位时，不能单看价格的高低，还要充分考虑设备、材料的质量和供货周期，要充分了解采购设备和材料的价值，保证供货单位有一定的利润空间，以免供货单位因为价格低，为了保证利润而偷工减料或拖期供货，给设备和材料带来质量和安全隐患。

对于技术要求高、加工复杂、标的额大的设备、材料要适当延长议标时间，反复论证，确保标的物的质量。

(三) 签订完备的供货合同

合同的合法、严密是保证设备、材料质量合格、交货及时的必要条件。

对设备和材料的技术要求要完整、规范，制作和验收标准要明确，不产生歧义，对合同执行过程中可能产生的安全问题一定要划分清楚责任，特别是对现场组装的设备和基础上交货的设备。

二、设备制作过程中的管理

设备制造过程是形成设备质量的最重要阶段，该阶段的质量控制主要由设备制作厂家通过内部质量管理体系来保证，但是作为建设单位也应该通过相应的手段和措施对设备制作厂家施以影响，根据设备的重要程度、制作难易程度、制作的不同阶段，选派设备专业人员采取驻厂跟踪监督、巡回监督、关键点监督等方式，对设备制作过程进行质量安全监督。

现场组装的设备和基础上交货的设备往往都比较大、比较高，难以道路运输的设备，因此在现场组装或制作设备的风险性要远远大于其他设备，所以要充分考虑设备在组装或制作过程中的风险以及对周边环境的影响，必须要有可靠的安全保证措施。

合同签订后，建设单位要随时掌握设备和材料的制作加工进度，把原材料的订货和到厂日期作为一个工期控制点，对于原材料的质量必要时可以取样分析。设备开始制作后要随时到供货厂家检查设备的制作质量和进度情况，特别是设备防腐和水压试验现场验收。对质量差、进度慢的供货厂家要采取必要的措施，可以派人现场蹲点随时检查，必要时调整供货单位，以免给安装及今后的安全运行带来隐患。

三、设备和材料的验收

（一）出厂前的验收

设备和材料发货前，建设单位要尽可能地派人到供货厂家，对设备和材料进行全面的检查和验收。检查内容包括设备外观质量、焊接质量、管口方位等总体状况以及最终试验（强度试验、密封性试验、试运转等）、技术文件等竣工资料。这样可以提前发现问题并及时处理，以免设备到达现场后才发现问题，增加处理的难度。

（二）到达现场后的验收

设备和材料到达现场后，由建设、安装、制造、监理单位组成验收小组，共同验收，验收内容同出厂前的检查内容基本一致。对换热设备和怀疑存在问题的压力容器必须进行密封试验和强度试验，材料要进行化学成分分析和力学性能试验，特别是不锈钢材质必须要进行化学成分分析。决不允许存在安全隐患的设备和材料使用到工程上，给整个系统造成更大的安全隐患。

（三）最终验收

一般化工投料试运行 3 个月后进行最终验收。经过 3 个月的试运行，设备和材料的材质、制作和设计上存在的问题基本都能暴露出来，针对存在的具体问题拿出解决方案，将隐患消除在运行初期，为系统的长周期安全运行提供保障。

第三节　建设项目施工过程中的安全管理

施工现场是施工生产因素的集中点，其特点是多工种立体作业，具有生产设施的临时性、作业环境的多变性、人机的流动性。

施工现场中直接从事生产作业的人员密集，机、料集中，存在着多种危险因素。因此，施工现场属于事故多发的作业现场。控制人的不安全行为和物的不安全状态，是施工现场安全管理的重点，也是预防与避免伤害事故，保证建设项目处于最佳安全状态的根本环节。

直接从事施工操作的人，随时随地活动于危险因素的包围之中，随时受到自身行为失误和危险状态的威胁或伤害。因此，对施工现场的人机环境系统的可靠性，必须进行经常性的检查、分析、判断和调整，强化动态中的安全管理活动。

建设项目施工过程中的安全管理，要求合理处理施工单位、监理单位与建设单位三者之间的关系，每一方都要恪尽职守，并加强沟通和配合。

一、项目安全管理组织措施

建设单位要建立项目安全管理组织——项目安全管理委员会，监督施工单位建立项目安全管理的责任系统，建立各项安全管理规章制度等。

（一）项目安全管理委员会的主要职责

（1）负责项目安全管理，组织编制项目安全管理规章制度，监督施工单位的安全设施资源配置。

（2）规定专业安全管理、检查人员和项目负责人的职责、权限和相互关系。

（3）检查安全标准，监察安全表现。

（4）监督施工单位制定本项目工程的各项安全生产管理办法，审核施工组织设计中的安全技术措施，督促各方定期进行现场安全生产检查。

（二）建立项目安全管理的责任系统

安全管理责任制是为项目各级领导、各个部门、各类人员所规定的在他们各自职责范围内对安全管理应负责任的制度。

安全管理责任系统应根据"管项目必须管安全"、"项目负责人是本工段安全第一负责人"、"安全管理，人人有责"的原则，明确各级领导、各职能部门和各类人员在项目建设施工过程中应负的安全管理责任，其内容应充分体现责、权、利相统一的原则。

（三）建立安全管理规章制度

建立健全各项安全管理规章制度，是安全管理的首要条件。对施工单位要明确什么该做，什么不该做，应该怎么做。规章制度分为两种，一是以项目安全管理责任制为核心的整体性安全总则。项目安全管理责任制度要根据"安全管理，人人有责"的原则来制定，既有谁负责，又有负什么责。要横向到边，纵向到底，不留空白和死角。二是各种单项的安全管理规章制度。如安全教育培训制度、安全检查监督制度、劳动保护措施计划管理制度、危险作业审批制度、现场卫生管理制度、劳动保护用品管理制度、厂区交通运输管理制度、特种设备安全管理制度、电气安全管理制度、消防管理制度等，从各个方面规范施工人员的行为。

二、施工过程中的事故原因及预防

事故发生乍看带有一定的偶然性，仔细分析往往是安全管理不到位，预防措施没有跟上造成的。因此，对建设项目施工过程中的不安全因素要有充分的认识，要有预见性，强化安全管理，做好预防应对措施，将不安全因素消灭在萌芽状态。不安全伤亡事故主要有：坠落、触电、起重伤害、物体打击、机械伤害、车辆伤害等，对于改建、扩建的化工项目还存在窒息、中毒、爆炸、火灾等事故。

（一）坠落

坠落主要是指施工人员从脚手架、作业平台、移动梯上坠落，从临时洞口上坠落，从作业屋面上失足坠落，钢结构、脚手架组装时坠落，从机械设备上坠落，攀登与悬空作业时坠落，从移动式操作平台上坠落等。

坠落事故发生的主要原因：高空作业不系安全带，临时洞口不防护，恶劣天气登高，安全设施力学性能不够等。

预防管理应对措施：高空作业必须系安全带；临时洞口必须遮盖或用围栏围护；六级以上强风、浓雾、暴雨等恶劣天气，不得进行露天攀登作业；安全设施要进行力学计算，要有足够的强度和挠度等。

（二）触电

触电的主要形式有电气施工中的触电，电动机械、器具的触电，靠近高压线进行操作的触电。

触电事故发生的主要原因：带电作业或靠近露出带电部分操作时，防触电绝缘保护不到位；电动机械或工具漏电断路保护装置缺少或不起作用；靠近高压线作业，安全距离不够，防护不到位等。

预防管理应对措施：在带电作业或靠近露出带电部分操作时，应移置带电线路，必须使用防触电绝缘保护用具等进行作业；施工机具、车辆及人员应与内、外电线路保持安全距离，达不到规范要求的最小距离时必须采取可靠的防护措施；工地临时配电线路必须按规范架设架空线路，必须使用绝缘导线，不得使用塑胶软线，不得成束架空敷设，也不得沿地面明敷设。执行标准 GB 50194《建设工程施工现场供用电安全规范》，以及 JGJ 46《施工现场临时用电安全技术规范》；独立的配电系统必须采用三相五线制的接零保护系统；非独立的配电系统可根据现场实际按规定接地接零，并选用合适的漏电保护器。移动使用的电气设备应装漏电断路装置；高大设备必须设避雷装置；变电所、高压线路及设备设围栏、安全警示标识；手动开关应是带盖的，装在无潮气、便于操作的金属箱内；电焊机应单设开关，外壳应做接地或接零保护；电工持证上岗等。

（三）起重伤害

起重伤害主要有起重机歪道或倾覆，起吊物脱落，被起吊物件夹住，从起重机、升降机上坠落。

起重伤害事故发生的主要原因：地基松软或起重物超重；起重物没有捆扎好或吊钩没有挂好；地面指挥混乱；钢丝绳断裂等。

预防管理应对措施：松软的地基应采用铁板等进行加固，采用液压支腿等防翻车的措施；机械、挂钩用具应备齐并检查，起重机应标明起重额定负荷，并有起重控制器，严禁超负荷作业，严格进行适当的挂钩作业；加强作业人员与信号的合作，禁止野蛮作业，防止吊件掉落；作业时非有关人员严禁加入起重机作业范围内；确认架空线路等周围情况，对移置电路进行保护，必要时配备人员配合作业；对作业指挥员、引导员等进行培训教育，与作业人员配合协调；起吊前检查钢丝绳情况等。

（四）物体打击

物体打击主要是指高空坠物或者其他方向飞物、设备材料搬运、设备安装组对等导致施工人员或设备受到的伤害。

事故发生的主要原因：高空作业时防护网防护不到位，野蛮作业等。

预防管理应对措施：高空作业时必须安装防护网；加强员工教育，杜绝野蛮施工等。

（五）机械及车辆伤害

机械伤害是指运转和移动的设备和工具造成的伤害，车辆伤害主要是指交通事故。

事故发生的主要原因：不按操作规程操作，安全防护措施不到位，设备故障；人流、货流道路划分不清，厂内车辆超速，现场指挥不当等。

预防管理应对措施：加强检查，操作人员必须持证上岗；加强安全防护；定期检查设备；人流、货流道路分开，厂区内限速等。

（六）窒息、中毒

窒息是指在没有流通空气的环境中作业而导致的人员缺氧窒息。中毒是指在有毒有害气体环境中作业，因防护不到位而导致的中毒。

事故发生的主要原因：无通风装置或通风装置不完备；没有对环境周围气体进行探测；通风不充分；没有佩戴防护面具；没有抢救设备和保护用具等。

预防管理应对措施：作业前测定氧气浓度；作业处保持通风；佩戴合适的呼吸保护用具；现场设置急救设备等。

（七）火灾、爆炸

火灾、爆炸是指由于存在可燃性气体并达到爆炸极限，用火不当或存在其他点火源而引起的火灾和爆炸事故。

事故发生的主要原因：气体检测、报警设施不完备；用火及点火源管理不严；违章操作，防护措施不到位等。

预防管理应对措施：严格用火管理；检测附近的环境气体，必要时连续测定，并采取措施；严禁违章作业，设置适当的防火措施等。

三、施工过程中的安全注意事项

施工过程安全管理应贯彻到从土建施工、设备安装、工艺管道安装、电气仪表安装、给排水设施安装等整个施工过程，贯彻到每一道工序、每一个分项、每一个操作过程，甚至每一个管理人员的工作。

施工单位进驻工地后，要立即签订《安全施工合同》，落实安全责任，并由安全管理部门对施工单位管理人员进行安全教育。作为建设单位在严格要求施工单位遵守各项规章制度的同时，更要从自身做起，强化自身安全意识，严禁施工过程中的违章指挥和违章作业。

进入施工高峰期阶段，现场作业人员的危险度增加，现场的机械设备增多，发生事故的可能性也增大。建设单位一方面要做好主体施工的安全监测工作；另一方面，施工期间需要做好督促检查方面的工作，如脚手架及安全网的各项安全措施是否落实，结构内各种洞口的保护措施是否到位，是否做好预防坠落物伤人的管理工作，预防特种危险作业的安全问题等。

工程收尾阶段的安全问题同样不可忽视。由于进场的各专业施工单位多，立体交叉作业多，各方面在抢进度的同时，容易出现安全事故。建设单位除了强化专项安全管理，定期、有针对性地对施工单位进行专项安全检查督促，还需做好相应的配合工作。

第四节 系统试车投料过程的安全管理

化工装置的试车和化工投料过程，是一项复杂的技术和管理工作，更是一个庞大的系统工程。对安全试车及安全生产必须始终坚持"安全第一，预防为主"的方针，从企业生产装置的实际出发，研究其危险性的来源及特点。在安全准备工作中，要积极推行全员预防性管理，采取有效的预防性措施；实行早期隐患检测，做到早发现和早处理；搞好人身安全，发挥人的主观能动性，提高设备的可靠性。

化工装置在安装完成以后，要经过单机试车、联动试车和投料试运转三个过程，其中还要进行管路系统的压力试验、泄漏试验、吹扫清洗等。一般情况下单机试车由安装单位完成，业主和设计单位参加，合格后机械交工，业主接受；联动试车和投料试运转由业主组织完成，安装单位负责这两个阶段的维护和保运。这三个过程是发现设计、安装存在的安全隐患，保证装置安全运行的关键环节，应认真编制计划。

编制试车计划要注意以下几点：

(1) 试车工期合理，要预留一定的故障处理时间；试车人员根据其特长恰当安排，具体设备要有明确的负责人；全厂要有专人全面协调，统一指挥。

(2) 试车顺序合理，特别是公用工程（电、水、气、汽）、利用系统自身设备作为蓄气罐进行吹除的设备、大型转动设备（如压缩机）必须首先试车。

(3) 根据试车计划及时调整安装工程、生产准备的进度，要保证安装和试车同时进行时不相互影响，不存在安全隐患。

(4) 化工投料前应进行详细的检查，包括设备内部检查，及时消除缺陷。化工投料试车计划在时间安排上应留有适当的余地。

(5) 编制好试车计划网络图，全厂各互相关联的生产装置试车应确保化工投料试车时首尾衔接。

一、系统试车投料前的安全准备

(一)安全管理体系建设

(1) 建立厂和车间两级安全管理组织，配好称职的安全技术人员、管理人员和各级安全员。

(2) 在充分收集有关资料和案例的基础上，编制好以下的安全技术规程和资料：

① 全厂及各车间的安全操作技术规程。

② 安全、消防设施使用维护管理规程和全厂消防设施分布及使用资料。

③ 工厂防火方案，即每种物质的详细预防措施，如运输、储存、生产使用的注意事项，泄漏时的处理方法，灭火、急救等。

(3) 制定事故应急预案，针对每一套装置可能发生危险的因素和危险区域等级，制定厂、车间两级事故应急预案，预案制定后要加强对职工的培训和演练。

要把防泄漏、防明火、防静电、防雷击、防电器火花、防冻裂、防残氧、防窒息、防中毒、防震动、防违章、防误操作，作为执行安全预防方针的主要内容。

(4) 建立健全消防系统，严格训练专职和义务消防人员，制定灭火方案，并按此进行训练。要不定期地搞火情演习，以培养和检查消防人员的责任心和业务水平。

(5) 认真进行安全检查，在试车前必须进行反复的安全检查，做到隐患不消除不能开车，事故处理方案不落实不能开车，安全部门不确认不能开车。

(二) 化工投料前必须具备的安全条件

(1) 生产指挥人员、操作人员经技术考核、安全考核合格。各种规章制度齐备，人人有章可循。

(2) 所有设备、管道、阀门、电气、仪表等经过严格的质量检查，确保制造安装质量符合设计要求，满足工艺需要。

(3) 设备、管道压力试验合格。系统泄漏试验和泄漏量（需要时才做）符合规范标准。安全阀动作在 3 次以上，并要核对相应工艺装置的压力，试后应有安全部门铅封。防爆板、阻火器、呼吸阀、水封、真空破坏器等符合工艺要求。

(4) 工艺各报警联锁系统调试符合要求，并应经静态调试 3 次以上，确定动作无误。自控仪表（温度、压力、流量液位、分析）经过调试灵敏好用；就地安装的仪表，应有最高、最低极限标志。

(5) 开车必备的工器具及劳保用品齐全，并符合防爆防火要求。紧急救护器具包括防毒面具、空气呼吸器、安全带、担架、急救箱等齐备。群众性安全、消防、救护组织已建立并经过训练，有明确的责任分工。

(6) 高压消防水泵房、消防水池、泡沫装置、水幕、自动消防、消防通信报警、可燃气体探测仪等，经过安全消防部门与生产单位共同进行实际试验，确认好用。防雷、防静电设施和所有设备、管架的接地线安装完善，测试合格。

(7) 电话、信号灯、报话机、鸣笛、喇叭等安全通信系统，符合设计要求。凡设计要求防爆的电气设备和照明灯具均应符合防爆标准，不经批准，不得使用临时电线和灯具。

（8）通风换气设备良好，达到设计的换气次数。安全防护设施、走梯、护栏、安全罩坚固齐全，现场洗眼与淋浴器畅通好用。

（9）设备标志、管线流向标志清楚，厂区消火栓、地下电缆沟、交通禁令、安全井等标志醒目。沟坑、阴井盖板齐全完整，楼板穿孔处有盖板，地面平整无障碍，道路编号清晰而且畅通无阻。

（10）装置区内清扫完毕，不准堆放杂物，尤其是易燃物品，对日常使用的油品和化学药品要堆放在安全部门指定的地点。

二、系统压力试验的安全要求

压力管道系统的压力试验应严按照 GB/T 20801—2006《压力管道　工业管道》的规定执行。

（一）管道系统压力试验时的安全注意事项

（1）管道（含附件）安装完毕、验收合格后并已固定合格，安全阀、防爆板及仪表元件须拆除或隔离，膨胀节须设置临时性的约束装置。

（2）严格按设计要求和批准的压力试验方案执行，严禁超压。

（3）管道系统试压一般应将设备用盲板隔离。如无法隔离必须与设备一起进行压力试验时，有两种情况：当设备试验压力低于管道试验压力，且不低于管道试验压力的 77％时，以设备的试验压力为试验压力；当设备试验压力高于管道试验压力时，以管道试验压力为试验压力。

（4）确保试压管道与其他系统隔离。

（5）当与仅能承受压差的设备相连时，必须采取可靠措施，确保在升压和降压过程中其最大压差不超过规定的范围。

（6）奥氏体不锈钢材质的耐压试验用水中氯离子含量不得超过 25×10^{-6}（质量分数），液压试验对金属温度的要求是，碳钢和 16Mn 钢不得低于 5℃，其他低合金钢不得低于 15℃，如因壁厚引起脆性转变温度提高还应相应提高试验温度；环境温度低于 5℃时要采取防冻措施。试验结束后排净积液，注意排液时形成真空；长时间不投运时，要将积水吹净。

（7）试压时要安装双压力表，精度不低于 1.5 级。

（8）高温管道试压时应对压力试验的压力进行温度校正。

（9）采用气压试验时其试验压力、试验介质、试验温度、检验要求、防范措施应按 GB/T 20801—2006《压力管道　工业管道》的要求执行，为防范物理性爆炸的危害，设立隔离区，严禁无关人员进入。

（10）管道压力试验方案经过批准，参加工作的人员经过学习并能正确掌握要领。

（11）其他要求参照 GB 50184—2011《工业金属管道施工质量验收规

范》的要求执行。

（二）泄漏试验的安全注意事项

(1) 泄漏试验应在液压试验合格后进行。对设计要求做气压试验的压力管道系统，压力试验合格且试验后未再拆除管道系统的，可不进行泄漏性试验。

(2) 碳素钢和低合金钢制成的压力管道系统，其试验用气体的温度应不低于15℃，如因壁厚引起脆性转变温度提高的还应相应提高试验温度；其他材料制成的压力管道系统按设计图样规定。

(3) 泄漏性试验所用气体，应为干燥、清洁的空气、氮气或其他惰性气体。

(4) 进行泄漏性试验时，安全附件应安装齐全。

(5) 试验时压力应缓慢上升，达到设计压力后，对所有焊缝和法兰、阀门等连接部位涂刷肥皂水进行检查，以无泄漏为合格。如有泄漏，修补后重新进行泄漏性试验。

注意：泄漏性试验与气压试验是不一样的。首先，它们的目的不同，泄漏性试验是检验压力管道系统的严密性，气压试验是检验压力容器的耐压强度。其次试验压力不同，泄漏性试验压力为容器的设计压力，气压试验压力为设计压力的 1.15 倍。

三、系统吹扫和洁净处理的安全要求

（一）蒸汽管道系统的吹扫

(1) 严格按批准的方案和吹扫流程图进行。

(2) 蒸汽管道内不得有杂物。

(3) 按先干线后支线的顺序依次进行，对支线应采用轮流间歇吹扫的办法。

(4) 必须安装盲板使管道系统与无关系统、机器及设备隔离。管道上的孔板、测温元件、仪表等和以法兰连接的调节阀应予拆除。对于焊接在管道上的调节阀，应采取流经旁路或卸掉阀头及阀口加保护套等防护措施。

(5) 吹扫后的复位工作，应严格按吹扫方案的有关规定执行。与机器、设备连接的管道应确保自由对中。

(6) 蒸汽管道上的杂物必须清除，管道附近可燃物严禁泄漏，吹扫排出口周围必须划定禁区，并设置标有危险区的警示设施。

(7) 蒸汽吹扫合格与否，应以检验靶片为准。

（二）管道系统的化学清洗

(1) 必须选择经过鉴定，并曾在生产装置化学清洗中使用过的可靠的清洗液配方。

(2) 必须严格按照设计文件的要求和批准的化学清洗方案进行清洗，废液处理应符合环保规定。

(3) 经过化学清洗后的蒸汽管道仍必须进行蒸汽吹扫。

(4) 经过化学清洗后暂不使用的管道系统，应采取置换充氮等防锈措施。

（三）忌油装置和管道系统的脱脂

脱脂后的装置严禁使用含油介质进行吹扫和严密性试验，并应妥善维护，进行必要的防锈处理。

（四）设备耐火衬里的干燥和烘炉

烘炉时应按设计文件要求的升温降温曲线进行，严格进行炉温控制（升温速度、脱水时间等），严禁超速、超温，严防爆炸事故和混凝土基础过热。烘炉工作结束后应进行缺陷修补、妥善维护，注意防潮。

（五）设备填充物的填充

设备内填充物的填充应在系统压力试验和吹扫清洗完成以后进行，填充催化剂时必须按方案规定的程序和要求进行，填充时做好记录，严禁含水气体、异物进入催化剂层；对于预还原催化剂，在装填前后必须设专人定时检查和测温，并采取措施，严防氧化超温；填料的填充应按设计或供货商的技术要求完成。

（六）蒸汽发生器的煮炉

煮炉是锅炉（和/或蒸汽发生器）投运前必有的过程，必须在具备联动试车条件，且水、电、脱盐水、临时热源确保供应后进行，并应按设计文件的要求和批准的方案执行。

（七）设备及管道系统的钝化

必须在联动试车合格，并经清洗合格后进行。钝化工作应按设计文件的要求和批准的方案及药剂配方的规定执行。

四、单机试车的安全要求

驱动装置、机器或机组，安装后必须进行单机试车，其中确因受介质限制而不能进行试车的，必须经现场技术总负责人批准后，可留待化工投料试车时一并进行。

（一）单机试车必须具备的条件

(1) 试车范围内的工程已按设计文件的内容和有关规范的质量标准全部

完成，并提供了下列资料和文件：

    ① 各种产品合格证；

    ② 施工记录和检验合格文件；

    ③ 隐蔽工程记录；

    ④ 规范所规定的管道系统资料；

    ⑤ 蒸汽管道、工艺管道吹扫或清洗合格资料；

    ⑥ 压缩机段间管耐压试验和清洗合格资料；

    ⑦ 机器润滑油、密封油、控制油系统清洗合格资料；

    ⑧ 管道系统耐压试验合格资料；

    ⑨ 规定开盖检查的机器的检验合格资料；

    ⑩ 换热器泄漏量和严密性试验合格资料；

    ⑪ 安全阀调试合格资料；

    ⑫ 与单机试车相关的电气和仪表调校合格资料。

(2) 试车组织已经建立，试车操作人员经过学习、考试合格，熟悉试车方案和操作法，能正确操作。

(3) 试车所需燃料、动力、仪表空气、冷却水、脱盐水等确有保证；测试仪表、工具、记录表格齐备，保修人员就位。

（二）单机试车安全注意事项

(1) 划定试车区，无关人员不得进入；

(2) 设置盲板，使试车系统与其他系统隔离；

(3) 单机试车必须包括保护性联锁和报警等自控装置；

(4) 必须按照机械说明书、试车方案和操作法进行指挥和操作，严禁多头领导，越级指挥，违章操作，防止事故发生；

(5) 指定专人进行测试，认真做好记录。

五、联动试车安全要求

（一）联动试车必须的条件

(1) 试车方案和操作法已经批准，试车领导组织及各级试车组织已经建立，参加试车的人员已经考试合格。

(2) 试车范围内的工程已按设计文件规定的内容和施工及验收规范的标准全部完成。

(3) 试车范围内的机器，除必须留待化工投料试车阶段进行的以外，单机试车已经全部合格。

(4) 试车范围内的设备和管道系统的内部处理及耐压试验，严密性试验已经全部合格。

(5) 试车范围内的电器系统和仪表装置的检测系统、自动控制系统、联锁及报警系统等符合规范的规定；试车方案中规定的工艺指标、报警及联锁整定值已确认并下达。

(6) 试车现场有碍安全的机器、设备、场地、走道处的杂物，业已清理干净；试车所需燃料、水、电、汽、工艺空气和仪表空气等可以确保稳定供应，各种物资和测试仪表，工具皆已齐备。

（二）联动试车安全注意事项

(1) 联动试车前应划定试车区，无关人员不得进入。

(2) 试车人员必须按建制上岗，服从统一指挥；按照试车方案及操作法精心指挥和操作。

(3) 不受工艺条件影响的仪表、保护性联锁、报警皆应参与试车，并应逐步投用自动控制系统。

(4) 联动试车应按试车方案的规定认真做好记录。

试车合格后，参加试车的有关部门应签字确认。

联动试车完成并经消除缺陷后，由建设单位负责向上级主管部门申请化工投料试车。

六、化工投料试车安全要求

（一）化工投料试车必须的条件

(1) 化工投料试车报告和方案已经备案，并经有关部门批准。

(2) 工厂的生产经营管理机构和生产指挥调度系统已经建立，责任制度已经明确，管理人员、操作维修人员经考试合格，已持上岗合格证就位。

(3) 以岗位责任制为中心的各项规章制度、工艺规程、安全规程、机电仪维修规程、分析规程以及岗位操作法和试车方案等皆已印发实施，岗位操作记录、试车专用表格等已准备齐全。

(4) 全厂人员都已受过安全、消防教育，生产指挥、管理人员、操作人员经考试合格，已获得安全操作证。

(5) 生产指挥、调度系统及装置内部的通信设施已经畅通，可供生产指挥系统及各管理部门随时使用。

(6) 盲板皆已按批准的带盲板的工艺流程图安装或拆除，安装的盲板具有明显的标志，并经检查位置无误，质量合格。

(7) 自动分析仪表、化验分析用具已经调试合格，分析仪表样气、常规分析标准溶液皆已备齐，现场取样点皆已编号，分析人员已经上岗就位；各计量仪器已标定合格，并处于有效期内。

(8) 水、电、汽、气已能确保连续稳定供应，事故电动机、不间断电源、仪表自动控制系统、集散系统已能正常运行；三废处理装置已经建成，预试车合格，具备了投用条件。

（9）工厂维修管理系统已建立；在试车期间由施工或生产单位组成的机、电、仪维修队已值班就位。

（10）机械、管道的绝热和防腐工作已经完成；机器、设备及主要的阀门、仪表、电气皆已标明了位号和名称，管道皆已标明了介质和流向；全厂道路畅通，照明可以满足试车需要。

（11）全厂安全、急救、消防设施已经准备齐全，安全网、安全罩、电器绝缘设施、避雷、防静电、防尘、防毒、事故急救等设施、可燃气体检测仪、火灾报警系统经检查、试验灵敏可靠，并已符合有关安全的规定。

（12）原料、燃料、化学药品、润滑油脂、包装材料等，已按试车方案规定的规格数量配齐，储运系统已能正常运行，试车备品、备件、工具、测试仪表、维修材料皆已齐备，并建立了正常的管理制度。

（二）化工投料试车的安全注意事项

（1）参加试车人员必须在明显部位佩戴试车证，无证人员不得进入试车区。

（2）必须按工厂生产指挥系统进行指挥，严禁多头领导，越级指挥。

（3）必须按化工投料试车方案和操作法进行操作，在试车期间必须实行监护操作制度。

（4）化工投料试车必须循序渐进，当上一道工序不稳定或下一道工序不具备条件时，不得继续进行下一道工序试车。

（5）仪表、电气、机械人员必须和操作人员密切配合，在修理机械、调整仪表、电气时，应事先办理工作票，防止发生事故。

（6）在化工投料试车期间，化学分析工作除按设计文件及分析规程规定的项目和频率进行分析外，还应按试车的需要，及时增加分析项目和频率。

（7）必须按照化工投料试车方案的规定测定数据，做好记录。

（8）除合同另有规定外，化工投料试车方案由建设单位组织生产部门和设计、施工单位共同编制，由生产部门负责指挥和操作。

第十一章

重大危险源与事故应急救援

第一节　重大危险源管理

一、重大危险源的概念

（一）危险化学品重大危险源

《危险化学品重大危险源辨识》（GB 18218—2009）中将危险化学品重大危险源定义为：长期地或临时地生产、加工、搬运、使用或储存危险化学品，且危险化学品的数量等于或超过临界量的单元。

本处所述"单元"系指：一个（套）生产装置、设施或场所，或同属一个生产经营单位的且边缘距离小于 500m 的几个（套）生产装置、设施或场所。

（二）重大危险源的申报范围

根据《关于开展重大危险源监督管理工作的指导意见》（安监管协调字〔2004〕56 号）的要求，重大危险源的申报登记范围如下：

① 贮罐区（贮罐）；

② 库区（库）

③ 生产场所；

④ 压力管道；

⑤ 锅炉；

⑥ 压力容器;

⑦ 煤矿（井工开采）;

⑧ 金属非金属地下矿山;

⑨ 尾矿库。

也就是说，把符合一定条件的"压力管道、锅炉、压力容器、煤矿（井工开采）、金属非金属地下矿山、尾矿库"列入了重大危险源的申报范围。

按照目前我国要求申报登记的范围，重大危险源是指：长期地或者临时地生产、搬运、使用或储存危险物品，且危险物品的数量等于或超过临界量的场所和设施，以及其他存在危险能量等于或超过临界量的场所和设施。对重大危险源的监督管理，在原有"危险物品数量"的基础上引入了"危险能量"的概念和要求。

二、重大危险源的辨识

企业重大危险源的辨识分两步进行：第一步，依据 GB 18218—2009 辨识所存在的危险化学品重大危险源；第二步，依据"安监管协调字〔2004〕56 号"辨识是否存在危险化学品重大危险源之外的其他需要申报的重大危险源。

（一）危险化学品重大危险源辨识

1. 辨识依据

危险化学品重大危险源的辨识依据是危险化学品的危险特性及其数量。考虑到不少企业已进行产品链延伸，现将氮肥企业可能涉及的或者经常触及的可能构成重大危险源的危险化学品及其临界量列于表 11-1，以便读者了解和比较。

2. 辨识指标

单元内存在危险化学品的数量等于或超过临界量，即被定为重大危险源。单元内存在的危险化学品的数量根据处理危险化学品种类的多少区分为以下两种情况。

（1）单元内存在的危险化学品为单一品种，则该危险化学品的数量即为单元内危险化学品的总量，若等于或超过相应的临界量，则定为重大危险源。

（2）单元内存在的危险化学品为多品种时，则按下式计算，结果≥1，则定为重大危险源：

$$q_1/Q_1 + q_2/Q_2 + \cdots + q_n/Q_n \geqslant 1$$

式中　q_1，q_2，$\cdots$，q_n——每种危险化学品实际存在量，t;

　　Q_1，Q_2，$\cdots$，Q_n——与各危险化学品相对应的临界量，t。

（二）其他重大危险源辨识

1. 压力管道

符合下列条件之一的压力管道：

表 11-1 危险化学品名称及其临界量

类别	危险化学品名称和说明	临界量/t
易燃气体	乙炔	1
	氢,一甲胺	5
	二甲醚,甲烷,天然气	50
毒性气体	光气	0.3
	二氧化氮	1
	硫化氢,氯,甲醛(含量>90%)	5
	氨	10
	煤气(CO、CO 和 H_2、CH_4 的混合物等)	20
	二氧化硫,氯化氢	20
易燃液体	极易燃液体:沸点≤35℃且闪点<0℃的液体;或保存温度一直在其沸点以上的易燃液体	10
	苯	50
	汽油	200
	甲醇,乙醇,甲苯,乙酸乙酯	500
	闪点<23℃的液体(不包括极易燃液体);液态退敏爆炸品	1000
	23℃≤闪点<61℃的液体	5000
易于自燃的物质	烷基铝,戊硼烷	1
	黄磷	50
遇水放出易燃气体的物质	钾	1
	钠	10
	电石	100
	危险性属于 4.3 项且包装为Ⅰ或Ⅱ的物质	200
易燃固体	危险性属于 4.1 项且包装为Ⅰ类的物质	200
氧化性物质	硝酸(发红烟的)	20
	硝酸(含硝酸>70%),发烟硫酸	100
	硝酸铵(含可燃物≤0.2%)	300
	硝酸铵基化肥	1000
有机过氧化物	过氧乙酸(含量≥60%)	10
毒性物质	异氰酸甲酯	0.75
	氰化氢	1
	丙烯醛,环氧氯丙烷,溴	20
	三氧化硫	75
	甲苯二异氰酸酯	100

注：表内危险化学品危险性类别及包装类别依据 GB 12268 确定，急性毒性类别依据 GB 20592 确定。

① 长输管道。

a. 输送有毒、可燃、易爆气体，且设计压力大于 1.6MPa 的管道；

b. 输送有毒、可燃、易爆液体介质，输送距离≥200km 且管道公称直径≥300mm 的管道。

② 公用管道。中压和高压燃气管道，且公称直径≥200mm。

③ 工业管道。

a. 输送 GB 5044 中，毒性程度为极度、高度危害气体、液化气体介质，且公称直径≥100mm 的管道；

b. 输送 GB 5044 中极度、高度危害液体介质、GB 50160 及 GBJ 16 中规定的火灾危险性为甲、乙类可燃气体，或甲类可燃液体介质，且公称直径≥100mm，设计压力≥4MPa 的管道；

c. 输送其他可燃、有毒流体介质，且公称直径≥100mm，设计压力≥4MPa，设计温度≥400℃的管道。

2. 锅炉

符合下列条件之一的锅炉：

(1) 蒸汽锅炉。额定蒸汽压力大于 2.5MPa，且额定蒸发量大于等于 10t/h。

(2) 热水锅炉。额定出水温度大于等于 120℃，且额定功率大于等于 14MW。

3. 压力容器

属下列条件之一的压力容器：

(1) 介质毒性程度为极度、高度或中度危害的三类压力容器；

(2) 易燃介质，最高工作压力≥0.1MPa，且压力与体积乘积 PV≥100MPa·m^3 的压力容器（群）。

三、重大危险源的管理

(一) 法规总体要求

(1)《安全生产法》第三十三条规定："生产经营单位对重大危险源应当登记建档，进行定期检测、评估、监控，并制定应急预案，告知从业人员和相关人员在紧急情况下应当采取的应急措施。生产经营单位应当按照国家有关规定将本单位重大危险源及有关安全措施、应急措施报有关地方人民政府负责安全生产监督管理的部门和有关部门备案"。

(2) "安监总管三〔2010〕186 号"第 13 条：加强重大危险源管理。企业要按有关标准辨识重大危险源，建立健全重大危险源安全管理制度，落实重大危险源管理责任，制定重大危险源安全管理与监控方案，建立重大危险源安全管理档案，按照有关规定做好重大危险源备案工作。

要保证重大危险源安全管理与监控所必需的资金投入，定期检查维护，对存在事故隐患和缺陷的，要立即整改；重大危险源涉及的压力、温度、液位、泄漏报警等重要参数的测量要有远传和连续记录；液化气体、剧毒液体等重点储罐要设置紧急切断装置。要按照有关规定配备足够的消防、气防设施和器材，建立稳定可靠的消防系统，设置必要的视频监控系统，但不能以视频监控代替压力、温度、液位、泄漏报警等自动监控措施。

在重大危险源现场明显处设置安全警示牌、危险物质安全告知牌，并将重大危险源可能发生事故的危害后果、应急措施等信息告知周边单位和有关人员。

（二）危险化学品重大危险源管理

2011年12月1日实施的《危险化学品重大危险源监督管理暂行规定》（安监总局令第40号），对从事危险化学品生产、储存、使用和经营的单位（以下统称危险化学品单位）的危险化学品重大危险源的辨识、评估、登记建档、备案、核销及其监督管理，做出了明确规定。

1. 责任落实

（1）危险化学品单位是本单位重大危险源安全管理的责任主体，其主要负责人对本单位的重大危险源安全管理工作负责，并保证重大危险源安全生产所必需的安全投入。

（2）重大危险源的安全监督管理实行属地监管与分级管理相结合的原则。

2. 辨识要求

危险化学品单位应当按照《危险化学品重大危险源辨识》标准，对本单位的危险化学品生产、经营、储存和使用装置、设施或者场所进行重大危险源辨识，并记录辨识过程与结果。

3. 分级管理

（1）危险化学品单位应当对重大危险源进行安全评估并确定重大危险源等级。

（2）重大危险源安全评估报告应当客观公正、数据准确、内容完整、结论明确、措施可行。主要包括下列内容：

① 评估的主要依据；

② 重大危险源的基本情况；

③ 事故发生的可能性及危害程度；

④ 个人风险和社会风险值（仅适用定量风险评价方法）；

⑤ 可能受事故影响的周边场所、人员情况；

⑥ 重大危险源辨识、分级的符合性分析；

⑦ 安全管理措施、安全技术和监控措施；

⑧ 事故应急措施；

⑨ 评估结论与建议。

（3）重大危险源根据其危险程度，分为一级、二级、三级和四级。分级原则是：采用单元内各种危险化学品实际存在（在线）量与其在《危险化学品重大危险源辨识》（GB 18218）中规定的临界量比值，经校正系数校正后的比值之和 R 作为分级指标。

一级：$R \geqslant 100$；二级：$100 > R \geqslant 50$；三级：$50 > R \geqslant 10$；四级：$R < 10$。

具体分级方法见"安监总局令第 40 号"附件 1：危险化学品重大危险源分级方法。

4. 管理措施

（1）建立完善重大危险源安全管理规章制度和安全操作规程，并采取有效措施保证其得到执行。

（2）根据构成重大危险源的危险化学品种类、数量、生产、使用工艺（方式）或者相关设备、设施等实际情况，按照下列要求建立健全安全监测监控体系，完善控制措施：

① 重大危险源配备温度、压力、液位、流量、组分等信息的不间断采集和监测系统以及可燃气体和有毒有害气体泄漏检测报警装置，并具备信息远传、连续记录、事故预警、信息存储等功能；一级或者二级重大危险源，具备紧急停车功能；记录的电子数据的保存时间不少于 30 天。

② 重大危险源的化工生产装置，应装备满足安全生产要求的自动化控制系统；一级或者二级重大危险源，装备紧急停车系统。

③ 对重大危险源中的毒性气体、剧毒液体和易燃气体等重点设施，设置紧急切断装置；毒性气体的设施，设置泄漏物紧急处置装置。涉及毒性气体、液化气体、剧毒液体的一级或者二级重大危险源，配备独立的安全仪表系统（SIS）。

④ 重大危险源中储存剧毒物质的场所或者设施，设置视频监控系统。

⑤ 安全监测监控系统符合国家标准或者行业标准的规定。

（3）按照国家有关规定，定期对重大危险源的安全设施和安全监测监控系统进行检测、检验，并进行经常性维护、保养，保证重大危险源的安全设施和安全监测监控系统有效、可靠运行。维护、保养、检测应当做好记录，并由有关人员签字。

（4）明确重大危险源中关键装置、重点部位的责任人或者责任机构，并对重大危险源的安全生产状况进行定期检查，及时采取措施消除事故隐患。事故隐患难以立即排除的，应当及时制定治理方案，落实整改措施、责任、资金、时限和预案。

（5）对重大危险源的管理和操作岗位人员进行安全操作技能培训，使其了解重大危险源的危险特性，熟悉重大危险源安全管理规章制度和安全操作规程，掌握本岗位的安全操作技能和应急措施。

（6）在重大危险源所在场所设置明显的安全警示标志，写明紧急情况下的应急处置办法。

（7）将重大危险源可能发生的事故后果和应急措施等信息，以适当方式告知可能受影响的单位、区域及人员。

（8）依法制定重大危险源事故应急预案，建立应急救援组织或者配备应急救援人员，配备必要的防护装备及应急救援器材、设备、物资，并保障其完好和方便使用；配合地方人民政府安全生产监督管理部门制定所在地区涉及本单位的危险化学品事故应急预案。

对存在吸入性有毒、有害气体的重大危险源，危险化学品单位应当配备便携式浓度检测设备、空气呼吸器、化学防护服、堵漏器材等应急器材和设备；涉及剧毒气体的重大危险源，还应当配备两套以上（含本数）气密型化学防护服；涉及易燃易爆气体或者易燃液体蒸气的重大危险源，还应当配备一定数量的便携式可燃气体检测设备。

（9）制定重大危险源事故应急预案演练计划，对重大危险源专项应急预案，每年至少进行一次演练；对重大危险源现场处置方案，每半年至少进行一次演练。

应急预案演练结束后，危险化学品单位应当对应急预案演练效果进行评估，撰写应急预案演练评估报告，分析存在的问题，对应急预案提出修订意见并及时修订完善。

（10）对辨识确认的重大危险源及时、逐项进行登记建档。重大危险源档案应当包括下列文件、资料：

① 辨识、分级记录；
② 重大危险源基本特征表；
③ 涉及的所有化学品安全技术说明书；
④ 区域位置图、平面布置图、工艺流程图和主要设备一览表；
⑤ 重大危险源安全管理规章制度及安全操作规程；
⑥ 安全监测监控系统、措施说明，检测、检验结果；
⑦ 重大危险源事故应急预案、评审意见、演练计划和评估报告；
⑧ 安全评估报告或者安全评价报告；
⑨ 重大危险源关键装置、重点部位的责任人、责任机构名称；
⑩ 重大危险源场所安全警示标志的设置情况；
⑪ 其他文件、资料。

第二节　事故管理

一、事故分级

根据生产安全事故（以下简称事故）造成的人员伤亡或者直接经济损

失，事故一般分为以下等级。

(1) 特别重大事故　是指造成 30 人以上死亡，或者 100 人以上重伤（包括急性工业中毒，下同），或者 1 亿元以上直接经济损失的事故。

(2) 重大事故　是指造成 10 人以上 30 人以下死亡，或者 50 人以上 100 人以下重伤，或者 5000 万元以上 1 亿元以下直接经济损失的事故。

(3) 较大事故　是指造成 3 人以上 10 人以下死亡，或者 10 人以上 50 人以下重伤，或者 1000 万元以上 5000 万元以下直接经济损失的事故。

(4) 一般事故　是指造成 3 人以下死亡，或者 10 人以下重伤，或者 1000 万元以下直接经济损失的事故。

二、事故报告

事故报告应当及时、准确、完整，任何单位和个人对事故不得迟报、漏报、谎报或者瞒报。

(1) 报告范围　生产经营活动中发生的造成人身伤亡或者直接经济损失的生产安全事故。

(2) 报告时限　发生生产安全事故后，事故现场有关人员应当立即向本单位负责人报告；单位负责人接到报告后，应当于 1h 内向事故发生地县市人民政府安监部门和负有安全生产监督管理职责的有关部门报告。

(3) 事故报告内容
① 事故发生单位概况；
② 事故发生的时间、地点以及事故现场情况；
③ 事故的简要经过；
④ 事故已经造成或者可能造成的伤亡人数（包括下落不明的人数）和初步估计的直接经济损失；
⑤ 已经采取的措施；
⑥ 其他应当报告的情况。

三、应急救援

(1) 事故企业　事故发生单位负责人接到事故报告后，应当立即启动事故相应应急预案，或者采取有效措施，组织抢救，防止事故扩大，减少人员伤亡和财产损失。

(2) 当地政府　事故发生地有关地方人民政府、安全生产监督管理部门和负有安全生产监督管理职责的有关部门接到事故报告后，其负责人应当立即赶赴事故现场，组织事故救援。

四、事故调查

事故调查处理应当坚持实事求是、尊重科学的原则，及时、准确地查清事故经过、事故原因和事故损失，查明事故性质，认定事故责任，总结事故教训，提出整改措施，并对事故责任者依法追究责任。

（一）责任权限分工

（1）特别重大事故由国务院或者国务院授权有关部门组织事故调查组进行调查。

（2）重大事故、较大事故、一般事故分别由事故发生地省级人民政府、设区的市级人民政府、县级人民政府负责调查。省级人民政府、设区的市级人民政府、县级人民政府可以直接组织事故调查组进行调查，也可以授权或者委托有关部门组织事故调查组进行调查。

未造成人员伤亡的一般事故，县级人民政府也可以委托事故发生单位组织事故调查组进行调查。

（二）成立事故调查组

1. 事故调查组的组成

（1）应当遵循精简、效能的原则。根据事故的具体情况，事故调查组由有关人民政府、安全生产监督管理部门、负有安全生产监督管理职责的有关部门、监察机关、公安机关以及工会派人组成，并应当邀请人民检察院派人参加。

（2）事故调查组成员应当具有事故调查所需要的知识和专长，并与所调查的事故没有直接利害关系。

（3）根据工作需要，可以聘请有关专家参与调查。

2. 事故调查组的职责

（1）查明事故发生的经过、原因、人员伤亡情况及直接经济损失；

（2）认定事故的性质和事故责任；

（3）提出对事故责任者的处理建议；

（4）总结事故教训，提出防范和整改措施；

（5）提交事故调查报告。

3. 事故调查报告的内容

（1）事故发生单位概况；

（2）事故发生经过和事故救援情况；

（3）事故造成的人员伤亡和直接经济损失；

（4）事故发生的原因和事故性质；

（5）事故责任的认定以及对事故责任者的处理建议；

（6）事故防范和整改措施。

事故调查报告应当附具有关证据材料。事故调查组成员应当在事故调查报告上签名。

一、应急救援的基本原则

(一) 应急救援的基本任务

事故应急救援的目的是通过有效的应急救援行动,尽可能地降低事故损失,包括人员伤亡、财产损失和环境破坏等。事故应急救援的基本任务包括下述几个方面。

(1) 立即组织营救受害人员,组织撤离或者采取其他措施保护危害区域内的其他人员。抢救受害人员是应急救援的首要任务,在应急救援行动中,快速、有序、有效地实施现场急救与安全转送伤员是降低伤亡率、减少事故损失的关键。由于重大事故发生突然、扩散迅速、涉及范围广、危害大,应及时指导和组织群众采取各种措施进行自身防护,迅速撤离危险区域或可能受到危害的区域。

(2) 迅速控制事态,并对事故造成的危害进行监测,测定事故的危害区域、危害性质及危害程度。及时控制住造成事故的危险源是应急救援的重要任务,只有及时控制住危险源,防止事故的继续扩展,才能有效及时地进行救援。

(3) 消除危害后果,做好现场恢复。针对事故对人体、动植物、土壤、空气等造成的现实危害和可能的危害,迅速采取封闭、隔离、洗消、监测等措施,对事故外溢的有毒有害物质和可能对人和环境继续造成危害的物质,应及时组织人员进行清除;对危险化学品造成的危害进行监测与监控,并采取适当的措施,直至符合国家环境保护标准。及时清理废墟和恢复基本设施,将事故现场恢复至相对稳定的状态。

(4) 查清事故原因,评估危害程度。事故发生后应及时调查事故发生的原因和事故性质,评估出事故的危害范围和危险程度,查明人员伤亡情况,做好事故调查。

(二) 应急救援的特点

重大事故往往具有发生突然、扩散迅速、危害范围广的特点,因而决定了应急救援行动必须做到迅速、准确和有效。

迅速:就是要求建立快速的应急响应机制,能迅速准确地传递事故信息,迅速地召集所需的应急力量和设备、物质等资源;迅速建立统一指挥与协调系统,开展救援活动。

准确:要求有相应的应急决策机制,能基于事故的规模、性质、特点、现场环境等信息,正确地预测事故的发展趋势,准确地对应急救援行动和战术进行决策。

有效：主要指应急救援行动的有效性，很大程度上它取决于应急准备的充分性，包括应急队伍的建设与训练，应急设备（设施）、物质的配备与维护，预案的制定与落实以及有效的外部增援机制等。

二、应急救援预案概述

（一）应急预案的作用

应急预案在应急系统中起着关键作用，它明确了在突发事故发生之前、发生过程中以及刚刚结束之后，谁负责做什么，何时做，相应的策略和资源准备等。它是针对可能发生的重大事故及其影响和后果严重程度，为应急准备和应急响应所预先做出的详细安排，是开展及时、有序和有效事故应急救援工作的行动指南。应急预案在应急救援中的突出作用和地位体现在以下方面。

（1）应急预案明确了应急救援的范围和体系，使应急准备和应急管理，尤其是培训和演习工作的开展有据可依、有章可循。

（2）制定应急预案有利于及时地做出应急响应，降低事故后果严重程度。

（3）成为各类突发重大事故的应急基础。通过编制基本应急预案，可保证应急预案足够的灵活性，对那些事先无法预料到的突发事件或事故，也可以起到基本的应急指导作用，成为开展应急救援的"底线"。在此基础上，可以针对特定危害编制专项应急预案，有针对性地制定应急措施，进行专项应急准备和演习。

（4）当发生超过应急能力的重大事故时，便于与上级应急部门协调。

（5）有利于提高全社会的风险防范能力。

（二）应急预案的目的

制定应急预案的目的是为了发生事故时能以最快的速度发挥最大的效能，有组织、有秩序地实施救援行动，尽快控制事态的发展，降低事故造成的危害，减少事故损失。应急预案应具备以下基本要求。

（1）科学性　事故应急救援工作是一项科学性很强的工作，制定预案也必须坚持科学的态度，在对潜在危险进行科学分析的基础上，通过对应急资源的科学评价，按照科学的管理方法组织应急机构，提出科学的应急响应程序。

（2）系统性　表现在危险分析和风险评价方法的系统性、应急能力评价的系统性、应急管理的系统性和应急措施的系统性。

（3）实用性　应急预案是建立在对特定潜在危险分析的基础上的，应急响应也是建立在现有资源的基础上的，具有明确的针对性，可操作性很强。

（4）灵活性 尽管应急预案针对的是特定危险并依赖特定资源，但是并不妨碍预案的灵活性。一般在关键资源和关键措施上都有备用手段，以应付事件的复杂性。

（5）动态性 应急预案不是一成不变的操作手册，而是需要不断发现问题和适应新的情况，不断修订逐步完善的。

（三）应急预案的层次

基于可能面临多种类型的突发重大事故或灾害，为保证各种类型预案之间的整体协调性和层次性，并实现共性与个性、通用性与特殊性的结合，对应急预案合理地划分层次是将各种应急预案有机结合在一起的有效方法。应急预案可分为三个层次，如图 11-1 所示。

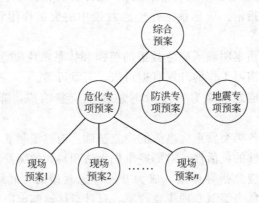

图 11-1　事故应急预案的层次

（1）综合预案 生产经营单位风险种类多、可能发生多种事故类型的，应当组织编制本单位的综合应急预案。

综合应急预案应当包括本单位的应急组织机构及其职责、预案体系及响应程序、事故预防及应急保障、应急培训及预案演练等主要内容。

（2）专项预案 对于某一种类的风险，生产经营单位应当根据存在的重大危险源和可能发生的事故类型，制定相应的专项应急预案。

专项应急预案应当包括危险性分析、可能发生的事故特征、应急组织机构与职责、预防措施、应急处置程序和应急保障等内容。

专项预案应在综合预案的基础上考虑某特定危险的特点，对应急的形势、组织机构、应急活动等进行更具体的阐述，具有较强的针对性。

（3）现场预案 对于危险性较大的重点岗位，生产经营单位应当制定重点工作岗位的现场处置方案（现场预案）。

现场预案应当包括危险性分析、可能发生的事故特征、应急处置程序、应急处置要点和注意事项等内容。

现场预案应在专项预案的基础上，根据具体情况而编制。现场应急预案的特点是针对某一具体现场的特殊危险及周边环境情况，在详细分析的基础上，对应急救援中的各个方面做出具体、周密而细致的安排，因而现场预案具有更强的针对性和对现场具体救援活动的指导性。

生产经营单位编制的综合应急预案、专项应急预案和现场处置方案之间应当相互衔接，并与所涉及的其他单位的应急预案相互衔接。

（四）应急预案的文件体系

从广义上来讲，应急预案是一个由各级文件构成的文件体系，它不仅包括应急预案本身，也包括针对某个特定的应急任务或功能所制定的工作程序等。一个完整的应急预案的文件体系应包括预案、程序、指导书、记录等，是一个四级文件体系。

（1）一级文件：预案。它包含了对紧急情况的管理政策、应急预案的目标、应急组织和责任等内容，是由一系列为实现应急管理政策和目标而制定的紧急情况管理程序组成，包括对紧急情况的应急准备、现场应急、恢复以及训练等。

（2）二级文件：程序。说明某个行动的目的和范围。程序内容十分具体，例如该做什么、由谁去做、什么时间和什么地点等。它的目的是为应急行动提供参考和行动指导，但同时要求程序格式简洁明了，以确保应急队员在执行应急步骤时不会产生误解，格式可以是文件叙述、流程图表或是所有形式的组合等，应根据每个应急组织的具体情况选用最适合本组织的程序格式。

（3）三级文件：指导书。对程序中的特定任务及某些行动细节进行说明，供应急组织内部人员或其他人使用，例如应急队员职责说明书、应急过程检测设备使用说明书等。

（4）四级文件：应急行动的记录。包括在应急行动期间所做的通信记录、应急队员进出事故危险区的记录、向政府部门递交报告的记录、每一步应急行动的记录等。

从记录到预案，层层递进，组成了一个完善的预案文件体系，从管理角度而言，可以根据这四类文件等级分别进行归类管理，既保持了预案文件的完整性，又因其清晰的条理性便于查阅和调用。

实际上，预案和程序之间的差别并不是十分显著，尽管如此，应避免在应急预案中提及不必要的细节。基本标准是：应急预案的全体读者需要知道什么，只有某个人或某个部门需要的信息和指导方法可以在部门的工作程序中进行描述，这些信息可以作为应急预案的附录或引用文献。

三、应急救援预案的编制

（一）总体要求

应急预案应进行合理的策划，做到重点突出，反映本单位的重大事故风险，并避免预案相互孤立、交叉和矛盾。危险化学品单位应当根据有关法律、法规和《生产经营单位安全生产事故应急预案编制导则》（AQ/T 9002—2006），并参照《危险化学品事故应急救援预案编制导则（单位版）》的有关要求，结合本单位的危险源状况、危险性分析情况和可能发生的事故特点，制定相应的应急预案。

（二）基本要求

应急预案的编制应当符合下列基本要求：

(1) 符合有关法律、法规、规章和标准的规定；

(2) 结合本地区、本部门、本单位的安全生产实际情况；

(3) 结合本地区、本部门、本单位的危险性分析情况；

(4) 应急组织和人员的职责分工明确，并有具体的落实措施；

(5) 有明确、具体的事故预防措施和应急程序，并与其应急能力相适应；

(6) 有明确的应急保障措施，并能满足本地区、本部门、本单位的应急工作要求；

(7) 预案基本要素齐全、完整，预案附件提供的信息准确；

(8) 预案内容与相关应急预案相互衔接。

（三）编制过程

(1) 成立由各有关部门组成的预案编制小组，指定负责人。

(2) 危险分析和应急能力评估。辨识可能发生的重大事故风险，并进行影响范围和后果分析（即危险识别、脆弱性分析和风险分析）；分析应急资源需求，评估现有的应急能力。

(3) 编制应急预案。根据危险分析和应急能力评估的结果，确定最佳的应急策略。

(4) 应急预案的评审与发布。预案编制后应组织开展预案的评审工作，包括内部评审和外部评审，以确保应急预案的科学性、合理性以及与实际情况的符合性。预案经评审完善后，由主要负责人签署发布，并按规定报送上级有关部门备案。

(5) 应急预案的实施。预案经批准发布后，应组织落实预案中的各项工作，如开展应急预案宣传、教育和培训，落实应急资源并定期检查，组织开展应急演习和训练，建立电子化的应急预案，对应急预案实施动态管理与更新，并不断完善。

四、应急救援预案的管理

（一）应急预案的评审

(1) 危险化学品单位和中型规模以上的其他生产经营单位，应当组织专家对本单位编制的应急预案进行评审。评审应当形成书面纪要并附有专家名单。

（2） 参加应急预案评审的人员应当包括应急预案涉及的政府部门工作人员和有关安全生产及应急管理方面的专家。评审人员与所评审预案的生产经营单位有利害关系的，应当回避。

（3） 应急预案的评审或者论证应当注重应急预案的实用性、基本要素的完整性、预防措施的针对性、组织体系的科学性、响应程序的操作性、应急保障措施的可行性、应急预案的衔接性等内容。

（4） 生产经营单位的应急预案经评审或者论证后，由生产经营单位主要负责人签署公布。

（二）应急预案的备案

（1） 中央所属总公司（总厂、集团公司、上市公司）的综合应急预案和专项应急预案，报国务院国资委、国家安监总局和国务院有关主管部门备案；其所属单位的应急预案分别抄送所在地的省、自治区、直辖市或者设区的市级安监部门和有关主管部门备案。

其他生产经营单位中涉及实行安全生产许可的，其综合应急预案和专项应急预案，按照隶属关系报所在地县级以上地方人民政府安监部门和有关主管部门备案；未实行安全生产许可的，其综合应急预案和专项应急预案的备案，由省、自治区、直辖市人民政府安监部门确定。

（2） 生产经营单位申请应急预案备案，应当提交以下材料：

① 应急预案备案申请表；

② 应急预案评审或者论证意见；

③ 应急预案文本及电子文档。

（3） 受理备案登记的安监部门应当对应急预案进行形式审查，经审查符合要求的，予以备案并出具应急预案备案登记表；不符合要求的，不予备案并说明理由。

对于实行安全生产许可的生产经营单位，已经进行应急预案备案登记的，在申请安全生产许可证时，可以不提供相应的应急预案，仅提供应急预案备案登记表。

（4） 生产经营单位应该做好应急预案的备案登记工作，建立应急预案备案登记建档制度。

（三）应急预案的实施

（1） 各级安监部门、生产经营单位应当采取多种形式开展应急预案的宣传教育，普及生产安全事故预防、避险、自救和互救知识，提高从业人员安全意识和应急处置技能。

（2） 生产经营单位应当组织开展本单位的应急预案培训活动，使有关人员了解应急预案内容，熟悉应急职责、应急程序和岗位应急处置方案。

应急预案的要点和程序应当张贴在应急地点和应急指挥场所，并设有明显的标志。

(3) 生产经营单位应当制定本单位的应急预案演练计划，根据本单位的事故预防重点，每年至少组织一次综合应急预案演练或者专项应急预案演练，每半年至少组织一次现场处置方案演练。

(4) 应急预案演练结束后，应急预案演练组织单位应当对应急预案演练效果进行评估，撰写应急预案演练评估报告，分析存在的问题，并对应急预案提出修订意见。

(5) 生产经营单位制定的应急预案应当至少每三年修订一次，预案修订情况应有记录并归档。有下列情形之一的，应急预案应当及时修订：

① 生产经营单位因兼并、重组、转制等导致隶属关系、经营方式、法定代表人发生变化的；

② 生产经营单位生产工艺和技术发生变化的；

③ 周围环境发生变化，形成新的重大危险源的；

④ 应急组织指挥体系或者职责已经调整的；

⑤ 依据的法律、法规、规章和标准发生变化的；

⑥ 应急预案演练评估报告要求修订的；

⑦ 应急预案管理部门要求修订的。

生产经营单位应当及时向有关部门或者单位报告应急预案的修订情况，并按照有关应急预案报备程序重新备案。

(6) 生产经营单位应当按照应急预案的要求配备相应的应急物资及装备，建立使用状况档案，定期检测和维护，使其处于良好状态。

五、应急救援预案的演练

（一）演练目的

应急救援演练的目的是提高应急救援技术水平与救援队伍的整体作战能力，以便在事故的救援行动中，达到快速、有序、有效的效果。验证应急预案的整体或关键性局部是否可能有效地付诸实施；验证预案在应对可能出现的各种意外情况方面所具备的适应性；找出预案可能需要进一步完善和修正的地方；确保建立和保持可靠的通信联络渠道；检查所有有关组织是否已经熟悉并履行了他们的职责；检查并提高应急救援的启动能力。

（二）演练类型

1. 演练的内容

主要包括基础训练、专业训练、战术训练和自选科目训练四类。

(1) 基础训练　是应急队伍的基本训练内容之一，是确保完成各种应急救援任务的前提基础。基础训练主要是指队列训练、体能训练、防护装备和通信设备的使用训练等内容。训练的目的是应急人员具备良好的战斗意志和作风，熟练掌握个人防护装备的穿戴，通信设备的使用等。

(2) 专业训练 专业技术关系到应急队伍的实战水平，是顺利执行应急救援任务的关键，也是训练的重要内容。主要包括专业常识、堵源技术、抢运和清消，以及现场急救等技术。通过训练，救援队伍应具备一定的救援专业技术，有效地发挥救援作用。

(3) 战术训练 是救援队伍综合训练的重要内容和各项专业技术的综合运用，提高救援队伍实践能力的必要措施。通过训练，使各级指挥员和救援人员具备良好的组织指挥能力和实际应变能力。

(4) 自选课目训练 可根据各自的实际情况，选择开展如火灾环境、毒性环境等项目的训练，进一步提高救援队伍的救援水平。在开展训练课目时，专职性救援队伍应以社会性救援需要为目标确定训练课目；而单位的兼职救援队应以本单位救援需要，兼顾社会救援的需要确定训练课目。救援队伍的训练可采取自训与互训相结合；岗位训练与脱产训练相结合；分散训练与集中训练相结合的方法。在时间安排上应有明确的要求和规定。为保证训练效果，在训练前应制订训练计划，训练中应组织考核、验收和评比。

2. 演练的形式

可采用不同规模的应急演练方法对应急预案的完整性和周密性进行评估，如桌面演练、功能演练和全面演练等。

(1) 桌面演练 是指由应急组织的代表或关键岗位人员参加的，按照应急预案及其标准工作程序，讨论紧急情况时应采取行动的演练活动。桌面演练的特点是对演练情景进行口头演练，一般是在会议室内举行。其主要目的是锻炼参演人员解决问题的能力，以及解决应急组织相互协作和职责划分的问题。

桌面演练一般仅限于有限的应急响应和内部协调活动，应急人员主要来自本地应急组织，事后一般采取口头评论形式收集参演人员的建议，并提交一份简短的书面报告，总结演练活动和提出有关改进应急响应工作的建议。桌面演练方法成本较低，主要为功能演练和全面演练做准备。

(2) 功能演练 是指针对某项应急响应功能或其中某些应急响应行动举行的演练活动，主要目的是针对应急响应功能，检验应急人员以及应急体系的策划和响应能力。例如，指挥和控制功能的演练，其目的是检测、评价多个政府部门在紧急状态下实现集权式的运行和响应能力，演练地点主要集中在若干个应急指挥中心或现场指挥部，并开展有限的现场活动、调用有限的外部资源。

功能演练比桌面演练规模要大，需动员更多的应急人员和机构，因而协调工作的难度也随着更多组织的参与而加大。演练完成后，除采取口头评论形式外，还应向地方提交有关演练活动的书面报告，提出改进建议。

(3) 全面演练 是指针对应急预案中全部或大部分应急响应功能，检验、评价应急组织应急运行能力的演练活动。全面演练过程要求尽量真实，调用更多的应急人员和资源，并开展人员、设备及其他资源的实战性演练，以检验相互协调的应急响应能力。演练完成后，应提交正式的书面报告。

（三）演练人员

应急演练的参与人员包括参演人员、控制人员、模拟人员、评级人员和观摩人员。这五类人员在演练过程中都有着重要的作用，并且在演练过程中都应佩戴表明身份的识别符。

(1) 参演人员 是指在应急组织中承担具体任务，并在演练过程中尽可能对演练情景或模拟事件做出真实情景下可能采取的响应行动的人员。参演人员所承担的具体任务主要包括：

① 救助伤员或被困人员。

② 保护财产或公众健康。

③ 获取并管理各类应急资源。

④ 与其他应急人员协同处理重大事故或紧急事件。

(2) 控制人员 是指根据演练情景，控制演练时间进度的人员。控制人员根据演练方案及演练计划的要求，引导参演人员按响应程序行动，并不断给出情况或消息，供参演的指挥人员进行判断、提出对策。其主要任务包括：

① 确保规定的演练项目得到充分的演练，以利于评价工作的开展。

② 确保演练活动的任务量和挑战性。

③ 确保演练的进度。

④ 解答参演人员的疑问、解决演练过程中出现的问题。

⑤ 保障演练过程的安全。

(3) 模拟人员

是指演练过程中扮演、代替某些应急组织和服务部门或模拟紧急事件、事态发展的人员。其主要任务包括：

① 扮演、替代正常情况或响应实际紧急事件时应与应急指挥中心、现场应急指挥所相互作用的机构或服务部门。

② 模拟事故的发生过程，如释放烟雾、模拟气象条件、模拟泄漏等。

③ 模拟受害或受影响人员。

(4) 评价人员 是指负责观察演练进展情况并予以记录的人员。其主要任务包括：

① 观察参演人员的应急行动，并记录观察结果。

② 在不干预参演人员工作的情况下，协助控制人员确保演练按计划进行。

(5) 观摩人员　是指来自有关部门、外部机构以及旁观演练过程的观众。

（四）演练过程

应急演练的组织与实施是一项非常复杂的任务，应建立应急演练策划小组（或领导小组），策划小组应由多种专业人员组成，包括来安全、调度、技术、设备、供应、后勤等单位的代表。为确保演练的成功，参演人员不得参加策划小组，更不能参与演练方案的设计。

综合性应急演练的过程可划分为演练准备、演练实施和演练总结三个阶段，各阶段的基本任务如图 11-2 所示。

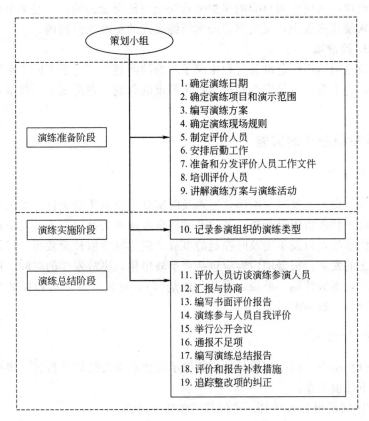

图 11-2　综合性应急演练实施的基本过程

（五）演练评价

应急演练结束后应对演练的效果做出评价，并提交演练报告，详细说明演练过程中发现的问题。按照对应急救援工作及时有效性的影响程度，将演练过程中发现的问题分为不足项、整改项和改进项。

1. 不足项

不足项指演练过程中观察或识别出的应急准备缺陷，可能导致在紧急事件发生时，不能确保应急组织或应急救援体系有能力采取合理应对措施保护公众的安全与健康。不足项应在规定的时间内予以纠正。演练过程中发现的问题确定为不足项时，策划小组负责人应该对不足项进行详细说明，并给出应采取的纠正措施和完成时限。

2. 整改项

整改项指演练过程中观察或识别出的，单独不可能在应急救援中对公众的安全与健康造成不良影响的应急准备缺陷。整改项应在下次演练前予以纠正。以下两种情况，整改项可列为不足项：一是某个应急组织中存在两个以上整改项，共同作用可影响保护公众安全与健康能力的；二是某个应急组织在多次演练过程中，反复出现前次演练发现的整改项问题的。

3. 改进项

改进项是指应急准备过程中应予改善的问题。改进项不同于不足项和整改项，它不会对人员安全与健康产生严重的影响，视情况予以改进，不必予以纠正。

六、事故应急救援的实施

（一）事故报警

事故报警的及时与准确是能否及时实施应急救援的关键。发生事故的单位，除了积极组织自救外，必须及时将事故向有关部门报告。对于重大或灾害性的事故，以及不能及时控制的事故，应尽早争取社会救援，以便尽快控制事态的发展。报警的内容应包括：事故单位，事故发生的时间、地点、事故原因，事故性质（外溢、爆炸、燃烧等）、危害程度和对救援的要求，以及报警人的联系电话等。

（二）救援行动的过程

（1）接报 指接到执行救援的指示或要求救援的请求报告。接报人应做好以下几项工作：

① 问清报告人姓名、单位部门和联系电话。

② 问明事故发生的时间、地点、事故单位、事故原因、主要毒物、事故性质（毒物外溢、爆炸、燃烧）、危害波及范围和程度、对救援的要求，同时做好电话记录。

③ 按救援程序，派出救援队伍。

④ 向上级有关部门报告。

⑤ 保持与急救队伍的联系，并视事故发展状况，必要时派出后继梯队予以增援。

（2）设点　指各救援队伍进入事故现场，选择有利地形（地点）设置现场救援指挥部或救援、急救医疗点。

各救援点的位置选择关系到能否有序地开展救援和保护自身的安全。救援指挥部、救援和医疗急救点的设置应考虑以下几项因素：

① 地点。应选在上风向的非污染区域，需注意不要远离事故现场，便于指挥和救援工作的实施。

② 位置。各救援队伍应尽可能在靠近现场救援指挥部的地方设点并随时保持与指挥部的联系。

③ 路段。应选择交通路口，利于救援人员或转送伤员的车辆通行。

④ 条件。指挥部、救援或急救医疗点，可设在室内或室外，应便于人员行动或群众伤员的抢救，同时要尽可能利用原有通信、水和电等资源，有利救援工作的实施。

⑤ 标志。指挥部、救援或医疗急救点，均应设置醒目的标志，方便救援人员和伤员识别。悬挂的旗帜应用轻质面料制作，以便救援人员随时掌握现场风向。

（3）报到　指挥各救援队伍进入救援现场后，向现场指挥部报到。其目的是接受任务，了解现场情况，便于统一实施救援工作。

（4）救援　进入现场的救援队伍要尽快按照各自的职责和任务开展工作。

① 现场救援指挥部：应尽快地开通通信网络；迅速查明事故原因和危害程度；制定救援方案；组织指挥救援行动。

② 侦检队：应快速获知危险源的性质及危害程度，测定出事故的危害区域，提供有关数据。

③ 工程救援队：应尽快控制危险；将伤员救离危险区域；协助做好群众的组织撤离和疏散；做好毒物的清消工作。

④ 现场急救医疗队：应尽快将伤员就地简易分类，按类急救和做好安全转送。同时应对救援人员进行医学监护，并为现场救援指挥部提供医学咨询。

（5）撤点　指应急救援工作结束后，离开现场或救援后的临时性转移。在救援行动中应随时注意气象和事故发展的变化，一旦发现所处的区域有危险时，应立即向安全区转移。在转移过程中应注意安全，保持与救援指挥部和各救援队的联系。救援工作结束后，各救援队撤离现场以前应取得现场救援指挥部的同意。撤离前要做好现场的清理工作，并注意安全。

（6）总结　每一次执行救援任务后都应做好救援小结，总结经验与教训，积累资料，以利再战。

（三）应急救援工作注意事项

1. 救援人员的安全防护

救援人员在救援行动中，应佩戴好防护装置，并随时注意事故的发展变化，做好自身防护。在救援过程中要注意安全，做好防范，避免发生伤亡。

2. 进入污染区注意事项

救援人员进入污染区前，必须戴好防毒面罩和穿好防护服；执行救援任务时，应以 2～3 人为一组，集体行动，互相照应；带好通信联系工具，随时保持通信联系。

3. 工程救援中注意事项

(1) 工程救援队在抢险过程中，尽可能地和单位的自救队或技术人员协同作战，以便熟悉现场情况和生产工艺，有利工作的实施。

(2) 在营救伤员、转移危险物品和化学泄漏物的清消处理中，与公安、消防和医疗急救等专业队伍协调行动，互相配合，提高救援的效果。

(3) 救援所用的工具具备防爆功能。

4. 现场医疗急救需注意的问题

(1) 重大事故造成的人员伤害具有突发性、群体性、特殊性和紧迫性，现场医务力量和急救的药品、器材相对不足，应合理使用有限的卫生资源，在保证重点伤员得到有效救治的基础上，兼顾到一般伤员的处理。在急救方法上可对群体性伤员实行简易分类后的急救处理，即由经验丰富的医生负责对伤员的伤情进行综合评判，按轻、中、重简单分类。对分类后的伤员除了标上醒目的分类识别标志外，在急救措施上按照先重后轻的治疗原则，实行共性处理和个性处理相结合的救治方法；在急救顺序上，应优先处理能够获得最大医疗效果的伤病员。

(2) 注意保护伤员的眼睛。

(3) 对救治后的伤员实行一人一卡，将处理意见记录在卡上，并别在伤员胸前，以便做好交接，有利伤员的进一步转诊救治。

(4) 合理调用救护车辆。在现场医疗急救过程中，常因伤员多而车辆不够用，因此，合理调用车辆迅速转送伤员也是一项重要的工作。在救护车辆不足的情况下，对危重伤员可以在医务人员的监护下，由监护型救护车护送，而中度伤员实行几人合用一辆车。轻伤员可商调公交车或卡车集体护送。

(5) 合理选送医院。伤员转送过程中，实行就近转送医院的原则。但在医院的选配上，应根据伤员的人数和伤情，以及医院的医疗特点和救治能力，有针对性地合理调配，特别要注意避免危重伤员的多次转院。

(6) 妥善处理好伤员的污染衣物。及时清除伤员身上的污染衣物，对清除下来的污染衣物集中妥善处理，防止发生继发性损害。

(7) 统计工作。是现场医疗急救的一项重要内容，特别是在忙乱的急救现场，更应注意统计数据的准确性和可靠性，也为日后总结和分析积累可靠的数据。

5. 组织和指挥群众撤离现场的注意事项

(1) 在组织和指导群众做好个人防护后，再撤离危险区域。发生事故后，应立即组织和指导污染区的群众就地取材，采用简易有效的防护措施保护自己。如用透明的塑料薄膜袋套在头部，把暴露的皮肤保护起来免受伤害，并向上风方向快速转移至安全区域。也可就近进入民防地下工事，关闭防护门，防止事故的伤害。

(2) 防止继发伤害。 组织群众撤离危险区域时，应选择安全的撤离路线，避免横穿危险区域。进入安全区后，尽快去除污染衣物，防止继发性伤害。

(3) 发扬互助互救的精神。 发扬群众性的互帮互助和自救互救精神，帮助同伴一起撤离，对于做好救援工作、减少人员伤亡起到重要的作用。对危重伤员应立即搬离污染区，就地实施急救。

七、应急救援器材的装备

(一) 基本装备

(1) 通信装备 目前，移动电话（手机）和固定电话是通信中常用的工具，具有使用方便，拨打迅速的特点，在近距离的通信联系中，也可使用对讲机。另外，传真机的应用缩短了空间的距离，使救援工作所需要的有关资料及时传送到事故现场。

(2) 交通工具 良好的交通工具是实施快速救援的可靠保证，目前，主要以汽车为交通工具，在远距离的救援行动中，借助民航和铁路运输，在海面、江河水域，救护汽艇也是常用的交通工具。另外，任何交通工具，只要对救援工作有利，都能运用，如各种汽车、畜力车甚至人力车等。

(3) 照明装置 重大事故现场情况较为复杂，在实施救援时需要良好的照明。因此，需对救援队伍配备必要的照明工具，有利救援工作的顺利进行。

照明装置的种类较多，在配备照明工具时除了应考虑照明的亮度外，还应根据事故现场情况，注意其安全性能和可靠性。氮肥企业化工事故救援应选择防爆型照明工具。

(4) 防护装备 有效地保护自己，才能取得救援工作的成效。在事故应急救援行动中，对各类救援人员均需配备个人防护装备。个人防护装备可分为防毒面罩、防护服、耳塞和保险带等。在有毒救援的场所，救援指挥人员、医务人员和其他不进入污染区域的救援人员多配备过滤式防毒面具。对于工程、消防和侦检等进入污染区域的救援人员应配备密闭型防毒面罩。目前，常用正压式空气呼吸器。

(二) 专用装备

专用装备，主要指各专业救援队伍所用的专用工具（物品）。在现场紧急情况下，需要使用大量的应急设备与资源。如果没有足够的设备与物质保障，例如没有消防设备、个人防护设备、清扫泄漏物的设备或是设备选择不当，即使受过很好训练的应急队员面对灾害也无能为力。

事故现场必需的常用应急设备与工具如下。

（1）消防设备：输水装置、软管、喷头、自用呼吸器、便携式灭火器等。

（2）危险物质泄漏控制设备：泄漏控制工具、探测设备、封堵设备、解除封堵设备等。

（3）个人防护设备：防护服、手套、靴子、呼吸保护装置等。

（4）通信联络设备：对讲机、移动电话、电话、传真机等。

（5）医疗支持设备：救护车、担架、夹板、氧气瓶、急救箱等。

（6）应急电力设备：主要是备用的发电机。

（7）资料：计算机及有关数据库和软件包、参考书、工艺文件、行动计划、材料清单等。

（三）现场地图和有关图表

地图和图表是最简洁的语言，是应急救援的重要工具，使应急救援人员能够在较短的时间内掌握所必需的大量信息。

地图最好能由计算机快速方便地变换产生，应该是计算机辅助系统的一部分，现在已有不少电子地图和应急救援计算机辅助决策系统已经成功开发并得以实施。所使用的地图不应该过于复杂，它的详细程度最好由使用者来决定，使用的符号要符合预先的规定或是国家或政府部门的相关标准。地图应及时更新，确保能够反映最新的变化。

图表包括厂区总平面图、工艺管线图、公用工程图（消防设施、水管网、电力网、下水道管线等）和能反映场外的与应急救援有关的特征图（如学校、医院、居民区、隧道、桥梁和高速公路等）。

八、现场应急处置管理

化学品事故的特点是发生突然，扩散迅速，持续时间长，涉及面广。一旦发生化学品事故，往往会引起人们的慌乱，若处理不当，会引起二次灾害。加强对一线生产、管理人员的岗位技能及应急知识教育，做好现场应急处置非常重要。

（一）及时启动应急响应程序

（1）事故发生后，最早发现事故的人员要立即向厂调度值班室报警。同时，在可行的情况下按照应急处理要求实施前期处理，并及时向上下工序发出紧急联络信号。

（2）接警人员详细向报警人员了解泄漏情况和现场人员情况，如泄漏严重应立即通知事故现场人员佩戴防护面具或空气呼吸器撤离事故现场，向上风向或侧上风向转移，并到指定地点集合。

(3) 如泄漏量较小可指令操作人员佩戴好防护用品视情况进行处理，或对现场附近无关人员进行疏散，待相关人员到场后再对泄漏点进行处理。

(4) 如联系不上应立即安排救援人员佩戴防护用品到现场进行排查和救援工作。通知下风向岗位人员迅速持防护面具向上侧风方向的安全地带疏散，到指定地点集合以便于清点人员。

（二）现场应急处置的安全要求

为了降低生产安全事故所造成的损失，保护从业人员的生命安全，企业应对发生的生产安全事故进行及时抢险，对受到伤害的从业人员进行及时救护。

(1) 紧急疏散 建立警戒区，紧急疏散。迅速将警戒区内与事故应急处理无关的人员撤离，以减少不必要的人员伤亡。

为使疏散工作顺利进行，每个车间应至少有两个畅通无阻的紧急出口，并有明显标志。

(2) 现场急救 在事故现场，化学品对人体可能造成的伤害有中毒、窒息、冻伤、化学灼伤、烧伤等，进行急救时，不论患者还是救援人员都需要进行适当的防护。

(3) 泄漏处理 化学品泄漏后，不仅污染环境，对人体造成伤害，而且可燃物质有引发火灾爆炸的可能。因此，对泄漏事故应及时、正确处理，防止事故扩大。

① 泄漏源处理。如果有可能的话，可通过控制泄漏源来消除化学品的溢出或泄漏。

② 泄漏物处理。现场泄漏物要及时进行覆盖、收容、稀释、处理，使泄漏物得到安全可靠的处置，防止二次事故的发生。

③ 化学品泄漏时，除受过特别训练的人员外，其他任何人不得清除泄漏物。

(4) 火灾控制 化学品容易发生火灾、爆炸事故，不同化学品发生火灾时，其扑救方法差异很大，若处置不当，不仅不能有效扑灭火灾，发而会使灾情进一步扩大。此外，由于化学品本身及其燃烧产物大多具有较强的毒害性和腐蚀性，极易造成人员中毒、灼伤。因此，从事化学品生产、经营、储存的人员和消防救护人员平时应熟悉和掌握化学品的主要危险特性及其相应的灭火措施，并定期进行防火演练，加强紧急事态时的应变能力。

一旦发生火灾，不可盲目行动，应按化学品灭火的特殊要求进行灭火。

参 考 文 献

[1] 张金钟编. 化肥企业安全技术管理. 北京：化学工业出版社，1991.

[2] 周中元，陈桂琴编. 化工安全技术与管理. 北京：化学工业出版社，2002.

[3] 杨泗霖编. 防火与防爆. 北京：首都经济贸易大学出版社，2000.

[4] 杨春升编. 中小型合成氨厂生产操作问答. 第3版. 北京：化学工业出版社，2009.

[5] 张浩然编. 安全生产培训管理办法实施及安全生产达标考核标准实用全书. 北京：当代中国音像出版社，2005.

[6] 刘强编. 危险化学品从业单位安全标准化工作指南. 北京：中国石化出版社，2006.

[7] 王德全编. 危险化学品安全管理条例释义. 北京：化学工业出版社，2002.

[8] 中国安全生产协会注册安全工程师工作委员会. 安全生产管理知识. 北京：中国大百科全书出版社，2008.

[9] 中国安全生产科学研究院编. 危险化学品生产单位安全培训教程. 北京：化学工业出版社，2004.